有爱的青春陪伴者

图书在版编目（CIP）数据

截胡 / 关抒耳著. -- 南京：江苏凤凰文艺出版社，2025.7. -- ISBN 978-7-5594-9661-4

Ⅰ．I247.5

中国国家版本馆CIP数据核字第20256XC434号

截胡

关抒耳 著

责任编辑	王昕宁
特约编辑	裴欣怡
责任印制	杨 丹
出版发行	江苏凤凰文艺出版社
	南京市中央路165号，邮编：210009
网 址	http://www.jswenyi.com
印 刷	天津睿和印艺科技有限公司
开 本	880mm×1230mm 1/32
印 张	11.5
字 数	477千字
版 次	2025年7月第1版
印 次	2025年7月第1次印刷
书 号	ISBN 978-7-5594-9661-4
定 价	42.80元

江苏凤凰文艺版图书凡印刷、装订错误，可向出版社调换，联系电话025-83280257

目 录

第一章　他回来了 / 001

第二章　示好 / 021

第三章　念头 / 046

第四章　别有用心 / 071

第五章　故意 / 099

第六章　年会 / 134

第七章　试探 / 170

目 录

第八章　　　　　　　　　　猫鼠游戏 / 199

第九章　　　　　　　　　　嫉妒 / 226

第十章　　　　　　　　　　利己性 / 252

第十一章　　　　　　　　　委屈 /280

第十二章　　　　　　　　　我很爱你 / 306

第十三章　　　　　　　　　时间海 / 330

番外　　　　　　　　岁岁年年，在你身边 / 357

后记　　　　　　　　　　　　　　/ 362

第一章

他回来了

午间,刚过饭点,柳絮宁和队友们从舞蹈房出来。

为了晚上的迎新晚会,她们已经在舞蹈房连续泡了两个下午。

在海棠苑吃午饭时,坐在柳絮宁旁边的两个男生在谈论下午学院的宣讲和招聘会。

"面向大四生的招聘会,你一个大三的凑什么热闹?"男生问。

另一个男生说:"起瑞也来人了,来头肯定不小,你不想看看?"

"你怎么知道?"

"不然哪家公司能惊动媒体。"

男生恍然大悟。

扒完最后一口饭,男生正要走,一晃眼瞧见坐在与自己间隔两个空位的柳絮宁。女生刚从舞蹈房出来,耳后和脖颈还渗着细密的汗水。碎发偶尔垂落,她抬手夹到耳后,露出晶莹如翡玉般的耳垂。

男生心下一动,对面好友只一眼便看出他的心思。

他"哎"了一声:"那是梁锐言的妹妹,你敢动?"

刻意加重"妹妹"二字,声线里透出明显的调侃。

男生听见这名字,脸上露出几分尴尬。

柳絮宁回到寝室的时候,室友胡盼盼正在换衣服。柳絮宁将三明治放到她的桌上,嘱咐她记得吃。

胡盼盼正在费力地穿西装裙,见柳絮宁回来,哭丧着脸让她帮忙拽一下拉链。

柳絮宁起身,捏紧裙子拉链一端:"怎么突然穿这个?"

胡盼盼:"下午不是起瑞的宣讲会嘛,老师让我们下午去帮忙,做登记签到之类的杂事。你要不要也去?没准还能看见……"她戛然而止,又换了个口吻:"不对,你和我们可不一样,你可是天天都能看见。你的命可真好!"

柳絮宁拽着拉链的手用了点力,拉链到顶,蹭着胡盼盼腰上的软肉而过,挤到了一些。她不由得倒吸一口气,连声哭诉自己果然是胖了,得把减肥计划提上日程。

胡盼盼有独自行动障碍，总觉得一个人走在路上旁人的视线都会落在她身上，然后给她下个"人缘不好，被人孤立"的定义。

耐不住胡盼盼眼巴巴的乞求，又想起方才帮她整理拉链时故意用力使坏的手，柳絮宁答应了。

两人刚走到明理大礼堂，胡盼盼就被老师叫住了。身边有了同行人，柳絮宁当即被她抛下。

明理大礼堂在青大东门外，距离女寝还有些距离，柳絮宁懒得再回去，她扫了一眼，礼堂里，大四的学长、学姐都穿着熨帖合身的西装。

柳絮宁在最后一排坐下，等着胡盼盼结束。

期间，有舞蹈队已经退队的学姐瞧见柳絮宁，和她打招呼。

柳絮宁一路走过来，汗液粘着后背，现在被礼堂内的冷气一吹，倒是有点冷。

有人在前面试话筒。五分钟后，一个西装革履的男人上台演讲，自我介绍是起瑞商业集团人力资源部总监。

"那个小梁总没来吗？"坐在柳絮宁身边的女生问道。

"不知道啊！小徐不是坐在前排吗？问问她。"

另一个女生说着，给小徐发了微信。

柳絮宁看不见聊天记录，只听到身旁女生说了一句："这长相哟。这履历、这年龄，啧，真是比理发店里不推销产品的托尼老师还要稀有。"

柳絮宁短暂地赞叹了一下这神奇的比喻。

"好想进起瑞，拜托拜托上天垂怜一下可怜的应届生吧！"

"为什么分部要这么多法务啊，没有创意的职位给我捡漏吗？"

"捡漏？"女生笑得俏皮，"你这简历用来擦屁股都嫌硌，起瑞能不能看上我们的简历都难说呢。"

"哎呀，你干吗说实话啊！"

那三个女生应该是室友，你一言我一语，聊得起劲。

起瑞集团是一家多元化实业公司，下辖多家集团，涉及商管、黄金、地产三大产业集团，起瑞商业广场遍布全国，此次来招聘的团队就隶属于起瑞商管集团青城分部。

周围突然响起如潮水般的掌声，打断了柳絮宁的思绪，她也习惯性鼓掌。

手机亮起收到消息，胡盼盼问她坐在哪里。

柳絮宁正在打字，台下响起几道窸窣声音。

学院的胡院长站在前头，微微弯身，又抬手，领着几人往外走。

此时柳絮宁刚回完胡盼盼的消息，抬头，一眼便看见了走在前面的胡院长和梁继衷。梁继衷是起瑞集团的创始人兼董事长，也是梁家如今的控权人，今年七十有余，依然一头黑发，笑容和蔼。他身旁胡院长这张常年不苟言笑的脸上此

刻如繁花点缀，眉眼都弯似天上新月。

托他的福，柳絮宁在大三这一年终于见到了一群只听过名字的学校领导。

余光里，手机屏幕又亮了一瞬，柳絮宁正要低头回消息，她也就是在这个时候看见了梁恪言。

他走在最后，穿着一身柳絮宁未见过的西装，剪裁合体，身姿笔挺。头发刚剪过，完整地露出五官，眉目清晰，眼睛也亮。

手机在他指间松弛地转着。

走到柳絮宁那一排时，也许是没有掌握好力道，手机滑出手指的掌控，落到地上。在梁恪言垂眸的那一刻，柳絮宁陡然低头，打开和胡盼盼的对话框，缓慢地打字。她余光里是黑色西装的衣摆。

他捡起手机很快起身，手臂蹭过她的肩膀。

柳絮宁没动，依然盯着自己和胡盼盼的对话框。

直到身旁的气息越飘越远，她才无声地呼了口气。

走出大礼堂的时候，身边的人谈论的话题除了起瑞便是梁恪言。

柳絮宁莫名被这名字弄得心烦，她走到胡盼盼身边，对方问她接下来去哪儿。

"舞蹈房。"

"你又去练舞啊？一个迎新晚会能让你这么大费周章。"胡盼盼说。

柳絮宁"嗯"了一声。

胡盼盼只得一个人回寝室，路上发现了同班女生，既然有了同行人，她便笑眼弯弯地和柳絮宁告别。

走到艺术楼楼下，柳絮宁抬眼看到远处的空地上停着一辆宾利，再一看车牌，有些眼熟，像是梁恪言的车。

梁恪言上高中的时候，每逢周末就会带着弟弟梁锐言去老宅。老宅的那帮人知道梁继衷的独子梁安成收养了柳絮宁，可他们瞧不上柳絮宁那因病去世的妈妈江虹绫，自然也殃及池鱼地瞧不上她。

梁恪言在楼上画图的时候，梁锐言就在大院里向同龄孩子介绍柳絮宁。

那群孩子正是血气方刚的年纪，心思也无大人的弯弯绕绕，直言不讳。同龄男生大声说不喜欢柳絮宁，还质疑她为什么能进老宅，更有甚者揣测她是梁安成偷偷养在外面的私生女，纸包不住火才安了个名头把她送进梁家来。

孩子哪会说得出这些话？

柳絮宁想，大概梁安成收养已故初恋的女儿这件事已经沦为其他人茶余饭后的谈资。

梁锐言是这个圈子里说一不二的混世魔王，他看着柳絮宁发红的眼眶和摇摇欲坠的眼泪，还有夏日午后被太阳晒得通红的白净脸蛋，怒气倏然上头，挥拳狠狠打向那个说话声音最大的男生。

场面混乱，没人敢去拉架。

浸润在宠爱里长大的人不知道"度"为何物，柳絮宁在事态严重之前走上前劝架。见状，其他孩子也跟着拉开打得不可开交的两人。

柳絮宁好像站在圈子最中间，却又似游离在外，推搡拥挤都挨不到她。她慢慢抬起脚，踹向那个男生，力道狠重。他毫无防备地落入浅浅的池塘中，脑袋磕到边缘，他捂着脑袋"哇哇"大哭。

赶过来的家长一股怒气盘踞在喉咙中，她把儿子搂在怀里，心疼地絮叨着。她低头问儿子，是谁动的手，抬眼瞧见和自家儿子打架的是梁锐言，怒气只得硬生生被压至胸口。

梁继衷下楼的时候，家长便开始添油加醋。

梁锐言护在柳絮宁身前："对啊，这衰人就是我踹的，谁让他讲我宁宁坏话。"幸而只是磕到脑袋，再往下几分就要撞到眼睛了。

梁继衷用戒尺抽梁锐言的手，又让他在烈日下罚站。

梁锐言对柳絮宁说不要担心，又瞧见大厅里阿姨在给孩子们拿冰激凌，让柳絮宁主动去拿。柳絮宁拿了两根老式盐水棒冰，撕开棒冰的包装，一手拿着自己的，一手拿着梁锐言的，又喂到他嘴边。

梁锐言愤愤地咬着棒冰，终于开始慢半拍地回忆，而后碎碎念自己明明没踢到那男生，分明是那个小缺西自己脚滑掉进去的。

柳絮宁小小地咬了口棒冰，盐水味道在口腔里化开。她没应声，一抬头就看见了站在三楼阳台上的梁恪言。

那年他上高二，穿着白色T恤，手肘撑在栏杆上，干净的侧脸被阳光勾勒，短发随风飘动，指尖夹着一支铅笔。

不知道他站了多久。

吃晚饭的时候，柳絮宁和梁锐言从外面进来。说不清是故意还是无意，大圆桌边早已没有并排而立的座位。柳絮宁被梁锐言不由分说地按在了梁恪言身边，还嘱咐他多照顾些宁宁。

梁恪言没说话。

席间，上了一道咸蛋黄鸡翅。不知道谁多吃了一个，转了一圈转到柳絮宁跟前时，只剩下最后一个。

她观察着桌上每个人的餐碟。

只有她和梁恪言没有夹了。

柳絮宁说："哥哥，你吃吧。"

话音落下的那一秒，她无比清晰地听见了从梁恪言喉间溢出的一声轻笑。

短促到让人以为只是一声咳嗽。

可那笑分明像一记鞭打，干脆利落地降临在她脸上。难堪顺着肌理爬入骨髓，在年少的夜晚反复鞭答。

— 004 —

他饶有兴致地看人演戏，然后笑她的拙劣演技，笑她的不自量力。

"哎呀，不好意思。"一道女声打断柳絮宁的思绪。

炽热的阳光烘烤着她的后颈，她这才发现自己竟然在这栋楼下站了许久。

"没事。"

柳絮宁顺着声音的来源望去，然后看见了靠在车门边的梁恪言。

刚刚穿得规整的西装外套被脱下，白衬衫顶端的扣子解开了两颗，衬衫下摆留下一道蜿蜒的咖啡痕迹，些许滴淌至西装裤上。透过薄薄的西装布料，似乎都能看见紧绷有力的臀腿线条。

他面前站着一个女生，手里拿着一杯咖啡，脸红耳朵红，咬着的唇间露出无措。

柳絮宁认得那个女生，是同专业二班的。

"真是不好意思，刚刚我走路不小心。"女生眼含歉意地看着梁恪言，"可以给我一个你的联系方式，我洗好了之后……"

梁恪言有些走神，目光漫无目的地扫过艺术楼，接着往下，停留在门口那道身影上。

他突然轻笑一声。

女生有些愣，以为这笑是嘲讽，可眼前的年轻男人似乎并无此意，只是直直看着前方，都忘记了回答她。

爱美之心人皆有之，她当然也不例外。只是没有得到回应的对话实在无趣，她随意扯了几句便自然离开。

四目相对，避无可避。

柳絮宁已经走到最高的一级台阶，又扭身往下走。走到最后一级时，她蓦然想起那声笑，思绪缥缈，鞋跟没有踩稳，脚一歪，幸好扶住了一边的扶手，才将将站稳。

脚一动，脚踝处的疼痛丝丝缕缕地传来。

她没动，梁恪言也没动。

午后的这条路上，学生们拿着课本来来往往，单车穿行其中。有西装笔挺的大四学生从礼堂走出来，低头看着手中将自己过去二十几年缩略成薄薄纸张的履历；有拿着课本往教学楼走的学生；也有穿着军训服、三五成群从操场回来的新生，摇晃的汽水里冒出的是一腔对大学美好生活的希冀。

这里面，不乏富家子弟，也不缺寒窗苦读数年才踏入大都市的少年。

当然，还有另一种人。无论是学业的繁重，还是生活的辛酸酿成的苦楚都无法浇灌到他们身上，他们含着金汤匙出生，一生无须为任何事忧愁。譬如，梁恪言。

而柳絮宁又是其中特例，凭借已故的江虹绫，蹭到一点金汤匙的余光。

人生没有意义，出身富贵就是惊喜，像她这种"半路出生"的也算。

柳絮宁动了动脚踝，慢慢地往梁恪言的方向走。

— 005 —

他怎么就回国了呢？真令人心烦。

视线里，白衬衫的纹理随着距离缩短越发清晰。
"哥。"
梁恪言"嗯"了一声。
柳絮宁问："爷爷回去了吗？"
依旧是一个简单的"嗯"字。
可有可无的客套话结束。
柳絮宁低头看着路边的杂草，右脚踝动了动。
她站在梁恪言面前，因为从小练舞，肩背挺得笔直。炽热的阳光烘得她双颊微红，饱满的额头和小巧的鼻尖上冒着细汗。
她的双手背在身后，在人来人往的公共场合都显露出拘谨。
梁恪言看她一眼："回家吃饭。"
柳絮宁猛然抬头，眼里划过一丝没有掩藏好的抗拒："我要参加晚上的迎新晚会，今天住学校。"
梁恪言忽略那丝抗拒，目光笔直地落在她的脚踝处："这样也能跳舞吗？"
柳絮宁没声了。
沉默的空隙里，梁恪言打开车门，见她不动，手指屈起，缓慢地敲了敲车顶提醒。
柳絮宁低头，坐进副驾驶座。
车往青大西门口开。
此时先前那女生正和室友手挽手朝寝室走，一眼瞧见坐在副驾驶座的柳絮宁，又看了眼车牌，就是梁恪言的车无疑。
"那不是视传一班的柳絮宁吗？她为什么……"女生疑惑。
室友回答得随意："梁锐言的妹妹，可不就是梁恪言的妹妹嘛，搭一下车无可厚非。"
"他们看着也不像兄妹。"
室友笑带深意："他们家的事情，哪里说得清楚哦。"
自古以来，豪门秘辛总是令人费解。比如，居然真的会有位高权重的男人愿意收养初恋与其他男人的孩子，并视如己出。

车外街景流转，柳絮宁坐在车内，和舞蹈队队长讲明了自己脚崴的事情。队长让她好好休息，她的位置会由替补替上。她随后又和胡盼盼说今晚不住寝室。
发完消息，手机恰好没电，自动关机。
柳絮宁心中懊恼了一下自己为什么不充满电再出门，手指在漆黑一片的手机屏幕上乱敲。
还没到下班的高峰期，跨海大桥上却开始拥堵。

- 006 -

梁恪言摁下车窗，指尖点着方向盘，偶尔看她一眼。

柳絮宁的皮肤白，侧脸上的绒毛似飘落下来的柳絮，脸型弧度流畅，鼻梁高而窄，深色的瞳孔被斜射进来的夕阳染成茶色。

她突然抬手，抓了抓自己左侧的碎发——手臂顺理成章地遮挡住他观察她的视线。

梁恪言看见柳絮宁左手上的手串，想起自家弟弟手上也有一串，戴了很多年。

倒是专情，这么多年了，两人都没换过。

三十分钟的车程因为堵车，开了足足五十分钟。

车子开进云湾园，速度变慢，驶过栽种着美洲茶的拐角，在最里面的独栋花园别墅前停下。

地上车库内停着两辆车，没有空位。

知道梁恪言要将车开到地下车库，柳絮宁先下车，刚走了没几步，脖子突然被一只手臂从后环住。高大的身躯从背后拥上来，炽热的气息喷薄在她耳后，又即刻退开。

手臂似乎是刚用水冲过，连带着柳絮宁的脖子上都沾了湿意。

"梁锐言。"柳絮宁不用看便知是谁。她站在原地，平静地看向身旁。

梁锐言此刻笑得正得意，背着个黑色的斜挎包，右手拿了副羽毛球拍，白色T恤被汗水洇湿几分。待柳絮宁把头偏过来时，他把手上的水弹向她的脸。

柳絮宁不轻不重地捶了下他的肩膀。

梁锐言这时才问："晚上的迎新晚会，你不是有节目吗？"没等她回答，他又觉得奇怪，"谁送你回来的？"

柳絮宁探头往后看，梁锐言顺着她的视线，透过半降的车窗看见了梁恪言，他旋即露出一个笑："哥！"

梁恪言点头以作回应。

柳絮宁的视线随梁锐言的手而动，她捏住他的右手腕："你怎么又戴在右手了？"

左手寓意健康、吸纳福气，右手则寓意聚财。

梁锐言说："你戴左手，我戴右手。你身体健康，我赚大钱给你花，完美。"

柳絮宁不由得笑："上学期你挂了两门，毕业都难，还想赚大钱。"

她往前走，梁锐言又从后面贴上来："你瞧不起谁呢？补考我肯定会过的。"

梁锐言习惯性去扯她的辫子，却只抓到一个丸子头。柳絮宁仰头和他说话时，习惯性把碎发勾到耳后。

花园别墅的外墙在今年年初重新修葺设计过，洁白无瑕，爬墙月季笼成的粉紫色层层叠叠。她和梁锐言站在门前，脸上展露的笑容生动勾人，像极了所有青春电影中的序幕。

梁恪言收回视线。

走进家门，林姨从鞋柜里拿出两双拖鞋。刚换上家居服的中年男人正好下楼，瞧见柳絮宁，朝她淡淡一笑，又看见梁锐言身上那件脏兮兮的短袖，免不了一番训斥。

眼前这人，就是梁安成。

柳絮宁五岁那年，江虹绫带她去少年宫学舞蹈，意外遇见了梁安成。

那时，距离梁安成的发妻因病去世已经两年。要一个男人为他曾经深爱、如今已病逝的妻子守身如玉比登天还难。两年时间，足够赚来圈里的一句"深情"。

他和江虹绫爱意复燃，迅速坠入爱河。但好景不长，半年后江虹绫因病去世。梁安成起了收养柳絮宁的念头，碍于两人的年龄差没有四十周岁，梁安成拜托父亲梁继衷和母亲许芳华收养柳絮宁，没有意外地被拒绝。

梁安成让柳絮宁安心，表示一纸薄薄户口不代表什么，他会承担起照顾她长大的责任。

也是从那天起，柳絮宁搬进了梁家。

刚搬至云湾园时，柳絮宁和梁锐言正是读小学的年纪。梁安成公司事务繁忙，常要应酬。这个年纪的孩子同处一个屋檐下总归是落人口舌，况且梁安成收养柳絮宁这事儿在圈子里早就引起轩然大波。

梁安成喜欢先斩后奏，梁继衷更是将面子看得比天大，话既已放出，再不情愿也不好出尔反尔。

梁安成经常不在家，他出门前说的频率最高的一句话便是——恪言、锐言，一定要照顾好妹妹。

前者从来都以沉默面对这话，后者则连连点头应下。

从某种程度上来说，这个家属于他们三个人。

十分钟后，梁恪言进门，他和梁安成简单打了个招呼后上楼。

饭点，林姨上来叫人吃饭。

难得碰上四个人一起吃饭的时候，柳絮宁的那点自在感陡然减少几分。她坐在梁锐言身边，一言不发地吃着饭。

期间，梁安成和梁恪言说着公司事宜。梁恪言本科学的艺术类，后来才修的商科，梁安成对梁恪言空降高层颇有微词，但这是梁继衷的决定，他不好多说。

梁恪言起先还应着，后面就没了听的心思。走神间，他看见梁锐言往柳絮宁的碗里不停地夹着荤菜。

柳絮宁小声嘀咕了句"够了"。

梁锐言权当没听见，依然往她碗里夹菜。

柳絮宁努努嘴，瞟了眼梁安成，他似乎没注意这边，于是将排骨丢回梁锐言的碗里。

梁恪言和梁安成说话的兴致从来都不高，搭在餐桌上的手一动，筷子落到地上，他弯身去捡，眼皮一抬。

— 008 —

桌下，柳絮宁的膝盖和梁锐言的膝盖碰到一起，两人暗暗较着劲。

玩闹之间，她一个脱力，悠闲地晃着的腿不小心蹭到梁恪言的脚背。即便隔着毛茸茸的拖鞋鞋面，她还是一惊，急速往后退，拖鞋的边缘却被对方意外地踩住。

她的脚趾不自觉弯了一下，不知所措间，见梁恪言站起身。

梁安成："林姨，帮恪言拿双干净的——"

"不用，"梁恪言经过柳絮宁身后，看见她发红的耳后，"我自己去。"

饭后，柳絮宁进了房间，依稀记得柜子里还有最后一片膏药。她不高兴拆盒新的，可翻找半天无果，只找到一张压箱底的合照。那是20××年清湖区少年宫舞蹈班学员的合影。

她生得漂亮清秀，站在第一排的中间。手指在照片上滑动，最后排从左数第三个高出同龄人一截的男生，就是梁恪言。

柳絮宁没想过要学跳舞，五岁的时候却被江虹绫以人要有一个擅长之处为由带去少年宫学跳舞。江虹绫就是在那里遇见了梁安成。

被劈叉和压腿折磨到痛哭流涕时，她一抬眼看见教室外，江虹绫和一个陌生男人站在一起。男人一身笔挺西装，从手腕上的手表到串珠，再到西装牌子，处处彰显矜贵。

柳絮宁起先没有在意，后来她发现妈妈总是和这个男人谈笑风生，才知道他是隔壁班一个男生的爸爸。

江虹绫去世后，梁安成带她走进梁家。彼时那个曾和她有过几面之缘的男生就站在客厅里。

接收到梁安成的视线，他面无表情地看她："我叫梁恪言。"

梁恪言有一张出挑到让人难忘的脸。

"跟妹妹握个手啊。"梁安成说。

梁恪言没动，眼神平静地落在柳絮宁的脸上，像在不动声色地观察。

"啧，你这孩子！"

人要有自知之明。

柳絮宁主动朝他伸出手："哥哥你好，我叫柳絮宁。"

稚嫩的声线脆生生的，像黄鹂鸟"扑棱扑棱"往眼前飞。

静了几秒，梁恪言也伸出一只拳头，手背朝上，然后慢慢翻转，张开手时，一只螳螂猛然跳出他的手心，往柳絮宁的脑袋上蹦着逃走。柳絮宁吓呆了，反应迟缓地低低尖叫一声。梁安成也诧异了一下，立刻便是一顿骂。

梁恪言神情未变："是梁锐言塞在我书包里的。"

于是梁安成又怒气冲冲地满屋子找梁锐言。客厅里只留下梁恪言和被螳螂吓得满脸通红的柳絮宁。

片刻后，梁安成逮着梁锐言往楼下走。

"看你把妹妹吓的！"

"对不起。"梁锐言挨打挨惯了，从不狡辩。

只是，道歉的话刚出口，他傻乎乎地"啊"了一声："不对啊，这关我什么事？"

那是柳絮宁和梁家两兄弟的正式见面。

五岁的柳絮宁尚未知江虹绫带她去学舞蹈的目的到底是什么。

如今的柳絮宁再将当年的事抽丝剥茧，江虹绫为什么突然带她去学舞蹈，梁安成平时公司事务繁忙却能抽空亲自带梁恪言去练舞，而在两人重逢后梁恪言就再也没有学跳舞……

她已然清楚地知道，自己不过是一个完美的借口。

思绪回笼，柳絮宁摸了摸自己的脚踝，决定下楼找林姨拿一盒新的膏药。起身时，手肘拉扯间，后背肩胛骨处传来些许疼痛。

今天练舞前热身时长太短，也许是拉伤了。

柳絮宁将短袖的衣袖卷至肩膀，背对着镜子，扭头以一个怪异的姿势看镜中的后背。

"柳絮宁，阿姨说你的脚崴了？"

门突然被人打开，柳絮宁吓了一跳，手一松，慌乱地整理衣服。

梁锐言眼睛一晃，还没看清，便被人揪住脖子，如提一只蠢笨的动物，毫不留情地往后丢。

"哎，哥你干吗？"

梁恪言没回答，手肘用力一推。伴随重重一声关门声，门又关上。

柳絮宁回神，快速地做整理。

过了两分钟，才响起一阵敲门声，柳絮宁走过去将门打开。

梁锐言靠着墙，梁锐言站在她面前，伸手将一片膏药递给她："林姨说你脚崴了，给你拿了膏药，你记得贴。"

她接下膏药，越过梁锐言的肩膀，看见后面的梁恪言。二楼走廊光线有些昏暗，他站在明暗交界点，看不清五官。

柳絮宁语速极快地说了一声"谢谢"，然后把门关上，往房里走了一步后又折回。

上锁。

她靠在门边，听见梁锐言在问梁恪言刚才为什么要这么大力拽他的衣领。

两人的脚步声渐行渐远，柳絮宁听不见后续，也没什么兴趣，转身走回落地镜前，眸光一寸寸扫过镜子里自己的身体，又费劲地将膏药贴上。

"哥，你刚才干吗拽我衣领？"

梁恪言走在前面，上了通往三楼的楼梯。

没得到梁恪言的回答，梁锐言又自顾自地说："虽然不敲门就进她房间这事儿很没品，但是我和柳絮宁不一样。哥，你不是知道吗？你刚刚吓到她了。"

梁恪言的眼睛看着门把，却似透过门把想起刚才柳絮宁因为惊吓而瞬间变红的脸，以及他和梁锐言走出几步之后才响起的一道微弱却足够清晰的锁门声。

哪里不一样？他怎么知道。

梁恪言握着门把的手迟迟未下移。他偏过头，看向梁锐言："那需要我明天和她道个歉吗？"

梁锐言随手拽了拽衣领："那倒也不至于。"

翌日。

柳絮宁昨天晚上没有将闹钟往前调，起得有些晚，下楼的时候，梁锐言已经坐在桌前吃早饭。

他头也没回，盛了一碗甜豆浆，把油条泡在里面后，才将碗挪到柳絮宁的位子前。

"你是不是以为还在学校，闹钟都没改？"梁锐言问。

柳絮宁没仔细听他在说什么，困意朦胧地点头。

梁锐言说："你下节应该是选修课吧？迟到也没关系。待会儿在我哥车上睡。"

柳絮宁清醒过来了："他送我们去学校？"

"对啊。"

"他今天是上任第一天吧，不需要去公司吗？"

"需要。"回答柳絮宁这问题的是梁恪言。

梁恪言的精力向来旺盛，无论是以前上学还是现在工作，只要空下来就会跑健身房、游泳馆，还有雷打不动的早起晨跑，或是在庭院里的泳池游泳。

有梁家这两兄弟当示例，柳絮宁一度以为这个年纪的男孩个个都爱运动、爱跑爱跳，身材有型，出门逛一圈才知晓，这些都是幻象。

梁恪言下楼前应该是游完泳后刚洗了澡，身上的沐浴露味道正浓。他抬手越过柳絮宁去拿她手边的咖啡时，柳絮宁下意识看了眼他的手臂，捏着勺子的手紧了又松。

她低头喝了口豆浆："这样啊，辛苦哥哥了。"

梁锐言打开车门，柳絮宁坐进后座。梁锐言刚要弯身坐她身边，又被无端拎住衣领。

"我是给你当司机的吗？"梁恪言说。

梁锐言"啧"了一声，坐上了副驾驶座，边扣安全带边念叨："你开车还要旁边坐着人啊？我就最讨厌副驾驶座坐人了，浑身不自在。"

"哦，除了柳絮宁。"他补充。

梁恪言没搭理。

"你的玉佩怎么又戴反了?"透过后视镜,梁锐言看了柳絮宁一眼。

柳絮宁拽着玉佩的红绳,转了个向。

短袖领口围绕的锁骨精致明显,上面挂了颗小小的玉佩。

梁恪言看见梁锐言脖子上的玉佩,粗略扫过,纹饰似乎一样。

他们怎么有那么多一模一样又廉价的东西。

梁恪言的车开得很稳,柳絮宁的脑袋贴着玻璃窗,看了一会儿窗外的风景,眼睛无力地闭上。

梁锐言早上没课,指明要梁恪言送他到男寝楼下。

"她在 Z 教上课,哥你知道 Z 教怎么走吧?"梁锐言问。

"知道。"

梁锐言回头看柳絮宁,她实在睡得熟,头原本是靠着车窗的,不知何时贴着副驾驶座的头枕后侧。

恶劣心思作祟,他侧身,两指屈起,毫不留情地敲在柳絮宁的脑袋上。

"猪啊柳絮宁!"

柳絮宁睁眼,眼神迷茫,先映入朦胧视线的是梁恪言。他微微偏过头朝这边看,脸上没什么表情。

"到学校了。"梁锐言在她面前打了个响指。

她困到懒得说话,转开头,浑身上下充满对上课的抗拒。

男寝离 Z 教还有些距离。

也许是在学校的缘故,纵使此刻路上只有三两个学生,梁恪言的车仍是开得极慢。

柳絮宁还处于从茫然到清醒的过渡状态,直到车开过 Z 教后,她才渐渐回过神,慢半拍地回敬梁锐言骂她的话。

"开过了,你个笨蛋!"

话音落下,车内沉寂一片,呼吸都变得明显。

不是梁锐言送她来学校,而是梁恪言。

脸上急剧升温,柳絮宁低头盯着自己的鞋。

半响之后,听见一道平淡无波的声音:"谁在开车都认不出来?"

不过只是叫错一声名字,有必要这么阴阳怪气吗?柳絮宁快速地拿过书包,撂下一句"谢谢哥哥",推开车门,脚用力踩地时引发的疼痛惹得她倒吸了一口凉气。

从车上下来的时候,正好撞上胡盼盼。

胡盼盼的视线落在她身后这车上:"梁锐言呢?你的脚崴了,他都不送你?"

柳絮宁没正面回答:"你这个点还没去上课?"

胡盼盼摆摆手,无所谓道:"跟你一样,迟到了。"

- 012 -

说完，她挽住柳絮宁的手，和柳絮宁一起走进教学楼。

柳絮宁彻底走进教学楼前，回头望了眼。梁恪言的车依然停在那里，透过挡风玻璃能清楚地看见他的五官。

梁家两兄弟的皮相和骨相实在优越，可外人说起这两人，念叨在最前头的一句就是比起梁锐言，梁恪言少了几分少年气和人情味。

柳絮宁移开与梁恪言刚对上的视线。

的确。

起瑞商业集团的办公楼设在青城世纪府，两座高耸入云的大楼相连，与金融中心呈三足鼎立之势。

一楼大厅内，起瑞的管理层分列两排，站得整齐。

站在最前面的 Amanda 转动了一下脚踝，西装口袋内传来一声响动，她拿出手机点开。

"大家散了吧，小梁总今日不来。"

闻言，人群里传来几道窸窣声响。

"初出茅庐的臭小子。"

顾长平和乔文忠站在电梯前，盯着从 B2 往上升的电梯。

"要我任一个毕业没几年的大学生摆布？"

"我们这位小梁总啊……"乔文忠笑着摇摇头，眼里满是轻蔑。

起瑞前身是电子设备制造公司，由梁继衷和留学时结交的好友一同创立。1997 年后金融风暴席卷，梁继衷反其道而行之，凭着当初赚来的家产购买大量地皮，建立商厦。千金掷豪赌，最后赚得盆满钵满。

这几年来，梁继衷岁数渐长，力不从心，部分公司事务逐渐放手给梁安成。但梁安成显然不是一个可靠且有能力的执行者，顾长平、乔文忠盘踞已久，野心勃勃。

如今梁恪言空降分部，虽然出任的是副总，手中握的股份比例却不容小觑，意味着什么不言而喻。

"我倒要看看，才毕业没几年的臭小子能——"

清脆一声"叮咚"，电梯门打开。

顾长平突然语塞。

眼前，梁恪言神色平淡地站在电梯中间，朝他投来一眼。

梁恪言今天穿了件深灰色的西装，抬手理了理自己的衣襟，整个人看起来冷冰冰，语气却温和有礼："顾叔、乔叔，好久不见。"

乔文忠先一步反应过来，和蔼地笑着走入电梯："小梁，真是好久不见啊。"

顾长平紧随其后。

身后几位秘书眼观鼻鼻观心，按下关门键，等待另一部电梯。

"什么时候回来的？"乔文忠站在梁恪言身旁。

梁恪言:"有半个月了。"

"国内生活还习惯吧？"

梁恪言点头。

"小梁，初来乍到，你对起瑞还不太了解吧？我让陈助带你四处逛逛。"乔文忠盯着梁恪言。

"乔叔说笑了，我怎么会对自己的东西不熟悉呢？"梁恪言目光未避。

电梯里的空气一瞬凝滞。

电梯直达六十二层，助理于天洲抬手拦住电梯门，等梁恪言先往外走。

乔文忠正要跟着出来，梁恪言回头看他："您的办公室也在六十二层吗？"

乔文忠愣住。

电梯门慢慢闭合间，他看见梁恪言冲他温和一笑。

顾长平靠着电梯轿厢，双手环胸，见老友吃瘪的模样，冷笑一声："瞧瞧，热脸贴冷屁股了吧。"

Amanda 在五分钟前收到了群通知，她站在董事办门口等候梁恪言。

"小梁总您好，我是起瑞秘书部的 Amanda。"Amanda 跟在于天洲身侧，将一沓文件摊开放至梁恪言的办公桌前。

梁恪言不习惯穿西装，他将外套脱下，Amanda 自然地接过。

他抬手扯了扯领带，目光落在眼前的文件上，一行行往下扫。

视线在其中一页停下，他问："万恒不是已经同意签署协议书了？"

Amanda 触到梁恪言的视线，心里怵了一下。

万恒商场的创办人万兆隆在三个月前去世，现下万家乱成一锅粥，梁继衷想趁乱吃下这块地已久，就把事情交给梁安成，梁安成又扔给了乔文忠，乔文忠费心费力，为的就是借此机会在梁继衷面前邀功。可在这个当口，股东大会上突然提交了梁继衷股权变更的审议，受让人便是梁恪言。

管理层上上下下都得知梁恪言空降的消息，乔文忠也知道这是摆明了要把自己只差临门一脚的功劳递给太子爷。

他索性摆烂，不仅是这件事，大大小小的琐事他都一并摊手不干，让 Amanda 递交总裁办。

其中缘由，Amanda 自然明了。

沉默的空当，梁恪言兴味索然地把玩着桌上的那支钢笔。

半响，他抬手，两指扬了扬。于天洲将一份人事变动通知递给 Amanda："麻烦邮件通知至各个部门，辛苦。"

Amanda 点点头，一眼便瞧见了第一行的"乔文忠"三个字。

高层人事变动一向是架空的委婉说辞。

梁恪言没有权力解聘管理层，但他有权力安排。

良好的职业素养让 Amanda 立刻反应过来,点头说好。

如今公司里这些老人都仗着自己数年之前为起瑞立下的汗马功劳居功自傲,他们清楚地知道梁安成顾及旧情,心慈手软。

但梁恪言和梁安成不一样。

垃圾,总归是要丢掉的。

上完下午第四节课后,柳絮宁本想去男寝楼下等梁锐言下楼,对方却给她发消息,说正在羽毛球馆。

柳絮宁走到羽毛球馆的时候,里头人声鼎沸。几个男生和女生随意地坐在地上休息,有人看见她,朝她挥手。

柳絮宁走过去,在一个男生身边坐下:"他今天打了多久了?"

她的视线落到羽毛球场上,梁锐言身体后仰,弹跳,看准羽毛球的位置,一记扣杀,羽毛球呈直线朝地面高速飞去。

场外一片叫好声,男生跟着鼓掌,回柳絮宁:"在这里泡一天了,他过几天有比赛。"

柳絮宁知道,于是点点头。

球局结束,教练招呼几个队员过去,梁锐言站在最外侧听着。

隔着远远的距离,柳絮宁都能听见教练骂梁锐言的声音:"就你每次都不听我的话,还敢站到最外面!"

其他人都憋着笑,梁锐言也笑:"真听着。"

教练讲完之后,梁锐言立刻朝这里跑来,一个急刹停在柳絮宁面前。他蹲下身,胸口微微起伏:"等多久了?"

柳絮宁还没开口,旁边的男生插科打诨:"人家等你老久了,说再不结束就走了。"

梁锐言一脸嫌弃:"你滚远点行不行?"

梁锐言在一旁整理羽毛球拍,柳絮宁慢慢起身。等他收拾完后,两人一起往外走。

"梁锐言见着柳絮宁就又把你抛下了?"两个女生并肩走来,其中一个女生问。

那男生应:"不然呢?他为了我把柳絮宁抛下才比较恐怖吧。"

"他俩都这样了,还不算在一起,那到底要怎么样才算在一起?"女生纳闷,又戳戳身旁的好友,"是吧,薇薇?"

顾紫薇看着两人远去的背影,男生脸上全是张扬笑意,偶尔玩闹劲上来了,撞一下柳絮宁的肩膀,或将她的头发弄得乱七八糟,仗着她走不快,眉梢处的笑意更加放肆。

顾紫薇收回视线:"关系好点的朋友不行吗?"

走到男寝楼下,梁锐言拉住柳絮宁。

她疑惑:"不去西门吗?"

"怎么,你这脚还准备坐地铁回家?"梁锐言说,"我哥来接我们。"

柳絮宁慢半拍地"啊"了一声:"学校离市中心很远吧?他过来也不太方便。"

正说着,梁锐言抬头,冲那边招招手:"又不是他开车。"

柳絮宁也看见了梁恪言的车,一辆打着双闪的六座奥迪。她低头,跟着梁锐言往那边走。

开车的是司机周叔,梁恪言坐在第二排,正低头看着文件。

三人当中,要数梁锐言的话最多。车上,他喋喋不休地说着废话,柳絮宁早就习惯了,看着车窗外飞驰而过的风景,不走心地"嗯嗯"几声。

"你听没听我说话?"梁锐言凑过去,像一只摇头晃脑的小京巴,"你嗯什么啊?我刚刚说了什么,你重复一遍。"

真会难为人。

"说不出来了吧?你果然又不听我说话。"总是这样,抓住一个点就开始咄咄逼人。

柳絮宁的余光几乎要瞥到地上,突然抓过梁锐言的手,看见他中指指根处因为水泡磨破而裂开的一道小伤口。

她正纳闷着,梁锐言已经开始解释:"今天我拿的是陈维的球拍,他的手胶没缠好,我打得太用力了,不小心磨到的。"

柳絮宁无语地拿出包里的创可贴,刚撕开,就听他一声抱怨:"又是这个。"

便利店里个位数一盒的创可贴,粉粉嫩嫩的底色上印着花里胡哨的图案。

想到车里还有其他人,柳絮宁压低声音:"你不要算了。"

赤裸裸的威胁,梁锐言敢不要?

他任由柳絮宁摆布,嘴巴却不停地念叨着为什么她所有的东西都是粉色的。柳絮宁听到后面,已经忘记旁人的存在,毫不客气地回敬。

梁恪言初来起瑞,公司事务琐碎繁忙,大脑高速运转了一天,现下耳朵里充斥的全是后面两人幼稚且无营养的对话,聒噪至极。

他揉了揉太阳穴,偏头间看见梁锐言手指上缠绕的那抹粉。

好难看的颜色。

梁恪言:"坐好。"

梁锐言:"……哦。"

没安静几分钟,梁锐言又憋不住:"哥,我明天要去黎城参加比赛,你以后上班都要周叔送吗?不用的话,让周叔这段时间来接一下宁宁呗。"

周叔没答,余光看向梁恪言。

梁锐言说这话前没和柳絮宁商量过,她一时怔住,快速在心里盘算时间。她依稀记得起瑞的上班时间是上午十点,可是市中心、云湾园和学校这三个地方相隔的距离实在太远,如果周叔送完她后再回云湾园接梁恪言,肯定来不及。

- 016 -

这样想着，她立刻说："不用，我可以住学校。"

梁锐言睇了她一眼："你能爬上铺？"

柳絮宁语塞。她今天在寝室的时候试了一下，发现爬上下铺太困难了，平时走走楼梯还好，一旦右脚单独用力时便是一股钻心的痛。

"我可以打车。"柳絮宁脑子转得飞快。

梁锐言："我还不知道你，你舍得花钱打车上下学？我不在，你肯定又坐地铁回学校。"

梁恪言合上文件，丢在一旁的位子上，像在思考什么。片刻后，他突然开口："周叔明天要送爸去青佛寺。"

"又要去住一个月？"梁锐言问。

"嗯。"

有钱人大多信奉风水，这也算是梁安成多年来的习惯，每年总有一定时日长居寺庙，不问外事。

前方的红灯进入倒数。

梁锐言想了想："哥，你最近忙不忙？"

柳絮宁脊背一僵，几乎能想到梁锐言接下来的那句话，若是让梁恪言来接她上下学，那她宁可承受这钻心的疼痛。但是梁恪言一定会说自己刚接手公司，事务繁忙。想到这里，柳絮宁又放下心来。

她发怔似的看着后视镜，猝不及防地和梁恪言的视线撞上。这是他毕业两年回国以来，柳絮宁第二次如此认真地打量他。

乌发浓眉，瞳仁黑亮，五官依旧出挑，褪去了青涩与稚嫩，看人时冷淡，连下颌线都透露锋利与漠然。

初到梁家时，柳絮宁便知，他和梁锐言的确是截然不同的存在。而时至今日，这个想法依然没有变。

"不忙。"

他突然的回答让柳絮宁思绪回笼。

"那你接宁宁上下学呗。"梁锐言立刻说。

"好。"

梁锐言和梁恪言一问一答的速度太快，快到柳絮宁根本没来得及拒绝。她拽了拽梁锐言的衣摆，奈何他一点也没察觉。柳絮宁做了个深呼吸，梁恪言抬头，从后视镜里见她双手环胸安静地坐在一边，像一只郁闷到暗暗发牢骚的猫。

梁锐言说了一遍还不放心。他知道柳絮宁与哥哥的关系不比自己，如若哪天梁恪言忘记了这件事，她自然也不会主动询问。想到这里，他又叮嘱一句："哥，你一定要记得接她上下学啊。别忘了我们宁宁。"

柳絮宁不高兴的情绪更加明显地表现在脸上。

梁恪言的注意力从她身上挪开，却还是觉得好笑。她在莫名其妙不高兴些什么？

他于是语气平静地回："知道了，不会忘记我们宁宁的。"

意料中的，柳絮宁瞪大双眸，不敢置信地看着他，好像这个所有人都能喊的称呼从他嘴里冒出来就是惊世骇俗，就是不被允许，就是罪大恶极。

梁恪言心情突然大好。

柳絮宁收到梁锐言的消息时，已经是晚上九点半了。此时她正从浴室出来，看见弹框后，无语又习以为常地从最底下的抽屉里拿出一盒膏药，随后往楼上走。

伤筋动骨药算是梁家需求量比较大的东西了，柳絮宁和梁锐言都离不开它。

梁锐言没关门，柳絮宁敲了三声后走进去。梁锐言穿着一件宽松的黑色背心，盘腿坐在地上缠手胶。看见她进来，他惨兮兮地笑了下。

柳絮宁问："哪里？"

梁锐言指着手臂连着肩胛骨的位置："看不见，老贴歪了。"

柳絮宁蹲在他身边，细心地替他贴好膏药。她刚洗过头，半湿的发梢上抹着的护发精油散发出淡淡的栀子花香，和头发一起绕过梁锐言的鼻尖。他的眼神晃了下，随即将视线收回，调笑道："你别贴歪了。"

话落，不轻不重的巴掌拍在他肩背处。

"那你叫我来干吗？"

"不是……柳絮宁，你能不能对我客气点？"

"那以后你别说话了。"

她怼得他无言，只能投降："好，我就多这一句嘴。"

此刻别墅里寂静。

柳絮宁和梁锐言道了晚安后，轻轻关上门，刚一转身，眼睛登时睁大，心也倏忽提到嗓子眼。

梁恪言站在楼梯拐角处，前脚甚至迈在第一级台阶上。他似乎也被眼前这景象惊了一下，停在原地好一会儿没动。

夜深人静，光线昏暗，悄然无声中突然看见一个人，任谁都会被吓到。柳絮宁率先反应过来，心想这人怎么连呼吸都没声音啊，面上却露出一个故作镇定的大大笑容："哥，有事吗？"

梁恪言看了她一秒，指着她旁边的房门："那是我房间。"

脑子果真被吓糊涂了。

柳絮宁表面平静，"哦"了一声："那我回房间了。"路过他时，她又讨好地笑了下，"哥，晚安。"

她走过时，周围留下浅浅的花香，梁恪言分辨不出那味道，继而大步上楼。

在转角处，梁恪言回过头，视线只能落在她的背影上。

像落荒而逃，也不知道她在心虚些什么。

梁锐言第二天一早直接去了机场和队员会合，柳絮宁则在楼下吃着早餐，耳

朵时刻注意后方楼梯的动静。

直到一阵脚步响起,她将一口粥塞进嘴里就起身:"哥哥,我好了。"

柳絮宁一转头,看见梁恪言的领带松松垮垮地套在灰色衬衫上。他边下楼边慢条斯理地系领带,视线扫过柳絮宁手边的碗,艇仔粥喝了一半,其他东西基本没动。

系领带的手顿了一下,将将打到最后一个结,他手一松,将领带从脖颈上抽走,随意地挂在椅背上:"我还没好。"

他这是也要吃早餐的意思吗?

柳絮宁想了想,反正自己也没吃饱,索性坐下继续喝那碗粥。

"从学校去起瑞,应该很麻烦吧?"柳絮宁不动声色地看他一眼,"我记得早高峰过跨海大桥的时候都特别堵。"

梁恪言没出声,于是柳絮宁继续说:"其实我自己去上学也可以的呀。梁锐言这个人总是很夸张,我只是稍微崴个脚,又不是腿断了。哥你送了我之后又要去公司,晚上还要从公司来接我,接了我后还要再回家,这个路程实在是太麻烦了……"

"柳絮宁。"梁恪言打断她的絮絮念叨。

"到!"她正襟危坐。

梁恪言:"……从家到你的学校,再从你们学校到起瑞,的确很远很浪费我的时间,但是我既然答应梁锐言了,就不能不守承诺。"

所以如柳絮宁猜测的一样,梁恪言本来就不愿意接送她,昨天只是因为不加思考地答应了梁锐言才稀里糊涂地把这差事揽了下来。

"那你别送我了,我一个人也不会出事。"柳絮宁低头,手里的小瓷勺有一下没一下地撞着碗沿。

梁恪言拿过一旁的领带,语气漫不经心:"你要是出点什么事,我怎么跟我那位弟弟交代?"

柳絮宁不咸不淡地"哦"了一声:"那谢谢哥哥了。"

梁恪言见惯了她这模样,表面装得贴心乖巧,转头也许就会在笔记本或是备忘录上记一笔:梁恪言,莫名其妙、阴阳怪气、阴晴不定、没耐心!再附赠一个大大的叉。

纵使出国两年,他依然比弟弟更了解她。

柳絮宁直言车开到学校门口就好。车还没停稳,她就已经解开安全带准备开门了。

梁恪言皱眉:"车上有鬼?"

不是,有鬼她还真不怕了。

柳絮宁又靠回车座,指甲沿着安全带的纹路来回抠,弱弱地回答:"不是,是我快迟到了。"

"那我开进去。"

"不不不！"她忙摆手，又发现自己的行为太过夸张。找补不了索性就跳过这个问题，她打开车门，"我去上学了。"

回头的时候，柳絮宁的视线落在梁恪言的脖颈上，她关门的动作顿了一下。

梁恪言察觉到她的目光："怎么？"

柳絮宁坐回副驾驶座，伸手靠近他，待到与他的下巴不过咫尺之距时，梁恪言才快速往后躲开："干什么？"

语气生硬得让柳絮宁一时不知道做什么，片刻后，停在原地的手才像找回知觉般在空中虚虚地点了点："你的领带没有打好。"

梁恪言这才低头。他不怎么穿如此正式的西装，打领带的手法更是生疏没有经验。想起刚才自己避开的幅度太过夸张，和她无辜受伤的神情，他沉默了一下才反应过来。

他难得低了头，刚要离她近一些，却见柳絮宁已经神色如常地拿出手机，很快地找出几个收藏的教学视频发给他。

"梁锐言有的时候上台领奖或是代表讲话就要穿西装，但是他太笨了，跟着视频都学不会，所以我收藏了几个给他用。哥，你比他可聪明多了，肯定能学会吧？"

第二章 /
示好

如果摸不准新上司的喜好与习惯，那么上班就如上坟。

Amanda 此刻在上坟。

她抱着一沓待签文件递给梁恪言，然后看他绷着一张脸坐在位子上签名。

他发什么邪火，都到要吃中饭的点才来上班，还有什么不高兴的？

Amanda 把整理好的待办事项汇报给他，又提到这几天还有几个饭局需要他参与。

梁恪言让她安排好时间，撞不上的话便都应下。本科提前毕业的缘故，梁恪言硕士毕业至今已经两年。他选择的方向与梁继衷所预想的略有不同，但梁继衷很清楚，有些人一旦脱离了控制便很难再回归原本的轨道，梁恪言便是这类人。既然如此，逆势不如顺势。

他在背后悉心打点铺路，让梁恪言进了一家行业领先的咨询公司历练，主做企业并购。

长此以往，梁恪言虽然讨厌这样的应酬和饭局，但也知道这些人际交往都是必要的。

"对了，帮我约万恒的万嘉麟。"

Amanda：" 好的，小梁总。那我先出去了。"

梁恪言点头。他一眼看见桌角蓝白相间的小飞燕："这个花——"

Amanda 的注意力随他的视线而动。昨天她看出梁恪言不喜欢桌角摆放的玫瑰，从于天洲那里问出梁恪言的喜好，得知他喜欢小飞燕才摆放在这里。

这花没问题吧……

"花苞很难分出来，辛苦。"梁恪言说。

Amanda 怔愣了一会儿，很快反应过来。小飞燕花苞很小，叶子又多，花苞藏在一堆绿色枝叶中，拉扯时要极度小心，她的确费了些许功夫。梁恪言既然知道，那必定是亲自分过花苞的。

上坟状态暂时停止。

"不客气，小梁总，这都是我该做的。"

"我听说他要约万嘉麟。"四十楼办公室内,乔文忠姿态闲适地坐着,眼里一派轻蔑之色。

顾长平呷了一口热茶:"你现在还有心思管这个?再过几天,你可就要被他一纸变动送回家颐养天年了。"

乔文忠:"我昨天和老梁打过电话了,这事儿不急,梁恪言他有什么资格辞退我?我只是可惜了我为万恒费的那些功夫。"

顾长平脸色不变,心中心思却翻飞。

费功夫?你能费什么功夫,不就是借此把小女儿送进万家的机会被突如其来的梁恪言截胡了嘛。

下午,柳絮宁在走到校门口之前去小卖部买了杯奶茶,拿着做好的奶茶走了几步,她又匆匆折回,再次下单。

差点忘记了,今天是梁恪言来接他。虽然她不愿意和他独处,他也不愿意和她待在一块儿,但先送他一杯奶茶,应该不至于给她摆脸色。

此刻刮着微风,燥热不减,柳絮宁捧着两杯奶茶坐在校门口前的大石墩上,低头看着蚁群。柳絮宁看得出神,连两道响亮的汽笛声都忽略了。

梁恪言坐在驾驶位,车窗半降。两道鸣笛声拉不回她的注意力,他也没再多摁,只沉默地看她。

习惯性盘成丸子头的长发此刻扎成了松垮的马尾,微卷的发梢落在锁骨处,两只手都拿着奶茶,无节奏地踮着脚,烟灰色的短裙裙摆随之小幅度地晃动,像一尾自在的游鱼。

因为从小练舞,柳絮宁无论做什么都身板笔直,气质极佳。

梁恪言偶尔会无意识观察她。若以颜色形容人,那她是蝶翅蓝,介于青、蓝、灰之间。雾蒙蒙的,像万籁俱寂中一处下着雨的小岛,叫人看不清楚。

柳絮宁就是在这时抬起头来,和他视线对上的一瞬,朝他走来。

"哥,你想喝哪一杯?"柳絮宁在副驾驶座坐下,晃晃手中的奶茶,问他。

梁恪言不喜劣质奶精兑成的甜腻奶茶,他启动车子:"不喝。"

"哦。"就知道是这个答案,她还选了杯稍清爽的龙芽茉莉,早知道两杯都应该买她自己爱喝的口味。

简单几句话后,又是一路无话。

柳絮宁就这样被梁恪言送了一个星期。中途的某一次,柳絮宁对于梁恪言来接她的抗拒简直达到了顶峰。

某天回家途中,柳絮宁随意地一瞥车窗外,看见路边支着的临时彩票摊。

这也算是她的爱好之一。她的运气向来不错,20元的成本收获500元的回报那是常事。所以此刻,她的眼睛倏然亮起。

"哎——开一下车门。"刚说完,柳絮宁就反应过来今天开车的不是梁锐言。

- 022 -

她缓冲了一下，扭头时有些讨好地看梁恪言，"可以吗哥哥，我想去刮个彩票？"

梁恪言看她一眼，随即视线越过车窗："概率不大。"

柳絮宁想，才看一眼就说概率不大，他以为他这是什么眼睛？这话里的糊弄意味可太重了。

"不会啊，我经常中的。"

"概率问题。"

概率概率，又是概率。

柳絮宁面上态度良好："那没准我就是幸运的那个。哥，你先回去吧，这附近就有地铁，我到时候自己回去。"

话都说到这份上，梁恪言按下开门键："买完回车上刮。"

梁恪言看着柳絮宁兴冲冲地朝那里跑去的背影，无法理解，一瘸一拐成这样了还能跑这么快。

这里停车五分钟就算违章，梁恪言掐着时间，疑心弟弟的这位好朋友脑袋里没有丝毫时间概念，冷着脸下去逮她。

此时柳絮宁正觉得自己今天倒了大霉准备再来一次，后脑勺一凉，跟着手臂就被抓住。梁恪言抬眼看了看她刮过的几张彩票，一张都没中。

意料之中，他毫不掩饰地冷笑一声，拉着她往回走。

车里，柳絮宁抿抿唇："就想着再试一次来着。"

他又是一声冷笑："收收你的赌徒心理。"

梁锐言从来不会这么说她，只会和她一起屡战屡败屡败屡战，然后两人坐在烧烤店里盘算究竟花了多少钱。

柳絮宁盯着手里仅存的没刮的三张，身旁突然传来一道声音："剩下三张，不刮了？"

柳絮宁沉默了一下："不了，回家再说吧。"

不然掉落的锡箔弄脏他的豪车，说不准他又要冷笑了。

梁恪言没再开口。他原想和她说，再过两条街就有个彩票店，这种摆在外面的彩票摊上的货都是拿店里剩下的，中奖概率小。

后视镜里的她，垮着脸死死盯着车窗外，手里还捏着几张没用的废彩票，显然是在生闷气。

狗拿耗子多管闲事，梁恪言没这工夫管她。

柳絮宁掰着手指头算，是不是痛苦的日子总是过得很慢，她以为经历了半辈子，却没想到才不过三四天。

这学期柳絮宁的选修课是中外建筑史，选择这门课的原因无他，老师一栏写着"钱明峰"三个字。

众所周知，钱老师是整个建院脾气最好的老师。每逢学期末选下学期的选修课时，整个建院和设计院都盯准了他的课。这次多亏了胡盼盼手快，一人操作三台平板，给一整个寝室都选上了这门课。

"你们要是没选上，那我岂不是要一个人来陌生的教室上课，到时候连个小组作业都完不成。"胡盼盼坐在最中间，一张嘴说个没完。

许婷听烦了，拍拍身边的柳絮宁："她的话实在太多了，咱俩换一下。"

胡盼盼忙拉住许婷："别别别，她长这么漂亮，坐我旁边谁还看我啊？"

许婷的笑容倏地收住："所以我得坐你旁边是吧！"她由衷地感叹，"三年了，你这情商是一点也没长进，也就你运气好碰到我这种室友。"

柳絮宁坐在最旁边翻看外国建筑史，顺便分点注意力到那边："我也这么觉得。"

和胡盼盼这样的人相处，自在，又不自在：自在的点是说话做事无所顾忌，上午心生嫌隙，下午这嫌隙就会因为对方的心大而自动愈合；不自在的点也同样于此。

但总体来说，和傻子做朋友的感觉不错。

她是，梁锐言也是。

钱明峰进来的时候，教室里依旧吵闹。他推了推眼镜，笑着说："这是看我好欺负，一群霸王龙都选了我的课。"

台下一阵哄笑，上课的气氛被拉了回来。

钱明峰上课很有意思，讲到某个知识点时，还会谈起自己在国外留学的有趣经历，生动又不枯燥。整节课下来，教室里气氛活跃，睡觉、玩手机的都没几个。

临近结束，PPT上放着课后作业，是关于青城建筑的调研。

"期末考试，我能拉就拉，争取把大家都拉到及格线上，所以平时的调研和汇报还希望大家给我一个面子。"

有活络的男生连声叫着："好说好说！"

下课后，柳絮宁三人往食堂走。一顿饭下来，几人约好了这周末的出行。胡盼盼翻软件时恰好看到学校附近的青城艺术中心有现代绘画展。

"票价只要280元，反正调研的地方就在附近，调研完去看看嘛。"许婷没什么意见，胡盼盼就开始软磨硬泡柳絮宁。

柳絮宁舀了口汤："你还懂这个？"

胡盼盼一脸理直气壮："你当我是去看人家的画的吗？网友说这里超适合拍照，不打卡不是青城人！"

她早该明白的。

许婷："好低级的宣传词，什么时候营销话术能换种思路？"

"我也觉得。"柳絮宁点头，又看到胡盼盼巴巴地望着她，她叹气，"知道了。"

胡盼盼即刻喜笑颜开。

周末一早，柳絮宁换好了衣服，准备象征性地和梁恪言报备一声，却被阿姨告知他昨晚没回来。

没回来也好，省得她特意和他报备。

现代绘画展设在青城艺术中心的二号和三号展厅。今天是开展第一天，展厅的长廊外站着许多记者，架着长枪短炮。

"看看人家的装备，再看看我的。"胡盼盼盯着自己手里的相机，感叹了句。

许婷安慰："想开心点，人家拍的是画，你拍的是自己，这两者价值天差地别，你这个档次的相机够了。"

胡盼盼不服："喂！"

许婷得了便宜开始卖乖："安静啊，别被当成没素质的人轰出去。"

胡盼盼顿时气不打一处来。

该画展为群展，整个展厅设计以时间为推进点，汇集1960年至2020年期间艺术风格相似的杰出画家的名作，有一些作品柳絮宁曾在教科书上见过。

如果说跳舞是在江虹绫的逼迫下畸形扭曲成爱好，那么对于绘画的喜爱就是自然发展的。柳絮宁是那一年的高考状元，Top院校是供她挑选的存在，但她心心念念的就是青城建筑院。

高考结束那天，梁安成带着梁锐言与她去和自己的几位老友吃饭。她还记得那家法餐厅，在某软件上显示人均消费八千。纯吃卖相的餐厅，人均居然达到这样可怕的价格。

就餐中途她出门上厕所，偶然听见包厢的低消。

比较的心态真是一剂强大而可怕的迷药。

在更夸张的数字面前，八千突然变得不值一提。

其实梁安成还带两人去过更贵的餐厅，这个价格的餐厅对梁安成而言连眼睛都无须眨。只是长大懂事之后的柳絮宁对钱有了更为清晰的概念，于是变得敏感。

"小柳啊，过几天要填志愿了，你准备学什么？"餐桌上的几人原本正对着梁锐言的高考和未来大谈特谈，其中一个叔叔冷不防将话题转移到柳絮宁身上。

其他几人也看过来。

柳絮宁拘谨地笑了一下，没有说具体的，只表达了一个笼统的概念："我想学画画。"

另一个叔叔"哈哈"大笑："这个好，跟你哥一样，到时候毕业了也去留学读研。"他大概是喝多了，举起高脚杯，非要和柳絮宁碰杯，"那我就提前叫你一声'柳大画家'了，哈哈哈。"

"哦哟，留学是你说去就能去的？学美术本来就是烧钱的东西好伐，再加上这留学，这费用可不是一笔小数目，小姑娘一个人能承担得起啊？"身边的阿姨笑眯眯地拦下那个叔叔的酒杯。

"你懂什么？"

"我怎么不懂了？这种烧钱的专业不是所有人都能读的，也不是人人都能被叫一声大画家的咯。真喜欢的话嘛，在家自己当爱好画一下好咯，这么大费周章干什么啦。小柳这一读，又要麻烦老梁好几年了。

"不如学点跟起瑞有关的东西，毕业了直接进起瑞给老梁打打白工，就当回报这十几年来住人家家里白吃白喝了。"

这座城市的阿姨说话句句不离各式各样的语气词，柳絮宁听着长大，却还是不习惯。

梁安成皱眉，语气加重："瞎讲些什么？"

那叔叔使劲使眼色，悄悄地拍了下女人。

饭桌上的人都是人精，气氛并不会因此变得沉重。

"你阿姨就是这样，一张口就不知道自己在说什么了。"

"是的是的，都是开玩笑的，小柳不介意吧？阿姨敬你一个。"那女人笑着。

梁安成经常夸她是一个聪颖善良、懂事听话，又擅长审时度势的乖巧女孩。可惜，她已经过了为此利他赞赏而倍感愉悦的年纪。

乖女孩接收到梁安成意味深长的眼神，自然地笑着，举起杯子，与女人碰杯。坐下的那一刻，她看见自己白皙的大腿上有一道深深的红色指甲印，不知道是何时抓的。

艺术是一场需要深造的旅行，没有得到过踏上征途的机会，真让人遗憾。

"柳絮宁你的脚还没好，走这么快干吗！"胡盼盼在后面高声喊她，又被工作人员提醒轻语。

柳絮宁没回头，权当没听见。她继续沿着指示牌往里走，三号厅的L4是展会的最后一个部分，名为"发展中的花样年华"，往下是一群青年画家的名字，柳絮宁大多陌生，除了第一行的那个——

梁恪言。

主题为花样年华，囊括近几年来优秀青年画家的作品。看得出这展览偏爱梁恪言，将他自十四岁以来的作品——展出。

旁边是一张梁恪言的半身照，身穿白衬衫，像应付一件并不感兴趣的事情，面无表情，淡然地望向镜头。

"啧，这是真帅啊！"胡盼盼和许婷不知何时站到柳絮宁身边，低低发出由衷感叹。

"你哥谈过恋爱吗？"胡盼盼问。

柳絮宁摇头。

"这样的人居然没有谈过恋爱？"

"我不知道。"柳絮宁顿了几秒，"我和他其实不熟。"

胡盼盼对此无疑问："也是，梁恪言这人，长得很贵。"

许婷："什么意思？"

"你看啊，梁锐言长得就很接地气，当然不是说他丑，而是如果你努力死缠

烂打,他也愿意跟你试一试,一起吃路边烧烤摊、逛七浦路购物街。但梁恪言显然不是,这也看不上那也瞧不起,这也嫌弃那也不屑,一看就很难搞。"

柳絮宁惊讶于胡盼盼居然分析得如此正确。

只是胡盼盼的话题一向跳得很快,她将目光落在梁恪言的作品上:"该说不说,他这天赋真是绝了。"

柳絮宁没反驳。

"我上次听人说,他好像要彻底进起瑞了,以后起瑞终归是他接手。现在就这么忙了,也不知道他以后还会不会画画。"胡盼盼说。

许婷刚想跟着感叹一句"不知道",就见一直沉默的柳絮宁开口:"这些画是很出彩,尤其是他未成年时期的作品,个人风格明显。"

这面墙最中间的位置,也是整层楼最中心最显眼的位置,挂着梁恪言十六岁时的作品《流失沙丘》,印象派的画风,色彩明亮,线条表现力极强。他凭着这幅画拿到了许多奖项,也是这幅画让梁恪言年仅十六岁就在艺术界声名大噪。

"可他出国后创作的作品,只有匠气,没有灵气。"

灵气对设计和创造来说太重要了。

当下的梁恪言,更像是画不出个人风格,已到瓶颈。

"本科毕业之后读商科,又选择回家继承家业,不再从事绘画,他就能永远在艺术界留下'天才少年'这个称号。"然后将艺术界天才少年放弃绘画接手起瑞集团作为噱头。艺术界短暂哀叹一番他的封笔,转头就能抹干眼泪将封笔之作以高价卖出,各家画廊争相代理,而起瑞则借着他的名头,近来股票猛涨,发展势头良好。

每天晨间财经频道的那个主持人三句话离不开起瑞,柳絮宁吃早餐的时候有一搭没一搭地听了些,她不懂股票和金融,但是看得懂画。那幅在保利拍出的《夜色》作为梁恪言的封笔之作,价格登顶近两年来的成交价。但单从画来说,柳絮宁只能粗俗地评价——买下这幅画的一定是个冤大头。

她笑了一下:"他真聪明。"

也真功利,临了还要物尽其用。这样的人的确适合做个冷漠的商人。

胡盼盼哑然。柳絮宁这算是夸奖……还是嘲讽?

搞不懂。

"我去楼下等你们。"柳絮宁看胡盼盼又是一副准备打卡的女明星架势,便把那句"走吧"咽下。

她拿出手机看时间,微信里跳出好几条消息,都来自梁锐言,大多数是一些无聊的口水话,抱怨比赛训练辛苦。

这一点苦都吃不了的小少爷。

柳絮宁低头边回消息安慰他,边往外走。

前面落下一道影子,有人挡住了她。她没在意,顺势往左边挪了一步,那人也往左边挪；她往右，那人也往右。

柳絮宁烦了，抬头便看见一张正笑得恣意轻狂的脸。

"好久不见，宁妹。"谷嘉裕朝她挑挑眉。

柳絮宁眼睛骤然一亮："嘉裕哥，你回国了。"

谷嘉裕和梁恪言性格相似，却是梁锐言的多年好友。如果说梁锐言是同龄人中霸王龙一般的存在，行事霸道蛮横，说一不二，那么谷嘉裕和梁恪言就是这一群孩子的领头羊，也是梁锐言"唯二"惧怕的两位。

只是，有谷嘉裕在的地方，想必就有梁恪言。

果不其然，柳絮宁眼神一移就看到了他身后那个显眼的男人。梁恪言闲散地靠着墙，修长的手指握着手机。直到谷嘉裕开口，他的视线才从手机上挪开，慢悠悠地看向她。

那应该就是没听到了。

谷嘉裕冲着柳絮宁挤眉弄眼，眼里带着几分揶揄和看戏。

柳絮宁被他看得心里发怵，慢吞吞地挪到梁恪言面前，生硬地打招呼："哥，好巧。"

"不巧。"梁恪言说，"馆长说在这里给我留了展位，我顺便来看看。"

"哦，那你什么时候来的……"柳絮宁随口问。

梁恪言沉默片刻，低垂着眼看她，咬字清晰又微妙："只有匠气，没有灵气。"

谷嘉裕是三天前回的国，梁恪言这几天忙于应酬，直到昨夜才有空和他见面。两人找个清吧喝酒，期间，他接到来自青城艺术中心馆长的电话。

这一来，真是给了他莫大的惊喜。

两人对立而站，静水流深。

短暂的寂静在空中发酵，柳絮宁那张漂亮的脸蛋上终于露出少见又真实的无措，落在梁恪言眼里，和撞鬼没什么两样。

她艰难地憋出几个字："我不是故意的。"

梁恪言说："你只是以为不会在这里撞见我。"

柳絮宁点头："对……"说完又反应过来，头摇得像拨浪鼓，"不对不对。"

梁恪言没给她解释的机会就跳过这个话题："要回家了吗？"

"……哦。"

"送你回去。"他抬脚往展厅外走，没分一个多余的眼神给柳絮宁。

谷嘉裕跟上，经过她时，一拍她肩膀："走啊。"满脸都是看好戏的样子，真是跟梁锐言如出一辙。

柳絮宁僵在原地，又回头看胡盼盼和许婷，两人一脸"理解"的表情。

昨夜喝了酒又通了宵，梁恪言的车停在清吧外，一个电话让天洲将车开了过来。此刻他就在楼下等着，见梁恪言和谷嘉裕从C4号口出来，他拉开车门。

梁恪言后面还跟着一个女生，浅杏色的衬衫，尾部打了个结，露出一段纤薄腰肢，搭了条卡其色的短裙。不知为何，她身上也无特别的标志，却一眼能辨别出学生的身份。

梁恪言还在国外时，于天洲就跟着他了，没见过也没听说他身边有这号人。直到梁恪言睨他一眼，撂下一句"我妹妹"，他才回神。

只知道他有个正在读大学的弟弟，没听说他还有妹妹。

柳絮宁朝于天洲颔首后便上了车。

谷嘉裕终于回国，一帮狐朋狗友等他许久，局攒着局，花天酒地的行程望不到尽头。他把桌球俱乐部的地址发给了于天洲，让于天洲开过去。私人俱乐部坐落在衡山路东段，和云湾园在同一条路上。

车开到衡山路停了。

"宁妹，来不来玩？"谷嘉裕问。

"不来。"梁恪言下了车。

谷嘉裕："你看我在问你？"他侧了侧身，看车内的柳絮宁，"这次来的都是男人，里面全是烟臭味，下次哥哥带你去安全无烟绿色小朋友局。"

小什么朋友，脑子有病。

梁恪言耐心告罄，正要发作，手腕被后方的人不轻不重地碰了下。

他垂下眼，目光落在柳絮宁的肌肤上，如有实感，发麻发痒，惹得她一紧张，正拽着他衣袖的手往下几分，又恰好勾住那条银色的表带。她屈起的指节抵着他手腕内侧的脉搏，清晰地感受到它跳动的频率。

有些快。

"我能跟你说句话吗？"柳絮宁原本坐在第三排，不知何时换到第二排左侧，车门被她的手肘费劲地抵到底。

接收到梁恪言的视线，谷嘉裕捂着耳朵优哉游哉地往里走。

梁恪言伸出另一只原本揣兜里的手抵着车门，洗耳恭听。

手肘不需要再用力，柳絮宁又习惯性地去抠短裙上的纹褶。两人无形之中挨得有些近，他身上的味道占据她的鼻息，像行走在冬日清晨里起了雾的旷寂森林中。

"对不起，刚刚我不应该这么说你。"

"买票进了展厅，作为付费观展人，你有权利、有资格评价你所看到的东西。"梁恪言说。

"对，这是我作为观展人的权利。所以我不是以这个身份在道歉。"

梁恪言盯着她。

柳絮宁继续说："我并不知道你回国之后接手起瑞的原因，也不知道你以后是不是还会再画画就在背后暗自揣测你。作为你的妹妹，我想为我刚才的胡言乱语与言辞不善向你道歉。"

梁恪言打断她："我哪来的妹妹？"

站在车外等待的于天洲心里晃晃悠悠地冒出一个问号。

刚刚不是他亲口说的吗？

柳絮宁有一瞬间没反应过来，迟钝地眨眨眼，语塞到嘴里吐不出一个字。指腹上，表带冰凉的触感顷刻消散。

梁恪言收回手，下巴抬了抬："脚。"

他说话时没什么表情，听着就像发号施令。柳絮宁的脚下意识往里缩，梁恪言干脆利落地关了车门，看向于天洲："送她回家。"

直到车子驶离衡山路，柳絮宁都没有明白，梁恪言为何突然丧失了耐心，那股冷漠的情绪究竟从何而来。喜怒无常的他真像一颗不定时炸弹，不知何时就会点燃他的导火索。

梁恪言那句话起初听着有些伤人，不过幸好听见这话的是柳絮宁。她在展厅说的话刻薄冷漠又不讲人情味，梁恪言回敬她的这句同理。但是多年寄人篱下仰人鼻息，梁安成带着她参加各种聚餐宴会时，她有意无意间听到的闲言碎语可比这句话的攻击力强多了。

等车开进云湾园时，柳絮宁的情绪彻底散了。

实话是不会让人生气的。毕竟，梁恪言的确没有妹妹。

有时候人和人的差别大于人和猪的差别。

有些人的坏情绪存在时长只有衡山路到云湾园的距离，有些人的低沉情绪却似乎能蔓延至宇宙爆炸。

阿K包了个场为谷大少爷接风洗尘，大理石茶几上酒饮摆满。

前面几个人边说笑边打着桌球。

梁恪言坐在沙发角落，指腹沿着玻璃杯面慢慢摩挲。

旁边的张亚敏搂着新女朋友用东拼西凑的粤语说着情话，梁恪言捏了捏自己的耳垂，只觉得右耳道难受。

阿K坐在他另一侧，悄悄地给他透露个八卦，据说这姑娘不想要孩子，张亚敏为了表示自己的忠诚与态度，二话不说给自己安排了结扎手术，当下把人感动得热泪盈眶，右手钻戒一戴，稳稳套牢。

"死衰仔碰到真爱了。"谷嘉裕恰好听了个结尾，笑着说。

梁恪言抿了口酒，语气不咸不淡："结扎了还能通，结婚了还能离。"

这话太难听，张亚敏和姑娘齐齐看向他，见是梁恪言，心里暗骂一句"今朝真是碰着赤佬了"。

惹不起梁恪言只能躲了，他拉着姑娘的手，笑眯眯地教她打台球。

"你什么情商？人家板上钉钉的女朋友还在呢，就别拿人家寻开心了。"谷嘉裕调侃。

梁恪言面无表情道:"没情商。"

世上最不值钱的东西就是男人的话,嘴巴一张一合的工夫,一句承诺就腾空而出。人还是少听点男人的连篇鬼话比较好。

不过他家里的那一个,梁恪言坚信,她的心堪比金刚石,百毒不侵,无坚不摧。方才话不过脑说出口的瞬间,梁恪言觉得自己言重了,正想修补,可透过窗玻璃瞧她,那张脸上分明清清楚楚写着一句话——

哥哥,你又在犯什么病?

梁恪言莫名想起柳絮宁和梁锐言上初中时的一个插曲。

梁安成以一台天价游戏机为礼物,要求梁锐言拿到那学期总成绩的年级第一。那时,稳坐学校年级第一宝座的人是柳絮宁。梁锐言满口应下,这有什么难的,只要他的好朋友柳絮宁少做一道数学大题,他这个万年老二就能一举拿下第一。

他是这么想的,和柳絮宁说了以后,柳絮宁笑着说"好呀",还问等游戏机到手了能不能借她玩一玩。

"当然啊!我的就是你的!"

月底,那一学期的总成绩出炉,柳絮宁还是第一,梁锐言因为胸有成竹,比平时还要放松,总分跌出前三。梁安成知道他成绩的时候分外生气。

"对不起,我忘记这件事了。"柳絮宁懊恼地说,清透澄澈的眼里是快要溢出来的歉意。

梁锐言被她的愧疚浸了个彻底,几乎是立刻说:"没事没事,本来靠别人让就不对,你不用给我道歉的!"

柳絮宁眨眨眼,还是小心翼翼地问:"真的吗?"

梁锐言重地点头:"真的啊!"

她笑得眉眼弯弯:"梁叔叔把游戏机给我了,我可以借你玩!"

好一个借啊。

彼时的梁恪言跷着腿坐在客厅里看《动物世界》,湖中霸主鳄鱼阴沟里翻船,意欲捕杀羚羊,却被羚羊一击戳破喉咙。

蠢货,这都能死。

他偶尔向弟弟、妹妹那里分去点注意力,然后看着柳絮宁转过头立马收敛的笑容,漂亮到夺目的五官上仿佛写着六个大字——笨蛋,这都能信。

梁恪言对至亲血缘还算不错。他曾有意无意点过梁锐言,这蠢货弟弟却说这只是他想多了。梁恪言难得起了点想要辩论的心思:"你难道没有发现,她每次都用那双眼睛看着你来让你为她——"

这句话没说全,因为他亲爱的弟弟立刻瞪大眼睛,音量拔得颇高:"哥!她的眼睛就长这样!看谁都这样!这也要怪她啊?而且她又没让你……也不会让你做什么事情的。哥你别多想。"

梁恪言难以形容自己听到这句话时的反应,一向完好无损的表情管理都要失效。

他多想?

这是什么天方夜谭的鬼话?

他有什么好想的?

她有什么好想的?

思绪行进到这里,梁恪言喝下最后一口酒,起身去拿九球杆。

晚间下了一阵小雨。

梁恪言这局散得有些晚,他喝了酒,于天洲将他送到云湾园门口后才离开。

梁恪言揉揉额头往里走,走到大门前时,被雨水打湿的爬墙月季跌落在他肩头,他有些烦躁地拍掉。

"男生的眼睛是要再狭长一点吗?"

"手指上要有水珠,镜子上要有水雾,OK。"

"啊,你说什么?"

"呃……什么再大点?嗯……我已经画得很大了,再大就有点吓人了。"

幽幽的花香弥散在鼻尖,耳畔是淅淅沥沥的雨声,混着柳絮宁刻意压低却怎么压都压不下困惑的声音。

梁恪言抬头,二楼,柳絮宁房间外的阳台处开了一盏灯,她陷在躺椅上,赤着的双足姿态惬意地搭在冰凉的栏杆上。淅沥雨珠砸落在她脚背上,又顺着小腿肚的弧度往下滴。大腿上放着一台平板,耳朵里塞着耳机,正在和人打电话。

银白月光洒在她身上,黑暗中的一抹白,真是刺眼。

柳絮宁挂了电话,边缠耳机线边念叨:"婴儿的手臂……现在的小孩真是夸张……以后谈恋爱了也不知道会不会打破幻想——"

话到这里就戛然而止,因为她随意地往楼下一瞥,惊讶到以为自己出现了幻觉。梁恪言就站在花园中央,双手插兜,灯光自上而下打在他五官上,背后是一大簇如瀑布般倾泻而下的黄木香。

柳絮宁难得在梁恪言眼里看见稀缺的不可置信,她心里"咯噔"一下,收回小腿,慌乱地起身,全然忘记了自己的大腿上还架着一台平板,随着她慌乱的动作,平板从宽大的栏杆缝隙中跌落。

柳絮宁倒吸一口凉气,惊呼一声:"我的——"

梁恪言抬手,平板稳稳地落在他的手中。

柳絮宁松了口气,肩膀也跟着下塌,可这状态还没持续三秒,在梁恪言的视线落在亮着屏的平板上时,她的心又高高悬起。

"别看!"夜晚寂静,她这一声清晰又响亮,似乎都能听见回声。

梁恪言翻手的动作一顿。

柳絮宁穿鞋、开门、下楼,动作一气呵成,生怕在自己看不见的空隙里梁恪言就忍不住好奇心了。

只是，等真的走到梁恪言面前时，她的动作又开始僵硬。幸而灯光昏黄，梁恪言一定看不清她通红的脸。

柳絮宁抿了抿唇，手捏着平板的另一角："谢谢你接住它。"

鼻翼翕动间，嗅到一点点酒味，柳絮宁抬头看他一眼，正好对上他居高临下的视线，本就纤长的眼睫毛扇动的频率有些快，如被凶猛异兽叼住薄翅的蝴蝶。

梁恪言松开手，声线低沉："小心点。"

这声漫出些许醉意，柳絮宁匆匆点头后，就拿着平板往里走。梁恪言跟在她身后，去冰箱里拿了一瓶水。

难得的心虚劲上来，柳絮宁忽然回头，多此一举地找补："我们平时课业比较松……"

梁恪言旋水瓶盖的动作一滞，看她的眼里带着疑惑，似乎在奇怪这没有章法的话题开端。

"所以我有的时候会接接商稿和私稿，有些私稿的要求比较……"柳絮宁语塞了半天都想不出该如何形容。

"你很缺钱吗？"梁恪言打断。

柳絮宁没有想到他的重点在这里。

"不缺，就是爱好。"

梁恪言很快地挑了下眉："人这辈子能找到个爱好不容易。"

说出这话的瞬间，柳絮宁清楚地捕捉到梁恪言唇边浮着的一抹笑，松弛、随意，又愉悦。

柳絮宁被他看得有些心虚，所以她预备快速结束话题，于是附和地应："那我上去睡觉了。"临了不忘贴心地加一句，"哥，晚安。"

她本就没想等对方回一句"晚安"，说完后便准备转身上楼，却不想刚走两步，后头就传来一句声调平淡的夸奖。

——"画得不错，没有匠气，全是灵气。"

不用在意醉酒的人说的话，哪怕程度只是微醺。

不用在意，不用在意，不用在意！

柳絮宁这样想着，却还是无法彻底说服自己。听到这句话的那一刻，羞耻感顺着血液流淌至四肢百骸，她把发烫的脸埋进被子里，可大脑神经仍如被炙烧般"突突"跳着，以至于躺在床上翻来覆去一个小时还没睡着。

凌晨两点，柳絮宁眼睛依然瞪得锃亮。她爬起来，打开画图软件，点开自己最新的作品，仔仔细细地看人物细节和画面构图，最后成功地说服自己——的确很有灵气，每一幅作品都有鲜明的个人特色，每一张图的主角五官都非复制粘贴。

不错，她就是很有灵气，就算没有经过系统化学习，她在画画这事上也颇有天赋。梁恪言不是在嘲讽她，是在说实话。

微信弹出一条消息，尊贵的刚成年的甲方小富婆大手一挥表示要买断这幅画。

- 033 -

商用价格是原价乘以二，买断则是乘以三。这张双人全身图价格三千五百元，乘以三……近一万元到手。柳絮宁高兴到夜不能寐。她将钱存入一张特定的银行卡中，系统弹出消息显示余额，已有七位数。

一个还未毕业的大学生有七位数存款，这样数额的存款，足以让她在同龄人中一骑绝尘。可对于那些一个月生活费六位数、买个包就以"万"起底的富二代来说实在是微不足道。

在某一点上，柳絮宁欺骗了梁恪言，她是缺钱的，她缺偿还梁安成平白无故养她这么多年的恩与钱。江虹绫去世后名下所有财产都归柳絮宁所有，可这些比起梁安成在她身上花的根本不值一提。

她从来不为幼时的冲动决定后悔，但很不幸，现在的她已经懂得万事万物皆明码标价的道理。梁安成可以不在乎，但她不能真的将其视作无事发生。

给平板充好电后，柳絮宁爬上床，拉过被子倒头就要睡。过了一会儿，她又坐起来，摸黑翻找手机，在好友列表里找到梁恪言，足足纠结了五分钟，最后卡着时间发出一条消息。

梁恪言从浴室出来，丢在床上的手机屏幕亮了一下。他点开屏幕，柳絮宁的消息立刻蹦了出来。

柳絮宁：我的脚已经好得差不多了，自下周开始我就回学校住了。哥哥，谢谢你这几天以来的接送，辛苦了。

就连准确无误的标点符号都透露出"官方"二字。

他想起刚才柳絮宁从二楼跑下来时焦急得如同一只被踩了脚的矮脚猫的样子，这腿的确是痊愈了。

看完这条消息的下一秒，就变作了撤回。过了半分钟，一条新的消息发了过来。

柳絮宁：我的脚已经好得差不多了，自下周开始我就回学校住了。哥哥，谢谢你这一周以来的接送，辛苦啦！^_^

刚好两分钟，刚好撤回。

一目了然地写着：我想，并且正在向你释放善意，麻烦对我好一些哦！

梁恪言无端冒出一声冷笑。她下午在画展上毫不留情地对他的画做出如此刻薄又犀利的点评，他也并未生气。他刚刚不过就是开个玩笑，接送权利就被剥夺了？

不知道她如核桃般大的脑子里每天在想些什么东西。

梁恪言锁屏，将手机丢回床上。

这一周正好撞上国庆，柳絮宁只在学校住了两天又回了家。离校之前，胡盼盼问柳絮宁国庆去哪里玩。

柳絮宁想也没想便回："家里蹲。"

胡盼盼来了兴致："那我们去打网球吧？"

— 034 —

柳絮宁摇头："不想去。"

胡盼盼的脸垮下来："许婷不去，你也不去啊，那我约不到别人了。"她细碎地嘀咕，"梁锐言不是还没回来吗，你一个人待在家里不无聊啊？"

"我……"柳絮宁一顿。

她反应过来，自己并不是一个人。住家保姆享有三天国庆假期，林姨不在，一号和二号的家里只有她和梁恪言。

"是有点无聊，那就去吧。"柳絮宁自然地改口。

胡盼盼霎时喜笑颜开："那我预订一号的场馆啦？"

"好。"

网球馆在中山路上，下了地铁还要走好久，柳絮宁后悔今天穿了长袖，原以为进入十月天气会稍稍转凉，今天一看，依然是酷暑。

"好热。"一局打完，胡盼盼抹一把额头上的汗，在柳絮宁身边坐下，"太好了，今天回家就称一下体重，肯定能下三位数。"

她语气里带着的窃喜让柳絮宁一笑："掉的都是水。"

胡盼盼凑过去时，柳絮宁的手机屏幕正切换到微博，文娱类话题的第一名是青城羽毛球队官博发的微博，附带九宫格，照片场景多为羽毛球队员的训练场景。该条微博意外上了热门，下面评论急速增加。

△第四张？家人们请看第四张，我震惊了，现在打羽毛球还要看脸吗？

△他俩好配，脑补一些青梅竹马队友情了就是说。

△什么都嗑只会让我觉得人生圆满！

点开之后是一张羽毛球队教练和几个队友讲话的抓拍，梁锐言站在最外圈，旁边站着一个女生在和他说话。他脖颈微微弯下，靠近女生，脸上依然是一副漫不经心的表情，整个人气质出挑抓人眼球。

当代网友最爱嗑的就是这种不经意间渗透出的性张力和CP感。

胡盼盼看看手机屏幕，又看看柳絮宁，脑袋像装了强力弹簧来回蹦。

"什么青梅竹马啊，真正的小青梅现在正在我面前坐着呢！"胡盼盼大声说。

柳絮宁好笑地看着她："你在跟谁对话？"

"哎呀……他们的牙口真硬，网友连德牧和萨摩耶都能嗑……无语……好吧，其实我也浅浅地嗑了一口，你别说这两条狗站在一起还挺般配。"

说着说着，就彻底偏离话题方向。柳絮宁无奈地看她一眼，胡盼盼又反应过来，立刻掏出手机："我也要去评论！"

柳絮宁按住她的手："再来一局吧。"

她起身，把已经松散的马尾辫扎得更紧了些。杏白色的短款上衣随她手的幅度往上扬了扬，露出一截纤细白皙的腰肢。

胡盼盼能清楚地察觉到网球场有不少同龄男生的视线都落在柳絮宁身上。不过，这也不是什么稀罕事，柳絮宁从军训开始便一直是引人注目的存在。

去教室、去图书馆、去食堂,甚至拿个快递的工夫都会有男生向柳絮宁要联系方式。其中追得最猛的要数经管系一个叫威廉的男生。

胡盼盼曾和许婷调侃这些男生会坚持多久,直到一个月后,因为玩赛车导致右腿骨折而申请延迟一个月到校的梁锐言正式到学校报到,并像宣示主权一样站在柳絮宁身边,那些男生才悻悻退场。当然,除了这个威廉。

只不过这种等级的男生站在梁锐言面前毫无杀伤力。

可惜,长久观察之后,胡盼盼才发现柳絮宁和梁锐言并不是情侣关系。不过,这不是什么大事,对胡盼盼来说,柳絮宁和梁家太子爷的酒席,她迟早能吃上。

这样想着,她放下手机,又屁颠屁颠地跟上去。

一场球打到了下午五点多。

柳絮宁到家的时候已是傍晚六点,夏天的落日余晖脉脉,倾洒在小花园里。她推门而入,看见梁恪言穿了身宽松舒适的家居服,坐在地上,面前摆着许多簇浅蓝色的花。花朵藏在长而纷乱的枝叶里,不易摘取。他瘦长而匀称的手指握着一把剪刀,偶尔遇到难剪的枝,用力时清晰可见浮在冷白手背上的血管与青筋。

听见柳絮宁进门的动静,梁恪言抬头看去,不同往常,他高挺的鼻梁上架着一副半框金丝眼镜。

他的头发还是半湿状态,碎发柔顺地垂在额前,配合手里的动作,带了几分莫名的乖。他刚才应该是又下水游泳了,身上有一股游泳池里的味道,和清爽的沐浴露混杂在一起。

真是好兴致。

"哥,我回——"

梁恪言极快收回视线,仿佛只是在烦恼于她的到来叨扰了他修剪花叶的惬意时光,于是剩下的几个字被柳絮宁咽回肚子里。

那点柔软和乖巧果然是错觉。

好吧,那就不打扰他了。

柳絮宁回房间洗了个澡,总觉得腹部右下侧有一股垂坠感,伴着丝丝隐痛。生理期刚过,柳絮宁也就没将这可有可无的疼痛放在心上。她换好衣服下楼时,梁恪言已经收拾好原本摆放在小花园里的东西,颀长的身影伫立在冰箱前,不知在看什么。

柳絮宁原本没觉得饿,可看他站在冰箱前像是找食材的模样,饿意渐渐袭来。恰好这时梁恪言回头,两人的视线就这样对上。

梁恪言会不会做饭?反正梁锐言和她是不会的。那梁恪言会做她的份儿吗?应该会吧,不然这情况想想也太糟糕尴尬了。可是刚才她进门的时候,梁恪言并没有理她。

人和人的关系还是蛮奇妙的,有些人一眼就擦出个火花,有些人在同一屋檐生活了十几年依然陌生得像室友。住在一起那么多年了，柳絮宁和梁恪言独处时还是会被不自然包围。

心里情绪翻江倒海，面上却平静得如一潭死水，柳絮宁是位极佳的演员，她镇定自若地把视线移开。

然而下一秒，梁恪言出声询问："想吃什么？"

几乎是在他问出口的一瞬，柳絮宁立刻回答："海苔滑蛋炒饭。"

回答得太快，像在心里惦记了许久，她觉得有些丢脸。

好在梁恪言一脸正常地从冰箱里拿食材。

柳絮宁想了想，凑上去："要我帮忙吗？"

梁恪言问："你能帮什么忙？"

梁恪言说话时习惯以反问来作答，而这恰恰是柳絮宁最讨厌的交流方式。

腹诽万千，脸上却异常乖巧，她道："都可以。"

梁恪言："不用了。"

"哦。"

但她就是想找点事做，以显得自己不是百无一能的饭桶。她走到一半又停住，看了看挂在旁边的围裙，两指勾着围裙的挂脖带，无所适从地晃了晃。

梁恪言正在打鸡蛋，没有注意到她。

柳絮宁想了想，往前迈一步，站到他面前："你要戴这个吗？"

梁恪言看了眼还没走的她，再看看那条浅粉色的围裙，有一瞬间没搭腔。

柳絮宁没等到回答，疑惑地又晃了晃围裙："你要——"

"你觉得我有手戴吗？"他突然说。

他到底在反问什么呢？

吃人嘴软，柳絮宁忽视这句话，主动说："那我帮你戴？"

梁恪言视线晃动，脑子里还在揣摩她方才的话，拿碗的手却已经下意识地离她远了些。

那就是同意的意思了。

做设计要有想象力，柳絮宁在这方面能力极佳。她知道梁恪言此刻的动作仿佛张开双臂，也知道自己如同投入这个被误会的拥抱。

等凑近了，她才发觉，原来梁恪言那么高，肩膀那么宽阔挺拔。

随着她踮脚与抬手的动作，梁恪言感受到她清浅的呼吸，从他胸腔一路攀升至他耳垂。其实只要低一下头就能让她方便许多，但是梁恪言一动没动，脖颈绷得笔直。

柳絮宁想，他这时就全然不如梁锐言好，人家还会考虑到身高问题，贴心地低下头听女生说话，而她只能费力地踮起脚。

眼神一瞥，她瞧见他绷得凌厉的下颌线条，喉间那块凸起的软骨不自觉地自上而下滚动。鼻尖弥漫着他温热的颈侧散发出的沐浴露香气，家里的洗浴用品都是由林姨统一购买的,明明和自己的一样,却又有点不一样。

"好了吧。"他低低的声音从头顶传入她耳畔。

柳絮宁回过神,抬头看梁恪言。他的目光好像有形状,锐利有锋芒,又有些硌人。

"嗯,好了。"

"那就别在这里罚站,自己出去玩一会儿。"

什么叫罚站啊……

不过,她这也算是出过力了,此刻正求之不得,连语气都有些上扬:"好的!"

柳絮宁察言观色的水平一流,她盘腿坐在沙发上,看屋里实在太安静就随手打开电视,余光却时刻注意着岛台那边的梁恪言,就等着对方发出制作完毕的信号。

中途,他眼前蒙上一层雾气,于是两指摘下眼镜放在一旁。

柳絮宁怀里抱着抱枕,观察他修长的手指和起锅时流畅的手臂线条。二十分钟后,她眼瞧着梁恪言装盘,便立刻起身,拿了筷子和勺子又摆得端正整齐。

炒饭蓬松油润,裹着蛋液,粒粒饱满。除了这份炒饭,梁恪言还煎了两块牛排和三文鱼,淋泼黄油之后香气四溢。

柳絮宁悄悄地咽了下口水。

两人相对而坐,生疏得像餐厅里的拼桌伙伴。他不动筷,柳絮宁也不好先拿。梁恪言看了她一眼,把切好的牛排和三文鱼挪到她面前。

"谢谢。"垂下的刘海遮住她因为窃喜而亮晶晶的眼眸。

她尝了一口,真好吃。

"谢谢你。"她忍不住又说了一遍,语调是掩盖不住的上扬。

一顿饭在沉默中结束,偌大空间里只有体育频道讲解员的声音和偶尔因为激动发出的叫好声。

柳絮宁侧头看向电视,手中勺子舀动的速度慢下来,直到对面响起一道不轻不重的叩桌声,她急忙回神:"我吃好了。"

她起身要去拿梁恪言的碗,语气带点讨好:"我来洗。"

"有洗碗机。"梁恪言说。

哦,她忘了。

梁恪言拿过她的碗碟:"去看电视吧。"

柳絮宁对看电视没什么兴趣,甚至有些后悔打开,以至于她现在无法上楼,只得被迫与梁恪言独处。她陷在沙发一角,等梁恪言在她身边坐下时,那压迫感便更强烈,像一张密密匝匝的网盖住她的呼吸。

手机里弹出一条私信消息,她仿佛抓到救命稻草,快速地点进去看了一眼,回了几条约稿消息。对面那人爽快地转了定金,发来要求后,又问:太太,梁二是谁啊?该不会是你男朋友吧!

柳絮宁的微博昵称叫"梁二不许输球"，这还是梁锐言拿了她的手机硬改的。非会员一年只有一次改名机会，梁锐言想也没想就开了个会员——用的是柳絮宁的账户，把她气到肉痛。

身边突兀地响起一阵动静，柳絮宁偏过头，看到梁恪言起身上楼。

"你不看了吗？"她问。

"困了。"

"哦……"

没了梁恪言在身边，柳絮宁放松许多，她换了个舒服的姿势，在手机上自然地转移话题：这个人物如果按照你的动作来，有可能会不太符合人体结构哦……

对方想了想：啊啊啊啊啊，太太稍等，我把文字设定发给你看看。

和对面讨论了半个小时，基本确定了绘画方向。上楼前，柳絮宁去倒了杯冰牛奶。拐角的垃圾桶里丢着厨余垃圾，她多看了一眼，玉芝兰的包装袋，再眼熟不过，是她最喜欢的一家川菜馆。

梁恪言这地道的广城胃，吃不了辣，碰不了麻，今天中午居然吃了川菜吗？稀奇。

柳絮宁最近很烦，这个学期多了一门包装设计课程，这周是做一份关于青大院校自制月饼的作业，平面不够，还需要落地实体图。

柳絮宁以为一学期只有一份结课作业，没想到设计周长居然是以"月"为单位。她甚至在此之前还野心勃勃地接了三份商稿。

键盘都快被她按到褪色了。图形要变形，她人也要气变形了。

设计太吃灵感，顶着一头杂毛趴在地上时，她脑海中只迟钝地浮现过两个字——失策。

这种丧气的状态持续到林姨喊她下楼吃饭。

今天家里很热闹，谷嘉裕等一众梁恪言的好友都在，几人没个正行地窝在沙发上、地板上打游戏。

"妹妹好啊。"

柳絮宁依次冲他们打招呼。惯例的寒暄过后，她无精打采地吃着饭。期间梁恪言看了她几眼，她都没注意到，满脑子只有她的图。

"怎么了，脸比桌上的苦瓜还要苦？"谷嘉裕问。

柳絮宁摸了摸脸："有吗？"

谷嘉裕想扭头看梁恪言，奈何这人一个眼神都没分给他。他又转到另一边，和阿K对视一笑："对啊。"

柳絮宁耷拉着头："没什么，这学期多了门课，设计做不出来。"

"哦，这是灵感枯竭了。"阿K说，"这题得问梁大艺术家。"

但梁大艺术家显然没兴趣接这茬。

阿K戳他："原来你在家里吃饭是不出气儿的啊？"

梁恪言扫去一眼:"那你是不想带着气儿出我家大门吗?"

这人嘴巴好贱啊!阿K悻悻地闭嘴。

谷嘉裕又添一把火:"他好凶哦,妹妹在家的日子不好过吧?"

柳絮宁心说是有点,日日如履薄冰、寸步难行,只盼他早日再次出国深造,脸上却笑吟吟的:"没有的事。"

她是第一个吃完饭的,揉揉太阳穴,准备起身上楼继续闭门造车。

"去骑马吗?"身后传来一道声音。

柳絮宁回头,只看见梁恪言将筷子一放,也是一副吃好饭的样子,问出这句话时,他的神情惬意自在,像心血来潮时随口一提。

见她沉默在原地,梁恪言说:"刚刚不是还问我吗?"

阿K反应过来:"哦,这就是你解压的方式啊。"

是这样的,人和人有不同的解压与创造灵感的方式。柳絮宁从小就知道,梁恪言创作不出画时,不是去水库钓鱼就是去富人区的私人马场骑马。

柳絮宁以为梁恪言刚才没有回答阿K的问题,这话题就算悄无声息地过去了。

她一怔,问:"今天?"

他回:"可以。"

可以?她在问是不是今天去,怎么这回答这么奇怪。

"哦,好。"

梁恪言转了转腕表:"上去换衣服。"

谷嘉裕和阿K听着这番高效率的对话:"该不会是落山那个丹林马场吧?"

梁恪言没回答这个问题,只问:"你们什么时候走?"

阿K缓慢地眨眨眼:"我们不是刚来吗?"

梁恪言看了眼时间:"是吗?待挺久了吧。"

阿K弱弱地举手:"我也想去。"

梁恪言:"你也要去找灵感?"

阿K面露苦相:"哥,我们家暴发户来着,没有私人马场,你带我去玩玩呗。"

丹林马场总共有三个场,梁恪言定的导航位置是三场,坐落在郊区一个小镇里,周边富人区围绕,景色宜人。三场属于私人马场,马群多,外人少,能玩得尽兴。

"以后都不走了吧?"车在高速上行驶,阿K随口一问。

柳絮宁看着车窗外飞快后移的景致,手指抠着柔软的皮革,长睫毛晃了晃。

"不走了。"梁恪言回答。

下车前,柳絮宁从包里掏出一个小袋子。包装袋一拆开,浓浓的药味扑鼻而来,柳絮宁看到梁恪言很明显地皱了下眉。

丹林马场的主人和梁恪言似乎认识,两人在远处交谈的时候,阿K已经被蚊子咬到跳脚。

谷嘉裕的嫌弃写在脸上："你是有什么毛病吗？"

"痒啊！"

听到两人的对话，柳絮宁从袋子里掏出两个造型可爱的驱蚊手环，递给身旁的谷嘉裕和阿K："这是驱蚊手环，你们要吗？"

"哇，这玩意儿怎么做得这么可爱？"阿K接过，在手里研究了一番。

谷嘉裕笑："'儿童专用'四个大字没看见？"

柳絮宁为它抱不平："……但它真的很好用，还很便宜。"

两人看着她，仍是笑："好，谢谢妹妹。"

结束了交谈，梁恪言走过来，将储物柜的钥匙丢给三人。往马场里走时，他眼神一晃，看见三人手腕上造型独特的手环，虽然各不相同但风格一致。

梁恪言走在谷嘉裕旁边，随口问："你手上这是什么？"

柳絮宁换好衣服出来的时候，谷嘉裕和阿K不知道跑到哪里去了，只有梁恪言在为一匹棕红色的夸特马顺毛。

听见动静，梁恪言回头看她，提醒："这里蚊子比较多。"

柳絮宁"哦"一声："没事。"有驱蚊手环，她不怕。

梁恪言不再开口。

柳絮宁刚站到马身后就被梁恪言揪了下衣领："别站在它后面，小心被踢。"

他拉她的衣领时，像抓一只猫一样随便，松开手时，迅速得仿佛带着赫然的嫌弃。

"哦。"

柳絮宁和那匹马对视，马下意识地往她面前蹭。她的头往后仰，认真地问："它会出现什么发疯的状况吗？"

这马看着挺喜欢她。梁恪言甩开那些无缘无故的不爽情绪，稍作斟酌后，也非常认真地回答她："你发疯它都不会发疯。"

他有时说话真是难听至极。

柳絮宁："我不会发疯的。"

梁恪言："所以它也不会。"

她好气啊……

"哦，那我放心了。"

但柳絮宁知道，真的上了马后，再往下看，视角与想象中是完全不一样的。

她抓着马鞍："我发现我可能恐高。"

梁恪言问："刚刚发现的吗？"

她硬着头皮道："好像是。"

梁恪言往后退了一步，手抓住她正抓着的马鞍，长腿一跨。电光石火间，柳絮宁清晰地感受到一阵短暂的下沉，随之而来的近距离让她藏进他高大的投影里。

他的气息严丝合缝地包围着她的身体，她抓住马鞍的手顿时僵硬了一下。

- 041 -

她的紧张全写在脸上，想看不出都难。
"不会摔的。"梁恪言说。
柳絮宁当然知道，但是现在的场景显然比摔下去还要恐怖。
梁恪言抓住缰绳塞在她手中："抓住。"
柳絮宁听话地抓着，梁恪言的手顺势抓着她手中缰绳稍下面一截，手臂将她护住，她可以感知到她的后背并没有贴着他的胸膛。
"坐稳了？"
她刚"嗯"了一声，下一秒，只感觉全身一颠，身下的马加速跑了起来。
毫无防备，柳絮宁很快反应过来，控制着膝盖和腿夹着马腹，整个人却猛烈弹起，像颠簸在汹涌的海浪上。
"不要夹马腹，柳絮宁。"耳畔是猎猎风声，梁恪言的话音变得模糊。
风将她的视线吹得模糊，她的声音颤在空气里："什么？"
"腿不要夹太紧，夹得越紧颠得越高，放松。"梁恪言凑近她，唇几乎要贴着她的耳垂。
她听清了梁恪言的话："可是我松开就要掉下去了。"
"不会。"
她带着隐隐哭腔的声音和他平稳到极致的声线形成强烈的反差。
柳絮宁抓缰绳的手在紧绷的情绪下逐渐无力，她转而去抓梁恪言的手腕，似乎只有这样才是最安全的。
她凌乱的长发飘过梁恪言眼前，他低头去看她抓着自己的手，手心冰凉，渗出一层汗。他反手裹住她的手背，带她重新去抓缰绳。柳絮宁却以为他要甩开自己，紧紧掐住他的手腕。
梁恪言抓着缰绳往后拉，夸特马长嘶一声，脖子往后仰，而后停下脚步，在原地悠闲地打转。
直到马慢慢减速，柳絮宁这颗心才算跌回原位。她大口大口地呼吸着，浑身卸力地倒在身后人的怀里。
柔软的身体不受控制地贴着梁恪言的胸膛，耳后和脖颈的淡淡清香像花香。梁恪言沉默地看着自己手腕上她留下的几道抓痕，力道不重，顷刻消失。

逐渐镇定下来后，柳絮宁一眼看见梁恪言手上那些浅红的痕迹，后知后觉地发现这是自己留下的。等她再意识到自己是以何种亲密的姿态瘫在他怀里时，后背的血液霎时凝固，脸和脖子都变得绯红。
"这是我抓的啊？"柳絮宁倏然直起身，不好意思地说。
"不是。"胸膛前一空，梁恪言动了动手腕。
柳絮宁："我第一次骑马，不太熟练。"
等马站定之后，梁恪言快速翻身下马。身后陡然一空，风直往柳絮宁的后背吹。
梁恪言往左拉缰绳："回去吧，我看你出来一趟压力好像更大了。"

他好像在嘲讽她？

不对，他就是在嘲讽她。

那点不服输的劲头熊熊蹿于她的面孔上。

"不要，我还没学会呢！"她主动问，"你刚刚是说膝盖和腿不要夹着马吗？"

梁恪言："嗯，重心放在脚后跟。"

柳絮宁朝他伸手："那你把缰绳给我。"

怎么像一定要争谁强谁弱的小朋友一样，一口妄想吃成胖子。

梁恪言在心里轻笑，犹豫了一下，才把缰绳递给她："先慢慢走，不要因为我的话贪快，我刚刚没有别的意思。"

柳絮宁愣了一下，后半句话怎么解读，全在她个人。

她迟缓地点点头："好。"

柳絮宁也的确听梁恪言的指挥，让马在他视线里慢慢兜圈，没有离开太远。

梁恪言起初觉得她还有些不熟练，到后面逐渐得心应手起来。以至于几圈过后，那马在他面前慢慢停下，一抬头，看见柳絮宁笑容纯粹又肆意的脸，语气有些炫耀："看，是这样吗？"

她的侧脸和睫毛浸在天光中，迷迷蒙蒙。

梁恪言仰头："是。"

夏末初秋的风微凉，天边的金光似搅碎的鎏金纵横在幕布上。

柳絮宁将颊边乱飞的发丝捋到后头，忍不住感慨："还是骑马有意思。"

"有灵感了？"梁恪言也不明白，那缰绳是怎么落到自己手中的。

"没有，但是很开心。"她补充，"比画画还要开心。"

"画画很开心吗？"

"当然啊。"柳絮宁觉得这问题从他嘴里问出来有些奇怪，她低头反问，"你画画不开心吗？"

梁恪言敷衍地扯扯嘴角："还行。"

这语气平平淡淡，显然不是他的真实想法。

风吹得人心思缥缈又酩酊，柳絮宁的话开始多起来，两人之间长年累月的那份疏离也在无声无息间被吹淡几分："你以后都不画画了吗？"

没等到回答后，柳絮宁猛然清醒过来。她问得有点多，也管得有点多，于是故作镇定地找补："我随便问问。"

梁恪言："你说得对，我不适合做这个。"

总有人说，学艺术的人身上有一种不言自发的气质，但很显然，他没有。他只有满身的铜臭味和对权力与话语权的滔天渴望。

柳絮宁突然说："我还是想跟你道个歉。"

"什么？"

"上次在画展，我不该这么说你的画。"

"过了这么久,不需要再道歉了。"

"可是上次我没有说清楚,是我太过自以为是、言辞不善,我不该用自己的想法随意揣度亲近的人。"她低头做鸵鸟状,盯着自己的鞋尖,固执地继续说,"所以我这份道歉的目的没有达成,当然,我今天说这些也不是让你接受我的道歉,你不接受的话……"

不接受的话,她也不知道该怎么办。

安静在空气里回旋,柳絮宁不知该如何开口,也没有等到梁恪言的回答。柳絮宁忐忑不安,亟待一个答案。

"柳絮宁。"沉默被梁恪言这一声打破。

柳絮宁:"嗯?"

"接受。"

柳絮宁愣了一下,然后唇线上扬:"哦,那就好。"

她笑起来时,眼下拱起两片卧蚕,与本就有神的眼睛相衬,澄澈又楚楚动人。

柳絮宁颇有些得了便宜还卖乖,她继续说:"而且,说实话,《流失沙丘》挺有特点的。况且你也不是只有这一幅画出名,你以前画的东西都很有意思。"

她事无巨细地谈论着,从色彩到构图,再到意境。也许梁恪言自己都无法对自己的画说出这么多的评价,但柳絮宁可以。因为她看着他的笔触从稚嫩到成熟,从粗糙到精细,再从认真到敷衍,看着他对画画的耐心逐渐消失。

她真好奇,怎么可以在烧钱的世界里如此如鱼得水,调配颜料又将它丢弃时,恣意潇洒得像是在倒废水。

也许是羡慕,也许是嫉妒,她对他的动向格外在意。她倒是要看看,经过系统化学习和多位名师指导后的梁恪言,最后在艺术领域到底能有何种建树。

柳絮宁讲得认真,没有察觉到梁恪言略带怔愣的神色。

良久,他胸膛一颤,溢出几不可闻的笑声,短促又恰好在话语停歇的间隙中被柳絮宁精准捕捉到。

"但我现在画不出来。"梁恪言说。

柳絮宁略略低头,与他对上视线的下一秒,她迅速抬起头,可她仍然可以感受到他落在自己脸上的直白视线。

"没事,那你就做一个道德败坏、唯利是图的商人吧。"

"那下场很可怕。"

原来他也会讲笑话,虽然水平低级还冷得透骨了。

她这样想的,也这样说出口:"你讲的笑话好冷。"

梁恪言不置可否:"你讲的笑话比较像笑话。"

她怀疑他是在嘲讽她,正要再低下头和他说话,却见他正垂眸看着手表。

你来我往的对话唐突中断,她像置于真空中,上帝适时地抽干喜悦。

柳絮宁主动说:"我们回去吧。"

"玩够了?"

当然没有，她正在兴头上，可是他既然已经看表，那就是开始对此厌烦。柳絮宁一向是审时度势的个中好手，所以她点点头。

　　明明刚才她还因为学会了骑马而兴奋，现在兴致又顷刻全消。梁恪言思索片刻后说："我七点半有个饭局，从这里到市区要一个小时，六点走绰绰有余。"
　　柳絮宁眨眨眼："啊？"
　　这是什么意思？
　　梁恪言："就是说，我可以陪你玩到六点。"
　　情绪在灼热温度下化成扯不断的丝。柳絮宁低头盯着马鞍："那谢谢你。"
　　他目光澄澈："不客气。"
　　柳絮宁开始得寸进尺："我想试试自己骑到那边。"
　　梁恪言懂了，言下之意就是，他此刻应该识相地再将缰绳递给她，为这位刚出师的小徒弟腾出一次个人历练的机会。
　　"你应该不会忘记回来接我吧？"
　　柳絮宁："那得听马的。"
　　梁恪言拍拍马背："别忘了来接我。"
　　他双臂环胸，仰头看着她。
　　柳絮宁其实对梁恪言的笑容不太熟悉，因为他不爱笑。可稀罕的东西总是珍贵，她不得不承认，他笑起来时很迷人。因为眼型生得好看，眼下卧着薄薄的卧蚕，他笑起来时带了点漫不经心的懒倦味道。
　　她的嘴角稍稍扬起："马屁收到了。"
　　走到一半，柳絮宁像是想起什么，突然回过头来。梁恪言以为她有事，走上前去。
　　柳絮宁让他伸手。
　　"干什么？"
　　柳絮宁从口袋里拿出一个驱蚊手环递给他："你不是说这里蚊子多吗？"
　　她眼神清亮，睫毛纤长浓密，轻轻眨眼时像羽毛扫过，在他心里唐突地卷起一阵海潮。
　　"喏，给你。"
　　"谢谢。"他听见自己毫无起伏的声音。

第三章 /
念头

梁恪言晚上要去的地方和云湾园不顺路,就让谷嘉裕开车送柳絮宁回家。

柳絮宁玩了一下午,腰酸腿软,一上车就睡。

上了车,阿K问梁恪言有什么事。

"还能是什么事,万恒咯。"

"那个万嘉麟是我大学同学,我跟他打过几次交道,不至于是那种连见面都不愿意见的人吧?"

谷嘉裕语气微妙:"那就是有人不让他见梁恪言吧。"

柳絮宁在后排困得连眼睛都睁不开,睡着前听到的最后一句话来自谷嘉裕。

——"梁叔对起瑞没兴趣,梁恪言可不是。多的是人想让梁恪言和梁二一样,做个草包少爷。"

——"你知不知道你这位好兄弟上周居然敢让他那个助理去查梁叔是和谁一起去的青佛寺。儿子查老子,我可做不出来。"

是夜,此时的凫汀会所笼罩在一层朦胧灯火下,这里是青城私密性上佳的私人会所。

顶楼的包房内,有几道交谈声从屏风后悠悠传来。梁恪言只停了一瞬,就绕过屏风,大步走进。

在场三男两女,万兆隆的母亲万老太太坐在主位,虽然已经年过八十,依旧精神矍铄,头发浓密黑亮。整个人容光焕发,气定神闲,丝毫看不出她是从乱成一锅粥的万家出来的。

"抱歉,我来晚了。"梁恪言带着歉意地笑。

"哟,上次见到小梁的时候,还是个学生呢。"男人比画了一下,"那时候小梁才这么点高呢,如今倒是能独当一面了。"

算是打趣,也算是带着点语意不明的讥讽。

饭桌上的人默契相视一眼,嘴角皆挂着浅笑,梁恪言也自然地笑了下。

既然怎么样都约不到万嘉麟,那就约万兆隆的母亲。

万老太太今天能赴约,很大程度上是给了梁继衷一个面子。梁恪言是来谈生意的，不是来狐假虎威的，这点掩藏在平静话语里的唇枪舌剑他没有兴趣继续，基本的寒暄过后，单刀直入提及万恒的项目。

梁恪言：“我知道很多人都对万恒这块地感兴趣，但在传统零售百货这一块，它们没有起瑞能将效用发挥到最大。您忍心看着一个不成熟的公司将万恒拆分个七零八落？”

万老太太皱了眉："可万恒交到起瑞手里也——"

"虽是交到起瑞手里，但万恒的牌子仍在。"

"什么意思？"

梁恪言摩挲着杯口："据我所知，万家到万嘉麟这一辈的小辈里，没有人从商，也没有人有能力接手现在这个烂摊子。万恒股票成交量低迷，人人都想以低价吃到这块肥肉。我当然也是想要的，但万先生在世时和我爷爷交好，我和起瑞都想帮助万家。人人都想把万恒变成自己的所有物，但我想要万恒还是万恒。

"您虽将万恒交给起瑞，但仍然可以保留万恒这个牌子。主权在您手里，治权在我这儿，万恒永远是万家人的。"

万老太太和最先开口的那个中年男人对视一下。

梁恪言看了于天洲一眼，问那道腌笃鲜怎么还没上。

"大菜自然是要晚点上。"那中年男人开口。

"现在也差不多了，您说呢？"梁恪言笑着望向万老太太，于天洲也跟着看去。万老太太神情不变，眼光却没有了刚进门时的警惕和刻薄。

于天洲起身向众人致意。他走后没多久，万老太太身边那几人也借着抽烟的名头离开。

出门吹风的时候，于天洲正巧看见剩下那几人出来，其中一个男人递给他烟，他没接。

梁恪言没有抽烟的嗜好，他的习惯，就是于天洲的规矩，所以只要他在梁恪言周围，那抽烟就是一件绝对禁止的事情。

和这几个人在一起时，自然也少不了逢场作戏、虚与委蛇。

梁恪言这番言论对上万嘉麟也许没用，但老一辈大多讲究"情怀"二字。一番恳切的言辞，带着一点张力的圆滑，对万老太太来说，可谓直捣黄龙。

于天洲看过梁恪言前几日熬夜做出的战略规划，白纸黑字，条理清晰，项目有条不紊地罗列其中。

对于梁继衷将他安排在梁恪言身边这件事，他没有任何理由拒绝，可心里难免有些不满。不过时间可以改变想法。

赴这场饭局之前，梁恪言已经盯上万恒的核心产业，梁家关系网盘根错节层层环绕，许芳华一脉的关系更不是他可以想象的。三五个电话，核心项目文件的审批压上几个月不是什么难事，资金链跟不上，有些东西自然手到擒来。

两手准备。

吃相难不难看是最不重要的东西，吃到就算是万事亨通。

于天洲回到包厢，推开门时，正巧听见梁恪言说："万恒的那些老董事，还望您给我多多搭桥。"

他想，这应该是谈妥了。

万老太太笑了一声："听你爷爷说，你以前修的是艺术，真是看不出来。"

梁恪言放下杯子，杯底与桌面发出沉闷声响，像一枚轻放的棋子，稳稳落定于他的可控范围内。

他也笑，此刻眼里是毫不掩饰的自信与野心，仿佛他想要、他敢要，全世界都可以掌握在他手里。

"那可能是我身上的铜臭味太重了。"

不得不说，于天洲作为一个秘书，办事效率极其高。仅一顿饭的工夫，便查好了梁恪言让他做的事，只是有些难以启齿。

在他第三次看向梁恪言时，后者眉头扬起："查到了？"

于天洲有时真的感叹于梁恪言的观察力："是。"

梁恪言："和谁？"

"乔潇雨，乔总的大女儿。"

梁恪言有一会儿没说话，直到于天洲以为他不会再开口时，才又听见他说："哪个乔总？"

语气波动中带着点笑，像是觉得荒唐。

于天洲硬着头皮道："乔文忠总。"

沿青佛寺东南门出去，有条山路，绵延数十公里外，坐落一座私人园林，原是20世纪某富翁宅邸，现在挂上了梁家的名头。至于这块地皮如今被用来做什么，梁恪言现在明白了。

初入杀人不见血的名利场，因为拿下万恒而带起的激亢在于天洲这短暂的一句话后平息冷却。

他眼睛微微眯起，镇静下来后，又不自觉笑了一下。

"他女儿多大？"

"二十二岁。"

"而且……"于天洲欲言又止。

"不想说就不要开口。"他声音冰冷，没有波动。

可于天洲知道梁恪言讨厌欲言又止，也知道他现在已经染上很明显的个人情绪，于是立刻回答："乔总的小女儿乔潇冰是万嘉麟的女朋友，但是这几天万嘉麟又频繁出现在……"他停了停，说出一个会所名字，"而且社交平台的头像也换成和不同女生的合照。"

有什么东西在梁恪言脑海里抽丝剥茧成具象。

所以万恒的收购进度才迟迟不见推进，既然乔文忠不会因为这个项目得到半

- 048 -

点好处，那自然不需要自己的女儿再出卖色相。

有些人，你明知他本性如何，可当事实毫无掩藏地摆在眼前时，还是为其感到荒唐。

乔文忠是，他的父亲梁安成亦是。

回程路上的好心情就此打住。梁恪言知道，那不是他能随意动的人。下周一，他又将在起瑞的周会上看见乔文忠的脸，听见乔文忠志得意满的"谦虚自躬"。

看见乔文忠这张脸并不会影响他的心情，只是，他初入起瑞立下的第一条规矩就这样被梁安成不费兵卒地撕毁。

他不喜欢这种任何人、任何事都成为他掣肘的感觉。

柳絮宁开始了快乐熬夜的生活，心中有了设计雏形，笔下的线条绘制就变得流畅起来。熬夜结束下楼热一杯牛奶再入睡成为她的习惯，也因为这个习惯，她常常会在这个诡异的时间撞上从饭局应酬回来酒气熏天的梁恪言。

她有时真的十分惊讶他为什么会这么忙。记得小时候看梁安成好像也没辛苦到这种地步，以至于她常常会感慨这世上真的有人可以做到毫不费力却唾手可得幸福生活。

这周的包装设计课上，柳絮宁交了作业。大学老师大多不当场打分，第二天，分数在钉钉上公布。

柳絮宁不出意外又拿了最高分，胡盼盼哭哭啼啼地连声羡慕她，但她没空听完这些羡慕，因为好久没去舞蹈室了，骨头都要硬了。她马不停蹄地收拾东西往舞蹈教室走。

胡盼盼看着她的背影："我发现了一件事情。"

许婷头也没抬："有屁就放。"

"梁锐言去训练加比赛得有快一个月了吧？"

"干吗？你想他啊？"

"许婷你有病啊！"胡盼盼一个抱枕扔过去，"我是说你有没有发现，柳絮宁在寝室里从来不和梁锐言打电话。"

"你连这个也要管？"

"不是啊，难道你会晾你男朋友晾一个月吗？"

许婷翻了个白眼："首先，他俩不是情侣；其次，就算是情侣，人家是去训练，是打正规比赛，又不是你妹妹幼儿园的踢毽子比赛，他哪有这么多工夫聊天。好好读书吧姐，别天天咸吃萝卜淡操心了。"

胡盼盼哼哼唧唧一声："我就是好奇嘛。"

柳絮宁进舞蹈教室的时候，难得看见上一届已经退队的几个学姐，她们正和几个老队员窝在舞蹈室一角聊天。

大四实习的具体时间依公司而定，做五休二，周五是无薪日。学姐们在那里讨论脱离象牙塔真正进入成人世界的初体验。

柳絮宁和她们简单打了个招呼后,就进更衣室换衣服,出来时恰好听到她们在讨论起瑞。

"我在茶水间的时候,听见带我的那个姐姐和另一个部门的人在说小梁总昨天晚上去应酬喝趴了。一个人干倒一帮老东西哦。啧——本来我都不想努力了,一听那姐姐说这话,我赶紧去楼下买了杯美式。比你有钱还比你拼命,我还有什么资格不努力!"

"你钓他呀,把他钓上钩了你不是不用努力了。"

"我倒是想钓啊,我上得了六十二楼吗?我进得了专属电梯吗?小梁总会来我们员工食堂吃饭吗?"

"哈哈哈哈哈哈哈,说的也是哦!"

几个人说着玩笑话,闹成一团。

柳絮宁站在更衣室门口,决心等她们把这话题揭过后再出门。她兴味索然地刷着手机,微博私信里突然出现一条关于大热小说IP漫改的邀请,以及实体漫的商业约稿。她瞳孔一缩,反反复复地看那人微博,确定真的是某著名漫画公司的策划人后,才忐忑地发去一条回复。

三天后,电子合同准时发送至她的邮箱。柳絮宁悠闲地倚在躺椅上,午后阳光灿烂地洒在她指尖捏着的纸质合同上,她手指弹了弹纸,敲出一阵愉悦的旋律。

真不错,活接着一个又一个!

她这么能干,以后一定能红红火火赚大钱!

人在格外开心的时候总会想到这短暂一生总该做一些好事,所以现在的柳絮宁突然想起三天前在舞蹈教室里那些学姐的对话,她是不是也应该关心一下她亲爱的哥哥?

毕竟自己也因为梁恪言而额外获得了一次私人马场游玩体验。

虽然这次游玩体验已经是好几天前的事情了,但献殷勤哪有什么保质期呢。

柳絮宁打开和梁恪言的对话框:哥,你最近忙吗?我看阿K哥发朋友圈天天都在盼着你能出去喝酒,你在公司里是不是很忙呀?你要多注意身体,不要累坏了。谢谢你带我去骑马。

不知道是不是自己不擅长做这种事,她总觉得自己无论说什么都带着阴阳怪气的味道,妄图修改措辞,却不知道该如何下笔。

看来,要将做好人培养成一种刻入骨血的习惯。

这突如其来的关心实在装得有些拙劣。

梁恪言神色淡淡,看着柳絮宁五分钟前发来的消息,最后摁灭手机屏幕,又在十五分钟后,才开始打字:不忙。上次带你去马场是因为阿K说了,我顺便一提,你不用记到现在。

他确定柳絮宁看见了那条消息,因为备注一栏变作"对方正在输入"。

只是等了许久也不见一条消息发过来。

他又发去一条:林姨向我请了两天假,晚上你想吃什么?

"星河汇购物中心的项目主旨是致力于打造青城生活方式新地标,该项目总体建筑面积约为60万平方米,项目占地面积3万平方米,我们预计将在202×年夏季开业。"

梁恪言今天在A区商务中心有个关于起瑞青城分部今年度在建项目管理报告以及明年四季度工作内容的会议。项目经理的新店投资与发展计划讲到一半,梁恪言的兴致也消了一大半。他看着手机里弹出来的两道菜,还贴心地附上了教程,干脆利落到连个多余的字都没有,突然冷笑了下。

还挺喜欢找教程,做菜是这样,打领带也是这样。

偌大的会议室里明显静默了一瞬,乔文忠率先开口:"小梁,怎么了?"

"梁总和我可都很看好这个项目。"他若有似无地提了句。

这里有很多人都是看着他长大的,乔文忠更是清楚,环境使然下,梁恪言身上有一种傲气,一种因为长时间根植于养尊处优的豪门沃土中而滋生出的傲气。所以,在面对形形色色的商业人士时,他并不会因为自己初出茅庐缺少经验而低头。他说话直言不讳中带着浑然天成的自信,但这份自信与自傲过了那条界之后,总会惹人不适,尤其面对经验丰富的老狐狸时。

在座的,除了要汇报项目的那几位,剩下的都是起瑞的老董事,梁恪言这点股权在他们面前,不足为道。

于天洲坐在一边记录着会议纪要,却不时观察着梁恪言。

他之所以被梁继衷安排在梁恪言身边,就是因为他极强的抗压应变能力与娴熟的职业技能。工作之余,他会羡慕又惆怅地想,命太好的人是不需要趋炎附势和懂得人情世故的。

他心中重重地叹了口气,已经能预见梁恪言字字带刺的反问,却不想梁恪言面色始终温柔谦和,不卑不亢。直击弱点,又精准地抓住重点,你来我往,游刃有余,像打一场稳操胜券的马球。

"我也很看好。不过,我想问一下刘经理,这一块地算是百年商圈,这几年来周边商圈呈多元化发展,多的是传统百货和新兴购物中心。这个项目落在这里,也不过是一滴水掉进一片大海里,你该怎么保证这滴水能脱颖而出呢?"

刘迅紧张地咽了下口水:"是这样的,小梁总想到的我们自然也想到了。所以在该项目上,我们进行了全方位的创新,打上的标签就是'城市的缩影',包括内容、空间、设计……"说着,他向一旁的助理使眼色,助理将唇咬得泛白,结结巴巴地糊弄着。

起瑞上上下下谁不知道这是起瑞与周氏集团的合作项目。梁安成与周氏董事长周霖关系还算不错,他自然看好这项目,落地不过是板上钉钉的事情,走个流程罢了,谁知道梁恪言会如此较真。

梁恪言没有追问,把手机翻了个面,耐心地听他讲,只是在最后说:"高档品牌、精品餐饮不是衡量一个商场价值的标准,最大程度地获取价值转换才是最应该奉行的原则。但很显然,以星河汇目前的情况来看,好像并不能做到。"

梁恪言姿态松弛地靠着椅背,手指把玩着黑笔。他身体前倾,黑笔在乔文忠的笔记本上不轻不重地敲了敲。等到人看过来,他眼里透着十足的纳闷,认真询问:"您和我父亲为什么会看好这个项目呢?真是令人费解。"

礼貌与谦逊留给了在场所有人,难堪却悉数丢给自己。乔文忠一口气堵在胸口,不上不下,却不知道该如何回答。

散会后,梁恪言和几个董事出门。

大腹便便的中年男人"呵呵"笑着拍他肩膀,直言他"令人刮目相看"。梁恪言谦卑地点头,表示自己要学的还有很多,还望叔叔、伯伯们多多提携。

看着他们的背影,梁恪言的笑收敛起来。

那就做一个唯利是图的商人好了。

纵然那夜得知梁安成的荒唐行为后十分愤怒,但他很快冷静下来。唯利是图的商人,精明敏锐又能屈能伸是基本功,如果连曲意逢迎、两面三刀都做不到,那他还能得到什么?

今天的茶水间里格外热闹,三四个男男女女凑在一起,窸窸窣窣地谈论着刚刚会议上的情形。八卦,是痛苦工作里唯一一针药效强劲的致幻剂。

"我总觉得小梁总很讨厌梁总和乔总的样子。"

"哪有啊,不是很正常吗?刚刚会议结束的时候,我就站在乔总和小梁总后面,我听见乔总和小梁总说有不懂的就去问他呢。"

"傻啊你,你上班有三年半了吧?怎么还听不懂!小梁总现在只是管我们整个青城分公司,可是往大了说,起瑞是梁家的,以后也就是梁恪言的。乔总是谁啊,还需要未来的起瑞董事长不耻下问请教他?你这点对八卦的敏感程度都没有吗!"

"是这个意思啊!"

"你们两个说话声音能不能别这么大?我好害怕。"

"那我们去厕所讲啦。"

"啊……我怎么进男厕啊……"

"创意部不分男女厕啦。"

"哈哈哈哈哈,有病啊你们!"

于天洲站在茶水间门口,忐忑不安地看着梁恪言。人多的地方就是可怕,随便经过一个地方都能毫无征兆地听见什么爆炸信息。

良好的工作素养让他面上仍然保持镇定:"梁总,我去——"

梁恪言回身往电梯走:"不用了,不需要做什么。我下午有点事,你提前回去吧。"

于天洲跟上:"需要我开车吗?"

"不用。"

下午四点多,还没正式赶上晚高峰,路上却已经有了拥堵的现象。尖锐的喇叭声此起彼伏,饶是梁恪言没有路怒症,却也被这拥挤的路况扰到烦躁至极。

诚如那些人所言,梁恪言对乔文忠,甚至是对这帮人都恶心至极。

梁恪言自小时候起就看不上这群每逢周末或是假期便来家里明里暗里巴结梁安成的所谓的起瑞高管,乔文忠、顾长平等,还有其他叫不出名字的人。自己来也就罢了,还要带上所谓的"礼物"。

年纪渐长,他开始懂得他们口中的礼物是什么。

对梁安成的厌恶,应该是从那个时候开始的。

心思再缜密也有疏忽的时候。

某个午后,他上楼时,听见梁安成房里传来一阵暧昧的声音。听见的那一刻,他唯一庆幸的事情便是撞见的人是自己,而不是梁锐言,不然弟弟就该伤心了。

身后一阵脚步传来,离近了些,声音戛然而止。

梁恪言回过头去,女孩错愕的神情纳入他眼底。

"谁让你上来的?"他那时带着气,有些不理智地把那点怒气往她身上撒,说话时毫不客气。

柳絮宁被梁恪言吓到,有些紧张地解释:"我们在玩捉迷藏,我以为这一层没人。"

房间里的声音不大,却能清晰地落在这静谧的回廊中。

他走过去,捂住她的耳朵:"好,那你被我抓到了,换个地方藏。"

柳絮宁和他差了好几个头,她有些费劲地仰头看他:"我听得见。"

他一愣,旋即恢复正常:"我知道你听得见,捂你耳朵的意思是给你个台阶下,让你装作没听到的样子,别出去乱说。"

他的手掌宽大,掌心覆盖住她耳朵的同时,指腹也不可避免地触碰到她的脸颊。小朋友的脸柔软细腻,通透得像块玉,他没忍住掐了一下:"懂了吗?"

她水汪汪的眼睛里流露出显而易见的难过和无措,他的心突然一软,像被小猫柔软的尾巴扫过。

虽然不感兴趣,但柳絮宁进梁家之前的遭遇他曾听过几句。梁安成于她而言,便是缥缈无边的大海中唯一的浮木。她对梁安成的尊敬和爱戴是有目共睹的,今天下午这一出,如稚嫩到尚未编织完成的美梦被人打破,然后过早地领略到成人世界的肮脏。

梁恪言不擅长安慰人,但他觉得可以试一试。

"你别太在意,也别难过,大人的世界就是这样。"他自己尚未与刚才的情形和解,却已经开始说着毫无信服力的假话。

柳絮宁仍是看着他，没有说一句话。

房间里那对男女彻底陶醉在自己的欢愉世界里，梁恪言不想再听，他拉着柳絮宁的手腕快步走下楼。

刚走没几步，他的衣摆被人拉住。

"又怎么——"

话音还没落下，他的耳朵被柳絮宁捂住："我不难过，那是你爸爸，又不是我爸爸，我觉得你才比较需要捂一下耳朵。"

撞见梁安成的风流韵事，丢脸与心痛的难道是她这个无关紧要的梁家编外人员吗？至亲血缘才会觉得伤心透顶吧。

当柳絮宁踮起脚费劲地用手去够他的脸希望捂住他耳朵时，梁恪言第一次觉得家里来个妹妹也不是什么坏事。他可以试着从今天、从此刻开始，对她好一些。

后来那时请的住家阿姨像献佛一般把柳絮宁丢在垃圾桶里的对半撕开的草稿纸递给他。

纸上的字迹模糊，但辨认不是难事——

梁恪言：用螳螂吓我，坏人，讨厌，装，死鱼脸，不会笑，说一不二（画掉，改字：油盐不进），有一点点好，傻。

梁锐言：傻，太容易相信人（人画掉，改字：我），带我玩，没心机，好说话，耳根软，听我的。

奥数题做不出来，心思就缥缈到开始评判起他们两兄弟了？

最后，她在梁恪言的名字前写了一个小小的 Pass，然后愤愤地画掉他的名字。

梁恪言刻意忽略那道锋利的黑刃，潜心研究这个 Pass。这破词有两种意思，但结合语境来看，很显然是淘汰。

他推翻了几天前的想法，家里突如其来一位妹妹，怎么不是坏事？这简直是一场灾难。

他不明白柳絮宁小小世界里的计算法则和衡量标准，甚至觉得幼稚、无聊、又可笑。谁在乎呢？谁在乎一个无关紧要的人给出的评价？反正他不在乎。

不过，他那段时间挺恨英国人的，没事搞什么一词多义。

后来去梁家大院，他在楼上被梁继衷逼着画画，弟弟、妹妹们在楼下玩。他亲眼看着柳絮宁环顾四周确保万无一失后，踹向那个姓周的男孩。

死鱼脸？装？

他冷笑，忍不住在心里驳斥，论说装，那自己显然比不过这位楚楚动人的好妹妹，口中含蜜，尾上藏针。

当住家阿姨明里暗里地提出自己孩子要上学了，渴望涨工资时，他微笑着，让她做完这个月就离开。

从语气到用词,都毫不客气。

说完这话,他恰巧撞上正上楼的柳絮宁。

看着她诧异的眼神,他知道,她的备忘录里自己名字那一栏或许又要再添几项标签——心思歹毒、一毛不拔、素质极差!

但还是那句话,谁在乎呢?反正他不在乎。

梁恪言的车在青大西门口停下。

他来接柳絮宁回家。

胡盼盼很意外会在这里看见梁恪言。她拎着一袋刚从校外美食街带回来的炒面和奶茶,大着胆子走到梁恪言面前,主动和他打了个招呼。

"你是?"梁恪言不记得她。

胡盼盼也不尴尬:"我是柳絮宁的室友,我叫胡盼盼。上次在青城艺术中心的画展上,我们见过的。"

饶是这么提醒,梁恪言还是不记得。但他也点点头,说了一声"你好"。

胡盼盼又问他是不是来接柳絮宁,这种时候她一般在舞蹈室练舞,基本上不看手机。

梁恪言向她道谢后,径直往舞蹈室走。艺术楼里有班级在上课,不尽相同的旋律交错在一起。梁恪言不熟悉这里,叫住一对恰好下楼的情侣,询问校舞蹈队在哪一间教室训练。

"哦,一般都在五楼,503或者504。"女生说。

梁恪言颔首道谢,正要离开,女生惊讶地"哎"了一声:"你不是还在外面比赛吗?这就回来了——"

男生似乎知道她要说什么,打断:"什么啊,这不是梁锐言。"他拉住女生的手,和梁恪言说了一声"不好意思啊,我女朋友脸盲"就往楼下走。

两人走远了,梁恪言甚至还能听见女生带着惊讶的声音。

"那人不是梁锐言?长得也太像了吧!"

"乍一看像罢了。"

"也是,不过第一眼的确分不出来。"

这样的话,梁恪言听过很多次。

梁锐言的狐朋狗友多到不胜枚举。他们常在云湾园的花园别墅里烧烤、玩桌游。梁恪言那时刚上大一,已然做好提前修完学分准备出国留学的打算,即使是闲来无事的周末也待在书房里。

楼下欢声阵阵,他下楼倒水的工夫,一个黄毛男生从后勾住他的肩膀,嗓门在他耳边炸开:"梁二,有饮料吗?给我搞一瓶。"

他回过头,黄毛明显愣了一下,转而又放肆地笑:"这么严肃干吗啊!

"不过,话说你在家还会戴眼镜的啊。"

弟弟的同学，总要给点面子。他忍下那点烦躁，刚准备解释，梁锐言就从地下室走上来，一看眼前这状况，赶紧解释。黄毛惊慌失措，喊着他"哥哥"，向他连声道歉。

梁恪言只觉得肩膀上的触感陌生又难忍。

不是什么人都能叫他哥哥的。

等梁恪言再次下楼的时候，梁锐言和柳絮宁正在厨房。柳絮宁那段时间觉得撬茶饼很有意思，于是从林姨那儿主动揽下这活。

梁锐言在削梨，牙签插着一块后递给她，待她吃完后，又紧跟着递一块。

柳絮宁脑袋一歪，躲开他的投喂："我都吃完了他们吃什么？"

梁锐言嗤笑："朋友你帮帮忙，他们吃也配我动手？"

过了一会儿，他突然问起："你觉得我和我哥长得像吗？"

那时柳絮宁的语气充满惊讶："怎么可能。"她好像对于有人会将兄弟二人认错这事感到真心实意的诧异，再次感叹，"你们两个长得一点都不像！"

梁锐言又插起一块梨，忍不住笑："你别认错就行了。"

梁恪言的想法如他一般。

别人认错情有可原，但柳絮宁，你没有认错的理由。

舞蹈室外，有两三个等待女友结束训练的男生。梁恪言站到窗前，教室没有拉窗帘，他看见正在里面跳舞的柳絮宁。

黄昏里，她的影子在地板上舞动。

有女生从另一间教室出来，随意扫梁恪言一眼，脸上露出见怪不怪的无奈表情。她朝里喊："柳絮宁，那个谁又来催你咯，赶紧收拾收拾走了！别到时候又说我压榨你啊！"

"你说什么呢？"她语气充满困惑。

傍晚时分，太阳像被拽下去的半个蛋黄。她在脉脉浅金里回过头来，准确地对上梁恪言的视线。柳絮宁自己都不知道，她真情实意地笑起来时，一边嘴角会斜斜地上扬，同时眼里亮晶晶的，伴着点得意的表情，很可爱。

梁恪言忽然一怔，垂在腿侧的手指不经意间弯了一下。

心里奇怪的情绪还没有咀嚼彻底，柳絮宁敛起的笑让他一瞬清醒。

她认真地修正那女生的措辞："那是梁锐言的哥哥。"

女生惊讶地捂嘴，眼里露出抱歉。

回程的路途依旧拥挤。

车载音响里播放着财经新闻。

"10月×日早间，万恒集团正式发布股权转让公告，为提高运营效率，降低管理成本，决定将持有的万恒集团100%股权通过协议转让的方式转让给起瑞集团和京阳资本，交易金额为92.625亿元人民币。据悉，起瑞集团正在积极推进各项事宜。由此,梁家长子梁恪言为回国后接手的第一个项目画下完美句号。"

柳絮宁看看前方的车流,偶尔透过车内后视镜看梁恪言。他脸色沉着镇静,一言不发。虽然他的表情和往常无异,但柳絮宁微妙地感觉到空气里有一丝稀薄的紧绷感。

刚回国就能拿下这个大项目,所以柳絮宁实在不知道谁又惹梁恪言不高兴了,不过总归不会是她。她揉了揉肚子,扭头看车窗外的风景。

上次坐在这个沙发上等待梁恪言做菜也才过去没多久,她可真是荣幸,何德何能有一次又一次的机会品尝到他的厨艺。

柳絮宁中午给他发去的那几个教程,最后都变作了色香味俱全的菜肴出现在餐桌上。

美食让她原本就喜悦至极的心情再添一笔。

桌下,她的双腿交叠,无意识地摇晃,蹭过他的裤脚。

梁恪言夹菜的动作极快地停了一下,视线扫过她的五官。头顶明亮的灯光照着她白净的脸庞,偶尔在手机亮起来时,她撇头回一下消息。

他知道她没有察觉到。

冰箱里有一盒红爪斑节对虾,梁恪言看见时索性拿出来一并做了。柳絮宁其实挺喜欢吃海鲜的,她被那道虾勾住。可梁恪言不动,她也不会先一步去夹。

像是被听见心声,下一秒梁恪言就夹起一只虾,柳絮宁眼睛一亮,紧跟着就去夹。

梁恪言把碗推得离她近了些。

"要吃就都吃了。"

"嗯?你不吃了吗?"

他点头。

柳絮宁悄悄地扯了下唇。

两人吃着饭,和谐的空间倏地被一道尖锐的手机铃声打破。

柳絮宁没开免提,但音色扬起的男声还是清晰地传出来。

"我后天回来,训练好累,会不会有什么好心人来接我回家?"

汤勺舀汤时不轻不重地撞了一下碗壁,梁恪言听出这是梁锐言的声音。

对,他弟弟出去训练了一个月,马上就要回来了。

一个月,好长的一个月,长到他居然忘记了自己还有个弟弟。

"没有。"柳絮宁说。

"喂……"

"是青南那个机场吗?"柳絮宁听到他满是无奈的语气,笑出声,"几点到?"

梁锐言那边报了个时间。

"好,我没课就来。"

"没课就来?柳絮宁,你这是什么意思,有课就不来了?"

柳絮宁觉得好笑："当然啊。上课最重要。"

那头梁锐言还在絮絮叨叨地说着什么，这边梁恪言正在盛汤。柳絮宁看着他的手，手指修长，指甲干净圆润，盛汤的动作也变作一道赏心悦目的风景。

抬眼的瞬间，她恰好和梁恪言的视线对上。梁恪言手一顿，把碗放在她面前。柳絮宁一时语塞，她只是觉得他的手好看，所以多看了两眼，没别的意思，更没有觊觎他手里那碗汤。

"谢谢。"她轻声说。

"谢什么谢？"这声音被梁锐言捕捉到。

柳絮宁："我没在跟你说话。"

梁锐言："你没跟我说还能跟鬼说？"

柳絮宁无奈地道："我在吃饭。"

"一个人？"

"我要是一个人，那我刚刚在和谁说话？"柳絮宁有点不耐烦了。这人怎么越训练越笨？

"我在和哥哥吃饭。"她主动开口。

那边停顿了一下："哪个哥？"

柳絮宁的耐心彻底告罄："能有哪个哥？你哥哥。"

这句话出来后，梁锐言沉默了好几秒，才问："你们很熟？"

柳絮宁也沉默了。

就算没有抬头，她依然可以感受到梁恪言落在自己脸上的眼神，她几乎要被注视到自燃，于是只能埋头喝汤，回答梁锐言的声音细如蚊蚋："你问的这是什么问题？"

梁锐言笑了一下："球打多了打傻了。我去训练了，后天见。"

一通电话终于挂断，她正要安心吃饭，就见梁恪言站起身。

柳絮宁好奇地问："你吃饱了？"

"嗯，你慢慢吃。"

他只是突然间毫无胃口。

柳絮宁的小腹是从凌晨开始疼的，眼前是黑灰氤成的花白，额头冒出一层又一层细汗。这腹痛来得莫名，她都不清楚是因为什么。

她颤颤巍巍地起身，扶着墙往楼下走，想去倒杯热水，恰巧在楼梯拐角处和梁恪言撞上。在此刻撞见梁恪言，如溺水之人揪住唯一的救命稻草，她下意识捏住梁恪言的衣摆。

梁恪言神色微变："怎么了？"

"肚子痛……"柳絮宁浑身无力，嘴唇发白，说话也极轻。

梁恪言没听清楚，抬手碰碰她的额头和脸颊，烫得吓人。他皱眉："你还能走吗？"

柳絮宁摇头。

梁恪言迟疑了一下，搂过她的腰，将她打横抱起后往外走。

她的手无力地搭在梁恪言的脖子上，身体缩在他怀里，被迫听着他沉稳有力的心跳声。

梁恪言抱着她，手往上掂了掂。跌宕起伏的疼痛情绪压倒了其他所有，柳絮宁颤着声音埋怨："你能别掂我吗？更疼了……"

疼到她甚至敢把真心话说出来。

梁恪言没反驳，说了句"抱歉"。

走到门口，他把柳絮宁放下，快速地开出车，又扶着她上车。

柳絮宁连扣安全带的力气都没了，在梁恪言倾身来为她拉安全带的那一刻，她揪着他的袖口："哥，你放心……"

梁恪言垂眸，柳絮宁生得白，此刻更是白得过分，眼睫毛因为生理性疼痛而湿漉漉的。

她艰难地把话补全："你放心，我的腹痛和你做的饭无关。如果我死掉了……"

大半夜说什么胡话发什么癫。

梁恪言不该对她的话抱有希望："怪不到我头上，我知道。"

手指快速地敲打了一下她的手背。

"手放开。"他要开车。

好生冷的语气，他怎么这么残忍。

这是柳絮宁有意识前的最后一个想法。等到她再醒来的时候，是在青城医院的单人病房里，似乎有人在说话，耳畔却像是隔了一层膜，叫人听不清楚。

她费力地睁开眼睛，护士俯下身，语气温柔："还好吗？"

柳絮宁茫然地眨眨眼，下意识去看站在一旁的梁恪言。

护士继续说："刚刚给你做了B超，查出来右腹部附件有一个52mm的包块，初步考虑是畸胎瘤。"

这三个字组合在一起怎么听怎么可怕。

还没等她在脑子里再过一遍，一旁的医生问："最近有剧烈运动吗？"

柳絮宁："跳舞和打网球算吗？"

医生低头看看报告，又望向梁恪言："这个大小已经到了手术标准，这次疼痛有可能是因为剧烈运动引起的畸胎瘤反转，我们是建议做手术拿掉。"

这个时间点，梁恪言挂的是急诊，医院楼道内安静，医生和护士走后，时间在病房里悄无声息地流逝。

梁恪言坐在病床前，问柳絮宁："很疼吗？"

柳絮宁下意识摇头，静了几秒，终于没忍住，重重地点头："疼。"

"可是我还没做过手术。"她语气里是没藏好的对自己的埋怨和小小的委屈，"我怎么这么倒霉？"

谷嘉裕是十分钟之后来的,他哈欠连连地进门,张口就是一句:"梁恪言,你真是不把我当人看啊。"

柳絮宁莫名被他戳中笑点,笑得连咳两下,觉得小腹扯得更疼了。

柳絮宁活了二十余年,从记事起就没做过手术,无论大小手术都没有经历过,更何谈打麻药,仅有的一次麻药经历就是上小学时林姨带她和梁锐言去拔蛀牙。

所以,即使医生在她耳边念叨这只是一个小小的腹腔镜手术,依然让她退却。

梁恪言对他和柳絮宁说的话在她心中的分量有数。此情此景,叫同为医学生又同为她……好哥哥的谷嘉裕来填补上缺失的那份安全感,才是上上策。

梁恪言双手环胸,倚靠着窗口,偶尔看看窗外深沉的暮色,偶尔瞧瞧里面的景象,只觉得谷嘉裕改行做幼师也是个极佳选择,同样含义的话可以翻来覆去讲个三四五六七八遍。

他听得都有些烦了。

"放心,虽然我不是妇科医生,但这病我知道的,很常见。打麻药你就当睡觉了,一觉醒来手术就做完了。"谷嘉裕说完,又将话锋对着梁恪言,"记得给你妹妹叫护工。"

"护工是陌生人,你能陪着我吗……"柳絮宁问。

"你肯定是早上第一台手术,我有点事,可能——"话说到一半,谷嘉裕突然发现,柳絮宁没有看着他,她的脑袋歪向窗口站立的那人。

梁恪言捏着手机一角,在手里不停地转,人却盯着外面出神,不知道在想什么。黑色的外套随意套着,背后是漆黑的夜,一半的五官融在黑夜里,一半在病房有些昏暗的灯光下。

他的五官冷而锋利,很勾人,却也很吃亏,因为即便只是发呆都透出一种生人勿近的气势。

谷嘉裕眼观鼻鼻观心,然后福至心灵地喊了梁恪言一声。

梁恪言转过来,却和柳絮宁的目光对上:"干什么?"

有些人只是平铺直叙问个问题,却能问出高高在上的反问语气,用以表达心中的疑惑,也似昭彰地将"不耐烦"这三个字写在脸上。梁恪言简直就是其中的典型。

他们可不熟。梁锐言说的话梁恪言一定听到了,所以希望他陪伴的想法在柳絮宁嘴里含了一遍后又被咽下:"没什么。"

谷嘉裕"啧"了一声:"你明后天有事吗?没事记得陪你妹做手术。"

不过就是嘴巴一张一闭的事情,没见过这么费劲的。

说完,他邀功似的冲柳絮宁挑挑眉。

因为腹疼而引起的脸烫余温未消,柳絮宁小声重复:"你要是有事就不用管我,要是没事的话,可不可以……"

"我会陪着你的。"梁恪言打断她。

— 060 —

"你确定这是小手术？"柳絮宁睡下后，梁恪言和谷嘉裕往外走。

短短一段路，这是梁恪言第二次问。

谷嘉裕困到无精打采，坐上副驾驶座，再三申明是梁恪言硬把他叫出来的，所以梁恪言必须承担起送他回家的义务，而后才笃悠悠地说："宁妹害怕我可以理解，不得不说，'畸胎瘤'这三个字组合在一起的确吓人，更何况她也没经历过这种毛病。但是我不太懂啊，你在这里像祥林嫂一样一遍一遍地问是干什么？"

梁恪言："难道我经历过？"

谷嘉裕笑得敷衍："那谁知道呢？"

梁恪言懒得搭理他。

定好的手术时间在第二天上午的第一台，前一天晚上，柳絮宁可谓是遭大罪，吃过午饭后就没再进食。下午两点，护士拿来了电解质药。

平时基本不跑医院的柳絮宁终于在这几个小时之内尽数展现自己的无知。她指着眼前的两大盒药剂，问这是什么。护士说出一长串专业名词后，看她一脸蒙，于是撂下两个字——泻药。

柳絮宁这辈子没喝过这么可怕的东西。

梁恪言跷着腿坐在沙发上，看着她面如土色地喝下整整两升电解质药，然后开始频繁跑厕所。放在一边的手机屏幕持续不断地亮着。他随意一扫，屏幕上弹出"梁锐言"三个字，消息有些长，没有显示全。

视线只停留了两秒，他便收回，他们的消息没什么值得好奇的。

柳絮宁从厕所出来的时候，揉着肚子，一副什么事都不想再干的模样。她躺在病床上，声音哑哑，脸上露出满满疲态："哥，我先睡觉了。"

手机屏幕又一次亮起，伴着轻微振动。梁恪言垂眸，是梁锐言打来的电话。

梁恪言神色如常地"嗯"一声。既然她要睡觉了，他只能按下红色的挂断键。

翌日的青南国际机场。

一群学生模样、穿着青大羽毛球队队服的少年肩上统一背着黑白相间的羽毛球包，成群结队地往外走。

梁锐言冷着张脸走在最后面，方圆两米之内无人敢接近。他低头盯着自己的手机，从微信点到消息，再从消息点到通话，最后甚至点开FaceTime通话。他都要把绿色软件里里外外点个遍了，愣是没收到一丁点回复。

"搞什么啊。"他烦躁地抓抓头发。

"梁锐言……"前头停下一双白色的女款运动鞋。

梁锐言抬头，看到顾紫薇的同时，也清晰地察觉到那些原本走在前面的队友克制地转头，就连老教练也抑制不住眼里的好奇。

昨夜的比赛中，青大羽毛球队顺利拿下三金一银。队里气氛被点燃，平常一贯严肃的老教练也笑着参与了赛后的庆祝聚会。聚会上，每个人都很开心，啤酒杯相碰，欢愉的火花伴着气泡冒出。

梁锐言随意地坐在其中给柳絮宁发消息，整个人心不在焉。

顾紫薇的告白就发生在这一刻。起哄声闹成一团，梁锐言看着面前因为羞怯与紧张而脸颊通红的女生，有些头疼。

委婉拒绝的话语停留在唇边，在他思考着该如何回复才是最正确且恰到好处的回答时，女生已经踮起脚朝他靠近。梁锐言快速地撇头躲开，她的唇蹭着他的耳垂而过。

他吓得弹开两米远："你你你——你喝多了吧你？"

原本欢乐的聚会因为这句话而结束，后面的事情梁锐言不知道，因为他惊魂不定地拿过东西第一个回了酒店。

梁锐言自认梁安成把他此等纨绔子弟教得还算不错，加上有柳絮宁在他身边不停地念叨，他也算从孩提时代就培养出了男人极度稀缺的对女生应有的尊重。

只是此时此刻，面对顾紫薇，他完全丧失了耐心。

"同学，你真的让我很害怕啊。"

顾紫薇红着脸，眼眶发热："昨天是我冲动了……可能是因为赢了比赛……"

话音未落，梁锐言立刻接话："不是吧姐姐，我大大小小赢过这么多场比赛，也没被胜利冲昏头脑到满大街去亲人家姑娘啊。"

教练带着队友们直接回学校，问梁锐言要不要一起回。

梁锐言依旧摆着一张死人脸，双臂环胸，酷酷地拒绝。教练一掌拍在他头上："你清醒一点！这个态度跟谁说话呢！"

"错了错了，教练，我错了。"

就这么一下，把梁锐言彻底打醒了。

他上了出租车，报出云湾园的地址，又不死心地给柳絮宁打了个电话。没抱着接通的希望，电话却在这时通了。他大喜过望，接起电话张口就道："柳絮宁，你搞什么啊？我的电话都不接——"

"她刚做完手术，在睡觉。"

对面的声音很低，梁锐言愣了一下，听出是哥哥的声音："手术？"

柳絮宁躺回病床上时，神志还不太清醒，只听见身边一群人围着她说——不许睡。

麻药的劲还没过去，她连动的力气都没有，眼皮上下打架。

护士叮嘱梁恪言："千万不要让她睡觉。"

梁恪言说好。

"六个小时内不能进食，包括喝水，尿液到五百毫升了就叫我。麻药还没完全退，有可能会说胡话，这属于正常现象。另外，让她勤翻身，再痛也要动，不然小心肠粘连。"护士又叮嘱。

"我还插着尿管吗？"柳絮宁蒙蒙地发问。

梁恪言在她身边坐下："嗯。"

"那我完蛋了。"

"为什么？"

柳絮宁没搭理他，头一歪，困意持续不断地上头。

护士走之前又看她一眼，第三次嘱咐不许睡觉。

梁恪言闻言，叫她名字，柳絮宁依旧没说话。他顿了一下，抬手，手背碰了碰她的脸："说话。"

他微凉的手背碰着她热乎乎的脸，她有些不高兴地躲开："你让我说什么呀？"

"为什么完了？"

"我以前看人家怀孕就要插尿管，结果拔了之后就没法上厕所了。我会不会也尿不出来？"

"我不知道。"

"……好吧，你的确不知道。"

过了一会儿，她又开始嘀咕"这滞留针好痛好痛啊"。

梁恪言："忍忍。"

护工阿姨站在一旁整理换下的中单，听见这回答，朝梁恪言投去诧异的一眼。长得是挺帅，可这话也是一点不会说。合格的男朋友这时候好歹得来一句安慰吧？

柳絮宁："我不要和你说话了。"

麻药还没过，神志不清到说胡话属于正常现象。

他于是放缓语速："那怎么样你才愿意和我说话？"

柳絮宁想了想："我不知道啊，我怎么会知道？你自己想办法哄我高兴吧。"

旁边的手机屏幕亮了，是于天洲发来的消息，梁恪言边打字边说："想不出怎么办呢。教教我？"

柳絮宁："那你去学梁锐言吧。"

梁恪言打字的手一顿，唇边原本因为这幼稚无脑对话而浮现的浅淡笑容骤然隐没。

整间病房陡然陷入宁静，护工阿姨只觉得气温像是莫名降了几度。

只有被麻药侵神经中枢的柳絮宁毫无察觉，她看着梁恪言，为自己担忧地催促："你快帮我翻个身，不然我的肠子要粘在一起了。"

护工阿姨往前走了一步："我来……"

"吧"字还没说出口，梁恪言已经放下手机，俯身贴近她。他的一只手从柳絮宁的后颈绕过，揽着她的肩膀，另一只手抚上她的腰侧，小心地往一侧翻转。

"咦，好像不疼。"柳絮宁说。

好幸运，难道她是做完手术不疼的体质？

许是真没清醒过来，她笑起来都带着点傻气。

梁恪言淡淡地接话："因为麻药没过。"

柳絮宁心里和身上同时蹿出一股气。

好没劲。

等护士第三次来查房的时候，柳絮宁终于获得可以睡觉的机会。也就在她睡下十分钟后，梁锐言打来了电话。

柳絮宁再醒来的时候，是六小时后护士来拔尿管。夏日的下午三点，正是阳光刺眼的时候，柳絮宁此刻已经清醒了一大半，从腹部传来的阵痛一点一点地刺激着她的大脑。

等护士拔下尿管的那一刻，她算是完全清醒了。

"多翻身、多下床走路，不排气不能吃东西哦。"护士温柔地提醒。

柳絮宁问："什么叫排气？"

护士："放屁。"

柳絮宁："哦……"

昨天喝了泻药后就滴水未进，柳絮宁此刻已经饿迷糊了。她强忍着疼痛，在护工的帮助下爬起来，又因为不太习惯陌生人的触碰而撑着墙独自行走。

梁恪言接完电话从外面进来，看见的便是这番场景。她像一只刚长出脚的小螃蟹，生疏又费力地走路。

柳絮宁听见动静，回头看他，声音嘶哑地喊了一声"哥哥"。

"阿姨说你在开电话会议。"柳絮宁说。

梁恪言走到她身边，也没抬手，只站着："嗯。"

柳絮宁边走边嘀咕："那你要回公司吗？"

"不回。"梁恪言说，"不是说好了陪你吗？"

因为此刻她的脸惨白无血色，以至于微微的脸红都明显万分。柳絮宁垂下头，任乱糟糟的碎发遮住侧脸："我就是问问，我以为你们公司假期里还要加班呢。"她自顾自地补充，"我以前看网上说假期和半夜里 HR 还在回消息的公司千万不要去。"

做完手术，她的话好像都变多了。

她听见身边那人的一阵轻笑，伴着从他身上传来的味道，淡而清洌，似乎在扬手之间更为浓烈地漫入她的鼻息。

柳絮宁动了动鼻子，多嗅了一下，又在抬头时被他察觉。她清楚地看见他嘴角的那一抹笑，他笑的时候眼睛微弯，浓长的睫毛颤动。

"柳絮宁，你没事吧？"突然，病房的门被人重重推开，梁锐言快步冲进来。

像青天白日里一场半虚半实的梦境被人强行打破，柳絮宁猛然回神。

她看见梁恪言自觉又镇定自若地往旁边退开半步。

医院的电梯等得实在久，梁锐言没什么耐心，直接跑了上来。他此刻大汗淋漓，胸口起伏，说话的声音有些急促："你怎么突然生病了啊？"

一个多月没见梁锐言，柳絮宁反应了一会儿才回过神来："畸胎瘤，医生说女孩子长这个很正常，大部分都是良性的，不用担心。"

梁锐言还是不放心，他站到柳絮宁面前，满脸疑惑："你刚做完手术就站起来了？"

柳絮宁："医生让我多走走，促进排气。"

梁锐言："能走得动吗？"

"能。"

"我带你出去走走？"

柳絮宁看了眼梁恪言，梁锐言也顺着她的视线看："哥，我带宁宁下去走走。"

梁恪言没说话，梁锐言早就习惯了，权当他默认。

梁恪言靠着墙，目光落在两人并肩而行的背影上。男生一手抓着柳絮宁的胳膊，另一只手垂落在她腰侧。病号服右侧腰部的位置上有些褶皱，那是梁恪言搂着她腰帮她翻身时留下的。

梁锐言的手掌虚虚地覆盖上去。从他的视角看，那些褶痕被手掌挡住的同时，也在一瞬间完完全全掩盖住他留下的痕迹。

似乎预示着，不止今天，以后皆是如此。

不可能。梁恪言推翻这个荒唐的想法。可下一秒，他又为自己会冒出这个荒唐的想法而感到荒唐。为什么不可能？

人类真复杂，他尤其。

"柳絮宁。"喉咙无法抑制地发痒，梁恪言突然叫她的名字。

柳絮宁回头。

叫她干什么？梁恪言不知道。

"护士说走慢一点。"

柳絮宁愣了一下，她还没来得及回答，就被梁锐言抢先："哥，这还用说？我知道啊。"

做手术前，医生和护士再三嘱咐要求病人摘掉身上所有的挂件和饰品，柳絮宁摘下已经戴了许多年的手串和玉佩，那份和他亲弟弟一样的手串和玉佩。

术后的这几个小时里，柳絮宁还没有想起来。

梁恪言的手揣在裤袋里，温热的掌心中藏着一枚玉佩，他的指腹下意识来回摩挲着玉佩上的纹痕。

既然它的主人都忘记了，他自然没有义务主动归还给她。

也许她以后会拥有一枚成色更鲜艳、打磨得更漂亮的玉佩。

此刻谈及以后的事，谁又说得准呢？

"看——"亮灿灿的金牌从梁锐言松开的拳头里掉落，晃了一下柳絮宁的眼睛。

柳絮宁现在处于一种打一个喷嚏就像经历一场炼狱的状态。她浑身无力地在住院部楼下来回走,沿路经过的两个老太太迈起步来似乎都比她矫健。这金牌也没能引起她半分兴趣,她的语气见怪不怪:"又是金牌啊。"

梁锐言没得到想象中的反应,全身的毛都岑开:"这么平淡?你这是什么语气?"

"金牌见多了,你什么时候拿块铜牌就比较稀奇了。"

梁锐言忍不住控诉:"有你这样的人吗?"

柳絮宁走到一半就累了,开始连声抱怨:"不想走了,我要回去,好痛。"

"这就不走了?屁还没放呢!"

梁锐言说得极其大声,路过的一个奶奶冲着两人笑。

柳絮宁很难不怀疑梁锐言是故意的,一拳打在他的手臂上:"你说这么大声干什么?"

她说完转身就走,梁锐言又紧紧地跟上去:"我不在这几天,你过得如何?"他又道,"事无巨细地给我汇报一下。"

柳絮宁:"好的,老板。"

她稍显凌乱的发丝因为风胡乱飞着,蹭到梁锐言的脖颈。柳絮宁讲得认真,从早饭讲到夜宵,倒真能称得上事无巨细。

只是讲到最后,梁锐言微妙地发现,每件事里都有一个人的名字,一个似乎出现在这个故事里很正常、却又不应该如此频繁出现的人名。

柳絮宁是第三天出的院,医生来通知可以出院时,梁锐言一阵大惊小怪,连连问医生才三天就可以走了吗,要不要多住几天?

最后是谷嘉裕拍拍他的肩膀,让他不要太紧张,这只是一个小手术,不要和梁恪言一样无知。

柳絮宁无心听两人的对话,她手上动作不停,回着班级群里的消息,满身怨气地打下一个又一个"1"。

"我哥?我哥又是怎么无知了?"梁锐言好奇地问。

谷嘉裕正要说话,梁恪言拿着出院通知走进来。他径直走到病床前:"好了吗?"

梁锐言说:"好了。"

"嗯。"梁恪言顺手去拿柳絮宁放在沙发上的背包,手刚碰到肩带,略粗糙的布料划过他的指腹。

梁锐言自然地单肩背起包,扭头问柳絮宁还有没有东西漏了。

手心突然一空,梁恪言的手指下意识弯了弯,而后若无其事地揣进裤袋里。

梁恪言让于天洲先送谷嘉裕回家,说完之后,他全程一言不发。谷嘉裕和梁锐言倒是在后头聊一款最新上线的游戏聊得起劲。

没人注意到柳絮宁,她便透过前视镜毫不躲避地看坐在副驾驶座的梁恪言。他靠在椅背上,合眼休息,浓眉紧蹙,满脸不悦。黑色衣服衬得他人极白,也酝出生人勿近的距离感。

柳絮宁想起住院的这几天，虽然叫了护工阿姨来，可梁恪言也寸步不离。她睡时，他还未走；她醒时，他已经到来。他没有做什么事，只是在那里坐着，却足以叫柳絮宁在一个陌生的环境里安心。

送走谷嘉裕后，又是半个小时的车程，才到云湾园。到家时，梁恪言还没醒，柳絮宁和梁锐言先下了车。

梁锐言刚要叫他，就被于天洲阻止："小梁总晚上有一个饭局，我会直接送他到吃饭的地方。"

"哦，行。"

梁锐言扯扯柳絮宁的手："走了啊，大小姐，杵这儿干吗？腿也不行了？"

柳絮宁回："我开刀的地方在肚子，不是脚。"

两人的幼稚争论让梁恪言从睡梦中醒来，他用力地揉搓鼻梁和眉眼，被揉到模糊的视线里是弟弟、妹妹走进家门的背影。

积压已久的困意让他一时分不清是虚是实。

于情于理，他这样做都是不对的。

有些念头只是肾上腺素分泌的后果，冷静之后，才知有多荒唐，又有多不理智。这架天平两端孰轻孰重，无须做实验，想一想便知结果。

既然心知肚明这是一件错误的事情，那就算了。

何况，扪心自问，他也没那么想要。

从云湾园出来，路边栽种的高大树木投落下影子，光影明灭间，如绿河般淌过车顶。

梁恪言转了转腕表，突然出声："于天洲。"这一声清清冷冷，像炎炎夏日里如裹雪般突兀。

"跟奥庭那边说，将顶楼套房空出来。"

医生开了一个月的假条，但柳絮宁只向辅导员请了两周的假。她搜软件，看别人割畸胎瘤的经历：有人今天割了，明天就能起身"996"；有人在病床上哼哼唧唧半个月，还觉得虚弱冒冷汗。

柳絮宁自信满满地认为自己是前者，躺了两天不见好转后，她终于觉得自己隶属于后者。

人和人的差别真是比人和猪的差别都大。

上大学之后，因为社团、学生会，反正是各种各样的缘由，她的朋友圈开始复杂起来，发来慰问的人络绎不绝，杂而陌生，柳絮宁一一回应。

住院的这几天，因为第一次做手术，心里实在害怕，柳絮宁都没有睡好。好不容易回到柔软舒适又熟悉的大床，她睡到自然醒。

她艰难地起床下楼时，梁锐言已经去了学校。

柳絮宁现在不好坐着，要么躺着，要么站着，再加上要忌口半个月，她实在无聊,又不知道如何消磨时光,就在客厅和小花园里走来走去。

她觉得自己成了玻璃罐子里的蚁,旁边有簇簇鲜花铺成点缀,可惜被限制行动,只能绕着既定线路一圈一圈地走。

林姨端来一碗粥,柳絮宁扫去一眼。

好吧,又是白粥,不夸张地讲,她人都要喝稀了。

她苦笑着,林姨也笑:"再忍忍,忍半个月就好了。"

而在她"忍字当头"的这半个月里,直到回学校,她都没有见过梁恪言。唯有一次,是于天洲来家里拿文件。柳絮宁其实有点好奇,随口问了一嘴才知道梁恪言这几天住在酒店。

有钱人真是奇怪,放着家里不住去住外面的天价酒店。

她后来再一算日子,梁安成似乎要回来了。梁恪言不像梁锐言,对这位父亲的感情来得复杂,柳絮宁大概能猜到一点,这样一想,好像一切都说得通了。

今天的起瑞大楼里又是一派紧张氛围,划水摸鱼不复存在,所有人正襟危坐,丝毫都不敢懈怠。

原因无他,这是梁安成从青佛寺回来后召开的第一个会议,全集团上下准备许久,每个人的心都提到了尖尖上。

结束一场漫长的会议,梁安成另外叫了梁恪言和乔文忠等人进办公室。

星河汇项目仍要继续,梁恪言有让于天洲去总部那边打探过梁继衷的口气,没说好也没说不好,但梁恪言太清楚爷爷的言下之意,没说好就意味着不好。只是星河汇那块地被周氏拿了,周氏和梁氏一向交好,周家把这个项目交给小儿子周行敛,也许是给他拿来练手,也许是梁安成顺水推舟卖个情分,用老爷子的沉默为自己脸上贴金。

既然爷爷都不想插手,那就算了,他何必惹得一身骚。

梁恪言在一边听着,懒得说话。

工作事宜结束,其余人离开,办公室里只剩下梁安成和梁恪言。

"爸,柳絮宁前几天身体不舒服,进了趟医院做了手术。"梁恪言说。

梁安成低头看着报表,随口一应:"嗯。"

简单一个字噎住梁恪言接下来的话。

在学校时,梁恪言常听到其他人背地里的话,说柳絮宁来路不明,梁家怎么还能对她这么好,梁家这两兄弟怎么能像没事儿人一样,这样做对得起他们死去的妈妈吗?

似乎在所有人眼里,要讨厌柳絮宁,要直白地憎恶她、欺负她,才是最正确的选择。

那时梁继衷正准备开拓生物科技这一领域,却因为与当时的合作伙伴在利益分配方面产生了分歧。最熟悉的合作伙伴在关系破裂之后往往能捅出最致命的一刀。整个起瑞上下力挽狂澜,却被合作方冠以"过河拆桥、卸磨杀驴"的罪名。

梁继衷在做出基本的辩解后再无动静。

也是那一年,起瑞开始大力参与建设慈善公益事业,其中就包括收养柳絮宁。一件凭借起瑞实力想压就可以轻松压下去的事情被奇怪地大肆宣扬。

港媒和台媒的话锋向来毒辣、尖酸又刻薄,娱乐小报尤为突出。那几天的娱乐日报头条都是梁家这点破事,字里行间,童养媳、婴儿车驶入豪门等字眼层出不穷。弟弟、妹妹不看报,梁恪言却不是。他觉得这简直就是一派胡言,更是一种滔天的侮辱,全文上下连个标点符号都不对。

他不明白爷爷与父亲此时的不作为。

几天之后,舆论发酵到所有人都认为不可收拾的地步,起瑞终于出场。梁继衷召开新闻发布会,头发花白,双手颤抖地拿着话筒,清晰地列出时间线和各项数据,关于各项慈善与公益事业更是做到环环全透明公开化。提及柳絮宁,他只道,不管身居何位,人都应有对弱势群体的悲悯。

收养柳絮宁的缘由也被数名笔者真假掺半地编织成了一段浪漫又潸然泪下的感人故事。

风险等级经由大大小小无关紧要的事件过滤下来,矛头剑走偏锋。懂行的开始扒起瑞财报,无关人士自然是乐得自在吃吃豪门八卦,待到某天心血来潮想起来时再提一嘴这真正的起源事件。

梁继衷告诉过他,一个品牌要真正做起,实力之下,还需要不计其数的拥趸者,无论业内业外。业内的事情自有业内人士摆平,但舆论的利刃绝不可以指向梁家人。

舆论就在一夕之间触底反弹,局面转危为安,起瑞更是凭借本就过硬的能力与这番"悲悯"在整个业内直达巅峰。

梁恪言再次看着港媒的标题大变样。

——新年新鲜事,大眼对小眼,起瑞财报路过的蚂蚁也能瞧一眼!

——土地管理部部长梁安成辞别再上岗,一揭起瑞年度财报!

——梁家老豆一夜白了少年头,过往二十年心酸事大揭秘!

究竟是什么样的心酸事才让他一夜白头呢?

梁恪言知道,因为爷爷在出席新闻发布会前染了发。

"爸,我早说了,养着宁宁没有坏处。"那时梁安成站在梁继衷身边,得意地邀功。

"你也就是瞎猫碰上死耗子。"梁继衷冷笑。

梁安成也不生气,只笑着附和。

爷爷和父亲的对话毫不避讳梁恪言的存在。他坐在一边的沙发上打游戏,幼时心底高筑的大厦从地基开始倾覆。他心不在焉,于是连输几把。到后来,他甚至觉得眼前成年人得逞的笑声太刺耳,一把戴上挂在脖子上的耳机,将自己与他们彻底隔绝。

整件事情里的可怜人不少,熬夜加班的打工人,挠破头想解决方案的公关……但最无辜的只有柳絮宁。

千言万语最后归于沉寂,梁恪言淡声说道:"爸,没什么事的话,我就先出去了。"

梁安成头也没抬:"好。"

"对了。"梁恪言刚走到门口,又被梁安成叫住,"十二月初是你蒋叔叔老婆的生日,他请我们吃饭,你带上弟弟、妹妹一起来。"

梁恪言:"知道了。"

等电梯下楼时,刚好有两个并排等电梯的实习生。文案部这一批实习生百分之九十都来自青大,两人不知道在讨论什么话题,其中一个女生打开手机:"说起我见过的最好看的女生,就是我们学校舞蹈队的一个学妹。给你看,这是我们大二那年舞蹈队去绍城演出拍下的图片。"

另一个扫了一眼,眼神霎时变作惊叹:"是很好看哎!"

女生得意:"对吧!当时演出结束后,我们准备出去玩一圈,结果有几个刚毕业的高中生主动说给她拍照。这组照片当时还在微博小火过一阵。你搜'日落云幕边'这个 Tag,应该还能搜到当时发这组图的博主。"

出门的时候下了一场大雨,天也黑得格外快。轿车在雨夜中疾驰,梁恪言的视线扫过纷繁的雨珠,最后落回紧握在手中的手机,他在搜索框输入那几个字。

如他所想,她们说的就是柳絮宁。

——日落晚雾里,她静坐湖水中,裙后的拉链拉到了腰际,微微敞开,露出白皙的后背。

除了一组九宫格,还有一段视频。

画面里,舞蹈队的成员们和几个高中生围在柳絮宁身边,嬉笑声如银铃般清脆:"姐姐,那个男生是你男朋友吗?我刚才给你拉拉链的时候,他的脸超红!"

黄昏里起了阵风,柳絮宁扭头望去时,扬起的发丝镀上一圈金色的朦胧光晕,她的侧脸映在模糊又晃动着的低像素镜头里,别添朦胧美感。

她不肯定也不否定,只问:"是吗?"

"对呀!对呀!"

只是一段随手拍下的视频,进度条到这里就结束了。

那组九宫格意外上了热门,点赞、评论量都格外高。这条倒是无人问津,连右下角的观看人数都很稀少。

"梁总,到了。"

奥庭酒店的顶楼包房被梁恪言包了一整个月,他从来自信,万事都在掌握中,他觉得一个月大概就够了,够那些莫名其妙却不知道从哪里来的念头烟消云散个干干净净。

但很显然,他高估了自己,现在看来,好像并不够。

第四章 /
别有用心

半个月后,柳絮宁的病假正式告罄。青城基本没有秋天,十一月中旬的气温突降,柳絮宁收拾了整整两个行李箱的厚重衣物。

大学的课程不比高中,十天半个月不来也没关系。

胡盼盼靠不住,柳絮宁问许婷前几节课讲了什么内容,对方非常遗憾地告诉她由于都是早八,自己满满一身怨气,一点儿也没听课。柳絮宁长呼一口气,原来大家和她这个病号的进度一样。

她熬了整整两周才彻底还完了债。

"夙兴夜寐!这是真的夙兴夜寐,靡有朝矣!"胡盼盼惊呆于柳絮宁狂野的六边形战士操作,更惊讶于她在收拾东西准备去舞蹈室,"你确定你肚子里那个伤口痊愈了吗?你就敢剧烈运动了?究竟是谁做了个全麻手术?应该是我吧……"

许婷在一边笑到不能自已:"都说了不要和高考状元比效率。"

柳絮宁怡然自乐地接下这个名头,关上寝室门前,探出半个脑袋,贴心地安慰:"加油,还有两个晚上呢,一定能创造奇迹的。"

"柳絮宁!"胡盼盼欲哭无泪。

奥庭酒店顶楼。

谷嘉裕没个正行地跷着腿,遥控器在他手中翻来倒去:"我说——"他看着远处正拿电脑办公的梁恪言,"我也是奇了怪了,你们梁家人是不是个个都不爱往家里跑?"

梁恪言头也不抬:"什么?"

谷嘉裕叹了口气:"我前几天让司机去给你们送阳澄湖大闸蟹的时候,家里就一个阿姨在。她愁眉苦脸地说这螃蟹送了也没人吃。"

"怎么会?"梁恪言心不在焉。

"怎么不会!你爹一直没回家,你那弟弟、妹妹都在学校,非周末不回家,你呢,又在酒店住了有……一个多月了吧?你们梁家人真够奇怪的。"他语气纳闷,"这么大一栋别墅,没人住我可去住了啊。"

梁恪言不冷不热地"哦"了一声,甚至添了句:"客房很多,无所谓。"

对上梁恪言这种人，谷嘉裕仿佛一拳打在棉花上。他真的好奇死了，一个抱枕扔过去："我是真的不明白，你有家不回干吗住这里啊？我知道你和梁叔关系不是很好，但是他现在可不在家。"

"你们家藏着鬼啊不能进——"

梁恪言突然抬头朝他看来，眼神平静，幽深的瞳仁里却似藏着翻涌的浪潮。谷嘉裕无端被他看得有些发毛。

"算了。"梁恪言无所谓地耸耸肩。

谷嘉裕有时要被他这性格气个半死，话总爱说一半，钓得人欲罢不能。偏偏梁恪言就是那种如果不想告诉你，你休想从他嘴里撬出一个字的人。

"以后不来了。"谷嘉裕愤懑地起身。

"等等。"

谷嘉裕眼睛一亮，肯说秘密了？

"帮我去再续一个月。"

他来续？青城所有五星级以上酒店顶楼的总统套房被起瑞包了整整五年，这狗东西，冲他打秋风呢。谷嘉裕瞳孔一缩，忍不住咒骂："你脑子有病吧！"临出门还不忘再加一句，"还病得不轻！"

梁恪言不为所动。

怎么会呢？他就是因为正常且拥有底线才住在这里。

柳絮宁从小到大最讨厌的事情就是出席各种宴会，因为总会碰上一个她厌恶至极的人，可是有些事情是没有办法拒绝的。

梁锐言在门口敲门，已经问了她好几遍好了没有。柳絮宁开始郁闷为什么这畸胎瘤不是在这个月发作，那她就可以顺理成章地拒绝了。

"柳絮宁……絮宁……宁……"

门"唰"一下打开，梁锐言的鬼哭狼嚎被迫叫停。

"我以为你在里面出什么事了，120都已经摁好了。"梁锐言笑着说。

柳絮宁调整好情绪，若无其事地冷哼一声："大惊小怪。"

晚宴地点在蒋宅，和起瑞在同一条路上。周叔载着两人去起瑞接梁恪言。车停在起瑞楼下，柳絮宁半开车窗抬望。真高啊！如果长发公主被关在这里，她得养多少年的头发，以及她能顺利地和巫婆对上话吗？

二十分钟后，梁恪言出门。柳絮宁看着那个显示停车时长一个小时六十块、不满则按一个小时计算的提示牌，心想，梁恪言不如再晚一会儿出来。

算来，柳絮宁得有一个月左右没见过他了。肩宽窄腰，身姿挺拔。暗色系的西装外套，外面搭了件黑色大衣，扣子没有扣上，上车时带来一股十二月初的微凉寒意。

两人视线对上，梁恪言问："怎么了？"

柳絮宁："没事，我就是在想你再晚四十分钟出来的话，这个停车费就物超所值了。"

　　他微愣了一下:"专用电梯在维修,客梯来得慢。"

　　老天,她没有嘲讽的意思,只是平时用这语气和梁锐言说多了说习惯了,偏偏梁锐言这傻子听不出她话里的意思,她没想到梁恪言居然听得懂!

　　想到这里,柳絮宁脆弱地挣扎了一下:"我开个玩笑。"

　　梁恪言点了点头:"好笑。"

　　柳絮宁放弃挣扎,这人好没劲。

　　梁锐言跷着二郎腿在游戏界面厮杀,偶尔抬眸看向两人,视线扫了一圈,又回到手机屏幕。可惜了,这把被人钻了漏洞,死得挺快。

　　三人到蒋家老宅的时候,人来得还算少。

　　"哦哟,恪言、锐言,你们怎么才来啊!"金玲理了理旗袍上的披肩,笑着迎过来。

　　梁恪言颔首,还没说几句,有人下楼来找他,说是梁安成和梁继衷让他上去。

　　梁锐言好奇地问:"爷爷他们怎么来这么早?"

　　金玲指指楼上:"一大早就来了,在楼上谈事呢。"

　　"陈姨,您这愁眉苦脸干什么呢?"梁锐言从小就生得俊俏非凡,人又爱笑爱闹,在太太堆里一向混得如鱼得水。

　　那个叫陈姨的女人叹气:"你付梅姨有事先走了。"她愁眉苦脸地看着桌上的牌局,"三缺一呢。"

　　周茉芸支着下巴,一眼瞧见躲在梁锐言身后的柳絮宁。她挑起的凤眸上下打量柳絮宁几眼,女孩子长大了,五官出落得越发水灵,掩在宽松衣物下也能看出纤细玲珑的身段。

　　周行敛这小兔崽子,读书怎么都读不会,投资怎么都能搞亏,看姑娘的眼光倒是不会错。

　　陈姨也在此刻瞧见了柳絮宁,眼睛一亮:"你妹妹好像是会打牌的吧?"她去拉柳絮宁的手,"陪你陈姨来一局啊。"

　　柳絮宁下意识想拒绝,求助的眼神望向梁锐言。梁锐言一眼看出她的想法:"你不想打啊?"转头又冲陈姨道,"姨姨姨——她不想玩,我跟你们来!"

　　"你们男人打牌老没意思。"陈姨没理梁锐言,依旧看向柳絮宁,"宁宁不想和我们打啊?为什么呀?"

　　柳絮宁僵硬地露出一个笑:"没有,我就是很久没玩了,都手生了。以前用手机打,机器发的牌,我自己不太会洗。"

　　陈姨露出一个笑:"没事的没事的,来吧,总不忍心看姨姨们三缺一吧?"

　　她自然地站在柳絮宁和梁锐言中间,赶飞虫似的赶梁锐言:"哦哟,你一个男孩子站在这里干什么啦?你爷叔他们都在三楼,快去,别在这里碍我们的眼。"

　　刚刚还说三缺一,可等到柳絮宁坐下,周边不知何时围上来一群富太太。

柳絮宁的手心出了汗，悄悄地搓了搓手。她天生聪明，心算又强，学什么都特别快，这点技能用在记牌上更是一绝。

桌面上饼多，柳絮宁连打了几个，周茉芸都不要。

摸牌时，她的手慢慢摩挲了一下，不出意外这牌她杠走之后，周茉芸怕是没法胡了。

"二条。"算了，主动喂她好了，打完这局就走。

周茉芸："过。"

她不胡这个啊？好吧，自己难得算错。

周茉芸小啜一口茉莉花茶："哎呀——虽然有点不舍得，不过我能自己摸到的呀，我们周家可是不吃嗟来之食的哦。"

金玲捂着嘴笑。

柳絮宁肩膀一僵，只觉得懊恼，这牌能不能收回来让她来个明杠。

"妈，你这牌打一下午了，该停了吧？输了我爹又要骂你了！"有人声从后方传来。

声音太过熟悉，熟悉到柳絮宁的肩膀僵硬了一瞬。

"姨啊，让让呗。"周行敛大剌剌地挤开旁边的看客，在周茉芸旁边一屁股坐下，目光随意一扫，突然定格在柳絮宁脸上。才多看了几秒钟，他妈突然掐他的后腰，惹得周行敛连声求饶，咬牙切齿地小声道："妈，你干吗啊——"

周茉芸懒得理他，语气轻描淡写："小鬼头，再多看，我抽你，你信不信？"

信。他敢不信？

周行敛的到场，让柳絮宁整个大脑一片空白，她胸口无端发闷，没法集中注意力在牌面上，有好几次都心不在焉的。

周行敛笑了笑，椅子朝她挪得近了些："到你了，想什么呢你？"

那张牌被紧紧地攥在柳絮宁的手中，手心乍然渗出一层薄汗。

立坪中学十二班，中加合作班，专为富家子弟应运而生的一个班级。梁锐言、周行敛，皆在其中。

梁锐言那时候疯狂迷上羽毛球，梁继衷宠他，他自然是想做什么就做什么，于是他获得了每周一至周三下午出门训练的机会。

某个周三午后，柳絮宁吃过饭独自走在回教室的路上。

"你猜她今天穿的什么颜色？"尚带稚嫩的男声从后传来。

"猜个屁。"

"周行敛，一台游戏机。"

"粉色。"周行敛说完，翻了个白眼，"猜完了，谜底呢？"

那男生贱兮兮地笑："哦，你喜欢粉色啊？"

周行敛一掌打在他脑门上："缺西，你玩我。"

周行敛倒是被激起了怒意。那时恰巧经过学校的喷泉池，他一脚踹上那男生的屁股:"去,把她推下去,让我看看猜得对不对。"

男人,有的胆小只能嘴贱,有的胆大就爱犯贱,周行敛属于后者。

柳絮宁是什么身份?那男生又不蠢,才不高兴做这个,可又看一眼周行敛,实在没法,大着胆子往柳絮宁那边走,企图装作不小心撞到她的模样。可男生没想到,柳絮宁轻飘飘地侧身,他的力道没控制好反倒摔进喷泉池里。

彼时柳絮宁居高临下地望着他,目光落在他裆部上:"我猜黑色,猜对了吗?能不能也送我一台游戏机?"

那时多的是学生散步,很多人嬉笑着看他。男生羞愤交加,起身麻利地就跑。可惜了,摔进池子里的不是周行敛。不过,这愿望很快实现。

再见周行敛是在梁家老宅。梁锐言这傻子那时候看柳絮宁就像原住民瞧见了三花猫,眼睛都要变竖瞳。柳絮宁硬生生地挤出点眼泪,他便可以不由分说地和周行敛打在一起。

怎么不把他踹进池塘里啊?笨蛋梁锐言!

所以她只能不好意思地补上一脚。

那时她还小,以为进了蜜罐就真是蜜罐。后来渐渐长大,她开始明白有些话只能想不能说,有些事只能在脑内模拟无法实际操作。那些童言无忌、那些畅所欲言,理所当然地焚入了成长的必经之路。她只能庆幸,她是在做完这些事之后才明白这个道理,不然又该含泪吃下多少黄连。

"傻了啊妹妹,怎么不出牌?"周行敛拍拍她的肩。

柳絮宁猛然回神,只觉得被他碰触过的肩膀里有蛆虫蠕动,慌乱之中打出一张二条。

周茉芸笑容一僵:"你又摸了个二条。"

柳絮宁想纠正她,那不叫摸,叫原本就有。好心喂你送你胡一次罢了,你自己不要。

周茉芸想起自己刚刚的话,脸色难看起来,却还稳着声线:"宁宁手上还有二条吗?要是都在你这儿,我不打算了。"

周行敛懂他妈的意思,身体自然地向柳絮宁那边偏,还没靠过去,有一双手蛮不讲理地撑在柳絮宁的桌前。

掌心撑开,手指修长,手背上的青筋脉络清晰凸起,蜿蜒至小臂。只一双手,却可见几分压迫。

周行敛一愣,抬头对上梁恪言的视线。

"有工夫看别人的牌,不如打好自己的。"

在场众人皆是一愣。

他什么时候下来的?

谁都知道梁恪言是出了名的毒舌刻薄,从小到大都是。所以太太们只爱跟梁锐言玩,要是碰见梁恪言,那真是……憋屈。

这小孩从小说话就难听，成天冷着张脸，看不起张三，瞧不起李四。还好生在梁家，天然有着些许弯曲别人的权力，这性格要是生在普通人家，早晚叫处处充满人情世故的社会绞死。

周茉芸悻悻拉过周行敛："哎哟！恪言这么大了，怎么还成天板着张脸？吓死个人咯。"

后边一圈富太太都掩着唇轻笑。

梁恪言的笑意不达眼底："我看您这是能遗留百年的样子。"

周茉芸怔住，两年没见，年岁渐长，素养倒成了他的稀缺物，他现在竟然连场面话都不说了。

"梁恪言！"周行敛猛地拍桌，对上他冷漠的眼神，本就不足的底气又挫下三分。

"抱歉，刚刚爷爷在楼上和我讲星河汇的项目，抽空出来休息一下，爷爷还在等我。"他轻描淡写地扫过周茉芸的脸。

他另一只原本扶在椅背上的手点点柳絮宁的肩，像让她放心。

梁恪言的衬衫袖口折到臂弯，手肘松弛地撑着柳絮宁的椅背。两人一站一坐，一刚一柔。

周茉芸眼波流转，总觉得自己读出点不敢置信的荒谬意味。

但她现在没工夫思考那点微妙，星河汇现在就是她的命脉，她看着还在那里愤懑不平的蠢货儿子，猛拽一下："行了，你别站在这里了，我的牌运都被你吸走了！"

周行敛一肚子委屈。他妈自己手气差，怎么还能怪在他头上！

走之前，他没忍住又看了眼柳絮宁。这女的怎么不长歪？长歪了他不就不会再动歪心思了吗！

因为梁恪言的到来，之后牌桌上的气氛做到了表面融洽。柳絮宁只希望那个蒋叔叔又不知道哪里来的新老婆早点过完生日，她好早点离开。

晚上七点，晚宴正式开始。虚与委蛇的社交对话，面露假笑的逢场作戏，曲意逢迎的利益交合，这才是他们这些层出不穷的晚宴的最终目的。

柳絮宁吃到一半就吃饱了，月底有元旦文艺会演，她吃多了还得再减肥，何必呢。

"我去上个厕所。"柳絮宁对身旁坐着的梁锐言说。

"嗯。"

柳絮宁上次来蒋家还是蒋叔叔第二个老婆过生日的时候，她早就忘了蒋家的结构，问了好几个服务生才找到厕所。

手刚握在门把上，就听见里面传来的交谈声。

柳絮宁不算一个很有道德感的人，这圈子里好多八卦她都知道那么一点。谁让这些人说悄悄话的时候就像在自家客厅一样毫不避讳。

- 076 -

只是，这段对话的主角，似乎是她本人。

"我跟你说过了，我看人一向准，柳絮宁就是个越长越好看的苗儿。"

是周行敛的声音。

"喊，长成天仙也跟你没关系。人家梁家有钱到都不需要联姻，你们家有几个钱，还敢肖想她？"

周行敛冷笑："你有病吧？我家哪里差了？"

另一人："比起梁家是差那么……一点点。"

周行敛："你别搞得柳絮宁像梁家亲生的一样，这么喜欢给人提身价？不管是云湾园还是梁宅，哪个地方能是她柳絮宁的家？"

那人说不过他，话锋一转："她和梁锐言关系好，有没有家有什么要紧的。"

"梁锐言罢了，又不是梁恪言。不过说实话，梁锐言这人挺无聊的，我要是女的，我对他可没兴趣。"

柳絮宁本来还想多待一会儿，但话题在这一句之后又转了一个与她无关的，说是蒋老爷子精子存活力太差，这几天正猛补。

不要在意这些，垃圾人说出污言秽语不奇怪，她也没有办法阻止别人说话，没事的柳絮宁，就当没听到好了。

她把情绪逼回去，努力让思绪转移到周行敛的新话题上。

蒋老爷子这把岁数了还要补？接受自己的无能很难吗？世上歪门邪道多，她想听听具体是个什么补法。身后有脚步传来，她如掉进米缸被抓包的老鼠，再正常不过地调整好情绪，头也不回地往前走。

"梁锐言罢了，又不是梁恪言。"

回到席间，本就饱了的柳絮宁看着一道道新上的菜索然无味。脑海中那句话如魔咒般反复环绕，因它带来的疼痛也细微地渗入脑神经，不断叫嚣着。就像站在大厦顶楼时，偶尔会想着要不跳下去试试，她现在想做个尝试，试试看周行敛说的对不对。

冰冷的高脚杯被她的指腹握出热意，红酒在其间晃动，如暴风雨前的海面。

周行敛果真是十分钟都离不开他妈，没一会儿，柳絮宁就看着他朝这一桌走来。

柳絮宁的手心不住地发痒。

"怎么了？"梁锐言见她几乎整晚都在出神，问道。

柳絮宁恍然回神，这是蒋家太太的生日晚宴，不是公主用来测试骑士是否合格的考试。标榜"倒霉"的命运明晃晃地贴在她昂贵的礼服上。不过是从上流社会意外得来的通行证，她哪有什么资格做一场测试。得到什么，就要相应地失去什么。决定进梁家的那一刻，她不是早说服好自己了吗？现在又在这里伤春悲秋些什么？

她唯一能做的事情就是含下一腔的委屈，在回家洗澡时，迎着花洒无声痛哭。第二天醒来,那些寄人篱下的羞耻感一定能烟消云散,一切又是崭新而美好的开始。

柳絮宁松开高脚杯:"没事,我吃撑了,想睡觉。"

梁锐言:"猪也是吃了就睡的。"

柳絮宁:"打你哦!"

"对了……你的玉佩呢?"柳絮宁大衣里是一件黑色方领裙,前头露出一片白皙肌肤。梁锐言的眼睛落在她锁骨处,那里干干净净毫无配饰。

玉佩……

柳絮宁条件反射般去摸自己的脖子。做手术前,将玉佩摘下来让梁恪言保管了,做完手术她也忘记了,到现在都没去要。

"那天做手术前摘掉了,应该在哥哥那里。"

哥哥不是健忘的人,也没有无偿替人保管东西的好心,放在他那里这么久了都没主动还给柳絮宁吗?

梁锐言"哦"了一声:"行,待会儿我去找他拿。"

晚宴过了一个小时,吃席的气氛差不多变淡了。梁安成似乎有事要和周家人谈,他和梁继衷都准备离开去往梁家老宅。

一行人向蒋旭东告别后,车正好从车库驶来。

梁锐言觉得奇怪,大半夜的,周家这三口人来他们梁家干什么。他奶奶搭在他肩头说悄悄话,他们和爷爷、爸爸有事情要谈,偏偏周行敛这人又离不开他妈。

"行了行了,知道了。"梁锐言听到这里就懒得听了。

"我喝了酒,不方便开车。爷爷,我和阿锐,还有……宁宁,能一起回老宅住吗?"梁恪言问。

梁继衷点头。

尚处于下风时,他只要得到最高权力拥有者的应允即可。有梁继衷在,梁恪言是不会在意旁人,也不会征求旁人意见的。

车平稳地往梁家老宅驶去。一下车,梁继衷父子和周霖夫妇就往楼上走。三楼书房的门伴随沉闷一声关上,似乎完完全全地隔绝掉楼下的小辈。

用人们不知今天有这么多人来,忙着去泡茶、收拾房间。

柳絮宁和梁锐言正往楼上走。

偌大的空间里,只剩下两人。

梁恪言松了松衣领,外套被随意丢在沙发上,他偏头去看微醺的周行敛。

"周行敛,醒醒。到柳絮宁家了。"

梁继衷带人进书房前,和唐姨嘱咐没什么大事不要进来,她在门口焦灼地想,那你孙子把客人的儿子打了算大事吗?虽然你的孙子毫发无损。

"咚咚咚——"她敲门，在书房里众人疑惑的眼神中播报：梁锐言把周行敛打了。
　　梁继衷长吸一口浊气，吸得心绞痛。从十二岁打到二十岁，世上时序交替，四季更迭，万物生长，就他们梁家这个小孙子永远长不大！
　　楼下的场景没有梁继衷想象中的骇人听闻，甚至平静到如果唐姨不来说明情况，他都无法发现楼下发生了什么。
　　"阿敛！"周茉芸关心地瞧了瞧儿子，出声时发觉自己的声音有些过大。她收敛着怒意，轻声问，"你又和他打起来了？你脑子出什么毛病了！"
　　周行敛的委屈通通写在了脸上，他一抬头看见那边身形挺拔高大的两人。
　　梁恪言这个神经病莫名其妙来一句"到柳絮宁家了"，他还没反应过来，衣领就被他提住。
　　巴掌不轻不重、却侮辱性极强地拍在他脸上。
　　"刚刚在蒋家，你怎么说我妹妹的？"男人语调慢条斯理，声线却冷，冷到周行敛忍不住打了个哆嗦。他是嘴贱提了句柳絮宁，但那又怎么样，他可没说他们梁家一句坏话。他就不信，梁恪言真敢打他。梁恪言要是动了手，那就是把梁、周两家的关系摆到明面上来，生意要不要做了！
　　可谁知道，梁恪言就说了那么几句话，还在楼梯口的梁锐言平时看着挺蠢，却瞬间反应过来梁恪言的言下之意，怒气冲冲地走过来，一把推开梁恪言，充满爆发力的一拳朝他打来。
　　周行敛觉得自己这张俊脸这次算是废了。
　　谁想到，梁恪言握住梁锐言的手臂。
　　在梁锐言愤怒又诧异的脸色与周行敛泛起浓浓希冀的眼神中，梁恪言语气漫不经心又满不在乎："别打脸。"
　　然后料想中的一拳狠狠落在他的腹部，疼得他毫无招架之力。
　　他以前就是这么欺负别人的，所以太清楚这个部位，疼痛感剧烈却又完完全全避开要害。
　　世上唯男人与体育生难养也。

　　梁锐言的拳头还要再落下时，梁恪言制止了他。他顺手拆开放在茶几上的湿纸巾，抽出一张递给梁锐言，另一只手拽过周行敛的头发，像丢垃圾般往后一扯，语气平静："一拳，一拳就行了。"
　　痛到几欲流泪的瞬间，迷蒙视线里，周行敛看见站得远远的柳絮宁。
　　好多年以前，也是在梁家大院里，他看见柳絮宁便装模作样地借着玩游戏赢了要去抱她，被她巧妙地躲开。有一段时间，他们周家饭桌上都是柳絮宁的名字，他妈妈是怎么评价她的，气急败坏的他就是如何转述的。
　　那时候，只有梁锐言站在她身前，梁恪言面色冷漠地居于高楼，似乎漠视一场小孩子的闹剧。

时光流转,梁恪言怎么也开始加入这种闹剧之中?

"你就趁这几年穷奢极欲吧,反正以后也没机会了。"梁恪言微笑着看周行敛,冰冷的手掌一下一下拍在他脸上,"纳米楼起家的暴发户。"

他弟弟用蛮力,他擅长刻薄。他太知道该怎样激怒一个人,怎么准确无误地戳中一个人的要害。所以周行敛忍无可忍,在兄弟俩疏忽的间隙,猛然打过去。

不管怎样,他总该还他们梁家兄弟一拳吧!

但这梁家用人跟梁家人一个德行,他先前被这么欺负,那老管家就站在柳絮宁旁边让她离远一点,自己的拳头刚落到梁恪言脸上,她就着急忙慌跑上楼禀报了。

周茉芸两眼几乎是一黑,决意先发制人:"梁老、安成,事情不是这么做的吧。"

梁、周两家算得上有许多情分,周老爷子还在时就和梁继衷私交甚笃。周霖听完事情大概,知道又是自家儿子主动去招惹的人,但这件事归根结底有许多不符合逻辑之处。是,他这混账儿子是做错了,但争端可是对面那两人引起的。思忖之后的话已经在唇齿间转圈,只待略作措辞用他死去的父亲打出一张感情牌。

可惜——

"唐姨,有冰袋吗?"梁恪言站在最边上,可一出声就能轻而易举地成为视线中心。

他的拇指缓缓抚过脸,擦过嘴角,毫无波动的声线里滚出一个字:"疼。"

"哎哎哎——有的!有的!"

梁家不养蠢货。拿一个冰袋,几乎用了梁家上上下下所有的用人,似锣鼓喧天地呵出一声——"我们少爷被外面的瘪瘪三打了!"

周行敛的眼睛都要滴出血,那他呢?

周霖觉得自己的脸也生疼,好声好气地道歉,最后又不露声色地提及星河汇项目。成大事者不拘儿子。

梁安成刚要应答,却见捂着冰袋的梁恪言笑着反问:"都这样了,这生意还能做下去?"

缺口被梁恪言正式撕开。

可梁恪言是个什么东西?他爸爸和他爷爷还没死,这起瑞还没彻彻底底地到他手上,他又有什么资格在长辈堆里发号施令?

"梁叔——"

周霖看向梁继衷,却见他疲惫地摆摆手:"天色不早了,先这样吧。"说完,他转身上楼,似乎一句话也不想再说。

听话要听音,周茉芸一口浊气提在胸口,眼神像刀子般狠狠剜过周行敛。三人悻悻离开梁家老宅。

梁安成重重揉捏眉心,眼神扫过面前的三人,正要开口,唐姨下楼:"老爷子让你们三个人上去。"她悄悄地把"滚"字咽下。

那"三人"之中自然不包括柳絮宁。她站在最边上，感觉自己立于薄冰之间。梁锐言和梁恪言先后上楼，路过她身边时，前者耸耸肩，送来一个没事的安慰眼神。还未等她回应，她和梁恪言的视线不偏不倚地对上。

周家人一走，冰袋早就被他拿下，此刻红印明显的侧脸全然暴露在柳絮宁的视线中。

原来他也听到了周行敛那些话。

她的心脏一下一下地重重起跳。

"到柳絮宁家了。"

串珠字句连成柔软的线，小心翼翼地缠绕过她这颗心脏。

"所以，周家那个儿子到底说了柳絮宁什么？"书房里，梁继衷坐在主位，浓眉紧蹙。

梁安成点了一支烟，坐在沙发上。梁锐言觉得这个场景分外眼熟，在心智尚未成熟的孩童时代，他经常光顾这儿，那根戒尺也常常光顾他的手心。只是与以往不同的是，这次他身边居然站着他哥。

梁锐言："反正他就是说了柳絮宁的坏话啊！"

梁继衷的眉蹙得更紧："我在问你他说了什么。"

梁锐言噎住，他又没听到！

看小孙子这表情，梁继衷就知道他根本没听到便冲动上头动手打人。

"你啊你啊，听风就是雨。"

"什么听风就是雨，这是我哥说的。"梁锐言扬了扬下巴，"是吧，哥？那人说了柳絮宁什么？"

对于梁恪言会插手这件事，梁继衷和梁安成都颇为不解。梁锐言对柳絮宁的心思，太过明显，谁都知道。精明阴暗的成年人谁都不会戳破也不会点明。小孩子过家家罢了，有些道理，过几年，不用人提点梁锐言自己就会懂的，提早点破，岂不是伤了和自家孙子的情分？

只是，今天这件事怎么会是梁恪言先挑起的头？

梁继衷把目光挪到梁恪言脸上："恪言——"

"爷爷，您知道周行敛名下有个行画传媒吗？"梁恪言自然地另起一话题。

梁继衷一顿："知道。"

"那您知道行画借壳 A 股上市的计划失败了吧？上市失败，周氏集团向行画投入的七千五百万全部打了水漂。您本来就不愿意和周氏再合作，却撕不下脸，我这样做不好吗？还是说，您要继续和这种一定会血本无归的公司合作，然后打碎了牙往肚子里咽？"梁恪言半垂着视线，修长的手指捏着冰袋的一角，闲适地晃着，"我记得您以前说过，周爷爷赚的钱算干净，但不算厚道。您早就不愿意与他深交，可是所有人都以为我们两家关系甚好。周伯这几年一直黏着,您也很烦吧?"

梁继衷拿茶杯的手一停,垂眸看着茶杯里漂动的茶叶,杯边沾着茶叶末。

他突然毫无胃口。

"据我所知,星河汇项目最终负责人的头衔会落到周行敛的头上。他挺厉害的,每一次投资都能恰好投进坑里。也不知他这运气,星河汇落地之后能为我们起瑞带来多大的利益。"

梁安成拿烟的手停滞在原地,终究还是用一种难以言说的目光投向儿子。

而梁继衷的口吻不知不觉间由质问变作疑问:"可你看看你弟弟,今天动手打了周行敛,这被别人知道了该怎么办?要拒绝合作的方式有千种万种,为什么要用这种偏激的方式?"

"爷爷,所以我忍到了梁家。如果他们自己要放消息出去,该怎么措辞?梁家老宅,周家长子与梁恪言突发冲突,梁恪言掌掴周行敛,后者敢怒不敢言?"梁恪言用平淡到甚至带着几丝嘲讽的语气模仿,"港媒的措辞,您不是最懂了吗?退一万步说,他们真放了消息出去,也无所谓。我们梁家保全了脸面,起瑞也顺理成章地丢掉了垃圾。业界的负面名声顶多落在我一个人的身上。爷爷,名声是虚的,我不介意。"

这场谈话持续了一个多小时。从书房出来的时候,梁锐言不知道打了多少个哈欠。

戒尺一下都没落到他身上,爽。

离开书房前,梁恪言和梁继衷道了一声晚安,清晰可见老人眼里明晃晃的赞许。

"爸,晚安。"梁锐言哈欠连天地挥手。

梁安成情绪一直平淡,随口"嗯"了一声,只是那目光迟迟无法从大儿子的身上移开。梁恪言似乎察觉到,他回过头,冲梁安成浅笑:"爸,你看,我说了,和周家的项目不太好做。"

为了照顾长辈,小辈们的房间都在高楼。

梁锐言走在前面,像是突然想到了什么事情,冷不防扭头:"哥,柳絮宁那块玉佩是不是在你那儿?"

梁恪言眼帘一掀,慢悠悠地开口,语气疑惑:"什么玉佩?"

"就是她一直戴着的、和我一对的那块玉佩。"

楼梯转角处只有一排幽黄晦暗的感应地灯散发着微弱的光。梁锐言看不清楚梁恪言的眉眼,只能看到他揉揉眉心,有些抱歉地说:"她一直没问我要,我以为不太重要,不知道放在哪里了。"

"急着要戴吗?不急的话,等我回家了找找。"

她不急,甚至忘记了。

梁锐言喉咙莫名发干:"不急,但是戴了很多年,突然不戴在身上,她会不习惯的。"说完这句,他眼睛一眨不眨地盯着梁恪言。

今夜有些事不能细想,可他偏偏就是细想了。

长时间的视觉训练使然,梁锐言习惯紧紧追随高速飞行的球体,他也绝不会放过漏过任何一个朝他飞来的球。无论从哪个方向来,无论带着什么样的技巧,无论对手是陌生还是熟悉,他都能轻松接住再狠狠回击。

梁恪言垂下眼眸,长而漆黑的睫毛在下眼睑投下淡淡的阴影。那冰袋外渗出点点细密的水珠,淌在他手心,他嫌弃地甩了甩手。再抬头时,他嘴角勾着,语气里是再明显不过的揶揄:"明天一定送到你的宁宁手上。"

梁锐言觉得自己太过分了。从小一起长大,有外人言语羞辱柳絮宁,作为一家人怎么能不挺身而出,他怎么可以将此种行为蒙上恶心的心思。

人在陌生环境里总会下意识想要找个同伴,一个就行。这是柳絮宁进梁家之后才学会的道理。

同龄人不喜欢她,她能理解。那自然是成熟又懂事的父母们肆无忌惮地吐出污言秽语给稚嫩的双眸覆盖一层肮脏的滤镜。

无所谓,但是柳絮宁有时候也觉得自己很需要一个能与她一起同仇敌忾的"同伙"。

梁恪言,还是梁锐言?

年幼的她咬着笔头,一笔一画地写下两人的性格。

她承认,以前做事其实不太小心,以为将一张写满秘密的贴纸撕成小碎片和其余的草稿纸一起丢进垃圾桶里,就不会有人发现了。可出去吃过饭回来之后,她一眼就看见了那张浅蓝色的草稿纸已经不在垃圾桶里。

啊哦——完蛋了。

那个阿姨会把这张纸送到谁手上?

恰巧那天之后,梁锐言忙着训练,梁恪言去老宅住了几天。那几天的日子,堪称一场折磨。柳絮宁一个人在家抓耳挠腮地设想出千百种会发生的情况,再根据每一个情况编造一个又一个的理由。

再遇见兄弟俩,是在梁家老宅。做完坏事的她随意一抬头,直直对上梁恪言的目光。她尚且无法分辨,因为这位哥哥看人就是这副不屑的死鱼眼模样。晚间入席的咸蛋黄鸡翅,和他那抹冷漠到没边儿的冷笑,才是想法最终定型的强有力佐证。

真不幸,那张纸居然送到梁恪言手上了。

他对那个阿姨说"从明天起你不用来了"时,是不是也想对她说——从明天起,你也滚出我家。

也许她是柔软面包里夹入的一根鱼刺,乖乖待着还能被阴晴不定的主人勉强忍耐着,要是有任何动作企图用尖锐的利刺伤及他人,她一定会被剔除丢弃。

唉,梁恪言真是她人生中一场来势汹汹的地壳运动。所以她得离梁恪言远、远、远一点。"
"你干吗呢？"恰好梁恪言从她身后经过，她的视线下意识抓住他。
既然梁恪言不吃她装乖卖惨这一套，那就算了。这世上又不是只有一棵树供她攀。
……

老宅彻底陷入寂静夜色，有一阵沉稳的脚步路过柳絮宁的房间，带着莫名的熟悉。鬼使神差般，柳絮宁起身走过去，打开房门，半个身子往外探。
那人听见动静，偏过头来。
这次视线抓到的是梁恪言。
"还不睡？"声音在夜色里沉沉落下。
周行敛最后那一下打得不算轻，刚刚的红痕已经变作现在他嘴角的红肿。按照梁恪言的敏锐度，其实可以躲开。柳絮宁的耐痛力极差，不由得开始莫名其妙地通感，觉得这一定很疼。
"马上睡了。"
梁恪言"嗯"了一声："别急，玉佩明天给你。"
这话说得没头没尾的，柳絮宁反应了一会儿才知道他在说什么。
她有什么好急的？
"没事。"
梁恪言点头，就要进门。
"谢谢——"她立刻说。
打开门，和他对话，不就是为了道一声谢吗？
柳絮宁应该是刚洗过澡，双眼还蕴含着一层朦胧的湿意。长廊灯光打下，黑发遮掩的耳尖红着。
道谢的句式嘛，无非就是"谢谢""不用谢""不不不，还是谢谢你""不客气"这些字眼搅来搅去。所以在梁恪言说出不用谢之前，她背在后头的手变魔术似的变出一个口罩来，然后递给他。
明天可是工作日，他不去上班也要出门的吧？一个冰袋消不去脸上的红肿，一个口罩总能遮住下半张脸的狼狈。
看梁恪言没动，柳絮宁晃晃手指："是不需要吗？"那她就收回吧。
手刚往里缩一寸，梁恪言稍稍倾身接过："刚需。"
这人真是莫名其妙的有趣。
柳絮宁如实说："戴在我脸上有点大，戴在你脸上应该刚好。"
他闻言，沉默了几秒，最后笑着别过脸去，那笑容里有点无可奈何："是，我也觉得。"
进房间之前，柳絮宁一闪而过的视线里，捕捉到他发红的耳朵，很快又恢复正常。

大灯关着,只有一盏壁灯散发着微弱的光芒,照在书桌一隅。玉佩色泽透亮,是上好的翡翠打磨而成。

梁恪言难得认真地去思考一件事,他不还能怎么样?他扔了又能怎么样?

想算了又不想算的念头从头顶落至脚尖。

梁继衷和他说过,这世上活得最痛苦的,除了穷人,就是有点道德却又不多的人。

他现在想想似乎的确如此。

夜晚痛苦地过去,晨光挣扎着上线。

梁恪言本就睡得浅,也没了浓浓的睡意,索性起床准备去公司。他将玉佩交给唐姨由她转交,随口胡诌一套于天洲刚刚送来的说辞。唐姨怎么知道这枚玉佩后头弯弯绕绕的曲折,连声应下,又让他吃饭。

吃过饭,梁恪言去楼上和爷爷、奶奶告别。梁继衷一向起得早,此刻一般都在书房。梁恪言刚要敲门,就听见爷爷、奶奶的交谈声。

最近运气上佳也不佳,昨夜听见周行敛的污言秽语,今天又发现一个小秘密。

月底有文艺会演,节目清单上必然有舞蹈队一列。而因为生病住院,柳絮宁缺席了好几次训练。她向来不喜欢掉队,所以回学校后,上课、画画、跳舞,忙得脚不沾地。

所有人都忙,除了谷嘉裕。没事可做的他恰巧听说阿K失恋的消息,算算又有好几天没见着梁恪言,于是在群里提了句出来喝酒。

梁恪言没回,所以谷嘉裕来奥庭逮他。

料想得没错,这人在酒店里办公。谷嘉裕长叹一声,腿一弯倒在沙发上,随便抓过旁边一本杂志消磨时间。

刚一翻身,笔记本电脑旁一个小东西一下子抓住了他的眼球。

东西很普通,但是出现在梁恪言旁边就很不正常——一个白色的柔软布料上点缀着小颗樱桃的口罩。

谷嘉裕敏锐地嗅到一点东西。

"哎。"

梁恪言头也没抬:"说。"

谷嘉裕咳嗽两声:"你一个人住啊?"

梁恪言:"怎么,看见我肩膀上趴着的那个了?"

总说梁恪言死板又无趣,谷嘉裕是不赞同的,这人其实有点意思,只待有心人挖掘了。

"你那个口罩,干吗用的?"他慢吞吞地说。

梁恪言反问:"你说呢?"

谷嘉裕"哎呀"一声:"行吧,算我憋不住。你谈朋友了?"

梁恪言看了他一眼。

"我当然不是瞎猜的,这口罩肯定不是你会买的东西,对不对?所以它出现在这里就很诡异。你也知道,我这个人好奇心太重,如果有些话憋在心里,我是一定会憋死的——"

"我有喜欢的人了。"

梁恪言这话冒出得令人猝不及防,像平地砸出一道惊雷,惊得谷嘉裕把剩下的话一股脑全咽了下去。他张了张嘴,沉默片刻后,好奇心猛涨,"噌"一下站起来:"哎,瞧瞧哥们儿这七窍玲珑心!"

思忖一会儿,他的疑惑又一个接一个地冒出来:"不是,你喜欢谁啊?怎么这么突然?我认识吗?"

回国也没几个月,连阿K的局都很少出来,梁恪言能碰到什么人?

梁恪言玩着桌上那个打火机,他没有抽烟的习惯,只是享受打火机打开又合上的沉闷声响。心里那点难以言说又隐晦到上不得台面的想法在一点一点地发酵。

她的名字就在嘴边蠢蠢欲动。

说出来意味着什么,他很清楚。

"有你这样的吗?把我的胃口钓起来了,又装哑巴?"谷嘉裕气急。

沉默在空间里良久环绕,谷嘉裕看他嘴角抿得平直,发怔似的看着窗外,不知道在想什么。

"喂——"

"妹妹。"梁恪言突然说。

"我当然知道,你怎么可能玩姐弟恋。"

梁恪言把视线收回,神情自若地看着他:"我妹妹。"

沉默二次发酵,这几个字眼太耸人听闻,那道雷算是彻底劈在了谷嘉裕身上,他如见鬼般看过去:"你哪个妹妹啊……"

"我有几个妹妹?"梁恪言反问。

柳絮宁?柳絮宁!

谷嘉裕彻底惊住。

"可……可她是你妹妹啊……"

不是的,谷嘉裕当然知道柳絮宁这层妹妹的身份代表不了什么。他无法直白地宣之于口的是——柳絮宁是梁锐言喜欢的人,她可是梁锐言喜欢的人啊。梁恪言怎么可以喜欢亲弟弟喜欢的人呢?

想到这里,他用力地搓搓脸,神情痛苦:"你为什么要告诉我?为什么不告诉蒯越林?"

蒯越林是阿K的真名,谷嘉裕不常叫,足以可见此时他震惊的程度。

事情做完了,他也没兴趣再做。梁恪言合上电脑,沉默了许久,才抬头认真地看向谷嘉裕:"我一个人藏着挺难受的,现在告诉你了,好受多了。"

晴天霹雳。

- 086 -

谷嘉裕难以言喻地看着梁恪言，消化着这听起来无比简单的话语。
好可怕的信息。
好贱的一个人。

"是我喜欢柳絮宁，不是你，你放松点。"
从梁恪言告诉谷嘉裕这件事之后，谷嘉裕整个人就绷着张脸坐在沙发上，苦大仇深的，不知在思考些什么事情。
谷嘉裕语气愤慨："你是人吗？你是个好人就不该告诉我这件事！先不说她是你妹妹，虽然没血缘关系，但是你弟弟喜欢她啊，你还敢——"
"敢？"梁恪言居高临下地看着他。
"你……"谷嘉裕沉默了几许。
梁恪言："我有做什么吗？"
谷嘉裕："……没有。"
他把"目前"两个字默默咽下。
多年好友，谷嘉裕自认了解梁恪言——他喜怒不形于色，厌也藏于心，从来都是闷声做大事的人。当然，截至目前，所有梁恪言想做的事情、想达成的目标中，还没有与感情挂钩的东西。
既然如此，现在他能将这份喜欢轻易说出口，也许他本就不是一个对感情执着的人呢？
两人的手机屏幕同时亮起，阿K在群里问他俩到底出不出来。被女友绿的情况下再被兄弟鸽，他真的要去死了。
从某种程度上来说，谷嘉裕不仅仅是梁恪言的好兄弟，更是梁锐言的好朋友，所以他非常迫切地想从此番对话里脱离开。
"走不走？"谷嘉裕赶紧问。
梁恪言："嗯。"
谷嘉裕跟在他身后，沉闷地吐了口气。
蒯越林真是个小天使。

这顿酒喝到半道上时，喝到烂醉的阿K终于彻底绷不住开始说胡话，口齿不清，口水乱喷。谷嘉裕嫌弃地撇开脸，又恰巧看见对面那个，正握着酒杯，面上清醒，眼神却好像在发呆。阿K鬼哭狼嚎的动静快要震破包厢的门了，都没引来他半个眼神。
谷嘉裕觉得自己好痛苦。
从会所出来的时候，已经过了零点。三人都喝了酒，其中数阿K喝得最多。谷嘉裕全程没怎么喝，他怕这两人喝醉了要一起发疯。但是很显然，他高估了阿K，又低估了梁恪言。后者很正常，非常正常，酒后些许上脸，眼神却是清明的。
深夜的青城霓虹璀璨，市中心无一处沉寂，依然热闹非凡，像跌入一场金钱堆砌的幻梦。车里三人困的困，醉的醉，一上车就开始闭眼小憩。再醒来的时候，是司机提醒云湾园到了。

云湾园？怎么到云湾园来了？谷嘉裕一瞬清醒地看着车窗外："怎么不是奥庭？"

"奥庭酒店吗？"司机见他这副诧异的模样，为难地说，"您一上来就睡了，也没有说去哪里，以前都是把小梁先生送到云湾园的。现在是要去奥庭酒店吗？"

谷嘉裕正要说是，却见身旁的梁恪言不知何时睁开了眼睛。他揉揉脖子，仿佛很快搞清了状况，好脾气地说："没关系。"

司机连声抱歉，梁恪言并不介意，姿态如常地下了车。

谷嘉裕看着梁恪言闲庭信步般走进了花园。他站在花园中央，仰头看着二楼的阳台，静静站了一会儿才进家门。

谷嘉裕不知道他对着漆黑一片的房间有什么好看的。

开关车门的震动震醒了阿K，他迷迷糊糊地揉着眼睛，打了个酒嗝："这哥大半夜不进家门装什么忧郁？"

谷嘉裕翻了个白眼："您接着睡吧。"

"哦，行。"阿K搓搓脸，身子重重地倒在椅背上，喃喃，"那你别让梁恪言盯着他妹的房间看了。大半夜的，瘆人。"

谷嘉裕愣住，几秒之后反应过来那是柳絮宁的房间。他转头笑骂了阿K一句"老法师"。但也是在这一刻，谷嘉裕微妙地意识到自己好像被摆了一道。

或许，梁恪言早就想回家了，所以在明明可以清醒地说出目的地时保持缄默，借着旁人的口给自己一个顺理成章的台阶下。

梁恪言在青城有自己的公寓，何必大费周章地住酒店？因为那样才能让自己觉得奇怪，于是追问。追问之下，他顺势而为说出真相。

梁恪言甚至知道他与梁锐言同样交好，于是率先亮牌。

他需要一个认为自己这样做并非坏事的同盟，来为日后每一个问心有愧的时刻提供一颗又一颗的定心丸。

柳絮宁这几天的训练强度大得惊人，加上平时还要画画，浑身上下没一块是好的。这个夜晚，柳絮宁被肩颈痛折磨到难以忍受，睡到半夜起身下楼找膏药。蹲在柜子前时，她听见了车子在门外熄火的声音。

这个点？是谁？

她不准备开灯，只想赶紧拿了膏药上楼。只是，在她摸黑蹲在柜子前翻找时，有人从她身边走过，被她绊了个趔趄。那人声音冷淡又警惕："什么东西？"

——是梁恪言。

唐姨转交给她玉佩之后，两人又是几天没见。

柳絮宁弱弱地举起手："哥，是我。"她站起身，走到梁恪言面前，拿出那片膏药，也不管对面的人看没看清，"我拿膏药。"

"在自己家别像做贼一样行吗,柳絮宁?"他双腿交叠,姿态松弛地靠着墙,黑色外套被他随意甩在肩上。

月色灼烧在他深色的瞳眸中,明亮灿然,说话时,口齿清晰、吐字精准,如果不是嘴唇张合间呼出的浓烈酒气肆无忌惮地喷到她脸上,柳絮宁都没发现他此刻正处于酒醉状态。

懒得和醉酒的人计较。

"知道了。"

"你拿膏药干什么?"他率先开口。

柳絮宁:"脖子疼,贴一下。"

久坐不动的后果就是这个,腰疼、脖子疼对她来说是家常便饭了。

"要我帮你吗?"他问。

现在的梁恪言能不能分清一和二都另说,还妄图帮她贴膏药?柳絮宁刚要拒绝,他随意一丢自己的外套,另一只手果断一伸,不容置疑地抽走她指间那片薄薄的膏药。

他两指并拢,从后头点过她的脖颈:"你不转过去,我怎么贴?"

喝了酒后,他说话时气音飘忽不稳,滚着颗粒感。

柳絮宁转过头去,从窗外溜进的夜风吹拂起她的长发,丝丝缕缕缠绵绵地绕住她的耳朵和他的手指。她不敢回头,也回不了头,只能感受到他温热干燥的掌心挑起她落在颈后的头发。刺鼻的中药味和浓烈的酒气将辛辣凝成具象,从后方侵袭着她的五官。他手指拂过的地方不出意外地带起一小片战栗,冰凉的触感一击即中。

他说:"好了。"

"哦。"她想回头,只感受到一丝轻微的疼痛扯着自己的头皮。

她一侧眼,借着月光看见自己的一缕头发缠进了他的瑞鹤袖扣中。梁恪言没察觉,脱手要远离她,被她抓住手腕。

"等一下,"柳絮宁小声说,"我头发——"

梁恪言起先想帮她理开这一缕,奈何本就不开灯的眼前视线慌乱迭动,他被缠得起了些恼意,歪头去看她。

昏暗不明中,锐利和冷漠一一散去,他的脸部轮廓倏然变得柔和,双颊染着浅红,横生欲气,迷离眼里带着纳闷:"你到底开不开灯?"

柳絮宁:"能不开吗?"

他眼神涣散地滚动喉结,平淡无波地"哦"一声,手伸到柳絮宁眼前,带着点破罐子破摔的不耐烦:"那你自己来。"

柔软的衬衫布料划过她的脸颊,他的呼吸在不知不觉中更近了一点,低垂的额头埋在她肩颈处。

一个优秀的设计师需要丰富的想象和建构能力,柳絮宁能脱离开当事人的迷蒙视角去想象两人现在的动作有多亲昵。

像有自然灾害在她不堪一击的身子里滚来滚去,大脑登时一片空白,手心乍然起了湿意。喝醉的人体温自然升高,虚虚地贴着她的后背,可额头与肩颈的触感却是实打实的存在,她能清晰听见他吞咽的声音。

手指机械化地绕开那几缕头发。

梁恪言似有所察,自觉地动了动脑袋,柔软的额发来回划过她的肩膀,声音有些闷:"好了?"

"嗯。"

梁恪言偏过脸,长吐一口气,不耐烦地扯开领带,往沙发上一坐。

"能不能帮我倒杯水?谢谢。"

柳絮宁开了盏低饱和度的壁灯,把柠檬蜂蜜水递给他,他又说了遍"谢谢"。

他仰头喝水时,眉眼像失焦的镜头,无端带了点轻佻。柠檬水淌过他的喉结,发出一道明显的声音。

柳絮宁也下意识咽了下口水。

"肩膀很疼?"梁恪言问。

"还行。"

"最近作业还是这么多吗?"

"也没有,月底有演出,今天跳舞的时候,我不小心拉伤了。"

听她说完这句,他没再回了。

就让梁恪言睡在沙发上吗?走到楼梯拐角处时,柳絮宁又一次回头望去。西装和领带被随意地扔在一边,他半躺在那里,手里握着已经喝到底的玻璃杯。

柳絮宁想了想,从房间里拿来一条毯子准备盖在他身上。只是,毯子柔软的一角刚刚触及他的手臂,他便睁开了眼睛。

"干什么?"

柳絮宁有些窘迫地保持着原来的动作:"冬天了,睡在这里会感冒的。我可没办法像你抱我下楼那样扛着你上楼,就——"她晃了晃手里的毛毯,毯子的另一角被他用手抓住。

寂静无声里,听见他浅淡的一声笑。

笑什么啊?

"毯子挺可爱的。"他说。

这是真醉了,醉到开始口不择言。

"跟你的口罩和那个……"他用力地皱眉,在回忆……想起来了,"驱蚊手环,和那个驱蚊手环一样可爱。"

可爱到他那天戴着那个口罩去公司时,经过的人都忍不住看他一眼,他甚至听见有人小声议论这是什么大学生来面试。

他不是大学生,他弟弟倒是。

被人夸毯子的确是她没想到过的一点,柳絮宁大脑急速运转,又想起眼前这

- 090 -

人喝醉了,虚伪的客套可以爽快地抛去。

理他干什么?

"我人更可爱。"柳絮宁拽拽毯子,"你上楼吗?"

他沉沉地出气,想动又不想动,有点烦:"知道了。"

柳絮宁松开毯子,退了半步。两人一前一后地往楼上走,楼道并不狭窄,只是太过寂静,如有实质般缩小了空间。他的呼吸时不时地拂过她的肩膀,像一道清楚的提醒,带着隔靴搔痒的蛊诱之感。

即使是周末,柳絮宁也定了八点的闹钟,起床练舞。

云湾园有个地下室,宽敞安静,但小时候的柳絮宁跟着梁锐言一起看多了美式恐怖片,总是惧怕这样的地方,于是梁安成将三楼最南侧的房间腾出来给她做舞蹈房。

她上楼时正好碰见林姨在打扫卫生。

"林姨早上好。"

"早啊宁宁,周末也起这么早。"

"马上要演出了,在家里再练练。"

听到柳絮宁要练舞,林姨制止:"那你等我用干拖把再拖一遍,现在地还是湿的呢。"

柳絮宁在外面翻找练习视频时,林姨在里面边拖地边絮絮叨叨:"宁宁,好不容易赶上你和阿锐回家,中午吃大闸蟹吧?是你哥哥的朋友送来的,都放了好久了。"

"好。"刚说完,柳絮宁想起什么,提醒,"林姨,蒸五只吧,他们俩吃一只肯定不够。"

"他们俩?"

柳絮宁"嗯"了一声:"哥哥今天也在家。"

"你怎么知道他在家?"一道声音从耳后响起,簌簌震着耳膜,柳絮宁冷不防被吓得一抖。

梁锐言眼睑低垂,没忍住笑了笑,语气充满嫌弃:"你这胆子。"

柳絮宁蹙着眉回头,他应该是刚刚结束晨跑,黑软的碎发湿漉漉地垂落,脖子上挂着一条毛巾。

"谁突然在我背后这样说话我都会被吓到的。"她冷哼。

梁锐言敷衍地晃晃手指:"好的,大小姐,我的错。"

"哎,你还没回答我呢,你怎么知道我哥在家?"他自然地绕回刚才的话题。

"昨天晚上我脖子疼,下楼找膏药的时候,正好碰到他回来。"

听到她说脖子疼,梁锐言的注意力顷刻转移到她的脖子上。头发盘上去的缘故,露出漂亮的颈部线条,白皙的皮肤上贴了片格格不入的膏药。

他的眼睛快速扫过,又立刻移开:"哦。"

林姨在这个时候说舞蹈房已经打扫好了。

柳絮宁进门的时候,看见梁锐言还杵在原地,于是提醒:"再不去洗澡,你人就要臭了。"

梁锐言听话地转身,慢悠悠地往浴室走,顺便甩出漫不经心的一句"刚好臭死你"。

多大人了,幼不幼稚。

虽然宿醉,但梁恪言的生物钟让他在上午九点半左右就醒了。昨天喝得不算太多,但脑袋仍然发胀到沉甸甸的。他起床洗了个澡,又用冷水拂面,算是清醒了大半。

梁恪言出了房间准备下楼,突然听到走廊尽头的房间传来的伴奏声。

鬼使神差地,他往那边走。

此时阳光正盛,房间正对着晒。百叶窗没有合紧,风吹起窗帘,在地上投落一道道流动的光,有时又落到她脸上,让人挪不开眼。

柳絮宁跳舞时和平时大相径庭,能明显看见她蓬勃的进攻性和旺盛的生命力。在动作间厚积薄发,带给他前所未有的冲击力。

"柳絮宁跳舞是不是很好看啊,哥?"身旁多了一道身影,他的想象被硬生生暂停。

一侧肩膀随之搭上一股力,梁锐言的手臂撑着他的肩膀,脸上神情颇为得意,语气里有理所当然的熟稔。

梁恪言偏过头,看着弟弟与自己有几分相似的侧脸。他眼睛一眨不眨地盯着柳絮宁,甚至都不舍得离开。

"联什么姻,阿锐心里有数的。"那日早晨,他去和爷爷告别,意外听见爷爷和奶奶的对话。奶奶总是对这事敏感一些,说感情这事儿还是得快刀斩乱麻,早点结束早点好,拖着迟早坏事。

"有什么数?你自己孙子是什么性格你不知道?你以为阿锐是恪言呢?"

梁继衷哼笑一声:"你才不懂他。阿锐说了,有些事情能不能做他心里清楚。他和我说过,喜欢归喜欢,但这么多年了,他一次也没戳破过。怎么,你以为我梁继衷的孙子连和心仪的小姑娘说句喜欢的勇气都没有?他和我承诺过的,他从前不会说,现在不会说,以后也不会说。婚姻大事,当然是我们做爷爷、奶奶的来为他定。"

"放心吧,这是阿锐亲口说的,他就玩这几年,到时候都听我们的。"

室内的伴奏和短暂的回忆都到此结束,偌大的空间里又变作沉默的寂静岭,有人的心情像坏掉的钟摆,三根垂落的指针"嘀嘀嗒嗒"地打着架。

柳絮宁抹了把额头和脖子上的汗水,一扭头,看见梁恪言和梁锐言站在房间外。两人身形相仿,五官又有几分相似,背着光的缘故,又将这几分相似程度拉高。

她大概知道了为何那天队长会将两人认错。只是,这两人都傻傻地站在门口干什么?

两人都刚洗过澡,两款完全不一样的沐浴露香味争先恐后地窜进柳絮宁的鼻腔。柳絮宁决心离两人远一点,微不可察地往后挪了几步。

"文艺会演的票记得给我一张。"沉默被梁锐言率先打破。他走在最前面,头也没回,又如少爷般发号施令,"要第一排的。"

青大文艺会演堪比地方台的春节晚会,舞美效果和舞台表演质量都是一绝,每年不仅是本校学生,连外校学生都想来一看究竟。大礼堂座位有限,采取公众号报名制度,梁锐言从来都懒得做这种事,恰好柳絮宁作为参演人员,手上会有两张直接入场的电子券。这两张票,一张给梁锐言,一张给胡盼盼,一贯如此。

柳絮宁说好。

楼梯转角处只开了几盏壁灯,就算在白天也比其他地方暗一些。她随意地一偏头,与梁恪言抬起的眼神撞上。暖黄的灯光自上而下地映在他眉眼间,那双眼耷拉着,显然是昨夜没有睡好,有几分懒倦。

她以为这是一个无意间交错相对的眼神,却见梁恪言的眼神久久未移开。

两人都在,给了一个人,不给另一个人,没这个道理吧?有点情商的人都做不出这种事。

柳絮宁呆呆地张了张嘴,脑子一宕机,突然问:"我还有一张票,你要来看吗?"

梁锐言没回头,下楼的脚步顿了下。

梁恪言这时却收回视线:"年底我比较忙,没什么空。"

梁锐言的肩膀放松地垂下,快步下楼,大声问林姨中午的大闸蟹能不能多蒸几只,他快要饿死了。

柳絮宁原本也不是真心邀请梁恪言的,临近年底各个公司都要开始忙起来,他没空才比较正常。她脚步轻快地下楼,在转角处突然被轻轻勾住衣领。他屈起的指骨蹭过她的后颈,微凉的温度让她呼吸一滞,被触碰的地方泛起波澜般的酥麻。

柳絮宁回头,看见他眼里一闪而过的蓄意。

"但可以给我,事情办完了我就来。"

"还有,膏药记得换。"

"不是,票呢?票呢!我的票呢?柳絮宁!"

此刻的女寝里,胡盼盼满脸委屈,满身怨气。

柳絮宁埋头当鸵鸟,最后挤出一句:"我帮你抢,我的手速还可以。"

胡盼盼在意的自然不是这个,在没和柳絮宁熟络起来之前,各种演出的入场票都是她自己抢的,抢到皆大欢喜,抢不到也无所谓,没到这种要死要活发疯的境地。只是,习惯了这份来自柳絮宁的优待,突然被另一个人横空夺取,她突然有些酸涩的不爽。

"是谁?你告诉我那张票给了谁?"说到一半,她突然改口,"不对,你只要告诉我是男是女就行了。"

怎么,性别还能决定她的怒气值?

柳絮宁:"男。"

胡盼盼呼出一口长气:"好好好,那就好。"

许婷在一旁被这场闹剧惊得目瞪口呆。

"你有什么毛病啊?"

胡盼盼没回答,只得意地晃晃脑袋。是女孩子,就说明柳絮宁可能有了新朋友,那她当然不高兴啊。管他什么友情、爱情,这世上任何一样东西只要带上一个"情"字,那必然沾上点占有欲,所谓的大度,都是装的。所以她才对性别如此介怀。

不过还好,第二张票给了一个男生。

既然赠票对象隶属于男性,那么不爽的就应该是……

过了冬至,冬天的气息越来越浓烈。青城地处南方,冬日的北风几乎能将湿冷刮入骨子里。柳絮宁出了空调房,在学校里走一遭都能被刮得瑟瑟发抖。

此刻她就特别想在梁锐言身边,这人也不知道什么情况,不管夏天还是冬天,身上都跟揣了个大火炉似的,靠在他旁边就像有源源不断的热量释放,加上他个高腿长肩又宽,能完美抵挡迎面的风。

"这个时候就想到我的好了?"去往大礼堂的路上,梁锐言走在柳絮宁身前,双手揣兜里,整个人吊儿郎当。

今晚就是文艺会演的日子,柳絮宁拿了舞蹈队批的假条,请了一整天的假。至于此刻像牛皮糖一样黏在她眼前的梁锐言,光明正大地翘了课,准备来个后台一日游。

"你的好?没我你哪来的借口翘课?"柳絮宁反问。

"借口?"梁锐言听笑了,他侧过头,"我哪次逃课找过借口?"

"是,逃课不销假,平时分就不及格,你这破成绩也没法靠期末的分数来及格,然后就挂科,挂科又补考,补考接着挂,最后延毕。"

"好好好,祖宗,我的祖宗,算我求你,别讲了!"梁锐言从来都说不过她,只能捂住耳朵求饶。

柳絮宁在后面得逞地笑,正要添油加醋地再恐吓几句,却看见迎面走过来的几个女生,原本嬉笑玩闹的表情在看见梁锐言时突然收敛起。几个人默契地把其中一个短发女生拉到最里面,像是要刻意躲避梁锐言。

擦肩而过时,女生们下意识地扫过柳絮宁的脸,其中一个人没忍住多看了一眼,回过头时,用气音小声道:"就是她吗?"

柳絮宁听见了,都无须问梁锐言那些人是谁,她就能猜到——自然是喜欢梁锐言并向他表白却被拒绝的女孩。

时至大三，距离成年，不对，距离情窦初开的豆蔻年华都过去好久好久了。如果她看不出梁锐言那昭然若揭的心思，她自己都不会相信这番说辞。

偶尔夜深人静时，柳絮宁也会自我拷问，这样是不是不好，因为她的存在，梁锐言拒绝了多少个喜欢他的女孩呢。

释怀也是在一个深夜。

梁锐言因为她拒绝了数个喜欢他的女孩，可并非因为她而拒绝了他喜欢的女孩。这两者有本质区别。

要论定一场球赛正式开场，自然需要对方的球向你抛来，你才有资格选择接下或是躲避。那颗球迟迟不向她飞来，她又有什么理由主动挥动球杆呢？

况且，他如此正常不过地站在身边时，是不是无形之中也在霸道地替她拒绝了一个又一个的示好者呢？

春宵苦短，少女随心。

她想做个只考虑自己情绪的人。

梁恪言今天有场会议，会上各公司代表来得很齐，除了周氏集团。

与周氏合作的星河汇项目正式宣告暂停，周氏那边不敢吱声，周霖屡次想见梁安成，可见到的都是梁恪言。他看见这小辈可怵得很，又无可奈何，只能作罢。

行政人员把会议室选在了顶楼，临近会议结束时，梁恪言往外看，瞧见了零星几片向下坠落的雪花。

才过冬至，青城就要开始下雪了吗？真是让人不习惯。

等会议彻底结束时，已经临近傍晚。梁恪言大步往外走，Amanda 在他身边如往常一样汇报着工作情况和他接下来要签的几个文件。

"恪言。"梁安成从后面叫住了他，跟在梁安成身后的还有其他合作公司的高层人士。

"恪言，不认识我了？"

这几位都是看着梁恪言长大的叔叔、伯伯，来自他们的晚宴邀请让梁恪言没有办法拒绝。

他走在最后，摁亮手机看了眼时间。

五点四十七分。

前几天他刚看过青大公众号发布的文艺会演的演出时间，应该来得及。

只是他忽略了一点，到了饭桌上，酒杯一碰，就没人开始在意时间了。

"梁锐言。"女生小心翼翼地戳了下他的手臂，声音细软。

此时梁锐言正坐在第一排的位置玩手机，除了柳絮宁，他对其他节目都提不起半点兴趣。

被人这么一戳，他抬头看，是顾紫薇。

"怎么了？"

顾紫薇很痛苦，为什么临时训练这种事情要让她来通知梁锐言呢？队里的教练和队员们都知道她的心思，所以总想着帮着撮合。胆子不够大的时候，就需要别人推着走，连被动都是一种奢侈的幸运。

换作以前，顾紫薇喜欢被这样撮合，可现在完全不是。

那时候正流行一个词，叫笨蛋帅哥。几乎所有人都爱用这个词来形容梁锐言——成日活力十足，富有魅力，意气风发，精力充沛，却又反应迟钝到傻乎乎的笨蛋帅哥。也许是两种截然不同的性格碰撞在一起，连年少轻狂在他身上都是褒奖。

"被他拒绝有什么啦，他一看就是那种死缠烂打便能拿下的类型咯。"朋友根本没把顾紫薇的告白失败放在心上，反而满不在乎地说着。这简直是所有青大学生自发地为梁锐言贴上的标签，而顾紫薇自己也是这么想的，于是她鼓起勇气想再尝试一次。

"我要是没说明白，那就说得再清楚一点，我对你没兴趣，一点也没有。训练场所之外的地方，离我远点，懂？"

那是梁锐言和她说的最后一句话，在只有两个人的教室里。

如此绝情，如此尖酸，如此不留情面与余地。

可是……可是那天在KTV里，他结结巴巴、红着耳朵拒绝的模样更像是因为从来没有碰到过大庭广众之下的告白，所以才如此青涩无措。

怎么独处时，却像变了个人呢？

那点怦怦然跳动的喜欢跟着褪下的伪装一起烟消云散。

"球队要临时加训。"

"加训？"黑发垂落在眼睑，他的眉眼冷冽漠然，"现在？"

顾紫薇："嗯，是老教练说的。"

教练和老教练，虽只有一字之差，差别却极其大。梁锐言揉揉头发，脸上一片烦躁之意："知道了。"

大礼堂有两个门，从东门出的话去体育馆近一点，梁锐言跟着顾紫薇出了东门。

与此同时，一辆黑色的宾利在西门口停下。

"快快快，到我们了。"队长在后台拍手示意，"第一名有多少奖金还记得吧？"

队员们笑。

台前已经开始报幕，被帘幕遮住的舞台也在悄悄变幻。

音乐声渐起，帘幕徐徐拉开。江南水乡的舞台背景，蓝绿色是整个舞台的主色调，烟雾缭绕中，少女着粉绿相间的罗裙缓缓舞出。像四月天里的蒙蒙细雨。

柳絮宁作为主舞最后一个出场，她穿得和旁人略有不同，豆蔻粉的舞裙薄如蝉翼，轻盈地裹在她身上，手腕与腰间的铃铛随着她连续六个云手动作而清脆作响。

一舞毕，台下响起如潮掌声。

柳絮宁和队员们弯腰致谢时，眼睛扫过观众席。她给梁恪言和梁锐言的票座位在第一排的左右两边。当时第一排中间的位置雷打不动属于校领导，剩下的被旁人拿走送了人，她那时还问队长有没有连着的两个位置，可惜没有，但第一排也很不错了吧。

她没有特别想让他们来的念想，多的是人求之不得想来看她们舞蹈队的舞蹈。梁恪言和梁锐言于她而言并不重要，但承诺是很重要的。

柳絮宁从不缺观众，可这两人，一个像老大爷一样再自然不过地问她拿走了一张入场券，另一个又一本正经地承诺公司的事情做完了就会过来。

可现在呢？她的节目演出时间本就在偏后的位置，迟来半个小时姑且称之为迟到，这整场演出都快结束了，那得叫爽约。

她左右不过只有这两张票，两人都用着不同的理由要了去，却没有一个按时赴约。

果然是两条富贵阔少命，想做什么就做什么，从来不把承诺过的东西放在心上。真是浪费了两张位置上佳的内部票！

"怎么了，表演得挺好的呀？对自己这么高要求呀，这也不满意？"旁边的女生拉拉她的手。

柳絮宁摇摇头："没有，我超高兴的，第一名又是我们的了。"

去往后台的通道笑声一片。

比台前更精彩的，自然是现在的后台。

每一次登台演出，柳絮宁都能收获一箩筐初生牛犊的心意——然后再一一拒绝。

直到最后一个。

是个女生……准确来说，是小朋友来送的花。

碰上这种活动，老师也会带子女来观看。眼前这位小女孩就是青大美院某位教授的孙女，柳絮宁曾见过几次。

"怎么，你也要给这位姐姐送花啊？"队长尤其喜欢小朋友。

小女孩重重点头："是个哥哥让我给宁宁姐姐的。"

队长拖着声调"哦哟"一声："这是哪个男的啊，道行那么高？知道你肯定不会收花，居然改让小孩子来送了。"

柳絮宁在小女孩面前蹲下："你还记得那个送花的哥哥长什么样子吗？要是记得，能不能把花帮姐姐送回去？"

队长在后面瞠目结舌，原来谁送花她都不会收啊……

小女孩："他说他是你的哥哥。"

柳絮宁一愣，看着那捧蓝玫瑰，花瓣上是雪融化后形成的水珠，悄悄滚落。

"那个哥哥以前是我奶奶的学生，他还在外面和我奶奶说话呢。"小女孩继续说，"对啦姐姐，哥哥说花里还藏着东西，你一定会喜欢的！"

语气如此笃定？柳絮宁有些好奇地接过花，小心地抽开上面的几朵蓝玫瑰，下面藏着一圈又一圈的彩票，层层叠叠围成一朵花的形状。

真实在。

柳絮宁被震惊得不轻，缓了缓向小女孩道谢，而后从背包里拿出一把伞往外走。

"柳絮宁，干吗去？"

柳絮宁没回头："我出去看看，待会儿就回来。"

礼堂外果然下起了细雪。

有人跑向礼堂躲雪，偌大的空间里几乎没人，所以她一眼就看见了梁恪言。他站在树下打着电话，另一只手揣在黑色大衣的兜里。

雪落在他的黑发与肩头上，一身黑的缘故，寥落白雪点缀也万分明显。

细小的雪粒落在鼻尖与面颊上带来些许凉意。在某一刻，这凉意渐消，树梢晃动的斑驳光影里，多了一道纤细身影。

梁恪言回头，看见柳絮宁举着伞朝他斜去。

"下雪了。"

第五章 /
故意

梁恪言上学的时候有两个雷打不动的任务——不能靠着某些天生的头衔乱惹事,以及在每周五下午接弟弟、妹妹放学。

虽然他不知道自己把这事儿干了,那司机应该做什么,但这是他爸的命令,纵使有诸多怨言他也得听。

那年冬天,青城的雪比往常要大上许多。司机将车开到离学校还有两个拐角时就因为堵塞而寸步难行。

梁恪言下车去接他们。

他站在校门口,很快便看见了两人——在雪中蹦来跳去,还企图把雪揉成球往对方身上砸,丝毫不知道此刻有人在等他们。

"梁锐言。"梁恪言冷声叫弟弟的名字。

他从来都是被别人等待,这两个人真是开了他一次又一次的先例。

梁锐言傻乎乎地咧嘴"哎"了一声,然后拉着柳絮宁跑到他面前。

梁恪言将那把大伞丢给他。

比起梁锐言,柳絮宁多了几分七窍玲珑心,她也许一眼就看出了梁恪言的不耐烦。

梁恪言走在后面,观察周边车辆时,恰巧与回过头的柳絮宁四目相对。可能是自己冷脸的表情太过吓人,她如临大敌般回过头去,碰了下梁锐言的肩膀。两人的脑袋碰在一起,也不知在低声密语些什么。

过了一会儿,梁锐言把大伞递给梁恪言,不由分说地拿走了他手上的那把小伞:"哥,你撑大的,我和柳絮宁撑这把小的就行!"

想想就知道这是谁的主意。

梁恪言懒得管他们。

不用淋雪,他求之不得。

梁恪言就这么看着柳絮宁和梁锐言肩膀挤着肩膀,手拉着手。

柳絮宁粉雕玉琢的脸上浮现几丝怒意,咬牙切齿,语气充满抱怨:"哎呀,你不要挤我,都把我挤出去了!"

毛病,那何必和他换那把小伞呢?

时隔多年，还是这样一个小雪天，和她一起撑伞的人变成了他自己，如电影最后一帧定格画面。

　　"我刚刚怎么没看见你？"柳絮宁问。
　　梁恪言拒绝了晚宴间喝酒的邀请，以自己妹妹今日有表演为由提前离开了宴席。
　　梁安成那时恰好听到梁恪言的说辞，看了他一眼。从上次周行敛的事情，再联想到这次，他终于开始纳闷梁恪言和柳絮宁的关系何时变好了。
　　梁恪言来时正好赶上前一个节目结束，他没有错过柳絮宁的表演。她站在舞台斑驳的光影下，像身处于蓝绿色的灯海。
　　"有个工作电话，我出来接一下。"他言简意赅地解释。
　　"哦。"柳絮宁低头看着自己的脚尖，"那个彩票……我是挺喜欢刮这种东西的，但你也太……"太夸张了吧，她要刮到猴年马月去。
　　"你不是喜欢这个吗？慢慢玩吧。"梁恪言说。
　　"哦……"她抿抿唇。
　　她这时要是突然来一句"其实送那些普通的鲜花挺好的"，是不是太得陇望蜀了点？
　　语音通话的提示音突然响起。
　　那把撑开的伞被梁恪言接过，柳絮宁两手得空，接起语音电话。
　　"第一哦！"是队长的声音，没有前言后语，只有这三个字和一群女生的尖叫声。
　　柳絮宁被这活力十足的声音感染，也笑起来，模仿队长的语调："好棒哦！"
　　梁恪言看着她的模样，别过脸去，无声地扯了扯嘴角。
　　"她们想吃学校东门口那条美食街的九宫格，你来不来？"队长在电话里问。
　　柳絮宁："好。"
　　挂了电话，她望向梁恪言，踌躇了一下，问："你吃饭了吗？"
　　梁恪言："没有。"
　　那可太好了。
　　柳絮宁又问："那你想吃火锅吗？"
　　"好。"
　　"行，那你在这里等我一下，我去拿包。"
　　她跑得极快，快到梁恪言来不及把手上的伞递给她。头饰未卸，铃铛也没摘，在初雪夜碰撞出轻灵波动。
　　跑到礼堂的屋檐下，柳絮宁站在最高一层台阶上，似是想起什么，突然回头，提高了音量问梁恪言："客带客好像不太礼貌，你能 A 自己的那一份吗？"
　　细雪落在她黑亮柔顺的长发上，又很快消融。她眉眼弯弯，黑眸中泛起潋滟笑意，漂亮得让人挪不开眼。

梁恪言点点头，依然说"好"。

方琳莉现在怪紧张的，不仅是她，整个舞蹈队一行人都很紧张。旁边刚进舞蹈队的大一学妹挽过她的手，悄悄地问后面这出挑的男人是谁。

柳絮宁她哥。方琳莉是这么回答的。

"又一个哥哥啊？"学妹诧异道。

一个月前还是另一个"哥哥"呢。

方琳莉只瞥了她一眼就知道她在想什么，含含糊糊地点她："是身份，不是爱称。"

学妹一点就通："哦，对不起对不起，我懂了！"

她还奇怪这位哥哥和上个月那位长得还挺像。

青大校门口这条美食街远近闻名，今夜下雪的缘故，火锅店排队的人不多，一行人到时还有几个大桌空位。

"如果我和姜媛说，我今天在和她老板吃饭，她肯定要吓死。"调蘸料时，方琳莉站在柳絮宁身边，小声说道。

姜媛是已经退队的舞蹈队成员，现在就在起瑞实习。

"为什么？"柳絮宁奇怪。

方琳莉："她说你哥——噢，她一般都称你哥为'小梁总'，说他上班天天冷着一张脸，不苟言笑，好像一天到晚都没有开心的事情，看着很难相处的样子。帅则帅矣，但在路上看见他时，她起码要跑半米远！"

"半米？半米也就是我们两个现在的距离。"

方琳莉笑嘻嘻的："那他实在是长得帅嘛，想多看几眼。"

柳絮宁都要忘记了，最初的梁恪言在她心中也是此番印象。而这种印象又是在何时不知不觉地瓦解的呢？

她跟着笑，撇头时与梁恪言的视线错落相撞。她愣了一下，但没掩饰笑意，嘴角依然勾着，晃了晃手里的碗碟："你能吃辣吗？"

这话也就随口一问，她当然知道梁恪言不怎么能吃辣。

"他不能吗？"方琳莉仍是低头猛舀了两大勺醋，自顾自地喃喃，"那他和梁锐言还挺不一样的，梁锐言每次跟你出来，那加辣椒的阵势，搞得跟川渝人一样。"

不过是一句普普通通的询问，如果他将这话当作挑衅那也显得他太过小家子气。

"能。"梁恪言点头。

店外飘着雪，火锅"咕嘟咕嘟"冒着沸腾声响。肥牛卷和蔬菜在辣锅里翻腾，捞起来时，鲜艳的红油还在不住地往下滴。柳絮宁悄悄地递给梁恪言好几瓶北冰洋，也算不上悄悄，明眼人一看就知道桌上那一排全是柳絮宁给他拿的。

方琳莉大惊失色地"嚯"一声，问柳絮宁这是在干什么。

柳絮宁摇摇头没说话,这是她给梁恪言准备的。
什么能吃辣,瞎扯吧。

梁锐言结束训练,逆行在去往大礼堂的路上。即将走进礼堂,他突然被空地上的一辆黑色宾利吸引视线。
他缓缓走过去,垂眸看着车牌号。
"梁狗,傻站在那儿干吗呢?柳絮宁早跟她们舞蹈队那几个去吃火锅了!"有人注意到他,大声提醒。
梁锐言倏然回神,眼眸中的冰冷全消。
他脸上浮出一个笑,仍说着玩笑话,却冷得仿佛从喉咙里哂出:"她干什么是我不知道的,要你讲?"

因为第二天是周末,吃完后,梁恪言直接送柳絮宁回了家。
柳絮宁坐在副驾驶座,偶尔透过后视镜看他。看见他发红的眼尾,想起他在吃火锅时几次的犹豫,她不禁觉得好笑。
车很快驶到云湾园,柳絮宁先下车。她在客厅倒水时,看见梁恪言边打电话边走进来,话里话外都是公司的事情。
他可真忙啊,早知道就不叫他吃饭了。
柳絮宁不打扰他,跟在他身后慢悠悠地上楼。手机里弹出两条消息,是方琳莉的退款:刚刚你和你哥走得早,忘记说了,你哥哥已经把饭钱付了,你不用再给我了。而且舞蹈队会报销的啦,我们拿了第一哎,老刘连这点吃饭的钱都不批给我们,我就提刀去办公室造反!
呜呼,居然是队里报销,早知道她就多点一点了!
柳絮宁收下这笔退款后,看着比自己走得稍快一级台阶的梁恪言,想了想,还是把钱转到了他的账号。
转账过去时,梁恪言刚好打完电话,看到手机里跳出来收款提示。他扫了一眼,回过头疑惑地看着柳絮宁。
"晚上吃饭的钱我们舞蹈队会报销的。"柳絮宁说。
"我不是你们舞蹈队的人。"
柳絮宁想也未想:"但你是我带去的人。"她一门心思地为自己的抠门舞蹈队证明,"我们学校还是蛮大方的,多你一个不算多。"
辣椒真熏嗓子,他此刻说话的声音低哑,却微妙地浮出一点笑意:"那谢谢你今天请我吃饭。"
"不客气。"
说话间,柳絮宁亦步亦趋地跟着梁恪言走到了三楼。当梁恪言的手握在门把上,拇指贴着指纹模块,指纹锁发出一道开锁提示音时,柳絮宁才后知后觉自己正站在梁恪言的房间门口。

偏偏那人还疑惑地看她一眼，似乎在问——还有什么事吗？

柳絮宁喉头一紧，唇舌卡碟之间冒出来一句："我的毯子你还没还我。"

梁恪言愣了一下，立刻反应过来："不好意思。"

从房间里拿了毯子出来后，他又说了句抱歉。他是真忘了。

柳絮宁抱着那条毯子回了房间。毯子一角晃动时，能明显闻到从其间散发出的浅淡清香，和他与自己偶尔因意外靠近时的气味如出一辙。

随手将毯子放到床上时，"叮——"的一声，有东西坠落在她脚边。

柳絮宁皱着眉捡起。

三楼。

夜虽已深，但对于公事还未办完的梁恪言来说，还远不到睡觉的时候。

一个人的空间里，他放松地靠在椅背上，两条长腿随意地架在桌沿，习惯性地把玩着手中的笔。视线看向电脑屏幕时，余光会瞥到一旁的白衬衫。衬衫袖口如白雪涂抹，干净整洁，毫无点缀。

毯子的确不是拿了不还故意强占，那枚黑金相间的瑞鹤袖扣也并非他故意塞在里面。只是，它自己掉了进去，这可如何是好。

方琳莉，一位常年活跃在朋友圈、芝麻大点的事都要昭告天下的分享生活爱好者，此刻刚编辑完一条九宫格。她左看右看，确认这九张图中没有出现梁恪言的身影后，才卡着零点按下发送键，配文：初雪快乐。

凌晨，大学生的夜生活刚刚开始。她放下手机去洗澡，回来时看见点赞数量急剧增长，最新一条提示：梁锐言点了个赞。

谷嘉裕算得上是和梁恪言前后脚回的国，两人的生活却大不相同。他无事可做，在家当废物二代也是被他爸妈训斥，索性选择四处游荡。

除了家，哪儿都是他家。

这个周末，梁恪言家就是他家了。

往小区里走的时候，拐过一区，他正好和晨跑结束往家走的梁锐言迎面撞上。说起来，谷嘉裕现在看见梁锐言着实有点心虚。他下意识地想转身，脚步刚动了一下，又觉得自己脑子有问题。

又不是他准备横刀夺爱，再说了，人家和宁妹也不是情侣关系，横哪门子的刀？又夺哪门子的爱？

刚想到这茬，他便觉得不对，竟然不知不觉被梁恪言同化了。这该不会就是梁恪言那狗东西的目的吧？

思及此，他又一次在心里狠狠咒骂梁恪言，自己要做缺德事就悄悄做，随意拉下一个无辜之人干什么。

跟他做朋友真是倒了八辈子大霉。

偏偏梁锐言这傻弟弟朝他兴奋地挥手："裕哥！"

他不是好人，不配做梁锐言的哥哥。

谷嘉裕露出一个笑："巧啊，梁二。"

梁锐言走在他身边，两人一起朝家的方向走。

"你来找我哥？"

"对。"

"我哥上个月一直住酒店，怪不得没看到你。"

"哈！"谷嘉裕干笑一声。

两人走进小花园时，林姨正在给花浇水。她看见两人，提醒早餐已经准备好了。

梁锐言："好。"

餐厅里只有柳絮宁一个人在吃早饭，边吃边回着消息，是出版社编辑发来的改稿要求，大要求不多，只是一些人物五官上的细节需要调整。

听见有脚步声，柳絮宁回过头来，看见了下楼的梁恪言，她眼睛一亮，从口袋里掏出那枚袖扣："你的袖扣。"

见他没动，柳絮宁晃了晃手，清瘦的手腕从宽大过长的毛衣袖口里露出："昨天晚上你还我毯子的时候，它不小心掉在里面了，你可能没注意。"

清晨的阳光被窗棂割碎，落在她澄澈的双眸里，晕出浅橙色。

梁恪言垂在裤腿间的手指弯了一下，然后抬手接过，说了一声"谢谢"。

这段对话发生得极快，两人没注意到刚要走进来的谷嘉裕和梁锐言。

谷嘉裕暗说不好，小幅度地扭头看了梁锐言一眼。

他没什么反应。

那就行。

谷嘉裕悻悻地摸摸鼻子，自己果然是太心虚了，看什么都能一惊一乍的。他大剌剌地走进门："我蹭个饭不介意吧？"

柳絮宁才注意到他俩："嘉裕哥。"

"哎哎哎，宁妹，我爸最近处在更年期正烦着，看我哪儿都不顺眼，我来你家避避风头哈。"

说着，谷嘉裕拉开柳絮宁旁边的椅子，正要落座，却见梁锐言顺理成章地坐下，笑眯眯地说："哥，这一直是我的位子。"

把人赶跑还挺有礼貌。

谷嘉裕嗤笑一声："梁二，小不小气啊你！"

梁锐言跷着二郎腿："这么大张桌子，多的是位子，抢我的干吗？"

谷嘉裕敷衍地回："好好好，是哥的错。"

柳絮宁是最先吃完的那个，她刚要起身离开，被梁锐言叫住，说她天天坐着画画骨头都要僵硬了。柳絮宁表示自己的练舞程度完全够平时的运动量。

"不行，你跟我去打球。"

谷嘉裕插嘴:"梁二,哥陪你打。"

梁锐言:"我跟柳絮宁打比较有成就感。"

柳絮宁翻了个白眼。

谷嘉裕:"这话说的,在场的这几位,你跟谁打没有成就感?"

梁锐言扫过他们三人,最后视线定格在梁恪言身上:"也不是,我以前就打不赢我哥。"

谷嘉裕问:"那你现在能打赢你哥了吧?"

梁锐言耸耸肩:"不知道,还没试过。"

梁恪言放下瓷勺:"那待会儿试试。"

那可太好了,这下没她的事儿了吧?柳絮宁雀跃地起身,谁爱运动谁去运动,她要上楼接着刮彩票了。

谷嘉裕眼皮一跳,叫住要上楼的柳絮宁:"我们四个一起打嘛,还能来个双打,我们两个小菜狗一组。"

她只是此刻不愿意,不是不擅长。柳絮宁阴森森地看着他,硬邦邦地挤出几个字:"我很厉害的。"

男人真烦,眼前这三个都是。

柳絮宁什么都擅长一点,如她所言,羽毛球打得也算不错。虽然比不上专业运动员,但和网球一样,都能称得上业余爱好者。

云湾园内健身房、餐厅、游泳馆等娱乐场所一应俱全,A区的一楼就是羽毛球馆。现在这个点没什么人,偌大的羽毛球馆仿佛被他们四个承包了。

分组时,柳絮宁自然地和梁锐言站到一起。她活动了一下脖子和手腕,抬手将长发扎成利落的马尾。

梁锐言就等着她束完发,恶劣心起地拽了一下。

柳絮宁看过去:"你是天天都要犯这个毛病吗?"

梁锐言玩着他那把小绿鬼羽毛球拍:"是哦。"

闲暇时打球不像比赛,柳絮宁以为自己好歹能接上几个球,结果一个都没接到,空留她一人对着空气挥拍。有几次,梁锐言那球低低地向她飞来,她不用看就能接住,结果在后区的梁锐言跑得飞快,从她手里抢着接过那几个球,再狠狠打回去。

轮到他发球时又个个都是攻击性高球,导致梁恪言的回击也是又猛又狠。

柳絮宁有好几次诧异地回头:"你怎么打这么凶?"

梁锐言按着指骨,摁出"咔咔"声响。他嘴角勾起,这是由他主宰的领域,他自带无法掩盖的盛气凌人。

"你懂什么?这叫尊重每一次比赛。"

简直就是强词夺理。

柳絮宁回怼:"你跟我们打能算比赛?"

梁锐言突然一笑:"你……们?"球拍在地上转了个圈,他慢悠悠地纠正,

"是我们，和他们。"

过了一会儿，谷嘉裕不由分说地要和柳絮宁换组。柳絮宁暗自腹诽换组也没用，只要对手是这两个人，你还是接不到球。

她转了转球拍，感受着身后那人热腾腾的气息直直地朝她后背扑来，她回头看了一眼。注意到她的视线，梁恪言朝她看去："让你开球，要不要？"

柳絮宁正有此意："好。"

梁恪言抬手，轻飘飘地把羽毛球扔给她。

柳絮宁用正常力道发球，梁锐言的眼睛直盯着那个球，一个高跳，重重杀球，伴随"chua——"一声，球落在端线附近。

柳絮宁动作一顿，怔愣地扭头去看那个球。

她终于明白了，梁锐言不是在打球，而是在发泄。

可是他发泄什么？冲谁发泄？

梁恪言收敛了本就浅淡的笑意，面无表情地用球拍起球，抬眸看向对面同样似带着警惕目光的梁锐言。整个场地不过十来米，他清晰可见梁锐言的神态。

两人各自盘踞一方，心里的想法，也许相似，也许相反，那都不重要，因为上半场那场不能称之为玩闹的游戏，两人呼吸都加重，胸口起伏，像养精蓄锐又蠢蠢欲动只待下一次交手时狠狠撕咬对方的凶兽。

梁恪言抛球，狠狠一击。

不想好好玩，那就都别玩了。

谷嘉裕觉得自己今天选择来这里就是个错误。

他真是脑子不灵光，非要凑这热闹。

要不看他们玩完算了，何必再——

"啪——"

就在这时，梁锐言打出一个追身球，球拍一撑，给了柳絮宁一个爆头。

羽毛球落地的瞬间，全场温度似降至冰点，寂静得像有人按下暂停键。

柳絮宁被迎面飞来的那个球打得蒙蒙的，人杵在原地忘了动。

梁恪言快步走到她身边，凑近看她额头，还没开口，梁锐言直接跑到这块场地来，猛地拉过她的手腕，往自己跟前带，语气又急又担忧："你没事吧？"

柳絮宁这才彻底回了神，她用力地眨了一下眼，甩开他的手臂，碰了碰自己的额头："没事。"

语气正常。

梁锐言："那就好。"

柳絮宁沉默了一会儿，把球拍递给梁锐言。

"怎么了？"他不明所以。

柳絮宁："我不想玩了。我以为我这个水平总能接到几个球的吧，没想到我太高估自己了,居然一个也接不到。那我还是不玩了,既然你打得这么忘我,那你继续爆头吧。"

她的语气俏皮又轻快,灿烂明媚的脸上在摆脱了惘然之后,渲出一抹笑意,仿佛刚刚真的经历了一件欣喜事。

听完她的话,梁锐言立刻清醒过来,向她道歉:"对不起,我刚刚——"

柳絮宁刚偏过头去,又看见站在自己身边的梁恪言。两个身材高大的男人离她如此近,一场似乎非要拼个你死我活的运动过后,腾腾热意气势汹汹地朝她扑过来,像两种截然不同的荷尔蒙撞击在一起。

安静的那几秒里,她甚至能听见两人"咚咚"作响的心跳声在耳边鼓动,但她现在没工夫琢磨这些。

前场这么危险,鬼知道要经历多少次爆头,还要长期保持着半蹲状态。这两个人打得红了眼,一点也没有想带她玩的意思,那还打什么混双?直接说一句想玩单打,让她先行下场,有那么难吗?

这两人球技是很好,可这关她什么事?她今天出现在这个球场上就是给他们兄弟俩消遣的吗?

柳絮宁不想听梁锐言说话,也不想看到梁恪言,不论是谁,都足够令她恼火。

奈何面前这两人像一堵墙一样动也不动,柳絮宁深吸一口气,侧身从梁恪言身边绕出去。梁锐言没再动她,只紧紧跟在她后面。

谷嘉裕怀里抱着球拍一步步挪过来,见梁恪言定在那里,用胳膊肘碰碰他:"他们吵架了,开心吗?"

触及梁恪言那眼神时,谷嘉裕的眉心跳了跳。

哗,他作为全场唯一一个旁观者,又说错什么话了啊?梁恪言摆出这么凶的眼神干什么?

他们吵架了,他开心吗?

柳絮宁的这股不高兴延续了很久。她早在和梁锐言一队时就已经因为接不到球而有些生气了,但是这份不轻不重的埋怨和怒火直到她和自己在一组时才发泄。因为到那时,她的发泄对象就可以顺理成章地变成梁锐言。

在她心中,她和梁锐言更熟悉,所以那些无法也不敢向自己发的闷气可以肆无忌惮地发泄给梁锐言。

"别走啊,我们单打行不行?"

"柳絮宁,我们玩单打,我这次肯定不爆你的头!"

"柳絮宁,我求你行不行?"

不远处,梁锐言生拉硬拽着她,又做小狗拜拜状:"我错了,我真错了,你再给我一个机会。"

他把球拍硬塞进柳絮宁怀里:"一局,就打一局!"

柳絮宁被他烦到不想忍,拿过球拍,敷衍至极地发出一球。在球飞过去的那一刻，梁锐言看准了那个球的方向，也不回击，仰头就看着那球打在他额头上，像极了海洋馆里的海狮顶球。

柳絮宁："……你干什么呀？"

梁锐言笑嘻嘻地把球递过去："再爆一个。"

"走开！"

梁锐言像黏人的狗皮膏药，和她寸步不离："再爆一个？再爆一个呗，求你了。"

"爆什么爆！"她还是露出恶狠狠的表情，却在几个来回后被他逗笑。

谷嘉裕万分诧异地扭过头来："他俩平时也这么相处吗？"

梁恪言把球拍装好，沉默地往外走。

他早就应该意识到的。他们梁家人又好面子又擅长做戏，梁继衷在生意低谷期时日日盼着和周家合作，得势之后"金盆洗手"涉猎慈善又开始嫌弃那时和自己并肩作战的好友；梁安成清风霁月一派深情之色，却对漂亮年轻的女人来者不拒。

而他自己，傲慢得看不起任何人，自以为拥有基本的底线和起码的道德，绝不会做出什么横刀夺爱的戏码，内心却一遍遍阴暗地嫉妒。

从昨夜到现在，他做的这些不就是为了让梁锐言发现些许端倪，然后让梁锐言把自己当作假想敌之后，像个愚蠢的野兽一样进攻。

因为弟弟不讲道理地进攻，所以自己理所当然地反击。

视线里，是两人并肩往外走的背影，和谐自在，又默契。

恍惚之间，仿佛回到在医院的那个下午。

从前不在意，所以正眼都不瞧一回，可他现在不喜欢这样。

他何必替自己的行为寻借口？

如果梁锐言并非善类，他就光明正大地抢。

如果梁锐言什么都没有做错，他也要抢，问心有愧地抢。

他不仅要昨夜那把迟来的伞，还想要更多。也许这些原本不属于他，但从得到的那一日起，不就是属于他的了吗？

晚间又开始下雪。

梁恪言这糟糕的情绪大剌剌地写在脸上，谷嘉裕唯恐自己遭殃，硬拉着他去喝了酒。晚些回家时，他发现正厅里的大灯还亮着。走近了，他看见柳絮宁和梁锐言窝在沙发上，柳絮宁眼睛红红的，甚至没有注意到他进门。他撇头一看，电视上正在播放《雷霆扫毒》，阿碧声嘶力竭地哭诉着。

柳絮宁看到这里再也抑制不住，原本的啜泣声越来越大。梁锐言拿过一包全新的纸巾扔到她怀里。

前一天晚上的这个时刻，天空也下着细细碎碎的白雪。她正和他在火锅店里与她的好友吃火锅。他每吃下一口东西时，她都会投来警惕的目光，生怕那火锅里有什么东西谋害到他,然后他们梁家人要大张旗鼓地怪罪到她头上。

她拉开心门,对他道一声"欢迎光临"。可等他想要第二次踏足时,她又说今日有其他客人,日后再来。

日后是多久?不得而知。

"不是,柳絮宁你怎么这么能哭啊?我脑袋都要被你哭疼了。"梁锐言用力地拍拍脑袋,"明天再看。"

柳絮宁冒着鼻音:"不要,我要再看几集。"

梁锐言说:"那你自己看吧。你和陈家碧都够能哭的。"

所以,等梁恪言下楼泡柠檬水时,客厅里只剩下柳絮宁一个人。听见楼梯口的动静,她泪眼蒙眬地看过去,毫不意外地和他对视上。柳絮宁一愣,慢半拍地叫了一声"哥"。

他什么时候回来的?莫非是她看得太认真了,居然连他回家都没有发现。

梁恪言倒好柠檬水后,自然地在她身边坐下。柳絮宁抽了下鼻子,瞥了他一眼,收回视线。过了一会儿,她没忍住又瞥一眼他。他不走啊?

柳絮宁的屁股一点一点地挪过去,手指戳戳他的肩膀,在他看过来时,递去一包抽纸:"你要不要?"

在梁恪言开口之前,她补充:"以备不时之需。"

"你不看是吗?我还以为你要和我一起看。"见他没接,柳絮宁反应过来,讪讪地干笑一声,原来人家就随便坐一下啊。

"看。"梁恪言接过抽纸,身体自然地向后靠在沙发上,和她的距离明显拉近了几分。

柳絮宁也调整坐姿:"你错过了最好哭的那一段,我帮你调回去。"

梁恪言:"那你不是又要再看一遍?"

柳絮宁用力地抽抽鼻子:"我愿意再哭一遍。"

中途,有人的肚子"咕噜噜"叫了几声,柳絮宁欲盖弥彰地咳嗽几声。

见梁恪言起身,柳絮宁下意识揪住他的衣角:"这里超刺激。"刺激到她就算想上厕所都会憋着看完再走!

"好。"梁恪言坐下,待到那片段结束,冷不防说出一句,"我有点饿,你饿不饿?"

原来饿意是会传染的!

柳絮宁:"饿。"

梁恪言:"你想吃什么?"

"泡面吧,泡的那种。"说完,柳絮宁"噌"一下起身,"我来,这个我会。"

她刚小跑几步,又过来按下电视暂停键,对上梁恪言费解的眼神:"你要不玩一会儿手机,或者……随便一玩会儿,等我回来一起看。"

她在中岛台那边忙来忙去,速度极快,像是怕梁恪言会不等她就率先按下继续播放键。

梁恪言扯了下唇。

柳絮宁一手端面，一手拿着两副碗筷。梁恪言要起身去帮她，被她连声的"别别别"拒绝。全程都得她来，这才算完完整整地还给梁恪言一次了。

她直接坐在地上，夹了满满的一碗面之后，将其挪到梁恪言面前。柳絮宁原本是要看看他对自己这碗面的评价如何，视线却不经意看到他右手虎口处一道小小的齿痕伤口。

"你的手怎么了？"柳絮宁问。

下午装球拍时，他心不在焉，拉链拉得太用力，拉到底时一下绞住他的虎口。之后他一直都没在意，刚刚洗澡时沐浴露滑过肌肤，涩涩的疼意才像浸湿的沙漏从那块小小的伤口处蔓延开来。

"划到了。"

柳絮宁起身，在电视柜里翻找，她记得膏药、创可贴一类的都在这里。

等她拿出来递给梁恪言后，他思绪没定住，眉眼间陡增一点得寸进尺的情绪。他不要这种，他要她给过他弟弟的那种。

静默片刻，梁恪言悠悠地冒出一个字："丑。"

丑？说的是这个创可贴？

柳絮宁撂下一句："那你等等。"

等那个绘着可爱贴图的创可贴入了梁恪言的视线时，他敛着的黑睫下是一丝蓄意的得逞，待抬头时，又再自然不过地说谢谢。

果然，柳絮宁明白了，这世上的人们就是无法抵抗可爱的东西，梁恪言也是。

两人继续看剧。

柳絮宁正吃着面，耳后倏地传来一阵笑声，她不解地回头。

他笑什么啊？

两人一个盘腿坐在地上，另一个坐在沙发上，身体前倾，一手拿着碗，胳膊肘随意撑着大腿。

两人本就挨得近，这一回头，近到柳絮宁能观察到他的五官细节。这人真是一点毛孔都没有。

"你这面，挺硬。"

他居然又笑了一声。

柳絮宁无言以对。半硬半软还有点夹生的方便面才是世间良品，他懂不懂啊。

梁恪言听见她极其细微的两声哼哼，却什么话都没说，又扭过头去继续吃面，但扭头幅度之大，足以见得她对自己的评价万分不满意。

她的发梢在无人知晓处拂过他垂着的手臂，又长久地停留在那里，像一只探出的猫爪，意外又柔软地勾住。

有人那一颗心被挠得摇摇晃晃。

突然意识到什么，柳絮宁倏然回头，拂了拂自己的长发，让它远离他的手臂。
谁知道他是不是和梁锐言一样有揪人头发的嗜好。
可是没有。
垂落的头发贴在脸颊上，影响她吃面，她正要伸手捋开，他快她一步，把控着距离，指尖勾起那抹头发拂到她耳后。
柳絮宁咀嚼的动作慢了下来。

第二天梁安成回了家，那时候梁锐言刚晨跑完。
"陪爸爸再跑一圈？"梁安成笑着说。
梁锐言调侃："爸，您都多大岁数了，能跟上我吗？"
梁安成佯装发怒："臭小子，说什么呢！"
梁锐言嬉皮笑脸地跟在他旁边，父子俩又绕着小区跑了两圈。他们大汗淋漓地回来时，梁恪言正站在三楼阳台。远处场景好一片父慈子孝。
得不到的没必要耿耿于怀，大方说一句"其实我不在乎"骗过自己就好。割肉放血时最疼，漫长的恢复期其次，熬过这段就行了。
父爱，和其他别的都是如此。
知道梁安成在，今天林姨做的菜极其丰盛。
又是新一年开端，起瑞似乎要着手开发一个新项目，梁安成和梁恪言在饭桌上还不忘谈论这件事。
这两人的关系真是一点也不像父子，似乎不说起瑞的事情两人就无事可谈。
柳絮宁就在一边闷头吃着饭，梁锐言偶尔瞥去一眼，目光触及她红肿的双眼，忍不住调笑："昨晚你哭到几点？"
柳絮宁想起后面的剧情就难受，杀伤力太大了，大到她睡前一闭眼就是阿碧凄惨的哭泣。想到这场景，她又开始眼眶发热。
"不知道。"她扒了口饭，闷闷地回。
梁锐言："行吧，今晚我再陪你看。"
"不用，我看完了。"
梁锐言挑挑眉："看得挺快啊你，行吧。"
他去夹菜，眼睛一亮，双眸突然眯起，像在茫茫世界里发现猎物的雄性生物。握住筷子的手一瞬僵硬，他突然变得不安起来，浑身躁动，散发着迫不及待的尖锐斗志。
只有一人发现了。
梁恪言抬眸，随意地朝梁锐言投来无波无澜的一眼，而后伸手去夹他面前那道西蓝花炒口蘑。
梁锐言于是看得更清楚了。
这个家里，只有一个人的东西会处处彰显出可爱的标签，也只有一个人会有这么可爱的创可贴。

他忍不住唐突地插入梁安成和梁恪言的对话："哥，我记得你以前不爱吃口蘑的啊。"

所以所有和口蘑有关的菜都会放在距离梁锐言最近的位置，这是所有人都知道的无声的规矩。

梁恪言回答得自然："现在喜欢了。"

"下周五，老宅要来客人，爷爷、奶奶让你们两个过去吃晚饭。"梁安成的话打断了两人交错的视线。

柳絮宁的头埋得低了些，一心落在吃饭这件大事上。

吃过饭，柳絮宁回房间画画。画到一半的时候，有人敲了敲她的房门。

是梁安成。

"宁宁，这个给你。"梁安成面露微笑，把两个红包递给她。

柳絮宁一怔："这……"

"一个是爷爷、奶奶给你的，还有一个是我给你的。"梁安成说，"新年利是。"

"农历和阳历都算新年，你收着吧。"在柳絮宁拒绝前，他笑着将两个红包塞给她，温柔语气里又带着不由分说的肯定。

柳絮宁轻快地笑，内勾外翘的眉眼弯出一抹愉悦的弧度："谢谢叔叔，也谢谢爷爷、奶奶。"

"嗯。"梁安成拍拍她的肩膀，没由来地说了句，"宁宁，这里就是你的家，你在这里安心住着，别想别的。"

关上门，柳絮宁的嘴角恢复平直，那张挂着假笑的面具被撕下。

平板自带的浏览器一打开就自动跳转至租房页面，她垂眸盯着那个页面许久许久，最后关掉，并设置成无痕浏览。

窗外吹过一阵飒飒冬风，叶子打着旋飘落。柳絮宁待在开着充足暖气的房间里，却不禁打了个寒战。平板的密码是她当着梁锐言的面设置的。

她相信他不是一个会刻意查看自己隐私的人，也许是无意之间点到了这个界面。但这样的熟稔和亲近，随着日久经年的积累，她有点承受不住了。

胸口重重地起伏了一下，却依然无法消除心中的阴郁。

阁楼装了个影厅，120寸的电动幕布，打起游戏来很爽，梁锐言在楼下听见赛车轰鸣的动静，就知道他哥在这儿。

"哥，我昨天那球打得太狠了。"他吊儿郎当地靠着门，脸上是一贯的毫不在意和嬉笑表情，"比赛打多了，手感和力度一时没调整过来。"

梁恪言气定神闲地回了句"没事"。

"那就好。"梁锐言笑得灿烂，"哥，你的球技怎么还这么厉害啊？"

梁恪言也笑："天赋？"

梁锐言走进来，靠在沙发上，随手拿过旁边的游戏机，说人机对战多没意思啊，要不要跟他来一局。

梁恪言说可以。

从某些方面来说，兄弟俩喜好相似，能力相当。

宽大的电子幕布上，两辆赛车齐头并进，轮胎在地面摩擦出刺眼的火花，一场寻常的赛车游戏玩出了激烈。

"想要弯道超车还是很难的。"连续经过两个弯道，梁锐言遥遥领先，不禁有些得意。

梁恪言稳着速度，也不急，反而应他的话："你说得对。"

最后一圈，胜券在握，梁锐言换了个闲适的姿势冲刺。

就在这时，车从后方袭来，似一道意外降临的闪电。

在梁锐言愣然的神情中，一道轻飘飘的话语落在他耳边："也不是很难。"直到自己的屏幕界面出现一句"Game over（游戏结束）"时，梁锐言才缓过来。

"哥，我们是不是兄弟了？还玩偷袭！"

梁恪言不轻不重地看他一眼："当然。"

柳絮宁的微博又小火了一把，最新一章的漫画内容发出去之后反响良好，不少人摸到她微博，又翻到她闲暇时随意创作的画作，留下一句评论"创作天才"。

谁不喜欢听好话呢？

鼓励真是创作的第一原动力，第二动力就是红彤彤的钞票。充沛的鼓励、富裕的流水，和即使是考试周也无须耗费太多精力备战的课业，柳絮宁最近过得春风得意。

"宁宝，你今天不回家？"许婷在旁边收拾东西，每到周五，柳絮宁一般都选择回家，今天都临近下午了，她倒是一反常态地躺在床上画画。

"不回。"

人家回梁家老宅吃饭了，她一个人回去做什么，不如在寝室里活得悠闲自在，反正回去也是换个地方画画而已。

胡盼盼正画到眉毛，一听来了劲："那要不你和我去吃晚饭吧？"

许婷悠悠地插嘴："是这样，本人对柳絮宁和胡盼盼两人并无任何他意，但我觉得男人这种东西还是很难揣测的。你带着柳絮宁同志去和你的暧昧对象吃饭，这一顿饭吃完……"

胡盼盼："对哦，柳絮宁……"

柳絮宁听出她的言外之意，嘴角弯起一个漂亮的弧度："你不相信我的人品，总该相信我的眼光。"

"啊啊啊啊啊，刻薄——你怎么这么刻薄啊，柳絮宁！"胡盼盼尖叫。

但她放心了。

因为她真的相信柳絮宁的眼光。

青大所在的大学城靠近郊区，梁锐言自己开车来的梁家老宅，他也是最后一个到老宅的人。

他慢悠悠地下车，扫了眼门口停的一排车："哇，今天来的人什么路子啊？"

这个问题在他落座之后得到了回答。

许芳华给梁锐言一一介绍饭桌上的人，来的是吉安集团的董事长王民昊及其一家。王民昊的父亲是华东地区著名的企业家，不过，吉安交到他手上之后业绩略有下滑，十几年前靠着鼎隆商行的注资才又在业界风生水起。

王民昊身体不太好，这几年深居简出。梁锐言虽然幼时见过他，却已经对他没什么印象了。

起先还没什么，等介绍到那位和他同龄的女儿时，梁锐言终于感觉到不对劲。

"我们小锐不爱读书，成天不务正业，有空可以带锦宜在青城玩一玩。"许芳华笑着说，又夹菜到女孩的碗里，"锦宜不常待在南方吧？"

王锦宜露出一个标准的笑："嗯，谢谢奶奶。"

饭桌上一片热闹景象。

梁锐言一点一点地挪到梁恪言身边："这是什么意思？"

梁恪言漫不经心地夹菜："你看不出来？"

他当然看出来了，就是因为看出来了，才不敢置信。怎么可能啊，梁继衷明明承诺过他，这几年不会把这些事情强加到他头上的。

晚宴继续，饭桌上觥筹交错，楼上的书房里却是截然不同的氛围。

"阿锐，爷爷知道你心里有数，但是你王叔叔一家正好来了青城，大家趁此机会见个面不好吗？"

梁锐言在梁继衷的书房里垂头耷脑，嘴皮子都磨破了，还是没能把这件事从自己头上摘下。

不对啊，联姻这帽子为什么会扣到他头上？他们梁家能联姻的可不止他一个。但这想法刚自脑海中冒出，又湮灭了个彻底。

他哥没这么卑鄙，自己不接受还要想方设法往他头上安。

梁锐言出门时，恰巧和梁恪言碰上，他一副要出门的样子。

"哥，你要走了？"

"嗯。"

"那我应该也能走吧？"梁锐言嘀咕，"我要去接柳絮宁。"

"她不在家？"

"她和她室友在外面吃饭。"

沉默几许，梁恪言说："附近应该有地铁。"

然后这话又遭到反驳："你又不是不知道江湾路那个小洋楼，离地铁站有两公里呢。"

梁锐言刚说完这句话就后悔了，他哥说这话时语气和神情实在太自然，导致他就像个没盖的篓子，稍微被踢一脚，事情就"咕噜咕噜"往外冒。

"她刚刚和我说了,她和她室友已经打车回学校了。"梁锐言扯着谎。

梁恪言显然对这事不在意:"那就行。不然你现在走的话,爷爷可能会让你送王小姐回家。"

也是。梁锐言懊恼地搓搓脸,颇有些无语。

"走了。"梁恪言先他一步下楼。

梁锐言想想还是觉得不合理,总觉得哪个环节不对。他再次转身进了书房,誓要和梁继衷掰扯掰扯这孔融让梨的道理。

江湾路的小洋楼外。

柳絮宁这顿饭其实吃得没滋没味,原因无他,胡盼盼的暧昧对象还带了个朋友来。胡盼盼当即有点不舒服,她提前和这男生说好了自己会带朋友来,柳絮宁的那份她会A,那男的却不说自己也会带个人来。这位朋友到底是因为她带了柳絮宁来,所以他像配平一样带上,还是他本来就要在不告知她的情况下将人带过来?

察觉到胡盼盼的情绪,柳絮宁自然也没有太开心。

要付款时,暧昧对象付完钱,对两人说了句账单发大家了,大家算一下,支付宝转我就行,微信没开实名。

胡盼盼十分无语,转头在寝室群里咒骂一句:精装A仔。

柳絮宁想,好了,这男生从此以后将在她们三人的交谈中永久地失去姓名。

饭后,A仔问要不要去逛街。

胡盼盼在群里吐槽:逛个头。

柳絮宁跟在两人后头,对着那聊天记录频频笑着。

A仔的朋友就走在她身边,轻声说:"我室友现在应该被打了负分,要不我找个理由分开他俩?"

难得碰上一个直白坦率的人,柳絮宁一时不知该如何搭腔。

"他们……"

真诚真是必杀技。她心中确实有一堆吐槽A仔的刻薄话,可这朋友太真诚,她一时间无从下口,于是只尴尬地笑了笑。

那朋友也笑:"不好意思,我好像也说错话了。

"我是不是也变成负分了?"

气氛突然不太对了,太过熟练了,一股游刃有余的熟练。

柳絮宁对玩套路的人没有胃口:"对哦。"

瞧好了,她这才叫真诚。

这下轮到那位朋友愣了,但他很快恢复正常。

四人徐徐走到一个十字路口,旁边有个商场,A仔问要不要进去看看。胡盼盼再三推辞,她现在只想回家。但那A仔也不知道着了什么魔,非说着四人可以进去看看,那语气大有一种买什么他全包的豪气。

饭请不起,高奢商场倒能一扫而空?胡盼盼懒得再糊弄:"那是起瑞旗下的百货商城,柜姐都认识我朋友,我跟着她进去什么都能免费拿。我现在看见起瑞都绕道走,不然钱都花不出去。"后半句纯属夸张,但用来挡面前这蠢货绰绰有余。

柳絮宁那时候落在后头系鞋带,等系完鞋带跟过去的时候,眼前两个男人看她的眼神变得微妙。

原本是A仔打的车,这事却被他朋友揽去。A仔巴不得占着便宜。

周五的夜晚,打工人、学生党倾巢出动,打车十分艰难。等待的工夫里,A仔喋喋不休地聊着天。

他朋友站在柳絮宁面前,自然地一转手机,微信添加好友的搜索框页面就已经递到柳絮宁面前:"方便加个微信吗?"

"不方便"三个字刚要说出口,那朋友浅笑:"不需要现在通过,哪天你想起我来了,想通过也不迟。但就是求个能在你好友申请通知里的机会。"

胡盼盼:还挺会的啊。

伸手不打笑脸人,柳絮宁还是在他手机上输入了自己的微信号。

刚输完最后一个字母,路口传来尖锐又响亮的"嘀——"一声。

柳絮宁抬头看去,远处停着一辆黑色的车。车窗缓缓降下,她出乎意料地看见一张熟悉的侧脸。

她第二次为梁恪言的到来而欣喜。她迫不及待地想离开这个地方,于是朝三人招招手:"我哥哥来接我了,我就不回学校了。盼盼你上车后记得把车牌号和实时定位发给我,到寝室了也和我说一声。"

胡盼盼感动得涕泗横流。

浅灰色的围巾随着她跑动的姿势微微飘起,像一只翩然飞去的蝴蝶。

车里因为她的到来弥散一股湿润的寒气。柳絮宁在位子上坐定,梁恪言看了眼她,这样的天气里,鼻尖渗出汗珠,碎发凌乱地垂在耳边,亮亮的眼眸里全是因为摆脱了恐怖社交而外溢的欣喜。

"很开心?"梁恪言等她系上安全带,才自然地开口。因为那男生问她要微信吗?所以是喜欢那一类?

"对。"柳絮宁重重地点头。

"为什么?"

梁恪言的视线越过她的脸,小幅度地往外看去一眼。

真是不挑啊,柳絮宁。

"因为你来接我了啊。"

文字真奇妙,让人会心一击。

他难得语塞到不知该如何回复,收回了视线,敛住唇边笑意,只将注意力放在前行的道路上。

车辆像一只夜行兽,在林立的高楼间穿行。

"你怎么会来这里?"柳絮宁突然想到梁恪言的出现如此意外,于是打破沉默。

"梁锐言说要来接你。"

哦,梁锐言那时问她晚上回不回家,她顺口说了句晚上的活动。

"那他怎么没来?"

前方路口有禁止通行的立牌,导航却未更新提示,梁恪言有些厌烦地选择另一条路。

"家里来了客人,有同龄人,怕客人无聊,所以爷爷要他留下吃饭。"

聪明的妹妹,你一定能一点就通吧。

家里来了客人,留的不是梁恪言却是梁锐言?

同龄人……

柳絮宁的眼风同样掠过禁止通行的警示牌:"哥哥,那今晚麻烦你了。"

绕过正在维修的路段之后,前方畅通无阻。梁恪言直视前方,下巴微抬:"把储物盒打开。"

柳絮宁照做,盒子里放着一个小小的丝绒红盒。

梁恪言让她打开:"我想起来,除了玉佩,手串也忘了还你。"

红灯。

梁恪言半侧过脸来,看她垂眸安静地看着那丝绒盒,随口一问:"你不戴上吗?"

柳絮宁不仅没戴上,甚至摘下了颈间的玉佩:"不用了。"

倏忽之间,红灯跳转成绿灯。

"有点热,我能开一下车窗吗?"柳絮宁比画了一下,"就开一点点。"

"随你。"

她用力地按了下,车窗直接降到了底。

梁恪言一言不发,只觉得这可称不上一点点。

夜风窜进来,思绪跟着一起活泛散开。

其实梁恪言比梁锐言早许多到老宅。书房里,梁继衷略一提点梁恪言照顾好那位王家的独生女。

"应该只是照顾吧?"他笑着问爷爷。

梁继衷有时对梁恪言这种把什么话都摆至台面上说开的性子,有些头疼。商人诸多奸猾狡诈,学会迂回、学会回寰必然比直率多几分胜算。

他那时脸上神色自若:"爷爷,这个家里真正有能力接手起瑞的,不是爸爸、不是弟弟,是我。"

左右不过二十四岁,黑眸中却是不为所动的坚定和自信。

- 117 -

梁继衷一愣:"恪言你——"他揉了揉太阳穴,"恪言你该明白,你弟弟自然没有你优秀,这个家业迟早要交到你的手中。而联姻就代表形成了一种稳定的社会与权力关系,能让利益最大化。到那时候,你才是真的想做什么就做什么,你要明白其中的利弊。"

受够了此等用裹着褒奖的糖衣炮弹而水到渠成地将责任放至他肩头的言语。

他接下来的语气里甚至出现愉悦的笑意:"那么爷爷,您现在可以给我一个准确的答复吗?如果有朝一日我想要梁锐言的所有东西,我是不是也可以'想做什么就做什么',问心无愧地截胡?"

字字如断线串珠般纷杂落地,荒唐却又掷地有声。

梁继衷不敢相信这是梁恪言说出来的话。

后来唐姨来敲门送茶水,对话至此结束。

又一阵细雪斜斜飘洒。

梁恪言感到一点凉意,操纵方向盘的修长手指轻点仿皮布料,正要垂手关上窗,却见身边那人眸中点缀满满惊喜,歪着脑袋看降落的雪,似乎为此情此景感到满足。

情绪总会悄无声息地感染旁人。

他小幅度地别过脸。

今夜的行径似乎有些恶劣,但恶劣无罪。

那天晚饭之后,寝室里再也没有胡盼盼因为暧昧不清的对话而发出的甜蜜尖叫,取而代之的是对精装A仔的满满吐槽。

在吐槽声里,考试周正式开始。

一月中旬,青大本部校区开始放寒假。

"柳絮宁,你有什么安排?"胡盼盼问。

柳絮宁盘算了一下,准备在这个寒假里把第二册画完交稿,清各种商稿、私稿,等来年新学期又开始第二轮接稿。

胡盼盼听完她的计划,不住地摇头:"天啊!你每天画到深夜两三点真的不会猝死吗?"

柳絮宁叹气:"我也不想死,但是天亮着我就是画不出来。"

正说着,许婷从外面回来,一进门就问假期要不要去泡温泉。胡盼盼是个喜欢到处活动的人,听见这话眼睛霎时亮了,好说歹说求着柳絮宁也一起。

柳絮宁想了想,点头说好。

"梁总,这是今年行政部出的团建和年会计划,让您过目。"助理站在总经办内照例汇报工作事项,后又提到过年前所有的活动安排。

梁安成对这些没兴趣,指尖轻弹烟身,说话之间吞云吐雾:"这都是你们年轻人的活动,恪言你看吧。"

梁恪言:"好。"
出了总经办的门,梁恪言扫一眼那团建计划:"时间改到周中。"
助理"啊"了一声:"以前都是在周末的。"
梁恪言:"占用原本的假期时间算什么福利?改吧。"
助理只能说好。等他把消息发送给各部门经理的助理,再由助理下达至各群后,群里一水的"小梁总万岁""小梁总天仙下凡"。
此时乔文忠正在和梁安成商谈一个收购案。
他没什么温度地笑了笑:"恪言还挺得民心。"
梁安成签字的手一顿,也温和地扯了扯嘴角:"小朋友罢了,这都是虚的。"钢笔点着桌上的合同,"这,才是实的。"
乔文忠自然是点头附和。缓了一会儿,他又提及乔潇雨,说自己这女儿实在倔得很,铁了心想出演时下最热门改编剧的女主角,还说非女主角不演。
梁安成姿态闲适地靠在椅子上,吐气间长舒一口白雾,周身像是升起一个灰白的透明屏障,语气敷衍:"小事。"
各怀鬼胎的两个中年男人相视而笑,愉悦气氛与烟雾一起弥漫整个办公室。

柳絮宁把快递拿回家时,刚好在门口碰见梁恪言。梁恪言随手帮她拿过几个。
"谢谢。"
梁恪言无意地瞥一眼,看见快递单上的"女士泳衣"几个字。
柳絮宁自然也捕捉到了他的目光:"冬泳。"
梁恪言显然没信,但很配合地挑挑眉:"厉害。"
柳絮宁被他那故意赞叹的语气惹得笑了下:"不是,是我朋友约我下周去泡温泉。"
"玩得开心。"他不太在意,却又在二楼转角目送她进房间时,随口问了句"远吗?要不要司机送"。
柳絮宁说:"不用,在汤山,中心广场每天都会有定时开往那里的班车。"
梁恪言说好。
下午四点半,Amanda正和行政部一帮新来的妹妹在四楼休闲厅喝下午茶,等待一个半小时后的下班,然后就收到了梁恪言的短信。临近下班时间看到老板的消息可以列为打工人的恐怖故事前三。
她忐忑不安地点开——团建的地点定了吗?方案发我一份。
还好还好。地点早就定好了,就等着周一通过邮件群发至各员工邮箱了。但Amanda心思细腻,回:还没有确定,有姜山度假山庄和澜山居两份备选方案。我有联系过山庄的负责人,两边都可以提供千人会议厅和酒店客房。
发完之后附带一份备选方案的文档。
三十秒之后,这位小梁总回:汤山吧。
你真的看了吗?你看这个千字文档了吗?你查一下这里面有汤山吗?

姜媛好奇地问："小A姐，怎么了？"
Amanda说："没事，团建地点改了。"
另一个人惊讶："啊？不去泡温泉啦？我好想去泡温泉的——"
Amanda说："去的，只是换个地方。"
那人登时放下心来："哦哦哦，那就行。"

员工们是来团建泡温泉的，梁恪言顺便谈个生意。

上次和梁继衷的谈话虽然不欢而散，但后来再去老宅，老人话里话外有意将起瑞旗下其他领域的产业交给梁恪言。有些业务的发行与展开多在海外，这块对梁恪言来说算是一个弱项。梁继衷为他联系了一位资深顾问，碰巧这位英国佬这段时间陪家人在中国过年，梁恪言便约了对方咨询具体落地的战略和运营。

二楼有个网球场，一场网球打下来，两人在边上休息。

梁恪言随手点开朋友圈，刷新一下，第一条就是柳絮宁三分钟前发布的定位——

文字：出发。

定位：[姜山温泉度假山庄东南门]

梁恪言有一瞬间觉得自己是不是提早步入了听力退化的阶段。

汤山，姜山。

一字之差，他听错了？

"怎么了？"英国佬用蹩脚的中文询问。

梁恪言锁屏，若无其事地笑了笑："没事。"

"那再来一局。"

"好。"

冬日，下午四五点的天就已经暗下来。黯淡的橘色落日嵌在远山和丛荫间，于是其他景色都被虚化。

将近零下的天气，酒店各个角落都打着暖气。梁恪言一场球打完，燥热难耐，在门口吹风。

有刚去周边玩了一圈的员工手挽手地走来，原本嬉笑谈闹，在看到他时，动静收敛了些许，仿佛看见教导主任，低声说着"小梁总好"。他敷衍地点头，却觉得索然无味。

梁恪言揉了揉因为打球而酸胀的脖子，准备进酒店。

远处又是一阵嬉笑，周边嘈嘈切切，有道笑声真是清脆得特别，熟悉得像与记忆中的频率纳入同一声轨，然后融合。

他缓缓回过头，视线正好对上因与朋友交谈而浅笑的柳絮宁。她今天穿了件纯白的羊羔绒外套，长及小腿，有风吹过，衣摆微微晃动，露出里面约莫同样长度的浅粉色长裙。帽子、围巾、手套戴得齐整，露出的那一截小腿肤色白皙中带点凛冽寒风吹起的红。她两只手捂在嘴边,哈出气后又去捂耳朵,边走边小声叫唤"好冷"。

这到底是冷还是热？

同行的女生不知道讲了什么笑话,她嘴角上扬的弧度很大,颊边露出一个小括弧。

一偏头,柳絮宁也看见了梁恪言,脚步蓦地一顿,因为过冷而湿漉漉的眼瞳旋即绽出惊讶。

像被按下暂停键的对视中,梁恪言听见寒风刮过树梢时的簌簌声,和着水流的白噪声,与自己的心跳一起高频跳跃着。

"你怎么在这里？"柳絮宁加快脚步走到梁恪言面前,眼里的疑惑依旧满满。

梁恪言面色不改道："公司团建。"

"那很巧啊。"

"你不是去姜山吗？"

说到这个柳絮宁就无语。这山上的网也太差了,5G 都变作 E。姜山和汤山在一条路上,等她编辑完文案再点进定位,刷新了许久那标志仍然指着姜山。想想也无所谓,其实定位在哪里都一样。

沉默片刻,对面那人眉梢轻抬,低沉的两个字悠悠磨过她的耳郭："怪网。"

Amanda 在酒店前台处问有没有止痒药,是的,说出这话她都觉得玄乎,她在寒冬腊月天里刚进房间就被咬了个包。

等前台拿止痒液的工夫,她目光一瞥,看见梁恪言和一个女孩同行着往这边来。

这个女孩很眼熟,以往几年办年会时,她和梁家那个小儿子都坐在第一桌。这女孩挺会看人眼色,说话也甜,在她还尚未自我介绍时就猜出了身份,看见她便会乖乖叫姐姐。

Amanda 起初以为这是那个小公子的女朋友,就算不是女朋友,也只差一步之遥了。因为喜欢这种事,落在旁人眼里就是一层薄薄的窗户纸,只待当事人鼓起勇气戳破。后来,Amanda 才知道她寄住在梁家。有钱人家的事情纷繁复杂,她的职业素养告诉她不要知道得太详细,点到为止就好。

"小梁总。"Amanda 微微颔首。

"嗯。"

柳絮宁看了 Amanda 一眼,很快认出来："姐姐好。"

Amanda 浅笑着说好,又和梁恪言说自己先上去了。

没走几步远,她听见柳絮宁略带疑惑地随口一问："原来你们的团建也选了汤山啊,那天你问我的时候,你怎么不说？"

梁恪言微微侧过脸："我不知道,我不管这些。"

柳絮宁想想也对。

Amanda 回过头，笃定自己发现了一个秘密。

汤山泳池以露天花园温泉汤池出名，分为男汤、女汤，以及公共区。

胡盼盼走到哪里都想拍照，又害怕人多放不开。柳絮宁和许婷跟在身后，看她鬼鬼祟祟地找没人的汤池。

终于找到一个没人的池子，她招呼柳絮宁和许婷下来。

柳絮宁脱了酒店的浴袍，慢慢走下来。

胡盼盼和许婷对视一眼，不住地"啧啧啧"。

黑色露背连体泳衣裹着她玲珑有致的身体，勾出起伏的胸线，背后两根细细的带子交叉点缀在白皙的裸背上，下池时的腿匀称细长，月光下如莹润白玉。

胡盼盼悠悠地开口："你敢信她这件泳衣只要六十八吗？穿出了六百八的档次。"

柳絮宁一如往常地接下夸赞："哦，谢谢你。"她突然想到什么，又接着说，"对了，我哥说如果我们要吃这家酒店的自助餐或是下午茶可以记他们起瑞的账。"

胡盼盼一边眼睛放光，一边做作地说"这不好吧"。胡盼盼这人说话就像喷泉，开了个口就没法停下。

"你哥你哥，柳絮宁同学，你有没有发现这学期你提他的次数很多啊？这学期之前我甚至都不知道你除了梁锐言还有哥呢。"

柳絮宁此时正在玩水，听她这么说，有些茫然："是吗？"

可她没有意识到。

"对啊！"

"宁宁要不要编？"许婷没听她们两个说话，正在胡盼盼后面给她编头发以备接下来无休无止的拍照。

柳絮宁被这一打岔，思路也弯了一下："好呀。"

胡盼盼"啧"一声："许婷跟当妈一样。"

许婷冷笑："妈妈抽你哦。"

"妈妈"这词实在离柳絮宁遥远，只记得江虹绫会在她每次去跳舞的时候，给她编各式各样好看的辫子。后来再遇见梁安成，江虹绫送她去少年宫学舞蹈都带了肉眼可见的期待，却没再给她编过辫子。那些原本用在她身上的时间都花在了为自己的打扮上。

柳絮宁起初有点不开心，后来舞蹈室的老师告诉她，宁宁想要漂漂亮亮地出门，那妈妈当然也想啊。

哦，原来是这样，她这个只顾自己的想法真是太自私了！那她以后自己给自己编头发吧，这样她就能和妈妈一起漂漂亮亮地出门了。

再后来……

- 122 -

就没有再后来了。

柳絮宁在这世上并非一个亲人都没有。在江虹绫去世的一个星期后,她被接回了自己的爷爷、奶奶家。爷爷、奶奶原本就不是很喜欢女孩,对这突如其来的一张嘴更是烦躁。

柳絮宁在那里度过了一个月,一个月后,柳家照例举办亲戚聚会。

聚会上,那些以为她年纪尚小于是肆无忌惮脱口而出的谈论传入她的耳朵。端菜的时候,她主动过去帮忙,不知是哪家的阿姨"无心"地撞了撞她,语调嫌弃:"哎呀,你别添乱了。"

水泥地真硬,她的手肘擦过粗糙的地面,磨出鲜血,好疼好疼。

财经频道轮番播放着近日来起瑞似乎陷入经济纠纷,像素不高的彩色电视机上,是记者采访梁继衷的画面。镜头一转,梁安成两手搂过两个少年上了保姆车,身旁数位保镖戴着黑色墨镜,神情冷漠又严肃,挡在他们身前。

原来是他啊。柳絮宁愣愣地盯着电视屏幕。

世间剧情想要推动必然需要一个始作俑者,她就要做这始作俑者。她垂眸望向自己的手肘,那里的擦伤还未痊愈,水淌过都疼得厉害。

真好,拜托,不要太早愈合。

自古名著的主角多推崇真善美,她当然可以按部就班心怀希望地向上攀爬,成功于她而言只是时间问题。灰姑娘最后不也过上人人称羡的生活了吗?可是她需要经历多久的煎熬?

没有人规定她不能走捷径吧。

她只走一次,就一次。

她狠狠地掐自己的手臂,身上所有掐起来不够痛却能让别人一眼看出痕迹的地方都被她掐了个遍。

柳絮宁自小便拥有极佳的记忆力,所以那个曾经记录在江虹绫手机通讯录里的号码理所当然地成了她踏上城堡的青云梯。

初入云湾园的那一天,截然不同的生活在她眼前徐徐展开,并告诉她这一切都是不求回报的。

她有很多秘密,可它们都无关紧要。唯有这一个,这一个能够大刺刺地破开她阴暗面的秘密,她绝对、绝对不会告诉任何人。

至于浮华世界的免费门票是否真的需要她付出代价,明码标价的回报是否真的会在日后的某一天降临,对于那时的柳絮宁来说,这都不重要。

她要过上自己想要的生活,不惜任何代价。

…………

三人打打闹闹着拍照,玩到中途累了,胡盼盼随口念了句饿了。柳絮宁想了想起身去拿点心。

胡盼盼看着她的背影,莫名感慨:"你还记得我们刚分到一个寝室的时候吗？我觉得她好冷，也不会主动插入我们的话题，感觉很难相处的样子。"

而现在，她看柳絮宁，怎么看怎么可爱，怎么看怎么喜欢。

"哎！她真好，任何人和她相处久了都会喜欢她的！"

在汤池中泡得热腾腾的，一起身就觉得好冷，柳絮宁随意披上毛巾往外走。一旁的休息室内放着甜品的样品车，有服务员在旁边为她勾选，稍后送至所在的汤池。

柳絮宁拍了个照，等胡盼盼和许婷的回复。

后面有沉稳的脚步声传来，柳絮宁随意回头一看，一道利落的身形落入她的眼底。

待到梁恪言也看向她时，眼里露出几分讶然，又侧头看一旁的楼层指示牌，才露出无奈的神色。

英国佬挺烦，硬拉着他喝酒，酒量却不行，喝多了开始侃大山，吆喝着有自己在，不出三年，起瑞的新项目定能在英国站稳根基。梁恪言闲散地靠在沙发上，看着已经醉到不行的男人，闲适地喝完最后一口才离开。

他想回房间休息，手一抖却按到顶楼来了。

他的眼神徐徐描过柳絮宁，随手拿来披盖的毛巾一角悠悠滑落，露出白皙圆润的肩头，和晃眼的黑色细带交错在一起。

原来那天在他手里的快递拆开后是这样的。

"你穿成这样来泡温泉？"梁恪言喝酒不上脸，只是眼神有些许茫然，柳絮宁没看出来。他依然穿着下午在门口吹风时的那一身，单手插着兜，另一只手捏着手机一端，在晃来晃去。

"什么？"她声音太小，他根本没听见，于是凑近了问。

这样一凑近，柳絮宁闻见他吐气间的酒味，果香混着麦芽。

她略微提高音量："你不泡汤吗？"

梁恪言想了想："我现在这样去泡，可能会死。"

柳絮宁沉默了。他停了一会儿，觉得自己说得不对："我一定会死。"

她笑出声。

柳絮宁刚从热腾腾的汤池中上来，原本白皙的脸颊被烘得红红的，柔软得像草莓味的棉花糖。

高浓度的酒精浸过的这颗心脏里，有一根名为柳絮宁的细线在反复拨弦扣动。他呼吸缓了一瞬，抬手，在柳絮宁怔愣的神情中，那手指离她的耳垂只有一厘之遥。

柳絮宁思绪迟缓，吞咽口水的动作变得卡顿。

她的脑袋不自觉地往后挪了一点，与此同时，梁恪言的手往下落至她垂落的毛巾一角，一提。

裸露的肩膀再次覆盖上柔软的触感。

柳絮宁眨眨眼："哦，谢、谢谢。"

"我们这位小梁总……"远处隐隐传来对话声，并随着距离拉近而越来越清晰。

柳絮宁霎时清醒，梁恪言刚要回头，几乎是在同时，他胸口的衣料被柳絮宁一拽，她不由分说地把他拉到转弯的墙角处。

梁恪言没站稳，手下意识地撑墙，手腕擦着她的耳垂而过。两人距离太近，近到耳根与眉眼的温度触手可及。

这妹妹干什么？

柳絮宁冲他比了个"嘘"的手势，用极低的气声说："万一他们要说你的坏话，结果看见你了不是很尴尬吗？"

梁恪言茫然："尴尬的不应该是我吗？"

柳絮宁：……这人怎么回事？

"那你不想听听你的员工在你看不见的地方对你的评价吗？"

梁恪言心说不想，谁敢说他？但低头看她这神情，他猜正确答案应该是想，于是点了下头。

往这儿走的有男与女。

"我们小梁总真是好人，居然选择工作日出来团建。我朋友周末团建，还是那种美其名曰凝聚合作力的团队项目。"

"我妹妹的公司也是，那种什么拔河、两人三足，还要发印着公司标识的衣服，这种破团建和学生时期的军训有什么区别？恶心死了！"

"哈哈哈，我朋友也是，天天和我抱怨要是团建的预算能平分折现给每个人就好了。"

"小梁总来了起瑞之后，我们的福利还是不错的。"

"比如中秋节发钱。"

"哈哈哈哈哈哈，对，以前都是发月饼，谁不知道那个死财务有什么心眼！手上那么多月饼券，中饱私囊，这么多年了，他不知道吃了多少回扣！"

…………

柳絮宁看向梁恪言："你人还挺好。"

"当然。"他这样笑起来时带着少有的少年稚气和恶劣。

过近的距离之下，柳絮宁发现他喉结尖上长了一颗痣，他一说话喉结就带着那颗痣一起动。莫名的性感和诱惑，让她产生一种疑惑，这样的喉结摸上去会是什么感觉。

"除了他们，我也想知道我妹妹对我的评价。"

柳絮宁："那你下次找个机会听我和我朋友的墙脚吧，毕竟你现在得到的回答一定缺乏可信度。"

他笑了一声，很轻，浅浅的气息拂在她的额发间，惹得她头皮发麻。

四目交错，像有限的空间里倒入一罐浓浓的强力胶，把空气一点点吞噬。他的目光如有实质,柳絮宁抓着毛巾的手不自觉紧了一下又舒展开。

胡盼盼打来语音电话问,为什么甜品已经送到了,但是田螺姑娘还没回来?

田螺姑娘万分感谢这通电话,忙"哎哎"了两声:"马上。"

"去玩吧。"梁恪言往后退了一步。

"哦好。那你呢?"

梁恪言懒倦又敷衍地摆手:"我回去睡觉。"

转身之前,柳絮宁看见他浅色的上衣胸口处沾着的点点水迹。她又低头看自己,毛巾没有完全地吸去刚刚泡汤时的水渍,泳衣也没有干透,还持续不断地滚落着细小的水珠,长发发尾明显湿了一截。

刚刚他俩贴得那么近吗?

前一天玩得太晚,三个人睡到自然醒的时候已经是下午了。

中途柳絮宁醒过一次,迷迷糊糊地问出不出去。因为按照原本的计划,是在第二天抽个时间去逛逛周围的景点。

胡盼盼困意弥漫,动了动手指,声音轻飘飘的,像在空中:"我……都行啊,随你们吧……"

柳絮宁巴不得听到这回答,立刻说好,然后倒头缩进被子里。

等她再醒来的时候,另外两人还在睡,房间里窗帘拉着漆黑一片。她小心翼翼地下床洗漱完,在漆黑的房间里刷手机,看久了觉得眼睛疼,准备一个人去逛一圈。

刚走到一楼餐厅准备随意填个肚子,好巧不巧地,路过咖啡厅,就看见了和一个外国男人坐在一起的梁恪言。

看着不像是同事,倒像是合作伙伴。

出来团建还不能玩痛快,真惨。

她点了可颂和咖啡,坐到离他们很远的角落里吃。

梁恪言正在听英国佬侃侃而谈,走神的瞬间,余光里飘过一个熟悉的背影。

柳絮宁放在桌面上的手机振动一下,弹出一条消息,来自梁恪言:帮我个忙?

她眼睛睁大,霎时回过头去。梁恪言今天穿得休闲,白色圆领卫衣加一条黑色休闲裤,再搭着运动鞋,头发也是乖乖下垂微分的碎盖模样。

他跷着腿,靠着柔软的沙发,整个人坐姿慵懒,面上带着笑。看见她回头,他眼里的笑意更甚。

这让柳絮宁忍不住再回过头看那条短信——这人大清早发什么疯?

梁恪言的耐心差不多到极致了。这英国佬嘴巴太碎,工作的事情讲完之后,又开始扯东扯西。梁恪言听得烦了,可他是爷爷搭桥的人,自己的刻薄嘴脸可不能外露给他。

他看着柳絮宁回头,继续吃饭,又打了几个字发去一条消息。

- 126 -

那头几乎是立刻回：你先让我吃饱嘛。

"What's up，梁？"Mauro 正在伤春悲秋地讲自己艰辛的创业史，不求对面这人同情共情，倒也不至于笑得如此荡漾。

梁恪言恢复正常，举起咖啡杯在空中与对方轻碰："但你现在苦尽甘来了，不是吗？"

有人吃饱喝足，十分钟后姗姗来迟，出场华丽——

"哥哥？你怎么在这里？"漂亮的眼睛睁大，迷迷瞪瞪地看着他，殷红的唇恰到好处地张成足够惊讶的弧度，那张演出他乡重逢的脸上莫名有几分娇憨。

演技不行。梁恪言快速做出评价。咖啡杯长时间地停留在他的唇边，以掩盖住无声的笑。

他仰头："好巧啊，妹妹！"

Mauro 好奇地看着两人，用蹩脚的口语问眼前这女孩是谁。

梁恪言还未开口，柳絮宁已经坐下，持续保持善意百分之百的微笑："远房表妹。"

"没有想到会在这里看见哥哥，想想我们已经有好多年没见了，哥哥居然还记得我。"她扭捏地凑近梁恪言，手指小心翼翼地扣住他冰凉的表带。

Mauro"哇哦"一声，又说梁继衷倒是没提起过他们梁家还有个妹妹。

柳絮宁的表情一瞬凝固，她脑袋歪了歪，直勾勾地看着梁恪言。

她编不下去了，这人怎么不开口？

还未等她动作，梁恪言的手掌抚上她的后脑勺，轻轻拍了拍，话却是朝英佬说的："所以是远房表妹。"

他掌心炽热，碰了碰她的后脑勺，她没忍住缩了缩脖子。从旁看去，像一只待宰的羔羊落入表面斯文的刽子手掌中，露在黑色透亮长发外的耳郭通红一片。

Mauro 识相地站起，说自己该把时间留给这对好不容易久别重逢的兄妹。

临走之前，他又看了这对难舍难分的兄妹一眼。

他懂。

余光之中，那人的背影消失在咖啡厅外，柳絮宁立刻移回原来的位置。她抬手用力抓了抓后颈，像是消除某种痕迹。

梁恪言就看着她这番动作："怎么了？"

柳絮宁沉默了一下："……蚊子。"

"能活到冬天，这蚊子挺毒啊。"

柳絮宁轻咳一声，努力在脑海里寻找新话题。

"那人是谁啊？"

"未来的合作伙伴。"

"那你们在谈公事咯？"既然是在谈公事，还让她来上演这一出戏码？

梁恪言语气无奈:"我也想摸一会儿鱼啊!我多年未见的妹妹,你也不希望我过劳死吧?"

柳絮宁无语道:"知道了,我走了。"

"去哪儿?"

柳絮宁:"这附近很漂亮,我去逛一圈。不然这么贵的房费,我只能用来睡觉和泡汤,太浪费了。"

梁恪言点点头:"行。"

他站起来,跟在她身后,一副要和她同行的架势。

见她还站在原地,梁恪言脑袋微偏,视线去捕捉她的神情:"你怎么又不走了?"

两人并排而站时,身高差许多,柳絮宁仰起脸去看他:"你也去啊?"

梁恪言:"这么贵的房费,我只能用来睡觉和泡汤,太浪费了。"

干吗学她说话?她不高兴地悄悄嘀咕:"这样就不会过劳死了?"

"不知道啊。"这人耳朵尖得很,"你很希望看到这个结局吗?"

什么莫名其妙的被迫害妄想症。

柳絮宁捏捏耳垂,满脸不高兴地往前走。只是,这情绪在出了酒店大堂之后就被寒风吹得一干二净。迎面刮来的冷风刺骨,她忍不住哆嗦了一下,然后条件反射地走到梁恪言身后。

他那件白色卫衣外面还套了件黑色长款羽绒服,加上这人本就肩宽腿长,柳絮宁走在他后面,能完完全全地挡住寒意,舒服得很。

太好了,梁锐言不在也行,梁恪言能完美替代他。

可能是她那声浅浅的偷笑太明显,梁恪言稍稍偏过脸来:"笑什么?"

柳絮宁得意地扬起下巴:"风都吹在了你脸上,太好了。"

话音刚落,梁恪言脚步一停。柳絮宁没防备,猝不及防撞上他的后背。

他干吗啊?

下一秒,梁恪言大步往右边走。柳絮宁双手揣在兜里,脚步"噔噔噔"地跟上他。他像是在等她一般,待她刚好到他身后,他又加速往另一边走。

重复几次,柳絮宁知道这人是故意的了。

可恨,今天里面穿了条针织包臀长裙,限制了她的步伐。人家闲庭信步地像在逛自家后花园,她急吼吼的,像要去偷前面人的钱包。但是很奇妙的,这个幼稚游戏她玩得万分尽兴。

这场"游戏"在拐过一个弯道、与起瑞的员工迎面撞上时宣告终止。

员工们也没想到会在这里看见梁恪言,纷纷叫着"小梁总",叫过之后,带着好奇的目光又掠过他身后的柳絮宁。

柳絮宁安分了。

不知是不是固有思想使然,或是别的什么,每当别人看到自己和梁恪言单独在一起,她总会生出浓浓的心虚感,就好像是如童年时代那般两看相厌或者漠然相对才是正确且不会为人所奇怪的关系。

"不玩了?"梁恪言侧目看她一眼。

原来他也将刚才的一切定义为玩啊。柳絮宁飘着的心神摇摇晃晃地落回地面:"嘘——欣赏美景。"

梁恪言面无表情地回头,费解地想,她在跟谁嘘呢?

中途,梁恪言接了个电话,是于天洲的。柳絮宁听不见对面的声音,只能从梁恪言的回复中听出是一个项目黄了。

"嗯,没事,辛苦。"他面上平静,挂了电话,又看见一直盯着他的柳絮宁,问道,"怎么?"

"那你们这是白做了?"柳絮宁问。

"嗯。"

那还能这么心平气和?柳絮宁其实挺惊讶的。

在百分之百的投入之后,却得到为零的回报,实在是身体和心理上的双重崩溃。柳絮宁觉得自己做不到这样。

"你心态真好!"她没忍住,感叹了一句。

"什么?"

她张了张口,却欲言又止。

和他说这些干什么。

梁恪言看着她,那张脸上分明有着倾吐欲望:"怎么不讲了?"

"不是什么大不了的事。"

"那也可以讲。"

"浪费时间啦。"

"做什么都是在浪费时间。你想讲,我就听。"

柳絮宁心口一动,像"呼呼"吹进满满的风,再望向他那双眼睛时便不受控制地吐露:"我高中毕业的时候,有家出版社找我,让我有偿画书封。可我画完交稿之后,他们回了一次意见,修改的内容洋洋洒洒占了一整个界面,这没什么,要拿这份钱,那回炉重造就是我该做的。可是到最后他们居然说不用我的画稿,也没给我钱。"

她惆怅地叹了口气,仰面望着湛蓝的天空,可这还不是最令人生气的,最让人愤怒的是——"半年之后,那本书在网上正式进行预售,从宣传图到封面的底稿和配色,都和我的很像。"

但相似,只是一种主观意识,她只能打碎了牙往肚子里咽。

她说得太忘我、太认真,到后来都已经沉浸在自我倾诉中。

"再后来,我实在没忍住,就去问他们,他们说被一改二改甚至是直接被Pass都很正常,还说我是世面见得太少,年纪轻轻一点苦也吃不了。我没签合同,都不知道要怎么办……"柳絮宁低头,视线落在鞋面上,声音轻轻的,却带着点较真的不服,"可是我才没有吃不了苦,是他们自己不讲道理。"

她的声音轻盈得像摇晃的水,让梁恪言忍不住抬手,却在手即将触碰到她脑袋的瞬间,听见她泄愤似的哼了一声,语气含恨:"狗屎公司,偷人创意,天打雷劈!"

原来这世上真有能百分之百自愈的人,一举一动牢牢牵制住自己的目光。

他突然笑了一声。

柳絮宁幽怨的目光立刻扫过来。梁恪言觉得自己刚才那声笑一定触犯了天条中的死罪,如果她的目光可以化作实质,那他现在应该变成了灰烬。

梁恪言缓缓地说:"的确,吃相太难看,这种公司,天打雷劈,走不长久。"

柳絮宁低着头继续往前走,絮絮叨叨地念:"其实我也没有很生气,只是浪费我熬了两个月画的画,我真的画得很认真。以前都是接接别人的私稿,那是我第一次接这种公司的活,我还特别高兴,觉得自己十八岁就做到别人做不到的事情。"

然后,她自以为优秀的作品就这样被贬得一文不值。她那段时间很不开心,梁锐言追问了她许久,她忍着眼泪把事情的原委讲给他听。梁锐言说,多大点事!

第二天,两个秋季限定的新款包送到了她的手中,彼时他欠欠地笑,问她现在是不是舒服了?

她瞬间语塞。赚那笔钱是为了什么呢?其中一个目的的确是为了买这个限量款的包。而现在他将包送到她面前了,那目的是不是也算另辟蹊径地达成了?可为什么那股委屈依然难以消灭地盘桓在她胸口?

梁锐言纳闷:"就为这点小事还不开心呢?你不是说想要这个包吗?我都送你两个了。"

柳絮宁有的时候会产生自我怀疑,是不是真的太较真了。

她于是费劲地扯出一个笑,然后和梁锐言说谢谢。

上学期间,有人找她做过模特或是街拍,来钱很快,但是这种以外貌和身材换取红利与金钱的工作时效性太短暂,就像是模特更迭速度快,但好的摄影师永远停留在那里。如果可以,她想做创造者,而不是镜中人。但梁锐言不懂。

不懂就算了,这世上有人不懂你才正常。

再后来,开学前梁锐言玩赛车出了车祸,梁家上下都为这位小少爷操碎了心。柳絮宁也一心担忧他这腿,这件事就这么不了了之。

如果今天没有听见梁恪言和于特助的对话,又引发一场突如其来的伤春悲秋,她想自己一定已经把几年前这遭破事忘得干干净净了。

思及此,她塌下肩膀,无声地叹了口气。

在那之前,她真的以为自己很优秀。

"柳絮宁,"梁恪言忽然叫住她,"如果他们真心觉得你画的东西是垃圾,就不会表里不一地再捡回去用。一帮老手用点下三烂的手段骗刚毕业的高中生的稿子罢了。

"小时候被逼着去学跳舞,结果发现在跳舞上有天赋,喜欢画画没有经过系统学习却一鸣惊人,出门逛一圈就有源源不断的灵感往外冒,想要做一件事的时候就能做到极致。你就是很优秀。

"不用一直想着去获得别人的认可,这个思路从一开始就错了,你没有事情需要靠别人,自然不需要别人的认可。

"吃不了苦就没有苦吃,挺好的。"

这些话从梁恪言口中说出来,是一种很稀奇的感觉。特别是,他认真中又带一丝笑意的眼神,明明白白地告诉她,此时的他正与十八岁的她同仇敌忾。

胸口在这一瞬重蹈覆辙地发胀,柳絮宁的脸"唰"地一红,露在外面的双手被寒风吹着却不觉得冷与僵硬,血液都好像从头顶源源不断地奔赴指尖。心跳像个靶,有柔软的子弹"砰砰砰"地戳中她,没有痛,却激起一时之间难以平息的跳动节奏。

如果眼前这人是梁锐言,那么这些话的真实程度有待考证。可他是梁恪言,他……

"脸红什么?"梁恪言问。

柳絮宁觉得现在的自己像一颗巧克力,被他盯得有些化掉。

被表扬了一下,因为害羞和骄傲导致肾上腺素飙升,具体表现为脸浅浅地红一下怎么了,这有什么好问的,学会不戳破女孩子的心事很难吗?

僵硬的手指张开又合拢,柳絮宁一边捏捏自己的耳朵取热,一边小声回:"有点夸张。"

嘴上说着夸张,可说完之后她唇边的笑意越来越大。她好喜欢这种有人明白自己的优秀,并直白告诉她的感觉。谁不需要鼓励与肯定呢?反正她太需要了。于是她又推翻自己三秒前的言论:"好吧,不夸张,你说得对。"

笑意像春天的碧波,从眼底蔓延至眉梢,在冷寂的冬日里,灿烂又明媚。

梁恪言看着她扬起的唇,过了几秒,恍惚察觉到自己荒唐的意图,于是挪开。

柳絮宁却没有察觉到,继续说着:"我现在很厉害了,我画出来的东西都很值钱……"

喋喋不休的自夸像山间清脆的鸟鸣一阵一阵飞入他耳畔。

梁恪言:"游走在灰色边缘的东西的确赚钱。"

柳絮宁瞬间陷入呆滞:"你……我现在画的是正经东西!正!经!"

梁恪言立马纠正:"是我措辞不当,是我不正经,抱歉。"

她轻哼一声,却又止不住地得意。

女孩子的喜悦很简单,有时只需要短短的一句话就可以开启无穷无尽的话匣子。

柳絮宁没有注意到梁恪言的神情，转了个身倒着走，下巴高高扬起，似浮水天鹅："我还有个微博，里面上传了我所有的作品，你可以去看看，我的粉丝数超多哦。"

梁恪言的表情凝了一下，敛着的黑眸平静地看着她，却一言不发。

柳絮宁皱了下眉："你怎么不问啊？"

他眼睛往一旁看，语气平淡至极，说："要问什么？"

声音明显低了几度，所以听着硬邦邦的。

他不问，那她主动给他瞧。柳絮宁刚拿出手机，点开主页，一眼瞥见自己的微博昵称为"梁二不许输球"，没由来地哽了一下。她若无其事地把手机塞回口袋里。

看她这模样，旁边的男人似乎迟钝地起了好奇心，终于开始无比礼貌地询问："能不能看看你的微博？"

这令人赞叹的反射弧，比她的生命线都长。

柳絮宁边走边踢路上的落叶："太久没登，我忘记密码了，账号名字也是好多年前取的，所以我已经忘记了。"

"忘了？"他慢条斯理地念出这两个字，语气里是装模作样的惊讶，"这就忘了？"

"对……"她心虚得不敢看他的眼睛，游离的眼神不经意间捕捉到了他喉结上那颗淡棕色的小痣。

长相是运气，也是天赋，比如这颗痣，真是要命的会长。

"这个 App 的毛病多如牛毛，你也是知道的。等我回家就去进行人工申诉，找回账号我第一时间告诉你。"

梁恪言定定地看着她，最后收回视线，也不戳穿，只说了句"好"。

因为开心，于是前进的脚步雀跃起来，周边的景象也在冷寂的冬天里散发着令柳絮宁愉悦的可爱。

去时她亦步亦趋地跟在梁恪言后头，回时她怀揣着满满的喜悦与夸赞走在前头。一低头，两人的影子一前一后，他跟着她。

等走到酒店的时候，酒店的自助餐厅已经到了晚餐开席时间，柳絮宁懒得上去再下来，于是在微信上和胡盼盼、许婷发消息，三人直接在餐厅门口见面。

酒店大堂上方的电子屏调到了青城电视台娱乐频道，当下最热小说改编剧男女主角人选终于瓜熟蒂落。

柳絮宁这一年算是彻头彻尾掉进钱眼里，对娱乐圈的新事件知之甚少，也认不得屏幕上的女生姓甚名谁。

媒体评价称，这是近几年来 95 后中最具灵气的小花。柳絮宁一挪眼，看见梁恪言脸上挂着的冷笑和一览无遗的嘲讽。

——在和自己对视时，倏然收敛。

嗯？这是认识？

柳絮宁见过梁恪言高高在上到瞧不起任何人的眼神——是她与他在梁家初见时。
　　她本能地避开，生硬地开启新话题："我朋友说这个餐厅的海鲜自助很不错。"
　　梁恪言回："市中心的绿青海鲜做得不错，顶楼靠窗的位置能看见整个青城。"
　　绿青的海鲜的确是青城出了名的，只是一年只开那么几个月，想要吃上一顿更是要大排长龙或是提前预约。听到他说青城，柳絮宁的眼睛亮了起来。只是，他倒是能吃得到，她就算了吧，她可没这通天的"人际关系"。
　　见她没说话，梁恪言继续说："九月开海，开海之后的海鲜更新鲜。"
　　她被馋到，没忍住接了一句："那我们九月再去吃。"
　　"我们"这个词有点妙。它代表一些默契、一点隐晦和一个秘密。
　　他有片刻的沉默。这份沉默让柳絮宁觉得自己说错话，将他架起来了。她在脑海内急速寻找下一个话题想要自然地过渡，便听见了一声"好"。
　　确定的、带着承诺的语气，沉沉地落在她耳畔。
　　仿佛，他也很期待"我们"的好。

第六章 /
年会

"我刚在餐厅听起瑞那些人说,后天去泉城,玩半个月?"胡盼盼边刷牙边口齿不清地惊叹。

柳絮宁说:"因为还要算上年会。"

起瑞的年会一向在泉城举办,柳絮宁跟着去过几次。

胡盼盼吐了口牙膏沫:"福利真好,上帝保佑明年的招聘会我能被起瑞看上。"

柳絮宁说:"也不全是去玩的,有些人会带电脑去。"

那时候她和梁锐言去海滩玩水,就看见有些人穿着泳衣坐在沙滩椅上,膝上还架着一台笔记本电脑。创意部和宣传部就是这样,笔记本电脑不离身,有假也似无假。

她暗暗想,自己以后可不能做跟这些挂钩的工作。结果兜兜转转,还是学了设计。要命。

柳絮宁没有和梁恪言一起回家,她以为他和那些员工一起直飞泉城。但第二天一早,梁恪言径直去了梁家老宅,准备与梁继衷、梁安成一起飞去英国参与一场一个月前就定下的股东会议。

下午三点的飞机。去机场前,梁继衷和梁安成在书房里谈事。

梁安成注意到几本原版书下压着的一个文件袋,尚未封口,几张纸露出一角——公司变更登记申请书、股东出资信息、公司章程修正……再往下便被遮住。

起瑞总部设在英国开曼群岛,每年会在那里召开一次年度股东大会,这是惯例。

可梁继衷要带去的这些东西,并不寻常。

住家保姆们提前放假回老家,再加上梁锐言的冬训还要几天才结束,柳絮宁一个人待在家里,她乐得自在,每天睡到下午,晚上熬夜画画。日夜颠倒的日子不太健康,但着实爽。

某个照常熬夜画画的凌晨,她的手机收到一条推送。

柳絮宁随意一瞥,北京时间凌晨一点,英国时间傍晚六点,证券交易所发布起瑞集团股份公司关于全资子公司股权转让公告。

梁继衷将其全资子公司所持15%的股权转让于受让方梁恪言。

这个数字实在让人瞠目。

柳絮宁掰着手指头算，就算只是青城分公司，起瑞15%的商管股权也不是小数目，再加上梁恪言原本的持股……数字惊得她头疼。起瑞转让股权的流程很麻烦，这显然是梁继衷筹谋已久的事情。扶起梁恪言的另一面，自然是准备架空梁安成。

为什么呢？梁安成做了什么？

同一时间的英国。

梁继衷在这里有几处房产，梁恪言留学那几年偶尔会来这里。典型的英式风格庄园，私宅占地面积辽阔。晚上七点，暮色渐沉，庄园内灯光亮起，伴着断断续续的雨水，四下寂静无人。

梁恪言站在三楼阳台，平静地靠着阳台栏杆。

不久前的四楼书房内，才发生过一起争执，这场争执最终以梁安成愤怒甩门而出作为结局。

那时梁恪言站在一边，看着梁安成的手掌紧紧贴着书桌，白皙的指尖下，是被他揉皱的数张照片和文件。

和不同女人出入风月场所、借工作之便谋取私利……但最终惹怒梁继衷的是过去五年间起瑞旗下掺了假的各子公司的流水。

梁恪言不是回国后才发现这些事的，也绝非以清清白白的姿态站在高处批判自己的父亲。如果是几个月前，他也许会为自己找许许多多的借口，可惜今时不同往日，他可以大方说出缘由。

对权力的渴望从来不是一时兴起，但也无须缘由。问及世人，权力与财富活色生香地摆于眼前，究竟谁会拒绝。

他自然也不例外。

而他与旁人的区别在于，只要他想要，那么什么事都敢做，什么东西都可得到。

手机跳出一条推送，来自微博的特别关注。

看见那个昵称，梁恪言有一瞬间陌生——这是谁？

他点进微博，发布时间在三分钟前，国内时间凌晨三点。

发布内容：一张风景画。

雪天，枯树，两道影子落在地上。

画面构图很简单，更像是心血来潮时的随手一画，但简单的笔墨中却附带着冬日的意境。

也许是这发布时间太阴间，底下还没几条评论，但照例都是夸赞。梁恪言耐心地往下翻，满屏夸赞中夹杂着几条不一样的言论。

△太太怎么改名啦？

△呜呜呜，谁懂我一直在嗑这位从未见过的梁二？

下面有条楼中楼评论：考古太太微博，发现第一条微博的水印就是"梁二不许输球"。/对手指/对手指/对手指

△太太说这名字是别人硬拿她手机取的，她觉得难听，却从来没有改过。有人懂我这奇奇怪怪的嗑点吗？

△所以现在居然改了名，是不是意味着……

△楼上，粉圈思想别带到绘圈来啊喂！

△ Sorry sorry！

索然无味。

梁恪言锁屏。

也不是所有事都可以志得意满，称他心意。

口袋中的手机又发出一声消息提示音，梁恪言没理睬，直到第二声提示音响起时，他才解锁。

原本平静的眼里划过一丝意外。

两条消息都来自柳絮宁——

第一条：密码找回来了，第一时间请你品鉴。

第二条是一个微博主页分享页面，ID：飘飘赚大钱。

骗子，真的是第一时间吗？

他无声地笑了下。

欲望像蓄意坠落心间的种子，主人刻意的不予制止让它野蛮生长越演越烈。

点进航班表，最早的飞往青城国际机场的航班是晚上十点四十分，由希思罗机场出发。

来不及了。

不一定，也许来得及，如果他不犹豫的话。

柳絮宁忘记自己是几点睡的了，给梁恪言发完消息之后，她又刷了一会儿微博。看着看着，她的眼皮打起了架，最后沉沉睡去。再醒来，照例是下午四五点。她躺在床上百无聊赖地玩手机，下楼泡泡面的时候，她觉得这样的生活太可怕了。

她可能会死啊！

健康有序的正常生活已经刻不容缓了。

柳絮宁决定从现在开始不睡觉，熬到明天晚上十点再睡，她就正常了。

泡面放在茶几上，柳絮宁盘腿坐在地上，遥控器左右键被来回按动，在茫茫电影清单中，被几个关键字吸引，然后毫不犹豫地选择播放。

吃完泡面，影片才播了十五分钟。柳絮宁顺势躺在沙发上，怀里抱着靠枕继续看。

"咔嗒"一声,外面传来一阵指纹解锁后的推门声。她仰头看去,一个此刻不应该出现在这里的人进入她的视线。她茫然地眨眨眼,可眼前那个踱步进门的人就是梁恪言。

柳絮宁撑起身体:"哥,你回来了?"

梁安成托人为她和梁锐言买了几天后飞泉城的机票,所以她自然地认为梁恪言会与自己的爷爷和爸爸一起从英国飞。

她眼里的诧异太过明显,目光再下移,他穿着黑色的大衣,不算太深的大衣口袋一角露出一张机票的一角。再看他空着的两手,毫无行李箱的存在,显然这不是一场计划之中的行程,更像是……

更像是这里突发了什么急事,让他匆忙赶来。

可他的步伐稳重,神情再正常不过,只有双耳被外面的寒风吹得通红。

梁恪言"嗯"了一声,目光扫过她的睡裙,交叠的小腿倚着沙发边缘,睡裙随着她小腿的幅度从脚踝轻飘飘地垂坠。他停顿一秒,最后目光移到那碗面上,走过去,弯身拿碗。

上半身俯下的缘故,柳絮宁从他身上闻到柑橘的味道,混着冬日的寒意,扑面而来。

她看着梁恪言拿起面碗走到中岛台,显然是要帮她洗的架势,她有些窘迫地解释:"我是想看完电影再洗的。"

梁恪言:"嗯,知道。"

知道?你这种毫无拖延症的行动派知道什么?

柳絮宁有时候面对梁恪言会有一点点的心虚感,因为某些莫名其妙的时刻,她会不由自主地想起自己是如何进的梁家门,想起自己小时候写的那张备忘录。前者尚不重要,但后者……她知道梁恪言曾逐字逐句地看过、见识过她对他的评价。这段小插曲时至今日都未被他提及,相应的,他也不戳破。

那件令人尴尬的童年往事,那些字字拙直的尖锐评价,梁恪言到底是忘了还是算了?这让柳絮宁一度觉得煎熬。所以,一旦长时间未和他相见,那些原本构建稳妥的熟络关系会无声无息地弥散,她会遵从本能将他划至陌生的圈地中。

要么彻底失忆,要么彻底说开。前者做不到,后者不敢做。

因为神游太虚,直到一杯牛奶放到柳絮宁面前,她才回神。

"谢谢。"她屈起膝盖,不易察觉地挡住胸口。

大衣外套不知何时被梁恪言脱下随意丢在一边,露出里面的黑色高领毛衣,在客厅冷色调大灯的照耀下,更衬得他人白。

放下牛奶后,梁恪言顺势站在柳絮宁旁边,也盯着那个电影,冷不防问出声:"第一次看?"

前言不搭后语的。

柳絮宁仰头："啊？"
"这部电影。"
"对。"
他莫名其妙地点点头，在电影下一个场景切换时，往楼梯那边走，声调拉得有些轻："我去倒时差。"
柳絮宁刚要说"好的晚安"，他的那声晚安就紧着她心中所想轻飘飘地落下，只是多此一举地加了个后缀。
——"晚安，飘飘赚大钱。"

柳絮宁喉咙一哽。他一直没回消息，搞得她还以为他没看到。
从梁恪言的嘴里冒出她的网名，她感觉浑身上下被一种羞耻感包围。很好，原本几天不见的生疏感被他一句话轻而易举地击破。他们似乎又回到了在汤山时的关系，自然又带点随意。
柳絮宁咬牙切齿地看着他的背影。
可惜了，梁恪言的微信名就是他的真名——她朋友圈中唯一一个用真名做网名的人。
再抬头时，视线之内已经没有他的身影，柳絮宁愤愤地将注意力放回电影上。电影进行到后半程，柳絮宁的脸渐渐垮下来。
原来无论中外，在遇到车祸时，男主角选择飞扑救女主角这方面倒是一脉相承。
一个哈欠打完，柳絮宁居然觉得困了，明明离她醒来也才不久。垃圾电影的功效果然堪比安眠药。
她起身去洗牛奶杯，侧身时看见一旁被梁恪言遗忘的黑色大衣，于是鬼使神差的，脑海中浮现他不久之前穿着黑色高领毛衣站在自己身边的样子。
也可以用赏心悦目来形容。

次日，柳絮宁醒来，原来恢复正常作息竟然如此简单。
不夸张地讲，这是她几天来第一次看见如此明媚的阳光。
也是巧了，洗漱完出了房间的门，便刚好在楼梯口看到下楼的梁恪言。
柳絮宁看准时机："早上好，梁、恪、言。"
梁恪言刚要开口，她一字一顿地补充："但我并不是在叫你的名字。"
梁恪言有一会儿没搭腔。
差三岁罢了，也没有相差很多吧，还是女孩子说话一向是如此稀奇古怪。
"我在叫你的网名。"
她的重音落在后面那两个字上，梁恪言瞬间懂了，顿时觉得有些好笑。
"好的，飘飘赚——"
柳絮宁捂住耳朵，一脸痛苦："不要再念啦。"

他笑了笑:"好,柳飘飘。"

唇瓣相碰,那三个字缠绕在柳絮宁耳畔,她捏捏耳垂,怎么还自作主张地叫起这个名字来了。她心里疑惑,可嘴上嘀咕一句:"也行。"

柳飘飘,居然有点好听。他念起来的时候,也很好听。

反正后面三个字不要再一起出现就好,不然拥有听觉的她像身处炼狱。

难得拥有吃早饭的时候,柳絮宁兴冲冲地去开冰箱门时,才发现吐司已经被她吃完了,正要叫外卖,梁恪言的手越过她的肩膀去拿冰箱里的鸡蛋。柳絮宁眼前一亮。

然后……他就拿了一个……

她扭过头去,眼巴巴地看着他。

"怎么了?"

柳絮宁讨好地笑了下:"一个呀?你能不能给我也……"

他掌心一翻,又去拿第二个,然后才慢悠悠地开口:"急什么?"

眼里带着再明显不过的笑意,显然是在逗她。

柳絮宁:"你这人还挺好的。"

多说几遍,消除幼时犯下的孽障。

梁锐言下午的时候给柳絮宁发了条微信,说自己不回家,到时候直接飞泉城,又问她自己一个人会不会上飞机。

柳絮宁:我有这么笨?

梁锐言:什么情况,下午三点半居然能做到秒回?

柳絮宁:调整作息,从柳絮宁做起。

梁锐言:少立没用的Flag,也就坚持一天。

短暂的对话结束,柳絮宁关上手机,开始画画。

手机屏幕即将暗下,又被梁锐言随手一碰。

王锦宜坐在他对面,好奇地问:"女朋友还是未来女朋友啊?"

梁锐言一字一顿道:"妹妹。"

王锦宜的瞳孔缩了一寸:"哦,就是奶奶说的那个宁宁?"

梁锐言没应。

王锦宜手中的瓷勺晃晃悠悠地在咖啡杯里打转:"你喜欢你妹妹啊?"手撑着下巴,目光缥缈地落在咖啡厅外转角处停着的那辆车上。

管这么多呢。梁锐言不客气地回:"你男朋友在那车上?"

王锦宜目光似触电般收回:"你怎么知道?很明显吗?"

梁锐言:"你的眼珠子快贴在那车上了。"

王锦宜脸红了一瞬,又立刻恢复正常:"是吗?"

"你有喜欢的人了,就别在这儿跟我耗着了,赶紧跟我爷爷、奶奶说清楚。"也不至于还得耳提面地让他带着这位王小姐一起飞泉城。多大人了,自己一个人不会坐飞机?

王锦宜:"可是我又不能跟他在一起。"

梁锐言:"干吗,隔着什么血海深仇?"

"他是我爸那个情人生的。"

梁锐言肩膀一僵,王锦宜懒得管他,自顾自地讲:"后来那女的死了,他就到我家来咯。我爸这个人吧,除了赚钱,对其他事情都笨笨的。知道我讨厌他看不上他,就故意把他往我身边放,现在好了,"她惆怅地耸耸肩,"我不讨厌他了,还挺喜欢。"

"都怪我爸,都怪我爸!蠢男人!"

梁锐言无心听她后面的絮絮叨叨。

浓浓的懊悔情绪彻头彻尾地将他包围。去黎城比赛之前,他会主动提出让梁恪言接送柳絮宁,就是因为他太清楚了,梁恪言似乎对柳絮宁颇有微词,柳絮宁也不爱和他单独相处,虽然不知道其中缘由,但这对梁锐言来说并不重要。

毕竟,和他有什么关系?

重要的是,这两个人绝对不会产生任何火花。而他对柳絮宁的喜欢昭然地摆在明面上,没有人敢,也没有人会大着胆子抢他梁锐言喜欢的人。

除了梁恪言。

是的,他和王锦宜她爸一样,都蠢得彻底。

两天后飞泉城。

这次的登机口在卫星厅,柳絮宁两眼一黑,又要迷路了。还好有梁恪言,她紧紧跟在对方后面。梁恪言偶尔回消息时,脚步会不自觉放慢,然后她刹车不及时就会撞上他。

梁恪言觉得好笑:"我是会在这里丢了你?"

保不准,小时候撞见他辞退保姆后,柳絮宁还做过一次梦——梁恪言提起一起去游乐场玩,然后在人头攒动的游乐园里毫不留情地把她丢掉。

巧的是那梦做完之后,梁安成拿来三张游乐园万圣节专场的门票,让梁恪言带着他俩出去玩。柳絮宁全程胆战心惊,牢牢贴着梁锐言,一刻也不敢分开,更不敢单独和梁恪言待在一起。

意料之中的,从游乐园回来之后,梁恪言对她的态度更冷淡了。对此,柳絮宁求之不得,毕竟这可是乐事一桩!

想到这里,柳絮宁沉重地点点头。

梁恪言懒得说话,莫名其妙的。

候机室里,柳絮宁把行李箱拉杆处挂着的两个颈枕取下来,然后递给梁恪言一个。

梁恪言拒绝:"我不用。"

柳絮宁:"要飞三个半小时呢,我特地拿了两个。"

真诚真是一个无敌的必杀技。

那两个颈枕的颜色和图案都一致，看着像是情侣款。梁恪言眸光微动，伸手接过。

过了一会儿，他突然意识到一件事：这颈枕的原主人，只能是他弟弟。

"柳絮宁？"后头，有人疑惑地喊了一声。

梁恪言比柳絮宁先反应过来，手指不自觉地捏紧颈枕，然后若无其事地将其挂在行李箱拉杆处。

柳絮宁一回头，就看见朝自己走来的梁锐言，旁边还有一个短发女生。

她冲两人招招手。

梁锐言才意识到当时奶奶询问自己的航班时，他顺口说的就是原本要和柳絮宁一起飞的这一班。他本来还想……还想悄悄隐瞒王锦宜的存在。

相比之下，王锦宜比他正常多了，自然地向柳絮宁做自我介绍。

梁锐言叫了一声哥，一垂眸，看见他行李箱上挂着的那个颈枕，脸上的表情僵住。他再扭头去看柳絮宁，还没上飞机，她已经自然地把颈枕夹在脖子上，她坐飞机离不开颈枕，总是在还没有上飞机的时候就戴上了。

他陡然升起一阵不快。

梁恪言走在最前面，王锦宜其次，梁锐言故意放慢脚步，和柳絮宁并排走在廊桥上。那股躁意像惹人厌烦的虫蝇在他喉咙里飞来飞去，他忍不住低声说："那个是我的。"

这话没头没尾的，柳絮宁疑惑："什么？"

梁锐言说："那个颈枕是我的，给我拿过来。"

他在说什么话啊？她主动给了梁恪言，现在让她主动要过来？再说了……

柳絮宁："那两个颈枕是我买的。"

她早看准了梁锐言这人，嘴上说着"不要不要"，可只要看见她戴了，绝对会凑过来说怎么不给他买。

她已经习以为常到什么都买两份以备不时之需。

梁锐言扯着嘴角冷笑，脱口而出："你都住在我家了，你什么东西不是我的？"

王锦宜脚步一顿，忍住自己强烈的好奇心。

行李箱轮子摩擦廊桥的声音陡然停住。

柳絮宁没有想过他会说这些话，饶是擅长收敛情绪，此刻也被当头打了个猝不及防。她呆呆地看着梁锐言，从脸颊到耳朵再到脖子，一瞬间涨得通红，嘴唇微张，却完全不知道该如何回应。

梁锐言说完这话就后悔了，他最近被折腾得有些烦，烦到口不择言。

"不是……我不是这意思，我是……我是……"那两个字重复地从他唇齿间跌出，却实在没有合适的回答用以脱口，"我就随口一说。"

柳絮宁拿下自己脖子上的颈枕，塞到梁锐言的怀里："给你了，你不至于要两个吧?"

王锦宜真后悔,为什么今天穿的是靴子,连停下来系鞋带的机会都没有。她慢得像在原地磨蹭,眼睁睁看着柳絮宁和梁锐言一前一后地超过她。

她走在梁锐言身边,声音极低:"我觉得她肯定不喜欢你。"

梁锐言冷冷地看她。

王锦宜无辜地眨眨眼:"她看着就不像是迟钝的人,可她甚至没问我是谁哎,你觉得这合理吗?"

柳絮宁的行李箱在二十寸以下,她将箱子放上行李架,刚要坐下,有人停在她身后,随之而来的,后颈突然覆上一圈柔软,像温柔的海浪席卷。

她慢半拍地回头,下巴自然地陷在颈枕软绒绒的布料里,耳边的碎发随着呼吸微微颤动。

临近过年机票紧俏,这几人虽平时锦衣玉食,但真计较起来,除了梁恪言,其他人不是金贵到非头等舱不坐的。不过也是稀奇,柳絮宁纳闷,他这次居然没坐头等舱。

走道不算拥挤,但此时乘客还没到齐,有人走来走去,无意中撞到梁恪言:"不好意思,让一下。"

两人的距离稍近了些,她的额头浅尝辄止地碰了碰他的下巴。

柳絮宁喉咙一痒,那声习惯性的"谢谢"还没说出口,就被他打断。

"不用谢,这本来就是你的。"

…………

王锦宜的眼珠子快瞪出眼眶,看看这边,又看看那边。

什么家庭啊,怎么跟她家一样支离破碎又稀奇古怪的?

这场由柳絮宁单方面挑起的冷战持续到飞机降落泉城。一下机,梁锐言不由分说地拉住柳絮宁的行李箱。

柳絮宁恼了:"才二十寸,我拿得动。"

梁锐言笑得欠揍:"我贱,就想帮别人拿。"

柳絮宁话一哽,不想理他。

起瑞包的是泉城顶奢酒店,姜媛前几天刚发过朋友圈。

柳絮宁一行在前台等待房卡时,正好看见要去沙滩玩的姜媛。两人许久没见,对方兴冲冲地跑过来抱住她。姜媛问她住在哪里,到时候来找她聊天。

"聊什么聊?练舞的时候就你们两个话多。"梁锐言悠悠地插话。

姜媛这才看到他:"哎,你也在?也对,你的确会在。"她翻了个白眼,"你烦不烦?柳絮宁来舞蹈队跳舞,就你每天跟变态一样蹲在我们门口催她回家。"

梁锐言:"每天?学姐,请注意措辞。"

姜媛:"就是每天,我们队长都嫌你烦。"

梁锐言耸耸肩："不好意思哦，烦到你了。"说完，他用手肘撞撞柳絮宁的肩膀，"我烦不烦啊？"

柳絮宁一言不发。

见她没回答，梁锐言又碰碰她："我问你话呢——"

眼前递来几张叠在一起的房卡，打断他将要说出口的话。

梁恪言的手指动了动，脸上没有任何波动的表情："选。"

他有轻微近视，双眼都在一百五十度左右。三个半小时的航程，他没戴隐形，选择了框镜。许久未戴这副框镜，镜片上还残留着指纹，现下没办法擦掉，令人恼火。

这有什么好选的？散开尚且可以一抽，叠在一起还怎么选？梁锐言拿过第一张，柳絮宁拿第二张，梁恪言自然地将第三张递给王锦宜。

那边，姜媛的同事在催促，她让柳絮宁过一会儿来沙滩找自己。

四人往电梯口走，梁锐言看了眼房间号，按下"15"和顶楼后，问剩下几人的房间在几楼。

王锦宜说："12。"

柳絮宁没回答，伸手按下"16"。

梁锐言鼓了鼓腮帮子，刚要开口，梁恪言抬手越过他，在顶楼的按键上按了两下。

光亮灭了。

梁锐言下意识惊讶地问："哥，你不住顶楼？"

梁恪言若无其事道："嗯，不想住。"

梁锐言陷入沉默。

在飞机上颠簸的那段时间让思绪彻彻底底地放空，他明白了一个道理，把柳絮宁当宠物，再将气撒在她身上是最蠢的事情，这和直接拱手让给梁恪言有什么区别？

很显然，他哥比他懂。不就是装吗？那就看谁演得过谁。

柳絮宁所有的朋友都认识他梁锐言，他是柳絮宁全部生活与所有习惯中牢牢扎根的一环，这是他哥哥永远也更改不了的时光和抢不来的当下。

所以，当电梯升至 15 楼后，梁锐言靠着轿厢一动不动，电梯门将将合上，柳絮宁奇怪地看了他一眼。

懒得管他。

电梯到了 16 楼。

柳絮宁收回视线，往自己的房间走。梁锐言的存在感太过明显，但柳絮宁并不在意，她按照自己的节奏开门。只是，门卡刚插上取电槽，房门即将关上，有人探进一只手臂，却被门狠狠夹了一下。

梁锐言痛得"嘶"了一声，倒吸一口冷气。

柳絮宁眼睛睁大，赶紧把门打开："你干吗啊？"

梁锐言被门夹到的手握成拳,他张开手,掌心里静静躺着一个蝴蝶徽章——柳絮宁夹在双肩包上用以装饰的小物件。

"刚刚它掉在地上了,你没看见。"他轻声说,"我送你的,你别弄丢了啊。"

柳絮宁沉默良久,才叹了口气,捏起这个蝴蝶徽章:"它自己掉的,我没注意。"

梁锐言仿佛失而复得般笑着:"那就好,我以为你不要了。"

咫尺之距,门卡在感应端"嘀"了一声,梁恪言没动,眼神讥诮,静静看着这出好戏。

起瑞的老规矩,团建可带家属,许多员工会带孩子来,权当度假了。

酒店靠近沙滩,咸湿的气息迎面扑来,连吹来的风都是盈润的,阳光耀眼得像亮晶晶的碎钻,世界是一片五彩斑斓。

沙滩上摆着数个小摊。

有几个小朋友排着队在挑游泳圈,老板连声说着"好好好""妹妹,稍等"。

柳絮宁也想去看看,手臂被梁锐言拉住:"陪我去看风筝。"

"不去,我想去看看那个游泳圈,那个小鲸鱼有点可爱。"

梁锐言往那边瞥一眼:"幼稚。"

柳絮宁杏眼怒睁:"我以后死了,棺材上也要印 Hello Kitty。"

梁锐言连连点头:"好,这事儿等死了以后再说。但是现在我没带手机,没你买不了。"

"那我先去看看游泳圈,看完再去看风筝。"

"你又不会下水,要它干什么啊?"

这人总是这样,得寸进尺。刚刚结束冷战,就开始恢复原形。柳絮宁不客气地甩开他的手,他皱了下眉,抬起另一只手捂住手臂。

柳絮宁的动作一顿:"我碰到那个伤口了吗?"

"屁大点事。"梁锐言敛眸,也不再执着。

愧疚对柳絮宁来说就像橡胶管中的水,只待有人示弱,它便倾巢而出,将她淹个彻底。

"去——"她妥协,"梁锐言你真的好烦!"

对,她又不下水,要这种可爱到华而不实的游泳圈干什么?可她并不是拿游泳圈来游泳的,她只是觉得可爱,于是想要拥有。

随即,梁锐言的眼神笑盈盈的:"世上唯有柳絮宁好。"

"神经病。"

帮梁锐言付了钱,他的注意力就到风筝上了,一个人低着头研究。柳絮宁百无聊赖地屈膝坐着,手撑在膝盖上。

远处,有小朋友买了那个柳絮宁喜欢的游泳圈,她妈妈正在帮她拍照,时不时柔柔地喊出一句"宝贝换个动作，再来一张好不好呀"。

柳絮宁一颗心被晃晃悠悠的水波漾得发痒。一转头，原本还热闹的小摊上转眼间没什么人排队了，她兴冲冲地跑过去。

"老板，我想要这个。"柳絮宁指着最后一个小鲸鱼的游泳圈说。

还好还好，幸好还剩下最后一个。

老板看过去，抱歉地说："这个有人买了。"

有人买了不拿走做什么？

要不是梁锐言拉她去买风筝，她一定能抢到一个。没有就算了，本质就是个廉价的游泳圈。这样想着，柳絮宁又开始看别的。

老板的目光望向她身后："先生，游泳圈为您留着了。"

柳絮宁好奇地回过头，眼睛霎时睁大，转而一种幸运的喜悦完完整整地取代了刚刚那些失落。

是梁恪言啊！

这个事实像极了漆黑夜空中绽起的烟花，让人太过惊喜，她甚至都掩藏不住上翘的嘴角："这是你买的啊？"

柳絮宁知道，梁恪言从小便开始学游泳，自然擅长，也热爱。起瑞屡次将年会地址选在这里也有这么一层原因。

和沙滩上穿着大裤衩、露着大肚腩的男人们不同，他上身套了件白T恤，很明显刚从海里上来，身上的水还没擦干，T恤有些透地贴在身上，黑色泳裤下的双腿肉眼可见的力量感十足。

梁恪言："嗯。"

柳絮宁的眼睛灿然一片，手已经揪着小鲸鱼游泳圈的尾巴："那……我拿啦？"

眼里和手里已经是迫不及待的跃跃欲试。

梁恪言："你怎么知道这是给你的？"

如果是几个月前，柳絮宁一定会尴尬得不知所措。可是现在……她一点儿也没觉得不自在，反问："那你是自己用的？"

梁恪言理所当然地点头。

"你都塞不进去！"

梁恪言反问："你怎么知道？"

这有什么问的必要吗？柳絮宁抬起手，想将他的腰和游泳圈的直径做对比，她小心翼翼地把控着距离，是绝不会接触到的范围内。

只是，恰巧这时后面来了两个手拉手狂奔的小朋友，前面那个停下了，后面的却没刹住车，成为这一场撞车的源头。

没有防备，柳絮宁的小腿被撞得软了下，身子往前扑，原本轻轻点在他腰侧的手下意识抓住他的衣服。与此同时，她清楚地感受到梁恪言炽热、干燥的手心贴着她的后腰。

一件普普通通到在这片沙滩上毫不出众的蔓越莓色泳衣,后腰处做了个镂空,算是它唯一的新奇之处。

于是那股战栗与那道远烫于她体温的温热一起从脊椎骨顺势而上。

这边梁锐言的风筝放得很高,吸引了许多人的视线。对这些员工来说,梁锐言比梁恪言好相处太多。有几个和他有过几面之缘的员工连声夸赞他,又忍不住和他攀谈。

王锦宜最讨厌看这种戏码,一转身,细眉惊讶地皱起。她把墨镜移到头顶,突然意味深长地"啧"了一声,语气要多古怪就有多古怪。

梁锐言顺着她略带看好戏的眼神望去。

手指一松,风筝线即刻从他手中脱离,向高邈湛蓝的天空飞去。

"砰、砰、砰——"

一场意外的撞车,三颗红灯的电流彻底紊乱,争先恐后地"突突"猛跳。

"你撞到人了!"

"是你撞到我,我才会撞到这个姐姐的!"

"我不管,就是你撞的,你道歉!"

两道稚嫩的声线喋喋不休地争论着,紧接着,柳絮宁的手臂被戳了下,撞到她的女孩子乖巧地和她说对不起。

柳絮宁尚未从那个突如其来的拥抱中回神,思绪短暂卡碟:"没事。"

两个小孩都是冲着那个小鲸鱼游泳圈来的,老板还是那套说辞,然后下巴隔空指指一旁的柳絮宁,说那是她的。

两人朝她看来的时候,柳絮宁条件反射般扭过头去,手指夸张地指向站在自己身边的梁恪言:"不是我的,不是我的,是他的。"

有劲没劲,这妹妹心肠够坏的,让他唱白脸。

她这意图太明显,抵抗不住两个小朋友可怜巴巴的眼神,又不想拱手相让,也不想做凶巴巴的小气鬼。

无可奈何,他也只能唱这白脸。梁恪言有些好笑地看着柳絮宁几乎要戳到自己下巴的手,抬手弹了弹。她手指弯曲,像小蜗牛的触角,倏地缩回去。

梁恪言的视线下移,和两个小朋友对视:"对,我的,不换、不给、不送。"

拒了个彻底。

梁恪言这张脸,帅则帅矣,面无表情时的确和平易近人这词毫无关系,眉目一沉,浑身上下一股生人勿近撒娇也没用的疏离感。所以,那两个小朋友撇撇嘴,开始挑下一个。

两人一前一后地往海滩边走,柳絮宁心满意足地勾着游泳圈跟在梁恪言后面,触及他肩背的那一刻,热意都要变作具象化,于是柳絮宁又猝不及防地想起刚才那个意外。

可再看他，与往常无异。个高腿长的缘故，他不需要加快脚步，也能轻而易举地和她拉开距离。但这次，她能察觉到他刻意放慢的步伐。

许久，梁恪言回过头，看着两人之间隔着约莫一米半的距离。

偌大的海滩，嘈杂的欢笑似交错的旋律，唯独他们这里，阒然无声，像被孤立的小小岛屿。

他忽然开口："不怕我会在这里丢了你？"

在机场的时候，她不小心撞到他，被他嫌距离太近，他就是这套类似的说辞。那现在呢，又是嫌的什么？

他语气很自然，自然到刚刚那个拥抱就像是电台乱频的插曲，调进正确的音轨后，便无人在意。柳絮宁决定向他学习。

"人多眼杂，应该不会吧？"她没有凑近的打算，仍然和他保持着距离。

梁恪言赞同："也是，不好下手。"

他怎么总是用轻飘飘的一句话就能让她又归于惬意境地。

两人刚走近海滩就被姜媛逮住，她不敢和梁恪言说话，只像小猫招手似的招呼柳絮宁过来。柳絮宁看了眼梁恪言，客套地问他要不要一起，眼里却清晰地释放出"拜托了，请拒绝我"的信号。

梁恪言却浑然不觉："好。"

柳絮宁的眼皮狂跳："啊……"

看她那慌里慌张的样子，梁恪言笑笑，带着些微鼻音："下次吧。你好好玩。"

姜媛差点被美色绊一跤。她终于懂方琳莉那套说辞了，虽然不爱笑，但笑起来是挺勾人。梁恪言和她们舞蹈队吃火锅什么的，本来还可以列为十级玄幻事件，现在一看，倒是她少见多怪。

姜媛身边几个人都是同期实习生，看见柳絮宁有几分惊讶，纷纷打趣姜媛，说她原来还有靠山啊。

姜媛一把搂住柳絮宁："当然，还不止一座。"

"不止一座？"同期实习生惊讶。

"你老抓着她干吗？"身后传来一道漫不经心的声音，伴着柳絮宁长发被往下拽的拉扯感，捉弄意味十足，足到不用回头就知道罪魁祸首是谁。只是，以前都控制着力道，轻飘飘的，像极了玩笑。

"别拽我头发。"她反手去整理头发，后面的人置若罔闻，又得寸进尺地攥住她的小拇指。

柳絮宁终于回过头去，用力抽开："啧。"

梁锐言模仿她："啧。"

"别学我。"

"别学我——"他绘声绘色的样子让人恼火。

柳絮宁纳闷地问："你能不能放你的风筝去？"

梁锐言:"跑掉了,没法放。"
柳絮宁:"线断了?质量这么差。"柳絮宁一阵心痛,这可是她的钱。
梁锐言耸耸肩,皮笑肉不笑:"谁知道呢?所以我来抓她了。"
莫名其妙,前言不搭后语,柳絮宁懒得搭理,别开眼不看他,然后和一帮实习生惊愕见鬼的表情碰撞。姜媛在一边见怪不怪:"梁锐言你怎么这么幼稚?"
"谢谢,童心未泯,正被很多人嫉妒。"

实习生人多,一帮人聚在一起玩德州扑克。梁锐言自来熟地坐下要和她们一起玩。柳絮宁屁股往旁边挪了一点,这细微的变化很快被他发现,他手一抬,手臂熟稔地搭在她肩上,往自己的方向一勾。
手臂下压的霸道落在柳絮宁的肩头上,然后化作一点不适。
感受到她肩膀的僵硬,梁锐言瞥了眼:"怎么,轮到我了,搭一下肩膀都不行?"低低的声线绕在耳边,依然像极了玩笑。
柳絮宁的视线从他弯起的唇落到他的手上,看着他另一只手随意地摸过一张牌。纸牌被丢在湿漉漉的沙滩上,有黏腻的沙土粘在他指尖。他极快地搓手,怎么也无法抹掉的感觉似乎让他耐心全无到浓眉深皱,就像他此刻勾过的她的肌肤,在不久前,也曾有人轻轻触碰,无法抹去。
远处,于天洲站在梁恪言身边,说梁董马上要到机场,询问他要不要亲自去接。
梁恪言看着前方那一幕,嘴角抿成一条直线。
大海风平浪静,他的心却燥热,在胸口卷起暗涌。
时间还早,他当然可以来上那么一出,他一向擅长。
可是让她陷入两难境地的自己,又能是什么好东西?

纸牌游戏一场接一场,聚集的人越来越多,柳絮宁的注意力开始不太集中了。
梁锐言扫了她一眼,将牌一丢:"不想玩了,你们玩。"
不过一个下午,他已经和这帮人混熟了。几个女生也不像他刚落座时那般不自在,纷纷诧异:"才几点啊。"
梁锐言没多说,第一个起身,问柳絮宁走不走。柳絮宁正愁没有理由脱身,听见这话立马点头。
沙滩上有烤肠摊,两人一人一根,自然又是柳絮宁付的钱。
梁锐言得了便宜还卖乖:"谢谢你养我。"
往日还能你来我往地进行几番幼稚对话,但柳絮宁今天实在没什么兴致。
两人离开之后,这局突然变得没滋没味。有两个女生时不时扭过头去看,显然心思不在此处。
棕发女生纠结许久,挪到姜媛身边,压低了声调:"他俩是一对吗?"
姜媛意味深长地看她,把她看得有些不好意思,急忙欲盖弥彰:"哎哎哎,我绝对没有别的意思,就是问问。"

姜媛好心地提醒："不是，但你的概率不太大。"

棕发女生抿抿唇，没再纠结，比了个"OK"的手势。

此时的酒店楼下，停着一辆丰田埃尔法。有酒店工作人员毕恭毕敬地迎上来，戴着白手套的手缓缓拉开车门。

等柳絮宁和梁锐言走近了，只能看到爷爷、奶奶的背影。梁恪言站在最外边，被几人簇拥着，有长辈，有同龄人。他脸上挂着敷衍的笑容，娴熟地应付着来路不明但目标一致的热络。

梁恪言一手接过一位叔伯递来的烟，另一只手把车钥匙递给站在旁边的于天洲。

如有感应，视线稍偏的那一刻，他看见并肩而行的两人，夹着烟的手指敷衍地晃晃算作招呼。

长时间浸泡在名利场里的人，烟味、酒味、铜臭味是他们的固定香氛，阴险狡诈是难以剥落的标签。可惜梁恪言都没有，只给她一种截然不同的撕裂感。

那些人围上去客套地说了一圈后，又笑着说晚上见。

"爸没来吗？"梁锐言走上前。

梁恪言："飞机晚点。"

"哦，我跟她上去换衣服。"这个"她"自然是指柳絮宁。

从酒店大堂到电梯，距离不算远。等电梯的空隙，后面传来几道嬉笑交谈。

"你有没有觉得梁锐言很有意思？"

"当然啊。"

"可惜了，他一看就不是我们能'染指'的。"

"宝贝，不要妄自菲薄咯。"

"不过说起来，亲兄弟的性格真的会差这么大吗？小梁总就一板一眼的也不会笑，唉——"那人长叹一声，在心里思忖着恰当的比喻，"我都能想象到跟这样的人长时间待在一起该有多无趣了。"

女生来了兴致："假如，我是说假如，假如可以选的话，选哥哥还是弟弟？"

"哥哥还是弟弟？哈哈，这问题想想就精彩。"

柳絮宁看着墙壁，条形的瓷砖交错相铺，像流动的海。她的大脑有些宕机。

三角形的站位，夕阳从外洒入，影子投射在墙壁上，参差不齐，他们俩的影子像两只庞大的猛兽挤压着她喘不过气。

"叮——"电梯门打开，英文播报："Going up！"

柳絮宁猛然回神，第一个钻进去，迅速按下15和16楼。

"等等等等——"那边也有人发现电梯门即将关上。

梁恪言站在最边上，正要按开门键，被柳絮宁毫不留情地打掉。

梁恪言："嗯？"

柳絮宁："难道你……"到嘴边的话急悠悠地转了个向，接下来的语气都带着明晃晃的无理和强硬，"我不想和别人坐一部电梯，我们三个就够了。"

"你挺霸道。"显示屏上，数字跳跃至"10"，沉默终于被梁恪言打破。他说得轻松，带点揶揄，好像刚刚那些评价扎在了陌生人身上。

柳絮宁有时候会想，他是天生一张冷漠无情的脸，还是习惯性地戴上虚假面具？这世上没有一件事情能让他彻彻底底地失去理智暴露真实情绪吗？

"没有吧……"

紧跟着的话还没说出口，她柔软的脖颈被人从后面捏住。梁锐言的手好冰，像一条冰冷的蛇攀附而上，轻而易举地缠住亟待扇翅高飞的小鸟。柳絮宁挣扎了一下，他却掐得更紧。

"梁锐言！"

一道拔高的声音，带着摇摇欲坠的忍耐，引来两个人的注视。

梁恪言眼底的笑意悄无声息地退潮，那根没点燃的烟在他指尖转了转，像一把即将走火的枪。

梁锐言这才松手，嗤笑一声："哥，这你就不懂了吧，我们柳絮宁一向霸道。"

他讨厌梁恪言和柳絮宁旁若无人的熟稔。

他说完这话，不自觉地去看梁恪言，两人的目光在空气中撞上。光滑的轿厢壁上，梁锐言看见自己的脸不成熟地展现戒备状态。

电梯在 15 楼停下。

柳絮宁："你又不下？"

梁锐言回神："下。"

"阿锐。"电梯门将要合拢，后面有人叫他，梁锐言下意识转身，眼前视线猛烈一晃，一包未拆封的烟盒沿着抛物线被扔进他怀里，他还未反应过来，只听见梁恪言无波无澜的声音。

"泄泄火。"

梁锐言没有抽烟、喝酒的习惯，队里也绝对禁止，他不信哥哥不清楚。更何况，抽烟只会让人更加上火。从很小的时候开始，梁锐言就能从梁恪言身上明白血脉压制这件事，挑衅他，无异于虎口拔须。

梁锐言看着手里的那盒烟，眉眼被阴影笼着："待会儿下楼吃饭，记得看我微信。"

电梯门隔出一片安静世界。

"他不能抽……"

"人的弱点是心窝。"他的声音突兀地落下，打断柳絮宁剩下的话。

柳絮宁懵然："什么？"

"他下次这么对你，你就——"梁恪言抬起手指点着自己胸口的位置，语气和这力道一样轻缓，"狠狠地击过去。"

说出的话却让柳絮宁的心被钝钝地重击。

方才她的情绪起伏的确过大，有一瞬间，她也确实想这么做。她惊讶于梁恪言居然能精准地洞穿她的想法。

上行一楼，电梯门打开。

梁恪言看着还岿然不动的她："不出来？"

柳絮宁回神，快步跟在他身后。

梁锐言给柳絮宁发消息说晚餐想吃酒店二楼的中餐馆。柳絮宁没什么意见，快速地冲了个澡后，去隔壁叫梁恪言。

二楼大厅，梁锐言等柳絮宁的工夫无聊地拿出键盘机玩贪吃蛇。

看见他拿出这种老爷机的时候，王锦宜瞠目结舌："你还有这个？"

梁锐言手一抖，蛇头撞上自己的身子，游戏结束。马上就能破上次的纪录了，却意外失手，他一脸不耐烦："你跟着我干什么？"

王锦宜很无辜："你爷爷、奶奶让我跟着你啊。"

她也不想的，谁叫她一出门就碰见梁继衷和她父母几人准备去外面吃饭，许芳华问她为什么不和梁锐言一起。她只能乖巧地笑笑，表明自己正准备上去找他。

好巧不巧，话刚说完就看见梁锐言从电梯里出来。

"现在他们走了，你是不是也可以走了？"

王锦宜本来也不想多待，正要离开，眼睛突然一亮："你们三个人一起吃啊？"

梁锐言疑惑地回过头去，看见柳絮宁和梁恪言一前一后地往这边走。他烦躁地摁灭手机。

王锦宜不想走了。四人算是第一次一起吃饭，大家没有忌口，什么都能吃。柳絮宁尤爱那道芝麻烧文昌鸡，梁锐言揶揄："你是猪啊柳絮宁，等你回家有你好减的。"

"不会，下学期过完就自动退队了。"

说完这句话，她突然被呛了一下。她闷着声咳嗽，晃动的眼前出现两张纸巾，她随便接过一张。梁锐言看着还停留在自己手上的纸巾，若无其事地收回，拍拍她的背。

王锦宜一根海南四角豆叼在嘴里，大眼睛左右扫视。

姜媛在微信里问柳絮宁来不来海滩放烟花。柳絮宁问身边几个人去不去。

梁锐言和王锦宜自然是去的。柳絮宁又看向梁恪言："你去吗？"

察觉到他即将涌出来的笑意，柳絮宁觉得奇怪："你笑什么啊？"

梁恪言："我这次应该回答什么？"

当其余两人还不知他所云时，柳絮宁立刻就回想起下午海滩上的那个情形，她赶紧打补丁："我这次是真诚地邀请你。"

他依然是笑着的："好的，谢谢你的邀请。"

这次？梁锐言想问，那么上次是什么事？不知不觉中，他们有了很多他没有参与过的经历。那些令他一头雾水的密语和他们的关系一样，像坠入沸水中的温度计，猛烈地超出他的预计。

四人往沙滩的方向走，柳絮宁走在最前面，她一边走一边和姜媛发消息。

后面，有人脚步匆匆，于天洲叫住梁恪言。

"梁总让您过去找他。"

梁恪言都无须思考："晚一点。"

于天洲为难道："梁总让您现在就去。"

梁恪言小幅度地晃着指尖捏住的手机，眉眼间划过烦躁："知道了。"

一抬眸，他和正循声看来的梁锐言撞上视线，他冲梁锐言打了个手势，后者快速地比了个"OK"。

柳絮宁到海滩边上的时候，姜媛在放仙女棒，一回头看见柳絮宁和梁锐言，她兴奋地招手："柳絮宁！"

柳絮宁跑得飞快，梁锐言在后面纳闷，她又不喜欢烟花，这么来劲干什么？

姜媛拿地上的一把仙女棒塞给她，又问梁锐言要不要。

梁锐言撇撇嘴，兴致缺缺："你说呢？"

这态度真扫兴，柳絮宁没再搭理他，抽出两根递给王锦宜。

王锦宜："谢谢。"

海滩边一束接一束的烟花气势十足地朝天空迸发，又在夜幕上轻盈地绽放。手中仙女棒的流光与漫天的绚烂色彩相比逊色许多。

"砰——"

青城明文规定外环线外区域才可以燃放烟花，老宅虽然在外环线外，但大家对烟花的兴趣都不大。

柳絮宁将对烟花的喜欢埋入心底的寂海，让它在沉闷的海底爆开。

她仰头看着如走马灯般在她视线里划过的彩影，心也跟着巨大的声音雀跃地跳着。

"砰砰——"

又一束烟花炸起，一束比一束热烈、漂亮、盛大。

柳絮宁下意识回头："哥，你看——"

宽阔的视野之中，没有她口中的人，她有些蒙，梁恪言没跟过来吗？

她寻找着梁恪言的身影，也有人就这么盯着她被长发缠绕的脸。

梁锐言平静地看着她，半响，笑了笑，不知何故渗出汗液的掌心摁住她的后颈，而后手臂顺势环绕过她的脖颈，带着她的身体往自己胸前压。

柳絮宁猝不及防地呆住，仙女棒还在她手间燃着。她下意识伸长手臂，让那微弱的花火离自己和梁锐言远一点。

"你干什……"

- 152 -

他的脸压下来,五官凑近,无一丝温度的双眼紧紧攥住她的眼神:"说了不要叫我哥哥,怎么这么不听话啊,我们柳絮宁?"

有些东西已经到了临界点,柳絮宁浑身上下竖起被冒犯的利刺。空白的脑海中,想起梁恪言的那句话,她的手肘蠢蠢欲动。

王锦宜默默地往旁边挪了几步。她自认自己不算是个正常人,但此刻还是觉得梁锐言很可怕——在所有与柳絮宁有关的事情上。

柳絮宁蠢蠢欲动的手肘在大脑发出指令之前,又归于平静。

——因为梁锐言松开了她。

刚刚的一切快得像是一场海市蜃楼。

她竭力地压着怒意:"我刚才没有叫你。"

梁锐言置若罔闻,拿起一根全新的仙女棒:"还玩吗?再给你点一根。"

柳絮宁几近咬牙切齿地重复:"梁锐言,你不要转移话题,我说我刚才没有在——"

"嗯嗯嗯嗯!"他重重地点头,如大梦初醒般,又挂上那熟悉又欠揍的笑,"烟花声好大,我听错了。还玩吗?再给你点一根。"

再喜欢的东西也毫无兴致了。

柳絮宁用力地捏紧手,指甲掐进肉里得以长久清醒,她摇摇头:"你玩吧,我困了,先回去了。"

梁锐言盯着她的背影,步伐坚决,越走越快。

"梁恪言,我是你爹!你有的什么不是我给的?你胆子大了敢在背后算计老子!以后我的什么不是你的?你现在就等不及了是吗!"梁安成的怒斥和那个放在书桌上的烟灰缸一起落在梁恪言的额头上。

被梁安成发现自己做的手脚这件事并不奇怪,如果他现在还不能发现端倪,那这么多年叱咤商场的经历也只能配以不及格的分数。

他闷声不响。

绝对的利益面前,什么都得给他让路。

梁安成一个人的独角戏唱累了,他额头冒汗,最后捂着胸口让梁恪言滚出去。

梁恪言看着他,还是问:"爸,你还好吗?"

这份担忧如今看来更像是胜者的嘲讽,所以不出意外地换来父亲一句更暴怒的"滚"。

出门时,他与乔文忠撞上,看模样应该是在门口等了很久。看见梁恪言,他一时没摆正情绪,眼里的阴怨一闪而过。梁恪言笑了笑,朝他礼貌地点头,叫了一声"乔叔"。

乔文忠心中万般无奈地叹气。也是真低估了他,此时此刻,乔文忠才明白,应该早早地站位于他的身后,才不至于落到今天这个夹着尾巴做人的地步。

两部电梯同时不同向地在16楼停下。

"柳絮宁？"

出了电梯，柳絮宁就撞见了梁恪言。但她那股气还在身体各处乱窜，无波无澜地"嗯"了一声作为回应，然后不做停留地往房间走。

发现她情绪上的不对劲，梁恪言加快步伐，他腿长，三两步赶上她。可到并行的那条线后，他又无任何行为，只跟在她身边。

倒是柳絮宁自我克制着，不停地深呼吸，只盼望心里的那支温度计快一些归于正常。

她在自己的房门前站了许久，等冷静下来了，一扭头，才发现梁恪言就靠在门边，双手环胸，好整以暇地看着她。

"你站在这里干吗？"她问。

他反问："那你呢？"

柳絮宁敛下眉眼："发个呆。"

"那我看人发呆。"

这人！

她阴郁地看他，却在触及他额角那一抹异样的伤口时一怔："怎……你这是怎么了？"

手指在他额头前虚虚地比画了一下。

自己的情绪还没整理好就来关心他。这妹妹是什么？菩萨下凡吗？

梁恪言摸了摸自己的额头："很明显？"

她提高音量："当然啊！"

柳絮宁极快地打开门，抓着他的衣摆让他进门。

梁恪言看着她在就这么点大的行李箱里翻来覆去地找。

幸好，带了。

柳絮宁拿出一瓶红花油，正要往他额头上抹，梁恪言躲了一下。

梁恪言："你确定它有用？"

"当然。"她以前扭伤都是这样抹的好不好，谁还能比她更有经验？柳絮宁掏出手机，迅速百度，进度条刷一下快进，跳出回答。

额头伤肿应用冰敷，用红花油并大力揉搓可能会导致红肿部位越揉越大。

柳絮宁迟缓地讪笑一下，语气轻飘飘的："哇哦，原来是这样。"

梁恪言微笑地注视着她："学到了。"

柳絮宁垮下脸。才不是，他本来就知道红花油不顶用可能还会更严重的。

"我去拿毛巾。"

柳絮宁将毛巾用冰水打湿，直直落下的水柱击打着她的掌心。

以前梁锐言不打羽毛球的时候会和班里的男生去打篮球，有次他同桌告诉柳絮宁说梁锐言被打了。待她匆匆赶至球场，就看见梁锐言盘腿坐在场边，额头上的红肿还没消退。

柳絮宁一脸无语地看着他，用冰水打湿毛巾往他额头上敷。

"不是打球吗？怎么变打人了？"

原因很简单，对方的女朋友曾经大张旗鼓地追求过梁锐言，是在追求失败后才退而求其次找了他。如今球场上看见仇人，自然分外眼红。

梁锐言捂着脑袋，满脸不屑："戆居，我跟他说了我有女朋友了还不信，我脑子有病惦记别人的东西？"话落，语气一转，"不过，这白痴仔现在应该信了。"

有股温热从后面袭来，柳絮宁手一抖，他的手臂里侧贴着她正在搓洗毛巾的手臂，两道截然不同的体温相接。

"我来吧。"他说话时胸腔震动，蜻蜓点水般地碰着她的后背，薄薄的一件夏季短袖在这股热意面前的抵挡力降至不存在。

不久之前的感觉翻江倒海而来，她像是一只应激的猫，浑身的毛竖起。那个被竭力压抑的攻击在这一刻哗然起跳，手肘不留半分力道地往后击去。

梁恪言比柳絮宁快了一步，被水浸湿的掌心紧紧箍住她的手臂，锐利明亮的眼眸直视她。

"把我当成谁了？"

他空着的一只手关上水龙头，一切嘈杂消失。

她的手臂和他的手掌像突如其来一场角力，谁也不松开，谁也不示弱。

被梁恪言抓住手臂的那一刻，柳絮宁就知道自己迷糊了，也在当下清醒过来。可是她不想做那个示弱的人，反而力道更大地往后抵去，她非常清楚自己在借此发泄在海滩上积累的怒火。

但梁恪言是可以让她用来发泄的吗？

"没谁。"柳絮宁不挣扎了。

"好。"他松开她的手，只拿过那条毛巾，一抬高，水"哗啦啦"地往下掉。

柳絮宁惊讶地转过头去："啊……啊？"

就……好了？明知是搪塞敷衍的造假答案，他也不追问吗？

梁恪言绞干毛巾，随意地往脑袋上一贴，或者说用"砸"来形容更为准确。

"我这张脸长得不太行，让你看见就想打。"

她窘迫道："不是。"

原本足够宽敞到可兼并淋浴和泡澡的盥洗室居然因为梁恪言的到来变得狭窄，柳絮宁觉得自己恍若置身狭窄的鱼缸，一说话，就呛得"咕噜咕噜"冒泡泡。

对面这个男人，足够让她缺氧。

梁恪言不再说话，先一步走出去。

柳絮宁不清楚，这个话题就这么过去了吗？他明明知道一定不是这样的，她已经清晰地摆出了防备的攻击姿势，他还能如此淡然地不追问。

好吧，还是感谢他的沉默。

柳絮宁追上去:"你没敷好。"

梁恪言拿下来递给她。柳絮宁将毛巾对折再对折,踮脚贴在他的额头上。

脚尖落下来时,她扫过他的眼睛,漆黑的瞳色里,藏着沉寂火山下盘旋的岩浆,滚烫、浓烈,又被死死压住。

"行了。"他接过毛巾,"晚安。"

镇定自若地开口,步伐快得却像落荒而逃。

但柳絮宁不觉得此夜安宁。洗好澡躺在床上时,她收到了梁锐言的消息。

梁锐言:楼下好像有家很好吃的早茶店,明天别吃酒店的自助了,我们吃那个去。

只字不提几个小时前发生的事情。

柳絮宁:不去,起不来。

他也没睡,秒回:我买了给你送上来。

柳絮宁:那我也起不来开门。

不再管他发什么,柳絮宁关上手机,把空调设置为二十二度,再躲进厚厚的被子里。她突然想起梁恪言今天说话时带了点鼻音,还有他额头上那道不知缘由的红痕。

柳絮宁爬起来,把空调调回二十六度,又点开微信,不带犹豫地掠过梁锐言那个鲜艳的数字"12",下滑找到梁恪言的对话框:你是感冒了吗?我有感冒药。

消息是三分钟后回的:你怎么什么药都有?

柳絮宁:当然是以防万一啊。

柳絮宁:你就是那个万一。

柳絮宁:你全吃了,回去的时候,我的行李箱就能轻一点咯。

一条接一条的消息像春日争相绽放的花苞,伴着泉水"叮咚"的声音,一朵一朵地开在他的手机屏幕上。

全吃了?这么恶毒,也不怕吃死他。

梁恪言一边起身一边回消息:好。

门一打开,眼前一晃,有东西抛向他。他没看清,但还是下意识地接住。

——盒感冒药。

再抬头时,他眼里划过她的一抹身影。

可以,他想做那个万一。

起瑞的年会向来热闹,五花八门的礼服靓得柳絮宁眼花缭乱。

每个部门都会出几个节目,坐在第一排的柳絮宁能近距离见证美轮美奂的舞美。

节目陆陆续续进行了一半,由于柳絮宁这桌有梁继衷、许芳华他们,多的是人来敬酒,这桌上的热闹就没有停过。柳絮宁索性反坐,下巴靠着椅背,这似乎是个很没有礼貌的动作,不过管他呢,又没人注意到她。

除了她身边的梁锐言。见她这样来劲,他还以为是什么好东西,也跟着回头看了眼,原来是跳舞,他又索然无味地转回去。

旁边空了许久的位置是给梁恪言准备的,但他从年会开始就没有坐下过。起瑞遍布各地的分公司老总纷纷向他敬酒,子公司太多,权力分散,有好也有坏:坏处在于他手里的权力有些少;好处则在于,他能不费大力气地收回来。

梁恪言的视线扫过这些人,谦逊地笑着举杯。

梁继衷对这现状很满意,也起身走过去。

他这么一走,本就是来阿谀奉承献殷勤的高层们也识相地跟上去。起瑞未来到底是谁的?这里个个都是人精,再清楚不过。

所以,当柳絮宁发现梁恪言坐到她身边时,她突然怔住。

原本穿得规规矩矩的西装外套现在被随意地搭在椅背上,白色衬衫最上面一颗扣子也解开了。整个会场灯光绚烂迷幻,流动的光在他周身流转。

明亮晦暗的光相互交错,瞬息即逝。柳絮宁看不清梁恪言的表情,也分不清他喝了多少。不过算算时间,还早。她记得以前的年会都要办到第二天凌晨,电梯里都是喝得醉醺醺的男人,待到翌日醒来又是风度翩翩、雷厉风行的企业高管。

可能是柳絮宁探究的眼神太明显,又久久停留在他身上,梁恪言问:"怎么?"

柳絮宁神秘兮兮地凑过去,压低声音:"其实……"

她的神情太严肃,梁恪言皱着眉靠过去。

"我给你的药是头孢。"

梁恪言眉梢轻挑,不紧不慢:"其实我没吃你的药。"

意料之中的,她的表情沉下去。

梁恪言突然觉得好笑,怎么这也能信啊,他这个妹妹有点傻傻的可爱。

"吃了。"他改口,眼里带着逗弄逗的坏劲。

柳絮宁这才坐回去:"我就是随便问问。"

梁恪言:"但我在认真回答。"

起瑞人真多,会场温度真高,热意悄悄地攀上她的脸颊。柳絮宁闪避目光,去看舞台上的表演,拙劣地转移话题:"你是不是也会跳舞?"

梁恪言转头时顺势抿了口酒,喝完才懊悔,待会儿他还有敬不完的酒,现在喝它做什么。

舞台上几个男生跳的什么舞种,他分辨不出来。至于他,学过,但忘了,左右也就去了四五次。

为什么去呢?梁恪言揉揉眉心,因为梁安成要找一个正大光明的机会见江虹绫,所以千方百计地打听到了她每周末会带着年幼的女儿去学舞蹈。可梁安成有这心,没有光明正大的名头。还好还好,他有个儿子。

于是,每个周末成了梁恪言最讨厌的两天。已经耗费了一个下午的时间用在游泳课上,还要去他不喜欢的少年宫学他不感兴趣的舞蹈。他只觉得,男人真虚

— 157 —

伪啊。要业界好评，要他人敬重，又放不下这熏心的色欲。

那时隔壁班有个新来的小女孩，哭声凄厉至极。梁恪言从小到大没什么害怕的东西，但这哭声真是让他全身上下泛起鸡皮疙瘩。听她哭一场，他对舞蹈的厌弃就加一分。有一次路过隔壁舞蹈房，门没关，那个小女孩又在里面嚎啕大哭地喊"妈妈"。可惜了，这里哪有她妈。

梁恪言当时站在门边，心想怎么能有人哭得这么好笑还这么漂亮。

而小女孩像是抓到了什么救命稻草，几乎是震天响地"呜哇"一声，边爬边哭，边哭边吼："哥哥！哥哥救救我！我不想跳舞了！"

梁恪言艰难地咽了下口水，还真在思考他要不要发扬古时少侠风范救她一条小命。

——然后，他的舞蹈老师来抓他了。

罢了，少侠自己的小命都不保。江湖险恶，山高水远，大家还是顾好自己为妙。

后来，梁安成突然说如果他不愿意学跳舞就不用再去了。也行，那么那个可怜的小女孩，望她吃得苦中苦，以后在舞蹈界多有建树。

而再后来的数月之后，他在他的地盘看见了她。

他真成她哥了。要命。

"我记得你的。"柳絮宁说，"我还觉得你很凶，为什么不笑呢？"

思绪回笼，他清明一片的眼神望向她："我不是也没问你为什么一直哭吗？"

柳絮宁听着他理所当然的口吻，气急了："你被掰得跟面团一样你哭不哭啊？"

见她气鼓鼓的，誓要跟他争个对错，梁恪言唇边的笑意扩大："那现在呢？"

"什么？"

"现在你还觉得我很可怕吗？"

"觉得。"她郑重其事地点头，又在他略带纳闷的眼神里狡黠一笑，"骗你的。"

柳絮宁不自觉地长吐一口气："我以为你讨厌我。"

梁恪言眯了眯眼睛，聚焦的眼里是明晃晃的迷茫，仿佛她说了什么荒唐至极的话。

"我做了什么给了你这样的错觉？"

他们现在的关系应该不复以往了吧，她可不可以大刺刺地剖开那份让她难以启齿的羞耻呢？

不知不觉间，舞台上的节目又换了一个，是与非门乐队的《乐园》，慵懒迷离的旋律比酒精还能麻痹大脑。

柳絮宁两只手叠在椅背上，下巴支着手臂，像上课时偷摸着打盹的坏学生。她喉咙压着，因此声音闷闷的："去老宅那天，你是不是看到我踹周行敛了？我后来还把最后一个咸蛋黄鸡翅让给你呢,是你不要,不要就算了,你看我的眼神充满了不屑……搞得我很长一段时间看见咸蛋黄就害怕。"

欲加之罪何患无辞。梁恪言条件反射地去拿酒杯,又克制着放下,躁动不安的手开始比画:"装腔作势、油盐不进、令人讨厌、死鱼脸……"每说一个词,他比画出的数字就加个"1",而柳絮宁的脸烫程度也跟着叠加一分。

"你能不能告诉我,看见这些评价,我应该做出什么反应才对?"

柳絮宁自知理亏地语塞,思绪在脑子里冲刺跑妄图再找个新鲜出炉的理由。

"昨天你的员工这么说你,也没见你生气啊。"

这里不再是成年人的利益交换所,变成了世界上最幼稚的幼稚园。他们两个是幼稚园里最差劲的学生,喋喋不休地数着对方身上的罪证,以此为自己贴上一个好人的标签。

"我不在意她们,随她们评价。"

"哈?"梁恪言知道他在说什么吗?柳絮宁禁不住笑出一声,"所以你是在意我,才会对我的评价耿耿于怀?"

"对。"

当语速过快时,大脑就会缺乏思考,随之而来的,是一比一的真心还是语言系统紊乱下的产物,都有待商榷。但当下的对话戛然而止,柳絮宁突然噤声,心跳如擂鼓般跳动。

梁恪言似陡然清醒,又像陷入更深的醉意,盯着深红色的酒液,自圆其说:"我喝得太多了,不跟你打辩论。"

话落,又分出一个眼神给她。

两人直直地对视着,一个藏在心里许多年的结扣随之解开。

大脑中某个控制理智的区块正式宣告罢工,柳絮宁没忍住,窃喜着笑了两声。

"笑什么?"他问。

她傲慢地一扬下巴:"我笑一下也不允许?"

那他倒也没有如此霸道。梁恪言耸耸肩,"OK"的手势在空中虚晃两下,于是柳絮宁嘴角的弧度更大。

"恪言,来,跟我去和江扬实业的董伯伯喝一杯。"梁继衷走到梁恪言身边,拍拍他的肩。

在没有人看到的地方,梁恪言的胸口起伏了一下,脸上划过一丝转瞬即逝的痛苦和抗拒。只有柳絮宁看见了,她才不同情他呢,主动拿起那杯他方才放在桌上的酒递过去。

梁恪言不太高兴地接过:"你说以后我死了,是不是你递的刀?"

她诚实地摇摇头:"不会的,我有一点点晕血。"

梁恪言一瞬失语,没再搭她的腔。

须臾转身间,真情实感从他身上剥落,嘴边又是那个陌生到恰到好处的客套笑容。

年仅二十四岁,正值盛气凌人的青年时期,他站得松弛,游刃有余地处在一帮年长者之间谈笑风生。

柳絮宁有些出神,视线一寸寸地在他脸上游移。

等梁恪言再回来的时候,节目已经接近尾声,最后一轮的抽奖也开始了,奖品是某品牌新上市的手机。

主持人说这台手机里插了一张电话卡,她会倒着念出这台手机的手机号,第一个拨通电话的人就能拿走这台手机。

最新款手机对大家的诱惑力很大,但"第一"对柳絮宁的诱惑力更大。她回头看看,旁边的人已经拿出纸笔准备记录了。

柳絮宁看向一直在旁边垂头玩游戏的梁锐言,他一整天的兴致都不高,平时一贯多话,今天却没正儿八经地说几个字。

"梁锐言,你的手机能借我一下吗?"柳絮宁问。

梁锐言挂机之后递给她。柳絮宁看着他的操作,瞳孔地震:"不是不是,你别退啊。"

她能想象到对面的队友有多蒙,继而引发一场怒骂。

"那是什么?"

"你那个老爷机,就是你平时玩贪吃蛇的键盘机借我一下。"

梁锐言茫然地问:"你要那个干吗?"

柳絮宁让他回头看台上的抽奖规则,他快速地扫过,看她时都觉得奇怪:"没事吧你?这有什么好抢的,我回去给你买。"

"可是我肯定能做第一个拨通电话的人。"

"浪费那个时间干什么。"梁锐言说,"而且那手机我放在房间里,没带出来。"

"嗯,那好吧,没事。"

柳絮宁摒弃掉些许失落的情绪,筷子夹起咸蛋黄鸡翅放到碗里。都是小事。毕竟,从今天开始,她的咸蛋黄鸡翅PTSD就被彻彻底底地治好了!

主持人在台上报电话号码,整个会场安静了许多,并不只是因为那台手机的吸引力有多大,更多的是对游戏的兴趣和争做第一人的好胜心。

柳絮宁连重在参与的兴致都没了,筷子也没放下,只顾着吃。只是,另一只垂落在腿边的手里突然被塞进一个冰凉的东西,方方正正的。她眨了眨眼,低头看去——一台老式按键机,只不过按键都镶着钻石,看起来价值不菲。

柳絮宁的手霎时变得滚烫,这可是活生生的真金白银,摔一下她可赔不起。她怔怔地看着不知何时回来的梁恪言,大脑都是空白的。

他问:"你不是要这个?"

在那边走了一遭,他身上的酒味更重了。

温热的吐息落在她鼻端,柳絮宁缓了缓神:"你怎么知道?"

"2。"

主持人已经在报数,柳絮宁不等他的答案了,慌里慌张地打开手机,按下一个"9"后,又按了"左键"。梁恪言突然笑出一声。

"柳絮宁,你的花招真的很多啊!"这什么乱七八糟的办法?

他探究的目光落在她脸上,让她突然产生一种快感。

她喜欢被人夸,各种意义上的。

"8。"

发丝跟着垂头的动作一起坠落,笼罩住她整张脸,也隔绝了梁恪言看她的视线。

最后一个数字当然是"1",主持人刚念完手机号,清脆的铃声就透过麦克风响彻整个会场。

"这也太快了吧!"主持人说,"给我手中这台手机拨打电话的是——139×××××××。"

台下的调侃声持续不断。

恰好走到第一桌的许芳华脚步一顿,古怪地看着身边的梁继衷:"这不是我的……"

梁继衷:"嗯?"

许芳华:"恪言刚刚拿走了。"

她叫住梁恪言:"恪言,你这是……"

梁恪言:"她打的。"

柳絮宁不太好意思地看着许芳华,把手机递给她:"奶奶,还给您……"

她以为这是梁恪言的手机,没想到居然是许芳华的。

"是你打的啊,怎么这么厉害?"许芳华笑得眉眼一弯,又指着梁继衷说他一把年纪了也想凑年轻人的热闹,还硬记数字,结果念叨了半天都没记住几个。

"是哪位幸运儿?快上台领奖了。"主持人催促。

许芳华:"哎哟,是我们宁宁。"

主持人一见是许芳华在说话,态度立刻软和几分。

在众人瞩目下,柳絮宁拿过那台手机。台下,有合作伙伴惊讶地问她是谁,许芳华一直笑着,缓慢的话语也温柔,说"那是我们宁宁"。

于是一拨又一拨知道她的人凑上来,评价这小姑娘以前安安静静又内向,话也不多,倒是聪明。再顺带把她从小跳舞、拿过数个奖项、年年第一、高考状元等头衔提一提以示熟稔。

难言的情绪比夜里的潮声还要磅礴,这些话像吸饱水的砂石从她耳里灌入。

此时此刻她真感谢自己有刘海,稍一垂头就能完美地挡住半张脸。柳絮宁揉揉眼眶，想借故提前退场，可四面八方被突如其来的阿谀围堵，又找不到一个好理由。

"解酒药是放在楼上了吗？"梁恪言突然转过头来。
柳絮宁一蒙："你在和我说话？"
梁恪言点头。
旁边一个叔叔听着两人的对话，"哈哈"大笑着调侃："恪言啊恪言，你就这么点酒量？"
梁恪言全盘应下："是啊。"
他没多说，继续看着柳絮宁："你帮我上去拿一下好吗？"
她那一个医药箱里常用药都有，就是没有解酒药。
也就沉默了不过三四秒，他的头更低了一点看她："这么小气。"
柳絮宁觉得他有点喝多了，想着出去找前台拿解酒药："好。"
两人就在众目睽睽之下走出去，沿路不断有叔叔、伯伯按照惯例来一句"恪言，这就走了？"，梁恪言脸上会露出明显的不服，回一句"待会儿再来"。
柳絮宁心说好面子果然是男人的通病。为了他的身体考虑，她拽了拽梁恪言的袖口，小声提醒他不要逞强。
他反问："我不这样他们能放我走？"
柳絮宁恍然："哦哦哦，这样，那我们快走。"
梁恪言侧过头去轻笑，傻不傻啊……
柳絮宁看着梁恪言直直地往电梯口走，拉住他的袖口，问他要不要去找前台要解酒药。
闻言，对方停下来问她："你觉得我喝醉了吗？"
柳絮宁想，男人这样说的时候就是喝醉了。她于是非常确定地点头。
梁恪言投降，靠着墙等她，一副悉听尊便的模样。等待她的工夫，远远走过来两人，梁恪言眯了下眼，像在确认。
…………

柳絮宁一转头就看见了周行敛和周茉芸。他们什么时候来的？她都没有注意到。
她的脚步慢了一拍，眼睛一晃，又看见安静站在原地等待她的梁恪言，心里似弥漫起一种稳固又牢靠的安全感。
眼前这组合对周行敛，甚至是周茉芸来说都很陌生。谁不知道梁家的小儿子和柳絮宁好似一个连体婴儿，在大众面前好像从来都没有分开的时候。以至于看到柳絮宁站到梁恪言身边时，他瞪大眼睛环顾四周，确认周围居然没有梁锐言的身影。
"梁锐言呢？"他自来熟地问。

柳絮宁没回答。

周茉芸轻"啧"了一声。自家这儿子是真不识相，没看见梁恪言在旁边吗？

周行敛："啧什么啧呀，妈？我就随便问问。"

周茉芸微微笑着，强行拽过周行敛的胳膊："他今天喝得有点多。"

这也的确是实话，上次那事之后，梁、周两家的往来都变浅淡了不少，周茉芸是真不想放弃梁家这大靠山，好不容易得到一张年会邀请函，自然要借酒一笑泯恩仇。

电梯里，四人分站两边。周行敛皱着眉，一直盯着柳絮宁。片刻后，他突然拔高音量："你哭过了啊？"

周茉芸下意识也去看她的眼睛。

柳絮宁条件反射地撇开头，可这一幕落在周行敛眼里就是一种无声的正确答案。他控制不住地打了个酒嗝："你为什么哭啊？"他不解地去看周茉芸，"你刚刚不是还说她终于体验了一把众星拱月的感觉，肯定要高兴死了吗？"

天哪，周茉芸想让儿子死了算了。

偏男人发起酒疯来实在癫狂，见她侧过脸去，又不死心地凑近一步："你这眼睛怎么这么——"

可惜话没说完，他的肩膀被梁恪言摁住，停下的那一瞬，梁恪言挡在柳絮宁身前，几乎把周行敛看向她的视线全部遮住。

"我——"

才冒出一个字，肩膀上的手就毫不留情地用力，周行敛疼得都要清醒起来。

周茉芸头疼地拉住周行敛："恪言，他喝多了，他真喝多了，你别理他好吗？"

"对对对，哥，我喝多了。"周行敛也讨饶。

被梁家两兄弟教训的那一幕还历历在目，酒精下头了，发酵的胆量也跟着一并降了下去。

梁恪言这才松手。

他没兴趣和周行敛说话，只看向周茉芸："周姨，柳絮宁不是你们饭桌上的一道菜。你儿子再敢打她一点主意，我只能掀你们家的桌了。"

柳絮宁一怔，身前是从他颈间和耳后传来的滚烫气息，身后抵着冰冷的轿厢，极致的反差感在她外露的皮肤间左右互搏。

梁恪言的这番话放到几个月前，周茉芸只会表面扯笑，暗里不当一回事。但今时不同往日，梁家大局即使未定，可无论未来是什么定数，梁恪言都已经成为她永远也得罪不起的那个。

她深吸一口气，脸上带着抱歉的表情，生拉硬拽着周行敛下了不属于他们的楼层。

偌大的空间只剩下他们两人。

电梯里光线明亮得像阳光过剩的透明方盒,可柳絮宁的视线里晦暗一片。
——梁恪言没动,依然站在她身前,抬头就是他宽阔的肩膀。
眼眶又有发热模糊的迹象。
周茉芸说得没错,她终于体验了一把"众星拱月"的感觉。
从前参加所谓的豪门宴会时,她总是格格不入。
而在今天,她终于拥有了这种参与感,这迟来的参与感。
她懂这种虚情假意,可身处这样的环境,谁不是戴着虚情假意的面具与人交好?只有她,连份虚假的表面功夫都得不到。

电梯在 16 楼停下,没有人挪步。
"Going up!"冷漠的机器声响起。
但梁恪言听见一道很微妙的抽气声,像被雨打湿的小动物,无助地发出一声信号,不似求救,只为当下的发泄。
从她捂住脸的指缝中漏出,又晃晃悠悠地飘进他的耳朵,在他的皮肤上灼烧着。
她低垂的脑袋自然地挨着他的肩背,他的脊背像一根弦,紧了又松。
又是一声细小的啜泣。
梁恪言觉得那股灼热感就这样贯穿了心脏,烧得他身体空空荡荡的,连眨眼都僵硬。
他一定听到了她的啜泣声,即便如此微弱,不然,他为什么沉默呢?
柳絮宁想打破这份沉默:"我……"喉咙哽了一下。
梁恪言按亮"93",他没有回头,只放轻声音:"从这里到93层要两分钟,够你哭吗?"
她抹眼泪的幅度不敢变大,却似赌气般说道:"不够。"
"那我们再坐下去。"
"也不够。"
"那再坐上来。"
柳絮宁沉默不语。
"你想怎么教训他?"梁恪言问。
这个他,指的是周行敛吗?
心里冒出设想的这一刻,柳絮宁觉得好笑。她以为她是谁啊,她能给周行敛什么教训?画饼真是成为资本家的第一节必修课,都画到她身上来了。
想着,柳絮宁终于忍不住出声:"我不是小孩子了。"
她不是小孩子了,所以别拿这些不切实际的东西来给她甜头。
"我知道。"
"那你……"她抿唇,"就不要用哄小孩子的方法哄我。"
梁恪言:"我没有。"

"你就有——"
"如果你像小朋友一样就好了。"
童言无忌，为所欲为，想做什么就做什么，不用为任何的后果而发愁。

梁恪言转过头来，压着上半身，与柳絮宁的视线平行，盯着她闪在眼眶里的泪水和因为濡湿而成簇状的睫毛，语气认真又遗憾："柳飘飘，你才几岁啊，就开始瞻前顾后犹豫不决了？你想对那人做什么回击都可以，我给你兜底。"

心跳像是长长短短的电报声，没有规律地敲打在她的耳边。原来这个令人尴尬的昵称经由他的口念出是这样的奇妙感觉。

这双眼睛有点好看，这张脸对她来说有点魅力，柳絮宁默念着早就发现的事实。

脸上的烫意也许是因为哭泣才起，也许不是，但不重要。当下，她只想和他的视线错开。

余光里，镜面反射着他弯着的脊背，他的鼻尖和自己堪堪不过几厘米。

"我没有瞻前顾后，也没有什么回击要做。我没有不开心。"她补充，"掉眼泪不一定是不开心。我这人……就爱和别人做相反的事情。"

梁恪言平静地消化她的自创理论："柳絮宁，你真是滴水不漏。"

柳絮宁觉得脸更烫了，她弯曲的手指抹了下眼眶："漏的。"

嗯，她一定说了一句很有病的话，因为梁恪言在短暂沉默过后，撇过头去，笑声短促，却肆无忌惮。

"别笑了……"她虚弱地为自己的眼泪找借口，"人偶尔就是要排排水的，不然会发霉。"

他觉得这比喻真妙，可她既然明令禁止他笑，那他便收敛了唇边的弧度，说了一声"好"，又正儿八经地看她："那也该排够了。别哭了，好不好？"

"求你。"梁恪言说。

柳絮宁倏然抬眼，睁圆了眼睛看他。

她的肚子就是在这时候叫起来的。

梁恪言："饿了？"

这声肚子叫真是救了她，她点头如捣蒜："这里的菜又好看又精致又昂贵又难吃。"

梁恪言却是赞同的语气："门口有家陵水酸粉，想吃吗？"

她仰起头，迷迷糊糊地看着他的下巴与脖颈，下意识地"嗯"了一声。

梁恪言说的门口，并非客观意义上的门口。

——他带着她七拐八绕，柳絮宁走到一半心里冒气，这哪是门口呀，竟然这么远，她的腿都走酸了。

一家无招牌的陵水酸粉店，店里装潢简单低调，音响正循环播放着《世界第一等》。

见梁恪言轻车熟路地坐下，柳絮宁好奇，他是这里的常客？不然怎么如此娴熟。

听完她的问题，梁恪言反问："不然像你一样贼眉鼠眼地巡视吗？"

柳絮宁无言。

陵水酸粉的香辣酸三种味道在口腔里混合，柳絮宁眼睛一亮，因为美味而眉飞色舞。她忍不住竖起大拇指，口齿不清地夸赞："你很会挑，我还以为会是什么商场连锁店呢。"

倒也不是。梁恪言问了打扫客房卫生的几位阿姨，得出的结论是这家陵水酸粉值得一试，虽然是无招牌的苍蝇馆子，但比起被各类平台营销爆热的网红店，实在太值得尝试。

不经常来的地方，自然要玩到入骨、玩到透彻才行。

"出来玩去那里吃干什么。"梁恪言说，"难道你的同学问你去广城要吃什么，你都说连锁店吗？"

被他说中了，她不好意思地笑了下："但我后来都推荐他们去吃农庄的走地鸡、五指毛桃鸡，还有酸菜炒猪大肠。"

柳絮宁起先不知道这些的，都快和梁锐言把各种各样的早茶店吃了个遍。后来从某个暑假开始，刚成年的梁恪言受梁安成的嘱托带弟弟、妹妹过暑假，那时他刚拿到驾照，就在周叔的看护之下上了大路。弟弟、妹妹已经把城区玩遍，哪里都嫌无聊。他被迫应下这个差事，只能无奈地带两人去了梁继衷好友开的农庄，带他们去果园摘水果，去鸡舍偷土鸡蛋，去水库钓鱼，又去山头摘单丛茶。两人新奇得像看见新大陆。

久了之后，梁恪言有点没了耐心，自诩已是步入成年人世界的佼佼者，怎么还要照顾这两个心智比年龄还要低弱几分的未成年。

山庄主人和夫人一起亲自下厨做了烧鸡、烧鹅，柳絮宁吃下第一口，眼睛倏然发亮，忍不住赞叹这土鸡好香，这肉好甜！

梁恪言刚在心里冷嗤她夸张，她就转过头来，冲他甜甜地笑，说"哥哥谢谢你带我来，这里真有意思"。

这么多年过去了，她怎么还是笑得那么傻，和小朋友一样，又有一点点可爱。

比起柳絮宁的大快朵颐，梁恪言没怎么动筷。

柳絮宁眨眨眼，终于想起对面这人不能吃辣："你要不加点水？"

梁恪言："不用，能吃。"

"你又不是梁锐言，你加点水吧。"

美食果真迷人心智，让人说话也随心所欲起来。

他弟弟分明不在，却能兵不血刃。

梁恪言默了一阵，指腹在桌上点了点："吃你的吧。"

"我在关心你。"

梁恪言从喉间挤出一句没什么波澜的谢谢。

"你昨天怎么不来看烟花?"柳絮宁突然想到这件事。

梁恪言:"我爸找我。"

听到是梁安成找他,柳絮宁就没声了。只是……她一思考,那不对呀,吃饭的时候还好好的,和梁安成见完面之后,他额头上莫名其妙就多了一个伤痕,所以是……

她好像无意间问了件不该问的事。

她鬼鬼祟祟地抬眼,又去看一眼他的额头,却被他的目光抓个正着。他刻意地放下额前的碎发,遮盖住那道伤痕,如果不凑近仔细地看,的确很难发现。

在梁恪言发声之前,柳絮宁先发制人:"我就随便看看。"有点此地无银三百两的味道。

梁恪言:"我也没问什么,我随你看。"

他的坐姿松弛闲适,任何真实情绪都不外露。也许,他的确不在意。因为这份不在意,所以能接住所有的不堪与攻击,所有的污言秽语与千磨万击。

心跳像失控的皮球,柳絮宁决计真的不再多看他一眼。

满满一大碗陵水酸粉下去,柳絮宁是真的吃饱了。走之前,她想去上个厕所,半分钟后,又慢吞吞地挪着步伐走到梁恪言旁边,问他能不能陪她。

梁恪言疑惑地看着她:"厕所里藏着鬼?"

柳絮宁咬唇:"门锁好像坏了,门关不上。你能在门口站着吗……"

梁恪言因这请求愣住,转而了然地跟在她后面。

许芳华给他打了几个电话,开了静音,他都没接到。他不准备回拨,只给她发消息,说自己已经吃了解酒药,现在准备睡觉。

下一秒,许芳华的消息就弹出来,说她就站在他房间门口,按了半天门铃了,怎么没有人给她开门。

一条语音消息发过来,梁恪言将手机放在耳边,许芳华那略带埋怨的话就传入他耳里:"梁恪言,你长大了居然开始跟奶奶撒谎了!"

梁恪言忍笑,仿佛一瞬间回到了学生时代偶尔胆大包天地逃了家庭教师的美术课,而被爷爷、奶奶抓包的日子。

他边思考边打字:里面有点闷,我出来走走。

许芳华:一个人?你今天喝得有点多。

梁恪言:两个。

许芳华:于特助吗?

梁恪言面不改色地撒谎:对。

一分钟后,许芳华回:那行,你早点回来。

梁恪言:好。

老旧的门"吱呀"一声打开,梁恪言抽过一张纸巾给她递去。

柳絮宁评价:"服务周到。"

柳絮宁和梁恪言沿着来时的路慢慢往回走。

穿过交错着的巷弄,寂静无声的海岸线进入柳絮宁的视线。开年会的缘故,再加上已过零点,此刻无人光顾这片海岸。星星在海面上升起,海鸟掠过水面,结束一场夜间派对。海风凉得让人开始抱臂蜷缩,偌大柔软的海滩仿佛成了他们两人的舞台。

柳絮宁时不时打开微信看一圈,看着仍旧没有回信的界面,暗自叹口气。

过高的海拔总是能看到别人看不到的东西,梁恪言刻意忽略掉身边那个人的手机发出的光亮。

他并不好奇她是不是在和他弟弟聊天。只是,无论从何种角度来讲,和他走在一起,却要和他弟弟聊天,实在是有一点过分。

手机铃声响了一下,柳絮宁大喜过望,立刻接起:"喂,姜媛——"

…………

"没事,就是想问你那个仙女棒还有吗?"

…………

"没事没事,我随便问问。"

挂断电话,柳絮宁遗憾地看着他:"没有仙女棒了。"

梁恪言不明所以。

柳絮宁解释:"你昨天不是没看到吗?那算我欠你一次。"

女孩真是世上最可爱的人啊!梁恪言想,这算什么欠?想看烟花也不过点个头的工夫,如此轻易,何必为了一个并不是很强烈的念头,写下一张不应该存在的欠条。

"你不欠我。"

"可你昨天说想看。"

"是,但没看成是我自己的原因。"

柳絮宁想,细细盘算起来,他对她还挺好的,朋友是相互的,他想看烟花,她自然想帮他完成这个小小的心愿。

"你能不能像小时候一样随心所欲问心无愧地做事?"梁恪言打断她的思绪。

柳絮宁这才发现,她这位哥哥说话时也习惯挟风带雨,话中含义多得和千层酥一样,一层一层剖不出真心是什么。兜兜转转又绕回她小时候了。

她回击:"那是因为我以前讨厌你,我才懒得管你想干什么不想干什么呢。"

梁恪言一副现在才知晓真相的大彻大悟模样:"那现在呢?"

柳絮宁反问:"你看不出来?"

月光像花洒里的水淌在她周身,她仰起的脸上笑意明媚,眼睛似被光濯洗的珍珠。

梁恪言笑了笑:"看出来了。"

穿行在明暗交错的树影下,月光在他们身上流浪。

有一个不知如何冒出的疑问像晃悠悠的小船荡漾在温柔的海中。

小船终于没忍住,停下前行的轨迹:"你刚刚为什么叫我'飘飘'呀?"

世上很多事情都没有意义,就像"飘飘"这个名字,不过是换 ID 时词穷后随意取的。

"因为没有人叫你'飘飘'。"他回答。

又好像有了意义。

人的心跳,一天之内究竟该剧烈跳动几次才算是个头?

对柳絮宁来说,实在未知。

她现在算不算在禁区里跳伞,凛冽的风拂过脸颊,心跳加速到快要弹至天际。

是各种意义上的错误,那么究竟要不要抛去一切理智义无反顾地往下跳呢?

她心神恍惚地跟在梁恪言身后,走进酒店时,意外地和一拨刚从会场里出来的人撞上,其中就有许芳华。但走在前面的梁恪言没有发现,陷在自己思绪中的柳絮宁也完全没有注意到。

许芳华静静看着站在自己身边的于天洲,后者硬着头皮无言以对,只在心中真切期盼这位小梁总,以后撒谎前麻烦请和他对一番口供以保万无一失。

第七章 /
试探

旅行结束是在几天后的中午，在泉城的这几天，该玩的都玩了个遍。

大年初五那天，梁恪言带梁锐言和柳絮宁去了梁家老宅。梁安成从另一个地方来，他一来就上了梁继衷的书房向对方认错。

该是阖家团圆的日子里，梁继衷看着眼前诚恳认错的儿子，终是无奈地叹气，留下一句"以后不要再这样了"。梁安成大喜过望，连忙点头。

今天的老宅很热闹，梁恪言一进门就被迫扎在人堆里，和各路叔叔、阿姨问好。梁锐言和柳絮宁跟在他身后，他怎么称呼的，这两人就怎么依样画葫芦。

走到楼梯口，他恰好和梁安成迎面撞上。自那晚之后，梁恪言就没见过梁安成，也没看梁安成回过云湾园，不过他并不在意。

梁安成眸中因为得到梁继衷的原谅而升起的欣喜，在触及大儿子的视线后，陡然冷了几分，却又在看见身后的梁锐言时，搭上他的肩膀："怎么才来？"

梁锐言打了个哈欠，有这工夫他当然是在家里打游戏，这么早过来和一堆陌生人说话干什么。

"去跟你胡叔叔打个招呼。"

"啊？怎么不叫哥去啊？"梁锐言有点烦。

梁安成忽略他的不满，也忽略梁恪言。

柳絮宁以极佳的近距离视角目睹这场明明白白的无视，又和正侧着头的梁恪言的视线巧妙地撞车。

"什么眼神？"梁恪言问。

是个问句，但梁恪言知道柳絮宁心中在想什么。梁安成与梁恪言母亲的故事从联姻开始，生下梁恪言时，两人的感情并不好，殃及池鱼，梁安成连带着对他也就平淡。后来他们情意渐浓，梁锐言就在这时候出生。梁恪言后知后觉原来父亲是知道如何爱人的，只不过是不爱自己罢了。可再后来，母亲去世，父亲重遇江虹绫。

也是在那时，他真正得以释怀，什么无效说辞，梁安成本质上就是个垃圾罢了。因此柳絮宁以江虹绫女儿的这个身份进入梁家，他也并不在意。即便江虹绫活着，那也未必能按照既定的路走。遇上梁安成这样的人，宠爱散尽后，不过是一样的结局。

所以他不需要为自己失去父爱而难受，因为它并不珍贵。

他也不想将矛头指向柳絮宁，那太无理取闹又太幼稚。

归根结底，思考这种和利益无关的事情实属浪费时间。

看着梁恪言再冷静不过的眼神，柳絮宁心里那点可怜瞬间消散。他明显状态良好，哪需要别人的可怜？

到了晚间，外面火树银花。饭桌上，年纪小的孩子们再没了吃饭的心思，吵着闹着要出去玩。

院子里嬉笑玩闹声不停，饭桌上觥筹交错同等热闹。

饶是梁锐言已经大三，所有人看见他还是雷打不动谈及学业。梁锐言被问得头疼，偏偏眼前这几位叔叔、伯伯还是旧交，敷衍不得。

"阿锐嘛，活得轻松点挺好。"梁安成夹过菜，放到梁锐言的碗里。

"爸，我不爱吃这个。"

梁安成又夹了一筷过去："几岁了你还挑食。"

梁锐言无奈地叹气，轻声抱怨："您别管我了，您还是夹给我哥吧。"

梁安成自然地笑着，照例忽略后面那句话。

有叔叔调侃："你爸关心你还不好？我认识老梁这么久了，还没见他给谁夹过菜。"

"我们阿锐嘛，一向是小太子爷咯。"

谷嘉裕坐在边上拿着手机看新闻，其实早就没了胃口，只等着梁恪言尽早结束，和他上楼联机来一局游戏。谁人背后不说人，谁人背后无人说？饶是自己的爸爸和梁家关系匪浅，谷嘉裕也能知晓点他们在背后对梁家人的议论。起初不懂，不过他爸爸说完之后，他就明白了。

古往今来，嫉妒这种藏不住的情绪会出现在各类关系中。他家老爹人是凶神恶煞了点，但说话还算是一针见血——梁安成嫉妒梁恪言，嫉妒他的锋芒毕露，嫉妒他的毫不收敛，嫉妒他被戳穿之后便可以放肆地摆在明面上的野心。

他爸讲完这些话，又语重心长地叹了口气，说也就是梁家这两个孙子不同于其他豪门兄弟，关系实在不错，不然等梁老爷子去世，这家里也是早晚一地鸡毛。

"哥，你上次说你开始喜欢吃口蘑了？"饭桌上真吵，可谷嘉裕几乎是立刻听到了这道清晰的声音。他的视线当即从手机屏幕中脱离开，恰好看见柳絮宁夹过口蘑，放到梁恪言的碗中。

就连梁恪言也愣了一下。

柳絮宁迟疑地眨了下眼："又不喜欢了？"

梁恪言回过神来，视线落在她的眉眼处："喜欢。"

有人和梁锐言碰杯,他不知道在干什么,手一抖,两个杯子分明没撞上,尚未盛满的红酒被撞得似汹涌的大海,差点倾倒。

谷嘉裕没了上楼打游戏的迫切。

梁家两兄弟关系不错吗?也许吧。不过以后就不一定了。

门口难得在放烟花,"噼里啪啦"响个不停。

梁锐言站起身朝外走,正好和阿K撞上,梁锐言突然说:"哥,看烟花去啊。"

等阿K和他站在一起之后,才觉得莫名其妙,两个大男人并肩站着仰头看烟花,这场景怎么想怎么诡异。

"哥,我翻看你的朋友圈,你好像经常去马场。"

阿K真觉得梁锐言今天说的话前言不搭后语:"对,我没学多久呢,还挺有意思。"

梁锐言说:"那你下次可以去丹林那个马场,三个场都是我们家的。"

阿K一拍他的肩:"巧了吗?这不是!我上次去的就是丹林那个。"

梁锐言惊讶:"你随便找一个马场就能找到我们家的。"

"什么呀,就是你哥带我们去的。"

"你们?"

阿K慢半拍地想起:"哦,那时候你不在,你好像……好像去省外打比赛了吧。你哥带着我、宁宁,还有谷嘉裕一起去的。"

对于不常做坏事的人来说,掩藏心虚是一件生疏的事情。梁锐言和谷嘉裕对视上的那一眼就已经知道,他和他哥哥沆瀣一气、狼狈为奸。他翻遍谷嘉裕和阿K的朋友圈,不想放过任何一个细节,就像当初看方琳莉的那张合照,在角落之中发现了梁恪言的那块宇舶表。

而阿K的这条朋友圈太明显了,明显到他都不需要放大就能知道这是一场几个人的出行。

那时候距离他出省打比赛才过去多久呢?梁锐言万分确定,如果他哥哥有喜欢的人,即便他让自己多加照顾,他也绝对绝对不会靠近她半步,更何谈是带着她去各种地方玩。

梁恪言,你到底知不知道自己做的所有都已彻彻底底地过界了!

烟花的声音炸得梁锐言头疼。不放是对的,这种东西果然令人烦躁。

"该说不说,还是梁恪言厉害,教柳絮宁真是一教就会。我还学了很久呢。"

梁锐言已经没什么心情继续听了,他敷衍地"嗯"了一声,却在余音里抓到一个关键词:"什么?"

阿K被问蒙了:"什么什么?"

这弟弟今天到底在胡言乱语些什么?

吃过饭后,梁锐言的兴致一直不高。

柳絮宁频频看他："你怎么了？"

他扭头看车窗外："没事。"

这语气实在无精打采，坐在副驾驶座的梁恪言回头看了他一眼。

半夜两点，柳絮宁照例在画画，突然听到门口一阵踉跄声，像是有人摔倒。她把 iPad 一放，起身去看。

梁锐言靠着墙，姿态懒倦，面无表情地看着光亮随开门的幅度而从缝隙中透出。

"你还没睡？"

他一开口，柳絮宁才发现这声音哑得不像话。

"你怎么了？"她快步走到他面前。

梁锐言额头冒汗，嘴唇干裂又发白。她抬手摸了下他的额头，吓了一跳："你发烧了！"

"我不知道。"梁锐言无力地回。

柳絮宁扶着他上楼，又去楼下翻体温计，一量，就是发烧无疑。她拿了退烧药让梁锐言咽下，梁锐言看见药丸就头疼，但还是乖乖咽下。

"要不要冰敷呢……你们这种体育生的体格吃个药就好了吧……"前车之鉴，柳絮宁边看退烧药的说明书，边去百度查冰敷有没有用。

好的，有用。

"你能不能躺下？"

梁锐言弯着脊背坐在床边，眼眸半敛，对柳絮宁的话置若罔闻。脑袋烧得迷迷糊糊，所有的神经交织成打了死结的毛线，乱七八糟地缠在一起。少顷，身边柔软的床垫有所凹陷，紧接着是冰凉的触感贴上他的额头。

"啊，我忘记了，家里有退烧贴。"大半夜的，脑子是有点不好使。

柳絮宁起身："那你等等——"

手腕几乎被他用尽全力扣住，柳絮宁没有防备地被拽着又坐回床上。梁锐言从小就开始练习羽毛球，握拍的右手手心上覆着一层茧。她突兀地想起，梁恪言常年画画，拿画笔的指侧和虎口也有一层薄茧。这样的两个人，这样的两双手，在拉住她时，她觉得自己的皮肤像被两丛突兀生长的荆棘包围。

不疼，却硌得她心痒痒的。

还未等柳絮宁平复，随之而来的是梁锐言滚烫的身体。她的手腕依然在他掌中，而他的另一只手环过柳絮宁的后背，下巴重重地压在她的锁骨上，呼吸全部喷在她的耳后。

"对不起。"他的声音被压得发闷。

柳絮宁的手停在他的肩膀处，抗拒推开的动作也有意识地顿住："对不起什么？"

梁锐言好像没听到，也或许是他已经烧得糊涂了，只继续说着对不起。

对不起,在泉城时不应该因为滔天的妒意,于是把你当我的所有物一般争来抢去。

对不起,不应该在此时借着发烧的缘故示弱,借此和你有身体接触。

可是,可是,柳絮宁你知道吗?你还没有真正意义上抱过我啊。

退烧药的药效当然不会来得太快,他还有一丝残存的理智。借着示弱而无理取闹的额度是有限的,梁锐言慢慢松开手。

下一秒,他感受到柳絮宁挣脱开他的怀抱,却以一种主导的姿态再次与他贴近。一瞬之间,他由主动变作被动。

梁锐言迷蒙的双眼惊讶地盯着眼前的白墙。

随之而来的,是她还给他的一句对不起。

她又有什么对不起他的?

胸腔里的心跳声平静又有规律地震着柳絮宁的耳膜。她想,她真坏,也真笨,为什么要用一个人去确定另一个人。

可是怎么办呢,和梁锐言的拥抱于她而言,实在索然无味。

临近开学,柳絮宁在房间里整理好行李后,下楼吃饭。家里只有她和梁恪言,梁锐言因为训练,在发烧恢复之后就去了学校。

对于那个拥抱,柳絮宁透过他茫然的眼神,就知道他根本不记得了。

烧糊涂的感觉和酒醉的后遗症真是如出一辙。

"咚咚咚——"

书房外传来敲门声时,梁恪言正在开电话会议。起瑞的惯例,过完年后享有为期半个月的在家办公期。

他按下静音:"进。"

原以为是林姨来送水果,梁恪言头也没抬。直到一双纤细白皙的手闯入他的视线,梁恪言才从那做成一坨垃圾的财报中分出视线,然后不出意外地对上柳絮宁笑吟吟的脸。

柳絮宁觉得梁恪言最近心情不太好,不过很正常,要上班了,姜媛也天天在朋友圈发疯,不想上班。这样想着,她时刻保持微笑。

柳絮宁指向电脑后的他,又指着自己的嘴巴。

梁恪言说:"能说话。"

"哦,这个水果是林姨让我送上来的。"

梁恪言还没说话,后面又是一阵敲门声。两个人一起回过头去,只见林姨站在门口,手上是一碟熟悉的苹果,唯一的区别就是二者截然不同的切法。

尴尬的情绪在柳絮宁的心里燃起一团旺火,然后化作红晕泛滥在脸颊:"可能是我听错了,林姨是让我拿着自己吃。"手指又暗戳戳地勾着盘子的边缘往回拉,两片嘴唇上下一碰,如铃铛相撞,撞出两声干巴巴的笑,"哈哈。"

笑出声的时候,她就后悔了。

这么难听,还不如不笑呢。

手拉到一半便拉不动了,柳絮宁一低头,碟子的另一边被他的手指扣住。柳絮宁顺着他清瘦的手腕往上,最后和他的眼神严丝合缝地相拼,像一场无声的博弈。

柳絮宁:"怎么了?"

梁恪言反问:"我不能吃你切的这一份?"

他的声音轻到林姨都没听见,只有柳絮宁感受到那句话在她耳边慢慢磨。

她忍不住咽了下口水:"随你啊,都一样的。"

她的眼睛似云雾里躲藏着的星星,也像透明的玻璃珠,发着亮,却半遮半掩的,分明在看他,又没有完全地把视线落在他脸上,等他一抬眸,她就移开。

她移开了,梁恪言却没有。本就没有忘记的记忆轻而易举地跑出来,他为梁锐言去拿退烧药,却透过半掩着的房门看见他们拥抱的画面。真像冬日雨夜里躲在破旧的纸箱中取暖的小动物,瑟瑟发抖还要依偎在一起,互道一句对不起。对不起什么?

嫉妒的焰火密密匝匝地从他胸口处蹿起。

为什么在梁锐言松手之后,她要主动抱上去,为什么呢?

柳絮宁,他是真的猜不透她啊。

"不一样。"梁恪言沉着声,将牙签用力地戳进一块苹果中,恨不能将它碾成泥。

音响在这时出声,线上会议那一边,有人迟迟得不到回应,试探着问:"梁总?"

梁恪言关闭静音,说了一声"在",又立刻按下。

那一头,财务经理的心放下了,又继续汇报。

"那我先走了,不打扰你开会。"

柳絮宁干脆地转身。

她怎么总是这样干脆?

"你明天开学?"梁恪言叫住她。

"嗯。"

"要我送你去学校吗?"真够掉价的。

"不……"用了吧……

梁恪言轻叩了一下碟子边缘:"吃人嘴软。"

柳絮宁想,这词可不太正确。她又不是为了让梁恪言送她去学校才来送水果的,她——她吃饱了爬楼梯运动运动。但既然梁恪言这么说了,她不想辜负别人的好意。

"那谢谢你?"

"应该的。"

梁恪言一言不发地盯着她离去的背影,许久才回头,又关闭静音,声音平淡地回以一句"继续"。

他继续沉闷地盯着那份报表,做的什么狗屁东西。

一场会议结束,于天洲询问梁恪言明天几点来接他去公司。

梁恪言:不用,我自己去公司。

无处发泄的情绪最后以文字的形式展现,他的拇指在键盘上敲打,又发了条消息过去:明天要送妹妹去学校。

收到这条消息的于天洲一头雾水,如果这两条消息合并在一起发送,他并不会感到意外,可第二条消息简直就是关键信息的补充说明。

不懂这位年轻的上司在炫耀些什么。

真是新一年的咄咄怪事。

既然有"专属司机",柳絮宁就不客气了,原本一个行李箱的量生生拓展至三个行李箱。

梁恪言拿过行李,打开后备厢时,问她,这学期是不准备回来了吗?

而柳絮宁无言以对。

车在跨海大桥上行驶着,柳絮宁手里捧着一杯热巧,出神之间困意蔓延。等她一觉醒来的时候,已经在青大校园内了。

柳絮宁打了个哈欠,瞧见梁恪言有些出神的眼神,才意识到他已经停了很久。

"你怎么不叫醒我?"她对上梁恪言的视线,他不动声色地移开,只有耳朵似乎被料峭的春日温度冻红。

"没到多久,"梁恪言说,"而且你今天不用上课,不急。"

"我是不用上课,可是你要上班啊。"有事要做的可是梁恪言呢。

"不重要。"

柳絮宁看着他这一身熨烫得笔挺利落的西装,一时无言。

梁恪言拿过她的三个行李箱,陪她走在去女寝的路上。

一路上有同学和柳絮宁打招呼,梁恪言看着她一一应下,像一尾灵活的游鱼。

"你男朋友啊?"有两个女生逆向走来,看见柳絮宁后,悄悄地说道,"有点帅哦。"

明明是前面两人在等她的回答,她却感觉到自己的后脑勺也像被一道灼热的视线袭击。

"不是,是我哥哥。"

女生夸张地"哇哦"一声:"你们家个个都能中基因彩票啊!"

柳絮宁笑笑:"言重了,言重了。"

告别那两人,柳絮宁正要往前走,突然听见梁恪言抛出一句:"上次我来接你回家,在舞蹈室里,你说我不是你哥哥。"

柳絮宁的手原本正扯着围巾,把下半张脸埋进去抵挡寒风,忽然听到他没头没尾的这一句,有点疑惑:"上次?哪一次?"

她半侧着头,细眉微皱,好像真的不记得。

梁恪言觉得自己没必要提这种对方早已忘得一干二净的小事。

"你生病住院前的那天下午。"

天啊,他记得可真清楚。柳絮宁终于想起来这无足轻重的小插曲了。

"你说我是梁锐言的哥哥。"

"你本来就是啊。"她又没说错。

梁恪言平静地别开脸:"你说得对,差点就要忘记了。"

稀薄的阳光穿过浅绿色的树荫,洒落在水泥地上。

走进女寝前,柳絮宁的视线被梁恪言的领带勾住,她停下步伐,又转身靠近:"你的领带。"

一定是因为前车之鉴,梁恪言看着她的手指抬在距离自己喉结咫尺之间的位置便有分寸地停下。

柳絮宁:"你还是不会系吗?"

"什么?"

"领带呀。"

"我发给你的视频,你没有学会吗?"她接着问。

梁恪言否认。

学会了还怎么骗你呢?

她弯曲的食指勾出他的领带,梁恪言收敛眉眼,看着束缚自己的这块布料在她柔软的手指间娴熟地缠绕。

而后,目光又不听话地移向她仰起的脸上。

她的脸在阳光下像叠了层纸醉金迷的滤镜,眼睛被冷风吹得凌乱起雾。

他明知故问:"你怎么学会打领带的?"

柳絮宁说:"因为梁锐言有的时候需要穿西装,但他怎么都学不会打领带,所以我就……嗯……我记得我好像和你说过吧。"

当然,他当然记得。但他想再问一遍,再确认一遍,就像发现膝盖上不知何时出现的乌青之后,近乎自虐地狠狠戳下去,虽然痛,但很爽。

他能得到今天的这个机会,是沾了他弟弟的光。

不然,他也配?

"好了。"

柳絮宁的手往下一压,喉间些许一紧的束缚让他不受控地抬了抬头,好像自己已经在她的掌握之中。

注意到他细微的动作,柳絮宁问:"嗯?太紧了吗?"

"没有。"

"那就好。"

柳絮宁后退一步，耳垂上挂着的耳环随她脱离开的动作而小幅度地摇动。他的心脏也在摇摆。

没得到柳絮宁什么时候到学校的消息，梁锐言训练完后，直接来女寝门口找她。

他双手插兜，站在远处。走了一路都没有散去的热意在看见视线尽头那两人后，终于挥发殆尽，占有欲像凭空长出的利刺穿破他坚硬的骨头，脊梁痛得都无法支撑他站稳。

梁恪言，是不是要把属于他的每一项特权都夺走？

"广告设计、设计心理学、品牌视觉设计、商业插画……我真不懂，都大三下学期了，怎么还那么多课！"胡盼盼看着校官网发布的课表陷入无能狂怒的疯癫状态。

柳絮宁静静坐在一旁，两耳不闻旁边聒噪的抱怨。

"柳絮宁，明天又有早八，你记得定闹钟。"许婷从外面洗漱回来，顺便提醒她。

柳絮宁说："好。"

"对了，下个月月初我朋友生日，她准备包个卡座，你们到时候一起来呗。"胡盼盼突然想起来。

许婷："好。"

胡盼盼："柳絮宁，你 OK 吗？"

会这么问柳絮宁是因为梁锐言这人每年过生日都没什么规律，今年心情好了就选阳历，明年心情不好了就换阴历，唯一雷打不动的点就是这个生日永远是他们两个人一起过的。

柳絮宁："不知道他今年生日怎么过，我待会儿问问。"

也是赶巧，她刚打开和梁锐言的对话框，这人的消息就跳了出来。

梁锐言：提醒你一下，本月有个大日子。

柳絮宁：我知道。

梁锐言发来一句圣旨：四月二日留给我。

柳絮宁：好。

发完这条，她去问胡盼盼那个朋友生日聚会的具体日期，得知不在四月二日之后，她说能去。

胡盼盼眼睛一亮："哦，嘿嘿嘿，我那朋友的帅哥朋友超多的。"

说完，她又觉得自己多嘴，立刻噤声。帅哥再多，估计和柳絮宁都没什么关系。

男寝在开黑，一片热闹。

梁锐言难得没有参与其中，眼神虚焦得不知在看哪里，人也似完完全全陷入走神中。

手机振动了一下,梁锐言接起:"叔。"

…………

"当然啊,每年不都这样的吗?叔,你那天可得给我清场啊,人多了一点意思也没有。"

…………

电话挂得很快。

梁锐言随意把手机丢在桌上,用力地按压眉眼。

隔壁床的男生游戏打得正起劲,欢呼声一阵接一阵,回头时猝不及防地捕捉到梁锐言阴冷发狠的表情。可能是第一次瞧见,他错愕又震惊。

编辑发来消息,由柳絮宁所绘的系列漫画第一部将在本周六晚预售,想让她上微博宣传一下。

柳絮宁发完之后,顺便去漫画 App 后台看了眼最新章节的评价:分镜堪称完美,气氛烘托合格,节奏感也恰当,故事线完整。

很好,她就需要这种非常客观的夸人评价。

这条评价简直能消除连续三天早八带来的地狱痛苦。

除此之外,这周六的预售也能让一个可怜的视传大三学生坚强地活下去。柳絮宁第一次经历这种事,万分紧张,预售数据都是摆在明面上的东西,如果太低……如果太低,她就偷偷地躲在被窝里哭。

不对……她好像还有个可以给她做做面子功夫的人。

过年回来之后,每家公司都压着一堆项目,梁恪言这几天和住在公司无异。

刚结束一个漫长的会议,会上乔文忠言辞犀利,直指他而来。梁恪言回来的第一件事就是把乔文忠手下的那位副总调了上来,而乔文忠的职位虽然不变,但谁不知道这是一种无声的架空。再加上他女儿到手的角色不翼而飞后,又轮番爆出她在早前进某网剧剧组时娇纵跋扈常常迟到这一连串的事,为了压这事已经耗了他不少心力,所以乔文忠最近的心情实在称不上好。

他心情不佳,梁恪言的心情也是极差。

现在的梁恪言,对这些男女的是是非非没什么兴趣。他家里已经有一个妹妹在用无形的温柔刀轻轻地折磨他了,他只有一份精力应付这件事。

如果可以,这些垃圾最好都滚远一点。他没工夫看人演戏,也没工夫陪人演戏。

"乔总,如果你有任何不满,可以上报董事会。"梁恪言无心和他废话,以说一不二的姿态结束这场会议。

乌金西坠,夜色渐深。从起瑞大厦的顶楼看去,恰巧能看见波光粼粼的江面,在霓虹闪烁下荡漾。

手机频频发出动静,梁恪言扫了一眼。

——他的折磨来消息了。

柳絮宁:你好,请问你有34.8元购买一本漫画书以助力飘飘赚大钱吗?

柳絮宁:[链接]

柳絮宁:我不是在讨饭。

柳絮宁:好吧,我就是在乞讨。

不知道喜欢是不是一种病,这些文字笔锋锋利、棱角坚硬,他却能透过屏幕看到她打字时弯弯的眼睛和嘴角翘起的柔软弧度。

屏幕在两分钟后自动熄灭,梁恪言对于黑色界面上映着的自己的笑容并不意外。

屏幕再次亮起是十分钟后。

柳絮宁:不是吧,真不给飘飘捧场 :)

柳絮宁:你是有什么事情吗?

附带一张撇着嘴巴哭唧唧的动画片人物表情包。

梁恪言无声地笑笑:没有。捧的。

算了,别再去纠结什么拥抱不拥抱的了。

被吊着的快乐,谁懂?旁人就没这荣幸。

柳絮宁近日开心成倍叠加。周六的预售数据情况良好。原IP本就是个风靡小说圈的大IP,再加上她在绘圈也算积攒了不少名气,两者相辅相成,数据挺好看。柳絮宁安心了,准备接下来内容的同时开始乖巧地等待红彤彤的钞票进入她的银行卡。

周末闲来无事,阿K请了梁家两兄弟和谷嘉裕等一大帮子人来他的俱乐部玩。

"宁妹怎么不来?"阿K好奇,"这姑娘不给我面子啊?她K哥的局都能推。"

谷嘉裕:"你哪位啊,我请问?"

"她忙。"梁恪言双目全合,捏了捏鼻梁骨。

阿K开了瓶酒:"行吧。"

酒倒到一半,心里突然冒出一丝疑惑,关于柳絮宁的事情什么时候轮到梁恪言来回答了?

再看梁锐言神色如常地坐在边上,似乎没分半点注意力在这边。

有人正问他过几天能不能约着打场羽毛球。

"这几天不行,下次吧。"梁锐言拒绝完后,扭头看向梁恪言,"哥,你四月二日有空吗?"

梁恪言抬眼:"今年过阴历?"

梁锐言一怔。

长时间没等到他的回答,梁恪言皱眉望去:"怎么?"

梁锐言回神:"嗯对,我让穆叔清了那天的马场,我们到时候去骑马吧。"

阿 K 现在对骑马这事积极得很:"我也去!"

梁锐言敷衍地点头,整个人心不在焉。他不记得梁恪言的生日,可梁恪言能把他的阴历和阳历生日都记住。

四月二日的凌晨,柳絮宁卡着点给梁锐言发消息祝他生日快乐,但梁锐言没回。按理来说,刨除训练时间,梁锐言的作息算不上正常,熬夜是家常便饭,今天倒是睡得早。

柳絮宁把手机调至免打扰状态,待两幕景画完准备睡前惯例去扫了眼手机。梁锐言在十分钟前给她发了消息,让她醒了直接去马场。

"生日快乐"这句话后面直接突兀地接着这句话,怎么看怎么奇怪。

早上柳絮宁原本想打车去,结果刚出女寝的大门就看见一辆等她的车,与此同时,手机里收到梁锐言的消息,让她先去玩。

也行,她一个人也能玩得自得其乐。

车刚在马场外停下,柳絮宁在保安处登记时,听见有人叫她的名字。她回头,眼里露出几分诧异:"穆叔叔,您回来了?"

面前这人六十岁有余,头发却乌黑浓密,皱纹稀疏,全然看不出岁月在他脸上留下的痕迹。

穆峰是梁安成的大学同学兼好友,也是这片丹林马场的主人。这几年他和老伴周游世界,柳絮宁不常碰到他。

穆峰笑着:"对,好久不见啊,宁宁。"

他向周围望去:"阿锐那小子呢?怎么没跟你一起?"

柳絮宁也不知道:"他有事,让我先来。"

这大周末的,球队不需要训练,也不知道梁锐言有什么事情。

穆峰拍拍她的肩:"不管他,你进去好好玩。"

柳絮宁说了一声好。她告别穆峰,换上马术服后,轻车熟路地往马厩走。她往里一瞧,手指屈起叩在烟白色的围栏上,敲了三道短促声音。

旁边传来一阵嘶鸣声。

柳絮宁眼睛一弯,刚抬起手,那匹棕红色的夸特马便抬头蹭在她柔软的手心与腕间。

"换房间啦,'珍珠'。"

那夸特马似有感应,又亲昵地蹭了她一下。

今日丹林三场不对外开放,绿茵茵的草坪上,只有柳絮宁和"珍珠"。

柳絮宁左脚踩着马镫,轻盈地转体上马后,轻轻地坐下。

视线霎时变得宽阔,居高临下之间领略的风景比以往绝妙百倍。风夹着初春绽出嫩芽的青草味道,徘徊在她鼻尖。柳絮宁的思绪一瞬间变得缥缈,摇摇晃晃地落到了上次来马场时的记忆节点。

她似想起什么,顺着"珍珠"的额头往下摸,帮它顺毛,语气却确定:"你上次肯定是故意的。"

马通人性，上一次来时，她一屁股坐在马鞍上，声线慌慌张张，"珍珠"一定以为她要和自己玩，才故意欺负她。

不过此时此刻，"珍珠"要是能和她对话，那才是真的见鬼了。

穆峰今天倒是没什么骑马的兴趣，他绕着马场外闲适地逛上一圈后，恰巧在门口撞上前来的几个人。他一乐："你们还真是分批来的？"

梁锐言慢吞吞地打了个哈欠："叔，我起晚了。"

梁恪言向穆峰颔首。

"恪言、锐言，"他抬手指向马场内，"你们妹妹已经来很久了。"

梁恪言皱眉道："您是说柳——"

"啊，她来那么早啊！那我进去了。"梁恪言的话还未说完，便被梁锐言打断。

穆峰笑着摆摆手："去吧去吧，今天你生日，这马场你做主了。"

"哥，走啊。"梁锐言走了几步后，察觉到身旁无人，回过头看向梁恪言，满脸疑惑。

梁恪言收了那点意味不明的情绪，跟在他身后。

换上马术服，梁恪言和梁锐言往马厩走。

"柳絮宁呢？"梁恪言问。

"肯定在骑马啊。"梁锐言回得理所当然。

梁恪言梳理马匹毛发的手一顿，正要开口，耳边突然传来一道高昂的马匹嘶鸣声，伴着一声欢快的女声。

他一抬头，镜片折射着刺眼的阳光，梁恪言微微眯眼。前方是一排接一排的乳白色的栅栏，他清楚地看见柳絮宁在"珍珠"跃起的那一瞬露出的兴奋与对刺激的向往，像一根开春的枝叶，嫩绿紧实，浑身充满生命力。

连毛孔都焕然一新。

本该是一道靓丽勾人的风景线，但梁恪言思绪陡然一偏，品出一点别的东西。像一把锋利的刀，冰凉的刀刃剔出一个透骨的事实。

她会骑马，一直都会。这样的马术技巧，绝不是一蹴而就的，是如他一般，通过长年累月的学习才可达到的水平。

梁锐言说不清自己对柳絮宁的喜欢从何而来，如果一定要他细细说个所以然，那么他会将原因归于一个又一个心跳失控的瞬间。

譬如此刻，他忘记了自己原本的目的，无尽的风从他耳畔迁徙过，他只出神地盯着远处的柳絮宁。

直到梁恪言冰冷的声音拉回他的思绪。

"她会骑马？"

声音略哑又带着压抑，梁锐言垂在一侧的手指趋于本能地屈起，片刻后直直去看梁恪言。

他不再信这种天然的压制,他不比梁恪言差一分一毫。

"对。"他一字一顿,语气坚定,"我教的。"

在你出国的那些日子里,在只有我和她独处的时光里,由我教她的。

梁恪言,不是你。

这是不容置疑的事实。

来丹林马场的那一天,阿K坐在副驾驶座,问梁恪言以后是不是不走了。

他说不走了。

说完这句话之后,他与柳絮宁的视线意外地在后视镜中对上。下一秒,她陡然转过头,好似认真地去欣赏跨海大桥上平淡寡味到让人昏昏欲睡的景致。车玻璃映出雾蓝色的海,也燃烧着她的侧脸和游离躲避的眼神。

梁恪言思考良久都不明白那半含心虚半带确定的眼神是何意。

现在他明白了。

那是猎人的试探与标记。

她说不会骑马,连上马都显得笨拙;受惊之后虚虚地靠在他怀里,一双泛着水汽的眸子夹带雪直直望着他;频频关注他的画作,光明正大地袒露心声,表示自己对他的关注。既然以后要长留青城,那她就费点心思向他示好。柳絮宁,是这个意思吗?

这么做其实挺冒险,他不觉得那时候的柳絮宁足够了解他,她怎么敢笃定袒露心声之后,得来的是释怀,还是他进一步的嘲笑?

"她学很久了。"一针当然不够,梁锐言若无其事地继续说,"那匹马就是她的,叫'珍珠'。"

那天,梁恪言问饲养员这马场里性格最温顺的马是哪一匹,那位饲养员立刻指着"珍珠"。梁恪言要牵走它时,饲养员欲言又止,又在看见从更衣室出来的柳絮宁之后改了口。

原来他挑选的全马场最通人性、最温顺的这匹夸特马,本就属于她。

那日夕阳斜坠之下的绿茵马场,他与她共骑一马,空气中的颗粒纷纷扬扬,橙光投落在她的肌肤绒毛上,像一只蝴蝶轻盈长久地落在她的鼻尖。

安静的心底,又爆裂出一束火花。

他再一次想着,其实家里有个妹妹也不错。

梁恪言啊梁恪言,你可真是个十足的蠢货。时隔多年,怎么还是会进一模一样的简陋圈套,起一模一样的可笑念头。

她和马的关系都是那时的他无法比较的。

时间落定于此,再往后蔓延,他实在没有分清虚情假意的能力。

"这样啊。"梁恪言眼神阴沉,嘴角挂着嘲意十足的笑。

牵着缰绳的手一寸一寸地握紧,粗糙的质感在他掌心里磨出细微的痛感。

梁锐言牵着马率先往前走:"哥,你不走吗?"

没有等到梁恪言的回答,梁锐言回头,敏锐地察觉到他身上拒人于千里之外的冰冷感。

梁恪言手一松,摇摇头:"我想起来还有点事情,你们玩吧。"

"怎么会突然有……"

"不好吗?"他压着眉眼,点漆眸中带着笑意。

不是咄咄逼人的语气,甚至与往常无异,可听者分明不容置辩。

压抑的情绪在这一刻从心口蹿起,梁锐言的喉结下意识滚动:"好。"

梁恪言盯着梁锐言看了很久,像在看他,又像越过他的肩膀去看模糊视线里的柳絮宁。此时光线柔和,她今天穿得明艳,像一朵破晓时分浮在天际的云。梁恪言捕捉到她发自内心的灿烂笑意。倘若他就这样出现在她的眼前,她会如何收场呢?

没必要。棋局已定,开心的那一个角色绝对不会是他。

梁恪言出马场时,谷嘉裕和阿K的车才姗姗来迟。

见梁恪言一副准备离开的样子,阿K奇怪:"你干什么去?"

梁恪言吐出那套百用不厌的说辞:"有事,先走了。"

阿K傻乎乎地又问:"你哪来的事情?"

梁恪言没了搭理的兴致,直接越过他们朝车的方向走。

阿K诧异地"哎"了一声:"这人发什么疯?"

谷嘉裕也奇怪地回头看去。

阿K现在已经算是丹林马场的半个常客了,比起谷嘉裕,他要熟悉许多。两人牵着马往马场走时,一眼看见了柳絮宁。

"嘉裕哥、越林哥。"她轻拽缰绳,让"珍珠"停步。

谷嘉裕的眼神落在她娴熟的操作上。

阿K问:"宁宁啊,梁二呢?"

"不知道,我一个人在这里待好久了。"

阿K不太在意:"那就不管他了,我好久没骑了,心痒。"

柳絮宁笑着,眼神一晃,恰巧看见谷嘉裕意味不明地盯着她看。

"嘉裕哥,你在想什么呢?"

谷嘉裕回神,朝她笑着:"没事。"

柳絮宁在一个小时后,才见到了不知从哪里冒出来的梁锐言。她实在费解,这人去哪里了?她也想问,为什么谷嘉裕和阿K都来了,但是梁恪言没有来呢?

但梁锐言一来就要和她比赛,惹得她把疑问都塞回肚子里。

这人最近总是奇奇怪怪的。

回到云湾园已经是晚上十点了,柳絮宁玩了一整天精疲力竭。

她拿了瓶酸奶准备上楼时,门口传来一阵刹车声。这个点才回家的人,不是梁安成就是梁恪言了。柳絮宁眼睛一转,突然改变了念头,站在楼梯口,倚靠白墙。站了没几秒,她又觉得自己这样看着一定挺傻的,守株待兔的味道太明显。

柳絮宁回到冰箱前,把酸奶放回去,注意力集中在小花园的脚步声上。

那脚步越来越近,走得又沉又乱。柳絮宁现在觉得自己真是够熟悉梁恪言了,这脚步声一听就是他的,没准还喝了点酒,不然不会走得那么慢。

她适时地再一次开了冰箱。

脚步在门口停下,伴着开门的声音,屋内漫进来一股淡淡的酒味和冷意。

柳絮宁裸露的小臂被冷得起了一粒粒的小疙瘩。

她再自然不过地回头,恰好撞上梁恪言随意投来的眼神,仿若看一个陌生物件般渗出那种若有似无的高傲。

柳絮宁一怔,突然想起,很多年前的她第一次踏入梁家门,他便是这种眼神,浑身上下都露出锐利的棱角,让人不安。

她的心跳没由来地快了些:"哥——"

梁恪言敷衍地点了点头,目不斜视地经过她,直直朝楼上走。

余光里,身后的影子久久未动,梁恪言又忍了三级台阶,才回过头去。柳絮宁的长发披散在肩后,随意套了件镂空针织麻花上衣,从脖颈到肩部的线条被完美勾勒。她光脚踩在米白色的羊毛地毯上,手里捧着一瓶刚从冰箱里拿出来的酸奶。见他终于回头,她不甚理解地抬起头,黑白分明的眼睛直勾勾地看向他。

晦暗不明的光线晕染着,房间里像凭空起了层雾,添了点无法言说的奇怪意味。

梁恪言真想骂脏话。

我的好妹妹,既然是刺猬就不要装作被利剑戳中的可怜模样,照照镜子,你已经浑身都是能伤人于无形的利刺了。

柳絮宁依然定定地看着他,寸步不移,眼睛亮得像被清晨露水泡过。

梁恪言并不想和这样一道视线汹涌交锋,他实在没了招数,不再看她:"别站着了,早点睡。"

他不是生来就被人一而再再而三戏弄的角色。

别装了,柳絮宁,你这位蠢货哥哥从今往后都不会再上你的当了。

柳絮宁垂着眼,酸奶瓶上凝出的水雾化作水珠,滚落在她的脚背上,冰得她一激灵。

她"哦"了一声,亦步亦趋地跟在梁恪言身后,心想男人真是种让人费解的生物。梁锐言是,他也是。唯一的区别就是她有点想搞明白他在郁闷些什么,也想知道是谁惹他生气了。

第二天下午回学校前，林姨敲响柳絮宁的房门，给她送水果。

眼见着林姨放下后，又端着剩下一碟水果离开，柳絮宁心思一动，丢下平板电脑，赶上林姨，说自己可以去给哥哥送水果，还冠冕堂皇地加了句"省得你再跑上跑下的"。

林姨笑着说没事。

柳絮宁接过那碟水果，只虚伪地笑。有事，当然有事，她想变着法子找各种借口去看梁恪言。

人总是这样，等到第二天醒来头痛欲裂时，就会懊悔前一天为什么要喝那么多酒。

梁恪言起床后，林姨开始忙忙碌碌地打扫卫生收拾房间。

他肚里空空，却实在没什么胃口吃饭。他走进书房，在电脑前坐下，随意一扫屏幕，屋漏偏逢连夜雨，股市一片飘绿。

真够倒胃口的。

书房门被人轻叩了一下。

梁恪言的视线从窗外的景色中收回，看见站在书房门口的柳絮宁，手里拿了碟切片橙子。橙子在和煦的阳光下泛着莹莹水光，看着饱满又诱人。

"哥，水果。"柳絮宁径直走进来。

行啊，以前还会杵在门口，睁着一双无辜的眼睛，似迷路的小鹿般在外踌躇不止，不知该不该进，现在都可以轻车熟路地在他的地盘上大摇大摆地横行了。

凭什么？他凭什么给她这机会？

梁恪言别过脸，视线继续缥缈地落在窗外，发出的声音都带着自己无法明了的情绪："我过敏。"

柳絮宁迟钝又费劲地眨了下眼。

"你什么时候对橙子过敏了呀？"

"最近。"

他脸上没什么多余的表情，侧脸勾出一条冷漠的轮廓线条。年岁渐长，他脸上脱离了肉感，脸型轮廓有棱有角，一种随着长大而增长的惊艳肆意蔓延。即便是面无表情的冷淡状态下，也有一番别样的勾人意味。

但柳絮宁没空欣赏，她到此刻终于明白了，他是在生她的气。可她惹过他吗？没有吧，这几天不是一直都好好的吗？

心脏像一颗柠檬，被他这样莫名其妙的举动轻轻掐住。

柳絮宁微皱了下眉，手指又把那碟橙子勾回来，抛下一句平淡的"哦"。

说完这句，她立刻转身。

常年练舞，她走路时习惯足尖用力，没有一星半点的声响，只有映在余光里的裙摆小幅度地飘扬，最后飘出半敞着的大门。

梁恪言不动声色地收回视线。手上空无一物总让人安全感全消，他习惯性地去拿书桌上的钢笔，不断地在指尖旋转。

"柳絮宁，你干吗呢？"门外，传来梁锐言的声音，他似乎也是刚醒，语气混沌懒倦。

回他的是再自然不过的一句："来给你送橙子呀。"她甚至不忘贴心地提醒，"对了，你对橙子过敏吗？"

……………

梁恪言忍了一天一夜的情绪终于在此刻忍无可忍地沉闷爆发。

男人真是一种难搞的生物，这个想法持续到柳絮宁回学校。

一开寝室门，她就被胡盼盼炸了一般的造型惊在原地。看见她来，胡盼盼嘴一撇，一副要哭的样子，委屈到不行。

"你……这是……羊毛卷？"柳絮宁迟疑地问。

这一声疑问霎时戳中胡盼盼的伤心事，她崩溃地大喊："我在我们学校那个坑人的理发店烫的，花了我 688 块呢，结果烫出来这么个东西。"

柳絮宁放下包："怎么突然想着去烫头了？"

许婷在一旁默默插嘴："过几天不是要去她那个富婆朋友的局吗？她美其名曰自我投资。"

柳絮宁悟了。不过，看这炸穿眼球的造型，显然是投资失败了。

"烫成这种鬼样子能退钱吧。"

柳絮宁这话无意之中又往胡盼盼心上插了一刀，她捂着胸口，涕泗横流："办卡的时候说可以退，可是烫都烫完了，还怎么退？虽然很丑，可是那个理发师也的的确确忙了好几个小时，而且我也真的用了他们家的药水。"

许婷却不同意："我跟她说一下午了，她就是不听。"

柳絮宁甩下背包，包里有好几本厚重的书，在桌上砸出沉闷声响。胡盼盼被吓了一跳，心说她的火气怎么比自己还要大。

可还没发问，手腕便被柳絮宁强硬地拉住。

胡盼盼"哎哎哎"了好几声："干吗去啊？"

"讨债。"

胡盼盼："等我戴顶帽子啊，姐！"

两个小时后，青大表白墙突发数条内容，配图繁多，但万变不离其宗地来自不同角度的青城大学莲花苑二楼 S88 理发店内场景。

女生的长发随意地绕成了丸子头，脸颊边还有几缕碎发掉落，随着她说话时的气息一扬一落。她眉眼锋利，手指比画时像一柄出鞘的剑，语气轻描淡写又字字致命，戳对方痛处时真是毫不留情面。

"你们就赚我朋友这最后一笔了是吗？虽然一口吃不成胖子，但胖子噎死是一瞬间的事情，你们这个破店——"

胡盼盼大惊失色，可怜巴巴地凑到柳絮宁耳边，轻声道："我的姐姐，我的好姐姐，差不多了，他们都是男的，我真打不过啊！"

理发店小哥一挽袖口，露出手臂上的盘蛇文身，一张凶巴巴的脸搭配冷冰冰的声线："这位同学，咱们讲道理就讲道理，人身攻击就不好了吧。"

柳絮宁："谁来跟你讲道理？我来干什么的，你看不出来吗？"

胡盼盼和小哥俱是一愣。胡盼盼心说，她真的看不出来啊……

谁来讲道理了？柳絮宁是来发泄的。

发泄情绪要什么素质、要什么道德，当然是什么恶毒说什么了。

最后这场理发店战役以柳絮宁胜利告终。

胡盼盼心满意足地领回失而复得的 688 块，满脸崇拜地跟在柳絮宁身后，问她晚上吃什么，自己都能请！

此时刚好走到莲花苑一楼，柳絮宁指着门口的煎饼馃子摊："就它吧。"

胡盼盼："……行。"

真会给她省钱。

胡盼盼豪气地一挥手，让老板把能加的全加了。

"你变化好大哦。"走在路上，胡盼盼冷不丁冒出一句。

柳絮宁回得不甚走心："是吗？"

胡盼盼说："是啊，我以为你才不会是这样的人。"

才不会是"多管闲事"的人，才不会是在意别人的人，才不会为了这与她毫无关系的 688 块，于是挺身而出的人。

柳絮宁这人，做事很"收"，要彻底做成一件事前总是思前想后犹豫不决，似乎在脑中模拟个七八百遍求得一个精准结果，才算可以行动。

柳絮宁慢步走在她身后，脑子里却不合时宜地浮出梁恪言的那句"给你兜底"。如果生活可以全程录像就好了，这样她便能随时甩出视频，让梁恪言亲眼看看他是如何对她许下这些铮铮承诺，又是如何轻描淡写地不守诺言。

男人，果真是画饼好手。资本家预备役更是其中翘楚。

裹着煎饼馃子的塑料袋在她掌心里摩擦出细碎声响。

到底在生什么气呢？

当晚，柳絮宁的英勇事迹在表白墙的发酵下传遍整个青大校园。

△这漂亮姐姐在墙这里出现好多次了吧，给个联系方式行不行啊，我说？

△我天，原来是可以退的啊！

△谢谢，真眼馋了，给个机会吧给个机会吧给个机会吧，默念三遍，女神降临我身边。

△楼上的症状多久了？

△这是梁锐言的妹妹，你们这些妖魔鬼怪建议退开。

△是他妹又不是他老婆，楼上管天管地管那么多呢！／邪笑

…………

"砰——"球杆碰撞台球,猛烈一击,球稳稳进袋。

谷嘉裕坐在沙发上,下巴支着球杆,盯着眼前一脸冷淡的梁恪言。

"你有没有觉得他心情不太好?"张亚敏结束一段短暂婚姻,此时春风得意马蹄疾,终于在聚会时肯关注一番别的动向。

谷嘉裕瞥了他一眼:"挺敏锐啊您。"

张亚敏"啧啧"几声:"那不然呢?"

但谷嘉裕的确不太清楚梁恪言最近犯什么病,不出意外应该和他那位好妹妹有关。既然如此,他就不主动上赶着问了。这件事情的具体进度,他知道得越少越好。

张亚敏就没这智商了。

"梁恪言,心情不好啊?"待到梁恪言坐下,张亚敏娴熟地凑上去贴心地询问。

梁恪言拿起桌上的岩石杯:"有吗?"

"有啊,你就差把'被绿了'三个字写在脸上了。"

谷嘉裕被烈酒呛到,心说这二婚哥们儿挺牛啊,平时智障上身,关键时刻洞若观火,一招能治两人。

再回头看一眼阿K,原本也跃跃欲试地想要加入戏弄梁恪言的稀缺队伍之中,转眼之间脸垮下来,一脚踢向张亚敏的腿:"你找死啊你?会不会说话?"

张亚敏惊悚,愚蠢地往枪口上撞:"所以……所以他真被绿了啊?"

谷嘉裕头疼。

梁恪言身处话题中心,表情却正常无异。这帮人的话,他一句都懒得搭理。

没名没分的,他要是真想被绿都没这资格。

"梁恪言这是你妹吧?有点厉害啊!"后头有人发出一道惊讶高音。

梁恪言没回头,事不关己地随口问:"什么?"

谷嘉裕眼皮一抽,憋住即将绽放在嘴边的那抹讥诮笑意。他决心充当梁大少爷这级台阶:"什么东西啊?拿来给我看看。"

谷嘉裕拿了手机就往梁恪言身边坐,点开视频,直接把音量调至最大,也不管旁边这人有没有兴趣。

偌大的空间里,背景音乐声被人为按下暂停,于是只有柳絮宁响亮的声音与变换流转的灯光回荡在这里。

一串不带重复词的妙语连珠,最后以一句"你们男人就是脑子有问题"结尾。

谷嘉裕也是第一次见柳絮宁这样,乐了,问道:"你哪来的这视频?"

那人回:"我弟弟不是在青大学商管嘛,这是他们表白墙今天的内容。他说看见个熟人,但不太确定,就发来给我看看。"

"哦吼,宁妹最后这句话片面了哈。"张亚敏打出一个酒嗝,口齿不清地说。

旁边也有人醉了,跟着应和:"我赌,她绝对是受了什么情伤!谁说咱们男

- 189 -

人不是好东西了？梁哥，你这还不得回去好好教育教育她！"

话里话外透着点昭然若揭的恶趣味。

酒精真是无条件发酵人类的嚣张。

肩上突然压下一道不小的重量，梁恪言垂眸，视线又沿着那双手往上，和男人醉醺醺的脸对上。

梁恪言不置可否，只问了一句："谁带你来的？"

气氛突然降至冰点。

张亚敏一瞬酒醒，插话："那什么……我、我朋友的朋友。"

朋友，朋友的朋友，这圈就这样，玩过一次就能算是主观意义上的"熟络"，出门在外逢人便要张口来一句"我经常和梁恪言玩在一起"，多多少少总能给你个面子。

"张亚敏，投标失败也顺便失智了？听说你前几天刚去做了疏通术，这么一通折腾，何必呢？通了管子没通脑子，什么垃圾都往我的地方带？"梁恪言太懂怎么踩人痛脚。

张亚敏被他一顿刻薄，有苦说不出，气全撒在这分不清状况的酒蒙子身上，一脚踢过去："你脑残？"

下三路痛得能让人叫爹，那人立刻清醒了，连声道歉，又想起柳絮宁和梁锐言那点匪浅的关系，三白眼骨碌碌一转，"天造地设""才子佳人""金童玉女"一堆又一堆的四字词语如弹玻璃珠似的疯狂弹出。

他以为自己这一通好话算是说到位了，一抬眼，却被梁恪言的眼神吓一跳。他实在纳闷，这些话又是哪里触到梁恪言的逆鳞了？

最终，这个局面以阿K油腔滑调的玩笑话告终。

梁恪言面无表情地拍了拍自己的肩膀。

那人酒醒了大半，见梁恪言这嫌弃之情溢于言表的动作，脸连着耳根子涨红一片。耳边是张亚敏压低了声音的一句"还不走，留着继续被人羞辱？"，他悻悻离开。

僵硬的气氛只是一瞬，片刻之后，又恢复往常的热络。

这一遭后，没人再敢来梁恪言面前混个眼熟。谷嘉裕正要和他搭话，却看见梁恪言在反复播放那段视频。

谷嘉裕无可奈何地叹了口气。

不知道具体是怎么回事，他只知道这人离发疯也不远了。

最后于天洲开车送梁恪言回家。进家门前，梁恪言站在花园里吹足了冷风，等再进门时，才意识到柳絮宁返校了。

喝蒙了，真是喝蒙了。

这世上严格遵守能量守恒定律，有人忧愁就有人欢喜。

一整天都无课的周三，柳絮宁正在寝室里画画，胡盼盼风风火火地进来，在寝室里翻箱倒柜。

"咦，你还不收拾？就这样去？"见柳絮宁一动不动地坐在那儿，胡盼盼疑惑。

柳絮宁茫然地问："去哪儿？"

胡盼盼即刻挂脸："我的姐姐啊，半个月前我跟你说的事情，你忘了吗？去我朋友的派对呀！"

哦，对。柳絮宁突然想起。

"快换衣服啦，从我们这儿去市中心要好久呢。"

柳絮宁随手放下平板，正欲锁屏，绘画界面里，她随手勾勒的男生脸型，意外地与梁恪言相似。平板旁边放着几张刮开的彩票。

烦死了，怎么今天随便抽出的这一沓就是一张都没中呢。

怎么会就这样不知不觉地逃出了可控范围呢？

她盯了良久，觉得自己应该停下这种状态。

当晚，Moon 酒吧。

柳絮宁在这里看见了一个意想不到的人。

此时王锦宜正姿态惬意地窝在卡座间，与几个小姐妹嬉闹，暧昧大胆的话语和一阵阵节奏感十足的旋律一起钻入柳絮宁的耳朵里。

看见柳絮宁，王锦宜一挑眉，冲她招手。柳絮宁颔首，简单打个招呼。

周围的女生都穿着紧身衣，露着肚脐，柳絮宁一身常服倒成了特别的一个。

"你就穿这身来的啊？"胡盼盼的朋友也是自来熟，熟络地加了柳絮宁好友。

"嗯。"

朋友又上下打量一番："第一次来吗？"

"不是。"梁锐言带她来过几次，可她觉得没劲。

至于今天这身打扮，方便易行动为上。

每个整点时分，乐队开场，低沉缱绻的音乐漫至整个空间。柳絮宁托着腮，看她们玩游戏，觉得没意思透了。

有男人来请她去那边喝酒，柳絮宁从下至上扫过，又顺着男人手指的方向看。蓝翡翠奢石长桌上摆了一碟白珍珠牡蛎，只有六只，七八个男人围坐一桌，还要算上眼前这位扬着志得意满笑容的男人，柳絮宁操心地想，也不知道他们怎么分。

被委婉拒绝后，男人悻悻离开。

柳絮宁托腮看着他的背影，唯一的想法就是，他……或者说，在场所有向她示好的男人，没有一个人可以比得上梁恪言。

这事实真是让人崩溃。

身旁的沙发陷落，柳絮宁歪了一下，一回头就看见王锦宜那张漂亮脸蛋，眼睛红通通的又迷蒙，像是喝多了。

"你和梁锐言怎么样了？"酒气扑着柳絮宁的脸来。

柳絮宁："没怎么样。"

"哦……"她嘴巴一咧，"那你和梁恪言怎么样了？"

从她口中听见这问题，柳絮宁难得沉默，移开的眼中划过一抹心虚。

王锦宜"嘿嘿"笑着，凑近道："你装什么呀？"

最喜欢和喝醉酒的人聊天了，什么真话都能脱口而出。

既然如此，那她就不装了。

"也没怎么样。"

"你的进度这么慢啊！"王锦宜撇撇嘴，胳膊搭在她肩膀上，自来熟地替她操心。

柳絮宁："是啊。"

"那你准备怎么办？"

酒吧灯光忽明忽暗，旖旎绯色的光线流转在柳絮宁眼前，心都要蒙上一层绯色滤镜，七上八下地晃。

她深吸一口气："犹豫也是一种消耗，所以我准备……"

大小姐忽闪着一双漂亮的狐狸眼睛，好像要从她接下来的话中偷得一点真谛。

柳絮宁："我准备，想做什么就做什么。"

"嘁——"王锦宜还以为是什么大招呢，只觉得没劲透顶。她又晕晕乎乎地起身，往卡座走，还是成熟女人的世界好，充满了热情似火的勇气与横冲直撞的较量。

柳絮宁看着王锦宜摇摆不定的背影，沉默片刻，心里似有小猫尾巴扫过，一下一下又一下，扫得她心痒难耐，欲望变作火焰，源源不断地注入着氧气，让它越烧越烈。

她有贼心也有贼胆，她准备想做什么就做什么。

柳絮宁伏靠吧台，指着王锦宜的身影，和那位调酒师说，和她一样。

调酒师挑了下眉："妹妹，那可是白兰地啊。"

柳絮宁点头："我知道。"这要是白开水，她还不喝了呢。

再回到卡座里，几个人已经拿着空酒瓶玩起了游戏。这里的冒险不似平常的小打小闹，题题出得辛辣刺激。

柳絮宁抿一口白兰地，心说这也没多烈。

半杯下去，晕乎乎的状态开始出现，柳絮宁借着所剩无几的清醒，坐到胡盼盼身边："盼盼，你能不能帮我个忙？"

沉入夜色中的起瑞大楼六十二层，拥有一片敞亮开阔的落地窗，远眺，依稀可辨千米之外的一个街区，华灯璀璨，霓虹闪烁，这是整个青城最繁华的区域。

起瑞永远业务繁忙，各个部门加班都是常有的事。办公区域内一片灯火通明。

总经办亦是如此。

梁恪言仔细看完于天洲送来的合作协议书，签过名后递给他。

于天洲正要离开，梁恪言冷不防抬眼看他。能在梁恪言身边做事，他也不是蠢人，总能猜到一点。

"自毕业开始，爷爷就让你跟着我。但是你现在在为谁做事，还清楚吗？"

于天洲的心轰然一沉，早该知道有这一天。

"清楚，我在为您办事。"

"是吗？"这声音实在称不上有温度。

于天洲痛苦地皱了下眉，几番来回后，将事情全盘托出："年会那天，老夫人看见了……"

他观察着梁恪言的神色："……老夫人也是关心您，想知道您的近况。对不起小梁总，是我的错，是我多言。"

几天前，梁恪言照例去老宅看望爷爷、奶奶。饭后，许芳华叫住他，委婉地提醒他和柳絮宁走得远一些。许芳华说，柳絮宁寄人篱下，有些事情情非得已，也拒绝不来，他不应该把情绪和意愿强加在她身上，她也许只是没有说出拒绝的勇气。

梁恪言仔仔细细地回想，他有没有把自己的情绪和意愿强加给柳絮宁，她又有没有几次其实想要拒绝。又在思考之余，有几分幼稚不平地想，许芳华这套说辞是否也曾原封不动地讲给梁锐言听过。

如果这套规则是专门为他定制的，那也太不公平了。

一室寂然无声。

也不过片刻，梁恪言的视线从电脑屏幕上移开，他神色平淡道："下不为例。"

夹在中间，的确难做人。

下不为例？于天洲愣了一下，转而点头，又一次抱歉。

一旁的手机频繁振动，打破空间里流淌着的安静。梁恪言看着陌生来电，没什么兴致地摁灭。

过了一会儿，那电话又打来，他摁下免提。

"你……好？"电话那头，吵闹声十足，女生的声音带着试探。

"哪位？"

"你好，请问你是哪位？"

梁恪言颇有几分好笑地看着来电显示，一串陌生的号码。她给他打电话，然后问他是谁？

梁恪言最近连和人进行一场礼貌交谈的工夫都不愿花费，他不想多废话就要挂断，那女生却接着说："你认识柳絮宁吗？是这样的，她喝多了，我没法送她回家，问她记不记得家里人的联系方式，她也只报得出这一个手机号。请问我有打错吗？"

于天洲捏着文件的手不断收紧。他应该在梁恪言按下免提键的那一刻，就应该无声地离开。

电话挂断，梁恪言一脸平静地看他。

将功补过的机会来得如此之快，于天洲福至心灵："梁总，需要用车吗？"

梁恪言："嗯。"

是谁情非得已？又是谁无法拒绝？

半个小时后，Moon酒吧门外。

梁恪言仰头看着霓虹色的招牌，门口的侍应生上前问他有什么需要帮助的。手机的棱角磨在他的手心，如果他是个好人，如果他希望一切回到正轨，那么他此刻应该做的事，也是唯一能做的，就是打给梁锐言，让梁锐言来接柳絮宁。

"先生？"侍应生见他未应，又疑惑地问。

梁恪言回神，向里走。

谁说他是个好人，谁说他希望一切照旧。

视线之内，空间被靡靡绯色笼罩。

梁恪言走在侍应生之间，低头回拨那个陌生号码。电话长时间未被对方接通，他烦躁至极，无意间回过头去，抓住猎物。

柳絮宁手里还捏着酒杯，靠在沙发一角。周围的好友似乎在玩游戏，她像游离在热闹频道之外，安安静静地坐在最旁边。身边还坐了一个男生，不时侧头和她说着话，想把她手里那杯鸡尾酒拿开，被柳絮宁拒绝。

男生笑说："你还能喝呢？"

柳絮宁应答："嗯。"

"你的脸都红成这样了。"男生被她的模样逗乐，伸手要去碰她的脸，被她躲开。

"柳絮宁。"胡盼盼叫她。

柳絮宁迷迷糊糊地抬头。

胡盼盼下巴一扬："你哥来了。"

柳絮宁和男生一起回过头去。

见到往这边走来的梁恪言，柳絮宁呆滞的眼神里缓缓绽开一抹愉悦，笑得露出一口漂亮的贝齿，用力地冲他挥了挥手。

她表情呆滞，原本整齐的刘海上竖着一缕呆毛，随着她挥手的动作一摇一晃。从面颊至耳垂，通通被绯红弥漫，醉酒味十足。

男生低声问："他是谁啊？"

"她哥。"柳絮宁没来得及回答，就被已经走到身边的梁恪言打断。

胡盼盼的一众好姐妹互相挑眉交换眼色，最后视线齐齐落在胡盼盼脸上，颇有一种"有此极品不早说"的遗憾感。胡盼盼无辜地望天。

男生钝钝地"哦哦"两声,七摇八晃地起身,要和他握手自我介绍。

梁恪言掩住不耐烦,手掌虚碰他一下,又拉过柳絮宁的手臂:"回家了。"

柳絮宁此时思绪全无,被他拉着走时,也不忘回头看其他人,笑吟吟地摆手:"盼盼,拜拜。婷婷,拜拜。大家都拜——"

梁恪言耐心地等她第二个"拜"字说出口,她却打了个酒嗝,朗姆酒和青提汁的味道混着钻入梁恪言的鼻息。

他一只手挂着她厚重的外套和小包,另一只手搭过她的肩膀,嗓音在喉咙里压得极轻:"和你的朋友们告完别了?能回家了?"

柳絮宁在他怀里,听见他的声音,迟缓地仰起头,醉醺醺间和他对上视线,粲然一笑:"你也拜拜。"

梁恪言说:"那谁送你回家?"

她思考许久:"我哥哥有很多很多车。"

他继续问:"那谁开车呢?"

她沉默了一会儿:"哦好吧,那你别走。"

这样说还不够,她紧紧抓住他的手腕:"你别走啊。"

梁恪言"嗯"了一声,手腕间有股凉意,他下意识地低头,是她手腕上的手链碰到了他的皮肤。他莫名觉得眼熟,于是多看了一眼。

柳絮宁发现他的目光,倏地把手藏在身后,毫无震慑力地威胁:"别想抢走。"

梁恪言有一瞬失语。

"怎么突然戴了这个?"

"这个吗?"柳絮宁抬起手,手链在灯光下浮空着,如缀上灼眼的光。

她手腕晃动间,梁恪言眸光闪烁,他记得它。

那是柳絮宁高考刚结束的夏天,他给梁锐言买毕业礼物时,路过一家专柜,他突然想起,自己给弟弟买了礼物,那他的妹妹也该有一份。于是走进那家专柜,为她挑了一条手链。

可送给她后,他从未见她拿出来过,她的手腕上也只戴着和梁锐言一模一样的手串。

梁恪言于是顺理成章地忘记了这件事。

时至今日,他又在她手腕上瞧见这份古早的毕业礼物,也不知心中是何情绪。

"都怪你,我没有手串了,不习惯啊,只能戴这个了。"

记忆被她的下半句话拉回。

怎么就怪到了他的头上?

紧绷着的脸在此刻终于有了点笑意,梁恪言不再说话,只拉着她往外走。倒是柳絮宁,酒精打开了话匣子,回程路上只有她一人喋喋不休。

梁恪言第一次为她的话多而感觉到耳朵疼。

夜色里的云湾园被安静笼罩。

半拖半拽着柳絮宁下车，在玄关处换鞋也显得费劲。

梁恪言在她面前半蹲，去解鞋带。

眼前昏暗一片，柔软的长发随着她低头的动作晃荡在他的耳垂与后颈。也不知她今天喷的什么香水，一股奶油硬糖的味道。

"你怎么不开灯呀？"她好奇地问。

因为他不想开。开灯必然引起旁人注意，这旁人里有谁，这栋别墅之内又有谁存在，他不知道，但无论是谁，都请不要来打扰这段独属于他和她的时间。

轻轻一抽就能松开的鞋带在梁恪言的掌心里静静待着，就似他和她的关系，破局之法简单轻松，大不了分崩离析而已，原定的结局不就是如此。

可他偏偏不要，他偏偏要执迷不悟地站在悬崖边上，在一团乱麻之中与她屡次纠缠。

"你怎么不说话？"她的脚尖动了动，被他一把扣住脚踝。

"别动。"他第一次伺候人，不太习惯，所以耐心稀缺。

他语气算不上好，甚至有点凶，柳絮宁不大高兴地看着他："就动就动！"

梁恪言抬头看了眼她，柳絮宁的气势弱下去："……好吧，不动了。"

他从鞋柜里拿出拖鞋，又将她的短靴放置归位。

刚走到房间门口，胃里一股异样的感觉上涌，柳絮宁突然用力推开他，跌跌撞撞地往房间里走，凭着记忆撞开厕所的门，倒在马桶边吐。

梁恪言面色一凛，快步跟上去，蹲在她身边，轻拍她的背。

"别、别看……"她另一只手无力地扬起，去遮梁恪言的眼睛。

冰凉的掌心虚虚覆盖住他，眼前视线半虚半实，梁恪言依着她说好，只在没有遮全的视线中抓住她垂着的长发，握在掌心中。

吐完，柳絮宁没了力气，坐在地上，嘴边和发丝上都沾有酒渍。梁恪言抽过洗脸巾，打湿之后，轻轻地在她脸颊上擦拭。

浴室里明亮的灯光灼着她的眼睛，她半眯着，长睫浸湿，莫名露出可怜相。

梁恪言突然觉得前几日自己不明就里的疏远实在过分又不讲道理。

"起来。"他扔下洗脸巾，空出来的两只手想拉她起身，又怕力道不适合弄疼了她，一时陷入束手无策的境地。

柳絮宁乖乖地仰头，伸手像要他抱。

梁恪言必然不可能用这个姿势抱她，他索性捞过她的双腿搭在臂弯，习惯性地往上轻轻掂了掂。

柳絮宁原本张开的手臂木木地缩了回去，喃喃自语间带着埋怨："你怎么就是记不住啊？再掂我又要吐了。"

梁恪言："……抱歉。"

他把她抱到床上，刚放下，她又"噌"地坐起。

"躺着也想吐。"
梁恪言："好，那就坐着。"
柳絮宁眨眨眼，得寸进尺："我还没有卸妆。"
梁恪言："所以？"
她一仰脸，讨好地冲他笑笑："卸妆水在那里。"
"要卸两遍的。"
"谢谢你。"

梁恪言站在盥洗室里，看着那些瓶瓶罐罐时，依然想不明白自己怎么就会被柳絮宁使唤至此。

磨砂玻璃门外，她还在喋喋不休，酒精浸泡下的大脑连语言系统都紊乱了，却还要一遍一遍地重复"在第二格上面""一瓶快用完了，一瓶还没拆，一定要拿那瓶快用完的"……

梁恪言拿着卸妆水和卸妆棉出来，居高临下地看着她，他挽起袖子，脸上是不耐烦，手上的动作却细致。

柳絮宁闭着眼睛，又觉得脖子仰得好累，于是抬手抱住他的腰。

这距离太近太危险，近到两人之间再无一丝空气残存。他承认，他包藏祸心，渴望着与她亲密接触，但绝不是在此番情景下。

梁恪言另一只手伸到后面，不由分说强硬地掰开她的手。

柳絮宁委屈地看他，那句"你这人怎么这样"似乎就要在下一秒喷薄而出，又在梁恪言在她面前屈膝蹲下时，堵在唇齿间。

他半蹲着，她脸颊边的碎发被他绕到耳后。

卧室里只开着一盏壁灯，亮度人为地调到最低，斜斜打下来的光晕一圈又一圈地在柳絮宁眼前散开，男人的身影轮廓都变得柔软。没有扣紧的大衣带着料峭春夜里独有的寒意，像轻盈的蝴蝶"呼啦呼啦"地往她眼前飘。

隔着一张薄薄的卸妆棉，她依然能感受到他指尖炽热的温度，慢慢地从额头划至脸颊，又在唇边停住。

她的心要飘起来了，像飘过万里高空，最后却轻轻地落到一朵柔软的云上。

于是鬼使神差地，她的手抚上他的喉结，指尖在那颗痣上游离。

脸颊上的触感暂停了。

她抬起眼睛，和他对视。

指腹下，那坚硬的棱角也跟着滑动，像一场缓慢、温柔，却又不容置喙的强势攻伐，却不知是谁陷入。

"喜欢你。"她不受控制地说出口。

梁恪言愣在原地，直到柳絮宁的手指顶了顶他的眼镜框，他才如梦初醒。手不自觉地握成拳，再松开时，又陡然覆上一层汗。

"再说一遍。"他的双膝快要碰地。

梁恪言想，她一定是第一次说这样的话，白皙的脸颊和鼻尖都缀上绯红，眼睛夹雨带雪，潮湿一片，声音不休不止地挠着人心："我说我喜欢你。"

她一下拥抱住他，下巴与他肩膀的布料摩擦，长发拂过他的脖颈，像进行了一场无人知晓的精神亲吻。

声线似梢头的小鸟，在温柔的春风中扑扇翅膀，生动活泼地往梁恪言的耳边钻。

"我喜欢你呀，阿锐。"

....

好像一场美梦突然叫停。

大脑轰鸣一声，顷刻陷入一片茫然宽广的白。

梁恪言怔了一瞬，用为数不多的理智一遍遍去回想刚才从她口中冒出的两个字，却没有勇气再问她一遍。

她的身体柔软，压在他身上时，像一匹凉凉的绸缎，却能给人以捂掩鼻息的窒息感，让他连气都喘不出来。

她居然真的喜欢他的弟弟？凭什么？梁锐言凭什么？他哪来的这种好运气？

她的呼吸和胸口起伏的弧度逐渐趋于平稳。

梁恪言僵硬地抬手，捏着她的后颈："柳絮宁，你再给我说一遍。"一开口，他才发现自己的声音冷得吓人。

他没得到她的回答。

梁恪言的手缓缓往下移，落至她的腰间，而后轻轻抱住她。他想把她揉进自己怀里，又怕稍一用力就吵醒了她。

落地窗上覆了几颗雨珠，旋即，降落一场突如其来的暴雨。雨滴砸地声打破一切平静，他的心被灌得燥热，燃烧着一团又一团名为嫉妒的火焰。像潜伏在阴暗处的独行兽，看见成双成对的猎物就起了滔天的嫉妒心。

"不许喜欢他，"她的名字在他唇齿间细磨，反反复复，一遍又一遍，好像一个咒语，多试几次就能扭转局面，"柳絮宁，要喜欢我。"

可惜卧室静悄悄的，无人回应。

第八章 /
猫鼠游戏

大雨下了一整夜。

柳絮宁醒来时，雨还没停，势头倒是小了不少。天空雾蒙蒙的，像笼了一个灰色的玻璃罩。

点开手机，胡盼盼和许婷发了几条消息过来，柳絮宁一一回复完后，还是觉得头有点疼，将被子一拉再次睡过去。等她再醒来时，是林姨敲门让她吃午饭。

柳絮宁是最晚落座的那一个。她不知道梁安成是何时回来的，但如果早知他会回家，她断不会睡到自然醒，然后连头发都没打理便下楼吃饭。

梁安成拿着鼎隆商行的晚宴邀请函，让梁恪言带弟弟、妹妹一同前往。

梁恪言沉默地收下。

梁锐言看他一眼，他今日似乎兴致不高。无所谓了，费尽心思不就为了这个目的吗？

他转而瞧一眼坐在自己身边的柳絮宁。

"胡盼盼把你送回来，也不跟我说一声。"待梁安成走后，梁锐言低声抱怨。

柳絮宁插菠萝的动作一顿，胡盼盼是这么说的吗？

还没等到柳絮宁的回答，椅子在地面挪出一道刺耳的声音。两人纷纷抬头，梁恪言一言不发地起身。

抬头的动作倒也是如出一辙的默契。好笑，真够好笑的，青梅竹马，两情相悦，默契满分，谁不说一句般配。

他路过柳絮宁时，冰凉的衣摆擦过她的肩膀。

柳絮宁咬下一口菠萝，忍不住皱眉感叹，这个季节的菠萝可真酸，又在想自己选择吃这个季节的菠萝算不算是自讨苦吃。

近日来，青城财经日报被"鼎隆商行"这四个大字占据。原因无他，四月底，鼎隆商行建成100周年酒会召开，酒会邀请了各界名流与行业新贵。起瑞作为鼎隆位列第一级别的商业大客户，梁家一干人的名字都在受邀名单上。

酒店从外看去金碧辉煌，门口摆着两只金雕貔貅，有口无肛，揽八方财。一楼大厅外聚集着各路媒体记者，闪光灯与相机的快门声不绝于耳。

二楼，酒楼宴会厅，侍应生着统一的西装制服，端着酒水碟步履轻盈地于席间穿梭。

梁家人一出现自然是吸引到足够多的目光，梁恪言身居其中，回国以来的商业战绩更像是一张打着满分的成绩表。

酒杯与奉承接二连三地袭来，交际与攀谈一场接着一场，像是望不到头。

"恪言。"身后有人叫他。

是鼎隆商行前任行长邝临，虽然商行的事务已经全权交由长子邝行鸣处理，但此番大场面，他自然会出席。

梁恪言对此人不甚了解，所以来之前的车上，梁继衷和梁恪言讲了鼎隆的发家史。邝家祖上是靠入赘母系的酒店行业发的家，与万恒在业界有长久的第一、第二之争。邝行鸣也盯着万恒许久，只不过没想到被起瑞抢先一步。

梁继衷又告诉他，站在邝临身边的那个中年男人是吉安的核心高管陈航，虽居王民昊之下，在吉安内部却很有威望，他和鼎隆一贯走得近。

梁恪言依次朝人颔首。

饶是这么多年过去，柳絮宁还是待不惯这种大场面。她和梁锐言打了个招呼，就往甜品台走。不赶巧，今天身体不适，所有的冰激凌甜品她都敬谢不敏。拿过一块蛋糕，小小地刮下一勺，却索然无味，她的视线在宴厅中漫无目的地游走，又像带着蓄谋已久的任务，寻找着既定目标，等待他的落单时刻。

真烦，他的身边怎么总有围上来奉承的人，走了一片又拥来一片。那她什么时候才有机会和他坦白？

柳絮宁今日穿着一身浅色做底的玫瑰抹胸裙，豆蔻色与浅沙色交错，背后拉链将将至两片蝴蝶骨之下，恰到好处地勾勒出姣好身形，像误入私人庄园的玫瑰少女。

在一片万紫千红中，这颜色低调却又矛盾地出挑，自然有人注意到她。席上皆是出身锦绣堆的二代三代子弟，阔绰优越的背景之下，自卑是他们的稀缺物，想要什么主动出击是他们多年来一贯秉承的信条。

不学无术的纨绔少年一击瞄准猎物，问身旁的管家那女孩是谁。

管家说那是梁家的人。

"梁家？"除了那两兄弟，哪来的女孩？"

管家附在他耳边密语。

少年轻轻地"哦"一声，是那个啊。那就好。

"小梁总——"正说话间，于天洲携着一个中年男人向梁恪言走来。

于天洲压低声音，快速说清事情的来龙去脉。

摇晃酒杯的手一顿，梁恪言眼里的散漫立刻消散，认真地打量来人。一转头，又看见不远处甜品台旁正和柳絮宁说话的少年，身着燕尾服，谈吐之间不自觉扬着下巴,又不时回头朝这边望来,眼中皆是初出茅庐却胸有成竹的自信。

莫名像极了梁锐言。

须臾,柳絮宁也回过头。隔着熙攘人群,两人的视线遥遥相接,似并不流畅的电流,在空气中擦出火花。

那夜之后,除了那顿中饭,他与柳絮宁几乎没什么交集。她一直待在学校里,周末也不回来,就连刚刚从云湾园驶到这里的保姆车内,她也没有和他说话,只是发呆似的看着车窗外。梁锐言偶尔和她搭话,她笑着冒出一句"你傻不傻"——一如年少时,她和梁锐言亲密无间,而他总是坐在前排围观的那一个。

这种感觉,比打不出喷嚏还要难受,眼眶酸涩,鼻息微滞,怎么努力都不行。他并非再也不想和她有交集,可他实在难以装作若无其事的样子逢场作戏。

他也没有想到,时隔十几日,她递来的第一个别开生面的眼神里带着委屈和恼羞成怒。

梁恪言闭了闭眼,再睁眼时,毫不客气地打断那个还在喋喋不休的中年男人:"起瑞截至去年年终市值超 675 亿,你觉得我妹妹和他配吗?"

邝行鸣知道这位梁家少爷回国之后风头正盛,能完美笃定地周旋于起瑞总部高层之间,那必然是有一手雷厉风行的商业策略与挑不出错处的娴熟转圜之术,倒是不知道他说话如此直言不讳,不怕得罪人。

万恒的收购案中,他居然是输给这样一个人。

厌倦了此等望不到头的攀谈阿谀,梁恪言握着高脚杯的手一抖,分不清是不是故意,红酒倾倒在皮鞋上,一点酒液沾湿裤脚。

邝行鸣说楼上有休息室。

梁恪言点头道谢。

宴会举办于尼威酒店,因其占地面积广阔成为众多大型宴会的首选,梁家的多场宴会也曾在此举办。三楼最南侧的那间客房,历来属于梁家的 VIP 休息室。

柳絮宁一只手拎着小巧的手包,另一只手抓着裙摆,轻车熟路地踏上旋转楼梯。细高跟鞋踩在鎏金的红毯上时,她衷心地希望那位娱乐公司的小公子不要再纠缠不清。

喜欢真是廉价,初次见面就能深情款款地脱口而出吗?

还有梁恪言,他凭什么……

还好没有坦白那夜的谎言,不然可真是一场淋漓尽致的自取其辱。

捏着裙摆的手更加用力地攥紧,柔滑的丝绸衣料因为她的用力而从手中逃出,她差点被绊一跤。

带着一腔怒气走到 VIP 休息室,小小的气愤让她根本没在意那虚掩的门,立刻推门而入。休息室内并没关灯,明晃晃的光笔直打下,柳絮宁站在门口,眼前被一抹高大的背影覆盖。

梁恪言下意识地回头,也没想到她会此番模样出现在自己面前。

— 201 —

四目相对,两人都愣在原地。

手包里突然响起一阵手机铃声,柳絮宁回神,看一眼来电显示,梁锐言。她接起,还没说话,对面的声音便一股脑地冒出。

"你去哪儿了啊?我怎么在哪里都找不到你,大晚上的玩什么失踪啊,柳絮宁?"

两道声音先后交汇,柳絮宁皱着眉,将手机拿得离耳朵远了些,都能听见梁锐言的声音。她认真地辨别,不远处有人正踏上旋转楼梯而来,一步一步,回荡于空旷寂然的楼梯间,与手机里的声音吻合。

大脑顿时一片空白,她仓皇地说出一句"我现在有事,待会儿就下来"后,便不由分说地挂断电话。手机里的声音已然隔绝,楼梯间的脚步声顿了一秒继而上行得更快。

柳絮宁抬眼,梁恪言意味深长地看着她。

她一咬牙,猛一推他胸膛,让毫无准备的他往后退了一步。于是房门与他的身体之间足以空下一个身位容纳柳絮宁。她转身关上门,双指一旋,"咔嗒"一声,门轻巧地上锁。

几乎就在上锁的一刹那,她的腰被人从后方箍住。她因为这意外而低呼一声,手包掉落在地,双手下意识地去撑门板。在暖气打得十足的室内,她的上身不知为何冰凉彻骨,背后裸露的肌肤紧贴梁恪言炽热的胸膛,像烈烈岩浆,随胸膛迭动要将她从后吞噬。

脸颊贴在门上,柳絮宁艰难地吞咽一下口水:"梁、梁锐言……哥……"

"今天又要玩什么把戏呢,飘飘?"他的呼吸一点点压近了。

她到底觉不觉得自己太过分了点?当着他的面,堂而皇之地和梁锐言说现在有事?现在有什么事,她又要开始唱什么戏了?柳絮宁是否太过低估他了,他是喜欢她,但并不意味着她可以一而再再而三地戏弄他。

"我没有……"

又是一阵电话铃声响起,柳絮宁手忙脚乱地去摁挂断键。

梁锐言停下脚步,盯着眼前这扇门,看了良久,才离开。

一门之隔的房间内,柳絮宁的手机被梁恪言从后方夺走,调成静音,随手扔至沙发上。

至此,她整个人已然在梁恪言的怀里,扣住她腰的手已经松开,又移到她的手腕间,她的两只手亦被他的两只手牵制着,压于冰冷的门上。她只要稍许扭动身体,门板便能发出沉闷声响。

柳絮宁不知梁锐言是否离开了,连挣扎的幅度都极为小心,直到听见那逐渐变轻的脚步声,她才不自觉地吐了口气。

梁恪言将她的一举一动全部捕捉,心中不由得哂笑。

"胆子不够大就不要做这些。"

— 202 —

太近的距离之下，每吐出一个字，她的脖颈便要瑟缩一下。柳絮宁不明白他的怒意为什么突然之间爆发。

"你最近是不是心情不好？"不然为什么莫名其妙地疏远她。

"是。"

"因为什么？"

她还敢这样问？梁恪言都要被气笑，事到如今，他不想再藏着掖着，也没工夫玩那些欲盖弥彰的小游戏。

"鱼被钩久了，也是会腻的。柳絮宁，你到底要哪一条？"

柳絮宁，你到底要哪一个？是他，还是梁锐言？

"那你呢？"小小一句话也同时勾起她的怒意。他说她的饵勾到他了，那她又何尝不是。

柳絮宁用尽全力挣脱开他的束缚，冰凉的表带和袖扣一起擦过她的手腕，白皙的手腕上瞬间起了红痕。

梁恪言皱眉，刚抓过她的手腕，想看那道痕迹如何，又被她再一次挣脱。

"那你呢？"柳絮宁重复，"你才是那个阴晴不定、反复无常的人。我不知道我做了什么，惹了你生气，要突然冷落我。"

柳絮宁当然不知道，因为他不想重提一遍旧事，重提他是怎么被她玩弄于股掌之间，他是怎么愚蠢到把那些她蓄意为之抛下的饵当作自己心动沦陷的轨迹。可她怎么能蛮不讲理地倒打一耙？

"你不知道自己做了什么？是不知道，还是忘了？"梁恪言后退一步，与她保持着安全距离。

"梁锐言生日那天，我也去了丹林。"

柳絮宁奇怪道："所以呢？"去了丹林，那又怎样？

就是这样，就是这种无辜的姿态，实在让人怒从心起。是她不在乎，是她早就忘记了自己做下的一言一行，是她谎言与欺骗犯下的次数太多，多到她自己都忘记了。

他忍不住冷笑："你都能一个人骑马越栏了？距离我教你骑马才过去几个月？柳絮宁，你这么有天赋，一学就会。"

他的声线割着她的耳朵，柳絮宁的手心突然冒起一层汗。她是忘了，她曾在这事上骗过他。

梁恪言捕捉到她短暂的局促，又是一阵笑："你终于记起来了？知道我不会再出国，就把主意打到了我身上？"愤怒在言语间层层叠加，那些装腔作势的冷静彻底消失，被人玩弄、被人欺骗的怒意让他再次扣住她的手腕，他的手避开那抹红痕，"那你怎么不从小时候进我家门开始，就把主意打到我身上？那时候为什么选择阿锐？既然以前选了他，现在就继续选他啊。"

他自认自己和弟弟不同，也清楚自己和梁锐言站在一起，多数人都会下意识地亲近后者。他不奇怪,并对此表示正常。

可是柳絮宁,你又凭什么反复横跳?

日久经年的嫉妒穿过他阴暗的心脏和胸口,在口不择言间踱出。

为什么选择梁锐言?他不清楚吗?

"是你一直讨厌我,对我冷漠,又不给我好脸色。我知道,这是你的家,所以我已经够小心谨慎了,我已经离你远远的了!隐瞒我不会骑马这件事是我的错,可我只是想拉近一点我们的关系,就一点,不需要太多,只要够我们能在家里和平相处就可以了。是你,是你自己凑上来的。我说我不会骑马,你就驯马手啊,为什么要和我共骑一马?"黑白分明的一双眼,此刻锋利直白如箭般狠狠刺向他,如一块玻璃碎片,割出事实,"你们原本泡汤的地方选择的是姜山,怎么变成汤山了?也是你改的吗?你为什么改?"

明明是质问,却在梁恪言还没回答时,她便将答案脱口而出:"因为我。梁恪言,因为我要去那里,所以你才改的。"

到底是谁在打谁的主意?既然要算旧账,那就算个彻底。她是动了心思耍花招,那梁恪言未必比她清白,他的心思未必比她干净。

她的语气并不平静,和猛烈的攻击一起毫不遮掩也毫不犹豫地朝对方刺去: "如果我的朋友有了喜欢的男生,无论我对他有再多想法,也会退避三舍。而不是像你一样,在明知你亲弟弟喜欢我的情况下,还——"

后面的话她没有机会说出口,因为下巴被他钳住,卡在虎口之间。他的唇忍无可忍地覆上来,堵住这张喋喋不休又将他阴暗不堪的意图暴露至彻底的嘴。

像惩罚、像处置,而目的无外乎让她闭嘴,别再将事实残忍地剥落。

柳絮宁的大脑一片空白,裸露在外的肌肤贴着冰冷的墙,脊背僵直,肩膀颤抖,大声说话给予的勇气在他霸道地吻上来之后烟消云散。

她下意识想挣扎,在他怀里扭动逃离,又被他抓得更紧。

柳絮宁不受控制地溢出一道哭声,那双眼里水光弥漫,氤氲着团团雾气。

梁恪言放开了她,捧着她的脸,额头抵着她的,鼻尖贴着她的,如潮呼吸在相交后置换。

像极了《动物世界》的片尾曲,谁是胜者,谁又被厮杀,分不清楚,一片狼藉。

室内陷入长久的寂静,只有两颗心仓皇乱跳。

这吻太久太久,难舍难分,让柳絮宁骨软筋酥,都要站不稳。她的喉咙不知为什么发痒,不住地咳嗽。

梁恪言轻轻拍着柳絮宁的后背,双眸盯着她通红的脸颊,尽数摊牌:"你说得没错,我就是这样的人,我明知阿锐喜欢你,却还是动了歪心思。怎么样?那又怎么样?"声音如冷风恻恻,"我是不好,可你不就喜欢我这样的人?"

"我不喜欢你!"柳絮宁猛然推开他的手,泪眼蒙眬间,笔直地看向他,沙哑的声音里含着委屈,气势却仍旧不落下风。

她蹙着眉,想往后退以拉开距离,可后面就是冰冷的墙,彻彻底底地堵住她的出口。

身前是他毫不掩饰的带着侵略性的目光,让柳絮宁进退维谷。

"不喜欢我?"头顶的灯光从梁恪言的短发间掠过,他笑了笑,替她整理凌乱的鬓发,有一缕贴着水润的唇,沾上一点口红。

"是,我忘记了,装醉那天你抱着我,对我说,你喜欢阿锐。"他轻轻拍打她的脸颊,"我们飘飘的心思真是难猜啊。"

血液急躁地涌动着,柳絮宁没忍住惊讶,盯着他的眼睛:"你知道我是在装醉?"

"对。"梁恪言居高临下地看着她。

短暂的愤怒与嫉妒过后,他终于冷静下来。回国数月,柳絮宁从未打过他的电话,仅有的联系方式不过以微信传递消息,她凭什么能记住他的电话?这么低级的把戏,他自认没有失智到这种地步。

"柳絮宁,有些事情你不用做成这样,演技太差,成效太低。"

"我的演技很差吗?"她的长睫垂落,连带着声音也湿漉漉的,"既然知道我没醉,你为什么要生气?"

他聪明的妹妹真是一针见血。

梁恪言有一瞬胸闷心悸,连呼吸都要用力。丹林马场那件事,如果非要扣架于天平之上,那他被人欺骗的怒意早就消弭于无形。他连于天洲都可以给第二次机会,何况是他的柳絮宁呢。

可是他不明白,她是怎么轻描淡写地就能把喜欢这个词说出口,又是怎么轻而易举地编造出这份心意的。哪怕知道她在做戏,知道她拙劣的演技,知道她嘴里没一句真话,他也讨厌她那句喜欢梁锐言的说辞。

她的脱口而出,让他此前煎熬般的思想博弈与藏在心里的这份喜欢变得廉价无比。

"因为我不允许你说你喜欢别人,哪怕是假的。"他几乎是咬牙切齿,捏着她脸颊的手不断收紧力道。

他不允许?柳絮宁都觉得纳闷:"你以为你是谁?你凭什么不允许,我又凭什么听你的?刚才在楼下大堂,那个叫 Simon 的男生说他对我一见钟情,又说你已经同意让我们试着相处。你眼里的喜欢不是照样廉价?是你自己突然不理我,连话都不想和我说,我猜不透你在想什么,我装醉骗你又怎么样?难道我有别的办法吗?"

Simon?哪来的痴汉。

"谁?"

他还敢问 Simon 是谁?

柳絮宁瞪大眼睛："他也许是你未来的妹夫啊，哥哥。"

空气一瞬静止，梁恪言怒极反笑："柳絮宁，我在好好问你。"

她回敬："我也在好好地回答。"

话音落下，胸口压抑着的薄怒似翻天的热浪，要把理智全部挤出他的身体。他又一次低头，身上的气味带着强烈的侵略性向她压来。

柳絮宁眼里蓄了已久的泪大颗大颗地滚落，她扭过头去，胸口剧烈起伏，颤着声控诉："为什么又要亲我，你说不过我，就要堵住我的嘴吗？"

好似理智回笼，梁恪言骤然停下，鼻尖僵持地顶着她的侧脸。良久，他无可奈何地抬手抹去她脸上的泪。

"对不起。"他道歉，"我是说不过你，也是真的想亲你。

"莫名其妙地不理你是我的错，我向你认错。

"但我不知道谁是 Simon，如果你指的是刚才站在你旁边的男人，我已经回绝了他们家来的那个。什么同不同意的屁话，我都没说过。你平时这么聪明，能把我耍得团团转，现在就不会动脑子想想吗？从小到大，你对我有多警惕，怎么这个只见了一面的陌生人说什么你都信？"

"我同意让你们试着相处？"他冷笑，"我有什么资格支配你的想法？他又有哪里能配得上你？"

"那谁配得上我？"

她咄咄逼人的质问让梁恪言心口发痒，面前仿佛吊着一个诱惑巨大的饵，摇来又晃去。

梁恪言的手指插入她的指缝，指腹刚摩挲过她的指甲边缘，她就缩回。他再想去抓，被柳絮宁挡住，坚硬的骨骼顶着她柔软的手心。她不安分地动了动拇指，又被他牢牢扣住。

"我不知道，但我希望那个人是我。"

她怔了一下，听出他言语里的示弱。她是个见好就收的人，但在和梁恪言有关的事上，柳絮宁做不到"收"字。

她只会乘胜追击："你哪里来的什么配不配得上？你这么厉害，什么东西都是优先供你选择，只有你不要的份，哪有你不配的份。"

柳絮宁自己都觉得奇怪，她就是敢在梁恪言面前口无遮拦、为所欲为。

这样的冷言冷语下，梁恪言无端地笑了一声："飘飘，你为什么只对我这么凶？为什么只对我不讲道理？"

好像一下子被人攥住心尖，她无言应答，撇过头去，声音弱了几分："没有为什么，我就要这么对你。"

"好。"那也算是一种特例了。

这声利落的回答，柳絮宁的心如乐器"怦怦"跳，似滔天热浪般的血液又恢复平静。她推推他的手臂："你能不能别挡着我了？"

他还是说好，往后退一步，捡起她掉在地上的手包。柳絮宁拿过包，愤愤地就要走，才想起自己是因为生理期才上来上厕所的。她又折回，怒瞪梁恪言一眼。都怪他。

梁恪言沉默地应下那眼刀，只觉得自己无辜。

穿着礼服上厕所实在不便，等从厕所出来，已经过去了十分钟，此时梁恪言坐在沙发上，神情缥缈不知在想什么，见她出来，起身。

柳絮宁快步朝门口走，被他拉住。抱怨的话还没说出口，她的脊背贴上冰凉的触感，伴着礼服拉链上滑的声音——礼服的裙摆在刚才的挣扎中弄乱了，略带狼狈，连着后头的拉链也有些往下滑。

"没拉好。"梁恪言说。

脸上一瞬染上灼灼绯红，柳絮宁别扭地"哦"一声，停了几秒，又拧巴地说了句"谢谢"。

她没走几步，手腕又被他拉住。

柳絮宁不耐烦道："又怎么？"

"你还没回答我。"

"什么？"

"你觉得我配得上你吗？"

这要她怎么说？

配得上？她才不想说出真话让梁恪言痛快。

配不上？那……那真是违背少女心意了。

柳絮宁信奉一个原则——落于左右为难的下风境地时，就不要绞尽脑汁想着如何回答别人的问题了，岔开问题另走其他的路才是上上策。

"我喜欢你，梁恪言。"上锁的门被柳絮宁打开，在梁恪言怔愣之际，她轻而易举地脱离开他的掌心，仰起头看他，"你猜猜，这次是真还是假？"

还未等他回神，她立刻关上门，提着裙摆小跑下楼。

梁恪言迅疾地打开房门，只能看见她的一尾杏色裙摆轻盈地消失在旋转楼梯之间。

已经过去了十几分钟，唇间的触感却还顽强存在。柔软、饱满、爽到让他指尖发麻。

柳絮宁在楼梯转角处，和梁锐言撞了个满怀。

梁锐言静静地望着她，几个小时之前为了这场宴会而烫过的鬓发此刻正狼狈地贴着侧脸。这条不见尽头的长长走廊顶上的灯光如蜉蝣般游移在她白皙莹润的脸颊上，他得以看见她下半张脸上的红痕，说不清是什么，像是五指印，也像是不久前有一双大手狠狠捂住她的嘴，让她无法发声。

"第二个电话怎么没接？"他问。

柳絮宁想，自己偶尔也有点做演员的天分。她茫然地从手包里拿出手机：

"啊，你怎么给我打了两个电话啊？可能是手机静音了，没听到。"

"出什么事了？"不想他再追问下去，柳絮宁主动岔开话题。

梁锐言摇头："能出什么事？就是没看见你。按照你这个智商，在这里迷路也有可能。"

"喂——"柳絮宁出声。

梁锐言笑着举手投降："我瞎说的，你聪明绝顶，只有我会在这里迷路，好了吧。"

柳絮宁不常穿高跟鞋，此刻细高跟踩在柔软的暗红色地毯上，她走得有些慢。行至楼梯口，灯光亮了许多，梁锐言看见她后颈处密布的一层汗，在打着冷气的室内还未消。他的嗓子眼里似被突如其来的疾风穿行而过，涩得他想咳嗽。

他抬手，指尖轻盈地点过柳絮宁的后颈，声音沉着："怎么都是汗？"

猝不及防的碰触让她整个人一抖，柳絮宁猛然回头："啊？"

她也跟着去摸自己的脖子，脖子上的汗和手心里的汗融为一体。

梁锐言的眼眸寸步不移地盯着她，黑沉沉的，在这一瞬像怎么都望不见底。

"这里太热了。"她重复，"好热好热的。"

是吗？那为什么唯独他的双手冰凉？

晚宴快要结束时，梁锐言有点犯困。梁锐言带着柳絮宁和爷爷、奶奶低声示意，他们两人想先回去。许芳华的眸光轻轻落在柳絮宁身上，又很快移开，她笑着说好。

宴会厅里人来人往，欢笑声不绝于耳。她和梁恪言擦肩而过，手背贴着他的手背，又旋即分开。

"柳絮宁。"他的声音压得极低。

柳絮宁的脚步下意识一顿。

"等我一下。"

"——恪言，过来。"他话未说完，梁继衷突然转过头来叫他的名字。

梁恪言往那儿看去一眼，点头的同时继续压着声音："可以等我一起回家吗？"

柳絮宁抬头，那张脸轮廓利落，五官挺拔，唇上由于那个吻留下的口红印早已不见。他说话间谈吐清晰，还可以一心二用地娴熟应对多方还滴水不漏，真是装模作样的一把好手。

"……嗯。"

等他回家？真有意思，等他回家和她算账吗？

柳絮宁站在房间门口，干脆地按下门锁。

谁要等他回家。

柳絮宁和失眠搏斗着，许久才掉入梦中。梦中场景似飞沙走石，一个接一个地变幻,但大多是曾经切切实实发生过的事。

有童年时期,柳家人坐在一起热热闹闹地吃饭,她坐在电视机前,双手环膝,仰头看着彩屏里的梁继衷一家;有盛夏的午后,她和梁锐言一起在院子里玩飞行棋,梁锐言说如果他的四个棋子先到终点,她就要答应他一个愿望,后来他真赢了,她问他愿望是什么,他说她能不能和他做一辈子的好朋友,这太简单了,她不假思索地说"好";有上学时写作文,主题是"父爱"或"母爱",她对着这主题头疼,隔壁班周行敛的小跟班嘲笑她能有什么好写的,梁锐言听见了,当即和人干了一架,最后是高中部的梁恪言来捞他们两个,她清楚地从梁恪言的脸上看出了不耐烦。

最后梦里的场景又变作了几个小时前的VIP休息室,她和梁恪言吻在一起。

最开始知道他会留在青城,于是借着不会骑马的由头向他示弱、以熟知他历来的画作为"表忠心"的贡礼时,她没想过会走到今天这一步。是不知不觉地沦陷,但非要究其根本,何时沦陷、为何沦陷,柳絮宁一点儿也说不上来。

她讨厌梁恪言这忽近忽远的样子,扯得她这颗心也忽上忽下地飘,除了想他什么事都做不好。

装出醉酒的模样,向他说出自己喜欢梁锐言的违心话,她承认这番动作太卑劣了。可是她和梁恪言不一样,没有什么东西摆在她眼前供她选择,她为了所谓的爱情向前迈一步,谁知道那是平川还是悬崖。

她想知道在他心里,是弟弟更重要,还是她?当然是亲弟弟啊,旁人怎么比得过铁骨铮铮的亲情啊?可是,可是……万一结果不是这样呢?万一她真的拥有这份侥幸呢?

屈起的指节轻轻地碰了碰唇,柳絮宁想起梁恪言吻得十分用力,简直像用牙齿在咬她。所以她加大力道,用手指重重地点了一下自己的唇。

拉上窗帘的房间里漆黑一片,她莫名笑了一下,把头埋进被子里滚了好几圈。想到刚刚顺手给门上了锁,她立刻起身,下床时脚踝被被子缠住,一个踉跄,她再次把自己逗笑。

房间门打开没一会儿,她又神经质地继续锁上。

今天有点累了,不想见他啦。

所以一个小时后,迟迟才结束酒会的梁恪言回家时,站在那扇特意为他而上锁的门前怔愣许久,眉宇间盘桓着复杂又难解的情绪。这里不是老宅,没有爷爷、奶奶,今天他就算是生生把这门踹坏,也没一个人敢置喙他。

但是……

梁恪言长舒一口气,松了松喉间紧扣的领带,倏忽又无声地笑笑。

柳絮宁,真是好硬的一颗心,说好了等他怎么又出尔反尔?不过无碍,他喜欢柳絮宁赋予他的良性自虐。

梁锐言今天是起得最早的那一个,他下楼准备跑步时,林姨正在清理前一晚留下的衣物。路过梁锐言，林姨点头向他说了一声早安。

"林姨，等一下。"

梁锐言停住脚步。在林姨困惑的眼神中，梁锐言迟钝地抬手，手指勾起缠绕在那件衬衫的纽扣上的一根长发。

栗色，小卷。

和柳絮宁昨晚的发型如出一辙。

梁恪言醒来的时候，已经日上三竿。走到二楼拐角处的时候，他一眼瞥见柳絮宁的房门未关。虚掩着的房门留下一条不宽不窄的缝，让他得以看清房间里的景象——被子叠得整整齐齐，书桌上的本子归于原位，空无一人。

有人在背后发出一点动静，梁恪言回头，看见正在二楼打扫卫生的林姨。他问柳絮宁呢。

"宁宁啊，她一大早就去学校了。她还和我说这学期课程比较多，这几天都不回家。"林姨说。

梁恪言定义之中的"这几天"不过是两三天，所以在公司结束公事之后，他每天都会准时回家。只是，无论他何时回，玄关处从未出现过柳絮宁的鞋。

好好好。好个外强中干的小纸老虎。

梁恪言对此菜鸡行为不予置评，因为他也曾在酒店度过完完整整的一个月。

只是，柳絮宁，你有本事就一直别回家。

别让他抓到她。

轮上期中结课，柳絮宁最近的课业真的有点多，她觉得自己命不好，选了这专业，都没个休息的时间。中途，出版社的编辑告知她六月中旬在青城有场漫展，漫展策划方发来了邀请，询问她有没有意向参与签售会。

柳絮宁掰着手指算自己已经定下的安排，最后说好。

期中结课那一天，柳絮宁在寝室里睡到了下午五六点。天气进入初夏，天黑得越来越晚，金边嵌在薄云周围，晚霞被教学楼如织的灯光熏成了赤红色。

柳絮宁爬下床的时候，胡盼盼和许婷也刚醒不久。一场结课吸干了所有人的精力，补了一觉后，每个人又变得精力旺盛起来。

"你俩晚上吃什么？"胡盼盼问。

柳絮宁盯着日历表，想起自己已经好久没回云湾园了，明天一整天都没课，她正好可以回去。

那回去之后，她一定会看见他的，就算明天不回去，日子这么长，她早晚会遇见他。

球不来，她便憋着一口气，带着打破砂锅的勇气非要固执地往球的方向走。等球真滚到她脚下，她又开始摆出一副深谋远虑的姿态，谨慎地想着是不是这球也没有到非接不可的地步。

深夜是绝不能做决定的,所幸她还没有被爱情冲昏头脑,锁上那扇门,再艰难熬到朗朗白日。

梁锐言会怎么办,梁继衷和许芳华怎么办,梁安成又怎么办?清醒的思绪下,脑子里冒出一个接一个的人名。为什么中间会横亘着这么这么多的人啊?

口口声声为她兜底,在梁继衷与许芳华绝对的权力和地位面前,真的能实现吗?

"问你呢,柳絮宁!"连叫她好几声都没答,胡盼盼提高音量,"想什么呢?"

柳絮宁回神:"没,我都行。"

胡盼盼:"许婷说荷川路开了家烧烤店,去吃吗?"

"荷川路?在市中心吧,离学校很远。"

"明天不是没课吗?晚上吃完顺便回家了呀。"

想想也是。柳絮宁说好呀,去盥洗室洗了把脸,换上衣服后,等剩下的两人。离开寝室前,她盯着面前的化妆柜,突然鬼使神差地抓了支口红。

真讨厌这样反复横跳的自己。

梁恪言这几天没闲着,有场消费论坛峰会邀请他出席,规格很高,出席大咖云集,还有各界顶级的商业公司参与其中。

今天恰好是第三天,峰会正式结束后,有在峰会上认识的新朋友问他去不去喝酒。梁恪言是爱喝酒的,但这次委婉表达了拒绝。

持续高速运转了好几天,有点累。但他知道,累是其次的,他在不爽,且不爽了好几天。

比起休息,梁恪言更想回家看看会不会有惊喜。当然也可以去学校逮她,但有些事,成年人该心知肚明。

她既然选择长时间地待在学校里,那摆明了就是不想见自己,他天天出现在她身边也没有用。等她可怜他,想见他的时候,他推开别墅的门,就能看见她的身影。

她很难懂,但他有耐心,总能慢慢读懂她。

晚霞的余晖逐渐消失,梁恪言抬头看天,像铺陈一张吸饱了水的毛巾,阴沉得让人觉得待会儿就要下雨。没一会儿,雨真的下起来,是撑伞小题大做、不撑又让头发湿漉的恼人程度。

于天洲的车堵在了路上,梁恪言站在酒铺门口躲雨。一旁的门开了又合,合了又开,这家酒铺时常打折,力度大时甚至能做到中欧同价,这噱头吸引了不少人。梁恪言等得无聊,转身进酒铺挑了两瓶葡萄酒。

出门时,远远地,他看见一个人。起初带着点不敢置信,他往雨里走了几步,确认之后,气定神闲地笑了笑。于天洲的电话在此刻打来,询问他的具体位置。

他说,不用等他,他自己回去。

于天洲在电话那头,错愕地"啊"了一声,又即刻说好。

说完的那一刹那,梁恪言挂了电话。

他低头看看手中的葡萄酒,只觉得自己买得真合时宜,是该庆祝一下。

他快步往前走,也不管冰凉的雨水落在眼睫毛上,氤氲了眼前的视线。明明那人也不会跑,他就是想要快一点,再快一点地到她面前。

这条路上有家潮牌买手店,胡盼盼一进去,就如老鼠掉进米缸里出不来。柳絮宁不太喜欢人挤人的拥挤,和胡盼盼说自己在门口等她。

十几度的天气,伴着潮湿的雨水,空气中还有一丝因为夜幕降临而起的凉意,较之拥挤的室内实在舒爽。

柳絮宁低头刷着手机,只觉一道目光落在她的后颈。下意识回头的那一刻,她的视线默契地和梁恪言撞上。

"柳絮宁,好久不见。"带着点算账的味道。

接了一个不算温柔的吻,有一场气势汹汹的吵架,撂下几句狠话,又抛下一个"我喜欢你"的钩。柳絮宁想,这是他们这场意外会面的剧情前提。

太过猝不及防,她此刻的思路有些障碍,语言系统也在雨天变得潮湿,愣愣地看着他,却说不出一句话。那支口红不应该放在包里,应该早早地涂上,才算是物尽其用。

梁恪言也没多期待她的回答,问她:"等人吗?"

"嗯。"

"室友吗?"

"嗯。"

真够言简意赅的,梁恪言难得不知道说什么,只直直盯着她。五月初的天气,她穿了简单的白T恤和卡其色的背带长裤,肩上挎了个小小的包。梁恪言扫了眼包的容量:"带伞了吗?"

"没有。"柳絮宁也悄悄打量他,全身上下除了装着酒的袋子,再没有可以收纳的物件。她于是补充,"我朋友带了,我可以撑她们的。"

梁恪言慢慢地接她的话:"我没带。"

那关她什么事?

"关我什么事?"

话冒出口的瞬间,她后知后觉自己这语调有点软。

梁恪言笑了笑。

听着他这笑声,柳絮宁的脸开始发烫,她眼神乱飞,不自然地转移注意力:"你会打领带了。"

他也低头看自己的领带:"对,跟着你发的视频学的。"

"那个都发给你很久了,你现在才学会。"笨笨的。

"我太快就学会了,还怎么让你帮我系?"他一点也没藏着掖着。

柳絮宁瞪大眼睛:"你这人……"

"我这人怎么?"他问。

"……没怎么。"

"你朋友出来了。"他点到为止,也不再逗她。

柳絮宁往回看,胡盼盼和许婷拎着几袋累累战果出门。胡盼盼正要喊累,一抬眼看见梁恪言,她"哎"了一声:"你哥来啦。"

梁恪言和两人简单打过招呼。

"那你哥哥要和我们一起去吃烧烤吗?"许婷也问。

梁恪言没开口,只看着柳絮宁。她心里想着你看我干什么,嘴上只能装模作样地询问他的意见。想也知道,答案自然是肯定的。

许婷和胡盼盼各带了一把伞,胡盼盼的那把递给了两人。

她们走在前面,柳絮宁和梁恪言走在后面。

荷川路在梧桐区,一排的咖啡馆、买手店,年轻人打着伞穿行在巷道上。碰上雨天,胶片电影感很浓。

梁恪言一手拎着酒,一手打着伞。柳絮宁有挽着人的习惯,何况是两人共撑一伞,中间还要隔着这么大的距离,想也不太合理。她正要靠近梁恪言一点,后者却把伞往她那边靠。

柳絮宁说:"你的肩膀要淋湿了。"

梁恪言的头低下:"那你可以离我近一点。"

可是已经很近了,近到他身上的味道都要以说一不二的姿态蹿进她的鼻尖。

"知道了。"

下了雨,沿路的墙湿了一半,底下的颜色更深一些。空气莫名有些阴冷,湿乎乎的风斜吹着。柳絮宁得承认,梁恪言和梁锐言一样,体温很高,靠近时就像碰触着热乎乎的暖手宝。她甚至……甚至想勾着他的手腕。

"那天你为什么不等我?"

车轱辘了这么久,终于要进入正题了吗?

"就是困了。"

这回答里搪塞意味太重。

"不是。"

"就是。"

"不是。"梁恪言重复。

她急了:"那我就是不能见你、不想见你,不行吗?"

"不能见我?"梁恪言抓住那个关键词,"为什么不能?"

她说了句没什么,就不再开口。

如果那个夜晚为他开门后,她会迎接什么?也许又是一个令人猝不及防却眷恋十足的吻,再之后呢,她就要面对很多很多东西了,甚至是独自面对。

他们中间隔着一面玻璃，彼此可以清晰相望，可若要触碰，那只能打碎。由他打碎，碎片会溅伤她；由她打碎，裂痕依然会割伤她的手。

她不想让自己受到任何伤害。

再走过一个街角，就到了烤肉店。此时是晚上八点，下雨的缘故，今天的人比较少。四人选择了偏角落的位置。这里地方偏小，过道也窄，柳絮宁和梁恪言的那一边抵着后面的墙，这点空间对柳絮宁来说刚好，对梁恪言来说却有些局促。

"你要和盼盼换个位子吗？"柳絮宁问。

"不用，可以坐。"梁恪言回。

扫码点单，柳絮宁点得很快。

三个女生都饿了，眼神全被烤炉上"刺啦"作响的肉类吸引。

梁恪言没什么胃口，劳累了三天的他更想回家睡觉，只是因为有柳絮宁的存在，那些困意可以通通消失。他吃了几口后，又觉得此刻放下筷子会令人扫兴，于是继续拿着，偶尔夹一筷素菜，眼神却不自觉地看向她。

他想，刚刚失策了，他的确该和胡盼盼换个位子，这样就能直白地看着她了。

他的目光好明显，柳絮宁的那块烤肉在调料碗里翻来覆去，也不见他移开视线。辣椒粉蘸得太多，满满一口呛到了喉咙，柳絮宁咳得脸颊通红，眼里泛泪。梁恪言拿了凉白开递给她，又轻拍她的背，问她有没有好一点。

柳絮宁摇头，指了指水杯。梁恪言满上后，又递到她嘴边。

梁恪言算是把胡盼盼的活都干了，她咬着一块肉，眯着眼睛在两人之间睃着，继而和旁边的许婷对视上。对方正巧看过来，意味不明地挑眉。

胡盼盼没说话，小幅度地疯狂点头，完成一场秘密对话。

好奇怪，好微妙，好不正常。

出了烤肉店，雨恰好停了，柳絮宁把伞还给了胡盼盼。四人往地铁站的方向走。

这里离地铁站有点距离，四人沿着屋檐下走。柳絮宁低头踩着格子上的线，偶尔有积攒在屋檐上的雨水断断续续地落在她头顶和脖颈，她下意识一瑟缩，在抬手抹掉脖子上的雨珠前，有人比她更快。

梁恪言的手很干，又有点热，落在后颈上的触感久久散不去。

"待会儿去哪里？"梁恪言问。

柳絮宁依旧是低头看着弯曲不平的格子线："回学校。"

胡盼盼和许婷没回头，对视一眼。

——回学校？谁回学校？我不回的啊……

——不知道啊，我也不回！

她说这话时，脸上神情平静，轻轻抿了抿唇，刚涂上的淡色口红晕开了点。

梁恪言忽然被气笑了。

后面的路程，他一言不发。两人的速度不知为什么默契地慢下来，逐渐和前面的人拉开距离。这条路再长也总有走到终点的时候,梁恪言看着柳絮宁的背影,像电影落幕后银幕上开始徐徐滚动演职员名单,他失落地低头,手里只有一桶空了的爆米花。

靠近地铁站,又开始下雨,一旁的路灯闪烁,人流越来越多,欢声笑语夹杂其间。

这样糟糕的阴冷潮湿天气里,他们是怎么做到开开心心出来玩的?梁恪言不知道,他只知道心里全是烦躁。他不喜欢被动,却一次一次被她掌控。

他不准备,也不可以再给她这种机会了。

想法支配着大脑,欲望占领了理智的高地,他忽然牵住她的手,重重地往自己身前一拉。在柳絮宁惊讶的双眸中,他牢牢握住她的手,带着她穿过拥挤的人群逆行。

"哥……"

"酒忘记拿了。"他言简意赅,一句话堵住她接下来问句的缺口。

"宁宁,你们往哪里走?"胡盼盼回头,恰巧看见梁恪言牵起柳絮宁的手,大步离开她的视线。她不敢置信地扯着许婷的袖口,"他们这是……"

许婷说:"你看不出来?"她室友这么笨呢,酒吧那次就该看出点苗头来了。

胡盼盼咋舌:"看是看出来一点,但是他们怎么……"她不知如何形容,后面半句话噎在喉咙里不上不下。

许婷觉得她大惊小怪:"怎么,她和梁锐言牵手你习以为常,她和梁恪言站在一起,你就觉得难以接受了?"

胡盼盼恍然,对哦!没这道理!

沿着来时的路走,梁恪言的脚步越发快,快到柳絮宁都需要小跑才能跟上他的速度。她断断续续地叫他哥,他没反应。她烦了,想甩开他的手,他抓得真紧,她实在脱离不开。柳絮宁彻底恼了,连名带姓叫他的名字。

"梁恪言,你到底想干什么呀?"

这句话像一个开关,梁恪言停下脚步,转身看着她,反问:"那你呢?你到底在想什么?"

他这问题让柳絮宁无言以答。她从来都是个利己主义者,渴望他能懂她,又不主动将想法挑明。她有时也讨厌自己这个性格,就像在离开烤肉店前,她借着上厕所的由头在镜子前涂口红。她希望在自己不挑明的情况下,让他发现她的这点小心机。

那时他们走到一栋老洋房门口,柳絮宁站在门前,有人想绕过她往前走,梁恪言搭了搭她的肩膀往旁边一带。

"那你在想什么?"她轻飘飘地把问题抛回去。

梁恪言看着她,看着她这张一贯柔软无辜、却又真诚地摆出自私天性的脸:"我在想,为什么你说不能见我?"

话题又被他绕到了最初那个。

"你是不是想让我继续问下去？"他接着说。

柳絮宁此刻眼里是彻彻底底的惊讶，他怎么知道她言语之间故意露出的破绽，他怎么知道她在等待他的追问。

她的神情在梁恪言的意料之中。

"我是不是说过，你不用这样，我会给你兜底的。"他说，"所有事情。"

雨落在地上，荡起一片柔软的涟漪，她的心也软软的。

"难道什么事情你都可以兜得住吗？"

"是。"他看着她，"我想做的事、想得到的人，我可以不计一切代价。"

这话太大，柳絮宁想反驳，才不是这样的，这世上总有你做不成的事，也总有你得不到的人。

"那代价如果你无法承担呢？"

"那我自认倒霉，愿赌服输。"他的视线灼热地描摹过她的五官，最后落在她的唇上，又很快移开，"但说实话，我没怎么倒霉过。"

这样自负的回答让柳絮宁难以招架，也不知道该如何回复。

"所以你能不能告诉我，为什么不能见我？"

真是一场狡猾的循循善诱。

酒店晚宴结束前，梁恪言的手和柳絮宁的手短暂相牵又分开时，她注意到了许芳华的目光。柳絮宁知道自己是有一点点怕的，她甚至不敢去细想、去回味那究竟是一个什么样的眼神。

招惹完小孙子，就去勾搭大孙子了？

"在酒店的那天，走之前，奶奶好像看见我们了。"

"看见我们什么？"

她晃了下自己的手，梁恪言低头，看见两人即便面对面也没有分开的、紧紧交握的手。

"那又怎么样？"他反问，"她早就知道了。"

"知道什么……"她讷讷地问。她还什么都没做，许芳华能知道什么？

梁恪言看出她在想什么："知道我喜欢你。"

从他口中听到她早已明了的真相时，心跳的频率还是会不讲道理地加快。

"柳絮宁，你那天让我猜，你喜欢我这句话到底是真是假，可我觉得这不重要。"

"不重要吗？"

"当然，这有什么重要的？重要的是，我对你的喜欢是真的。"

洋房里的灯透过壁橱闪烁了几下，橙黄色的光混着雨夜的朦胧，在两人的脸上缓慢流转着。梁恪言放开她的手，转而两手轻轻地捧着她的脸："我知道你是不怕我的，那能不能也不要害怕和我在一起？"

柳絮宁忍不住想，这雨下得真妙，"滴滴答答"落在她手背上，冲刷掉了杂念，摒弃掉了忧虑。

迟迟得不到答案真是一场无声的酷刑。梁恪言想吻她，又怕她躲开，所以唇在距她鼻尖一寸的地方停住。

但她没躲，踮脚凑近他，鼻尖碰到他的鼻尖。柳絮宁想，他的鼻梁怎么这么高、这么挺。

她轻轻"呀"了一声："你能不能歪一下头？"

梁恪言听她的话，偏过一点幅度，低头吻下去。

这是客观定义上的第一次接吻，比起上一次，少了凶狠，多了几分温柔和缠绵。

柳絮宁的嘴唇有点冰，他的却是炽热的，像蝴蝶扑闪而来，撞到他的唇，那些情愫与心意在这两道截然不同的温度中都要融化成糖。还有他呼吸之间落在她鼻翼间的气息，让她的手和心都潮湿一片。

他咬她的下唇时，她似乎知道他接下来的意图，忍不住仰起脸迎合他，手却下意识去抓他的衣摆。

梁恪言抬眸去看她，她的一双眼似一对成色透亮的珍宝，氤氲些许雾气，和雨夜相得益彰。

是漫长的一个吻。

良久，他们才分开。这感觉从未有过，好陌生，却又让人心跳不住地加快。

多巴胺真是害人不浅的东西，她再抬头看他时，眼前都好像升起了五彩斑斓的泡泡，戳破一个又升起一个。

柳絮宁忍不住直勾勾地盯着他，又想把脑袋埋在他的颈间，闻闻那里的味道是不是和唇上的一样勾人。

也许是这眼神一点儿也没隐藏，直白地透出她的欲望，对视的那一刻，柳絮宁看见他的喉结滚动了一下，伴着他吞咽口水的动静，很轻，但被她抓住了。她也跟着不受控制地咽了一下。

梁恪言陷在那个吻里没有出来，她的眼神像无形的线要把他往下拉。他下一秒又低头靠近，柳絮宁偏过头，手指也算不清他的唇在哪儿，就胡乱抬起捂住他的嘴："一次够了啊。"

尾音扬起的缘故，加之躲避的眼神，像是在撒娇。

梁恪言知道有商有量、见好就收的道理，也明白浅尝辄止后的下一次才能收获更丰盛的成果。

"好。"被她的手捂着，他的声音含糊不清，说话的时候浅浅的吐息喷在她掌心，她的心也跟着发痒。

这室外的空间这么宽阔，没什么人来往，只有身后的木门打开又合上的撞击声。羞耻感像地上的涟漪，在初次经历真正意义上接吻的成年男女之间无休无止地扩散。

于天洲搞不明白，说不用车的是他这位小梁总，现在让他开过来的又是这位小梁总。

车开到梁恪言说的那个路口停下，于天洲不仅看到了梁恪言，还看见站在他身边的柳絮宁。

两人坐在后座，一路无话，比平常更沉默。

晚上的路况通畅，车很快就行驶到了云湾园。

于天洲扭过头跟两人说到了，侧身的瞬间，他看见柳絮宁原本垂下的手飞快地从梁恪言的袖口中离开。也许是骨骼的条件反射，梁恪言的手指因为那抹已经存在了一路的温度的离开而微微屈了一下。

于天洲想，自己是不该回头的。

比之柳絮宁，梁恪言镇定地下车，离开前又折回来，对于天洲说明天不用来接他上班，上午的会议改到下午，形式变为线上。

于天洲说好。

云湾园的小花园因为汽车行驶的声音自动地亮起两盏地灯，又在半分钟后黯淡。

彻底暗下去的前一秒，他清楚地看见梁恪言牵过柳絮宁的手。

柳絮宁理所当然地失眠了，唇上的触感却依旧像个忘记关掉的闹铃，在她将要恢复平静时，又给她一个重击，光是想想就觉得心跳加快。她上一次失眠似乎也是因为他的一个吻。

那只能将失眠的忧愁都怪到另一位当事人头上了。

柳絮宁打开那个始作俑者的对话框，输入：你在干吗呀？

她又觉得这后缀的语气词显得自己仿佛在撒娇，于是立刻撤回，又换了个措辞：在干什么？

挺好，硬邦邦的，也显得两人挺不熟。

梁恪言好久都没回，她笃定他睡着了，因为聊天框的上方连"对方正在输入"这几个字都没出现过。

一个准备把晨间会议挪到下午、且不准备去上班的人，居然能如此安然地入睡吗？更让她有些不爽的是，他怎么不像她一样精神亢奋？想想真是有点不公平。

门口响起一道敲门声。

一声沉闷的"咚——"，又短又快，如果不是房间太安静，她都疑心是自己幻听了。

柳絮宁起身去开门，二楼长廊上的声控地灯随她开门的声响亮了一瞬，她刚看清面前的人，还没来得及做任何反应，就被人单手抱在怀里。他空出的另一只手顺势卡着她的下巴，让她被迫仰起脸。

梁恪言几乎是单手搂起她的腰，强势地进入她的房间，手肘一推房门，隔绝了外面的灯，一片漆黑中，他低头去吻她。

柳絮宁尝出来了，他刚漱过口，清凉的薄荷香从他的舌尖蔓延到她的唇上。他吻这么急干什么？

柳絮宁推推他的胸口，意料之中也有些出乎意料，掌心下是一片她喜欢的手感，她又不舍得推了。

梁恪言放开她的时候，她已经被吻得有些怅然若失。

"也就一层楼，没必要发消息。"他说。

没开灯的房间，只有月色从窗帘底下悄悄淌进来，他这话是什么意思？

"那我想你了怎么办？"她信口胡诌，她总是擅长这项。

"那就上来找我。"他说，"待会儿上去录指纹。"

太唐突了，还没到录卧室指纹锁的地步吧。

他接话都不带思考的，看着游刃有余得很，可惜柳絮宁的掌心下，他的心跳无所遁形地突然变快。

柳絮宁于是不慌不忙地说她懒得爬楼梯。

"是吗？你平时上楼不是很勤快？"

这心跳怎么能这么快呀？

"因为舞蹈房在楼上啊。"

梁恪言觉得她真是伶牙俐齿，和别人对话也少有结巴的时候。他笑了，说，你说的都对。

手指却忍不住弯起去掐她的脸蛋，他很早就想这么做了。小的时候，他就觉得她的脸蛋软软的，像棉花糖。那时候他想当然地认为日后会有很多机会和这位粉装玉琢的妹妹一起玩，事实也的确如此，只不过妹妹还是那个妹妹，陪她玩的变成了另一个人罢了。

"明天早上你想吃什么？"

梁恪言这话题跳得有点快。

"你起得来吗？"柳絮宁有些好奇，他推迟一场晨会的目的，就是为了给她做早餐？

"起不来。"梁恪言如实说。他坦诚地想，自己今晚是绝对做不到按时入眠的。

柳絮宁在他怀里笑，有一下没一下地摩挲着他的手肘："我肯定也起不来。"

"那就不吃了。晚餐呢，想吃什么？"

"林姨会做的呀。"

"她明天放假。"

"啊？"

"临时决定的。"

是林姨临时决定的,还是他临时决定的?柳絮宁这么想着,直接问出了口。

他忍不住再一次去掐她的脸蛋:"问到这儿就可以了吧?"

也是。柳絮宁就乖乖作答,想吃白灼虾,想吃芹菜炒牛肉,想吃脆皮五花肉,要撒点白芝麻,哦对,还想喝玉米排骨汤,能加枸杞就更好了。

全是她在说,凭空就能想出一堆吃的。见他没应声,柳絮宁好奇:"怎么不理我?你在想什么?"

"想念你吃海苔滑蛋炒饭的日子。"

"喂——"

梁恪言喜欢她这副似被踩着尾巴瞬间奓毛的模样。但他又怕她真生气,那实在得不偿失,于是梁恪言见好就收。

"明天你不会又偷偷起床跑回学校吧?"

"不会。"逃兵做一次就够了,再做第二次、第三次她自己都觉得没意思。

"好。"

在他往后退的时候,柳絮宁才反应过来,他自进门开始放在她腰间的手就没有离开过。

刚要开口刺他几句,他那双手已经捧起她的脸,在光线昏暗的室内也能轻车熟路地找到她的唇,然后轻轻贴了一下,又很快离开。

真烦人,明天、后天、以后,她都会亲他的呀,哪有第一天就要亲个没完的道理。

翌日,柳絮宁起来的时候,客厅里空无一人,外头夕阳都烈起来了,他还没醒吗?

微信里,他也没回她的消息。往三楼走,梁恪言的房门紧闭着,柳絮宁扭头下楼,那就她来做,给他一个惊喜。

只是这样一来,昨晚她预订的"豪华晚餐"只能变成没什么技巧的家常菜了。那些高难度食谱被她通通剔除,最后回归于最简单的番茄炒蛋。

梁恪言下楼时,闻见一股香味。他没有定闹钟,笃定自己总归能在下午之前起床,却没想到一觉睡到现在,归根结底,应是昨晚肾上腺素在作祟。

原来恋爱的感觉是这样的,很新奇,时时刻刻支配着他的思绪。

穿过偏厅,转弯进到厨房,柳絮宁正好关火,然后夹了块鸡蛋,刚入嘴,没嚼几下,她叹了口气。番茄和鸡蛋,再难吃又能难吃到哪里去呢?梁恪言看着她,连背影似乎都带着一点无言的沮丧和郁闷,他不禁觉得好笑。

他靠近她左侧,点点她的右肩。但柳絮宁往左看,对上梁恪言的眼神时,还是笑了出来。

多大了,还玩这么幼稚的小把戏。

"你再点一下,我就往右边看。"她存心打趣。

梁恪言没搭这个话,视线落在那盘番茄炒蛋上。柳絮宁立马挪开:"一般

- 220 -

般啦。"

"我尝尝有多一般。"

柳絮宁抽出一双干净的筷子递给他,他没动。柳絮宁夹起一块鸡蛋喂到他嘴边,他这回张嘴了。柳絮宁不放过他任何一个小表情,但他显然淡定如常:"好吃。"

梁恪言,睁眼说瞎话第一名。

"你怎么起这么晚啊?"柳絮宁问。

她还以为睡醒下楼就能看见一桌的"满汉全席"。但这话说出口的瞬间,她又觉得自己像是在抱怨。

对谁都小心翼翼,说出口的话是在脑子里提前打好满满草稿的最佳状态,可碰上他,她就是毫无章法,横行霸道。她想,这样是不是并不好,她短暂地拥有这份权利,却不知道这份权利的拥有期限是多久。万一,那只是黄粱一梦,镜花水月呢?

梁恪言掐掐柳絮宁的脸,和她道歉,继而转身去冰箱里拿配菜:"昨天睡得有点晚。"

"我也是。"柳絮宁说。

"嗯?"他关上冰箱的门,"为什么?"

"因为我——"声音戛然而止,柳絮宁的目光落在别的地方,"没为什么啊,就是不怎么困。"

"你呢?"她立刻反问。

话题是她抛过去,但是在对上梁恪言揶揄的眼神时,柳絮宁下意识捂住他的嘴,语气霸道:"好了,我知道了,你不许说。"

她的手和他的唇贴得不是很紧,梁恪言那句模糊的"你知道什么"说出口时,湿热的气息拂在她掌心里。柳絮宁缩回手,有种急切欲逃的心虚:"你做吧,我饿了,你做完叫我。"

梁恪言拉住她的手:"你不帮帮我?"

"我来帮你?"讲什么笑话呢?她站在他旁边无异于给他添堵。

"我不会呀。"她小声说,"那你等我一下。"

柳絮宁突然想到什么,兴冲冲地跑上楼,过了一会儿,楼梯口"嗒嗒嗒"的脚步声又渐渐变响。

梁恪言低头洗手,都没看她,可光是听着这脚步声就忍不住笑出声。

柳絮宁拿了个咬手鲨鱼下来,摆到梁恪言面前:"咬到我了,我就帮你。"

这把戏她和梁锐言以前常玩,比什么猜拳、抛骰子之类的好用多了。

刚按下鲨鱼的第一颗牙齿,柳絮宁就听见梁恪言意味不明的一声笑,她茫然地看他一动不动,于是主动去抓他的手指。

"还能这么玩的?"梁恪言说。

柳絮宁理所当然地回答:"对啊。"

待梁恪言按到第八颗牙齿时,鲨鱼咬下来。柳絮宁笑得眉眼弯弯,得意地说:"果然每次都是我赢!"

梁恪言突然按住她的后脑勺,偏过头吻下去。

柳絮宁没明白他为什么要这么急切地吻她,但她没推开,主动仰起脖子。

这房子里总共也就这么几个人,这个咬手鲨鱼是用在谁和谁身上的,梁恪言一清二楚。

"接吻就接吻,别哼哼,别出声。"梁恪言放开她。

柳絮宁觉得没什么比这句话更莫名其妙的了。他在这点上真的很不讲道理,还很霸道。

刚要反驳,梁恪言像拍皮球一样拍她的脑袋:"出去等我。"

柳絮宁被他吻得有点缺氧,再快速回想刚才的画面,心里因为这种半强迫半温柔的吻而升起一种微妙的感觉。

她用力地抿了下唇,又在出厨房前摘下他左手上的表,一本正经地和他说这时候不要戴表,进水了怎么办。

表进什么水啊?她脑子进水了才对。

电视随意调到了一个台,柳絮宁盘腿坐在沙发上,手里把玩着他的表,又套在自己的手腕上。她想,他的手腕比她的粗上一大圈呢。

傍晚的天幕烧成红色丝绒,吃过饭,柳絮宁和梁恪言窝在沙发上看电视。她的手机突然发出一声消息提示音,是梁锐言的消息,问她今天下午的面向全体大三生的讲座,她怎么没有参加。

临近大四,即将实习,学校里针对他们这一年级的讲座和会议层出不穷,柳絮宁单单想到今天没有课,却把这个讲座给忘得一干二净。

没签到要扣分,柳絮宁对平时分在意得紧,她立刻给梁锐言回消息。

梁锐言回得很快,说他帮她签到了。

柳絮宁回,谢谢你。

刚退出和梁锐言的对话框,寝室群里的消息也"嘀嘀嘀"响个不停,话题也是这个讲座。她们找一位关系较好的同班同学代签了到,但在给柳絮宁签到时,发现那一栏已经登记过了,所以胡盼盼特意来问问她。

得知是梁锐言帮她代签,胡盼盼发来三个大拇指的表情符号。

身旁是笔记本电脑的打字声,柳絮宁扭头去看梁恪言,他对电视剧没兴趣,却也不回房间,只拿了笔记本电脑在旁边回邮件。他真忙,清脆的键盘声在中途停止了许久,转而又开始敲起,比一开始的声音更重,打字速度也更快。

泄愤一样。

肯定是他的哪个笨蛋下属又惹他生气了。

柳絮宁收回视线,却又觉得一向喜欢的狗血剧情在此刻毫无吸引力,她于是愣愣地盯着手机屏幕发呆，又在发呆后打下几行字。

她后知后觉地问自己，目的是什么，代价又是不是她能承受的。可是明明昨天，她才万分笃定地和他说，她是不会逃跑的。

既然如此，言出必行，她才不是胆小鬼。

这两天过得有些日夜不分，柳絮宁存心要改掉这个可恶的生物钟，于是特意定了早晨八点的闹钟，起床简单洗漱后，在三楼的舞蹈房跳舞。

配乐的声音放得不算大，甚至比往常还要轻几分，梁恪言却还是醒了。

柳絮宁一向喜欢穿露背的练功服，原因只有一点，在长时间的训练之后，从鬓间、脖颈，到后背会流大量大量的汗，有时反手一摸，背后的布料几乎湿到能拧出水，黏糊糊地贴着背，难受极了。

音乐结束，柳絮宁去拿放在地上的手机，顺势去摸一边的毛巾。有人的手比她快一步，毛巾的一角从她手指间滑过。

她疑惑地抬头，看见是梁恪言，有些歉意地小声问道："是我的音乐声放得太大了吗？"

"没有，我自然醒的。"梁恪言勾过她练舞时掉落在颊边的碎发，又帮她擦汗。

他认真地帮她擦去后脖颈和耳后的汗，又轻轻拽了下她的耳垂："耳朵这么红。"

这句话里的打趣意味很浓，柳絮宁瞪他一眼，声音很大，底气却很弱："你管我呢！"她不客气地推了下他的手臂，"你再这样，我就剥夺你看我跳舞的权利。"

如此毫无震慑力的威胁，梁恪言自然要卖她一个面子："这么严重，网开一面。"

柳絮宁很大程度上被他逗乐，忍不住笑出声。

她看着梁恪言关上舞蹈室的门："你干吗呀？"

"声音太大，林姨会听见。"

这人说话怎么前后矛盾的，他刚刚还说他没听见音乐，是自然醒的呢。

柳絮宁跳舞和画画时是有别样魅力的，梁恪言早已领会到。这次，她没有穿演出服，只是穿着最简单朴素的黑色练功服，后背和手臂的肌肉线条收得很紧，线条走向流畅又富有力量的美感。

梁恪言的嗓子有点痒。但他想，中断音乐上去吻她是不是不合适，才不过两天，他们究竟接了几次吻，他已经数不清了。

情深不寿，过犹不及，忍忍也无妨。

这样安静下来时，梁恪言总不可避免地想到他主动丢弃的那段时光。因为深知自己想要什么都能得到，他已经习惯了做个大方的人。不会因为多一样东西而喜悦，也不会因为缺一样东西而烦闷，但当下他深深领悟到了此等感知。

总有一个人，比他先看到柳絮宁跳舞，比他先享受到柳絮宁的优待，比他先顺理成章地与柳絮宁的名字一起光明正大地出现在大众眼前。

他昨天对自己撒了个谎。

"柳絮宁。"音乐停顿的间隙里，响起一道敲门声。

是梁锐言的声音。

柳絮宁下意识看向梁恪言，她也不知道自己为什么看他，但和梁恪言对视上时，柳絮宁觉得自己做了一件错事，她应该坦然自若地去开门，而不是把控制不住外露的不安情绪袒露出来。

"宁宁？"没得到她的回答，房间内的音乐却在停顿后继续播放，梁锐言又叫了一遍她的名字。

柳絮宁"嗯"了一声，停在原地的她终于抬脚，往门口的方向走。

离门把手只有几步之遥，梁恪言拽着她的手腕往自己怀里带，另一只手牢牢箍住她的腰。透过练功服薄薄的布料，他干燥温暖的手心直直贴着她腰侧的肌肤。

柳絮宁吓了一跳，不敢动，不知道梁恪言要做什么，也怕一门之隔外的梁锐言听见。

恍惚之间，仿佛回到了在酒店的那一夜。

"想去给他开门？"梁恪言附在她耳边，声音轻到连柳絮宁都要认真听。

"你跳舞关什么门？"梁锐言问。

两道声音先后汇入她的耳朵，柳絮宁不知道先回答谁的。

"我声音开得很响，怕吵到别人。"柳絮宁说。

"哦，原来你要先回答阿锐的问题啊。"梁恪言的吻落在她的耳郭上，"那你怎么和他解释我在这里呢？"

柳絮宁忍不住缩起脖子，声音很低很低："能不能别亲这里？"

他没听。

"求求你。"她躲开，又仰头去看他，眼里有一点乞求。

梁恪言想告诉她，这求饶的时机真是大错特错。但他的确放过了她，也不再同时同步地说话。她既然先回答另一个人的话题，那他还有什么说话的必要。

"学校要更新宣传片，新传院那个刘导你还记得吗？他想让我和你参加，你要去拍吗？不拍我就回掉。"梁锐言说，"可以加综测分。"

综测分这词对柳絮宁的诱惑力实在太大了，拍宣传片这事她也有很多经验，于是思索片刻就答应下来。

梁锐言说行，又看了眼紧闭着的门："不是，你大白天跳个舞关什么门啊？阿姨都在一楼，你能让谁听见——"

他说到这里突然自顾自地停了一下。

柳絮宁正要说话，他又说："我好饿，我先下楼吃个早饭。"

"好。"

周五没课的时候，梁锐言一般都会在结束晨跑后就从学校开车回来，这样满打满算又是三天的小长假。他也的确还没吃早饭，肚子饿得厉害。饶是这样，在

- 224 -

要下楼前他绕了个圈，往梁恪言的房间看了眼。

门虚掩着。

进家门前，他在玄关处换鞋，那里似乎没有梁恪言的拖鞋。

是吗，到底有还是没有，他记不清了。可以在下楼吃早饭时顺道看一眼，也可以问林姨。但还是算了，佐证的过程不过两三分钟，佐证的代价他承受不起。

"想去给他开门吗？"音乐很巧地结束，在一室静谧之间，梁恪言再一次问她。

"……嗯。"

她说出口的瞬间，他控制不住地笑了一下。

柳絮宁直愣愣地问："你笑什么？"

他也不知道自己在笑什么，他唯一能辨析出的情绪是他很不痛快，却又不知道怎么让自己痛快。

梁恪言此刻终于可以很坦诚地告诉自己，一天前的他在撒谎。那点嫉妒根本没消散，反而像潮湿雨季里时时刻刻盘桓在头顶的乌云，久久无法离开，他也无法自洽。

"那开了门之后呢？你要怎么和他解释我在这里？"

左右不过这两个问题，他问了一遍又一遍。

柳絮宁盯着他，深吸一口气，正要回答，他却弹了一下她的脸颊："所以，别去开门，别让他知道，好不好？"

她是不是知道自己的眼睛很漂亮，于是故意用小鹿一般湿漉漉的双眸仰视着他，让他无愧都变作有愧。他知道她在竭力靠近他，可也总觉得她这样警惕的人一定做好了有任何风吹草动就撤退的准备。

她不想开门，也不敢开门，那就让他做懦弱的人好了。

是他不想开，他抢了他弟弟的心上人，他应该问心有愧，应该良心不安，应该一遍遍地扪心自问自己为什么要这么做，所以他怎么敢面对他弟弟。

这个答案总该是正确答案了。

第九章 /
嫉妒

"宁宁？宁宁？柳絮宁！"叫了好几遍都没反应，胡盼盼稍许用力地推了推她。

此时才见柳絮宁回神。

"想什么呢你？"她和许婷相视而笑。恋爱的初期反应难道就是不间断地走神？

柳絮宁摸了下耳垂，抛弃一团乱麻的想法和乱七八糟的思绪："没有。"

校园宣传片是由学校的宣传部和新媒体社团全权接手开展的，拍摄场地就在学校范围之内。今天的天气不错，部长准备把操场部分的分镜头拍了。胡盼盼和许婷闲来无聊，视传又恰巧没课，两人索性来陪她拍照。

春意苏醒，整个操场上绿草如茵，没课的学生在环道上散步。

柳絮宁坐在草坪上，静静等着那位部长和社团团长的分歧结束。

"等着无聊吗？"梁锐言和两三个男生结束短暂的对话，在她身边坐下。

四五月，还没到能光腿的时节，柳絮宁在短裙里穿了条丝袜。丝袜材质易破，大腿内侧是什么时候勾出的一道丝，连柳絮宁自己都不知道。

"还好。"

见梁锐言坐下，她拽了拽短裙，幅度很小。梁锐言忽然扔过来一件外套，柳絮宁也没扭捏，盖在自己的腿上。

远处，部长和团长还在喋喋不休地争论。

午后的暖阳和煦，穿过繁密的枝叶打在人身上，舒服的同时又惹起困意。柳絮宁打了个哈欠，不走心地说："如果是我，我会选择妥协，下一个 Part 分给我就可以了。"

梁锐言问："明知对方的想法很烂也要妥协？"

他的声音不算小，虽然没有代指哪位，但柳絮宁还是朝他使去一个眼神，让他小声点。

"'明知对方的想法很烂'这句话从客观意义上来说不合理，因为每个人都觉得自己的东西和想法是最好的。没有谁能说服谁，争下去也是浪费时间，不如有一方妥协，下一个 Part 总会轮到自己。"

"浪费时间就浪费时间吧，凭什么妥协？"

火气有点大。

柳絮宁忽然看了梁锐言一眼，又看看那两个负责人，其中一个有些面熟，叫罗心研，和梁锐言交好。

"其实我心里还是有一点点偏向那个罗部长说的。"柳絮宁说。

梁锐言也把视线移到她脸上，说违心话时，怎么这张脸上总是风平浪静。

对面的辩论总算是落下帷幕，那位罗部长成功说服了对方，所有人按照她的想法重新来过。有人在旁边大刺刺地翻了个白眼，平白无故浪费一个小时，全部打水漂。

部员招呼梁锐言和柳絮宁过去，梁锐言起身，拍了拍身上的杂草，又拉她起来。

微风吹过，吹起她颊边的碎发，化妆师刻意做的造型，黑发在侧脸留下一个弧度。风打乱这抹弧度，头发往后飘起的一瞬，她耳郭上的一抹红痕映入梁锐言眼中。

工作、会议、应酬，三者赶在一起的时候，梁恪言的情绪会极度烦躁，梁继衷教了他转圜游走的丛林法则，倒是没告诉他如何逃掉。

一场无关紧要的会议要在下午进行，却因为梁继衷和梁安成要到来的消息陡然增添几分紧张。有父辈在，梁恪言不坐主位，坐在梁继衷斜侧边。他下意识去摸手表看时间。手腕处空空如也，他这才想起那块表被柳絮宁拿走了。

她不主动还，那只能由他主动去要了。

人在走神还是思考，微表情和细枝末节的手部动作是一场明示。

梁继衷的眼神偶尔往梁恪言那边看，两三个轮回后，他彻底收回视线。

证券报报道，吉安集团近日深陷财务危机。

梁家纵横商界多年，赚八方财，结八方友，认识几位高权重的人也很正常，可王民昊和梁继衷、梁安成关系匪浅，并非普通的合作伙伴，两家甚至有意结秦晋之好。就算梁锐言和王锦宜的联姻不了了之，可在外界看来两家仍然并属一线之上。

于天洲站在梁恪言身后，听着几人的对话，他原以为梁董事长是想伸手拉人一把，却不想明里暗里的意思是欲分一杯羹。

梁继衷意有所指的话刚落，梁安成便迫不及待应下，跃跃欲试。

于天洲看不见梁恪言的神色，只知道他一句话未说。

"恪言？"直到梁继衷叫梁恪言的名字，他才应声。

天下熙熙皆为利来，这很正常。只是，梁恪言看着自己的父亲跃跃欲试亟待用此丰功伟绩渴望在梁继衷面前拿下一城的面孔，莫名想起王民昊带着妻女在梁家老宅和梁家人其乐融融的场景。

刚到起瑞时，他就想好，梁安成优柔寡断顾念旧情，那他就做狠心的人，铲除所有对梁家、对起瑞没用的废物角色。如今看来，真是大错特错。

已经拥有了这么多，何必还要如此贪心？

于天洲看出梁恪言心情不好，自然没有多说话。车开到云湾园门口时，柳絮宁正巧从外面走来，怀里抱着一个快递。

于天洲扫一眼后座，梁恪言没看窗外，不知盯着哪里走神，他不知是否该叫梁恪言。思忖片刻，车速降得极慢，车窗也降下一点。

柳絮宁正觉得那车眼熟，在半降的车窗中，看见于天洲的侧脸，她眼睛亮了一下。对方似乎也看见了她，礼貌地冲她点头示意。

柳絮宁走过去，敲敲后座的车窗。梁恪言回神，下意识按下车窗。

"Surprise！"柳絮宁穿了件大码的薄款卫衣搭一条短裙，过于宽大的袖口长到能把手包住。傍晚夕阳下，她的眼睛弯弯的，映着清亮细碎的光，"好巧哦。"

傻不傻，怎么和小朋友一样？

梁恪言提前下车，和于天洲说明天不用来接他。于天洲说好，看路况转弯时，看见两人牵起的手，和那同一时间里梁恪言扬起些许弧度的唇。

他承认，对梁恪言来说，柳絮宁真是一剂强有力的情绪良药。

"今天怎么回来了？"开车不过五六分钟，走路却要用上好久好久的时间。梁恪言觉得挺好。

柳絮宁说："下学期我就要实习了，这学期其实没什么课。"

梁恪言："那前几天你还连着好久都不回家。"

"喂！"这人记仇的水平真是超一流。

"记性太好，是我的错。"梁恪言拿过她手里的快递。

柳絮宁得了便宜还卖乖："那当然，你下次记性差一点。"

梁恪言接下她的命令。

梁安成是在半个小时之后回来的。柳絮宁想，梁安成一般无事不回家，一回家一定有事情要说，但饭桌上一片和谐，没有提及任何公事。

林姨今天做的晚餐菜色很丰富，柳絮宁想着最近没有什么演出，不如就彻彻底底放纵一回。她在心里反复念叨这句话，以给自己的多吃一碗喂下一颗定心丸。

她伸手去夹离她最远的糖醋小排时，梁恪言注意到她的动作，往前推了推碗。与此同时，餐桌之下，她的脚尖一下又一下轻撞他的脚。

她起身时，梁锐言说："吃饱了？"

柳絮宁："不是，再吃一碗。"

梁锐言觉得稀奇。

"啪——"筷子意外地掉下桌。

"我去换双筷子。"梁恪言俯身捡起，又起身往厨房的方向走。

梁锐言咀嚼的动作慢了半拍，连梁安成和他说的话都没听进去。

"吃饭还走神。"梁安成说。

梁锐言摇摇头，笑着看向父亲："没有啊。"

每个人的气味与脚步都有其特别的印记，柳絮宁都不用回头就知道这道脚步声是梁恪言的。还没模拟好接下来和他说什么，身后就触及一股热意，蜻蜓点水，

- 228 -

转瞬即逝，落在她耳郭上。

柳絮宁没回头，将饭压得实实的。

这里离餐厅很近，不过一个拐角，两人默契地没有说话。只是在梁恪言离开前，柳絮宁抓过他的手，在他疑惑的视线里，她把他的手拉进自己的衣袖里。

衣袖长，袖口宽大，成为两只手相贴时的秘密接点。

起先是她手心温热的触感，下一刻，有东西沉甸甸地套在了梁恪言的手腕上。

他一愣，动作也慢了半拍。

柳絮宁很满意他的反应，踮起脚凑近他，只用气声说："你的表，忘记还你了。梁恪言，你记性真差！"

是谁趾高气扬地发号施令让他记性差一点？

讲不讲道理啊，柳絮宁。

梁锐言洗过澡后，总觉得不太舒服，他在床上翻来覆去都无法入睡，心口像有一团火在燃烧。他猛灌了几杯水，喉咙还是干涩生疼。

又辗转反侧半个钟头，他无奈地起床下楼找药。

刚打开大厅的灯，有人发出一声低低的惊呼。

他吓了一跳，站在冰箱前还没打开门的柳絮宁也是。这个点正巧赶上她画完画的工夫，她习惯下来热一杯牛奶再入睡。她抚了抚胸口："你还没睡？"

梁锐言"嗯"了一声。他摸摸自己的脑袋："退烧药放在哪里？"

闻言，柳絮宁放下杯子："你发烧了？"

梁锐言说我也不知道，随后撩起额前的碎发。

柳絮宁径直走到橱柜前，蹲下身翻找体温计。梁锐言觉得嗓子又痒又难受，他放下手，走到她身边，也蹲下。

"你能摸一下我的额头吗？"他轻声问。

柳絮宁说："我摸不出来的，还是体温计比较准。"

梁锐言无声地点点头，也是。

拿了退烧药和体温计，柳絮宁和他一起上楼，边走边纳闷道："你是不是几个月前刚发过烧？作为体育生，你这身体素质有待加强。"

梁锐言第一次没有了回怼的念头。她已经洗过澡了，穿着杏色的夏季睡衣，头发扎成丸子头，一旁的碎发通通被她绕进了丸子头里。所以借着楼梯处的壁灯，他得以清清楚楚地看清余晖下那个朦朦胧胧、模糊到尚且可以欺骗自己的吻痕——成了变本加厉的咬痕。

这世上唯有雁过才能无痕，而有些东西是无法自欺欺人的。

柳絮宁把药和热水放到他的床头柜上后，掰下四颗，嘱咐他待会儿就吃掉两颗，明早起床再吃两颗。说完，她又环顾四周，把加湿器关上。

"要让林姨给你换一床厚被子吗？"柳絮宁捏了捏那被子。

她知道梁锐言体热,但还不至于这么早就开始盖这么薄的被子吧。

梁锐言没说话。柳絮宁回头时,他正愣愣地看着她。

柳絮宁:"阿锐?"

他还是没什么反应。

柳絮宁走过去,在他面前挥了挥手:"梁锐——"

声音戛然而止,手腕被梁锐言握住,发烧杀死了理智,故技重施的话,他一定可以再得到一个拥抱,甚至——

既然梁恪言可以吻她,那他当然也可以。

梁锐言无法自控地抬头靠近她。

可是目的没有得逞,柳絮宁一个踉跄快要往他身上扑,又在即将倒进他怀里时,以他的肩膀做支撑,用力一推。她牢牢站稳,他没有防备地往后倒,手掌下意识松开,她轻而易举地脱离。

他好像总是低估了她的四肢力量。

能被控制住的每一个瞬间,是因为她想被控制住。

柳絮宁平复着心跳和呼吸,几秒后,如往常一样笑了下:"阿锐,记得吃药。"

梁锐言陡然回神,迟钝地说好。

从梁锐言的房间出来,柳絮宁轻轻关上门,一转身,低饱和度灯光的空间里,有人正静静地看着她。

太过猝不及防,她所有反应都像被按下了暂停键,只瞪大双眼,脸上全是无法及时收敛的诧异。

倒了什么霉?一天要被吓两次。

两人的呼吸声衬得转角的楼梯间一片寂静。

梁恪言站在最底下的那级台阶上,身穿黑色短袖,一手插兜,另一只手拿了瓶矿泉水,一副闲适做派。可就是这宁静的眼神,像在专注盯着自己的猎物。柳絮宁明明没做什么事,却被看得心虚。

如果神情可以具象化,她的模样落在梁恪言眼里像极了一只做坏事被发现、逃跑时又踩到自己尾巴自乱阵脚到原地起跳的猫。

他笑了笑:"又不是从我的房间出来撞上他,你怕什么?"

这算什么话?难道对象置换一下,她就可以光明正大地做贼心虚了?

"……我又没怕。"

见他没动,柳絮宁就往楼下走。

不能算走,更像是跑,又在只剩下最后几级楼梯时,脚步一快,扑入他怀里,似乎笃定他能接住自己。

但也的确是意料之中的,梁恪言伸手稳稳抱住了她,在她站稳之后,原本交叠在她腰后的手臂又倏然放下,规规矩矩地垂在腿侧。

装什么装,吃晚饭时堂而皇之地咬她耳朵,现在四下空无一人,两手倒是极其规矩。

"你怎么不抱我？"柳絮宁仰头质问。

梁恪言面色平静，好像没听见她的话："嗯？"没等她重复，他又仿佛听见了，抬手碰一下她的腰，"抱了。"

刚从冰箱拿出来的水冰凉的瓶身短暂地贴到她的腰上，那里本就怕痒，她瑟缩一下，腹诽这也能算是抱吗？简直是把"敷衍"两个字写在脸上。

梁恪言偏了点头，柳絮宁也跟着偏头，去追他的神色，继续质问："这哪里算抱？"

他不痛不痒地反问："怎么不算？"

柳絮宁顿时恼了，突然抽身。

怀里陡然一空，心也似被撕开一个角，情绪汩汩地往外流淌，有点不痛快，梁恪言终于没忍住抬手要去抓她。可还没碰到柳絮宁的手腕，她便意外地转过身来，踮起脚尖，一个轻悠悠的吻停在梁恪言的喉结上。

梁恪言的嗓子痒得厉害，从头颈连着后背的骨头都绷得紧紧的。

"那这也不算亲吧？"柳絮宁问。

梁恪言不明白她的言下之意，沉默着没出声。但正中柳絮宁下怀，她抓着梁恪言的肩膀，再一次亲上他的喉结。

知道她在哄他，可扪心自问，这种方式和折磨有何差别？

梁恪言无可奈何地仰起头，克制地吞咽了一下喉结："好了。什么时候黔驴技穷了？"

柳絮宁说："就是现在，这是我最后一招，不行也没办法了。"

语毕，她抓着他的衣领往下拉，这次唇的目的地不再是喉结，而是他的嘴角。

浮光掠影，碰一下就离开。

"最后一招，有用吗？"

太有用了。

他佯装平静："怪不得是压轴的必杀技。"

真容易哄好。柳絮宁得意，嘴角勾出一抹小括弧："那当然。"

坚硬的棱角在她灿烂的笑颜里慢慢地磨出柔软的弧度，梁恪言揉着她的手指，把她拉进怀里，给她一个真正意义上的拥抱，手臂又不断箍紧。

"我在楼下热牛奶的时候，阿锐正好下来找退烧药，他怎么会知道药在哪里，所以我就帮他把药和水都拿上来了。"柳絮宁想抬起头看着他的眼睛解释，但他抱得很牢，下巴贴在她肩上，她没法抬头。

"上次也是这样。"

"什么？"

"他肩膀疼，你上来帮他贴膏药。"

陈芝麻烂谷子的故事。

这份埋怨的语气太明显了，柳絮宁想忽略都忽略不了。
"你在生气吗？"
"没有。"
"那你别生气了，我可以再亲亲你。"
良久，他轻声笑了笑："好。"
而另一边，梁锐言玩着手里的胶囊，手心炽热的温度触着囊衣，黏糊难受的感觉顶着他的手心。
心口的震动几乎到了振聋发聩的地步，像剖开皮肤，搅着内里血肉的疼痛，直到模糊，都无法叫这份该死的疼痛和酸楚停止。
非典型意义上的背叛，怎么就更叫人怒气倍增呢？他不明白。

周行敛最近闲来无事，生活一片风平浪静，他爹他妈又忙着出差开会谈项目，没工夫管他，他贱得浑身发痒，空下来就出门炸街。偏偏最近圈子里毫无新鲜事，老掉牙的狗血故事一个接一个，就是没一个勾起他兴趣的。
他也就是在这时候看见了梁锐言。
深夜，酒吧，梁锐言，一个人，身边没有柳絮宁。
狐朋狗友发来这句话的时候，瞬间点燃他的好奇心，他离了卡座，留下一句"你们接着喝"就往朋友给的定位走。
"你怎么在这里？"在声色犬马的地界找到梁锐言明明不是个难事，可周行敛找了一圈，才在最角落发现他。也是稀奇，从小到大，他出行总是众星拱月的，像今夜这般孤零零地躲避在一个静谧的角落，也算是稀罕事一件。
酒吧 DJ 声音震得滔天，耳膜一阵一阵地鼓动，梁锐言睨他一眼，没回答。
周行敛问："怎么没和柳絮宁一起出来？"他后面想跟一句，是吵架了，还是分手了？后来又一琢磨，他们两个哪里算得上在一起过，又何谈分手。
听到"柳絮宁"三个字，梁锐言拿酒杯的动作一顿。
"关你屁事。"
梁家人就是这样，目中无人，素质极差！
周行敛说："问问嘛，谁不知道你跟她像个连体婴一样？"
梁锐言不愿意和他多说，再生气再难过，也没必要把自己家的事情说与外人听。他是个什么东西，他也配提及柳絮宁的名字。但周行敛很有耐心，坐在他身边，找酒侍点了酒，接下来的时刻不再多言。
几杯酒下肚，他看着梁锐言逐渐红起的脸。那时酒吧灯光迷蒙梦幻，光线落在他脸上露出清晰完整的五官时，周行敛一愣，他自己不会先喝多了吧，居然从梁锐言眼里看见一瞬即逝的泪光。
"你怎么了？说说嘛。"
"你滚远点行吗？"
周行敛耸耸肩："那我自己猜咯。

"柳絮宁该不会和你哥在一起了吧？"

周行敛猜对了。因为这话刚落地，梁锐言便陡然看向他，眼里带着再明显不过的恨意，像一柄锋利的剑，因为戳破主人难堪的心事，于是毫不犹豫地冲他而来。

"你看我干什么，又不是跟我在一起？你不能因为我说实话就想杀了我吧。"

梁锐言没理他，他继续问："那你爸——"算了，他妈说过了，梁安成在梁家不过一个口头司令，他的意见在梁继衷面前甚至可以说是忽略不计。周行敛于是改口，"那你爷爷、奶奶能同意吗？"

"还是说他们还不知道？"

梁锐言不理他，那他就继续猜。

"虽然呢，我跟你们兄弟俩都不熟，但是我和你是一边的，我和正义是一边的，毕竟横刀夺爱这种事情是要被全世界谴责的！要我说，恪言哥这事做得就是不地道，你和柳絮宁两情相悦青梅竹马，谁不知道你俩的关系，谁不知道你梁锐言喜欢她啊？你哥要是不知道，那还情有可原，可你哥知道得一清二楚啊！他根本没有把你当亲兄弟嘛。"见侍应生要为梁锐言倒酒，周行敛眼神示意，接过那瓶酒帮他满上，"抢女人这种事，我听我爹我妈说得多了，但是抢亲兄弟喜欢的女人，我还真没听过。"

不过，可能马上就要听见了，周行敛在心里补了一句。

周行敛看见梁锐言的手指紧绷，手中的酒杯被捏得紧紧的，好似还在死死坚守一道岌岌可危的心理防线。

"那你说，是你你会怎么办？"良久，周行敛听见身侧的声音，冰凉刺骨，毫无温度。

他一回头，对上梁锐言平淡的眼神，似乎只是随口问上一句。

周行敛莫名咽了下口水："是我的话，我不会和他们摊牌。我会拉着他去找爷爷、奶奶，和爷爷说我非柳絮宁不要。此情此景，你哥哥总不见得说他也喜欢柳絮宁吧？如果你爷爷不同意你和柳絮宁在一起，那凭什么同意她和你哥哥在一起？大不了两个人都不好过。"

梁锐言是被家里司机接走的，彼时他喝得真有点多，看似可以一个人走路，实则脚步虚浮。

他并没有对周行敛所说的话做出任何回应。周行敛也没多在意，他盯着眼前的酒杯，酒液在迷离的灯光下变幻着，真是扰人心智。

他就知道，他和他妈的猜测果然没错。

梁恪言那眼神里的意图昭然若揭，藏都藏不住！

队里有规矩，严禁抽烟、不能酗酒，梁锐言的酒量太浅，也从来没有喝醉过，此刻头疼得厉害，眼前是模糊的一片，胃里更是一阵难言的翻江倒海。原来喝醉酒是这样的，但拦腰砍断的理智里还是她。

他靠着车窗，迷迷糊糊地念她的名字。

驾驶位的周叔没听清，依稀觉得那三个声调耳熟，于是多留了一点注意力在后座。

"柳絮宁……

"你为什么这么对我……"

又是一轮企业招聘会结束，柳絮宁觉得西装真是怪束缚人的，但为什么梁恪言穿西装时就那么好看呢。

"柳絮宁，你后面有什么打算？"回寝室的路上，胡盼盼和许婷喋喋不休地讨论着方才来的几个公司，又开始盘算暑期的计划。

柳絮宁说："实习，拿实习证明。"

胡盼盼一愣："不让起瑞直接给你开吗？"

要准备毕设，要写论文，也许还会一改二改三改地打来打去，明明手握资源，为什么不用呢？

柳絮宁摇摇头："不用，我忙得过来。"

柳絮宁这人，果断、聪明，她总有种闲适惬意却又能将事情做到手起刀落面面俱到的能力。小组作业是如此，个人作业也是如此。生活在一个寝室里，胡盼盼自然也知道柳絮宁有副业，虽然不明白有梁家背书，柳絮宁何必这样，可她后来又觉得自己多虑了。副业给予柳絮宁的并不是层层叠叠的压力，而是井然有序生活里更丰盛的调味品。

她很羡慕柳絮宁这一点，但这点实在难学。轮上深夜惆怅感慨时，她感慨到最后叹了口气，还是柳絮宁好，太优秀了。

柳絮宁那时左眼里长了个麦粒肿，正拿着一杯热水熏眼睛，听见这话就抬起头来，语气平静里带点莫名，不是啊，如果你不优秀，我怎么会在这所学校看见你？

声音太轻快，轻快得有点欠揍。可是也挺妙的，一句话就能开解她。

胡盼盼那时听隔壁班两个人说起柳絮宁，说她真优秀，另一个说不要忽视她背后的物质力量，她的命是一等一的好，梁家资助了那么多孩子，可只有她是可以被梁家收养的。胡盼盼也觉得柳絮宁命好，有丰厚的物质基础做保障，可她也笃定，有些东西是天生的，没有这些附加值傍身，柳絮宁依然可以这么优秀，只是时间问题。

在餐厅吃中饭的时候，柳絮宁放在餐桌上的手机亮了一下，是漫展策划方那边发来的消息，再次询问她是否有空进行签售会。柳絮宁回了个"OK"的表情包。

刚结束这段对话，她准备点进和梁恪言的对话框。她藏了一堆普通的、常见的、快乐的、好笑的事情，忍不住立刻发给他，向他炫耀一番。只是还没点进去，编辑又来问她暑假什么安排，下一册的漫画何时交稿。柳絮宁打开日历，估算了一下后，回了个大致的时间。就这么一打岔，她又忘记回梁恪言的消息了。

胡盼盼就坐在她身边，眼看她慢条斯理又井然有序地回消息，脸上一脸淡定平静，毫无被这些赶趟的事情忧愁的急躁。她又在心里默默为柳絮宁竖了个大拇指。

只是柳絮宁很纳闷,是不是假期快到了,总有人问她一模一样的问题。

"暑假有什么安排?"她坐在梁恪言身上,被抱着亲吻的空隙里,他低着声音问。

这里是偏厅,一旁就是厨房和几乎与其相连的餐厅。一个阿姨在泡茶、切水果,一个阿姨在洗菜准备晚饭。水龙头开得不算大,淅淅沥沥的水声却能清楚地传入她的耳朵。

柳絮宁不知道他可以如此大胆。

"实习……画画。"她仰起脖颈,断断续续地回答。

柳絮宁无可奈何地躲开他又要覆上来的吻,态度很软:"可以去楼上吗?"

这句话一落,室内安静了几分。

柳絮宁后知后觉地反应过来:"不是……"

还没说完,林姨敲了敲偏厅的门,说来送水果。

柳絮宁觉得自己的肾上腺素几乎就是在这一瞬爆发的,她用尽所有的力气推开梁恪言,收回自己压在他大腿上的腿,想坐到他旁边的沙发上,小腿却因为紧张而酸软,狼狈地坐到了地上。

梁恪言揉了一下自己的后脑勺,这时候她的力气真是大得可怕,撞得他生疼。

"就算没有上锁,林姨知道我在这里,没有我的允许她不会擅自进来。"梁恪言俯身在她耳边说。

柳絮宁这才觉得被他摆了一道,于是回眸瞪着他。

林姨放下水果后就离开了。柳絮宁愤愤地插起一块菠萝,自己咬了一块后,自然地再插一块递给他。梁恪言刚张口,柳絮宁虚晃一下,继续把第二块塞进自己的嘴里。

"不给你。"

梁恪言也没生气,让她慢慢吃,都是她的。过了一会儿,他又问她咽下去了没有。至于面面俱到、细致入微成这样吗?柳絮宁说了一声"嗯"。

"那就好。"

好?好什么?

还没等她开口询问,下一秒,整个人被他抱起,她惊呼一声,腾空的腿找不到实地,总觉得没有安全感。梁恪言的臂弯轻而易举地勾起她的腿往自己腰上挂。

"你干什么?"她眼里是止不住的惊讶。

"不是你说去楼上?"

对上他的眼神,柳絮宁觉得自己像是问了个奇怪的问题。

"还是说要继续在这里……"梁恪言掂了掂她,"吃菠萝?"

这环环相扣的咬字如同在咬她的耳朵,她无力地辩解:"不要太相信女孩子的话。"

梁恪言:"怎么会,我觉得你很可信。"

这是柳絮宁第一次进梁恪言的房间，从前偶尔来舞蹈房时会路过，从门口随意扫过一眼。

"你去哪里实习？"梁恪言问。

"起瑞啊。"

"柳絮宁，谎话张口就来。"梁恪言按着她的脑袋，咬她的脸颊。

湿热的呼吸喷在她脸上，柳絮宁回咬他的喉结。她十分确定自己没有用力，却还是听见他一声短促的喘息。

"你——"

"到底去哪儿？"他打断，神色如常。

柳絮宁也不再逗他："找了一家广告公司，做设计助理。那个HR姐姐说表现良好的话，毕业之后可以直接转正。"

"是4A吗？"

她眼睛一亮："当然！"她又好奇，"你怎么知道？"

"你这么厉害，当然应该去这种级别的。"

柳絮宁有些不好意思："也没有啦。"

过了一会儿，她问："过几天青馆有个漫展，我有签售会，你可以来吗？"

梁恪言自然没有迟疑。

她又说："但是签售会是要门票的。"

"我让于——"

"你可以自己抢吗？"

梁恪言没明白，下意识问了句什么。

"你可不可以自己抢呀？"柳絮宁重复了一句。

梁恪言还是不懂，但他点了下头："可以。"

无论事实是不是会如他自己所言，柳絮宁总归是得到了心满意足的答案。

窗纱飘动，扬了又落，她心痒痒的，于是双手捧住他的脸颊。意味明显的亲吻前奏，梁恪言抱住她的腰，又仰起脸，等待她的吻落下。

只是，那份柔软没有贴在他意料之中的地方，而是向下，触碰到他的喉结。下一瞬，如伪装已久的动物露出尖尖的利爪，舔舐之后咬上去。

她做人一向缺德，灵活地从他怀里逃开，连理由都懒得想，甩下一句"我先走了"，也顺便甩下他。

怎么会有这样不讲道理又坏事做尽的人，丢下烂摊子头也不回地跑了。

因为吉安这件事，最近起瑞的会议越发频繁，而起瑞的员工们也逐渐意识到公司的暗流涌动。毕竟，天天都能看见梁安成可不算是一件好事。

梁恪言在长久的自信之中，偶尔也会觉得自己太年轻，成不了事，比如当下，对梁安成企图吞并吉安的计划与手段持不屑的意见与心理，他却无法彻头彻尾地藏起自己的情绪。听得不耐烦了,点开手机看时间,等待它黑屏的那一刻,他看见屏幕里映着自己的冷脸。

于天洲看出了梁恪言的浮躁,因为已经到了频频点开手机的地步,会议上在座的都是人精,也屡屡向他投来目光,揣测梁总和小梁总平静的皮囊之下究竟是何意图,又究竟该押谁才不至于错失先机。

会议按理要在饭点结束,看这架势却要再拖。

"叮——"手机在会议桌上振动。

于天洲循声望去,近在咫尺,是梁恪言的。

振动而已,淹没在乔文忠的夸夸其谈之中,除了他,没人发现。

他在心里重复今日的计划表,确定今日除了这场会议便没有大事。他正疑惑时,余光里,梁恪言打开了一个抢票软件,盯着右下角的倒计时,在归零之时点进去。看见打转的标记时,他下意识皱眉。须臾,打转的标记消失,弹出一行欠揍的"啊哦,你来晚了,票已经售罄啦"。于天洲看见他的眉皱得更紧。

于天洲收回视线,心下明了。按理来说,这种事情当然可以吩咐他来做,但既然梁恪言亲自动手,那自然是有心人的嘱托。

可惜了,梁恪言怎会深谙此道,抢不到才正常。

一场会议终于结束,于天洲在梁恪言身边念着会议纪要。等待专用电梯时,纪要刚好整理完毕,梁恪言解锁手机,点开某个页面后递给他。

"帮我想想办法,辛苦。"

于天洲正要说好,梁恪言却改口:"不用了。"

既然答应柳絮宁了,他不能作弊。

想什么就来什么。

微信置顶的右上方冒出一个小红点——

柳絮宁:抢到了吗?

柳絮宁:不对,应该问,你还记得这件事吗?

这妹妹怎么这样,居然不相信他。

梁恪言:嗯。

柳絮宁:嗯什么嗯啊你?你是记得这件事,还是抢到了?

拇指在手机屏幕上方犹豫着,梁恪言迟疑了一下,最后打出一个字:都。

于天洲有一点点想笑。

和柳絮宁在一起后,梁恪言拥有、并即将拥有很多个第一次——比如第一次在线下大排长龙地买票。

排到一半的时候,其实他的心情已经慢慢沉下去,倒不是站累了,这点运动量对他来说九牛一毛。只是他从未做过这件事,时间消磨着他的耐心。

形形色色的人一多,总有争吵。在排队的争吵爆发到最高点时,梁恪言拿到了票。他心里长呼一口气，难得有了点庆幸感。拥有的太多，所以对于充足丰盈到任他挑选的物质条件他都未曾有过一点来之不易，此刻这张纸质票竟然让他释出此感，稀奇。

漫画区的队伍依然很长。

梁恪言后面排着一个女生，正边排队边给人打电话，语气温柔甜蜜，让电话那边的人不要一直等在外面，外面太热啦，去宾馆休息吧。

听不见电话那边的回答，但梁恪言猜应该是拒绝之类的话术，因为女孩子又说了句"我要好久好久呢，你站久了会累的"。

后面的话梁恪言没听了。男人又不是傻子，哪会呆呆地站在太阳底下傻等。

女生挂断电话，视线落在站在自己前面的男人身上，纯度百分之百的少女漫受众中有男人也不奇怪。不过，眼前这男人一身运动服，身形高大挺拔，面目周正俊朗，人也干净，这个距离，恰好能闻到他身上的淡香。肉眼可观察并判断出的地方都区别于一般宅男的样子。

"你也喜欢'梁二太太'吗？"排队无聊，她主动问。

梁恪言正在走神的工夫，被人突然打了个招呼，他迟钝一下，点了头。

这头刚点下去，他反应过来那个称呼。

距离她改名已经过去几个月了吧，更改意味着替换、意味着丢弃，怎么这些人还喜欢老生常谈地称呼柳絮宁的上一个名字？

算了，随便吧，名字与称呼，最是虚无缥缈的东西。

女生很健谈，喋喋不休地和梁恪言说柳絮宁有多厉害、多优秀，只是话里话外一口一个"梁二太太"。梁恪言本就和陌生人没什么对话欲，此刻更是一减再减。

柳絮宁脸上的笑容从签售会开始就没有停过。签完一本，她抬头顺势看向下一个，嘴角的弧度垂了一下，又在下一刻咧得更灿烂。她轻轻咳嗽一声，翻开眼前这人递来的漫画。

他是不是第一次来这种签售会呀，怎么什么话都不和她说？她还等着听他连绵不绝的夸赞呢。

"你没话和我说啊？"柳絮宁仰头，悄悄地问。

"你今天很漂亮。"梁恪言说。

"漂亮"两个字，柳絮宁今天听过太多太多次了，每个人上来时，总会下意识捧出这句夸赞。可就算听了许多遍，她的脸颊还是慢慢地升起热意。

"谢谢。"

"那天我没抢到票，就在线下买了。"梁恪言如实说，"排队的人挺多，还以为又抢不到了。"

柳絮宁抿唇，笑容却从梨涡和扬起的眉梢里展露出来。这人邀什么功啊！

"那你很厉害哦！"

梁恪言有点得意，语气佯装平静："还好。"

队伍还在不停地加长，分到每个人的时间是有限的。这么几句对话下来差不多就算结束了，明明回家……不，待会儿就可以和她说上无穷无尽没有时长限制的话了。

"签好啦，你可以走了。"柳絮宁见他还不走，伸出手小幅度地摆了摆，像一只招财猫。

"还有一句。"

"啊？"

梁恪言拿出一把伞递给她："你今天出门是不是没带伞？晚上会下雨。我下午要开个会，就在这附近，但可能会延长。你想要于天洲来接你，还是我来接你？"

柳絮宁不是忘带伞，是压根儿忘记看天气预报，不然也不会穿一双全新的小白鞋出门了。

被面面俱到照顾的感觉像浸泡在柔软的海绵上，不用畏惧往哪里翻滚，反正摔了也不疼，反正总有人事无巨细地托着她。

柳絮宁当然是想要他来接自己的，这还有什么问的必要呢？可她偏偏不说。

"都行，随你。"

"我让他来。"

"不行。"她脱口而出，"你为什么不自己来啊？"

霸道的反问语气，却有撒娇的架势。

梁恪言不再逗她："好，我来。"

得逞之后，她又开始满不在乎地点点头："我反正是随你的哦，那既然你非要自己来，就别让我等太久。"

当然，他的荣幸。

签售会在下午两三点左右结束，柳絮宁揉了揉酸到快要发麻的脖子，觉得自己的脑袋都快要掉下来了。

外面果然下起了雨，天气实况显示雨势有些大，她索性在展厅里逛了几圈，这一逛就停不下手了。看着别人拉着行李箱来进货，她在可惜之余又觉得有点懊恼。

梁恪言说大概再过半个小时就能到 C1 号口，但有些堵，可能会晚几分钟。柳絮宁掐着点出门，C1 号口不是这个场馆最大的口子，人流量较之正门少了许多，但还是有些挤。

"抱歉。"有人的行李箱滚轮不小心压过她的鞋面，她轻轻"嘶"了一声，那人慌张地向她道歉。

塞满了周边的行李箱的确挺重的，但还没痛到难以走路的地步。她说了句没事，那人还是很担心，直到她连着说上好几遍，他才离开。

柳絮宁转了转鞋尖，脚面的疼痛感已经消失得差不多了。

马路对面的车子打了下双闪，伴着"嘀——"的喇叭长鸣声，柳絮宁抬头看去，以为是梁恪言，但这并不是他的车。

她正要收回视线继续发呆，思绪停了一下，蹙眉继续望去。

这的确不是梁恪言的车，却是梁家人的车，像周叔开的，专门用来接梁继衷的保姆车。她盯着那辆车，果不其然，周叔从驾驶位下来，拉开车门，梁继衷被他护着上了车。他身旁还站了两个人：一个身形正常，是个中年男人；另一个有些佝偻，显然上了年纪，与梁继衷的仪态截然相反。

因为太多年未见，所以柳絮宁有些陌生，但她依稀可以辨认。

那人单独出现很正常，可是和梁继衷出现在同一个画面里，真让人毛骨悚然，像一场童话梦的收尾。

这会议不出意外地延长了。梁继衷在会议中途突然离场，于是剩下的会议全程由梁恪言经手主持，他也希望自己能成熟一点，但在某些时刻，他真是读不懂这些老董事在想什么。

车开过弯道时没有减速，直到前方鲜红的指示灯入眼，梁恪言才停下车。他盯着跳动的倒计时，心里回想方才会议上的内容。细碎的雨滴落在挡风玻璃上，又被雨刮器高速扫除，路灯亮起时，如拓印的油画。似乎天色一黯，妖魔出笼，欲望就会从胆边生。

吞并吉安，起瑞也必定是他的掌中之物。

指示灯跳色，车变道，开到拐角处时，梁恪言就看到了柳絮宁。她撑着他留给她的透明雨伞，伞柄卡在颈部和肩膀之间，腾出的两手翻出包里的纸巾去擦鞋面。不知是有人踩了她，还是被路过的车辆溅起的水花泼到，她擦完之后，又拿出手机打字。手机左摇右晃的幅度足以见得她打字用力。

梁恪言猜her消息是发给自己的。果不其然，手机亮了一下，微信没有显示具体的消息文字，但他猜测左右不过"你迟到了"四个字，再配以一个生闷气的表情包。

的确，梁家早晚都是他梁恪言说了算，但他想要早一点，再早一点抵达无论做任何事都无人敢置喙反驳的境地。

欲望一点一点加深。

于天洲告知梁恪言，邝行鸣近期在美国度假，他按照既定思路以为梁恪言要去美国，却不想没几分钟后，梁恪言让自己订好几周后去英国的机票。这件事有些突然，不在原本的计划行程之内，他迟疑了一下，询问是否要告诉梁继衷。

他回不需要。

于天洲就明白了。

嘱咐完这件事，梁恪言随意将手机丢在副驾上，目不斜视，与迎面驶来的保姆车擦肩而过。

被行李箱压了一下，又被飞驰而过丝毫没有减速的车子溅了一身的脏水后，男朋友姗姗来迟，柳絮宁想，他现在来可不就是当她的出气筒吗？

这么念叨着，一抬眼看见梁恪言的车，她抛却那些乱七八糟的想法，快步向他跑去。

还未在副驾驶座上坐定，柳絮宁先倾身过去，嘴唇碰了碰他的脸。他愣了一下，转头就要吻回来，又被她轻飘飘地挡住嘴巴。

"这里不能停车的。"

讲不讲道理，她先撩拨他，却又剥夺他回吻的权利。

梁恪言稍许凑近，抬手拉上她的安全带："好。"

看着她得逞又得意的面庞，眉眼间都是狡黠，梁恪言慢慢地加了句："那回家。"

柳絮宁没声了。屁股硌得有些疼，她从底下摸出手机，眉眼一沉："你乱扔手机呢。"

轮到有条不紊的人沉默了，他偏头往窗外看，语气要笑不笑的："嗯，不好意思。"

回家的时候，两人在玄关处换鞋，梁恪言蹲在柳絮宁身前，视线瞥过她的白鞋，全新的鞋面上有一抹灰色的滚轮痕迹，往上，白皙的小腿上也沾了几抹污水的痕迹。

梁恪言下意识顺着继续往上移，突然意识到自己的视线有些过界，他低头帮她解鞋带："新鞋穿成这样。"

干吗突然骂我？鞋不就是用来穿旧的吗？

"不是呀，是被行李箱不小心压到了。"她突然有点委屈。

梁恪言听着她声音猝不及防地变调，解鞋带的手顿了一下，捏着她的脚踝让她抬脚，又帮她找拖鞋。做完这些，他拉着她的手上楼。

林姨正好端着一盘洗净的杨梅从厨房出来，看见梁恪言时，笑了一下，正要和他说准备拿剩下的杨梅做杨梅酒，却看见两人牵在一起的手，是十指相扣。

在大户人家做事自然要处事圆滑八面玲珑，林姨短暂怔愣之后，便是一张与平日里一般的脸，语气平常地继续说自己要询问的问题。

梁恪言此刻只想着柳絮宁似乎有些不高兴，也没料想到会见到林姨，下意识的反应不是松手，而是抓得更紧。

林姨那个再平常不过的问题，让他也同样宕机的大脑足足思考了几秒，才点头说可以。

林姨得到回答，说好的，目光扫过柳絮宁的神情。她似乎没有经历过这样的场面，脸上带着无法掩盖的慌张。她冲柳絮宁笑着点点头，转身离开。

关系的确奇怪，圈子的确复杂，但通通和她无关。没必要向梁安成汇报，也没必要告知任何人，毕竟，她足够聪明。

柳絮宁的房间里有一面落地镜，清晰的镜面上清清楚楚地镌着两人十指相扣的画面。所以刚刚林姨看到的就是这个画面吗？

柳絮宁的脸颊发烫，说不清是什么因素。

她怀揣着一堆的担忧，还没说话，梁恪言就转过身来，摁着她的肩膀让她坐在床沿。

"怎么——"

话未说完，他像在玄关处那样蹲在她面前，拉下她的袜子："我看看。"

行李箱的确有点重量，柳絮宁原以为短暂的疼痛过后，就不会再有感觉，可当他的拇指按压上去时，还是有一道疼痛如电流般传递至她的心尖。

"有点疼。"好像把下午的事情再回忆一遍，又想起他刚刚在玄关处说她的场景，委屈来得莫名，牢牢盘桓在心头，连带着她的语气都低沉下去。

梁恪言听出几分埋怨。

"我没有骂你。"

"那你刚刚干吗用那种语气和我说话？"

梁恪言回想自己方才的语气，究竟是哪种"那种"惹得她不高兴。但他承认是他的错，是他心猿意马，于是用并不高明的手段转移话题。

"对不起，刚刚我不该那样和你说话。"

听人强词夺理或是反抗回怼，柳絮宁还能气势汹汹地回上几句，可面对此种听话的低头，她一下便没了气势，觉得自己好像有点不讲道理，于是声音软下去："也没有。"

怎么强硬得莫名，又乖得让人心软。

柳絮宁想抽开自己的脚，却发现他虽只用指尖虚虚地扣着，但力道也很大。

梁恪言被她的动作无言地提醒，他低头看了眼自己的手，拇指轻描淡写地抚过她的脚心。这是比方才的疼痛更让人掐心尖的痒意，欲罢不能。柳絮宁又一次往回撤，却没法安全撤回自己的城池。

"有点痒。"她说。

梁恪言没说话。

"真的有点痒。"她开始求饶。

气氛应该就是在这时产生了一点微妙的变化。

他直直看着她，看到她的视线开始乱转，无法集中。

良久，他问："让我亲，好不好？"

这显然不是一个友好的问句，因为他在说完之后，就倾身压下来。外面的天已经黑了，他朝她靠近时，她的视线也被夺去几分。柳絮宁看不见外面的天色，看不见夏风中晃动的树梢，看不见房门到底是开着还是关上，狭窄的视线里只有他落在她唇上的这一幕。

她抬手环上他的肩膀，又紧紧勾住，两个人严丝合缝地拥抱在一起。

她的身体像一颗即将爆炸的新星，欲望在挤压里蠢蠢欲动。她没拒绝，没有力气拒绝，也不想拒绝。

被温柔地啃咬时，柳絮宁突然想到世上好事总是多磋磨，如果自己可以做无知又蠢笨的一方就好了。

唇舌和胸口都被他挑逗欺负着，她无力招架却又甘之如饴。

许久，两人的唇才分开。

"今天你不开心吗？"梁恪言的声音微哑，吞吐之间的气息很重，他也不掩饰，昭彰地喷在她的鼻尖上。

吻真是让人神志模糊的好东西，他从她嘴唇上离开时，柳絮宁的思绪还是缥缈，眼神依然迷离。她重重地点头："被行李箱压了一下，我当然不开心。"

梁恪言盯着她，她被盯到心虚又紧张地移开视线。

"看我。"他手上动作用了一些力，带着不容置辩。强硬与缠绵中，柳絮宁轻轻地喘了一声，眸中泛泪，幽怨地瞪着他，说有点疼，又质问他，你干吗要这样呀？

脸还是如此柔软，可以看见细小的绒毛，双颊泛着淡淡的红，压着嗓音轻轻说话，可他现在已经可以熟练地看出她眼里那点锋利，像极了初识时掩藏在那张虚假笑脸下的警惕。

梁恪言知道她不是这样无理取闹的人，如果她真心想让他知道些什么，一定会露出蛛丝马迹。他的内心盼望她可以主动告诉他，可是生意场上都没有等价回报，他却在这里奢求一个绝对的平衡。

梁恪言忽然有点烦躁。

"真的只是因为这个？"

"不然呢？"她想要推开他的手，无果，"再这样，你就不许碰我了。"

她今天说了两遍疼，第二次来自他。梁恪言生疏于那个力度，于是和她道歉，耐心地亲她的脸，从眉眼亲到下巴，最后含住她的唇。

彻底分开时，两人似乎都还未从这场沼泽中挣扎出来。他脱力地垂头，埋在她心口，潮湿紊乱的气息透过薄薄的棉质布料几乎要让她战栗。

心跳怦然作响，柳絮宁慌慌张张地移开目光，可才没忍几秒又低头去看他。这个视角只能看见他黑色的短发下，耳朵红得像滴了血。

发现了她的僵硬，梁恪言仍是没抬头，锁骨下的柔软让人贪恋，他承认自己不是个好东西，实在不想离开，一只手抚摸着她的背："等等，再等一会儿。"

"……什么？"

"等会儿再下去。"

也不知过了多久，柳絮宁觉得空气都要被强力吸走时，终于感受到他拍了拍自己的脸颊，将有些凌乱又沾着点湿汗的头发捋到她的耳后。

他放下她："我上楼了。"

胸口的热度一瞬消失，柳絮宁咽了下口水，声音有点大，一定被他听见了。因为梁恪言发出了一声笑，笑过之后重复："我上去了，你先去吃饭，不用等我。"

"我本来就不准备等你。"她借着低头理衣服躲开他的视线。

再下楼时，林姨为柳絮宁准备好了饭菜。她离开时，冲柳絮宁笑笑。左右不过一个与以往一模一样的笑，因为心虚，于是她眼前都蒙上一层随时都会被人砸碎的玻璃滤镜，脆弱又短暂。

一个人的餐厅，寂寞又不真实，让人无端地发酵着情绪。

吃过饭后，柳絮宁上楼画画，似乎投入繁忙的事情中就能忘却全部心事。

如果说她有时讨厌自己太过聪明，这话一定很打趣。可是这一刻，她真的讨厌自己的聪明和敏锐程度。因为聪明之外，缺乏可解决矛盾的能力和承担相应后果的勇气，所以此刻的她一筹莫展。

笔在指尖不停地转，直到手滑，落到地上时，她才回神。

自己究竟是怎么进的梁家门，她一清二楚。明码标价的回报总是要兜兜转转落回自己的头顶，避无可避。

如果她够笨、够迟钝，就能自由自在抛却一切，与他心无旁骛地共度这些愉快的时光了。

人生在世，总要有诸多技能傍身。梁锐言最近倒是学了一项技能。

时间刚过凌晨三点，房间里没有开大灯，只留了一盏光线微弱的壁灯。梁锐言坐在电脑前，面无表情地看着电脑里循环播放这几天来的客厅里的录像，看到后面，他都快要把接下的动作记得一清二楚。

——梁恪言搂着柳絮宁的样子，他们接吻的样子，她的腿盘在他腰上的样子，他抱着她上楼的样子。

梁锐言低头，安静地缠着羽毛球拍的手胶，可是怎么缠都缠不好，做过千遍万遍的事情，却还是无法朝着既定的轨迹运行。

他突然之间没了耐心，重重地将球拍丢在桌上，发出响亮的一声。

画面在循环播放，自然又是他们接吻的画面。

宁宁啊宁宁，他的好宁宁，他真的不知道原来她接吻接到情至深处时是这样一副潋滟妩媚的面孔。

他的眼眸垂下，感受着胸腔里剧烈的震动，心脏好像要破开血肉，碾着他的伤口纹理而出。痛到让他刻骨，嫉妒到让他发疯。他不受控地看着屏幕，近乎自虐地记下一幕又一幕。

梁恪言，你怎么不去死啊？

梁锐言以为离经叛道才需要勇气，却没想到自己明明是受害一方也需要积攒许许多多的勇气，才敢站在梁继衷的书房门口，抬手敲下这扇意味着无法回头的门。

"爷爷——"此时梁继衷正在和秘书说话，他回头看了眼梁锐言，目露几分不悦，又很快掩藏住。

秘书心领神会地离开，出门前，和梁锐言点了下头。

偌大的书房只剩下爷孙两人，梁锐言看着梁继衷的眼神，那些早已打好草稿的话突然有些噎在喉间。他爷爷现在似乎并不高兴,这也不是一个谈话的好时机。他心知肚明,比起哥哥,自己多了几分宠爱,甚至可以达到溺爱的程度。但这场溺爱是有条件的,当掌控全局的人心情不佳时,当然没有工夫来理会自己的情绪和利益。

梁锐言思索再三,正在心里想着搪塞的借口,梁继衷却开口了:"吉安的事情,你听说了吗?"

梁锐言对这种事情不太在意,但也从叔叔、伯伯那里听过几句,他点点头。

梁继衷冷哼一声:"人心果真难测。"突然爆出事端,绝非意外,如此庞大的集团,盘根错节的结链之下,还能安好地行进,必然是得到了集团最高决策者的默许。想到这里,他胸中的怒火燃烧得更盛,连语气也不自觉加重,"他王民昊藏着这么多事情,居然还想要和我们梁家联姻,安的什么心!"

人至高位,欲望膨胀,心态越发强势,肥沃的权力灌养之下,梁继衷讨厌被人耍得团团转。王民昊这行径,自然是精准地踩在了他的怒点上。

梁锐言也知道这一点,可他的思绪没有理由地发散,如果自己此刻将梁恪言和柳絮宁的事情告诉梁继衷,那最后会是什么结果?

何必听那仇口周行敛的话。

"你找我有什么事?"梁继衷问。

梁锐言眼神失焦,似在神游。

"阿锐?"梁继衷今日没什么耐心,见他不回答,语气沉了许多。

梁锐言回过了神,临阵脱逃的想法驱使着他在心里快速思索搪塞的借口。

他笑得如往常粲然:"我哪会有什么事啊,就是实在没事做了来老宅看看您跟奶奶。"

梁继衷靠着沙发:"你倒是有孝心。"他轻呷一口热茶,"对了,你哥哥和宁宁的事情,你都知道了吧?"

梁锐言一愣:"什么事情?"

梁继衷喝茶的动作停住:"你不知道?"

今日两位老人想吃包子,唐姨端着刚蒸好的正冒着热气的包子从厨房出来,只听见楼上传来一道极大的关门声,她吓了一跳。刚将碗碟放在餐桌上,她准备上楼叫人吃饭,就和下楼的梁锐言撞个正着。

"阿锐……"她正要招呼他过来吃包子,可梁锐言似乎什么都没听到,失魂落魄地走出去,脸上无一丝笑容,好像被抽走了全部的精气神。

"这孩子……"唐姨没怎么在意,几秒之后突然想起刚才的那阵摔门声。这位小少爷脾气大是大了点,却从不敢和梁继衷叫板,今日是吃错什么药了?

"梁锐言,今天要点名的啊,你这平时分还要不要了?"寝室群里,室友不断发来语音。

梁锐言索性关机。

他盯着眼前迟迟不跳动的红灯，想到片刻之前梁继衷的那番话，梁继衷知道梁恪言和柳絮宁在一起，也同意他们两个在一起。

他难以形容听到爷爷说出那番同意的话时，自己的状态和心情。到底凭什么，凭什么梁恪言就能和柳絮宁在一起？他身上有诸多莫名其妙的束缚，他哥哥便可以为所欲为吗？这不公平。

所有的冷静、所有的伪装都伴随着梁继衷的同意而瓦解，像骤雨冲刷过的沙丘，沙石滚落间，梁锐言心底的想法也不受控制地和盘托出。

听他说出这些话时，梁继衷以一种不敢置信的眼神望向他，问他在发什么疯。

他才想问，他们在发什么疯！

车很快驶到云湾园，车还没停好，梁锐言就打开车门立刻下车往里走。

"阿锐。"林姨在门口浇水，见他来后，叫了一声。

梁锐言没有理，直接上了三楼。梁恪言的房门虚掩着，也许是忘了关。不过关不关都无所谓，因为没有人敢在梁恪言不在时，打开他的房门。可是凭什么？他凭什么不敢？

梁锐言狠狠地踹开虚掩的门，扫视一圈，打开床头柜的那一刻，他不由得笑出声。这两盒未拆封的避孕套，究竟是为不久的未来做准备，还是已然剩下的产物。

眼前的世界都恍若陷入眩晕，梁锐言深吸一口气，缓缓地走下楼，又在柳絮宁的房门前停步。眼前这扇门被他无数次打开过，眼前的空间也被他无数次自然地踏足。可往日无数次的熟稔也改变不了他们之间永远隔着层雾的关系，他不敢承认却早就明白，他始终猜不透她，她也始终警惕他。

推开了这扇门，无须走进，他就可以发现她的房间里有梁恪言的东西，像是动物世界里一道无声又带震慑的标记。他的脚步在犹豫，想努力摒弃这些东西，可是它们的存在感太强了。

柳絮宁不知何时更改的平板解锁密码，不知何时替换的社交平台名字……时间线在闪回，这些看似微不足道的东西都如指缝间的水流，在他还没有反应过来时就缓缓流走。

"我哥今天去公司了吗？"下楼时，见林姨还在花园里，梁锐言突然问。

林姨说："他打球去了。"

"和谁？"

再简单不过的问句，今日听着却有种咄咄逼人之感。林姨掩藏住奇怪，正要说是和谷嘉裕，却被梁锐言制止："不用了，我自己去看。"

今天是工作日，羽毛球馆照例没什么人，梁锐言一进门就能看见梁恪言和谷嘉裕。此时梁恪言正背对着大门，谷嘉裕率先看见梁锐言，下巴一扬，示意他回头："稀奇啊，梁二今天没课？"

梁恪言回头，朝他扬手。

"梁二，你不会又逃课了吧？"谷嘉裕笑着问。

梁锐言："没有。"他扭头看梁恪言，"哥，你今天不用去公司吗？"

"不想去。"在梁锐言来之前，梁恪言已经和谷嘉裕打了一个上午，薄薄的短袖上沁出汗水的痕迹。他按了按脖子，低头那一瞬，耳垂上的牙印和喉结上的吻痕若隐若现。

无意识的行为对于梁锐言来说，却与沉默的挑衅毫无差别。

他的唾手可得，是他穷尽数年的奢侈。

"哥，和我来一局。"

梁恪言看了他一眼："好。"

谷嘉裕正愁被梁恪言折磨了一上午，此刻救星出现他自然欣喜，忙将球拍递给梁锐言，自己瘫坐在一边看兄弟对决。

别人的球拍用着果然有些不顺手，所以梁锐言真的不明白，为什么要抢别人的东西。

球拍高速挥动之间和空气强烈摩擦，发出凛冽汹涌的声音。羽毛球在空气中划出一道又一道的弧线，谷嘉裕将这当作一场绝伦的视觉体验，看得啧啧称奇，心说看来刚刚梁恪言还是对自己下手轻了点，原来高手之间的比赛是这样的。

梁锐言这几天都没睡好，精力不够充足，加之诸多因素夹杂，体力渐渐落于下风。凭什么，梁恪言已经和谷嘉裕打了一上午的球，此刻却还能和他旗鼓相当。他讨厌被后来居上，也讨厌自己落于下风，与最擅长的东西都能失之交臂。

这样想着时，却见梁恪言突然收了力，羽毛球碰了网，轻飘飘地掉在地上。

——梁恪言的地界。

所以是自己赢了。可是梁锐言再清楚不过，这是被让来的分数。

如果那耳朵上与脖颈间的吻痕是他钻牛角尖因嫉妒而进入了理智的死角，那么梁恪言这种将胜利送至自己手边的行为，才是他进攻的号角。

"你今天是不是状态不好？身体不舒服就回去休息。"梁恪言说着往球落地的方向走，球拍边缘贴上球头，手腕发力旋转时，梁锐言的球拍突然打在他的球杆上。

"啪"的一声，猝不及防，球又落在地上。

紧接着，梁锐言手一垂，球拍反扣住那颗球。

"梁恪言，你看见我的时候不会问心有愧吗？"

兄弟二人之间总会有一些浑然天成的默契，这种默契是外人无法企及的，在某些时刻，只需一个眼神、一个语气，抑或是一个不知所谓的问句就可以让对方心领神会。

梁恪言短暂沉默了一下，坦荡地望向他，反问："为什么会？"

谷嘉裕觉得自己和这块地八字不合。他看着远处僵持在那里的画面，心说不好，听不到他们说话，却也能察觉出僵硬到快要窒息的气氛。

他思忖着打圆场的方法,却在靠近两人时,听见梁恪言平静地反问:"我应该有什么样的愧疚?"

看似问句,从他口中说出来却像是陈述。

太过波澜不惊,对比之下,便会更大程度地激怒对方。梁锐言此刻毫无理智,他难以言表地看着哥哥,不敢相信这样轻描淡写的话是从哥哥嘴里说出来的。

"你应该……"梁锐言重复他的话,说到一半却被气笑,糟糕的情绪无法控制地往外冒。他猛地扔掉球拍,抓住梁恪言的衣领,"她是我的,从小就是!哥,你还记得她刚进我们家家门的时候,你有多讨厌她吗?梁恪言,那你就继续讨厌她啊!你这辈子都讨厌她啊,你离她远一点啊!你为什么要把她抢走?你为什么要把我的宁宁抢走?"

他脸颊涨红一片,耳后连着脖颈青筋暴起,隐在同样灼人的红下。

馆里人少,可这里的动静实在太大,仅存的这些人都忍不住看过来。

这场面实在太难看。

谷嘉裕想上前时,梁恪言已经捏住梁锐言的手腕,把他往旁边甩:"谁告诉你的?"

"这重要吗?从你要和我抢她的那一刻开始,你就该明白这瞒不住!"

梁恪言不愿意在这里和他多纠缠,也不愿把家里的事情被外人当作玩笑的谈资:"有话回家说。"

梁锐言冷笑着:"你现在知道丢脸了?知道这事上不得台面了?"他深呼一口气,"也是,是我的错,如果不是我比赛前让你多照顾她,你会和她有任何接近的机会吗?共同住在一栋房子里二十几年,她和你不还是和陌生人一样?小时候不管去哪里,她都只会跟着我,有我在的时候,她根本不会多看你一眼!我怎么也想不到我的哥哥会是一个喜欢抢别人东西的人!"

梁恪言忽然听得没了耐心。他从小就不爱和人解释自己的动机,除了压在他头顶给予他绝对制衡的梁继丞,他心知肚明这世上没什么人需要自己给出解释。他的确不是好东西,他对自己有准确的认知,这话柳絮宁也和他说过,如今自己的弟弟也是此番评价他,他并没有任何想要反驳的欲望。毕竟,当对方说出的是真相时,他手中便没了为自己辩解的砝码。

可是,梁锐言人生的无数课题里,都有柳絮宁的参与,他已经在她的生命里拥有诸多梁恪言没有的特权。天胡开局,一手好牌,事到如今,居然还敢来质问他为什么要抢柳絮宁。这一口一个"抢"字,和事实又有什么关系?把柳絮宁当作一个物件,只有和"梁锐言"三个字挂钩的时候,才是普世意义上的正确吗?

他也有嫉妒,也觉得不公平。

想着想着,梁恪言忽然笑出声来:"阿锐,这事有什么上不得台面的?比起这些,现在的你才让我觉得丢脸。"

虽然梁恪言的神情与刚才没什么区别,可谷嘉裕站在他身边,看着他沉沉的目光,能感觉到他身上正渐渐竖起的刺。他浑身都充满了戾气,像紧绷着又蓄势待发的野兽,只待对方发出进攻后,给出猛烈的一击。

原来自己的哥哥是这样的人,这一整天都在刷新梁锐言的认知。他做出令人恶心的行径,竟然还能如此轻描淡写地承认,还轻飘飘地将利剑的锋刃指向自己。

周围有人在窃窃私语,窸窸窣窣的动静像令人厌恶的蛆虫爬过他的皮肤,梁锐言揉了揉脸,低头盯着地面。再抬头时,他的目光直指梁恪言,在所有人都没有反应过来之前抬手,一拳砸在梁恪言的脸上。

没有任何犹豫,因为他知道,只要自己犹豫一下,就会被梁恪言躲开。

谷嘉裕因为这突如其来的一拳而震惊,太阳穴"突突"跳着:"阿锐,你做什么!你疯了吗?"

此刻梁锐言的理智已经稀缺,他挥开谷嘉裕的手:"你怎么不帮我?你明知我哥做的是错的,你还是站在他那边,你们沆瀣一气,一丘之貉。你们都不是好东西!"他双目猩红,有泪有恨,"这算什么疯啊?我让你看看怎么才叫疯!"

他推开谷嘉裕,又一次紧紧抓住梁恪言的衣领,在第二拳要落到梁恪言的脸上时,梁恪言挡住了他的拳头。

两股不一样的气压复杂地对上,针锋相对,剑拔弩张,谁都不愿意先松开,谁都不愿意认输。

谷嘉裕知道自己这时插进去,纯粹就是当这兄弟俩的血包,没必要。他用力地按压太阳穴:"你们再打下去,我只能给爷爷打电话了。"

这话明显有效,梁锐言的身形晃了晃,拳头没撤回,他像是突然想起什么,喃喃:"是啊,凭什么爷爷能同意你,却不允许我和她在一起?每件事对我都不公平。为什么……"

梁恪言看了他一眼,将他的拳头甩开。他扯了扯嘴角,果然是用尽全力不留情面,到现在还隐隐作痛。

荒唐的闹剧到此就该暂停了。梁恪言没工夫再理会梁锐言是什么反应,转身大步朝外走。

他现在有更重要的事情要做。

"梁二,你冷静一点。说实话,你这'抢抢抢'的词其实不太准确。可能有些残忍,但是不管我站在哪一边,都不影响事实。因为宁宁没有和你在一起,她——"谷嘉裕不知道如何继续说,停了几秒,他又道,"她要是真……你们三个哪会有今天这事呢?"

说到最后,他这思绪也被两兄弟搞得变成乱麻一团,他甚至不知道自己在说什么。再次对上梁锐言的目光,谷嘉裕深呼吸一下,真是失策,他一个旁观者又何必开这口,把自己往火坑里引呢。

旁观者说出口的真相能最大程度地刺痛自己。梁锐言没有说话,跟跄一步,推开谷嘉裕,摇摇晃晃地往外走。

走到别墅门口,见梁恪言正好打开车门,梁锐言快步追上去:"你干什么去?"

梁恪言瞥他一眼,黑沉的眼眸中布满冷漠:"凭你也能质问我?"

梁锐言怔住。

在他怔愣的几秒里,梁恪言重重地关上车门,车子扬长而去。

梁锐言很快反应过来,快速去房间里拿了车钥匙。他也不知道梁恪言要去哪里,但他就是要跟着梁恪言。

柳絮宁最近越来越不喜欢待在学校里了,一旦没课就喜欢回家。喜欢上梁恪言这件事给她带来挺多烦恼的,比如安静下来时,脑子里总是他,还真是恋爱误人,玩物丧志。

别墅区离地铁站有段距离,没有司机接送的时候,柳絮宁喜欢戴着耳机慢慢走回家。

她低头看着租房软件,盘算着实习公司和这些地方的距离。上次的想法被突然截胡,这次她不想再被外界因素干扰了。

虽然不喜欢杞人忧天,但她也不能自欺欺人。这一天总会到来的,她不想被动,只想把主动权掌握在自己手上。哪怕离开,也是昂着头颅主动离开,而不是如过街老鼠般,剥去一身财富的华丽外衣再被狠狠丢弃。

手机屏幕最上方弹出胡盼盼的消息,说刚才有两个人来女寝楼下找她。柳絮宁正要回消息,身后响起一道短促的鸣笛声。

工作日的下午,别墅区附近没什么车,所以有车驶过时,她会抬头看一眼。

鸣笛声之后,紧跟着的就是开门和关门声。柳絮宁有些奇怪,还没等她转过身,就有人从背后抱住她。她的汗毛竖起,下意识想要惊呼,就听见一句"飘飘",贴着她的耳郭落下,低沉沙哑。

柳絮宁不挣扎了,还有些想笑,怎么走在马路上都会有惊喜降临呀?

柳絮宁在他怀里转身,双臂勾住他的脖子,却摸到一层汗。

他这身体可真烫。

"你要去哪里呀?"刚问到一半,她看见他嘴角的一道红痕,不是很明显。

"你呢?"他没回答,反而问她。

见柳絮宁走着神,梁恪言戳一下她的脸:"问你呢。"

她反应过来,语气已经自然:"当然是回家。"

"你明天下午还有课吧?今天怎么突然回来,不是很麻烦吗?"她这么怕麻烦的人,只休息一个上午还舍得长途跋涉回家。

柳絮宁道:"有东西忘在家里了,我来拿一下。"

"这样啊,我还以为你是想见我。"

"你想归想,说出来干什么?"

柳絮宁喜欢涂浅粉色的唇釉,唇型漂亮饱满,说话时一张一合勾得他心痒。梁恪言当下想做的事不会拖到日后,他低头要吻她。柳絮宁下意识后仰,脖子又被他一手禁锢住。

"躲什么?"他声音低低的,带着点控诉。

"没躲啊。"柳絮宁负隅顽抗。

梁恪言笑了一声,轻啄她的唇,也不离开。说话时两人的唇时不时相碰,他说这是自己在为戳破她的小心思而道歉。

都这样了,柳絮宁还能是什么反应?不原谅他的话,他恐怕要没皮没脸地在大庭广众之下一直一直亲她了。

柳絮宁牵着他的手想和他一起回家时,才想起他似乎是要出去,方才他也没有回答自己的问题:"你去哪里呀?"

梁恪言说:"公司有点事,我去一趟。"

听到自己说出这句话后,梁恪言就感觉到她想要松开他的手,他有些不高兴地又一次抓紧:"我先送你回家。"

"不用,我自己再走五分钟就到家了。"

"柳絮宁,能不能别说瞎话?"他从家里开车到这里都用了两三分钟。

柳絮宁狠狠地捏他的掌心,指甲在他的手心印下一个小小的月牙才算满意。

以往散步,短短的一条道,他走几步就要停下来亲她。这世上还有谁比他的走路速度慢?

"哎呀,真不用,来来回回的多麻烦啊!你快去公司吧,我先回家啦。"再多拉扯,这对话就没完没了了。热恋阶段,还真是够浪费时间的。柳絮宁赶紧朝他摆摆手,不带留恋地往家的方向走。

真是一次都不回头看看他。

他忍不住往前走了几步追上她,又一次将她抱进怀里。炎炎夏日,柳絮宁就穿了一件墨绿色的背心,而他出门出得急,运动过后连澡都没有洗,身上带着打羽毛球时出的汗。柳絮宁觉得他这人真过分,这么热的天,还要和她无休无止地贴在一起,汗都要蹭到自己的身上了。

"哎呀,梁恪言!"胸口挤着他的胸口,柳絮宁挣扎了一下,挣扎失败。

梁恪言没说话,头埋在她的脖颈间。他的鼻梁太高,鼻尖顶着她的皮肤,鼻息擦过让她泛痒。

"飘飘。"压着喉咙时,他说起话来也闷闷的。

"嗯。"

"等我回家。"

问的什么奇奇怪怪的话。

"当然啦。"

— 251 —

第十章 /
利己性

人一旦多了筹谋,首先就表现在眼角的皱纹和眉间的疲态上。

梁继衷看着镜子里的自己,毫无意外地想起与自己相似的那三张脸。人到老年,往事如走马灯般闪回,惆怅成为时不时光顾的主情绪。办公桌边还放着一沓文件等待他的查阅,他信不过旁人,却也知道现在的梁安成还不至于到接手的程度。可现在都无法经手,到底何时才能完全掌握?

他叹了口气,也不知谁有资格能与他上同一牌桌。

梁恪言到老宅的时候,唐姨正巧端着煮好的绿豆百合银耳羹出来,看见他便打趣:"倒是巧,你们哥俩前后脚地来。"

梁恪言叫了一声唐姨,又问爷爷、奶奶在哪儿。

唐姨说许芳华被邀请去看秀,至于梁继衷,她指指楼上。

梁恪言接过那碗银耳羹:"我送上去吧。"

此时此刻看见梁恪言,梁继衷是意外的。他在心里揣测着梁恪言过来的各种原因,心渐渐沉下去。

他宠爱两位孙子,但万事皆有度。任何与自己意愿相违背的人,梁继衷不会给他任何表达诉求的机会与权利。

"恪言,你来得正好,我正好有事找你。"

梁恪言安静了一下,点点头:"爷爷您说。"

"你还记得上次和你见面的 Mauro 吗?"

"记得。"

"自明年开始,起瑞的业务重心要逐渐开始转移。英国那边几个老股东跳得很,过几天你和 Mauro 帮我跑一趟英国,去那边看看。"

可是国外业务的重心从来都不在梁恪言擅长的范围内,他正要开口,梁继衷笑着继续说:"谁去都没你去顶用。"

梁恪言明白了,他是代表梁继衷出面的最佳人选。而这"看看"的言下之意就是敲打。

又要进行一场复杂的社交,又要皮笑肉不笑地回旋于多方之间,想到这里,他难得产生了一些抵抗情绪,不亚于学生时代的厌学。

"怎么了?"梁继衷见他不开口,拍了拍他的肩,"不高兴去啊?"

"没有。"笑意下是压迫与控制。如果这是商量的意图,那么儿时被要求学习各种东西时,他也可以毫不犹豫地拒绝了。

"爷爷最放心你了,你可以的。"

"好。"梁恪言没有忘记此行的目的,"爷爷,我想——"

"你唐姨今天怎么做得这么甜?"梁继衷皱着眉,舀了勺银耳羹,悠悠地打断,"你早几年就在英国读书生活,总归是比你爸更了解那边的形势。爷爷年纪大了,想和你商量一件事,明年,你过去帮爷爷看着他们好不好?"

梁恪言短促地皱了下眉,他看着面前的老人,心头突然涌起一丝复杂。

梁继衷是从何得知他和柳絮宁的事情,他暂且不知也无从得知。他只知道梁继衷又要用老方法达到自己的目的。自他小时候起便是这样,先将所有负面舆论落在梁家人之外的人身上,再在关键时刻轻飘飘地站出来,摘得干干净净的同时将利益最大化。现在也是如此。

以已经同意自己和柳絮宁在一起为战火的矛盾,轻描淡写地告诉梁锐言,梁锐言自然会怒气冲天地来找他算账。今天,兄弟俩大打出手的事情想掩盖很简单,可若是想散播出去,只要有心,便是易如反掌。

梁继衷真是深谙媒体之道。这样一条上流圈子的娱乐动态里,旁人是会将重心放在他和梁锐言身上,还是对柳絮宁的好手段感兴趣,结果一目了然。

反正不管对什么感兴趣,总归是不能让大众觉得他梁继衷棒打鸳鸯罢了。

梁继衷靠着椅背,姿态闲适,整个人放松:"恪言,你弟弟志不在起瑞,你爸,你也是知道的。以后整个起瑞都是你的。"

沉默并没有长时间地霸占整个空间。

片刻,梁恪言抬头看着梁继衷:"好。"

梁继衷没想过竟会如此轻易,还是高估自己这个孙子了,二十几岁的年纪,再大又能怎么样,一丁点利益就能转移注意力。

"好好好,好孩子——"

"爷爷,从英国直飞青城只需十二个小时,如果算上中转,最多也不过加四个小时。我不觉得飞来飞去很辛苦。"

梁继衷怔住:"什么?"

口中的银耳羹像是突然毫无甜味,苦得让人皱眉。梁继衷诧异到站起身,费解地看着梁恪言:"恪言,你这是什么意思?"

梁恪言道:"我愿意去英国,也愿意去任何地方,爷爷,距离对我来说不是难事,阻碍不了任何我想做的事。"

"那个小姑娘值得你做成这样吗?"

说出口的瞬间,梁继衷突然觉得自己失言。

一场不撕破真相的博弈之中,谁先按捺不住吐露真实目的,谁便先落于下风。

他抚着眉心,既然已经如此,索性打开天窗。

"恪言,爷爷和你直说,我和你奶奶都不同意你和那个外面的小姑娘在一起。你们在一起没多久吧?时间不长,赶紧断了。"

权力被人赠予的坏处大抵就是如此。上位者可以高高在上的颐指气使,但梁恪言不觉得自身所持的所有光环都来源于旁人的馈赠,大概这就是梁安成面对与自己母亲的联姻只能含屈忍辱,而他尚有一丝反抗的机会。

"爷爷,我不想这样做。"一事退让,事事皆让,他不会让自己处于这样的境地,"我答应您,我可以去英国做这个项目,您也可以让我去任何地方做任何事情,这是我应尽的责任与义务。但是我有选择爱人的权利。"

梁继衷气急,爱人?他左右不过二十五岁,人生连三分之一都没有活到,就敢对着如同过家家酒般的小姑娘称一句爱人?荒唐至极!

"梁恪言,一场无关紧要的恋爱已经可以让你对着养你长大的爷爷这么说话了?你再和柳絮宁待在一起还行了?你知道那小姑娘是什么德行吗?你知道她究竟是什么样的人吗?你知道她是怎么进的——"

梁继衷欲言又止,这个砝码,不适合加在梁恪言身上。

"我知道。"

"你知道个屁!"他们小时候,他抽打梁锐言时,怎么忘记了也教训一下梁恪言,居然让梁恪言现在无法无天到敢和自己作对。

"爷爷,您现在有能力安排我的来去,但最多五年,我认为我可以决定自己的未来。而这几年里,在英国和青城往返,不算什么难事,我也不觉得辛苦。"

这都做不了主,那他还有什么可做主?倘若这点距离,对于柳絮宁来说就已经算是一种奢侈,她也不必非要选择他。

梁恪言有句话没说出口,梁锐言志不在商,梁安成成事不足,而老爷子白手起家,警惕性又高又思想传统,不会选择职业经理人,他也绝不会将自己几十年来的心血让他人触碰。

可爷爷到底年纪大了,他还是把这句话咽下。

梁继衷望着眼前的人,突然觉得有些陌生,可又矛盾地感到欣慰。他认得清自己的价值,他是重要的,也看得清别人的价值,梁安成和梁锐言都比不得他,所以他才敢上了这个牌桌和自己对垒。

"我今天累了,不想和你讲这些,你先回去,自己冷静下来想想清楚。"

梁恪言转身,走到门口时,突然想起什么。

"您从我这里找不到缺口应该会去找她,我希望您不要为难她。因为这份感情不是她送给我的,是我求着要来的。"

梁继衷喜欢棱角硬而锋利的人,可那些尖锐是用来对着外人的,他的孙子胆敢用它们对着他!

这碗银耳羹注定是吃不下了,梁继衷深呼吸,让唐姨上来端走。

梁恪言在外面待得有些久,回家的时候,天已经黑得彻底。别墅大门关着,只能看见花园里亮起的几盏小灯,散发微弱的光。

梁恪言在玄关处换鞋,正要上楼时,注意到从偏厅虚掩着的门下流出来的光,他走近了,才发现是偏厅里的电视屏幕光。

推门看见眼前的场景后,梁恪言放轻脚步,慢慢地走到沙发前。

柳絮宁躺在沙发上,手边有遥控器、手机、平板,也有画笔。乱七八糟地堆在毯子上,她又缩在毯子里,小小一团靠着角落。

梁恪言小心地将这些东西放在茶几上。

她的手机屏幕是永不休眠的状态,梁恪言顺势扫了眼,看见一连串的租房信息,他愣了一下,转而主动摁灭。

此刻叫醒她上楼,一定不是一件正确的事情。

她占据着沙发,梁恪言索性坐在地上。电视里不知在放什么情侣吵架误会的烂俗戏码,他带着点耐心看了几分钟后,觉得浪费时间。

墙壁上的钟每过一个整点就会敲响一声。梁恪言抬头看了一眼,才发现已经到了八点。睡到这个点,那她晚上还睡不睡了?

叫醒人的方法有千种万种,他偏偏一个都不想用,只想做一个最大程度满足自己私心的坏人。梁恪言低头贴近她的脸颊,在她微微张开的唇上犹豫了一下,继而将呼吸喷在她的脖颈上,用鼻尖蜻蜓点水般地碰了下。

亲密次数增长的同时,他越发能发现柳絮宁身上的禁区。

意料之中地,她缩了下肩膀,有醒来的趋势。

梁恪言又低头,埋在她颈窝间,呼吸平缓地落在上面。

"嗯……"柳絮宁无意识地念了一声"好烦",眼睛还没睁开,人就已经往后退。

可惜她已经缩在了沙发最里面,梁恪言拉着她的手腕往自己怀里扯,头彻底埋进她发间,声音闷闷地调侃:"要不要看看几点了?"

柳絮宁的上下眼皮打架,毫无睁眼的念头,只想再继续睡去。知道梁恪言就在旁边,她也没心情搭理他。

到底是谁说的等他回家?又是谁天黑了才回来,让她等到现在?

笑意和潮湿的呼吸一同弥漫在柳絮宁的脸上,她撇开头,又说了句"你好烦",然后转身背对着他。

"我哪里烦?"

非要问自己烦在哪里,这就已经够烦的了。

两秒后,梁恪言的手从她的后颈穿过,搂着她的肩迫使她转回来。这手一搭上,就再没放开。

- 255 -

"十点了,该醒醒了,过一会儿又要睡了。"

"骗人,才八点。"

"那你可以醒了。"他就是故意的,"怎么不上去,睡在这里干什么?"

柳絮宁瞪着他,没好气地说:"不是你让我等的吗!"

梁恪言:"困了还等什么?回房间等我也可以。我到家了会来找你的。"

"回房间了还叫什么等?"

整个空间里只有电视屏幕的灯光和窗户映出的对面别墅的光,他能清晰地看清柳絮宁的面庞,没忍住捏起来,左右都掐了下,力道都很轻,带着十足的亲昵。

他的手掌干燥炽热,柳絮宁却没空感受,他直勾勾地盯着自己,就是索吻的潜台词了。柳絮宁挡住他的嘴:"不许亲我,你让我等了很久,我困死了。"

梁恪言点点头,嘴巴却截然相反地碰碰她的手心,含糊地说出一句"好,我不亲你"。

他搂紧她的肩膀,梁恪言感受到一种前所未有的满足与踏实。可细数过往,他想要拥有的,也许来得轻松,也许得到得艰难,可握在掌心的那一刻,每一样都能给予他一种笃定——握在手里的东西,怎么样都不会丢。

除了此刻,除了她。

"我过几天要去趟英国。"没法给自己定下回来的时间,就算心中有了解决之法,可面对的人是未知的,面对的事又有不稳定性,他不想提前做出保证,以免最后无法实现。

柳絮宁"哦"了一声。

看她这副平淡的模样,梁恪言冒出一点不爽。

肩膀被稍许用力地捏了把,柳絮宁也很不爽地看他:"你干吗啊?好痛。"

"你不问我去干什么?"

"不问啊。"

"吉安和起瑞都有些事情,我要去处理。"

柳絮宁憨笑,都说了不问,还把答案摆到她面前。既然如此,她很给面子地说:"那你早点回来,我会想你的。"

显然这句话很大程度上取悦了梁恪言。他点头,说知道了,又起身,顺带把她的毯子和平板、手机等物件收起来:"困了就回房间睡觉。"

上一秒还嫌他烦,下一秒柳絮宁拽住他的衣摆,讨好地笑了下:"你抱得动我吗?"

要抱就直说,何必这么拐弯抹角的。

"单手。"她又是一笑,慢吞吞地补充。

平板、手机、毛毯,全是她的东西,她却一个都不想拿。

梁恪言在她面前站定,抬起一只手臂:"上来。"

柳絮宁攀住他的脖子,两条腿盘在他的腰上,卖乖道:"你人真好。"

梁恪言单手搂过她的腰，往上掂了掂，另一只手拿着她那些乱七八糟的小玩意儿，稳步地向楼梯口走。

"有多好？"

"很好很好。"

"那你爱我吗？"

原本幼稚无聊的对话戛然而止，柳絮宁语塞。好突兀的字眼，何必出现在如此愉悦的对话里，听得人心焦。爱这东西，谁能说不是一种华丽伪装下的利己主义？

她不答反问："那你呢？"

"嗯。"毫不迟疑。

地上是两人叠在一起的光影，胸口处传来他强烈的心跳声。

柳絮宁垂下眼睫："哦。"

操之过急地力求一个肯定答案，真是一件愚蠢的事情，惹来糟糕的下场和沉默而微弱的回应。

梁恪言自洽地挑了下眉。寻求平等很幼稚，追着要回应也很幼稚，迫切想要得到一份誓言也很幼稚。

心跳随着他踏上台阶的步伐而归于平稳，柳絮宁将下巴支在他的肩上，脸颊贴近他的脸颊，像小猫一样上下蹭了蹭。

梁恪言身上哪里的触感都是她喜欢的，她本能地不想松开，想让他一直抱着。

"你这些都是怎么练的啊？好神奇！"虽然没有近距离看过，可光靠摸，她就已经能想象出来。

她真厉害，这么自然地就能将难以继续的话题过掉。

梁恪言忍受着她的手乱摸："够了吧。"

他挺不讲道理的，她那天都没这么说他。

柳絮宁没准备收手："其实我是个很自私的人，你觉得够了没用，我觉得没够。"

梁恪言被她这语气和言论逗笑。

"好。自私好。"

柳絮宁抬手去开灯，与他拉开了点距离，看着他："我不仅自私自利，我还虚伪，我还有很多很多的毛病，我可能还是个胆小怕事、喜欢临阵脱逃的人。"

"怎么这么说自己？"

"对自己有清醒的认知还不好？我缺点很多的。"而且也许超乎你意料。

梁恪言："我也是。"

算了，和他讲不明白。柳絮宁再没了说话的兴趣，挥挥手："知道了知道了，我睡觉了，你快走吧。"

是挺自私自利，用完就丢，不带半分留恋。

梁恪言低头看着她，眼里和嘴角都是笑意，神情却很认真："柳絮宁，这没什么不好，人有利己性很正常。那些利他性品质，我欣赏且敬佩拥有它们的人，但这不是人生里的必需品，没有也不是什么大事。"他把平板放在床头，"我们飘飘那么聪明，总不会还在纠结这个吧？"

从第一次见她起，梁恪言就知道她这双眼睛生得漂亮，认真看人时亮晶晶的，像蒙了一层雾。从高到低的视角下，她有些羸弱细瘦。她分明什么都没做，他倒是自作主张冒出一点心疼。

正想着时，她示意他低头。

左右不过一臂距离，她小幅度地招招手，好像叫唤狗的模样，有点好笑又有点可爱。

"怎么——"

话没说完，她快速地抬腰，凑近亲了他一下。在他错愕的眼神里，她又退回去，拿过一边的毯子裹住自己："有点想亲你，就亲了。"

梁恪言回神："也是，你总是想做什么就做什么。在外面别这样。"

他是不是多虑了？

还没等她回，梁恪言就说说他上楼了，让她早点睡。

柳絮宁抱膝，盯着他的背影，行动意外地快于理智。她爬下床，猛然从背后抱住他。

"怎——"

"梁恪言。"

"嗯。"不知是什么驱使，梁恪言此刻并没有回头，大手包裹住她的手，静静享受着被她从后拥住的感觉。

"下次不要明知故问了，有些问题的答案你自己猜不出来吗？真够笨的。"

她推翻几分钟前的自己。那不是一种虚伪的利己主义，那是她放在心尖上珍而重之的字眼。

梁恪言的嗓子有些发痒，他清楚地感受到自己逐渐扬起的嘴角。自鸣得意这样的词用在当下的自己身上，再合适不过。

"我是有点笨，但我现在知道了。"

梁恪言从柳絮宁的房间出来，和梁锐言碰了个正着。他站在三楼楼梯口，背对着光，眼神也因此阴冷，像目睹一场爱情故事的始末。

下午梁锐言跟着梁恪言的车，自然看见了他是怎么下车的，他和柳絮宁是怎么拥抱又是怎么亲吻在一起的。没有了大屏幕的阻碍，画面活生生地撞入他的视线。往日训练时，总要重加强视觉训练，他却没有哪一刻比此时更憎恶自己这技能。

——清晰得连柳絮宁脸上漾出的笑容都能看见。

和哥哥在一起，她很开心吧？可是为什么，他没有他哥哥讨喜吗？

不可能。

梁恪言自然地踱步上楼，仿佛视他于无物。

"哥。"梁锐言突然叫住他，"你知道爸妈为什么要生我吗？爷爷、奶奶向来也是更喜欢我的。因为哥你真的，不管做人还是做事，都不够讨喜。"

还没有自洽的很长一段时间里，梁恪言也许会因为这些话而难过，因为他知道梁锐言说的是真的。

但那又怎样？真不巧，这句话出现的时机太晚了，晚到杀伤力已经为零。

"但我讨她喜欢。"

梁锐言蓦地笑出声，像刀片穿过他的胸骨，捏着肉生生地剔开，痛到无法哭泣时，只能不合时宜地笑出来。

"你再也不是我哥。"像气话，像耍赖皮，像幼稚的小孩躺在地上撒泼打滚就能获得自己想要的玩具。他咬牙切齿，却不敢大声，他可以和梁恪言挑明，却不敢和柳絮宁挑破。因为那才是真正意义上的不归路。

"我不是你哥，那我作为柳絮宁的男朋友，你是不是得叫我一声妹夫？"梁恪言认真地问，"梁锐言，换我叫你哥哥了？"

梁锐言不敢置信地看着他，是什么荒唐的话从他的嘴中说出来了？

"梁恪言你真是个疯子！"

也许吧。今天很累了，他没空再和弟弟纠缠。

梁锐言还站在原地，双手皆紧紧握拳，低头死死盯着楼梯。

路过他时，梁恪言忽然想起，自己有件事情没有做。他停下脚步，拍了拍梁锐言的肩膀："阿锐。"

梁锐言回头时，一切都还没有准备好，就看见拳头迎面冲自己而来。打在脸上时，他才感受到那力度与下午时自己给出的那一拳有过之而无不及。

他被打蒙了，身体踉跄着往后退，狼狈地靠着墙，眼前似乎都是花白一片。他还没来得及反应，第二拳又跟着落下。

梁恪言看着面前满脸惊诧的弟弟，松开拳头，捏了捏手指："还你的。"

他的人生信条里没有"吃亏"二字。哪怕只是一拳，哪怕是他亲弟弟，他也亏不得。

走进房间，当一切归于寂静时，梁恪言卸下所有力气与警惕，疲惫却像潮水般后知后觉地迎面扑来，兜头打了他一个措手不及。

从没有忤逆过梁继衷，也从未以这样的语气和他说过这些话，这感觉陌生又新奇，新奇之下是一丝迟缓降临的畏惧。他的确是梁继衷手上唯一一张王牌，可谁又能保证新的一天来临时，他会不会成为弃牌。

话已经说出口就无法收回，但如果现在想要抽离那还算及时，也不至于和爷爷失了亲近。

为了柳絮宁，值得吗？

他揉了揉脸。

值得的吧。

关于柳絮宁，无论后果是什么样，他都可以兜底的。

梁恪言今天飞英国，中午的飞机，他定了早晨七点半的闹钟。

但昨夜资料看得有些久，他实在有些困，闹钟响了，他也难得有了些贪睡的念头，抬手刚要把闹钟关掉，就有人比他快了一步。

有人拉开他的被子，身子钻进来。梁恪言下意识搂住，那人将脸埋在他胸口，左右蹭了蹭。梁恪言抚在她脑袋上的手压了压，语气带威胁："别烦，再烦揍你了。"

这话刚落几秒，他觉得不对，猛然睁开眼睛，就看见怀里的柳絮宁。

见他醒来，她冲他傻笑。

"早上好。"

他愣了一下，缓冲了许久。

"你至于这么惊讶吗？"柳絮宁奇怪。

"有一点。"刚醒来时，他的声音微哑，他揉了揉眼睛，把她搂得更紧。

哪有这样的，一睁开眼睛就是这样令人意外的惊喜。

"你说你的房间我可以随便进来的，是你说的。"柳絮宁重申。

"是。"

他的下巴习惯性支在她的头顶。

"醒这么早？"平时她可是能睡到自然醒绝不早起床一分钟，今天才不过七点多的光景，就来了他房间，令人始料未及。

"对呀。"也不是，知道他今天飞英国，她特意定了早一点的闹钟，很难说清是为什么，只是一想到要和他分别几天就有些舍不得。

"那你昨晚应该睡在这儿。"

早起果真让人神志不清，说完这句话，梁恪言看着怀里的人开始脸红，眼神躲闪，半天说不出一句完整的话，最后又埋到他的胸口，假装没听到。

梁恪言意识到失言，捏着她的肩膀，亲了亲她的头顶："是我说错了，忽略那句话好不好？"

柳絮宁还是没说话。

下意识脱口的话恰好昭示他暗藏的不良居心。梁恪言的手指勾着她的发梢："你不理我，让我很害怕。"

良久，柳絮宁才在他怀里摇着头，额头蹭着他胸口的布料，把刘海弄得乱七八糟。

她听见自己故作平静的声音："我没生气啊。梁恪言你好像惊弓之鸟，我哪有这么容易生气。"

梁恪言也不戳穿："行，我就是惊弓之鸟。"他换了话题，拍拍她，让她离开，"我去洗个澡。"

"好。"柳絮宁问,"你今天穿什么?"

梁恪言拿过毛巾往浴室走:"随你。"

随你,这是什么意思?

柳絮宁眼睛转了一下,兴冲冲地起身:"我给你挑啊!"

她至于笑成这样吗?但看见她眉眼弯弯,眼里全是期待,他也被感染,点了下头。

梁恪言只穿黑、灰色系,但衣柜里明明还有许多其他色系,买回来也不知道干什么。柳絮宁倒是想挑色彩碰撞鲜明的,又觉得他穿起来肯定搞笑,决定还是不难为他了。她随手挑了一件白色工装短袖衬衫和黑色短裤,然后又趴在床上,拉开他的床头柜,想帮他把手表拿出来。

一打开,两盒东西大剌剌地躺着。

柳絮宁的反应慢了半拍,在意识到那是什么之后,她猛然合上抽屉。

梁恪言洗完澡出来,他擦着头发,看见坐在床上的柳絮宁。两人的眼神交汇,她却突然红了脸,然后仓皇地躲开。

梁恪言有些莫名,问她怎么了。

她眼神复杂,那里有紧张和期待,还有妄图开口的跃跃欲试。

"给你挑的衣服。"柳絮宁随手指着床边,然后急匆匆地往外走,"你换吧,我先出去。"

梁恪言扫了眼,觉得眼熟,倒不是衣服。

等穿上的时候,他终于明白这熟悉感从何而来。

梁锐言不就天天这么穿吗?

他与镜中的自己对视,脸臭到极致。

柳絮宁不准备去送机,梁恪言下楼的时候,她就坐在餐厅里准备吃早饭。林姨正给她盛粥,见梁恪言下来,她会意地点点头后离开。

"吃的什么?"

柳絮宁的头埋得有点低:"粥啊,你看不出来吗?"

梁恪言戴上手表,掌心撑在她手臂旁,另一只手慢条斯理地捏了下她的后颈:"穿好了,你给我挑的,不看看?"

"好看死了。"她头也不抬。

梁恪言这次是真笑了,拉开她旁边的椅子:"真不看我?"

柳絮宁敷衍地分去一个眼神:"真好看。"

"和阿锐像吗?"

"啊?"她反应过来了,他的脑回路也很奇怪,怎么会想到这个?如此普通的搭配,走在大街上多的是男生这样穿,"你想什么呢?我就是觉得这样很好看、很显年轻啊。"

话音才落,她的脸颊就被他捏了一下。柳絮宁一口粥还在嘴里没咽下去,愣愣地扭头看他,像一只傻乎乎又不可置信的猫,顿时跳脚:"你干吗呀!"
"我不需要。"
柳絮宁听懂了,的确如此,但她就想气他一下:"你好自信。"
"当然。"
她噎住,行吧。

于天洲发来短信,车已经停在门口。
柳絮宁看梁恪言在回消息,知道他要走了,心里突然升起一种不舍。出差而已,最多也就一个月,她何必如此恋恋不舍。
"走了。"梁恪言俯身亲在她的脸上。
柳絮宁"嗯"了一声,却在他转身时不受控制地拉住他的衣角。
勺子和瓷碗碰撞出沉闷的声响。
"怎么了?"
"等你回来,我们可以……我可以……我想……"她直白地看着他,那几个字就在嘴边,却怎么样都无法表述出来。
看见床头柜里的东西时,羞涩是她的第一反应,可羞涩与怯意过去之后,她很清楚自己的内心。
是梁恪言,她要。
是和梁恪言,她想。
这没什么,她的确有欲望,对他有欲望,她想做主动表达的那一个。这真的没什么。可就这样面对着他,感受他的温度与自己的手指相贴,他的眼睛落在自己的脸上,她心跳得飞快,睫毛频颤,喉咙干涩,不知道怎么开口。
强烈而无声的情绪在释放。
柳絮宁对自己有点生气,这句话也说不出来吗?也顺便气他,这点解读心理的智商都没有吗?
她索性带着点破罐破摔的意味:"我想跟你睡觉。"
阳光在地上摩擦,梁恪言站在原地,有点走神地看着她游移的眼睛,半天未搭腔。

于天洲见梁恪言出来,为他开门。去机场的路上要经过跨海大桥,这条路有些长,梁恪言又有早间喝咖啡的习惯。于天洲见他根本没有碰放在扶手箱上的冰美式,只双手环胸望着车窗外的风景发呆,神色淡漠疏离,耳根却发红。
车窗外的景色一如往常,却因为夏天的到来而变得色彩鲜明。飞鸟穿梭在海平面上,化作一道城市剪影。
他拍下这个场景,发给柳絮宁。等她回消息的空当,梁恪言伸手去拿冰美式,感受冰凉的触感与沁出的水珠贴于自己的掌心。
这妹妹的心大概是黑透了,非要在分别的时候和他说这些话。再这样,他就不想去了。

没有梁恪言也挺好的,柳絮宁终于可以好好学习好好画画了。

手机里是梁恪言发来的消息,他刚落地伯明翰机场。想到他走之前说的那句轻到不能再轻的"好",她的脸颊就不停发烫,故作冷漠地发去一个"哦"字。去机场的路上也要拍照给她看,落地了也要和她报备一声,怪烦人的。

梁恪言:哦?

刚更新过的微信可以及时弹出其他人发来的消息,柳絮宁正要回他,上方突然弹出胡盼盼的消息。没几个字,但她打字的手停在了屏幕上方。

关闭和胡盼盼聊天的界面,柳絮宁对着开了许久的电视发了一会儿呆。

六月份的天气,毛毯披在身上,她却莫名感觉到一点寒冷。

手机屏幕持续亮着,来自青城的一个陌生号码,柳絮宁起初以为是骚扰电话,可两天打了三遍,她迟疑着,最后接起。

"宁宁,你终于接电话了。"电话那头,是熟悉又陌生的声音。

她故作不明:"你是?"

"是我,二叔。"

柳家人口众多,她有好多好多叔叔、阿姨。江虹绫在时还会在每次的家族聚会前,告诉她这个男人要怎么称呼,那个女人又应该叫什么。想想,还挺痛苦。一年到头要见这么多次,当着人面时言笑晏晏,背着人时也许什么刻薄的话都可以脱口而出,这样的关系,维系它又有何意义?

柳絮宁迟疑的这几秒,对面笑着问:"怎么,宁宁好日子过久了,都认不出二叔的声音了?"

"当初你是怎么污蔑二叔和你爷爷、奶奶的,你还记得吗?"

尚有一丝应对的能力,可她心里被即将到来的害怕占据,没有丝毫犹豫地挂断电话。这样好像还不够,她把手机调到静音,推到床角。

柳絮宁能猜到,梁继衷既然已经知道了却迟迟不来找她,那自然是不想让他们梁家的宝贝孙子把气撒在他头上。他最希望也最乐见其成的,应该就是自己主动去找他吧。

可她没有这个勇气。

她把头埋进臂弯里。好日子好像真的要到头了,可时至今日,失去的只是金银绸缎般的生活吗?还有她的梁恪言。

幼时耍尽心机进入梁家,数年之后,她也必为儿时的贪婪与欲望所害。

王锦宜在外不用中文名,于天洲找她费了不少功夫。

王民昊心心念念这位宝贝女儿,无论青城还是西南,圈子里的人都知晓。梁恪言翻阅资料,却不尽赞同。既然知道大厦将倾,此刻该做的就是和女儿远离关系,将财产、关系剥离得一干二净,而不是在众目睽睽之下放大宠爱,让其成为

- 263 -

所有肉食动物眼里最宝贵的一块肉。

梁恪言敲响王锦宜家门时,她春风得意,丝毫没有落魄样。

梁恪言说明来意,王锦宜却嫌弃如今市值,语气傲慢,说她怎么可能现在就卖给他。

他知道此行就是这个结果,没多在意。临走之前,他随口问她:"你确定家族信托的受益人是你吗?"

王锦宜愣了一下。

梁恪言再来是三天后的事情,三天,够蠢女孩搞清状况了。物质富足的上流圈从不缺新玩法,很正常。她哥哥的名字简直是王锦宜的眼中钉肉中刺。提及王民昊的遗产,合法收益以干干净净的方式光明正大留给毫无法律关系的儿子,那些复杂烦琐条条分明的公证,他一点儿也没嫌烦。而那些股份与债务却悉数给了自己和母亲。父母之爱子,则为之计深远。王民昊早知道自己前路堪忧,果真是提前为他的好儿子打理好了一切。那她呢,她怎么办?

此时她再无几日前的嘴脸,哭过之后,泪眼蒙眬地看着他,问他能不能抬高点。

梁恪言奇怪地看着她,笑得有些难以自抑:"王小姐,操纵股价犯法啊。"

何必这样羞辱人。王锦宜忍下情绪,手刚碰上他的腕表,他也没动,语气算不上提醒:"我吃这套长大的。"

可惜了,拜家里妹妹所赐,他对女人真真假假的眼泪都不感冒。

王锦宜一直没什么道德底线,他对自己没兴趣就算了。她收回手,抹去眼泪,说:"股权可以给你,可你得帮我还债。"

"收了你的股权,还要帮你还债,胃口真大。"

王锦宜觉得和他说话能收获一肚子的火,她深吸一口气:"我手上这点股权根本不够你坐稳董事会。那些人挺恶毒的,我可以把爸爸曾经告诉我的全部告诉你,让你彻底搞掉他们。好不好,哥哥?"

梁恪言转手机的手指停顿一秒,审视般地看着她。

"别这么叫我,有点恶心。"

王锦宜气得想把眼前的玻璃杯直接往他脸上砸。

而就在她以为他不会同意,要彻底发疯时,他却笃悠悠地说了句可以。

王锦宜实在有些读不懂他。

在这里办完梁继衷交代的事情,梁恪言和Mauro分开。明天要飞去加州,他由衷地觉得疲惫,可疲惫之后,想到未来的获利,又都算值得。

闲来无事的午后,他放了于天洲半天假,去UCL逛了一圈,都是自己已然看厌的风景,想起柳絮宁,他忍不住拿出手机拍照之后发给她。

校门口有家牛排店,现在已经过了饭点,没什么人,环境清幽,恰巧是他喜欢的。他点了份牛排,那难得的少爷矜贵和娇气上来了。

照例拍完照后,他发给柳絮宁,言简意赅地附带几个字:肉很老。

她一直没回。

北京时间才过晚上九点，她就已经睡了？还是在画画，没有看手机？

梁恪言能猜到她打开手机，看着一条一条接连不断弹出来的消息，皱着眉说"烦死了"时的神情，光是想想就有意思。

大三下学期的课程少了许多，随之而来的考试也变少。学期正式结束，女寝里开始着急忙慌地收拾东西。宿管阿姨拿着大喇叭在楼道里喊着"贴纸、海报，全部撕掉""东西不要忘带"。女生们泪流满面，叫苦不迭地撕扯下当初不懂事时兴奋粘贴的海报。

今日青城大学四个大门都开了，私家车皆可入内。胡盼盼的爸妈跑上跑下地为她拿箱子。见柳絮宁一个人，胡爸热心地上来帮忙。柳絮宁连连说不用。

"没事儿！"胡爸笑着说。

"你爸妈没来接你啊？"他刚问完，被胡盼盼"啧"了一下。

胡爸皱眉道："哎哟，不问了不问了，又要嫌我烦人了。"

胡盼盼翻了个白眼，转头又和柳絮宁说她爸这人就这样，嘴碎得要命。

最后一个行李箱被搬下楼，胡盼盼站在车门前，回头看着她："那个来找你的叔叔，是有什么要紧事吗？"

柳絮宁道："当然。我已经见过他了，没什么事情。"

胡盼盼点头："那就行。"

背后有车发出尖锐的鸣笛，胡爸的车恰好停在弯道口，他不开，后面的车就没法出去。

"姑娘，快点哎。"

胡盼盼不耐烦地回"知道了"。她看向柳絮宁："那我走啦。"她抬手，眼里有些期待，"要不……抱一下？"

虽然在所有人眼里，她和许婷都是柳絮宁最好的朋友。可胡盼盼明白，那只是因为她们是室友，很多团队行动的东西将她们捆绑在一起。她心思敏感却不倾吐，自己有时无意识脱口的也许带着冒犯的话，她并不会生气，可会记在心里。不会爆发情绪的人，才是最可怕又最难懂的人。

胡盼盼心知肚明，柳絮宁也许并不需要朋友，什么东西对她来说都是无所谓的。真要是朋友，何必在拥抱之前都需要谨慎问询？

可是说完那句话后，柳絮宁轻轻地抱住她，在她耳边说："有空的时候可以找我玩，我会出来的。"

这个程度，已经是她认为的竭尽全力的付出了。

可胡盼盼很满足。

她欣喜若狂地回抱住柳絮宁："好呀，好呀！"

拉着行李箱出来时，柳絮宁看到了梁锐言。

大夏天里，他戴着黑色口罩、黑色墨镜，双手揣兜，如门神一般地站着，装得不行。

柳絮宁走向他："你是热还是冷？"

梁锐言的目光下意识撇开，又想起自己现在戴着墨镜，于是肆无忌惮地将视线落在她脸上。有头发粘着她的脸颊，梁锐言伸手要去捋开，她先他一步捋顺了。

全副武装真是好，将失落全部掩藏。

梁锐言把手插回裤兜："注意着点，别吃头发，你这是要逼死我这个强迫症。"

她笑着说："你不看我就行了呀。"

梁锐言"喊"了一声。

他拉过她的行李箱，往停车的方向走。

可是柳絮宁，我没有办法不看你。

柳絮宁昨晚很早就睡了，手机忘了充电，清晨被寝室外面的声音吵醒，也就没了闹钟存在的必要。一起床，她就开始紧锣密鼓地收拾行李，清理杂物，直到现在坐上了车，柳絮宁才意识到自己已经很久没有碰手机了。

她对手机倒也没有到寸步不离的地步，只不过现在生活里出现了一点小插曲，有人吃饱了没事做就要给她消息轰炸，怪烦的。

柳絮宁连上充电宝，手机自动开机，缓冲之后，一条接一条的微信跳出来。

"烦死了。"就知道是这样，柳絮宁轻声抱怨。

这声音明明很轻，却被近在咫尺的梁锐言捕捉。他正要问她是什么烦扰到她，"什"字刚冒出声，却看见她眉眼间漾起的笑意，连耳边掉落的碎发都在跟着一起晃动。

真好，甜蜜的口是心非只会出现在一类人身上。

他喉咙干涩，指尖也止不住发痒。他知道这样不好，知道这失了分寸和尺度，可梁恪言当初就是这样不知分寸地向她示好的吧？那他效仿哥哥，有错吗？如果有错，也是他们两个鬼迷心窍的人都有错！

行动快于理智，梁锐言抬手，些许颤抖的手指穿过她与他之间无形却厚实的屏障，落在她的脸颊上，食指勾起那缕发。

应该是往后捋的，他却像被按下暂停键，指尖的麻意一路蜿蜒至心底。

——直到她的视线落过来。

他把头发顺到她的耳后。

她的耳垂很软，耳郭却是硬的。奶奶说耳朵硬的人很犟，一旦决定了的事怎么都无法改变。

和梁锐言对视上的那一刻，柳絮宁几乎是本能地甩开他的手，人往一旁挪了点，但位置就这么点，碰到扶手时，她觉得自己的反应过度了。

"你干吗，一惊一乍的？"梁锐言先反应过来，像一只炸毛的狗，"我身上有传染病吗！"

阳光晃眼，他的表情看不真切，柳絮宁就在此刻无端起了一种难以言喻的情绪。

下了跨海大桥，就快到云湾园了。

倾吐的欲望像喷泉，蓄势待发。柳絮宁看着他："阿锐。"

"嗯？"

"我有件事想和你说。"

梁锐言恐惧她接下来的话，恐惧即将到来的摊牌。

"我困了，先睡一会儿，到家再叫我。"

"不是……"柳絮宁怔了一下，心里的猜测逐渐明晰，"很快的，就差你没说啦。"

"能有什么大事，以后再说吧。"

"阿锐，我和——"

"柳絮宁，我是真的不想听啊。"柳絮宁，可怜可怜我吧，何必非要把残酷的真相摆到我面前？我既然忍了，那让我一直忍下去吧。

虽然她没有做错什么，可愧疚感就是这样来得莫名。柳絮宁深呼一口气，低头时，手机界面里是梁恪言秒回的消息。

她不是个好人。

真如梁恪言所说，自私是好的吗？可她仍被这些痛苦所折磨，像一根细小的发丝钻进皮肤里，低头细寻找不到痛苦的根源。

"那就下次再说吧。"柳絮宁朝他笑了一下，扭头去看车窗外的风景。

肆无忌惮地盯着她的侧脸时，梁锐言想，果然还是装蠢货好，可怜地保护着自己心中构建的美好幻象。

邝行鸣最近在半月湾市休假，说是休假，不如说是逃避。人至此位，是没有什么工作与休假之分的。譬如当下，刚在日落的海滩边躺下，打开佳慕葡萄酒的橡木塞，还没来得及欣赏一片赤色的落日美景，就有人到访了。

"邝总，下午好。"梁恪言在他身边坐下。

邝行鸣想，这位小梁总倒是一点也不觉得自己扰人清梦。

"好久不见，小梁总。"

梁继衷从小就教给梁恪言的是，说话是门艺术，不能讲清楚，又要对方明白，读不懂规则的人，实力再强，也只能被迫出局。

但没有梁继衷在时，他就不想遵守其中规则。他开门见山地向邝行鸣说明此行的目的。

"你刚接手鼎隆，想要在你父亲面前立下一功。我也是。我想把我手中的万恒股权转让给你。"

"我为什么要？"

"你想把吉安甩掉，我帮你接手吉安。"

"现在的吉安,人人避之,你倒是奇怪,主动往上凑。"邝行鸣笑了笑,"你要什么?"

"我要吉安在鼎隆的股份。"

巴蛇吞象,这胃口堪比他父亲和爷爷。邝行鸣倒了两杯酒,将其中一杯推到梁恪言面前:"你父亲来找过我父亲,但他们没有谈拢。"

梁恪言接过:"那是我父亲没有找对人。"

"什么意思?"

梁恪言望向他:"这种事,该是找话事人谈。邝总对于吉安的董事而言,自然是举足轻重,所以我想请邝总搭个桥。"

邝行鸣也回望向他:"吉安能不能起来还是个未知数,接手这个烂摊子又是何必?况且,吉安还有一部分股权在……哦,现在应该在他那个女儿手里吧?"

梁恪言点点头,眼中意味不言而喻。

邝行鸣诧异了一下,语气扬了几分:"可以可以。"他说到最后忍不住笑出声,还真是可以。

梁恪言没有解释太多,他举起酒杯,撞了撞邝行鸣放在桌上的酒杯,杯壁相碰,发出一道清脆响声。

"一荣俱荣,一损只我损。邝总,怎么看你都不亏吧?"

哪来的什么一损只他损。瘦死的骆驼比马大,何况吉安即便如今困难重重,但都是可以解决的事情。这番风雨过后,钱会更值钱。只不过,他志不在此,手上的东西太多了,实在没必要死磕一个不知前路的吉安。

梁恪言既然送上门来,他当然要顺水推舟送出这番人情。

邝行鸣懒散地躺下,随意抓过一旁的手机,滑了几下,不住地"啧"声:"要不再等等?现在的吉安,这价格低了点吧?"

梁恪言丝毫不觉理亏:"但比起鼎隆当年吃进吉安的价,翻了好几倍。"

邝行鸣被他的没脸没皮惹得一时没搭腔,片刻后笑了笑:"你倒是会做生意。"他伸手拿酒杯,"合作愉快。"

一笔不知盈亏的交易达成。

夏日里的海滩边足够美妙。夕阳的晕染下,烟金色的沙滩与泛着蓝波的海岸线交融,像一幅油画。这要是被柳絮宁看见了,又可以称之为她艺术道路上的绝美素材。

梁恪言想起年初在泉城时,柳絮宁对海边的喜欢。这么喜欢,那下个月就带她来。不,她忙着实习忙着毕设,心里揣着事必然是玩不好的。那明年夏天,等她毕业了,再带她来这里。

梁恪言随手拍了张照片发给柳絮宁。现在是北京时间早上九点,按照柳絮宁这一觉睡到自然醒的架势,梁恪言没想过她会秒回,却发现对话框中她的昵称一栏上显示"对方正在输入"。

柳絮宁：你那儿不应该是半夜吗？

梁恪言：在美国。

柳絮宁：哦。

她引用了那张图：有点像我们那天玩枪战游戏的时候，在 X 城碰到的日落！

梁恪言根本不记得了，但依着她说话是没错的：像。

柳絮宁：那你回头看看，没准有人拿着枪躲在车后埋伏你哦。

梁恪言心想，她怎么傻乎乎的。他打开手机，转身又拍了张照片，却在目光触及身后时一愣。靠近海滩的这条崎岖路上，停着一辆 Cybertruck（特斯拉旗下的一辆电动皮卡），此情此景，还真像是游戏画面中的交通工具。

梁恪言发去那张图：很准。

柳絮宁：哇，我也太厉害了吧！那你去看看车后有没有人。

她可以再幼稚一点。

梁恪言：等你明年毕业了，带你来这里好不好？

对话框里，她的名字一栏一会儿是输入中，一会儿又取消，过了一会儿又变成"对方正在输入"。怎么，这问题有这么难回答？

过了好一会儿，柳絮宁才回了消息：我又不喜欢海边，你老是瞎猜。

邝行鸣看了身旁人一眼，他的手肘抵着膝盖，低头看手机屏幕，不知在和谁聊天，但从眼里不经意间透出的笑意与嘴角稍许弯曲的弧度不难猜出是谁。他的秘书告诉他，鼎隆商行 100 周年盛宴的那天晚上，梁恪言和那位梁家养女先后进了梁家专属 VIP 室，又在许久之后前后脚出来。

真是奇妙，有些人都无须和他对视与对话，仅仅坐在他身旁，就能感受到他身上因为某些人、某些事而散发出的柔软气息。

只是这配置，无异于飞蛾扑火，螳臂当车。

要真能成的话，也是稀奇事一件。

看房好累，这算是柳絮宁这几天下来的唯一感受。

炎炎夏日，走在晃动的树荫下，柳絮宁难免走得有些生闷气。

那位不熟的二叔说得也没错，的确是过惯了好日子，娇气得连这些最基本的事情都做不了了。

她应该尽早习惯的。

看房的时候，偶尔会撞上梁恪言打来的视频电话，柳絮宁下意识地接通，对面出现他的脸。他那时应该是刚起，头发还没整理，有一撮乱糟糟地翘起。

柳絮宁忍不住笑出声，他还没醒透，闻声疑惑地看过来，问她怎么了。

她说被他帅到。

梁恪言敷衍地笑了下，说他知道。

她冷哼一声，说："这你也信？"

他反问："为什么不信？"

- 269 -

真是一点也不谦虚。

柳絮宁没挂断电话，连上蓝牙后，将手机直接捏在掌心，边找地铁站边和他有一搭没一搭地说话。

"你在外面？"梁恪言突然问。

"对啊。"

"北蕉路？"他语气略带疑惑。

柳絮宁一惊，将手机摆在自己面前："啊？"

他怎么知道？

梁恪言拿过书桌边的酒杯，抿了口："刚刚镜头扫到路牌了。"

"哦……"因为心虚，她的眼神扫了一下周围装作看路，"我没什么事做，出来走走。"

话音刚落，耳机里传来一阵低低的笑声，说不清什么感觉，笑得她耳朵有点发麻，像是被人拆穿一般。

她立马理直气壮地反问："你笑什么？"

梁恪言没笑了，反而认真地和她说这边治安不太好，又和她说前头的十字路口每到早高峰时总是车流湍急，堵车是常事。

柳絮宁皱紧眉，这里租金便宜，加上房东和中介吹得天花乱坠，上一个急着转租的租客也告诉她这地方真的不错，就是可惜自己要回老家工作了急着出。

她顺着问："真的吗？"

"嗯。"

"那我就不——"她的声音戛然而止。

梁恪言那边似乎信号不好，卡顿了一下，他没听见她说的话，反而问了句什么。柳絮宁摇摇头，说没事。

上了地铁，过匝道时信号时好时坏，最后机器播报到如意洲时，柳絮宁下了地铁。一出地铁站，信号又通畅起来。

和上一个租客约好了在小区门口见面，她随意找了个借口搪塞梁恪言，对方说好，晚上再给她打。

"你过几天不就回来了嘛，不需要时时刻刻通话的呀。"

他沉默了一会儿："可能要晚几天。"

"事情不顺利？"

"嗯，吃了闭门羹。"

柳絮宁"扑哧"笑出声来，屏幕里，他臭着一张脸，看着十分郁闷。

"那你就天天蹲在人家门口，上天总会被你的毅力感动的。"

听出她的敷衍，他依然给面子："你说得对。"

挂了电话，柳絮宁往约定好的小区走。这个租客是个和她差不多大的女生，租了房子准备考研，如今临时改了念头，放弃了考研，这房子也就不需要了。

"我租到了年底,如果你要的话,我可以在原来的房租上每个月降两百。"女生说,"不过如果过了今年十二月,你就得和房东谈了。"

一千八的基础上再减去两百,想想就很心动。周围地铁、公交车都很便利,民水民电,除却没有电梯要每日爬五楼,没有什么缺点。

当晚,她给那个女生打去电话,确定自己要了。

敲定之后,没有任何犹豫的,她在第二天和女生签下了租房合同。她不想拖太久,也不想先告诉梁恪言和梁锐言,因为结果无外乎只有一个——阻拦她。而她对自己有非常清楚的认知,这颗本就不太坚定的心只需旁人稍稍劝说,就能七摇八晃。一个俗到极致的凡人,怎么可能下定决心拒绝纸醉金迷的生活呢?可是命运要掌握在自己手里,所有弱势也应该攥在自己手心牢牢不放。

一切都确定好了,就差最后一步,告诉梁家人自己要搬出来的事实了。而当万事俱备之后,她突然觉得难以启齿。

实习报到是在一个周一,隔周的周一是月初,她想在那一天搬进去,这样电费和水费也好算得清楚些。

周一晨间下了场大雨,柳絮宁看着自己沾上污水的白鞋,惆怅地叹了口气,真是出师不利。

带柳絮宁这一组的女人叫 Cindy。

"叫我 Cici 就可以。"Cindy 自我介绍之后,带实习生们熟悉公司各部门。结束后,所有人坐在已经分配好的工位上等待任务。

"柳絮宁。"设计部门口,有个高挑的女人叫了一声,"哪个是柳絮宁?"

来人是总经办的高级秘书,如此大张旗鼓地来找一个实习生,Cindy 有些奇怪:"怎么了?"

女人说有人找她。

柳絮宁站起来。

"你就是柳絮宁?"

"嗯。"

"跟我下来吧,有人找你。"

柳絮宁此刻有些茫然,Cindy 拍拍她的肩:"跟着她去吧。"

下了一楼,通过面部识别过闸机时,她无意地抬眼。看见周叔,她的心莫名"咯噔"一下。

不是胆小到躲在自己的保护罩里,就可以于事无补。她妄图逃避,但那些让她惧怕的东西会主动迎上来。而她,在站上擂台的那一刻,就已经是明晃晃的输家了。

柳絮宁坐在后座,周叔在前头开着车,偶尔透过后视镜望向她。女生没有什么表情,只是原本白皙的脸颊更显苍白。车窗外阴雨绵绵,有枝丫狂窜。柳絮宁想起台风快来了。

瓢泼大雨像逐渐涨潮的海水,越靠近梁家老宅,那股海水就涨得越高,将将要淹没她的胸口。

雨大到可以凭空升起一层雾气,恢宏的老宅屹立于雨中。

车缓缓停下时,柳絮宁突然想,这会不会是自己最后一次来这里?

唐姨在厨房里煮花茶,中途出来拿东西时看见她,笑了一下。她看向柳絮宁身后,没有梁锐言。她自己来的吗?怪不得梁继衷早晨只说柳絮宁过一会儿要来。

她上楼的时候踉跄了一下,唐姨担忧地说:"你小心啊。"

柳絮宁没转身,用力地点头。

楼上书房,有人在谈话。柳絮宁站在门口,里面皆是熟悉的声音。她深呼一口气,叩响了那扇门。

"进来。"

书房里,梁继衷坐在主位,面前的长沙发上,还坐着几个人。

"宁宁来了。"梁继衷笑了笑,下巴朝那边抬了一下,"你还记得他们吗?"

沙发上坐着的人,柳絮宁再熟悉不过。也许面孔会随着时间的流逝而逐渐变陌生,可血缘真是一道奇怪的结,将这世上不尽相同的人拉扯在一起,不管如何切割,那柔软的绳总是怎么都切不断。

"爷爷、奶奶、二叔。"柳絮宁的声音很轻,也很平静。

爷爷、奶奶没有说话,只从鼻腔冷漠傲然地哼出一声,倒是二叔笑得见牙不见眼,殷勤地应了一声。

只需出席几面,就能获得梁家这一大笔钱,柳平想想就忍不住笑出声。

这三张与自己相似的面容,却让柳絮宁无端厌恶。像是一场童话梦境,因为他们蓄谋的出场而到此为止。

柳絮宁苦中作乐地想,自己的视力可真不错,那日在展馆门口瞧见的几人竟然真是他们。

"宁宁,你是聪明孩子,爷爷就不和你绕圈子了。"梁继衷说,"你们年轻人如今的关系复杂得很,我没有兴趣知道,我只有一个要求,不管是恪言还是阿锐,我要你和他们全部断掉。"

柳絮宁低头看着自己的裤脚,出公司门的时候,底部一圈被路边的积水溅到,今日果然做错很多选择,无论是鞋还是裤子。

"恪言这几日在英国,你是知道的吧?"

柳絮宁想说知道,可喉咙莫名苦涩,如被强力胶粘住,连再简单不过的两个字都说不出口。她只能点头。

"那你知道,从明年开始他就要去英国了吗?"在柳絮宁诧异的眼神中,梁继衷继续说,"起瑞明年在英国要开发新项目,这个位置,恪言想要,但给不给,取决于我。"

他起身,走向柳絮宁:"宁宁,这个世上,没有无缘无故的利益。想要得到权力,就要付出代价。对恪言来说,他愿意付出这个代价。"

和聪明女孩的交谈,是一场轻松到无须亮出武器的较量。

梁继衷看着柳絮宁逐渐发白的脸,她垂着头,些许打湿的头发贴着面颊,垂在腿侧的双手虚虚握成拳。

但以他对柳絮宁的了解,她其实要更坚强一些。一个仅有一张漂亮脸蛋的年轻女孩是不会勾得他两个孙子神魂颠倒深陷情感沼泽的,她也许他意想不到的强大内核,但很可惜,他没有兴趣去仔细领会。

江虹绫和梁安成已经有为人茶余饭后津津乐道的往事笑料了,她的女儿和他的两个儿子的名字再牵扯到一起,那还有个什么道理?时隔十几年,他们梁家难道要再次创造一个青城娱记笔下的笑料吗?

梁继衷想,也许将她幼年时那些心计忽略不计是自己犯下的第一个、也是最大的错误。

"宁宁,爷爷真的希望你们,还有你和我们,可以好聚好散。可是你是怎么进的我们梁家门,你还记得吗?"

柳絮宁骤然抬头,回头看着柳家的三个人。

她犹记得,自己对着镜子模拟了上百遍,如何哭才够楚楚动人;这双眼睛如何看人,才能将可怜发挥到极致;如何说话,才能恰到好处地展现自己的脆弱。

自虐过后,她颤抖着手拿起电话,拨通梁安成的电话。这颤抖的手,也许是因为自己带来的疼痛还未过去,也许是因为第一次做坏事而紧张害怕。

她就是这样一个阴暗至极表里不一的人,藏在这张脸下的是如何肮脏毒辣的一颗心。为了自己的利益,居然敢去陷害有血缘关系的家人。

毫无意外地,梁继衷看到她的眼里出现慌张无措,出现心虚。

"爷爷相信,你和恪言现在的确是在互相喜欢的阶段,那你说恪言如果知道他喜欢的人是个这样的人,他会怎么办呢?宁宁,我可以忍受你的这些小心机,也没有出手断了你和阿锐这些年来的关系,我让你在梁家好吃好住,在最好的学府上学,这些金钱上的损耗不算什么。你过去的行为对我来说无关紧要,也无伤大雅。但是你现在做的事情,有些过了。"梁继衷扫了柳家那几人一眼,虽岁数相近,但两方人的气势完全不一样。

到底是穷酸。他在心里嗤笑一声,环境果真能最大程度地影响人,柳絮宁和这几个人站在一起,除了依稀有几分相似的五官,其余的任何,都不能叫人认为他们是同类人。

"选专业前,你想参加艺考,但是也不知道什么原因又不考了。"梁继衷坐回主位,姿态闲适,"宁宁,爷爷现在给你个机会,送你去英国读书,我可以资助你直到毕业。这些钱,包括过去几十年所有用在你身上的钱都不需要你来还,梁家不计较。但是,相应的,你要和他们两个,也和我们梁家断得干干净净。"

话说到这里，其实无须同意与否。在梁继衷看来，这样一个初出茅庐的小姑娘是没有资格上他的牌桌的。梁继衷甚至没有兴趣让她思考等待她的回答，毕竟，这是一道只有唯一解的命题。

"爷爷等你的答复。"梁继衷说，"你今天应该是上班第一天，我和你的主管说过了放你一个上午的假。要不要在这里吃好午饭再走？"

柳平就是在这时站出来的，布满皱纹的脸上被阿谀奉承的笑包围："不用了不用了，梁董，我们这就带她走。"

他说着，顺其自然地去搭柳絮宁的肩，被柳絮宁骤然躲开。

柳平皱眉，轻声道："干什么啊，柳絮宁？现在还嫌弃上你二叔了？"

柳絮宁胸口震颤，似水漫过头顶，残忍地围绕着她，将残酷的冰冷全部渡到她身上，淹得她几近窒息。哭是世界上最没用的行为，她也不想哭，何况是在这些人面前。

她竭力逼回眼泪，回头，视线笔直地看向梁继衷："爷爷，学校在英国，梁恪言不是也在英国吗？您把我送去英国，我怕我不小心又和他联系上了。"

撒谎的时候才会前后矛盾。

梁继衷点燃雪茄的动作顿住，眉头剧烈地皱起。被一个不过二十几岁的女孩看着，他竟然一时噤声，不知如何回答。上次被简单的言语卡入对话的死角时，对面站的是梁恪言，他眼神坚定地告诉自己，英国与青城的往返对他来说根本不算什么。

一句话好像耗费掉她所有的力气，柳絮宁塌着肩膀，低头往外走。柳平在后头直唤她，两位老人按住他。

"叫她干什么？"

"爸，妈，她又不住梁家了，以后就要回我们柳家了。"

"胡说些什么，她不住梁家关我们家什么事。"

…………

像被密密麻麻的针齐齐扎在脊背，柳絮宁的头更低了一点，盯着地砖的格纹，却差点摔倒在台阶上。口袋里的手机在振动，是梁恪言的消息。他那边应该都要凌晨一两点了吧，怎么还不睡？

入目的是一张海滩的照片，背景的天边是橙红、橘红搅在一起的色块，近景之下，海面蓝得仿佛底下藏着新鲜的氧气泡泡。那些她曾经说能缓解糟糕心情的万能解药在此刻变得无效。

他那边才日落吗？

她问：你那儿不应该是半夜吗？

梁恪言说他在美国。

柳絮宁点开那张照片，发送：有点像我们那天玩枪战游戏的时候，在 X 城碰到的日落！

梁恪言说明年夏天去这里好不好。

她没有表露出自己对海的喜欢,他怎么就笃定她会喜欢这里?可她的确好喜欢好喜欢,就像喜欢他一样。真的很没有道理,这才多久,他何至于让她如此喜欢。

暗了的手机屏幕里映出自己的脸,她与另一个自己对视,那双眼里有还未消散的委屈,有野蛮生长的倔强,也有不甘心的不服,还有怨恨。她也不知道自己在怨恨谁,梁继衷吗?柳平吗?还是贪心不足的自己?

可在看见梁恪言的这句话时,理智轰然崩塌,眼泪也一股脑地掉出来,她完全陷入失控状态,打字的手居然在炎夏都要陷入僵直状态。

模糊一片的视线里,她慢慢地打字:我又不喜欢海边,你老是瞎猜。

柳絮宁走后的书房内刚恢复一片寂静,梁继衷点燃一支雪茄,刚递到嘴边,门就被打开。

"她刚走?"许芳华问。

梁继衷没转头:"嗯。"

许芳华走到他面前,万分不解道:"恪言都已经把话说到这地步了,你又是何必呢?"

梁继衷冷笑一声:"他不这样说,我或许会放他们一马,但他现在就已经神志不清到为了柳絮宁忤逆我了!他年纪小不懂事,你也不懂事?现在不阻止,以后还得了?"

见丈夫如此,许芳华觉得好笑。示弱便会放他一马?她了解孙子,也了解相敬如宾几十载的丈夫。若梁恪言示弱同意,他会觉得自己梁家的继承人毫无傲骨、胆怯懦弱;若梁恪言反抗,他又觉得自己的权威被挑战,对孙子的惩罚只会得寸进尺。

放人一马?这词无论在何种情形下都是不存在的。

妻子背着自己做了什么,梁继衷是知道的。但他不明白,许芳华会让于天洲汇报梁恪言的情况,也会独自叫来梁恪言敲打他离柳絮宁远点。他不过就是做了和她一样的事情,他们为着同一个目的而行进,她此刻的怒意又是为何?

梁继衷将目光落在窗外,轻轻地叹气:"你啊,妇人之仁。"

回到公司的时候,大家刚刚结束午休时间。Cindy 没多说什么,按部就班地和柳絮宁说着实习期要做的主要内容。只是柳絮宁觉得,其他人看她的眼神有些不一样了。

实习的第一个下午总归不会太忙碌,柳絮宁摸鱼的时候,还会觉得很愧疚,左顾右盼妄图找点事做,以让自己摆脱这种无所适从的尴尬境地。不过幸好,其他实习生似乎也没事,有人陪着,空虚的心就踏实了。

柳絮宁中途去上了个厕所,出门时恰巧看见 Cindy 在和上午来找她的女人说话。她清楚地听见了自己的名字，那女人说要多照顾照顾她。Cindy见多了这种事，见怪不怪，只是女人后面跟了句"照顾得明显一点也无妨"。

Cindy诧异。

柳絮宁在原地站了一会儿后，若无其事地回到自己的办公位。

梁锐言的消息是在这时发来的：爷爷找你？

该面对的总要面对，她回了个"嗯"。

梁锐言：什么事？

我回家了再和你说吧。

敲下这些字，她又一一删除，打字：我以后不住云湾园啦，今晚搬出去，地方早就已经找好了。

打出"早就"两个字的时候，她想，这算不算是一种骄傲的偏执？这两个字一左一右地落在她的肩膀上，顶起她的下巴和头颅。她才不是被梁家赶出去的，她早就想要离开这个地方了。

梁继衷当然没有特地找过柳絮宁，梁锐言从知道这个消息开始就暗觉不妙。如周行敛说的，如果梁家不同意他和柳絮宁在一起，又怎么会同意哥哥和柳絮宁在一起呢？爷爷找她，只可能是因为一个目的。

"不玩了，梁二？"今天朋友攒了个局，见梁锐言出去了一会儿回来就要走，好奇地问。

"嗯。"

"行吧。"朋友说，"过几天再来。"

梁锐言翻口袋找车钥匙的空隙，抬头看他一眼，语气全是不耐烦："隔三岔五聚什么聚？"

朋友站起来，压低声音："这局的主角是谁，你不清楚？那一圈，喏，就那一圈——"他下巴往最里边的沙发一抬，"都冲着你来的。"

"你不知道我？"

"这不是今时不同往日咯。你那个宁宁都跟你哥那什么，那其他姑娘大着胆子想上跑道有什么不对的？一不作奸犯科，二不阴谋诡计，追求真爱有什么——"

"宁宁和我哥？"梁锐言打断。

见惯了梁锐言那副吊儿郎当公子哥的模样，突然看见他皱起的眉和冷飕飕的眼神，朋友愣了一下，反应过来，心中冒出一个惊悚的想法，天下皆知的东西，梁锐言这可怜鬼该不会不知道吧？

"你怎么知道？"梁锐言问。

他哥说的？

"那几个女生说的啊，大家都在大学城这块，一来二去的不就知道了嘛。"

"一来？"梁锐言冷笑，"是从哪里来的？"

朋友心里也是纳闷，这人到底是知道还是不知道？

"这柳絮宁走在马路上被人要联系方式也是常事,对方被拒绝的时候,顺带问一嘴有没有男朋友,她也没藏着掖着,就说有啊。"

朋友说到后面有些难以启齿,这该怎么说?别人问是不是梁锐言,柳絮宁说不是,对方又问那是谁,柳絮宁答得不带任何犹豫:"梁恪言。"

对方目瞪口呆,配合柳絮宁坦坦荡荡的面庞,好像听了个鬼故事。

这是事实,但朋友没有勇气把如上事实告诉梁锐言,尤其眼前这人浑身低气压弥漫,他大气也不敢喘一下。

梁锐言拿过外套,说了句"知道了",然后往外走。

碰上见鬼的晚高峰,这一路也是够堵的。梁锐言盯着迟迟不变的红灯,怎么也想不明白,柳絮宁可以如此坦然地说出口,可以如此坦然地让他哥哥见光,凭什么?

误入山野,看蝴蝶飞来飞去,可他最喜欢的那一只停留在别人的肩头。可是她明明是先靠近他的。

他嫉妒得要发疯。

车在别墅门口停下,隔壁那栋别墅的恩爱夫妻正遛狗回来,看见他之后,互相对视一下,嘴角是微妙的笑意。这还不够,那男人又悄悄地多看了他一眼。

进门的时候,柳絮宁正盘腿坐在地上,仰头看着林姨,语气轻快:"没事的呀林姨,人总是要独立的,你不用担心我啦。不过,在家里的时候没有向你请教怎么做菜,的确是我失策了。"

说完,她笑了一下:"对了,你可以帮我拿一下剪刀吗?"

林姨说好,转身去拿。但这只是柳絮宁的借口,她似乎生来就缺乏和人面对面吐露真心的能力,也不愿流露真实情绪。她甚至不知道,这是习惯,还是本能。

柳絮宁拿着胶布,扯出一段长度,又用牙咬断。

她穿了件黑色的贴身背心,下身是宽松的家居裤,长发随意地盘成了一个丸子头,一副轻快闲适的模样。

可她马上就要整装待发地离开他。

"柳絮宁。"梁锐言走到她面前,蹲下,视线与她平行。

柳絮宁对他的到来并不意外。上午淋了雨,下午打了几个喷嚏,柳絮宁觉得脑子有点发胀,像发烧的前兆,她想尽快收拾完。

"嗯,你回来了。"

"为什么这么突然?"

"不突然呀,我很早的时候就在看租房信息了。你不是知道吗?"

梁锐言的身形顿在原地。

林姨拿来了剪刀,刚走到转角,看到眼前的画面,踟蹰了一下,又转身离开。

"我只是……"梁锐言的语序有些混乱,"我无意间看到的,所以就点进去看一下,因为……因为很奇怪,我就是……"

他越说越烦躁——为自己解释不清的居心。

算了,解释不清就不解释了。

"我不想你离开我,我想你永远和我在一起。"他抽去她手里的胶布,扳着她的肩膀,让她和自己面对面,"我们已经在一起待了这么多年了,没有你我会不习惯的,你没有我……"他噎了一下,"也会不习惯的。你应该永远和我在一起。"

她奇怪地看他:"这世上没有人是可以永远在一起的。"

真平静啊。她好像从来没有生气过、发泄过、歇斯底里过,为什么?是不值得吗?可她为什么会带着羞怯与笑意告诉别人她和梁恪言在一起了?

"好啊,你知道就好。你和梁恪言也不可能永远在一起的!"

"我知道。"她的神情没有波动,却像一片被烈日暴晒过的叶子,人蔫蔫的,不自觉地垂眸逃避他的眼神。

发泄的怒火撞上平静的屏障,只会被反弹个彻底。梁锐言只觉得眼前一片眩晕,握着她肩膀的手不住用力,直到她皱了下眉,抬眼看他,眼里泛着一点水光,如林中小鹿遇到闯入者般怯惹人怜。

梁锐言下意识松开,想问自己是不是掐疼她了,可话还没说出口,柳絮宁已经神色如常:"我刚刚的眼神是不是很可怜?"

梁锐言不知何意。

"我进你们家之前,就天天在家里的镜子前练习,要怎么哭才最能让人心疼,眼神应该怎么样,眉毛应该怎么样,眼泪到底是掉下来好,还是含在眼里好。"

"你……"梁锐言怔住。

"还不止这些。"她娓娓道来,随意得像是在讲述陌生人的人生,偶尔来两三句刻薄至极的评判。

柳絮宁看着梁锐言不敢置信的眼神,到最后时,他用力地看着她,紧紧蹙眉,仿佛在透过她的脸看一个陌生的人。

意料之中,所以她并不惊讶。

"可是为什么要这样?"

"什么为什么呀。"她眼睛弯弯的,"这不就能进到你家来了吗?不然我还要熬好久好久呢。嗯……其实有些人努力一辈子也过不上这样的生活,可我只需要做这么一点点坏事,再借着我妈妈的名头,就能轻松地得到了。"

如同一种世界被重塑的痛苦袭来,他死死盯着她,怒意勃发显现在脸庞上,毫不掩饰。

"我很差劲的。"她的声音似浮在空气中的柳絮,风一吹就能散个彻底。

叫的车很快就到了,挂断司机的电话,柳絮宁站起身准备上楼换衣服。

手腕却被他死死抓住,柳絮宁对上他的视线,听他道:"你不是这样的人,重新说。"

"梁锐言,不是听到你想听的东西才叫答案,你不想听的、不接受的,是答

- 278 -

案,也是事实。"

车来得很快,工作人员帮她搬箱子。梁锐言站在门口,看着他们进进出出。最后一个箱子搬完,梁锐言挡在她面前。

"可以告诉我,你住在哪里吗?"在柳絮宁开口前,他先一步说,"我不会去找你的,你放心。可你从来都没有一个人生活过,万一有点什么事呢,没有人知道你在哪里,怎么办?"

柳絮宁想了想,告诉了他地址。

"OK!"得到答案,他洒脱地挪步,为她让出一条道。可柳絮宁没有动,衣角被她揪得皱巴巴的,像一团废纸。

"刚刚那些话,你可以不要告诉梁恪言吗?"

梁锐言不知道她眼里的乞求是如她方才讲的虚情假意,还是真情流露。如果是前者,她还真是彻彻底底地将他当作玩弄的玩具;可如果是后者,他情愿是前者。

因为喜欢梁恪言,因为他很重要,所以她不希望在他心里留下这样的印象吗?

"那怎么和他解释你要搬家的事情?还有爷爷那边,他肯定会知道的。"

"我知道,我会说实话的。"

一个唾手可得的机会摆在眼前,无后顾之忧地圆她的学业梦,为此选择和梁家断得干干净净,这没什么说不出口的。可撕开伪装上佳的表皮,透过淋漓骨血,把她这颗天生肮脏的歹心摆到他面前,她做不到。

自私和恶毒,是截然不同的东西。

"所以,你可以不要告诉他吗?"

心脏如被用力地搅动,梁锐言觉得连指尖都是刺痛的。

他又怎么会有能力拒绝她呢。

柳絮宁坐上车,想扭头找梁锐言和他说再见,可他没有回头。

没多久,梁锐言听见车子发动的声音。好没道理啊,如此自然地和他道了别。因为不在意,所以不需要踌躇,不需要小心翼翼,不需要珍而重之。

车开远了,他才转身。隔壁栋那对夫妻依旧在这条道路上散步。

梁锐言走到门口,冷冷地问道:"叔,你女儿今天没陪你遛狗?"

男人一惊,还没开口,身旁的妻子奇怪地重复:"女儿?"只需几秒,她反应过来,不敢置信地叫唤丈夫的名字,随即整个空间里充斥怒骂与尖叫。

其他别墅里的保姆们借着出门倒垃圾的由头围观了一场好戏。

梁锐言大步往里走。

他可以在柳絮宁身上吃亏。至于其他的,绝不可以。

第十一章 /
委屈

　　Cindy 的照顾的确明显，全组实习生都获得了可大可小的任务，只有她一个人无事可做。她主动询问 Cindy 有没有她需要做的，对方温和地笑着说目前还没有，可说完这些后，Cindy 立刻叫了另一个男生过来做一份海报。
　　到了饭点，大家相继下楼吃饭，有人带了自家做的熏鱼，热情地分享，唯独忘了她。
　　她佯装无事地坐在原地，可等待让她如芒在背，心像被浸入浓度极高的柠檬汁中，酸酸涩涩。
　　到最后，她只能告诉自己，没事，她最讨厌吃这个，给了她也是浪费。
　　只是，原来蚍蜉是撼动不了大树的，敢违背既定线路走，那连自保都成难题。
　　鼻子堵塞的时候，柳絮宁想，这该不会是发烧的前兆吧？
　　屋子里没有体温计，也没有药，她半眯着眼睛打开外卖软件搜索。
　　38℃，低烧。柳絮宁吃了药，困意上来，她缩在被子里，突然想起还没有请假，于是又爬起来去找手机。
　　卧室没有关灯，空间里一片敞亮，后知后觉的陌生感如潮水般袭来，冲得她混混沌沌。
　　和 Cindy 请过假后，她继续躺进被子里。她疑惑地想，自己到底是认床还是认那个纸醉金迷的地界，生病果真让人娇气又脆弱，什么乱七八糟的想法都可以如野草般滋生。黑掉的手机屏幕又突然亮起，是梁恪言打来的视频电话。
　　他在美国的话，现在应该才六点多吧，怎么这么早就醒了？
　　她把摄像头调成后置，按下接通，这样他就看不到她了。可是当他的脸出现在自己眼前时，她却忍不住落泪。泪水从眼睛滑落，淌到枕头上，湿漉漉的触感贴着侧脸。
　　"接这么快。"他笑了一声。
　　"嗯。"她只敢发出这一个字。
　　"在干什么？"
　　"画画。"
　　"怎么不把镜头转过来？"

"不。"

"为什么不？"

"就不。"

他似乎是在走路，有柔和的女声和他说了一串英文。

一晃而过的镜头里，外面的天还蒙蒙亮，是清透的蓝色。

下一刻，他看向镜头："我想看你，好不好？"

被子被柳絮宁拉到鼻子以上，她轻轻地抽泣，眼泪掉得更凶。她伸出手去拿床头的纸巾，抽了一张之后直接盖在眼睛上。

她有这么好的演技，却无法支撑这短短几分钟的镇定。

"梁恪言，我骗你的，我发烧了。

"我刚吃过药，所以我现在要睡觉啦。我们明天再视频吧。"

那边沉默几秒，问："可是你怎么哭了？"

情绪像水龙头堵住的水，因为长年累月的不作为与忽视，所以和斑驳的水管一起生锈。她心知肚明无法再流出，却因为他的一句话而流了个彻底。

"因为鼻子塞住了，好难受，喉咙也好痛，我可以不说话吗？"她的声音沙哑，又带了点软和，撒娇味道更重。

过了一会儿，那边终于传来一句好。

几乎是在这句话落下的后一秒，柳絮宁就立刻挂断了电话。她丢掉手机，彻彻底底地躲进被子里。空无一人的房子里，她不敢关灯，却又矛盾地想藏在黑暗里。

药效上头，困意袭来的前一秒，她想，她也很想他啊。

于天洲坐在副驾驶座，看见梁恪言一直盯着手机屏幕，却一声不吭。

从他的角度望去，只能看见梁恪言微皱着眉，有些困惑。车子驶出的时候，他仿佛一瞬清醒。

"给周叔打电话。"

于天洲立刻说好，拨通周叔的电话。

电话开的免提，梁恪言平淡地询问梁锐言最近有没有回过老宅，周叔说没有。梁恪言没说话，周叔似乎意识到什么，说但是宁宁来过，是梁继衷找她有事。

"可以了，挂掉。"梁恪言说。

电话结束时，于天洲快速扫了眼梁恪言，他的脸上没有任何伪装的冷漠。

美联航禁止语音和视频通话，所以于天洲不知该不该在这时告诉梁恪言，邝行鸣在前几日回国后就已经放出了自己收购万恒百分之二十八点五股份的消息，一时之间，市场哗然。随之而来的，是梁安成这边打来的电话。因为时差问题，交接总是相错。

到如今，他实在不知道对于梁恪言来说，这些事的轻重缓急了。他只能肯定关于柳絮宁的消息才是最重要的。

也没有思考许久，于天洲一一向他汇报。

梁恪言靠着座椅，脸上是烦躁表情，撂下一句回国再说。

于天洲心下了然，只希望航班不要延迟，耽误这位心情难辨的小梁总回国处理一堆接一堆的事情。

结束十几个小时的飞行，跋涉逾千万公里的路程，飞机落地青城的时候，机场外下着大雨。司机在P2停车场等待，上了车，梁恪言让于天洲从人事部要来姜媛的联系方式，对方几乎是秒通过。他于是问来胡盼盼的手机号。

第一通电话拨去时提示占线，他摁断后，梁继衷的电话正好打来，知道他回国了让他明天回老宅吃饭。

于天洲听着他语气谦逊如常地说好，甚至还能和老爷子你来我往地谈笑打趣，心中突然一阵感慨，这果真是人生如演戏最清晰直观的具象化了。

结束虚与委蛇的交谈，梁恪言继续打胡盼盼的电话。长久的"嘟"声之后，电话终于呈接通状态，他直截了当地询问柳絮宁的地址。

"啊？"女生万分诧异，"什么搬家？"

梁恪言当即明白了胡盼盼并不知道。这已经是他这几个月不知道第几次觉得柳絮宁难猜，几次接触下来，他想当然地以为胡盼盼是她最好的朋友，也许的确是，可这关系无法支撑她将秘密倾吐。

柳絮宁果真是掩藏秘密极佳的选手。秘密无法倾诉，情绪无法发泄，他莫名想到她一个人消化的场景，又回忆起十几个小时之前她在自己耳边哭的声音，连哭都是竭力抑制着。

十几年前，她被梁安成领进家门，用一双楚楚可怜的眼睛看他，他觉得她太刻意地把心思写在脸上。后来她做的那些事，他又觉得她的演技太差，是不是没做过什么坏事，所以总是露出马脚，笨得有些可爱。

伪装当然是缺爱者的保护伞，在金银细软与丰盈爱意里长大的人，甚至不知道如何伪装。

他被回忆的磁场干扰，只觉得心口发疼。

"对了，好几天前就有一个男的老是在我们寝室楼下打转，还问我她什么时候回来。"胡盼盼想起什么，突然说。

"那男人长什么样？"

"嗯……中年男人，穿得像土大款，和宁宁长得有一点点像，不过也就乍一眼看像。"

"好的，我知道了。"他正要说谢谢，电话那边，胡盼盼身边似乎有人，在问她是谁打来的电话。胡盼盼没捂听筒，直接说了句"宁宁的男朋友"。那人意味深长地调笑一声，说："啊，传说中的梁恪言咯？"

十几个小时的行程下，铁打的人都受不了，于天洲滔天的困意却在这一刻骤然消失，只因后座的梁恪言故作平静问出的那句"你们怎么知道"。

通话时长又无端延至五分钟。挂断电话，梁恪言说了句去云湾园。

车在别墅门口停下，于天洲问他明日是否去公司，梁恪言急速下车，车门也没关，和于天洲说等着。

于天洲点点头，心里暗叹一声，坐回位子上。也是作孽，还不如在公司上班呢，现在时时刻刻提心吊胆。

梁锐言就在房间里，哪儿都没去。窗帘四合的房间里，昏暗是主色调，屏幕里光线四散变换，在他的脸上游移。

"柳絮宁呢？"梁恪言推开门，没走进去，直接问。

梁锐言没看他，眼里有促狭的笑意："你不知道啊？"他转了下遥控器，"你都不知道，我一个局外人能知道什么？哦，我想起来了，爷爷让你们分手来着吧？"

"她发烧了。"

遥控器倏然停住，梁锐言紧张地站起身，那点嚣张的气焰顿时湮灭，只一股脑地报出一个地址。

梁恪言说了一声谢谢。

梁锐言随意地抓起床上的衣服套上，正要跟着往外走，梁恪言回身，一把抓住他的肩膀。

"哥——梁恪言！你干什么？地址是我告诉你的，你凭什么拦着我！"

梁恪言看着他，手中的力道随着说出口的话一点一点地加重："阿锐，你一个局外人有什么去的必要？"

梁锐言挣扎开，与他相对而立："你以为你能和她一直在一起？最后你也只能跟我一样，落得一个局外人的下场！"

梁恪言忽地哂笑一声："总归是比你从没入局要好。"

如意洲，地铁八号线终点站，地段缘故，这块地方的房价一直以来都比其他区要便宜许多。梁恪言想起柳絮宁实习的地方，和这里应该是有些距离的。

和她说北蕉路那块地方治安不好，她找的地方还真就离那里远远的。担忧之余，梁恪言想想又觉得她可爱。

于天洲难得捕捉到梁恪言此刻的些许放松，就听见他问起梁安成最近在忙什么。

他心里痛苦地再叹一口气，这小梁总精力真是旺盛到无处发泄，一点儿也不闲着吗？

"梁总和乔总最近看中了王民昊董事长离世前曾经开发的西城区项目。"

牵扯到的这几个名字对于梁恪言来说再熟悉不过，在王锦宜全盘托出的当天晚上，他拜托张亚敏查了这几家公司。彼时张亚敏正在醉生梦死，难得有梁恪言让他帮忙的时候，他优哉游哉地敲了一大笔竹杠，临了还不忘笑眯眯地问梁恪言会不会生气。

梁恪言刚收入一场胜仗,心情也极佳,笑着说:"你也就这一次机会了,敲多点无妨。"

梁恪言没想到,梁安成和周家那个不成器的儿子还有几分相似,走一步便是一个深坑。

没有思索几秒,他便给梁安成打去了电话。

"爸。"

"回来了?"

"是的。爸,吉安旗下的西城项目不好做。"再过二十分钟,就能到如意洲,他做事讲求效率,何况是和自己的父亲说话,他将可能存在的风险告诉梁安成。

这本就是王民昊设的局用以和王家旁系的斗争,自然漏洞百出,梁恪言的确没有想到梁安成就是如此恰好地看中了这个项目。

梁安成没立刻说话,冷笑了一声:"你在跟柳絮宁谈朋友?"

梁恪言已经想好了,如果梁安成问自己是怎么知道这些内幕的,他应该给出什么样的说辞,而不会将他手里所有的资本诉诸于口,但梁安成是他的父亲,于情于理,他都不希望梁安成盲目地踏入这个坑口。却没想到,他将话题直指柳絮宁。

"是。"没什么不好承认的,这没有违反伦理纲常,也没有触犯道德底线。

"你倒是什么人都敢下手。"

"我吗?爸,您才是。"

"梁恪言!"

这些人怎么如此轻而易举便可以被激怒?梁继衷是,梁安成是,梁锐言也是。

梁安成怒斥:"你知道自己在做什么吗?"

梁恪言语气坦然:"我很清楚,比任何人都清楚。"

"你清楚的下场就是她被你爷爷赶出梁家!赶紧给我断掉!"

梁恪言摘下眼镜,轻度近视下,车窗外的景色略有点模糊。念头的转变只在一瞬之间,他不准备提醒梁安成了,如果可以的话,必要的时候他还可以推对方一把。

"爸,您何必用'赶'这个字。"

她才不是被赶出去的,她是自愿的。

前头,蓝底白字的指示牌很显眼,马上就到目的地了,他却突然升起一股紧张的情绪,他已经很久很久没有被紧张与害怕裹挟过了。

"何况,您怎么知道我不能带她回去呢?"

没有等梁安成再说话,他便挂断了电话。

落地机场才几个小时?他打了许多电话,也接了许多电话。每个人都明里暗里地来提醒他分手,可扪心自问,这些人里,哪个手中握的实权可抵他一分一厘。既然他拥有权力,凭什么还要听他们摆布?他们有什么资格让他听话?

梁恪言将手机丢在一旁的座位上,连同那些愤怒与不甘,一起埋入漆黑的世界里。

柳絮宁睡到早晨,起床量了一次体温,还处于发烧状态。屋漏偏逢连夜雨,发烧让生理期提前,量更是多得惊人,丝丝缕缕的疼痛从小腹一路向上,缠绕着她的思绪。

不过也好,不然到时结束了发烧的痛苦,还要再经历一次生理期的疼痛。

吃过发烧药,她不敢再吃布洛芬,猛灌下两大杯热水之后,她又昏昏沉沉地睡去。

烧到神志不清的时候,她都分不清现实还是梦境。梦里门铃好像响了许久许久,她拖着如被坠石压住的身子,挣扎着爬起来。最近花了好多好多钱,她有点心疼,还不舍得装可视门铃。她趴在门板上,想从猫眼处往外看,可惜眼睛实在无法聚焦。

算了,梦里被人害死就会醒的,随便吧。

她打开门,看着站在自己面前的高大男人,心想,真是好运气,做的居然还是一个美梦。

他小心翼翼地抱住她的时候,她觉得这颗冰冷的心也被他炽热的手抱在了怀里。

独自面对梁继衷的时候,她知道,眼泪不是能让他心软的工具,她只能冰冷又坚强地昂着头颅,告诉所有人,她不在乎,她丝毫不在乎。

可她好在乎的。

本就酸涩的眼睛眨了眨,眼泪就失控地掉下,每哭出一声,喉咙就迸出干涩的疼痛。

她也紧紧回抱住他,真实的触感紧贴着她,她于是哭得更凶,声音却轻,像断断续续的絮语。梁恪言一句也没有听清,却不妨碍他那颗心软得一塌糊涂,他亲着她的头发、眼睛、鼻尖,最后停在她的嘴唇上。

"好久不见,宝贝。"

很轻很淡,让人欲罢不能的吻。

随之,是他落在耳边的声音,像密集的电流一波波地落下,从耳郭传至紧紧抱着他的手臂,指尖都发着麻。

柳絮宁迟缓地抬起头来,梁恪言掐了下她的脸,问她怎么这样看着他。

好熟悉的亲昵动作,柳絮宁想把手抽出来抹眼泪,刚动一下就被他牢牢箍住。

"抱着。"他的声音不大,有平常没有的温柔,却意外地带着点强势。

眼泪糊得脸很湿,柳絮宁索性埋到他胸口,把泪水一股脑全擦到他的衣服上。这触感很真实,她终于笃定,这不是梦。她等待着他的问题,可他什么话都没有说,只安静地抱着她。

柳絮宁先忍不住了,于是问:"你怎么知道这里的?"

不过，这问题问出来也是白问，她只把地址告诉了梁锐言。
"阿锐说的。"
"嗯。"
来的路上电话太多，加上对她的担心，这些东西占据了他的情绪。此刻终于见到她了，混乱跳动的心平静下来。
只把新地址告诉了梁锐言，梁恪言想想是有点不爽。

他松开一只手关上门，两人站在玄关处，他问柳絮宁要不要换鞋。
柳絮宁点完头，想起家里没有男士拖鞋，她又说不用了。
她是不是一点都没有想过这个地方会有他的存在？
梁恪言没再多纠结这种问题，摸了一下她的额头，热度似乎没退。
"饭吃了吗？"
"没有。"
"想吃吗？"
"不想。"
"那我给你煮粥。"
"那你还问我干什么？"
见她瞪着自己，梁恪言就觉得好笑，她知不知道自己现在这副模样再凶神恶煞透露出来的也只有狐假虎威的虚弱气势。
"万一你有想吃的呢？既然你没有想吃的，那只能听我的了。"他拍拍她的脑袋，让她回房间躺着。
梁恪言打开冰箱，里面空无一物，厨房里也是许久没有开过火的模样。环顾一圈，他有点无语，拿出手机下单。
柳絮宁其实有很多很多话想和他说，但烧还没退，眼压高得难受，她实在睁不了太久，又捂着肚子回到床上窝着。
躺着躺着，她就睡着了。等她再醒来的时候，是被外面炒菜的动静吵醒的。她喝完了床头的一整杯水，拿着杯子出去的时候，梁恪言还在厨房里，衣袖挽到了手肘，正将面盛进碗里。见她出来，他揶揄她醒得挺及时。
也不知是什么心思作祟，她突然说了句"不是说好了喝粥吗？我不要吃面啊"。
梁恪言挑了下眉，眼里袒露明晃晃的愉快："有胃口了？那我给你煮粥。"
应该是眼压还没下去，她又有想哭的冲动。她以前真没觉得自己那么爱哭。
按理来说，一个正常人都不应该在此刻再放纵品尝这份甜蜜的毒药，再精致漂亮的外衣也掩盖不住其一击致命的本性。柳絮宁不知道梁继衷从何得知，但他的确抛出了一个对她来说无比诱人的饵。她那时候甚至想着，既然小时候可以骗过他们，那长大的自己应该也可以吧？她想要留学机会，更想要梁恪言。鱼和熊掌，她可不可以贪婪地同时拥有？
可是很遗憾，也很可怕，她居然不想这样。

她只能避无可避地对自己坦白,她发现了一件很糟糕的事情,梁恪言对她来说是很重要的人。

这样一点都不好。

她只有那么一点点东西,可他就这样爬上了她心口那座金字塔的顶端。而他呢,他有太多太多的东西,那个张口就可以说出的爱,那些大手一挥撒去一大半仍能称作富足的家底,那堆充盈他人生的关爱和围绕他身边的阿谀奉承。在这样的人身上,她该有自知之明,人在短暂的沉沦与依赖之后,是不得不迎来清醒的。

"干吗对我这么好?"柳絮宁突然问。

"喜欢你,所以想对你好。"梁恪言没有任何犹豫,又看了眼还没收拾过的厨房,觉得她小题大做,还有点夸张,"不过,这样就算好了吗?以前你生病,林姨不也是这么照顾你的。"

为什么要举这种例子,这无异于诡辩。

柳絮宁说:"可是我不会这么对你。"

梁恪言道:"我没有要你这么对我。"

"你怎么不问我为什么突然搬出来?"

梁恪言看了她一眼,没说话,又低头开火。

原因很简单,一件接一件的事情凑在一起,在所有的事情中,立刻见到她是最重要的。他还没有时间思考要编什么理由,也没有工夫去想这些事到底是该清晰地挑破,还是稀里糊涂地过下去直至走到悬崖边上。

"你又开火干吗?"她皱眉问。

他奇怪地看着她,好像她问了个莫名其妙的问题:"你不是要喝粥?"

"你干吗要这样啊?"柳絮宁突然有点生气,但她都不知道为什么生气。稍微提高点音量,喉咙都要发痛,痛得她忍不住咳嗽起来,"我真的没有办法用同等的方式对你,为什么要在我身上做慈善?"

水在锅里"咕嘟咕嘟"地冒着泡,成为此刻房间里唯一的声源。

很少有人对梁恪言这么说话,他快速地回想着,上次如此还是几个月前,酒店的 VIP 休息室里,她气势昂扬地逼问他。

也是稀奇,每次都是她。

私人飞机航线需要提前申请,他没工夫等,所以选择了坐早班飞机回来,时间太赶,甚至没有商务舱。他人生里唯一一次坐经济舱是和她去泉城的那次。这事可真可怕,怎么又是和她有关?十几个小时的飞行航程,落了地,接了一个又一个的电话,从这里跑到那里,又从那里跑到这里。甜言蜜语这些虚头巴脑的东西他不需要,但咄咄逼人的质问他也一概不收。

她怎么总是这样,他不知道梁继衷和她说了什么,但独自收拾行李离开了家,又发着烧,看见他后泪眼婆娑地抱住他,应该是受了天大的委屈。为什么她在别人面前柔柔弱弱的,在自己面前却是爹起刺的刺猬?

梁恪言越想越觉得火大:"我是挺想问你,爷爷找你说什么了?"
"他让我们分开。"
"条件呢?"
梁继衷在生意场上追求资源置换,在这种事上自然一脉相承。
"他说会送我去留学。"
他不是蠢货,她也不想编出什么乱七八糟的理由。
"你同意了?"
她沉默了一下:"我也不能无条件地、毫不付出却一直获取你们家的好处。"
梁恪言打断:"所以这次你想靠付出点什么来问心无愧地获取好处?"
柳絮宁的唇色发白,笔直地望着他。就算没有镜子,她也很清楚,自己眼里流出的愧疚。

梁恪言听着她的话,所有东西都指向一个答案,自然是他自己。
他撑着料理台,安静地搅着锅里的粥,直到它变得又浓稠又黏糊。
良久,他抬头,有点不解:"为什么要放弃我啊?"
柳絮宁是第一次见他这副模样,心脏混沌又潮湿地跳动着,她有一瞬间只想丢盔弃甲。可是她宁愿告诉他,自己在利益与爱情之间选择了前者,也不希望他的爷爷告诉他,她是天生坏种,在尚且只有五六岁的年纪就敢在心里筹谋如此恶毒至极的想法妄图挤进他们梁家这样的金窟。
"我只有你。"

真厉害,短短四个字是她抛出的正大光明地放弃他的理由,却在致命一击时,还朝他投来一道信号——因为他是她手里唯一且最重要的筹码,他是特殊的,是独一无二的,于是他只能被放弃。
怎么能这么轻而易举操纵他的情绪。喜欢上她真像是闯关,要从未受过委屈的他平白无故受这么多气。
"柳絮宁,你说话真是够厉害的。"他声音很冷,听着像嘲讽。
柳絮宁不知道该如何回答,只能沉默地应下他所有的评价。她难过地自圆其说,说好了不骗他,她说出口的字字句句也的确没有骗他吧。
梁恪言从小时候起就明白,一个对话想要继续,一件事情想要推进,其中一方必须理智,他一直以来都担任理智的那个角色。可看看她,脸色苍白,眼里还含着悬悬欲坠的泪珠,整张脸却是冷而决绝的。
她居然是冷静的那一个,而他是个气昏了头的跳梁小丑。
梁锐言这蠢货说得可真对,他也要出局了。

"柳絮宁你不觉得你这个人很残忍吗?你很擅长把人弄得乱七八糟的,你知道吗?"
"可我没有做什么。"

- 288 -

他眼底漆黑一片,声音带着努力克制后的平静:"你不珍惜我,你会后悔的。"

一切都静悄悄的,她低下头,盯着自己的鞋尖撒着谎:"但我现在不是很后悔。"

这么好看的一张嘴,怎么能说出这么难听的话。

那些被丢弃的愤怒把他包围了个彻底。还待在这里干什么?他不如回家去倒时差。

想到这里,梁恪言不由得冷笑一声:"知道了。"

柳絮宁看着他朝自己走来,肩膀短暂地相碰,他又毫不拖泥带水地离开。

她已经料想到了他猛然关门的声音,可身后的动静很轻,只有一声门锁上的声音昭示着他的离开。房间里很安静,楼道里也是。

静得她只能听见自己的心跳。难受陡然之间占满她心脏为数不多的空间,不仅是身体上,更是心里。想哭的念头再次涌上来,无所谓了,他又不在。看房的那天,上一个租客很坦诚地和她说这房子隔音一般,房租可以酌情再减。所以她不敢放声大哭,只克制地哭泣。喉咙干涩发肿,哭泣散在空气里,叫人疼痛。

两三分钟之后,门被敲响。此情此景,只能是梁恪言了。但柳絮宁不明白他还上来干什么。她用力地抹了抹眼泪,调整好呼吸,走过去开门。

门一开,他就走进来,没说话,也不脱鞋,大步往厨房走。

柳絮宁吸了下鼻子,心里埋怨他这人好没礼貌,进别人家鞋也不脱。可他根本没瞧她一眼,关火之后目不斜视地离开她。

接到梁恪言的电话时,谷嘉裕正在和朋友喝酒。谷嘉裕爽快地报出地址,报完之后,他回过头想了想梁恪言当时的语气,听着似乎心情不大好,他当即有点后悔。

梁恪言到的时候,没和谷嘉裕打招呼,一个人安静地坐在一角。这里的调酒师个个都是人精,知道眼前这人来头大,于是主动询问梁恪言要喝什么。梁恪言没什么心情说话,指指谷嘉裕那边。调酒师秒懂。

等谷嘉裕知道这事的时候,他往后头扫了一圈。这人什么情况,问他在哪儿,来了又不找他,还要蹭他的酒?

他刚起身,几个朋友"哎哎"两声:"你搞什么,要丢下我们?"

谷嘉裕说:"那是我的赤裤兄弟,是你能比的吗?"

他径直走到梁恪言面前,往旁边一坐,摆出夸张的神情:"来了却不叫我?"

梁恪言正走着神,听见谷嘉裕的声音,才扫他一眼:"嗯。"

谷嘉裕觉得奇怪,他往日警惕得很,背后也跟长了眼睛似的,有人多看他几眼他都能注意到,今天倒是放松。

"不叫我,那你问我在哪里干什么?"

"随便问问。"

这回答也是敷衍。

谷嘉裕此刻看出点微妙的苗头，揶揄道："你心情不好啊？"

"没有。"

"没有心情不好，那你来这里干什么？"

"你不是也在这儿？那你也心情不好？"

"你这个人嘴这么硬干什么？"谷嘉裕越看他这样子越想笑，"我帮你回忆一下啊，你小时候不想画画翻墙跑出去，结果被家教老师和你爷爷揪回去的时候，就是这个死样子。我记得阿锐和宁宁当时还在楼下直直盯着你看，稀奇得很。哇，那个场面！目的没达到，事情没做成，碰了壁，很丢脸，又很不爽。"

"说说呗，在哪里碰了壁？谁又让你不爽了？"谷嘉裕没等他回答，又自顾自地猜测，"不会是我们宁宁吧？"

谷嘉裕的妈妈天天跟富太太们打麻将，梁家最近那点事他也是一清二楚。谷嘉裕站在梁恪言这边，自然也是站在柳絮宁这边的，只可惜念头刚起了一秒就被他妈压下。别人家的事他去掺和什么。

梁恪言的动作停了一秒，又继续若无其事地倒酒。谷嘉裕心知肚明，毫不克制地笑，笑完问他到底怎么了。

"小矛盾，不重要。"

梁恪言没把自己感情上的事情告诉别人的癖好，看似清醒的旁观者也许可以站在清楚的角度上，居高临下地指点迷津，但真正想通，还需要靠自己。

"你一个人憋着，那你来这里干什么？"

"喝多了没办法回家。"

"占完我的便宜，还要用我的司机啊。你记得给钱——"谷嘉裕突然一愣，有个想法在心中冒泡，"你不会是要装醉，到时候给我的司机报柳絮宁的新住址吧？"

梁恪言看了眼他："被人猜中心思是挺不爽的。"

语气带着嘲讽，也不知在嘲讽谁。

打趣到此为止，谷嘉裕认真起来："梁恪言，你和梁二站在一起，我肯定是选你。你和宁宁站在一起，讲道理，我自然还是站在你这一边。谈个恋爱，造出这么多麻烦，又要受这么多气，何必呢？大家像以前一样相安无事，你和梁二还是好兄弟，和宁宁还是做回好兄妹，老爷子也不会生你的气，阖家团聚，多好。"

"我以前也受过气。"

谷嘉裕实在无语："死鸭子嘴硬。"

受气是一件很正常的事情，解决方法无非两种：忍下或是反击。忍耐以成倍的利益为出发点，反击则能在当下就获得相应的回报。但柳絮宁游离于此规则之外。忍耐之后，他得不到利息；至于反击，看见她鼻头红红掉着眼泪就足够让他心痛了。

走出她家门时，他在门口站了一会儿，听见她隐隐约约的哭泣声，细细碎碎，像竭力憋着。他又想起她委屈的哭诉。她说她脑袋疼、喉咙疼、肚子也疼。而他就这么把她丢在了家里。

他喜欢她，因着这份喜欢，他自认为她付出了许多许多，所以当投入一件事情却没有回报又被人当即推出当作代价时，他是不爽的、是愤怒的。

去英国的前一晚，他问自己，为了柳絮宁值得吗？

那一晚他根本没想出答案。但他现在明白了，这个问题的存在就很不合理。

将自己接下来要做的事情都归结于她身上，那也太自私了一点，不管是因何而起的念头，最终能拿到手中的却是货真价实的东西，是为他自身所用的利益。这不是没有回馈的努力，最大的受益方莫过于他自己，他何必虚伪地说自己是为了柳絮宁而改变，她又何必因为他的独自决定而承担这个莫须有的枷锁。

如今付出却没有收获自以为的回报，于是恼羞成怒。

他和她说喜欢她的利己性品质，现在却要反过头来指责她自私。

于己于她，都不公平。

人没有权力傍身做筹码时，是无法勇敢面对比自己厉害太多的人。梁安成、梁锐言都缺失十足的底气面对梁继衷，更何况是她。

谷嘉裕不擅长做知心哥哥，但他今日决定大发慈悲度一度眼前这位似乎已经走入死胡同的人。

"虽然你和梁叔关系不好，但你得承认，你能有今天，很大程度都得益于爷爷和梁叔，不然你以为你人生能这么顺利？为了宁宁抛弃这些东西，你小心吃苦头。"

"你说得对，我这辈子是顺风顺水。"

谷嘉裕"哎"了一声："朋友，上道。"

他这辈子顺风顺水，那么在柳絮宁身上吃点苦头也算是人生版图上的一桩喜事。他灌下一杯酒，说了句"走了"。

谷嘉裕还酝酿了一肚子的话，见状，他皱眉问："你这就走了？"

梁恪言"嗯"了一声："事情不过夜。"

行，他白说了。什么狗运气，认识梁恪言算他倒霉。

看着对方快步离开的背影，谷嘉裕不由得冷哼一声，继续坐回原位。

那边几个狐朋狗友早就注意到他了，揶揄道："赤裤兄弟丢下你跑路咯。"

一个两个都贱得可以。

出租车在小区门口停下，梁恪言下了车，边走边打开和柳絮宁的对话框，发了句"睡了吗"过去。

等他走到她那幢楼楼下时，对话框里还是没有新消息。他抬头看了眼，这边的视角能看到的应该只有客厅，一片漆黑。

站在紧闭的门前，梁恪言轻轻地敲了敲门，许久都没人应，手机里照旧没有消息。

他于是又发去一条：我在门口，可以开门吗？

还是没回。

无所谓，他也挺擅长吃闭门羹的。

梁恪言走下楼时，下意识仰头望了眼，原本漆黑一片的客厅正亮着光。心里也似轰然点亮了一盏灯，他忍不住笑了，三步并作两步，急速跑上楼。

五楼倒不至于让他气喘吁吁，他却非要沉沉地喘着气，发去一句语音："飘飘，给我开一下门，好不好？"

白日里和胡盼盼的那通电话还清晰地回响在耳边，女生似乎很惊讶他会问这句话，反而理所当然地说，她第二天就告诉我们啦。

她的定义里，第二天是什么时候呢？胡盼盼说，就是你们在一起的第二天啊。

梁恪言想起，那时两人坐在沙发上看电视，他在回一封国外邮件，偶尔一瞥她时便看见她和梁锐言的对话框，备注是很清楚的两个字——阿锐。这没什么，所有人都是这么叫梁锐言的。可后来看到她给自己的备注，端端正正又充满距离感的"梁恪言"三个字，真是让人心里蹿起一点嫉妒的幼苗。再后来，她在对话框里疯狂地打着字，脸蛋绯红，耳朵也红红的，眼睛的弧度弯起，灿烂得像装了一整个夜空的星星，又时不时咬着唇，不知道在和谁说着些什么少女心事。梁恪言不想看，更不想再不爽了，索性无视。

直到今天，被胡盼盼提起，他才后知后觉地猜测，她是在说他。

真荣幸，他是她隐秘羞怯的少女心事。

怪不得那天在舞蹈室，当梁锐言敲响门，而他拦着她不让她去开门时，她脸上的诧异如此明显。似乎犹豫摇摆，左右踌躇，想要确定好万无一失的退路才敢前进的是她，可下定决心做一件事后并不后悔的也是她。

通话最后，胡盼盼说："其实柳絮宁这个人心很软的。"

梁恪言看着依然关着的门和毫无回应的对话框。

是吗？

"飘飘，你的心这么硬啊？"

"我明天上午要开个会，先走了，你好好休息。"

柳絮宁点开语音，听到第三句时，门口响起脚步声，然后逐渐变轻。

八个小时没到，她不敢吃药，吃完他煮的粥后，躺在床上翻来覆去好久。她的脑子涨涨的，知道梁恪言在外面，于是立刻撑起身体爬起来，可又不敢给他开门。听着他低沉的声音，声音里有显而易见的疲倦。他连轴转后马不停蹄地过来找自己，是很困的。可她也好委屈啊，前头是傲睨自若的梁继衷，背后是柳家人摆齐了椅子优哉游哉看好戏，以解数十年前之厌恶。她孤身一人站在那间书房里，毫无资本地面对梁继衷嘲讽的眼神、刻薄的言语，连笑声都像细密的针尖，整齐且有规律地扎着她的身体。

他们梁家人高高在上惯了，真是一脉相承地喜欢如此睥睨别人。

门外彻底没了脚步声，柳絮宁吸了吸鼻子，无奈，还是堵着，难受得要命。

发烧真是能让人顷刻变脆弱，有些事情越想越让情绪加倍迸发，她鼻头一酸，眼眶又被泪水充盈。

她真没用，一天要哭这么多遍。

从猫眼里看，外面没有人，可她也不知道为什么，就是不死心，非要开门瞧瞧。也是好笑，他在外面时，她不开门，他真走了，她倒是非要一探究竟了。那他走了，她到底是觉得麻烦解决了，还是更难过了？

门刚打开不过能容纳半个身形，有人的手从一旁伸来，轻松地箍住她。

近在咫尺，柳絮宁吓了一跳，条件反射地要关上。

"柳飘飘。"

她顷刻没了力气，手一松。下一秒，梁恪言重重地推门，毫不犹豫地抱住她。

几个小时前，就在这里，就是面前这个人，也是这样抱住她。可这个拥抱不同于方才，带着毫无理智的强势，熟悉又陌生。

"你怎么——"

柳絮宁想说你怎么又回来了，可她刚说话，便被他捧着脸吻下来，所有的话与挣扎都随着她发软的手脚和柔弱的抵抗淹没在这个吻里。

现在还敢吻她，也不怕被传染。

抱着这样的想法，她的脸颊两侧被捏了一下，她只能张开嘴，他的舌头探进来，温柔地舔舐。

看来他是真的不怕。

这个吻持续了好久好久，柳絮宁觉得自己仿佛领略了一次呛水的滋味。

许久之后，他放开了。

"柳絮宁，你说假话和气话的时候太明显了。我刚刚没动脑子，顺着你的气话摔门走了，这算我蠢，不会再有第二次了。"他温热的指腹抹着她被吻到通红的唇瓣，轻轻一用力，她便被迫抬着下巴，望进他的眼里。

避无可避。

那双熟悉的眼里，有往日的意气风发和胜券在握，可掩埋于其下不为人所细察的，还有柳絮宁所陌生的不安。

"柳絮宁，我今天真的要累死了。你到底让不让我进去？"

"你到底想干什么？"柳絮宁问。

一吻结束，因为那个吻而起的所有生理反应全部退去，她又恢复了一张冷脸。

梁恪言的火气在此时又被一瞬拱起，即便在来之前做好了无数的心理建设，可面对这张脸,他也很难保持平静。尤其这话,他也实在觉得稀奇,语气如此不耐烦,仿佛他在死缠烂打。

但他就是喜欢她,他也有病。

"怎么会有你这样的人?"他皱眉看她,脸阴沉沉的,"柳絮宁,我不是没有底线,也不是没有尊严,你为什么要用这种语气和我说话?"

"你走了又回来,你有什么底线?"她反问。

气到昏头时,梁恪言反而笑出声:"那你开什么门,既然发着烧就回床上睡觉啊。"

柳絮宁梗着脖子,却被他一句话回得悄无声息,只说了个"你"字便偃旗息鼓。

对他这记回马枪,她承认有点无措,还有点心动,随着他脚步而起的灯光,"啪嗒啪嗒"亮在她心里,燃过一片黑暗。

"这是我家,我想开门就开门,想关门就关门,我出来看看有什么阴魂不散的人游荡在我家门口,也有错吗?"

她说到后面,脸涨得通红,想要推他出去,又被他反手抓住手腕。两人的身形与力气差距悬殊,他都不需费力气地一拽她,就能轻而易举进了她家门。

看着梁恪言关上门,柳絮宁睁大眼睛,狠狠瞪他。

"瞪我也没用,你说得对,我是没底线。"

柳絮宁真想把他炸了,无须思考,几乎是下意识的,她就低头要去咬他的手腕,被他抢先一步脱开,两手扣着她的脸颊。

"梁恪言!"她气急败坏,口齿因为他的动作含混不清。她想说他怎么这么过分,可还没说出口,眼泪突然就掉下来。落泪的那一刻,她对自己很无语,为什么又哭了?

她从前并不爱哭,且擅长将眼泪逼回去。

梁恪言一怔,他知道自己的手劲大,才小心翼翼地控制着自己的力道,根本没想到这个动作会惹哭她,赶紧松手。他懊悔自己何必这样惹怒她,抱着解决问题的目的来,嘴上却是怎么都不饶人,不管是解决问题,还是哄好她,都缺乏效率。

"你到底要干什么?是你自己发了一条两条三条消息给我,你知不知道晚上手机屏幕亮起来有多烦人?"

她还想说,你知不知道因为梁继衷口中的好好照顾,整个设计部都对她另眼相看,连隔壁部门的人都借着午休时间以闲聊的名义来看看她到底是"何方神圣"。这行为太下作、太不上台面,她甚至无法想象这就是梁继衷能做出来的事情。

那个午后,她忍无可忍,吞下满满的委屈,给梁继衷打去了电话。梁继衷说:"宁宁,这就是代价。"

什么代价?是蚍蜉妄图撼大树以卵击石的代价。

柳絮宁尤记得,刚进梁家时,她也是这样,她无数次问自己,为什么她永远要忍受旁人不加掩饰的窸窣笑语。但她可以自我开解,这就是进梁家的代价,且

- 294 -

回报大于付出,她赚得盆满钵满。

那怎么时至今日,她便受不起,只剩满满委屈了呢?

她没有理由把自己的惨状归结于梁恪言,因为这和他没关系,可她因为他受了这些痛苦,她只能独自舔舐独自消化。

"我想好好地和你在一起,飘飘。"他用指腹抹去她的泪,可这眼泪怎么也抹不完,"我可以因为你的不喜欢而分手,但不能是别的原因,而你又不告诉我。我知道爷爷去找你了,我也相信他用留学做诱饵。但如果你答应了,你现在又何必住在这里?你可不可以告诉我,除了这个,还有什么?"

下了牌桌才是彻底没法操控牌局了,他不下,她也别想。

柳絮宁控制不住哭泣,想起那日她告诉梁锐言,梁家是靠自己处心积虑蓄谋已久走进来的,他的眼神那样震惊、那样不敢置信,随之而来的是看她时的陌生。那份陌生感狠狠刺痛了她,他很难相信吧,自己喜欢的是这样一个可怕的人。当他无忧无虑地躺在金钱堆里,用金元宝当靠枕享受四面八方的奉承与爱意时,她就已经在筹划如何一击即中地爬上这架通天云梯了。

"梁恪言,不是所有的事情都可以轻而易举地说出来的。"

她没有勇气回顾往事,也没有勇气坦然面对自己的阴暗面。相识需要契机,而他们的相识就建立在她幼时的歹心之下。

"可我觉得我需要知道。"他捧起她的脸,前车之鉴,此刻的动作轻之又轻,可又矛盾地带了点强势,"如果我莫名其妙地和你说分手,抛出一个没什么信服力的理由,你会怎么想?你难道不会难受吗?柳絮宁,遇到问题,是我们解决问题,不是问题解决我和你。"

她不想看他,看到他,她便心生无穷无尽的依赖。这样的感觉并不好,她应该做自己的浮木,而不是上了他的船任他使舵。

"看着我,"他的话并不强硬,却像命令,"如果我没有能力解决,那你的确可以放弃我;如果我不想解决,那我这样的人,你也不必再浪费时间喜欢。你什么都不说,我可以去查。可我也希望你可以彻彻底底地相信我,相信我有解决问题的能力,让我觉得自己有点价值。"

相聚又离别,相爱又分开,都是常事。梁恪言接受所有结果,但不能在无知中被判死刑。

玄关处微弱的灯光照在柳絮宁身上,她沉默着,安静又孤单,无比强烈的情绪在释放着,那是犹豫与怀疑。

这是甜言蜜语织成的陷阱,还是牢固可靠的避风港,她不知道。她只知道,保持现状才能将风险降到最低,这是最完美的结局,时间会冲刷一切。

可这一刻,她想相信他,至于直面真实的她之后,所有的一切她都无法掌控了。

"梁叔当年把我接回家,是因为他知道了我被爷爷、奶奶虐待。但其实我并没有。"她看着梁恪言,一秒也不想错过他的神情与那些细枝末节,"手臂上的伤痕,是我自己弄的,因为我不想再待在这样的家里,我不想过普通的日子,我想拥有很好很好的生活。我给梁叔打电话,和他说是爷爷、奶奶打我。梁叔说要报警的时候,我很害怕,我已经……"她语无伦次,"我已经忘记我当时说了什么,只记得我冠冕堂皇地和梁叔说不要怪爷爷、奶奶,是我不小心打翻了碗。爷爷、奶奶说我撒谎,梁叔那时十分相信我,说我就这么点大,哪有小孩子能这么流利地撒谎的。可是我真的骗了他,我这么小,就已经这么会撒谎和污蔑别人。我是个很坏很坏的人。"

说到最后,她哭到泣不成声。所有符合主观与客观意义上的"好"字都与她不搭边,她浑身上下缺点一大堆,自私自利、外强中干。

全盘托出之后,她身上所有的力气都耗尽。

可就算毫无力气,她还是仰头去看梁恪言:"爷爷那天找了我的爷爷、奶奶还有我二叔,我和他坦白了所有。爷爷说你同意和我分手,他可以送我出国,但要我主动和你提分手。可是我知道他在骗我,如果你同意分手,他就不会在我身上再浪费时间了。"

她用力地抹眼睛,手腕却被梁恪言捏住,他抽过一边的纸巾帮她擦眼泪。那张纸巾很快就湿透。

梁恪言"啧"了一声,轻声说:"飘飘,你真能哭。"

柳絮宁不争气地想,他说得对,她也没有发现自己这么能哭。

"喜欢我这样的人,算是浪费时间吗?"

"人活着,就是在浪费时间。但用在你身上,不是浪费。"

柳絮宁止住了哭泣,声音还有些余颤:"知道我是这样的人,你还愿意和我在一起吗?"

"你怎么知道我不愿意?"他反问,"我不是十全十美的好人,又为什么要求你做这样的人?"

人之所以为人,便是拥有其复杂性。以一件往日错事便全盘否定自己的一切,这妹妹傻不傻?她才不是她口中一无是处的坏人,她是他长而平静的人生维度里一道绚烂的波澜,每多接触一刻,就能探知到多一象限的奇妙。

"你真的这么觉得吗?"

"骗你能得到什么?"

"我也不知道。"她不知道他如此固执地耗在她身上是为了得到什么。

梁恪言轻轻地揽过她:"幸好。"

"幸好什么?"

"幸好那时候梁家足够有钱,有钱到让小时候的你做下这个决定,不然我该怎么认识你?"

话音落下,梁恪言感受到怀里女孩的僵硬。他看向她的眼睛,果不其然,眼眶又是红的。

梁恪言："不许哭。"

柳絮宁一下子停住，直勾勾地看着他。这时候她倒是又听话了，可梁恪言觉得这模样真可怜。

那句从他口中说出的爱，到如今，她的确不能再将其当作不走心的夸口，因为她已经彻彻底底地感受到并被充盈了。

"那你能不能亲我一下？"猝不及防地，她问道。

梁恪言笑着说好。他轻轻地碰她的上唇，可才刚碰到，她就躲开，说还是算了，她感冒了，不能再传染给他。

哪有这样的道理，甜头刚撒到自己身上就要被无理由收回，这难道不是一种变本加厉的折磨？

"不怕。"方寸之间只有他与她唇舌相贴的声音，两颗打碎又重建的心脏缱绻温柔地跳动。

"我爱你。"亲吻的间隙里，她不自觉地脱口而出。

梁恪言"嗯"了一声，指腹抹掉她的泪珠："爱我不需要掉这么多眼泪的啊。"

她没再哭了，小声地重复："梁恪言，我爱你我爱你我爱你我爱你。"

迎接她的是更深的吻。

星空在黑夜里浪漫运作，他们在狭小的玄关口接吻，像一场彻底沦陷。

两个清醒的人在绝对清醒的时刻做了也许在旁人看来并不清醒的事情，但那又怎么样，梁恪言知道自己永远不会后悔。

晚上柳絮宁又开始发烧，她睡觉不太规矩，喜欢睡在最中间，因为醒来时完全就是四仰八叉的状态，睡最边上还要担心掉下去的风险。但今天情况特殊，她往旁边挪了一点。

这房子租金便宜，从外面看是老破小，里头被柳絮宁打理过之后能称得上麻雀虽小但五脏俱全。外头有说话的声音伴着脚步声响起，逐渐清晰，又逐渐模糊。隔音倒是一般。

手机里有梁安成打来的电话，梁恪言懒得回电。他打开门，扫了圈外面，最后把门关了上锁。

走进柳絮宁的房间时，她像缩在蚕蛹里，旁边留了足够容纳一个人的位置。

梁恪言眉梢一扬。打一巴掌给一颗枣，妹妹真会疼人，给他留这么大的位置。

他走到柳絮宁那一侧，手背碰了碰她的额头。她还没睡着，半睁着眼，嘟囔了句"干吗"。

"体温量过了吗？"

"不想量。"反正左右都是还烧着。

梁恪言拿过床头柜上的体温计，在她耳畔测了一下，的确没退也没降下来。

他出去烧水,又喂她吃了药,才在她旁边躺下。七八月的天气里,他可不需要那毯子,甚至嫌这房里热,可饶是身体热得慌,人还要往柳絮宁身边凑。

他和她共享那一床被子,搂过她的肩膀,把她抱进自己的怀里。

她嘀咕了一句,冒着鼻音,梁恪言没听清,再问她,她没回答,是真的睡着了。

梁恪言把她的碎发往耳后拂,嘴唇碰了碰她的眉眼。

"晚安,宝贝。"

柳絮宁觉得自己睡了好久好久,等炽热的阳光穿过纱窗,斑驳晃动的光影游移过她的眼睛,她才醒来。刚想动,她却发现自己的腰上架着一只手。她偏过一点小小的幅度去看,发现自己被梁恪言抱在怀里。

柳絮宁小心翼翼地把他的手拿开,他也没醒。

简单洗漱了一下,柳絮宁顺便洗了洗油到发光的刘海。等她吃了早饭和药回来,梁恪言还是没醒。

她躺回床上,给自己测了下体温,降到了37.3℃。她翻了个身,离梁恪言更近些。她静静地看着他,手指却忍不住抬起,从他的眉眼勾到鼻尖,再到嘴唇、下巴,最后是喉结。长久地停留在那里时,指腹上传来一阵触感,他的喉结滚了一下。柳絮宁觉得好玩,指腹继续上下摩挲。

"柳絮宁,这个点少招我。"

柳絮宁想缩回手,却被他抓住。她象征性地挣扎了一下,腰又被他的另一只手搂住。柳絮宁索性趴在他身上。

耳朵下,是他的心跳和随之起伏的胸膛。

"还烧吗?"

"没有。"

"再量一下。"

柳絮宁没辙:"好吧好吧,还有一点,但已经降下去很多了。"

"有想吃的吗?"

胃口没有完全恢复,柳絮宁此刻只想喝粥,但也不知道怎么,她突然说:"熏鱼。"

梁恪言有些奇怪地看着她。记忆里,她从来没碰过这个。正想着,她又说了句"我瞎说的"。

这段插曲很快过去,梁恪言没怎么在意,手玩着她的发梢。她说了句"好油的",他说是有点,柳絮宁当即挂脸:"我可以说我自己,你不可以。"

他立正挨打:"那抱歉。"

"原谅你。"

他皮笑肉不笑道:"谢谢你,你人真好。"

这一觉睡到正午,梁恪言是彻底睡饱了,但柳絮宁又有了困意。

等她再睡着的时候,梁恪言动了动被她压到酸胀的手臂和胸口,终于有了起床的机会。

梁恪言没忘记梁继衷让他今天回老宅,他给于天洲发了消息,让对方半个小时后到这里。于天洲一向准时,但他难得做了一回不准时的人。

到老宅的时候,许芳华在向唐姨学习识针脚的方法。

"奶奶、唐姨。"

许芳华喜出望外:"恪言,你怎么来了?"

来之前,梁恪言还摸不清许芳华的态度,如此一看,梁继衷怕是没和许芳华说。

他说:"爷爷找我谈事。"

许芳华笑着:"他在书房呢,你上去吧。"

他刚离开客厅,许芳华的笑容立时敛下去。片刻后,她吩咐唐姨去泡壶决明子茶。

他们梁家这两位,肝火旺盛,脾气一个赛一个的大。她治不了也懒得治,别掀翻她的梨花木就行。

梁恪言敲响书房门,梁继衷没有说话,他却能听见里面的动静。

他站在门口,几分钟后又敲了一下,这才传来梁继衷说"进来"的声音。

"爷爷。"

"来了。"梁继衷看了眼他,"我昨天和你说几点来的?"

昨日的电话里,梁继衷让他来吃饭,他却是这个不伦不类的点才到。

谁给谁下马威,梁继衷还真是难以断定。

"抱歉爷爷,我起晚了。"

"答应好的事情就要做到。"

"爷爷,可您答应我的事情也没有做到。"

梁继衷皱眉道:"什么?"

梁恪言看着他:"我希望您不要去为难她。"

火气就是在这个时候上来的,梁继衷随手抓过一旁一本厚重的书往他身上砸。梁继衷没想到梁恪言根本不躲,钝重的书角砸在他的额头上,又伴着沉闷的声音掉落在地。

梁继衷先是愣了一下,继而怒火以前所未有的趋势向胸口蹿。

"梁恪言!你是疯了吗?胆子真是越来越大了!"

梁恪言没有反驳,也没法反驳,他可能是疯了。

梁继衷怒斥:"你知不知道柳絮宁是怎么进我们梁家门的!你爸这个废物东西蠢得可以,会被一个小姑娘骗,你现在也是,你也是够蠢的,也能被她骗!这么多年来,我就是这么教你的吗?"

"我知道她是怎么进来的,但我不觉得那有什么问题。"

"你不觉得?"梁继衷气极反笑。

"比起您,比起爸爸,她做的这些算得了什么?"

- 299 -

人到这个位置上,不可能信誓旦旦地说自己两手清白。

肮脏地爬上去,清白地站在巅峰睥视众人,于是旁人全然看不见阴暗的那一面。藏着藏着,倒是把自己也骗进去了。

梁继衷手指发颤,不敢置信地指着他:"梁恪言,你说什么?"

有些话该是点到为止的,就算是实话,他也不会说得如此清晰,那才是真正断了自己的后路。

"爷爷,柳絮宁的这些对我来说并不重要,这不能阻碍我爱她,相反,我更加不能放手。"他将书捡起放到书桌上,认真地看着梁继衷,"我很清楚我在做什么。"

她有多好,他可以罗列好多好多好多,但这对梁继衷来说没有用。他直接换了话题。

"爷爷,我去美国的时候见了一趟邝行鸣。"

"我知道。"梁继衷打断,他也能猜到梁恪言用万恒换吉安,可除去明晃晃的数据,这分明不是一场等价交换。

"吉安需要彻底打碎才能重建。"一艘巨轮在行驶时需要不停地调整帆的方向,才能不碰到突如其来的礁石,可他唯有成为唯一的船长才有资格发号施令。

梁继衷死了,还有梁安成,难保这漫长的人生路上,梁锐言会生出什么事端,要掌舵起瑞,太久太久了,他没工夫等这些人按照既定的生命轨迹行走。

"爷爷,我们怎么样都不亏的。"

"你是不是真的觉得我梁继衷就非你不可?我这么大个起瑞就非你不可?我还有你爸,还有你弟弟!梁恪言,你不要把自己想得太重要了!"

梁恪言点头:"爷爷,我没有把自己想得很重要,我现在做的这些,给爸爸或是弟弟,他们都能做。"

"你——"梁继衷抚着胸口。

许芳华没敲门就进来了,她将茶壶放到书桌上,轻描淡写地瞥了爷孙俩一眼,语气如常带着警告:"不要再砸我的东西了。"

"爷爷、奶奶,我先走了。"对话到这地步也就差不多了,说再多也没什么意思,决心已然表明,至于后续,他会亲自证明给他们看。

"等会儿,"许芳华笃悠悠地倒茶,"给我喝完再走。"

梁恪言听话地走过去,拿过那杯茶,一口气喝完。他反一下杯子示意:"奶奶,我喝完了。"

"算你识相。行了,走吧。"

许芳华看了眼还在窗边站着的梁继衷:"到你了。"

梁继衷冷哼一声。

"过来。"

梁继衷僵持了一会儿,又是一阵冷哼,继而走过去,接过茶杯。

柳絮宁再次醒来是黄昏时段，她转身，却感受不到身边熟悉的温度。

窗帘没有拉，外面的天空上是暗调的鎏金璀璨，云层散漫辽阔，却无端照出一种空虚与孤单感。她的心沉甸甸的，拿出手机给梁恪言发消息，问他在哪里。可消息刚发过去，她就丧失了等待的耐心，直接打去了电话。

"你在哪里？"梁恪言刚接起，她就忍不住问。

他那边很吵，可柳絮宁觉得自己清楚地听见了梁安成和梁锐言的声音。

"在云湾园。"

柳絮宁抿了抿唇，口干舌燥得厉害。他走之前给她倒了杯水，里面丢了颗泡腾片，她那时听见了"嗞嗞"冒泡的声音，却困到没法睁眼。

柳絮宁拿过那杯维C，声音轻轻："你……在那边干吗呀？"

这话问得好多余，那是他家，他在自己家能干什么呢。

可是她今天也想和他待在一起。

依赖是一个杀伤力巨大的陷阱，可她明知是陷阱，还要不设防地跳进去，因为她笃定有人能接住她。

唉，这究竟是好是坏。

电话那头，梁恪言笑着，语气讨好："柳飘飘，我好像要被赶出来了。你能不能发发善心，收留我一晚？"

"啊？"柳絮宁蒙住。

他漫不经心地重复："我好像要被赶出来了啊。"

这个问题突然得让柳絮宁一时之间不知怎么回答。被赶出来了，是她想的那个意思吗？

"问你呢。"梁恪言催促。

她想说好，话到嘴边却变成："那你求求我。"

他想也没想便道："求你，宝贝。"

"……我可没让你多加台词。"他人不在，仅仅通过波动的电流传来的两个字就足够蛊得她耳朵发烫，"但你都这样说了，那我只能勉为其难让你来了。"

得到正确答案，他心满意足地笑着，说"那谢谢你，你人真不错"。

梁锐言站在二楼阳台，看着梁恪言挂断电话，仰头朝他投来一眼。

就在这里，半个小时之前，梁安成和梁恪言大吵一架，说大吵一架不太准确，有来有回才能称之为吵架，可梁恪言全程态度平稳，姿态惬意。反观梁安成，因为大声说话而面红耳赤。单方面的争吵最后以梁安成的一句"既然如此，你给我滚出去，不要出现在我面前"结束。

彼时梁锐言听到这话，眼里全是震惊。

他想开口，却不知道自己究竟该说什么。因为相较于瞒着众人在眼皮子底下和柳絮宁谈恋爱，梁安成更在意的是吉安这件事。

可是让给哥哥又能怎样呢?他不懂其中的曲折利害关系,只觉得哥哥获益不就是梁家获益吗?

他自认为这道理简单,父亲又何必陷入思想的死角。他是这么劝梁安成的,梁安成看了他一眼。他此刻怒气丁点未消,就算面对再宠爱的小儿子也装不出好脾气,冷着声音反问:"那你为什么要因为区区一个柳絮宁和你哥打架?让给他又怎样呢?"

梁锐言霎时陷入沉寂。

可她不是区区一个柳絮宁。

梁恪言去年夏天才回国,本身留在家里的东西就不多,青城多的是他们梁家的房产,全青城五星以上的酒店顶楼套房更被起瑞做投资用。梁恪言不过是被梁安成口头赶出云湾园罢了,他可不会"无家可归"。可饶是有这么多地方供他选择,他依然要在明知自己能听见他和柳絮宁通话的情况下说出这些话。

梁恪言,你又何尝不幼稚呢?

低垂的视线里,兄弟俩长时间地对视着。随后,门口传来车辆熄火的声音。梁恪言随意摆了摆手,朝他示意。

出云湾园的人是柳絮宁和梁恪言,可为什么被抛弃的人是他?

时光回溯,回溯到……他真的太笨了,笨到不知该回到哪个节点。

让他再选一次可不可以?他可以退一步。

门被敲响的时候,柳絮宁正好在厨房倒水,她端着水杯走过去开门。

梁恪言自然地在玄关处换鞋,食指勾着好几袋吃的,虽然是塑料盒装着的,但一个叠一个,她看不出来。

问他是什么,梁恪言说熏鱼。

柳絮宁诧异,音量都提高:"你买了这个?"

看来精神头彻底回来了,这一声除了嗓音还哑着,倒真能称得上中气十足。

梁恪言表情古怪道:"不是你要吃?"

柳絮宁回忆起来了,她有点傻眼:"哦,对……"

还好,除了这些,还有酱鸭和响油鳝丝。看见响油鳝丝,柳絮宁的胃口几乎是立刻恢复了,她抿抿唇:"谢谢你哦。"

搬了新家,这张餐桌还没怎么用过,柳絮宁坐在位子上,拿起筷子刚夹起一块酱鸭,面前就递来一碗泡饭和蒸蛋。她疑惑地看着梁恪言,对方也看着她,两人四目相对,一时沉默。

"烧刚退,你吃点清淡的。"

"那你买它们干吗?"

梁恪言笑笑,这笑容太欠了。柳絮宁懂了,哦,这人买给他自己的啊?她只能吃泡饭拌蒸蛋!

她愤愤地搅着，嘟囔声没停："不给我吃，那你能不能出去吃？"

"不能。"他回答得坦然。

"这是我家！"她义正词严。

"我不是求过你了吗？"

好啊，还能这么被人打秋风。

柳絮宁不想理他，捧着碗的手被他的手覆盖着。他的掌心有薄茧，说不上是不是故意，蹭着她的手时有些痒意，摸得她心口似驶入一艘小船，晃晃悠悠的。

"那我再求一次？"

"不许占我便宜。"

"飘飘，讲点道理，我求你，怎么算是我占你便宜？"

"我不管。你对我做什么都是占我便宜。"没等梁恪言回，她又不停地输出，"你现在没地方去，是我大发慈悲收留你。你待在我家，不要和我套近乎，不许叫我飘飘。"

梁恪言改口："好，柳小姐。"

柳絮宁这才注意到梁恪言没带任何东西来，她好奇，他被赶出来，是因为什么呢？她迟疑着、犹豫着，最后还是没忍住。

"你和梁叔吵架了吗？"

"不算。"

"那你说你被赶出来？是因为……"她看着他额头上的红痕，欲言又止，因为答案已经昭彰地镌刻在她心里。除了她，还能因为什么呢？

头顶的灯光照在她脸上，澄澈的眼里是明显到要溢出来的担忧和愧疚。她是真会联想啊，什么都能想到自己的原因。梁恪言不明白，她怎么总会认为自己自私、浑身一堆缺点。因为没得到过什么真切的爱，所以独立地竖起一道保护屏，以为足够冷漠、足够利己，就能将所有伤害屏蔽在外。表面不动声色，甚至觉得多此一举，内心却能因为旁人给予的一点小打小闹的施舍而感激涕零。

因为没拥有过什么真切的东西，所以喜欢将得到的所有都放大。

她也许自己都不知道自己是这样的人。

"当然不是因为你。"梁恪言说，"吉安的事情，算是截胡了我爸的项目。"

囫囵吞枣的一句否定不能让她心安，他不介意仔仔细细、事无巨细告诉她。但梁恪言知道她听不明白这些，只是到最后，柳絮宁突然来了一句："所以现在，我应该去买吉安的股票。"

梁恪言挑眉："这么信我？"

"势头都造成这样了，你这么聪明，应该不会没把握吧？"

梁恪言摸了下她的头："还是没有你聪明。"

她嘴角勾起一个弧度："我还挺会买股的。"

梁恪言正要依着她点头，也不知道想到了什么："那倒也没有。"

她的第一只股,可是买在了他的好弟弟身上。

这房子很小,只有一间卧室,所以当梁恪言看着柳絮宁为自己拿来的枕头和毯子时,有些无言以对。

好一招卸磨杀驴。他有必要提醒她:"你发烧的时候——"

"我发烧的时候烧糊涂了,已经烧到了神志不清的地步,所以旁边有没有人我都感受不到。但是我现在好了,你不可以睡在我旁边。"柳絮宁指着他的鼻子,"梁恪言,你要懂分寸。"

是谁在大清早偷偷爬上他的床吓他?是谁发烧的时候一个劲往他怀里钻,翻来覆去寻找一个最佳的位置?是谁主动给他打电话问他回不回家的?究竟是谁不懂分寸?真是擅长倒打一耙。

"柳絮宁。"

"你想怎么样?"

"我去英国前,你说过什么?"

她能说什么?柳絮宁还真的回想了一下。

梁恪言靠着门,欣赏她逐渐涨红的脸:"想起来了?"

"我——"

逗人也要点到为止。

"我走了。"

柳絮宁"啊"了一下,话音落地,她觉得自己反应大了。

"你明天是继续请假,还是上班?"

"上班。"

"那我来接你。"走之前,他捏了一下她的脸,"早点睡。"

"你——"柳絮宁下意识抓住他的衣摆,轻声问,"那你下午说要来。"

"说别人听的。"至于说给谁听,梁恪言不想承认但也不得不承认,是很幼稚地说给梁锐言听的。

再追问,就显得自己太舍不得他了。

"哦,这样啊。那行,明天早上八点到楼下等,不要迟到了。"

她肯定不知道自己这样子多有意思,梁恪言弯着眼睛,说好,然后俯下身去,想亲她,被她推出门外,撂下一句"就这样",随后不带任何犹豫地关上门。

梁恪言无可奈何地耸耸肩,声音拔高:"柳小姐,是八点整?"

"对。"

"需要提供早饭吗?"

里面寂静了三秒,然后是门把转动的声音,她探出脑袋:"生煎包,要大壶春,再加一杯豆浆。"

梁恪言比了个"OK"的手势。

门又立刻关上。

梁恪言听着里面并无脚步声,看来她还站在原地。梁恪言说:"那我真走了。"

柳絮宁没说话。

楼道的声控灯随着他愉悦的脚步渐次亮起,又依次退场。

走到楼下,他按下遥控钥匙,打开车门时,如有所感,连大脑都不知道为什么,目光就已经往楼上移去。

珠白色的月光弥漫,清洗过老旧的居民楼,也照亮她纤细的身影,与长发一起被缱绻的夜风勾勒。

多巴胺真是个奇妙的东西,隔着这样遥远的距离,梁恪言仿佛都能看见她的眼睛,像两颗明珠,勾得他视线离不开半分。

"梁恪言,梁恪言,快点看我!晚安!"她摆摆手。

她不知道,随着这清脆的一声,声控灯像微弱的火苗,从楼上轻快地跳跃到最底下,驱散这个夜。

就在这一瞬,他的心"怦怦"跳动。

"柳小姐,扰民啊。"

答案真是意料之外。不解风情,早知道就不和他说晚安了。柳絮宁拖着长调"哦"一声,"啪"地关上阳台的门。

空旷的道路又恢复了宁静。

这夜星群繁密,梁恪言靠在车边,仰头看着她房间的灯与星星一起暗去。

晚安,柳絮宁。

明天见。

第十二章 /
我很爱你

闹钟响起的时候，烈烈朝晖袭来，柳絮宁照例赖了一会儿床，只是一想到这是一个有生煎包和梁恪言的早晨，她立刻元气满满地起床。

梁恪言提前五分钟到了柳絮宁家楼下，等到准点，见她还没下来，他打去一个电话，她没接。

他自我开解，没接才是好事，代表着进度在动。

柳絮宁出门的时候，梁恪言就站在车边，她刚要和他打招呼，就被身后的车吸引了注意。

"换坐骑啦？"她打趣。

他点头，替她开车门："揽胜，试试。"

车开出小区就遇到了早高峰，这是常事，这个点上班，要想准时到公司其实还不如坐地铁。但现在在人家车上，她要是冒出这句话，又要被他挪揄好久。

大壶春的生煎包内里油水丰盈，她吃得小心翼翼。

"我这样吃生煎包很有压力哎。"

"那你别吃了。"梁恪言顺着她的话说。

"喂！"第二个刚被塞进嘴里，就听见他这话，柳絮宁扭头看着他，"我就客气一下，谁让你顺着我的话说了？"

相处久了会发现柳絮宁很容易炸毛，他也摸不准自己哪句话就能惹得她疯狂跳脚。但梁恪言有时候骨头也痒，觉得这场景分外有意思，非要去踩一下她尾巴，再紧跟着道歉："好，我的错。柳小姐，你别客气。"

"你能不能别叫我柳小姐？"她暗自嘀咕，"显得我们很不熟的样子。"

"那叫什么？"

柳絮宁心中有答案，却怎么也说不出口。她不自觉地咬着豆浆的吸管，转头看车窗外湍急的车流和被熏到鎏金色的树群。道路明亮炽热，蝉鸣聒噪连绵，她的心脏演奏着交响乐。

"叫宝贝啊……"

脸至于红成这样吗？

"你喜欢这套？早说啊。"

他语气里的笑意让柳絮宁的耳朵又烫了一度，早知道不说了。不熟多好，让他顶着不熟的关系天天亲她抱她。

后来的车里，一片寂静，话题像到此终结。

最后一个生煎包吃完，柳絮宁按下强烈的好奇心不去看他，心里却开始奇怪，她不是说了喜欢被叫宝贝吗？他平时效率如此高，这时候怎么不践行了？

车在公司楼下停了，柳絮宁拿过帆布包，刚要走，驾驶位的车窗被摁下，梁恪言叫住了她。

她回头："怎么了？"

梁恪言："六点下班？"

"嗯。"

他点头，手肘撑着窗沿，小幅度地朝她摆了摆："晚上见，宝贝。"

笑意和疯狂的心跳声一起到来，她眼里是溢出来的愉悦，俯下身朝他勾勾手指。他自觉地凑过去，她的呼吸猛然靠近，垂落碰触到他侧脸的发梢带着熟透了的莓果香，鼻尖小幅度地蹭了蹭他的脸颊，紧跟着，是柔软的潮湿点在他的脸上。

"那宝贝给你一个亲亲。"

在工位上坐下后，柳絮宁的心还在"扑通"狂跳。

太生疏，她想想还有些不好意思。

早晨，整个设计部除了实习生，全部在开会。柳絮宁依旧是无事可做的一天，她待在位子上，在心里一遍一遍演练。

这个会开得很久，结束时已经过了饭点。Cindy 几人出来的时候，办公室里已经没有人了。她把东西放下，想去吃饭，又想到会上烦琐的工作，不禁头疼到毫无胃口。

"Cici 姐。"正头疼着，一道女声在她耳畔响起。

看着眼前的柳絮宁，Cindy 奇怪："你没去吃饭？"

柳絮宁"嗯"了一声。

"你身体还没好，要记得吃饭。"她随口说。

"好，我马上就去。"背着的手里捏着一台平板，柳絮宁深吸一口气，"Cici 姐，部门这一周很忙吗？"

Cindy 看了她一眼："嗯。"

"我来的这几天都没有事，如果您有需要的话可以叫我。"

Cindy："好。"

"我最近接了一个口腔卫生产品，但是方案被客户打回来了。我上学的时候做过类似的产品设计项目，简历和作品集里有写，可能您忘了。我们交上去的那一版在设计方面缺少亮点和卖点……"她把平板打开递给 Cindy，"我知道您为什么不让我做这些，但是可以给我一个机会吗？我认为我有能力——"

"柳絮宁，"Cindy 没有看，"在这里，有很多人都比你懂得更多，不要空口说大话,你要学的还有很多。"

"我知道,可我不是来学习的,我是来工作的。大家都忙得焦头烂额,一遍一遍地修改稿件,那可以把超额的任务分给我。我知道您为什么不让我做这些……"她欲言又止,却又忍不住直率地坦白,"一个项目就可以,我不管做得好与不好,最差的结果都莫过于现在,您不会有任何的损失。我觉得做事要讲求效率,如果我无事可做,那么我坐在这里也是浪费时间。我可以主动离开,不会让您难做的,毕竟我也才来几天。"

越长大,该是心智越成熟,可柳絮宁发现,自己逐渐无法理解与忍受这种残忍的无视和名为冷漠的暴力。她不知道自己直率的坦白是好是坏,扪心自问,她的确非常渴望留在这里,可她也知道这样耗着是在浪费她的时间。她也许过于自负,但她自认有些资本够她挥霍。这座城市,高级广告公司如云,也许此刻过了最佳时期,但只要没有梁继衷那双无形的手压迫着她,她的能力绝不会让她无路可走。

Cindy 拿过她的平板,垂眸看起来。

"你先去吃饭吧。"

柳絮宁摸不透她的态度。

Cindy 翻到最后一页,把平板放回她的工位上:"我还没吃饭,我们边走边说,我跟你说一下你下午要做的东西。"

她看见眼前刚实习的女生眼睛倏然亮起。

"先别笑。"

她立刻就收住笑容,可睁大的眼睛里的喜悦实在藏不住,像此刻照进格子间的和煦暖阳,灿烂又明亮。

看习惯了在工作折磨下暗沉的神色,许久未见新鲜而富有勃勃生机的血液,Cindy 挑了下眉。

梁恪言这几天忙得很,收到柳絮宁说今天可能要晚一点下班的消息时,他刚结束和邝行鸣的碰面。

他问:那几点?

柳絮宁很久后才回:我也不知道。

过了一会儿,她又发来:你忙的话就别来了,我可以坐地铁回去,还不会堵车呢。

他才不要,少接一次岂不是少一次福利?

距离上次碰面已经是好几月前的事情了,难得人头凑齐,对面这人时不时地低头看手机是个什么意思?

阿 K 撑着下巴,纳闷地问。

谷嘉裕见怪不怪:"妹妹一个吻,甘做裙下魂。你懂什么?"

"我以前还以为他这样的人是把妹高手来着。"

"把咩妹，妹把他啦。"

阿K朝他翻白眼："你少发姣。"

"憨仔，这话不适合对我说。"

"这称呼也不适合用在我身上，有人比我更憨咯。"

阿K和他对视一眼，又默契地看向对面的正统憨仔，憨仔正把头转过来，无波无澜地扫过他俩。

鸡同鸭讲眼碌碌。梁恪言懒得搭理。

上交所很快公布了万恒和吉安的收购要约，加上邝行鸣大张旗鼓地接受青城金融周刊的采访，消息一出，如巨石投湖，在业界轰然掀起滔天巨浪。很多人吃不准这一出意欲何为，但万恒有梁家背书，吉安则背靠鼎隆，两方来势汹汹，被预测群龙无首破产必成定数的吉安这几日来水涨船高，吉安股成交额与日俱增。

不看好的专业人士定义这是一场回光返照。

而吉安与起瑞之内，权力交替正发生一些微妙变化。

梁恪言入主吉安董事会之前，吉安的老董事们就已经将脂肥油厚的核心项目搜刮了个干净。梁恪言看了吉安旗下的所有项目，王民昊能在群狼环伺的情况下稳稳坐牢主位，当然有常人无法知道的水平与能力。

梁恪言很欣赏他，但更欣赏的是，在一团乱麻之际，他用这样的手段改头换面全身而退。

不过，这招也算是误打误撞让他顺了心意。

期间梁安成来找过他一次，目的很简单，向他索要一个项目。梁恪言答应了，他答应时，梁安成有几分不敢置信。

梁恪言说我们始终是一家人。

梁安成愣了愣，拍着他的肩膀，态度温和："前几天的事情，爸爸也有不好的地方。我说的都是气话，恪言，你不要太在意。"

梁恪言说当然。

他目送着梁安成出门后，走到窗边，那时天已陷入全黑境地，夜色强大地铺下来，视线之下，整座城市陷入璀璨的霓虹中。

他发了一会儿呆。

他和梁安成的父子情也算是走到头了。听着似乎很可怜，不过也只是听着而已。

手中的酒喝到一半，他再没了胃口，叫来于天洲。

"盯着他。"

"差不多的时候——"梁恪言的视线从夜色中挣脱，随意扫了他一眼。

"他"是谁，于天洲当然知道，他点点头。

站对队伍是如此重要，于天洲再次庆幸自己的正确抉择。

当亲自面对工作时，才知道自己要学的有多繁杂。但新鲜的未知总能极大地勾起柳絮宁的挑战欲望。

曾经，设计部短暂地拥有过准时下班的人选——柳絮宁。如今，再没有人准时下班。

也许是刚接触，柳絮宁觉得充满了新鲜感。

梁恪言问要不要来接她，她都拒绝了。好几次接电话时，柳絮宁都听见他身旁人汇报工作的声音，其实他也很忙。

柳絮宁在公司越来越熟练，当特权消失，她于是又陷入和旁人无异的海域。她不需要多么多么知心的好友，她已经有胡盼盼了，一个就够。

上一个项目刚结束，柳絮宁又被分到了另一个项目。

下班时，她恰巧和 Cindy 一同等电梯。

"身体恢复了吗？" Cindy 问。

柳絮宁惶恐，连忙点头。

"嗯，那就行。"她又问适不适应。

柳絮宁更用力地点头。

Cindy 见她像是生怕答错一道题就要上刑场的犯人，拍拍她的肩膀："你组长说你做得很不错，继续努力。"

Cindy 又一次看见她发亮的眼神。有时，Cindy 觉得这也是一种特别的享受，毕竟这个点了，能碰见活生生的人，而不是一具尸体已经足够令人意外的了。

"你是有画漫画的副业吗？" Cindy 想想觉得有些冒犯，补充，"我有个小侄女去了暑假的漫展，给我看了一个她特别喜欢的少女漫画家。"

二次元和三次元的薄薄屏障被撕开，柳絮宁尴尬到咬嘴唇。

"就随便画画的。"

"那也很厉害。"

"没有，没有。"

"工作这么忙，你回家还会画吗？"

柳絮宁点头。这个工作量，其实和大学时期没有什么区别。她喜欢定下一件又一件的事情，再一件一件地打钩。疲惫的背后，是金钱带来的前所未有的满足感。而刨除金钱，为了爱好而努力，本身就是一件令人振奋的事情。

"你倒是好精神。" Cindy 由衷地夸赞。

年轻真好。

柳絮宁快到家的时候已经将近九点，她给梁恪言发了消息。

刚踏上五楼转角，她的鞋面覆上一道阴影。柳絮宁顺势抬头，面前站着的，是与自己好久未曾见面的梁锐言。

"阿锐，"她诧异，"你怎么来了？"

有多久未见了呢？梁锐言忘记了。眼前的女孩，深棕色的长发自然地披散，脸上化着淡妆，着装透出一丝知性，处处彰显优越纤细的线条。她更美了，可也让他油然升起一丝陌生。

"你怎么才回来？"一出声，梁锐言才发现自己的声音是抖的，他甚至不知道自己在害怕什么，因为他带着决心和目的前来。

"加班呀。"

为什么她可以如此自然地和他说话？好像一切都没有发生过。

"你找我有事吗？"柳絮宁问。

"你都不请我进去坐坐？"他扯出一个笑。

柳絮宁也笑："这么小的地方，你不可能要待的。"

"我哥能待，我待不得？"梁锐言不满道，"你要吃那种脏兮兮的地摊烧烤，我陪你去了；你要去逛购物街，我也陪你去。以前你做什么，不都是我陪你的？你这家再小能有多小，我怎么可能不要待？"

被牵扯出回忆，柳絮宁的笑容收敛了一点。

"对哦。"

"你是不是都忘了？"

"没有啊，和你待在一起时做的所有事情我都记得。"柳絮宁回身，将钥匙插进锁孔，"进来吧。"

楼道里的声控灯暗了又亮，亮了又暗。他面对着她，五官影影绰绰，神色说不上冷峻。

门开了，梁锐言站在外面，脚步没有动。心脏像上了发条，一点一点地抽紧，紧到快要窒息时，他忍不住叫她的名字。

"嗯？"

"我可以退一步，但是我不能退出。"

"什么意思？"她不明白。

梁锐言直直地看着她，眼眶发红，似一只压抑千般万般情绪的野兽，此刻唯有欲望战胜所有理智。

"我们三个人，和以前一样，行不行？"

柳絮宁反应了好一会儿，明白他言下之意的那一刹，瞳孔骤然放大，她不敢相信梁锐言会说这样的话。

"你是不是疯了！"

"你看不出来吗？"他想把她捏在手里，又怕捏疼了她，垂握着的双手紧紧握拳。

"可是我不喜欢你，我不愿意。"

好残忍，为什么她可以轻而易举地把真相说出口，他这颗心已经被她肆虐遍野，她却依然毫无怜悯之心。

他不由得冷笑："你喜欢梁恪言，对不对？对，我都快忘记了，你喜欢梁恪言。"

"可是凭什么呢？"他纳闷地问，"我的心你看不见，我的喜欢你视若无睹。他的喜欢你倒是看得一清二楚，他的心你牢牢捧在手上。那些秘密，可以坦荡地告诉我，却不能告诉他，就怕他因为这些不喜欢你？可是我告诉你！柳絮宁，真正喜欢你的人才不在意这些东西！"

"他不在意！"柳絮宁打断。

梁锐言怔了一下，他用力地揉了揉眼睛，良久，有些颓败道："可是我也不在意啊。"

"你怎么会不在意呢？"柳絮宁直视他的眼睛，"我告诉你的那一天，你分明就是不敢置信，而且带着厌恶，觉得荒唐。你觉得我背离了你想象中的我，因为你不希望我是这样的人。你也很清楚你不会喜欢这样的人，所以你要反驳我，你要否定我，我必须要是你心目中的样子才是正确的。我不可以和别的男生玩，因为你没有和除我之外的女生玩。有人追求我，有人对我穷追猛打当众告白，你的朋友们都会帮我拦下他们，让他们不要再骚扰我。听起来这待遇好像是挺不错的，可这并不是因为他们尊重我，而是因为他们清楚柳絮宁属于梁锐言，柳絮宁可不能和别的男生在一起。我不可以搬家，因为你目前还不想让我走，我必须和你捆绑在一起。可我不想这样，我一点都不想。但我寄人篱下，我享受着你们家带给我的生活，享受着先人一步的福利，没有什么可以让我报答的，所以我要好好对你，不能做白眼狼。这是以前的我能做出的唯一的回报。"

梁锐言僵在原地，如鲠在喉，酸涩从胸口涌出。

"你喜欢我，你从小就喜欢我，是吗？"他哑口无言，她却开始步步紧逼。

梁锐言的身形瞬间变得僵硬，艰难地说出一句"是"。

"那你为什么不和我表白啊？"

在梁锐言沉默的时间里，她自顾自地回答："因为表不表白，我都是你的。不把话说清楚，大家揣着明白装糊涂，多好呀！你可以拽我的头发，可以把手搭在我的肩膀上，可以拉我的手腕，可以牵我的手，可以霸道地改我社交平台的名字，可以随意进出我的房间，所有男朋友有的特权你都有，那还表白干什么？在一起了难免还要分手，到时候对你来说多麻烦呀，对吧？"

字字珠玑，凌厉如风。

陈旧的面具被摘除，且她永远也不会再戴上。从离开梁家的那天起，她就再也不需要带着伪装、带着小心翼翼生活了。

她自由了。

是他被禁锢在幼时的回忆里。

可上锁的，有她，也有他。

"你为什么这么想我？"他只能无力地反问。

柳絮宁不由得笑了："阿锐，你怎么连说句'是'的胆量都没有？"

- 312 -

梁锐言仰头看着天花板,视线里突然起了雾。他抽了下鼻子,声音嘶哑:"宁宁,你真的好残忍。"

柳絮宁有那么几秒的恍惚,她移开眼,声音轻得像风:"也许吧。"

她更加残忍地补充:"而且,就算你不是这样的人,就算你是顶好的人,我也不喜欢你。因为我喜欢梁恪言,我只喜欢梁恪言。"

一楼,揽胜缓缓停下。原因无他,正前方,有辆车不知死活地占据了他的位置。

下了车,梁恪言靠在车前,仰头望着五楼,依稀可瞧见楼道里的灯光。

阿锐,你真是死性不改。

老式居民楼总共不过六楼,楼梯房。整栋楼里三分之二的人都同意安装电梯,一楼的那几户人家怎么都不同意安装。柳絮宁有时候会边爬楼梯边向他抱怨,每天下班回家都好辛苦。

他说那退了吧,住他那儿。

说到这个话题,她就开始迟疑,说合同签到年底呢,等年底再说吧。

此时此刻,梁恪言信步走在这座楼梯上,正上方,有同样缓慢的脚步声自上而下传来。

一抬眼,他和梁锐言在三楼转角处迎面碰上。

算不清有多久未见,也许是几天,也许是几周,弟弟看见他时,脸上是未矫饰过的慌乱,稍后才恢复往日的镇定与纨绔。梁恪言莫名很满意他这样的表情。

原来他也知道此时此刻出现在柳絮宁的家门口是错误的,算他识相。

可梁锐言嘴上丝毫未饶他。

"你害得她也不能回家。"

梁恪言没说话,径直掠过他。

"梁恪言!"梁锐言恼怒于他对自己的无动于衷。沉默真是一场程度加倍的凌辱。

梁恪言终于停下,垂眸看他:"你还有什么要说的,一次性说完。我不想以后每看见你一次,你都要重复这些废话。"

"你是不是以为和她在一起了,就万事大吉了?爷爷不同意你们在一起,你和她回不了家的。你和宁宁迟早要分开。"

"爷爷不同意,我就没法和她在一起了吗?"梁恪言觉得有点好笑,"只有她不同意,我才没办法和她在一起。

"至于你,如果你有机会,我就会在她家碰见你,而不是在这里。"

"你进她家门了吗?"

梁锐言的瞳孔骤然一缩,字字掷地有声地滚过脆弱的肌肤。仰视之下,梁恪言的神情带着傲慢不逊,梁锐言经常见到他这番模样,可无一不是面向外人。今时今日,他用这样的神情直面自己,梁锐言恍然想起方才柳絮宁的眼神,不知不觉间竟然和他有几分相似。

梁恪言不需要梁锐言的回答,他踱步,不紧不慢地上楼。

"有本事让我在老宅看见你们啊!"

背后传来梁锐言的声音,带着不服输、带着倔强、带着无可奈何的无奈。

梁恪言没回头:"很快。"

不过回不去也无所谓,能进这块地才算一种认可吗?

门被敲响的时候,柳絮宁正在烧水准备泡茶包。明天是周六,她准备今晚熬夜画画。

她往门口的方向望,无声地叹了口气。

门开了一条缝,她无奈地问:"阿锐,你到底要——"

后面的话在看见来人时通通被咽进了肚子里。

她今天穿得很不常见,梁恪言初看有些不习惯。

黑色缎面系带衬衫扎进驼色的包臀短裙里,掐出一段纤细腰线。穿了一整天的高跟鞋,大概是脚底痛得厉害,她踮着脚放松地打转。

意识到眼睛流连在她的脚背上时,梁恪言止住视线,自然地侧过身进门。在玄关处换鞋时,他又再正常不过地问她一句:"什么?"

别人没听到是可能的,可惜他是梁恪言。算算时间,他们两个碰上也不奇怪。

"阿锐刚来。"柳絮宁说。

"我知道。"

"哦。"

"这鞋他穿过吗?"

"啊?"柳絮宁愣了下,很快反应过来,"没有。"

听见这话,他也没什么大反应,见水壶刚倒了一半的水,他走过去。

"自己喝?"

"对呀。你就别喝了,不然晚上回去睡不着。"

梁恪言说好。

"你怎么突然过来了啊?"看他帮她倒水,柳絮宁走过去,从背后抱住他,踮脚埋在他颈肩上。

梁恪言按下开关键,水壶的声音逐渐放大。

"阿锐不也是突然过来的吗?"

柳絮宁抱住他的手刚松开,又被他的手禁锢住,一掌就可以捏住她的两只手腕。

"怎么不抱了?"他声音低沉,咬字之间透着不明的情绪。

"因为你在拿我撒气。"柳絮宁用力挣脱开他的手。

梁恪言转过来,两人的目光如拼图,严丝合缝地撞上。

"你在生气吗?"她问。

四周一时之间寂静,只剩烧水声与窗外蝉鸣声交错,无论是哪个,都令人听

- 314 -

得莫名糟心。

梁恪言注视她良久,欲望先行一步促使着他低头,唇还没靠近她,便被她捂住。

"梁恪言,你在生气吗?"她重复道。

他闭了闭眼,似已到穷途末路般无奈:"我在嫉妒。"

他抓过她的一只手,亲吻她的手心:"柳絮宁,我很嫉妒他。"

嫉妒她叫他阿锐,嫉妒她从小就选择了他,嫉妒那个"Pass"是落在自己头上,嫉妒他们是所有人眼里的青梅竹马,嫉妒爷爷与爸爸总是默许他们的成双成对,嫉妒他与她在自己眼皮子底下的朝夕相伴。

嫉妒所有人知道他梁恪言与柳絮宁在一起时的不敢置信与荒唐。

"我一开始就和你说他来了,你说你知道,可是你为什么要冲我撒气?"柳絮宁想着想着有些委屈,"你为什么要这样和我说话?"

这样对她一点都不公平,她明明什么都没有做,没有道理要承受他的阴阳怪气。

"是我的错。"他抱住她,全盘认下。面对梁锐言,他可以装着理智、装着傲慢,可嫉妒是阴暗里滋生的苔藓,越长越盛,几乎要将他的心脏占据个密密麻麻。

柳絮宁轻轻地推了推他的手臂,从他怀里退开一步。

两人什么话都没说,依然是如刚才般的宁静。水在这时烧开,"咕嘟咕嘟"的声音越来越明显。

她用这样剔透的眸子直视他,梁恪言莫名有些心疼,可这委屈是他带给她的。

他语气诚恳,再次开口:"是我的错,飘飘,对不起。我真的很嫉妒他,我嫉妒死他了,所以才会这个态度对你。我以后不会再这样了,当然,他以后也没机会让我嫉妒了。"

怎么会有人道歉也是这样的姿态。

"梁恪言,你不可以无缘无故对我……"她说不下去,撇过头去,怎么都不愿意看他,"我很爱你的。"比你想象中要爱你。

这是她第二次说爱他。梁恪言想起那一次,将她抱在怀里,对她说爱时,她欲言又止的神情。再到如今,听她如此坦然地说出,于是他的懊悔感更甚。

梁恪言想靠近她,她往后缩了一点,后脑勺又被他摁住。

"你能不能原谅我?"

她没说话。

他又接着问,她依然沉默。

"能让我亲你吗?"黑夜里,他的声音低柔到像刷了一层迷幻剂。

和他接吻实在是一种享受,柳絮宁没有动,任由他讨好地吻着。吻到意乱情迷时,他突然抽离:"能不能原谅我?"

怎么会有这种人?柳絮宁气笑了:"那你刚刚是在干什么,耍流氓吗?"

"你不同意,我的行为才叫耍流氓。"

柳絮宁立刻推他:"那我现在不同意。"
梁恪言捏住她的手腕,唇往下碰着她的锁骨:"那我只能耍流氓了。"
柳絮宁心里有一堆与他辩驳的刻薄陈词,却因为这一记安全线下的吻而瑟缩。
"怕痒?"梁恪言停住。
当然不是。但她的沉默对梁恪言来说像是一种肯定,他小心地游离在那处。
可这周围,处处都在底线之下。
"你有这么怕痒吗?"实在是她的反应太过,他笑了一声,呼出的热气拂到她肌肤上。
她的心跳声太剧烈了,让梁恪言无法忽视。他望着她的眼睛,也就在这一瞬明白她在害怕什么。
"我不会做什么的。"他带着安抚意味地摸摸她的脑袋。
她埋在他胸口:"做什么也没关系。"

梁恪言疑心自己的听觉,没有说话,她也没有说话。低头之间,她露在黑发外的两只耳郭已经变得通红。
他低头吻住她的唇,两人的气息交融在一起,深深浅浅,但谁也没想着克制。
"但是这里隔音不好。"晕乎乎的吻里,柳絮宁想起最关键的事情,语调模糊地提醒。
梁恪言问:"你是和我说吗?"
她"嗯"了一声,他于是很突然地笑了下。柳絮宁被吻得迷迷糊糊的,不知道就这么简单的一句话有什么值得笑的。
不过,她马上就知道了。
卧室里还没有开灯,此刻昏暗一片。梁恪言想去开灯,立刻被她制止。
他问为什么。
她当然说不出所以然,索性霸道地说反正就是不能开灯。
梁恪言轻飘飘地回她,不开就不开,他又不会强迫她,语气何必这么凶。
柳絮宁被他这语气噎住。
黑夜让寂静更寂静。
夜风在动,窗帘小幅度地晃,月光在地上拉出长长的影子,摇来又晃去。
梁恪言走过去,关紧了窗户。
这不是彻底的黑暗,借着月色,柳絮宁尚能看清他的轮廓,听见他衣服摩擦的声音。影子靠近了,整个圈住她,冰凉的布料贴着她,怦然的火就从胸口烧起来,淌到指尖的血液却是凉的、麻的。
梁恪言抬手,虎口刚卡过她的脖颈,她的肩膀一抖,往后退了点,直到背后靠着墙,才停下。
梁恪言在她侧边笑,笑了几声又停下:"是怕吗?"他俯下身再去啄她的唇时,感受到她颤抖的肩膀,"宝贝,你是不是在怕?"

如果怕，他有另一种方式。
"有一点。"她说。
期待与害怕并不矛盾。

梁恪言的手也不知道是什么时候滑下来的，摩挲着她小腹两侧的两道小小疤痕，疑惑地问她这是什么。
她乖乖地作答是手术时留下的疤。
"原来这里长疤了。"他说着，轻轻吻了一记。
"我真的很嫉妒他。"
柳絮宁疑心自己掉进了时间的陷阱里，这话不是说过一遍了吗，怎么又要重提一番？
"刚刚是我不对，我又嫉妒他，又很后悔。"
"后悔什么？"
他笑了笑："你可能觉得我从小时候开始就讨厌你，但我没有。"
柳絮宁的呼吸慢下来。
"我从来都没有讨厌过你，多一个弟弟还是多一个妹妹，还是随便多一个谁，对那时的我来说都无关紧要。但后来我觉得，也不是无关紧要的，只有出现在梁家的人是你，才是最好的结果。"
"其实我只是有些奇怪，我和阿锐没什么不同，你为什么总喜欢和他一起玩，什么事都要黏着他。我也没有那么吓人，怎么家里这个新出现的妹妹就是不喜欢我呢，连走在我身边都不敢。"
柳絮宁说："可你就是很吓人啊，你也不会对我笑，不会主动和我打招呼。"
"你也不主动和我说话啊。"
"因为你不主动，所以我也不想主动。"她扭过头去，又因为腿侧被他轻咬一口而迫不得已地转回来，万分幽怨地看着他。
"嗯，当时我太蠢，没想过这么多年之后，你对我来说这么重要。刚刚的道歉好像一点也不认真，我也不希望你稀里糊涂地就接受了我这一场糊弄，这样会让我觉得我们飘飘很好哄的。但你不应该这样。"
怎么有这样的人啊，不生气了还不好。柳絮宁有些失笑，但他的动作实在让她笑不出来："好，那你道歉。"
他"嗯"了一声，又低下头："所以请你接受我的道歉。"
原来这就是他口中的道歉。
沉默了好久好久，他问她："喜欢吗？"
柳絮宁不说话。
梁恪言的世界里，道完了歉，一切就得归零再计算。
如果柳絮宁这时候要不识相地装哑巴，那他待会儿也不准备让她说话了。
"柳絮宁，问你啊，喜欢吗？"

她忍无可忍道:"喜欢。"

借着月色,他专注地看她,突然压低了声音问她,知不知道他现在在想什么?

柳絮宁说不出话,只能摇头。

他质问她为什么偏偏在他出国前说那些话,让他在飞机上想,在英国的时候想,飞美国的时候想,回国了还在想。可她居然开始装失忆当哑巴,只字不提,他被自己那丁点所谓的"底线"牢牢拿捏着,也只能憋着不良的居心做她的哑巴新郎。

柳絮宁此时已经忘记自己曾经说过什么,被他冷不防提起,她还是没想起来。

"可是我没说什么啊……"语气真的好委屈。

看来她是真忘了。这反应稳稳当当地撞到他的枪口上。原来她不过是不经意的脱口而出,随手放下一道愿者上钩的饵罢了,却足足折磨了他这么久。

报复似的,梁恪言咬着她的耳垂说话。

他怎么会说出这样的字眼?

猜到这个上不得丁点台面的字眼冒出,柳絮宁必然要狠狠骂他,他坏心眼地用力,骂声被顶回去,她就只能期期艾艾地哼哼了。

"梁……哥哥……"理智让她及时改口,又问他能不能慢一点?

柳絮宁很清楚,梁恪言总是吃她这套的,那这次他也会可怜可怜自己的吧。

可这次真是出乎意料。

他问她:"疼?"

她以为卖惨奏效,立刻点头。

"那你慢慢适应我。"

怎么会得到这个回答?柳絮宁讨厌死他了,可是身体和心理确实是截然不同的反应。

"喜欢你。"到最后,她没忍住。

少时缺爱,于是想要满满的爱,后来愿望竟成真。所谓爱满则溢,自负盈亏,她想,这未免也太满了。

初次尝试,理智短暂告罄,年轻的大脑被彻底支配,实在收不住。

茶没泡,图没画,计划彻底打乱。但料想之中的熬夜却以另一种形式进行着,也算是完成一桩盘算已久的计划了。

上班让柳絮宁即便在周末时分也会在八点时醒来一次,她看了眼手机,又想起今天不用上班,准备上个厕所回来接着睡。一转身却发现梁恪言不在身边,困意战胜了疑惑,这么大个人,也不会出什么事,她于是继续睡去。

在柳絮宁还未醒来前,梁恪言就已经起床去外面晨跑了几圈。跑完后,他导航去附近的早餐店买早饭,虽然不出意外柳絮宁醒来时是下午,但难保这妹妹在该吃下午茶的时间会不会心血来潮想吃早饭。

老式居民楼周围都是爷爷、奶奶，此刻正是买菜的时间段，爷爷、奶奶们看见他觉得脸生，有事无事地搭话。

"哦！我记起来了，你是五楼那个小姑娘的男朋友！"阿姨说。

梁恪言点头。

"周末还能这个点起床，小伙子精神头蛮好蛮好。"

"还好。"他笑着应下。

回到家里，他把早餐放到桌上，去浴室洗了个澡，再出来时，又躺到柳絮宁身边，习惯性去亲亲她的脸，却发现她抿住的唇。

醒了还装睡？怎么，不想理他？

梁恪言挑眉，有了点使坏的心思。他从她的脸颊吻到耳垂，再到后肩，手越过她的肩膀去找她的手，在她的掌心描摹着写下一个字。

第二个字的最后一笔落下时，柳絮宁装不下去了，她把自己埋进被子里。

"你骂我笨蛋干吗啦！"她不满道。

梁恪言抢过被子的一角，把她捞过来和自己玩，又问她："我哪里骂你了？"

"就刚刚。"

"刚刚什么？"

"你在我手上写'笨蛋'啊。"

"我写笨的时候，你就醒了？"

柳絮宁语塞，最后气急败坏："因为我想上厕所，你把我的浴室霸占了。"

"哦。"他煞有介事地思考了一下，"那的确是我的错，向你道歉。"

"不接受。"

"真不接受？"

"对！"

既然笨蛋主动送上门来，那他只能换种方法让她接受了。

日子不紧不慢地过着，对于年岁已长的人来说，时间就是一场倒计时。

十月过后，短暂地降了个温，又奇怪地回弹到三十度。这几年的天气也是那么奇怪。梁继衷站在窗前，算着日子。

"恪言多久没来了？"他问身后的许芳华。

"两三个月了吧。"许芳华说。

"阿锐呢？"

"阿锐不是常来吗？"许芳华笑着打趣。

也是，阿锐是常来的，只是来时也不多说话，不复往日叽叽喳喳跟只小麻雀似的，总让梁继衷觉得他没来。

许芳华叹了口气，梁恪言平时会常常与她报平安、讲日常，但是她不能告诉丈夫，恐他伤心。想劝的话时不时在嘴边徘徊，却又总是咽下。

有些东西要自己想明白才算前路通畅，旁人的劝慰能成功，不过是对方下定决心之后的一层台阶。

他还没下定决心,她又何必多此一举地递上那层台阶?

十月中旬,有人匿名举报吉安旗下四个项目涉嫌违规操作,存在风险。消息并未扩出外界,当晚,吉安内部紧急召开会议。

梁安成火急火燎地给梁恪言打电话,让他回公司。却不料,电话那头,梁恪言姿态笃定地回了他一句"我正在公司"。

梁安成内心隐隐不安。

会议桌上,是第三方机构送来的检测报告,仔仔细细罗列风险等级与安全隐患。若要问责,必然祸及项目负责人,而这些项目的负责人,个个皆是吉安高级管理层。

项目还在建设初期,及时叫停确为一个正确决定。只是细究一番,经过公司的走账之下更是存在层层疑虑,在这些项目上与吉安合作的公司恩华信托涉及财务造假,有经济风险。

能坐在这个会议桌上的,无一不是人精,这事到底是怎么来的,又是什么人妄图在其中获利,已然一清二楚。

一场漫长的会议结束,几位高管面面相觑,又不由自主地看向梁恪言。这位新上任的领导人此刻姿态笃定地坐在主位,轻描淡写地扫过项目报告。他天生带着警惕,察觉到旁人的目光,抬眸朝几人看过来,也不问,只是笑了笑。

众人不寒而栗,只觉这是一场请君入瓮的阴谋。

梁安成盯着梁恪言,一个毛骨悚然的事实蹿上心间。这场戏,莫不就是他一手策划的吧?

只是,梁恪言又是怎么知道这些项目有问题的。

这问题已经不重要了。

项目被收回的同时,有些权力也被悄无声息地收纳。

不知从何时起,许多权力竟顺理成章地到了梁恪言手中。

期间,他约见了一次邝行鸣,外人自然没有自家人熟悉品性。梁恪言探清了现在董事会这帮人的底细,有意提拔某些人。

十月末,青城入秋。吉安高管陈航踏遍吉安大楼也不见梁恪言,只能问于天洲他的去向。

"梁总今日在起瑞。"

陈航暗暗叹气,又吩咐司机开去世纪府。

虽然想不明白梁恪言是怎么抓到自己的把柄,但低头认错总归是唯一的途径。人到了这个年岁,无欲无求,难得有了点野心妄图做个大的,却被现实打败。

终于找到了梁恪言,此时他正在打电话,应该是不怎么重要的,因为他默许了秘书放自己进去。

"两位,晚上八点,顶楼靠窗座位,谢谢。"说完这些,梁恪言才抬头看他。

"梁总是晚上约了人吃饭吗?"陈航客套地笑。

"嗯。"梁恪言放下手机,他做事讲求效率,何况已经清楚来人目的,就不需要再费口舌用在虚与委蛇上,"陈总有什么事吗?"

出了世纪府的大门,陈航只觉得一阵恍惚,回头望去深入云间的大楼,只觉得恶寒。是他,是他们,都小看了梁恪言。几个月前,他还轻蔑地想着,梁恪言成为吉安的总经理又如何?这还不是董事会的任命。

因着这层缘由,他们自以为梁恪言不过是新来的提线木偶,可他们应该明白的,孤身入吉安的乱局,自然是早就想好了解决之法。

线在梁恪言的手里,他才是牢牢掌握着吉安的把柄。

蛇打七寸,擒贼擒王,梁恪言的确应该从自己身上开刀。

大势已定,陈航没了争夺的念头,此刻举白旗何不为一种胜利。

去年冬日的承诺,到今天才实现。梁恪言给柳絮宁打电话,让她晚上来绿青吃饭的时候,她显然愣了一下,疑惑地问他为什么突然去那里。

"你忘了?"

"我应该记得什么吗?"柳絮宁又问。

靠她自己是想不起来事情的,梁恪言自以为的她惊喜到眼睛亮亮地望向自己的场景显然是不会出现了。

"冬天的时候,我不是说带你开海后来吃海鲜?"

奈何她总是加班,从九月加到了十月。

柳絮宁恍然大悟,眼睛一点一点亮起来,嘴角的弧度也一点一点扬起:"啊!我想起来了!"

她的声音扬着,像飞扬的小鸟,梁恪言在电话这端笑:"那晚上见。"

绿青的海鲜的确是一绝,生蚝、扇贝个大肥美,柳絮宁爱极了辣炒黄蚬子和海肠炒糯土豆,梁恪言把那两盘都往她跟前移。

"都让我吃啊?"柳絮宁有些不好意思。

梁恪言:"嗯。"

柳絮宁得寸进尺地把椒盐虾蛄挪到他跟前,虾蛄是半开背的,方便食用,但还是会在拇指上勾得破皮。她什么话也不说,眼神示意了一下梁恪言。梁恪言一副早知如此的模样,安静地帮她挑肉。

她朝他讨好地笑笑。

"怎么笑成这样?"

"讨好一下你咯,怕你不愿意。"

"怎么,你还会怕我不愿意?"

"当然。"她故意做了个凶巴巴的表情,"难道我这样命令你,你就会愿意?"

他边笑边摇头:"愿意啊。"

"真的啊?"

他点了头,又非要刺她一句:"不过,可能是敢怒不敢言。"

她不满地"喂"了一声,又看见他手边的手机响起,提醒他。他双手都是油,瞥了眼屏幕,来电没有显示备注,左右都是垃圾电话。

"你接一下。"

柳絮宁把手机拿过来,先开口说了句你好,对面沉默几秒,才缓缓开口:"宁宁,怎么是你?"

——梁安成的声音。

柳絮宁一下坐立难安,梁恪言注意到她的眼神:"怎么了?"

柳絮宁抿了抿唇:"梁叔,是我,您稍等,我把电话给他。"

她甚至都忘记了可以静音,只牢牢捂着听筒,把手机递给梁恪言:"梁叔的。"

梁恪言神色未变,擦手的工夫,还能揶揄她一句:"还以为是什么午夜凶铃,把我们飘飘吓成这样。"

柳絮宁此时没兴趣和他打趣,小声催促:"快点啦。"

他们也许是在讲工作上的事情,柳絮宁吃着吃着,突然没了什么胃口,真是在幸福与依赖的蜜罐里待久了,以为这样的日子是细水长流,是日复一日,却不知会不会被人为地收割。

"不吃了?"挂断电话,梁恪言看了一眼她。

"饱了。"

"好。"

拉着柳絮宁走到地下车库,梁恪言随口问:"困不困?"

应该是一句平常的疑问,但是前车之鉴让她瞬间警觉起来,梁恪言看一眼就知道她又在发散她天生的想象力。

"不困的话,去超市吗?"

放心了,原来只是去超市啊。柳絮宁点头。

这个点,超市里的人不算多。梁恪言推着推车,柳絮宁刚开始和他并排走着,到了零食区,她就不管他了,身形在零食架前穿梭,又在几分钟之后,神奇地找到梁恪言,把怀里抱着的一大堆薯片丢到推车里。

"我今天发工资,我买单!"她有些雀跃。

出了零食区的时候,推车已经载了满满一堆东西。柳絮宁算算也没什么要买的了,就要去结账,被梁恪言叫住。

"要不要去买花?"她偶尔会来梁恪言的住处过夜,来一次就会感叹这家里怎么除了小飞鱼就是小飞燕,满目皆是低饱和度的蓝。但这是人家的家,她提这些建议就有些多此一举了。

"好呀。"

柳絮宁直奔小飞燕，刚要拿，梁恪言问："你喜欢什么？"

柳絮宁愣了下："你不是只喜欢——"

"家里不能只摆我喜欢的东西。"他打断。

这语气太自然，柳絮宁无端地红了脸，又怕自己会错意。

"要是你现在还在我面前小心翼翼，那我做男朋友一定很失败。"

不用戳破，不用说得太明白，但心脏因为他的话收缩着，情感不断缔结牢固。

柳絮宁把那簇花举到挡住脸的高度，掩藏住笑："白荔枝、小苍兰都好看，我都很喜欢。"

"好。"

"对了对了……再买株发财树吧，发财最重要了，万一你破产了怎么办？"

梁恪言刚要说"好"，又听见她后面那一句，臭着脸改口："破产了也是瘦死的骆驼比马大。"

"我不管，你破产了我就找别人。"

"你现在可以嘴硬，还想说什么接着说吧。"

"……对不起哥哥，我刚刚都是瞎说的。"

她滑跪的速度让他一瞬失语，忍不住捏她的脸："柳飘飘，你能不能有点骨气？"

整整六袋东西，梁恪言拿了五袋，柳絮宁想再多拿一袋，被他以"那你还有手牵我吗"为理由拒绝。

出门的时候，夜风微凉，青城即将迎来最舒爽的秋天，梧桐区的叶子开始泛起金黄，在月色的照耀下像发着淡淡的光。柳絮宁一只手塞进了他的外套口袋里。

车停在另一个门口，要绕一点路，平常对于梁恪言来说要用"烦躁"来形容的事情此刻也变作一场满足。

他喜欢这样的生活，因为同伴是柳絮宁。

半个月后，董事局会议召开，会议上四分之三的人投了支持票，等于明晃晃地站在梁恪言身边，直接架空其余人权力。

梁安成低头站在梁继衷面前时，怎么也想不通，这事怎么就变成了这样。

这不仅是权力归拢问题，项目上的事，若非有人及时内部举报，而吉安又铆足了劲不让消息外泄，他的惩罚必定不会那么轻松。若是项目一旦建成，付出的代价绝对比现下的叫停要来得恐怖。

梁继衷恨铁不成钢："梁安成啊梁安成，你到底有什么用！"

梁安成也是懊悔，不停地说着是自己犯错。

"把事情从头到尾讲一遍。"梁继衷冷声道。

梁安成战战兢兢，事无巨细地描述。

"等等——"梁继衷皱眉，眼锋一凛，"这是恪言给你的项目？"

"是。"

梁继衷叹了口气,却在心里苦笑。他不知自己现在是何种心境,只是觉得自己这孙子,有谋略有野心,更是拥有足够的狠辣无情。

他下楼时,梁安成正在和许芳华说话,话里话外无一不透着不解。

没有自我认知却照旧野心勃勃,梁继衷在心里叹气。

他走过去,让唐姨明日做顿好的。

"有人来?"梁安成问。

梁继衷只看向许芳华:"明天叫恪言来吃饭。"想了想,他又补充,"让他带上宁宁。"

梁安成的瞳孔骤然一缩:"爸,您这是……"

梁继衷没理,径直上了楼。

父亲的刻意忽略再明显不过,梁安成握着拳,心中五味杂陈。

许芳华担忧孙子那时在工作,特意等到傍晚才打去电话。梁恪言恰好结束一场会议,他说他要先去问问宁宁,广告公司逢大促便会忙得不可开交。

许芳华笑着说"好好好",然后挂了电话,向梁继衷转述。

梁继衷愣了一下,语气沉着:"他说什么?"

许芳华第一遍没有听出他语气中微妙的情绪变化,于是自然地重复。

好啊,现如今,他梁继衷还要等柳絮宁的时间了?

梁恪言,吃里扒外的东西,说的什么混账话!

"我们梁家就没出过情种!"梁继衷勃然大怒。

许芳华突然也不高兴了,她笑容一敛:"你既然这也不满意,那也不满意,索性就别让他来吃饭了,有什么要紧的!"

梁继衷知道自己说错了话,他表面镇定地拿起书桌上的热茶吹着,心里挣扎许久,权衡着利弊。

最后他终究是软了态度:"不一定要明天,宁宁和恪言有空了来就行。"

这顿饭约在了十一月中旬,梁恪言停好车,替柳絮宁拉开车门。

身后有车灯闪了两下,柳絮宁越过他的肩膀看去,一眼就看清了那个车牌,是梁锐言的车。

今日阳光明媚,雨刮器却突兀地扫了两下,像要透过前车玻璃看清楚来人。

"巧啊。"梁锐言摁下车窗,探出半个脑袋,和两人打招呼。

他神色如常,眉眼还是挂着熟悉的笑容。

梁恪言点点头。

他这弟弟现在倒是聪明,不管两人有再多的敌对情绪,也必不会在柳絮宁面前表现出来。从任何程度上来看,针锋相对之下,幼稚的是他俩,难堪的是她。

"哥,你不上道啊,把最好停的车位占了。"梁锐言说,"你们先进去吧。"

"嗯,里面见。"

— 324 —

梁锐言将车窗降得更低，看清他们相握的手。唐姨替他们开了门，那一刻，梁恪言突然回头，轻描淡写地扫过他。

行动快于理智，梁锐言想也未想地错开。

正午的太阳真是温暖，空中浮现一点光晕，梁锐言眯了眯眼，突然觉得这一幕有点眼熟。

那是梁恪言刚回国的时候，那日是新学期开学典礼，他从下午开始就没了事情，知道柳絮宁她们舞蹈队晚上有表演，他和她打过招呼后就先回了家。夏日午后无聊又漫长，他一向坐不住，闲着无事约了朋友在球馆打球。打完球出门时，正巧看见一辆熟悉的宾利一晃而过。富人区里有宾利不算稀罕事，只是他似乎在副驾驶座看见了柳絮宁的身影。

不会吧，肯定是自己眼花了，他哥和柳絮宁平常称得上毫无交集，这时候还能大发善心载她回家？

后来在家门口碰见，他心里一乐，心说还真是稀奇，他哥这个两耳不闻窗外事的富贵闲人真的送柳絮宁回了家。

他和柳絮宁玩笑打闹着走进去，进家门前，他无心地回过头，恰巧与梁恪言的视线错开。

与今日的场景，怎么不算相似。

所以，梁锐言，你知不知道什么叫风水轮流转？

他也会成熟，也会羽翼丰满，而人生那么那么长，变数那么那么多，日子再往后过，当下的任何人都不知道到人生盖棺时究竟是谁蹈了谁的覆辙。

再见梁继衷，柳絮宁有些无措，似乎一见到他，记忆就会准确无误地回溯到书房对峙的那一日。只是与那日不同的是，那些看似锋利挫人的话语再无法伤她分毫。

"宁宁来啦。"许芳华拍了拍她的肩。

"奶奶好久不见。"

梁继衷看着她，嘴唇微动："宁宁。"

"爷爷好。"

梁继衷"嗯"了一声，目光落在她身边的梁恪言身上。

"你跟我上楼。"

这态度算不上柔和，梁恪言却知道，这算是梁继衷退一步的证明。

面前的书桌上，唐姨早早备好了茶。只是茶杯空着，梁恪言替他满上了茶。

梁继衷哼笑一声："你倒是舍得回来。"

换作别人，梁恪言绝不会将话语的主导权与天平翘起的一端让与别人，不过既然对面是梁继衷，让让也无妨。他也笑着："是我想爷爷了。"

"那还要隔这么久才回来。"

"您不说，我不敢动啊。"

"你不敢？你还有什么不敢的？"梁继衷指着自己身下的梨花木椅，"这个位子，除了我，可只有你坐过。"

一杯茶饮空，梁恪言为他续上："爷爷，那也是您让我学画画的时候，我才会坐。"

他摩挲着面前的茶杯："但我不喜欢学画画。"

梁继衷浅浅地呼出一口气，声音缥缈得像散在空中："那就不学了。"他望向窗外，"那你想要什么？"

"我想要起瑞。"

梁继衷看了他一眼，梁恪言没有躲开眼神，与自己对视着。

他欣赏梁恪言的果断与明目张胆的野心，果断是个性使然，野心则需要能力支撑，他无疑是拥有这两者的。

到现在，他也没必要死攥着一些东西不放。既然他要，那就给他，何况，自己本就想给他了，只是时间问题。但万事万物皆在不停变化之中，不过是将放手的时间往前推，亏不得什么。

这无疑是最好的选择，也能获得最大的利益。

唐姨和几个阿姨在厨房忙了一个上午，整个餐桌都被家常菜摆满。

松鼠鳜鱼是最后上的，浇上滚烫的卤汁后便被端了上来。梁安成也是在那时推开了家门，门口有人喊他的名字，梁继衷夹过一块鱼肉，声音不辨情绪："来得倒是刚刚好。"

从梁安成进家门开始，柳絮宁心里的想法隐隐躁动着。这念头她其实想了许久许久，但一再因为旁的因素而搁浅，今天该是一个完美的时机了。

饭后，她望着梁安成上楼的背影，在心中思忖该如何和梁恪言说，梁恪言就已经起身："去不去晒太阳？"

"不去，累了。"

"今天走过路吗就累了？"他觉得好笑，捏了捏她的脸。

"就是累了。"

梁恪言没多说，让她坐着，她说好。

眼看梁恪言的身影脱离她的视线，柳絮宁立刻起身往楼上走。她知道梁安成在老宅时的房间，轻车熟路地找到后，轻轻敲了敲门。

梁安成打开门，看见是她，有些愣："宁宁。"

"怎么了？"他问。

柳絮宁从小包里掏出一张卡："梁叔，谢谢您把我从柳家带回来，也谢谢您这么多年对我的照顾。这是我这些年的积蓄，还有妈妈留下的一部分遗产，我觉得我应该给您。"

梁安成反应了好一会儿，当即要拒绝。

"它对您来说也许只是一个数字，但对我的意义很重。"

人之所以为人，便是拥有别的生物没有的复杂性。在所有其他层面上，她无权对梁安成做出评价，她也是世上唯一一个不可以对他恶语相向的人。梁安成给足了她良好的环境、丰沛的教育，以其财富支撑她的所有爱好。她由衷地感谢他，也由衷地为年少时的欺骗而愧疚。

"我真心希望您可以收下它。"除此之外，她也有一份私心。

"梁恪言很好，很好很好。我很喜欢梁恪言，我想和他在一起，我也想拥有和他在一起的权利。"

再明晰的，便不必再说。

初见时的那个小女孩，有一双澄澈剔透的眼睛，无论望向谁都能勾起一点怜爱。如今她长成了亭亭玉立的模样，眼里还有冥顽不灵的倔强。她自认自己是个有瑕疵的人，但更多的是真诚。

梁恪言会爱她，又有何奇怪。

梁安成摸了摸柳絮宁的头："宁宁，也许你不知道，把你从梁家接出来，我、甚至是整个梁家，都是存了私心的。你不必为此感到负担，你拥有和任何人在一起的权利，包括梁恪言。"

他接过那张卡，像接过她惴惴不安的心："我收下了。你和我，两清。"

阳台是宽敞明亮的，柳絮宁走过去，靠在栏杆上低头望。

她不敢大声，唯恐惊扰了午休的梁继衷和许芳华，于是压着嗓音，轻轻喊他。

也是足够默契的，这样几不可闻的音量刚落地一声，梁恪言就抬起头来，透过繁盛的树叶缝隙凝视着她。

阳光洒落在她乌黑的发上，她突然说了句"接着"，眼前小小的黑影一闪而过，梁恪言下意识接住。

他摊开掌心，是一颗糖，俄罗斯产的，甜得发腻。柳絮宁上次从超市买回来后，吃了一颗就捂着腮帮子喊牙疼，又心疼自己买的一大包要被浪费，于是三令五申让他吃完。

她都受不了，那他自然是不会给自己找罪受的。

他手一抬，干脆地丢还给她，像一场寻衅。

"喂！梁恪言，我要生气了！"柳絮宁有点气急败坏。

她要是真生气了，那该是多恐怖的一件事。

梁恪言伸手道："那你给我。"

她冷笑："我现在不想给你了。"

"也行。"

"不行。你求我，我再给你。"

梁恪言无奈，笑道："我求求你啊，柳飘飘。"

天气真是好得不像话，他的脸被阳光照着，视线也灼人。

胸口像有一场台风过境，柳絮宁知道自己的脸在隐隐发烫，也算是明白了什么叫秀色可餐。

"给你。"她丢给他,搓了搓脸,堪称一场落荒而逃。

答应的事当然要做到,梁恪言把糖丢进嘴里,感受它痛苦的甜腻。

但是无碍,是柳絮宁给的,那必然是好东西。因为爱屋及乌,他喜欢她的柔软,也喜欢她偶尔的小脾气,更喜欢她身上的矛盾感。

柳絮宁的最后一个学期开始了,实习暂告一段落,毕设、论文初稿、查重、定稿、答辩蜂拥而至。

当人忙起来,时间就会变得飞快。

毕设终于告一段落,柳絮宁又可以开始自己的画稿。梁恪言有时觉得她真是精力充沛。

班级群里发出通知,六月举办毕业典礼。

柳絮宁前一晚还在赶一幅天价画稿,她扬言今晚不画完就不睡觉。

咖啡和大红袍全部准备就绪,梁恪言看了她一眼,只留下一句"别猝死"。柳絮宁说到做到,凌晨四点画完了这幅画,也算是按时交稿。

熬夜到四点的代价就是几个小时后的闹钟对她全然无用,直到梁恪言打开她的房门,她才一瞬惊醒,着急忙慌地洗脸梳头,打粉底时,还要抽出一句话的工夫怨他不早点叫自己起床。

"你讲不讲理?"

"不讲啊。"

她理所当然的样子让梁恪言无言以对。

柳絮宁最后是在车上化完了全妆,中途梁恪言下车给她买了三明治。她怕沾到口红,嘴巴竭力张到最大,吃的模样实在好笑。

"别笑了好不好?"柳絮宁说。

他没应,也不发出声音,仍是边摇头边笑。

他在开车,又不好打他,于是这一拳留到了校门口。他刚停下车,柳絮宁就不轻不重地打上去,而后抛下一句命令:"你帮我看看,背后的带子是不是松了啊?"

她今天穿了条镂空的绑带吊带裙,背后的肩胛骨往下露出一片雪白的肌肤,两根极细的带子松垮地系成一个结,她总觉得没什么安全感。

梁恪言看了眼,知道她不是故意的,于是只能埋怨自己定力不足。

"没有。"

"你能帮我再系紧一点吗?"

他一直没说话,直到柳絮宁刚要回过头去就被他按住了脑袋,随之而来的是些许凉意的手指扫弄过她背后的脊线。

"要多紧?"梁恪言问。

柳絮宁突然觉得耳根发烫,有点后悔:"就……就打个死结好了。"

话落,背后绷上一股力道。

"好了好了。"她如蒙大赦,快速打开车门,也不敢回头看他,"三个小时后在这里等我。"

帽穗由右拨至左,四年时光匆匆眨眼,柳絮宁的大学时代至此结束。

柳絮宁很久没见胡盼盼和许婷,毕业典礼结束之后,三人坐在石凳上说着话。有同系女生来邀请拍照,女孩子们在金晖洒满的绿荫道上笑闹着。

于是不知不觉间,柳絮宁把自己说的"三个小时"忘了个彻底。待到她想起时,手机里的未接来电已经有五个。

她接起电话,还没等那头的人说话,便不走心地道歉:"我错了,忘记看时间了,你可不能骂我。"

好赖话都让她说完了,梁恪言还能说什么。

今日的校门口,热闹万分,梁恪言靠在车前等着她。

隔着好远的距离,他就看见了柳絮宁。学士服还未脱下,怀里抱着包,长发微卷,在阳光下发着光。

那日云层散漫辽阔,有夏风吹过,衣服温柔地贴着她的肌肤。

面颊与发梢都被笑意晕染着,她眼睛弯弯的,同身旁的好友一一告别,在车水马龙里站着,左顾右盼地找人。

梁恪言摆了摆手,叫她的名字:"柳飘飘,还不走?"

笑语密布的声音里,柳絮宁准确无误地攥住他的声线,于是嘴角扬起的弧度更大。

她朝他看去,也用力挥了挥手:"哥,我来啦!"

第十三章 /
时间海

那天不只是柳絮宁的毕业典礼，也是梁锐言的。

当晚，梁家老宅自然是前所未有的热闹。

谷嘉裕和阿K是最后一批到的，其实这场景落在谷嘉裕眼里还挺诡异的，毕竟柳絮宁和梁恪言、梁锐言出现在同一画面里就足够让人大吃一惊了，更别提此刻气氛还算融洽。

梁家饭桌上没有酒是不可能的。

柳絮宁不太能喝，上一次喝醉还是为了诈梁恪言，但在厕所里呕吐的场景还历历在目，她必不可能再来一次，于是全程对着那酒敬谢不敏。

阿K于是将劝酒对象瞄向梁恪言："妹妹不能喝的话，你得喝吧。"

梁恪言是开车来的，这个理由就足够拒绝所有劝酒对象了。

阿K也没多在意，这本来就是玩笑话罢了，他和旁人笑着说，那行吧。

只是，他屁股还没坐下，有人猝不及防地站了起来，倒满的酒杯响亮地碰了下他的。

"哥，我帮柳絮宁喝呗。"说完，也不等其他人什么反应，梁锐言一饮而尽。

梁继衷看着站起来的梁锐言，愣了下，条件反射地去看许芳华。许芳华倒是镇定，笃悠悠地放下筷子，让他们慢慢吃，自己先去睡了。

梁继衷跟着她，只听见她和唐姨吩咐，让唐姨看着点，别在家里打起来。

梁继衷语塞："他们……"

许芳华若无其事道："随他们去。"

手心手背都是肉，她作为奶奶站在谁那边于另一方而言都是错，那索性谁都别站，也谁都别去看就行了。

这世上，好结局千种万种，不是阖家团聚、其乐融融才叫令人满意叫好的结局，许芳华对这个现状已经非常满意了。只要别毁了她的老宅和梁继衷辛辛苦苦建成的起瑞，那她这两个孙子做什么都行。

长辈们一走，没了无形之间的压制，饭局在一瞬间变得随意起来。

"哥，我喝完了。"梁锐言将杯子倒过来。

这声哥也不知道是在喊谁。

这下轮到阿K一副痴傻样,起初不过一场打趣,他没想过梁锐言会在这个时候站起来。他替柳絮宁,这算哪门子的替?

阿K不比许芳华,某种程度上也是两方都不敢得罪。他于是不动声色地看了梁恪言一眼,又迅速移回,也将面前的这杯酒喝下。

只是面前的杯子刚空,梁恪言便站起身,拿过醒酒器,红酒顺着天鹅形的瓶颈倒入阿K的杯中。

"妹妹不能喝,我替她喝了。"梁恪言垂眸,慢悠悠地喝下。

真够令人无语的。

阿K看着面前又满起的酒杯,堪称目瞪口呆。

谷嘉裕笑着摇头,何必去作这个孽。

这句话仿佛超出了梁锐言的预计,他微微皱着眉,一眨不眨地盯着梁恪言,可对方只是轻描淡写地扫了他一眼。落不到实处的攻击才够让人恼火的。

就在这时,柳絮宁起身去夹离自己最远的一道菜,一瞬之间隔绝了两人的视线。

那只大闸蟹怎么都拎不起来,她有些懊恼。梁恪言也起身,帮她夹了后,直接放到自己的盘碟中,开始解香草绳。

柳絮宁看着他剥蟹,椅子往他那边挪了些:"你不是在忙吗?"

梁恪言扫过她的脸:"什么?"

她的声音压得更低:"忙着唱戏啊。"

听出她话中的嘲讽太简单了,也许本就是说给他听的。梁恪言知道柳絮宁不喜欢这样,今天算他喝了点酒沉不住气。

她哼了一声:"你去唱你的戏好啦,我饿了,我是要吃饭的。"

这么久了,阴阳人的水平倒是也没有下降。

很久以前,他和梁锐言打羽毛球,因为已经隐隐浮出水面的敌意和那点对她蠢蠢欲动的占有欲,两人打到后面都杀红了眼,只顾着置对方于死地,全然忘记了场上还有一个她。她那时已经对自己的毫无存在感有些恼火,可再生气,那股怒火也只冲着梁锐言发泄,那点骄纵也只对着梁锐言使。

因为熟悉,所以可以放松。

因为亲昵,所以肆无忌惮。

到如今,受用方变作了他,他们共享一层更深入、隐秘的关系,相应的,他也成为被她用来撒气的第一对象,拥有了一份特权。

柳絮宁觉得梁恪言挺奇怪的,帮她剥蟹,听着她毫不掩饰的埋怨,周身却散发一种肉眼可见的愉悦。

有毛病的男人。

他掰开蟹盖:"等等,你吃饱了再骂好不好?要不要醋?"

- 331 -

她一噎,下意识地说不要。
他说好,倒了一勺酱油和姜汁后推给她,然后让她接着说。
吃人嘴软,柳絮宁决定先放弃"骂"他。他在此刻忽然转了头,好声好气地又问一遍:"怎么不继续说了?"
这是什么,挑衅吗?
这一定就是赤裸裸的挑衅!
她不想满足他,埋头吃着蟹黄,余光又看见他用小剪刀将多余的蟹脚和蟹肺剪掉,将蟹身上的蟹黄、蟹膏挑出来放到小碗里。因为手指修长,指骨分明匀称,连剥蟹都是一场视觉盛宴。
注意到她的视线,梁恪言问:"看什么?"
"看看不行啊?"
"可以,我随你看。"
微不足道的小插曲,她记得,他也记得。
柳絮宁抿着唇笑,夹了小碗里的蟹黄,味蕾和心里一瞬都被满足。

饭局快要散了,梁恪言垂头给天洲发消息。柳絮宁探头看过去,见他点开微信界面,于是要把头挪开,却被他一把摁住脑袋。
"走哪儿去?"喝过酒,他的声音低低的,带着沉然的蛊惑,和酒意一起弥漫在她耳边。
"你不是在给别人发消息吗?"那她当然要离远点啊。
他手上用了点力,让她的脑袋抵在自己的胸口,下巴靠着她的额头,像借一个力道支撑。
"你可以看。"
"可是我不想看啊。"
怎么还有这种强迫的道理。
梁恪言语气坚决:"你想看。"
柳絮宁皱皱眉,想抬头去看他,却怎么也摆脱不了他的禁锢。眼眸流转间,她抬起手去挠他的痒。
刚碰到他的腰,就听见从头顶传来的一声嗤笑,带着极为明显的不屑与轻蔑:"柳絮宁,我又不是你,我不怕。"
每次碰着她一些地方,她就央求着边踢床单边往后躲。不怕痒的人实在难以感同身受她的恐惧。如今被梁恪言以这样不加掩饰的语气说出来,显然内心是对她这特质的嘲讽持续很久了。
正说着,梁恪言的手扫过她的腰,果然惹得她瑟缩一下,可惜逃又逃不开,走投无路之下,她只能往他怀里钻。
"梁恪言你有病啊!"她不客气地骂,骂完又稀奇今天是什么日子,她好像一直在骂他。

"嗯。"他倒是没皮没脸地应下,"是有病,你想怎么样?"

柳絮宁气急败坏,也明白他是喝醉了,她不和他计较:"我不和醉鬼说话。"

他问:"那你现在在和谁说话?"

柳絮宁理直气壮地回应他:"和我的哥哥啊。这里有我好多好多的哥哥……"

"你在看谁?"梁恪言皱眉,手指稍许用力扳过她的脸,让她继续只看着自己,"不许看别人。"

"你好霸道。"

"你知道就好。"

于天洲是在半小时后来的。梁恪言先上了车,柳絮宁发现自己的手机找不到了,她折回去找了好久,才发现是刚才打闹的时候掉进沙发缝里了。

"柳絮宁。"她刚出门,便被人叫住。

"阿锐,怎么了?"这声音,她不需要回头就知道是谁。

梁锐言摇了摇头:"没事,叫一下你,毕业快乐。"

柳絮宁笑着回道:"你也是啊,毕业快乐。"

话题似乎到这儿就该结束,柳絮宁正要和他道别,他突然打断:"能抱一下吗?"

"好。"几乎是没有任何犹豫的,柳絮宁回答道。

梁锐言没想到那会是如此干脆利落的一个回答,拥抱是他提出的,他却反而愣了神开始迟疑。

——因为她的目光太坦荡。

坦荡到,接下来的拥抱不会代表任何东西,是她在用最温柔的方式敲打他了。

柳絮宁主动向前一步,张开手臂。

她和很多人有过很多拥抱,不管男女,不管什么关系,而在这些人里,她与他拥抱的次数是最多的。可梁锐言从不认为那是他的特权,那样的拥抱才不是他想要得到的亲昵接触。因为在她的世界里,这个词的定义也许是拿到第一的考试名次时而起的兴奋拥抱;可能是比赛失败后带着安慰的拥抱;可能是凛冽冬天里为了取暖而紧紧抱在一起……可无论是什么,那一个又一个的拥抱绝不会指向他所希冀的地方。

他要的不是这个,而是她脸颊红红地钻入他的怀里,耳畔贴着他胸口,听他紧张剧烈的心跳声,共享一份炽热的体温。

是她可以给梁恪言的那个拥抱。

如果不是这样的,他宁可不要。

所以时至今日,他从未和她拥抱过,从未。

"不用了。"梁锐言往后退一步,耸耸肩,"我哥看到要不高兴的。"

柳絮宁,你怎么这么狡猾。

他才不会落入她这个温柔的陷阱里。

拥抱代表释怀。

可惜了,他太倔,绝不会,也绝不能释怀。

"他不会不高兴的,和朋友抱一下怎么了,他没那么小气。"

梁锐言的笑容浅了点:"你怎么还帮他说话啊?"

"他是我男朋友,我不帮他帮谁?"柳絮宁笑着说,"阿锐你这人真奇怪哎。"

温柔刀,真致命。肩膀压上千斤顶,他有些喘不过气,却竭力调整着情绪,再度笑起来:"干吗啊柳絮宁,你第一天认识我啊?我一直这么奇怪的。"

柳絮宁哼笑了一下,冲他摆手:"我走了。"

他近乎出神地望着她的背影,半晌才喃喃出一句似是而非的"好"。

才不好。

八月,上一个项目正式宣告结束,柳絮宁被分到了一个新的项目。万事开头难,她花了两周的时间琢磨客户以往的需求,可稿子被打回来仍是常事。偏偏这个执行有时给的需求总是不太清楚,杂乱一片没有重点。

执行人叫 Cecelia,前不久新招进来的,以前做的是甲方。这世上真有这样的怪人,做了甲方之后还会跳来乙方公司,真是日子过得太舒坦了,非要找点磨砺。也因着这个缘故,每次任务发下来,整个办公室里不出意外地会响起她一连串的"CC 姐"。Cecelia 到最后都有些不耐烦了,柳絮宁心下叹了口气,只能坐在工位前自己琢磨。

Cecelia 表达不够清楚,对接的客户也奇怪得很,今天是这个要求,明天就要换个说辞。运气好时只是几个小改动,碰上运气不好的时候,那就是临时回炉重造。

柳絮宁已经好几次因为这些临时的更改而加班到半夜了。

她很清楚自己不是脆弱的人,可下楼时望着已经漆黑一片的大楼,竟然鼻头一酸,有了想落泪的想法。

这个点,打车可以报销,她才不会让梁恪言来接她呢,她要叫最贵的车,狠狠坑公司一笔!

她吸了吸鼻子,刚打开手机,屏幕界面最上方弹出梁恪言的消息:抬头。

柳絮宁诧异地抬起头,离自己不远处的斜前方停着一辆熟悉的车。男人身形高大挺拔,光是闲散站着就足够引人注目。他靠在车前,见她看过来,朝她招招手。

柳絮宁如梦初醒。

他提前回国怎么都不告诉她啊?

柳絮宁很喜欢这种恋爱中的惊喜,期待的感觉让人控制不住地上瘾,像是能收获成倍的欢乐。可是此刻,她还未来得及伪装和咽下已经在蠢蠢欲动的眼泪,他就这么唐突地出现。

"柳絮宁,"他笑了笑,又招招手,"不认识我了?过来啊。"

这招手的样子,不知道的还以为他在招狗呢。

柳絮宁脚步一动,忽然快速地朝他跑过去。

拥抱于他们而言已是一种融入骨血的本能,只是简单地共享一份体温都足够叫人欣喜。

"你回来得好早。"半晌,柳絮宁还是缩在他怀里,声音闷闷的。

"听着怎么像怪我回来晚了?"

陌生的情绪像吸满了雨水的海绵从她的心尖上开始挤压,然后"滴答滴答"往下坠,她整个人被潮湿的情绪包裹着。

有些人就是有这么一种魔力,听着他在她耳边的絮语,温热的气息打在颈窝处,她便有了想要掉眼泪的冲动。

他是她的情绪放大器,一瞧见他就能瞬间放大所有的依赖,刚刚在大楼前的那点自我调剂顷刻之间崩塌为零。

"有一点点。"

听出她语气有点不对,梁恪言低了头,想看她,可她就是不抬头,反而将他抱得更紧。

"不能看看你?"梁恪言自嘲,"我还挺可怜。"

"我才可怜呢。"

"你哪里可怜?"他亲着她的头顶,好说歹说才让她抬头,那双眼睛果然是红的。

是为工作,而不是为别的什么在哭,那就已经算是天大的幸运,毕竟工作是最容易解决的事情。

"在外面哭好丢脸的。"柳絮宁抹了抹眼睛。

快要凌晨一点了,这条道路上只有偶然驶过的出租车,还能有什么人看见?梁恪言没反驳她,开了车门,让她进去。

关上车门,梁恪言听她委屈地诉苦。

"……而且有好几次,明明就是他们给错了数据,还要说是我做设计的时候不认真。我的上司从来都只会说'是是是,我们马上改改改',却不会帮我说话。"把记忆悉数翻开,那些已经饱受的委屈再次涌上心头。

梁恪言掐了掐她的脸,让她看着自己。

"市场部是世界上最爱面子的人,不会承认自己的错误,不用在乎他们,不用拿他们的错误惩罚自己。"

市场部必备技能——捧臭脚、拍马屁、做又臭又长的PPT——她当然知道这个道理,却还是会因为对方对自己作品那轻描淡写的评价而陷入情绪重度消耗的阶段。踏入社会之前,她做的所有东西都是同龄人中的佼佼者,成绩也甩旁人一大截,为什么到了这里就变得一无是处了呢。

"柳絮宁,你很厉害的,这种客观事实就不用我一而再再而三地说了吧。"

去年冬天,他们去汤山泡温泉的时候,他就是这么对她说的,语气笃定,信誓旦旦。这个夜晚,他依然这么说着,像永不更改的肯定。

"知道了。"

"真的知道了?"梁恪言抬起她的下巴,"那眼泪怎么还没干?"

"太久没哭了,想哭不行啊?"

他轻轻"哦"了一声:"是又到了给身体排水的时间?"

这人怎么总是拿她以前说的话来噎她呢?虽然是这样想着,心里却没了几天以来累积的郁结。

"是是是,你想怎么样?"

"不想怎么样,你做什么都是对的。"

声音还带着一点鼻音,但人已经恢复了往日的活力,她窝在他怀里,玩着他手腕上的表,暗自腹诽这败家男人,才几天啊怎么又换了个表:"那第二爱面子的人是谁?"

梁恪言沉默了好一会儿,才说:"男人吧。"

柳絮宁也下意识停了一下,继而笑到不能自已。近在咫尺的潋滟双眸里映出他的脸,明暗光影流转着,她弯着眼睛笑,眼波直直地漾进他心里,心驰意动就在这一瞬间。

"柳飘飘。"夜色里,他的声音凭空染上一层缱绻。

柳絮宁的呼吸放缓放轻:"嗯。"

"想不想我?"

此刻,这几个字所代表的暗示意味太明显。

如果回答想,那接下来要做什么,她自然一清二楚。当然,她若是故意使坏,拿捏着心眼说一句口是心非的不想,她还是得迎接接下来的局面,也许还会带上惩罚的性质。

柳絮宁是个聪明人,自然知道该说什么。

沉默不过几秒,她摇摇头:"不想,一点也不想。"

梁恪言看着她,揉她脸的力道加重一分,又问:"想不想?"

柳絮宁竭力压下嘴角的弧度,学着他的模样,语气也更加坚定:"不想,不想。我说了,一点都不想你。"

静了片刻,梁恪言无端地笑了一声,放开她,轻飘飘地说了句好。

梁恪言的公寓坐落在市中心的顶楼。穿过玄关往里走,客厅里蔓延一扇宽敞的落地窗,可俯瞰整座青城。低头,是霏霏夜雨遮掩下的霓虹闪烁,抬眼,便是高耸入云的大楼,仿佛昭示一场不知明昧的纸醉金迷。

夜色再深一些,整座青城便要与星辰一同坠入地平线。

柳絮宁不是第一次来,可每来一次就要感叹一次自己什么时候才有能力在这样的地界买下一套房。虽然答案是不可能的,但她还是忍不住伤春悲秋地感慨着。

"啪——"一声,后头的动静让柳絮宁短暂地脱离出来。

她正要问你干吗,可是这话还没有问出口,她就与梁恪言分辨不出情绪的黑眸对上。柳絮宁条件反射地抿了下唇,朝他展露一个乖巧的笑。脚下深灰色的羊毛地毯十分柔软,却莫名扎得她一颗心发痒。

"过来。"

他的话是不是有什么魔力,手指一勾,她还真就听话地往他身前走。刚走近,他一拉她的手腕,她便像一只轻盈盈的蝴蝶,落入他怀中。

又是混乱无序的一夜,柳絮宁最后依然是被他抱着去洗了澡。

等她再醒来的时候,梁恪言照例不在身边。柳絮宁不用想也知道他干什么去了,她有时觉得这个男人的精力实在太过旺盛,是不是身体里藏着一堆邪火无处可以发泄。

就像现在,昨夜折腾到那么晚,今早他还可以起床去晨跑。

柳絮宁玩了一会儿手机,拖延了好久才起床,掀开被子,她看见小腿上的痕迹。烦死他了。

心里碎碎念叨着,柳絮宁起身去洗漱,洗面奶刚抹上脸,身后感触到炽热硬朗的胸膛,梁恪言从后面抱住她。

"哎呀!我洗脸呢!"柳絮宁不高兴地回。他也不放开她,此时他满头满脸的汗水,站在她身边,和她说早餐买好了,放在客厅里,有她最爱的生煎包。

才一份生煎包,哄不好她。

柳絮宁故作冷淡地"哦"了一声。

"给我让个位?"梁恪言用肩膀碰碰她。

这么宽敞的洗漱台,他却非要和她挤在一起。

柳絮宁不情不愿地让开,也不走,看他低下头,手捧过水就往自己脸上和头上抹。眼里不小心进了点水,他随意地抓了抓头发,抬眼去看镜子,瞳孔有些红。

柳絮宁拿来毛巾帮他擦,他于是不动了,抱着她的腰任她处置。

毛巾盖过脑袋,只露出鼻梁以下,下颌轮廓清晰,喉结弧度明显锐利。因为晨跑,他穿的总是简单清爽的白T恤,脖子上的细汗已经被冰凉的水珠代替,悠悠地往下滚,渗进衣领里。

这画面对她难免产生些视觉冲击。她突然贼心一动,也学着梁恪言平日里的模样咬他的脸。

"柳絮宁——"唇还没碰到,他就已经发现了她不良的意图,拖长声调质问,"干什么呢?"

喊,这语气明明是愉悦且上扬的,干吗还要矜持装冷硬。

她没犹豫,仍是咬上去,退开之后,又不忘理直气壮地回一句:"耍流氓啊,看不出来?"

"看出来了。"毛巾遮挡着视线,他也不拿开,摸着她毛茸茸的脑袋,"那你继续啊。"

柳絮宁在他怀里笑个不停。

如果不是 Cecelia 突如其来的电话，他们可能要在盥洗室里待上好久好久。

乙方没有周末，柳絮宁以此前辈流传下来的谆谆忠告劝诫自己，在餐厅里边吃生煎包边戴着耳机开会。开过会，她又抱着笔记本电脑进了书房，直到下午才出来。

终于做完，柳絮宁觉得腰酸脖子痛。从书房出来，她直奔客厅，一下倒在梁恪言身上，颐指气使地让他给她捏肩膀。

"做完了？"

"嗯。"

"困不困？"

突然问这问题干什么？

"不困，越做越精神。"

他笑了下："那去换衣服。"

柳絮宁眼睛一亮，胳膊肘撑着他的大腿，歪头看他："去干吗呀？"

车停在路边，柳絮宁看着眼前石库门风格的建筑，像酒吧又像剧场的混搭。

看到门边挂着的演出宣传图，图中有她熟悉的脱口秀演员，她才知道梁恪言是带她来干什么的。

自我调侃，又在调侃之中以诙谐的语调传达感悟与意义。借他们的眼，发现原来生活中细小的事物也有其快乐的一面。两个小时的演出，其间欢声笑语不断，而在一吐职场憋屈的环节中，更是得到了全场"社畜人"的热烈共鸣。尤其是当男演员说出"Cecelia 这个名字一听就是个很作很娇滴滴的小姑娘"时，柳絮宁就在台下一直笑，心说"太对了太对了"。

从剧场出来时，所有的阴郁心情都被治愈。

"喜欢看吗？"出了剧场，梁恪言问。

"喜欢！谢谢你！"她重重地点头，转而看着梁恪言，"喜欢这种惊喜，我能不能一直有？"

夜色更黑，风打着旋儿拂过树梢，她凑近他时的眼睛里都溢着星星点点的光，明亮濡湿，淌着水，像秋天落雨时的路灯。

梁恪言的心倏然软着，搂她入怀。

"当然。"

如他所言，和他在一起，惊喜总是一个又一个，接连不断到让她眼花缭乱。

又是一个深夜，柳絮宁结束一场对她来说早已习惯的加班。

梁恪言摁下车窗，看着正从大堂里走出来朝人打招呼说再见的柳絮宁。

柳絮宁一出门便看见了梁恪言，直奔他而来。

梁恪言低头看着副驾驶座的小猫，手摸了摸它的脑袋。那猫如有感应，滴溜溜的大眼睛转着，和他对视上。

不出他所料，柳絮宁打开车门后，整个人愣在原地，瞳孔放大，呆呆傻傻地问："这是你的猫吗？"

梁恪言笑了下："你的。"

"我的？"她更诧异了。

也许是被柳絮宁的反应吓到，小猫也呆呆傻傻地看她。

一人一猫四目相对，有些尴尬。

这是一只米努特矮脚猫，灰黄相间的蓬松毛发。它坐在柳絮宁的腿上时，柔软的尾巴悠悠闲闲地晃着柳絮宁的衣服。

柳絮宁有些紧张地碰碰它的耳朵，它顺势仰着头，寸步不移，认认真真地看着她。

对视许久，柳絮宁抱住它，鼻子凑近它的脖子吸了两口，从心底发出一声"它好可爱"的感慨。

"怎么这么突然啊？你都不跟我说一声。"

车缓缓驶入地下室，梁恪言看着后视镜："说出来不就没惊喜了吗？"

也是。

车停稳熄了火，柳絮宁直直凑过去，仰着脖子吻他。

"这么喜欢？"梁恪言因她的主动而好笑。

觉得她像猫，于是送她一只小猫，看来这礼物选对了。

柳絮宁稍许退开一点："嗯，很喜欢的。"

喜欢你送的小猫，也喜欢你。

一个空缺是需要另一个空缺填补的。

有了猫猫，梁恪言出差时，柳絮宁的难过少了些许。她为它取名"芒妮"，梁恪言问她这是什么意思，她说就是Money啊，这都听不出来。

她见梁恪言怔了一下，忍不住吐出一句"你好笨"。

"是，我当然没你聪明。"

管他这话里是什么意思呢，柳絮宁只听表面之意，声调不自觉上扬："你知道就好啦。"

欢笑打趣过去，看着摆在地上的行李箱，柳絮宁还是难以忽视他又要离开一个月的事实，她环着膝坐在地上，仰头眼巴巴地望着他。

芒妮不知道分别是何意，姿态惬意地走过来，坐在她身边。一人一猫的神情在某种程度上趋于一致，梁恪言觉得这只小矮脚猫挑得还真对，是有几分像她。

他也没了收拾的兴致，朝她走过去，在她面前蹲下："又不开心了？"

"当然啊，难道你想要我开心？"柳絮宁说，"如果有一天你要离开的时候发现我是开心的，那你就危险了。"

语气里是赤裸裸的威胁。

"不过，我看你倒是挺开心的。"她又补上一句。

好赖话都让她说齐了,梁恪言觉得好气又好笑。
"我哪里开心?"
柳絮宁去掐他的脸:"哪里都开心,你嘴角的笑都抑制不住了!"
欲加之罪何患无辞。
梁恪言抱起她,芒妮的小脑袋抬得好高,玻璃珠似的眼珠子直直看着他们,过了一会儿,它也抬起小爪子去抓梁恪言的裤脚。
"我没有。"
"你就有。"她要闹起来时也很有毅力,双手点着他的脸颊,硬要往上撑。待到他真被她这幼稚的招数玩得没了法子时,无可奈何地笑出声来。
柳絮宁瞬间像抓住了他的把柄,不无得意:"看!你就是笑了!"
梁恪言不再争辩,点着头认下:"是,笑了。"
他往上掂了掂她,坐到沙发上。芒妮瞬间跳上来,梁恪言腾出一只手抚摸它的脑袋,慢条斯理地补充:"但还是没有你知道我要去英国留学那天笑得开心。"
柳絮宁熄了火,眼神开始躲闪。
梁恪言扳过她的脸:"躲什么,怎么不看我了?"
"陈年旧事提它干吗啊?"她又开始软了声音和他说话,脸上还带了点莫名的委屈感。
委屈什么?他才比较委屈。
他这位妹妹真是坏事做尽,已经不满足于倒打一耙了,现在还要先发制人。可他很清楚,自己很吃这套。
"知道了,不提了。"

柳絮宁心满意足,捧起他的脸,重重地亲在他的嘴上:"那亲一下。"
还有这种好事?那他倒是希望她天天这样,他很喜欢。
他正要回吻过去,就听到她接着说:"你要有一个月亲不到我了。"
这语气都让梁恪言摸不准是表达遗憾还是窃喜。刚刚还在因为他没有为即将到来的分别表达同等明显的难过而生气,现在人还没离开他怀里就开始沾沾自喜了。
柳絮宁和他说话的时候,的确没什么逻辑和条理,总之能挑衅到他就好。
预料之中的,效果很明显。
"那今天多亲点。"
话刚落下,梁恪言便禁锢住她的脖颈,让她动弹不得,又强硬地吻上去,咬着她的下唇,让她不得不张开嘴巴,被迫地送出呼吸。
芒妮左看右看,想凑近,可梁恪言的另一只手按在它的脑袋上。它凶狠地"喵"了一声,却淹没在浓烈的唇齿相依声之中。

一个月的行程,梁恪言带了两个行李箱。落地希思罗机场时,梁继衷派人来接了他。

他坐在后座,先是和柳絮宁发了消息。这个点,青城已经是凌晨,他知道柳絮宁不会回,将手机放下后,开始看项目资料。

几乎是刚放下手机,屏幕就亮了一下。

他点开,居然是柳絮宁的消息:你到啦,那我睡觉咯。

后头附了一张照片,是在卧室的床上,她抱着芒妮拍了张自拍,眼神半耷拉着,有藏不住的困意,背后是斑斓的霓虹夜色。

梁恪言没想过她一直在等他的消息,心里像落入一场霏霏细雨,他突然有些懊悔,应该一下飞机就给她发消息。

他回了句:好,晚安宝贝。

对话框的备注栏变作"对方正在输入",没几秒,她发来一句:你也是啊,宝贝。

相处得太久了,梁恪言甚至能想到她是趴在床上,咬着手指,拿芒妮做抱枕,绞尽脑汁地想该如何说出一句撩拨他的话,却生疏于技巧,到最后只能模仿着他的口吻来一句同等分量的回敬。

出神的工夫,她又发来一条消息:好好赚 Money,不要太想芒妮。

每个字都像一颗一颗的跳跳糖,在胸膛里"噼里啪啦"地炸开。

是不要太想芒妮吗?那他可不可以自作多情地认为这是要多想想她的暗示。

今年柳絮宁要和梁恪言去英国过年,于是决定去烫个小卷毛。

梁恪言陪她去了理发店。

理发师总是这样,不管烫出了个人还是只鬼,都能从无数个犄角旮旯的角度夸出天花乱坠的好看,再顺道忽悠你办张卡。

柳絮宁在进理发店之前就嘱咐梁恪言,等烫完头就拉着她撤,不要久留。

等真烫完了头,理发师倒是把注意力放到了梁恪言身上。柳絮宁听着对方吹水,什么"帅哥你做这个头型肯定很帅""帅哥要不要尝试一下美式前刺,这可是时下最流行的发型"等诸如此类的话。柳絮宁在心里默默反驳,他剪什么发型不好看。

不过顺着理发师的视线,她也抬眼通过镜子望向了梁恪言。

项目落地之后,他的亲力亲为也告一段落,在家里待了有快两周,前面的刘海稍许长了点。

梁恪言全然拒绝,要去付款时,恰巧撞进柳絮宁的视线里,原本懒散的神情一时怔住,因为柳絮宁那个眼神算不上太正常。

回程的车上,她也时不时看过来。

梁恪言有点想问她你到底在看什么,但他怕答案只会是那句理不直气也壮的"你现在这么金贵啊,看看你也不行"。

回到家,柳絮宁直奔卧室,从化妆台里翻出一把小剪刀。剪刀随着她手部动作而开合，发出"咔嚓咔嚓"的两声。

"我帮你剪头发吧？"以防他不同意，柳絮宁补充，"不收钱的。"

这该是很有诱惑力的一笔交易了吧。

梁恪言沉默了一下。

柳絮宁不敢置信："你不信我？"

难道该信吗？但是妹妹盛情难却，他不该拒绝的。

"信。"

柳絮宁情绪高涨，拉着他进了浴室："脱掉。"

梁恪言皱眉："我？"

"对呀，这样就不用扫地啦。"

"那我能面对镜子吗？"

"那这还算惊喜吗？"她质问，"梁恪言，你还是不相信我。"

梁恪言心说，是啊好妹妹，不然呢？

想法再多也只是想法，无声无息，无人在意。

他也不准备挣扎了："没有，随你剪。"

他脱了上衣，靠在洗漱台前，两腿微微敞开，单手撑着后面的洗漱台，另一只手习惯地搭着柳絮宁的腰，任她摆弄。

她够着他的肩膀，另一只手剪去一点多余的碎发，又下意识吹了吹。一截极短的黑发扎进梁恪言的眼睛里，他皱起眉，原本搂着她腰的手也下意识紧了一点。

柳絮宁手一抖，剪刀跟着一歪，剪下一大撮头发。

头发掉在他小腹上时，柳絮宁心里像火车脱轨，她忍不住"啊哦"一声。

这一声里包含的意义太多了。

梁恪言低头，安静地看了眼，缓缓地问："这也是你计划之中的？"

柳絮宁笑了一声："生活就是要有惊喜的。"

梁恪言把她往后抱了一步，转身去看镜子。

视线刚对上，他便皱了眉，习惯性去抓头发，但这头发在指腹之间倏然掉落，真是丑得让人不习惯。

"哥……"身旁传来柳絮宁心虚的声音，"你觉得惊喜吗？"

梁恪言反手捏着她的后颈，把她抓到自己跟前。柳絮宁没抬头，倒不是害怕，就是丑得她不是很想看。

梁恪言揽过她的肩，顺势去抬她下巴："我觉得是好大的惊喜，你觉得呢？"

柳絮宁向他露出一个标准又甜美的笑："哥，你喜欢就好。"

梁恪言都不知道自己该是个什么样的表情，被她气得笑了两声，低头咬了下她的脸。

柳絮宁自知理亏，等他的唇离开，还扭头凑过去："那这边要不要也咬一下呀？"

倒是知道他好什么，梁恪言嗤笑了一声，就这么点小事，他没再跟她计较，出去拿了理发器。回来时，见她还不知所措地杵在门口，他拍了拍她的腰，让她让开一点。

看着他拿着理发器推侧边的头发，柳絮宁像只没心没肺的猫，又巴巴地凑过去，语气里有一丝期待："寸头啊？"

刚刚的愧疚一瞬间荡然无存。

"嗯。"

"哦，那肯定很帅的。"她在一边吹捧着。

长这么大，她从未见过梁恪言寸头的模样，这下歪打正着还挺好。

等他推得差不多了，柳絮宁又满怀期待地挤过去，仔仔细细地端详他的脸。五官与额头全部露出来，更显出头型与五官的完美，清晰的眉眼线条勾出凌厉野性，整个人是截然不同的风格。

她伸手摸了摸他的头："就是有点刺。"

梁恪言倒是对全新的自己没什么大反应，他随手抓了一下，在水池里洗着手，不走心地回了句："刺的也是你。"

柳絮宁卡顿几秒，意识到了他的言下之意。

空间里一时陷入静默，因着这份诡异的安静，连两人无意之间的对视都染上了别样的味道。

沉默偶尔也是一种煎熬。

柳絮宁往后退了一步："那……是不是没我事啦？我出去陪芒妮玩一会儿哦。"

刚一转身，她的腰从后面被他箍住。

"不急。"

芒妮跳上床又跳下去，来回窜了好久。它听着浴室的动静，大摇大摆地走过去，仰头"喵"一声，奇怪他们两个人怎么都不出来陪自己玩。

柳絮宁请了年假，又向Cindy申请了两周的在家办公后，凑齐了一整个月的完美假期。

落地英国的那一天，于天洲安排好了人来接他们。

上车的时候，柳絮宁还在念叨刚刚过海关的时候被问了许多问题，她仿佛回到了口语测试的现场，要把近几年来所学到的英语词汇悉数用上。

过了海关，她还一个劲地说好紧张好紧张，已经好几年没和外国人交流过。

梁恪言突然说学校里的交换生不是常常来找她搭讪。

被他说中，柳絮宁顷刻便没了声响。过了一会儿，她才小声嘀咕说你记性还挺好，她在饭桌上随口一提的事情他也能记得。

梁恪言没皮没脸地应下，说了句是啊，谁让他记性好。

两人在飞机上已经看了两部电影，现在都被困意弥漫，直接回了家倒时差。

梁继衷在英格兰南部有片庄园，但柳絮宁不想去。

梁恪言的公寓在西伦敦的黄金地界，挨着泰晤士河。这是柳絮宁第一次来，电梯到了顶楼，开门即可看见他的住所门口堆着一大摞快递，是管家帮他送上来的。那里面全是柳絮宁的东西，要在这里待上小一个月，她不想拎着大大的箱子过来，索性就买了冬天的衣服直接寄到了这里。

等梁恪言按密码的工夫，柳絮宁四顾回望了下，还没观察彻底，额头被他弹了下。

"过来，录指纹。"梁恪言说。

很喜欢梁恪言的一点大概是他无须提点就能给出自己安全感。

"好。"柳絮宁乖乖地凑过去，像小狗一样晃了晃脑袋，头发晃得乱糟糟的，然后踮脚，下巴支在他肩膀上，"谢谢哦。"

梁恪言扫她一眼，觉得这下意识的小动作太可爱了，面上却装镇定："卖什么乖啊，柳絮宁。"

"我在这里人生地不熟，当然要讨好一下你咯，万一你把我丢了怎么办？"

"那你就去报警啊。"

她狠狠瞪他，却没什么恐吓力："你还真要把我丢了？"

门开了，梁恪言拽着她的帽子进门："看你表现。"

进他家的时候，柳絮宁有些震惊，这装潢与布置，和她还未入住时的青城的公寓有什么区别？柳絮宁觉得自己与玄关处的那一堆快递即将成为这个空间里最乱的存在。

梁恪言拿了一双全新的拖鞋出来，拆开包装给她穿上。

他走到阳台前开窗通风，顺便把茶几边上的剪刀递给她。拆快递也算柳絮宁人生一大爱好，他的好心帮忙只会让她斥责"不懂事"。

窗外的夕阳美得令人震撼，粉紫色交织着映在地平线末端，云朵镀了金，澄澈的金光洒在客厅里。

"梁恪言，我有点困了，你来帮我拆。"身后传来她理所当然的使唤。

梁恪言看向她，她正盘腿坐在地上，身边是一堆已经拆了的衣服，包装袋凌乱地放在一边，她正在整理，动作之间，是包装袋相互摩擦发出的聒噪声响。

见他仍是站在原地，柳絮宁催促："你过来嘛。"

梁恪言笑着走过去。

在英国留学的这几年，他见过无数次像今天这般如诗如画的夕阳，却没有哪一刻的浪漫能与当下匹敌。

也许是初次踏入，这空间对柳絮宁来说有些陌生，她没在床上睡太久。起来时，她简单洗漱了一下。出了客厅，梁恪言坐在沙发上，开着笔记本电脑，也许是刚结束一场会议，国内时间现在几点？算了，才到这儿几个小时，她已经懒到不想再计算。

"醒了。"

"嗯。"

梁恪言下巴抬了抬,柳絮宁随着他的视线望过去。茶几上摆着一杯茶珍圆的奶茶,黑糖鲜奶的,她眼睛亮了下,拿过奶茶在他身边坐下。

"晚上想吃什么?"

柳絮宁嚼着珍珠,一时间真不知道要吃什么。

和梁恪言在一起后,柳絮宁发现吃什么也成了一个很重要的问题,因为每天都要经历一遍主动发问或是被问询的阶段。

"好难呀,你为什么每天都要问我这么难的问题?"

梁恪言掐了掐她的脸,如实说:"因为我也不知道。"

柳絮宁被他逗笑,在他怀里换了个躺姿:"想吃龙虾。"

东伦敦有家海鲜市场,进货量充足丰富,海鲜每日从各大港口运来,极为新鲜。梁恪言以前习惯去那儿,他看了眼时间,不过周一不开门。

他和她商量:"明天吃?"

柳絮宁对龙虾的欲望也没那么强烈:"好。"

吃饭真是一件难事,到最后两人就近找了家中餐馆吃饭。

吃过饭,梁恪言陪她去了哈罗德。出来时霓虹闪烁,夜色已然浓稠,两人沿着骑士桥大街悠闲地散步。

"你以前都是一个人住吗?"柳絮宁问。

"嗯。"

习惯使然,她片面地想,那应该是很无聊、很孤独的一段时间。

"那你会觉得孤独吗?"

梁恪言牵过她的手:"不会,很喜欢,也很享受。"

她诧异:"享受孤独啊?"

"不是。"他纠正,"是自由。"

蒯越林喜欢追求刺激与极限,也对摆烂的人生乐在其中,学业对他这样的人而言已经是锦上添花的存在,自然没什么大目标;谷嘉裕是高二申请的出国,没有特殊原因,不过是一句"我想出去",那就出去了。人在同一个圈子里时,家境等所裹挟的附加条件就不会成为比较的台阶,在长辈眼里,他们没什么区别。得知梁恪言有出国的念头,梁继衷曾考虑把他送去美国,谷嘉裕在美国,两人从小一起长大,在外面也互相有个照应。

但梁恪言不愿意。他期盼出国许久,他满心满眼地希望那是一个全新而陌生的环境。

万事皆有两面性,孤独似乎是带着灰色调的悲伤词语,但在梁恪言看来,它与自由并行而立。遭受孤独的同时,他也在享受自由。

他对此甘之如饴。

柳絮宁看着他，心里其实也渗出几分好笑，自己竟然为他担忧。他不是外强中干故作镇定的人，他的内心很强大，她早该知道的。

察觉到她有些出神的视线，梁恪言不轻不重地捏了下她的手："怎么这么看我？"

"就是觉得……"她才不要夸他呢，柳絮宁随意地掰扯着谎言，"以前特别想让你出国，现在想想有点小愧疚。不过既然你说你很享受自由，那我就不愧疚咯。"

梁恪言被她逗笑："这两件事情不矛盾，你可以继续愧疚，然后对现在的我好一点。"

柳絮宁想反驳的，但她想了想，她对梁恪言的确没有梁恪言对自己好。陷入泥泞的思绪中，她原本扬着的嘴角不自觉收敛了。

"柳飘飘。"见她长久没出声，梁恪言用肩膀轻轻撞了她一下。

"嗯？"她回神。

梁恪言自知失言，怕她将玩笑当了真。

"我刚刚是开玩笑的，你不要有这种想法。"

也许她自己都不知道自己有多么好读懂，时间悠悠过着，她在他面前卸下了所有的防备，相应的，情绪也一览无遗地写在了脸上。人有阴暗面，他更甚，他喜欢她这样坦然，可也有害怕。

她问："什么想法？"

"不需要对任何人愧疚。"梁恪言给她打预防针，"我都没有在想以前了，你也没必要一直念念不忘。"

"可是我以前对你不好，所以我想对你……"想对你好一点，再好一点，让付出的天平由极端的倾斜归于平衡。

"你已经对我很好了。不然我为什么和你在一起，我是受虐狂吗？"他反问。

梁恪言知道她足够聪明，不需要逐字逐句地剖析解释就能全然懂他。可他依然固执地想要全盘托出，给予她一个肯定又安全的答案。

她对他已经到了很好的地步了吗？

他的目光定在她身上，满目皆是认真，认真到全心全眼都是她。

她依然不知道怎么样的程度才算很好很好，但她已然矛盾地感受到了他赋予自己的好。

柳絮宁踮起脚，用力地拥抱住他。

异国街头，西伦敦的雨夜，一对有情人热切相拥，汲取对方身上的温度。

隔了两天，是个周三，梁恪言起早去了海鲜市场，回来的时候又买了一堆东西。回来的时候，柳絮宁还没醒。梁恪言靠在她身边，盯着她柔美的侧脸发了一会儿呆,鼻息之间是昨夜残存的香氛味道。

指腹点在她形状饱满的唇上时,她没睁眼,只是拱着鼻子努努嘴,不太高兴地躲开。柳絮宁还没彻底睡醒的时候,神志迷迷糊糊,眼睛想睁开又睁不开,有些微的意识,但不太想说话。这时候的她看着总是很好骗的样子。梁恪言就是在此刻有了点存心捉弄她的念头。

柳絮宁其实听见了密码锁发出的机械音,但她只是翻了个身,没再动弹。结果没一会儿,一股从外面带来的凉意自腿间升起,像山巅细雪温柔撒落。

"梁恪言……"她懒得出声,嘟嘟囔囔地说了句。

还没睡醒,这声音足够酥麻,一个名字就能勾起他。

梁恪言没说话,臂弯托起她的腿。

她是真的懒得动,嗫嚅了句"你好烦呀",一只脚顺势踩上他宽阔的肩膀,另一只脚被他捏在手心里,微凉的指腹有一下没一下地摩挲过她脚心。她痒得脚趾弯起,臀又因为他的触摸不自觉扭动起来,下意识地迎合着他。

居高临下的视线里,一切清晰可见,梁恪言呼吸重了点。

精力旺盛的神经病,大早上就要送她这么一出。

洗过澡,柳絮宁怒气冲冲地往外走,又看见他在厨房忙活着。闻见一阵香气,她突然就泄了火,心说这人该不会是故意打一巴掌给一颗枣的吧,美味佳肴即将摆在眼前,这时候咒骂厨子可不算是个明智的决定。

当然要吃完再找他算账。

她走进厨房,站在他身边拿碗筷,又看他动作利索,心中其实早有疑惑。

"你是留学的那几年学会做饭的吗?"

梁恪言"嗯"了一声。

"前天我还想问你的呢,那你平时除了上课还干什么?"

"什么都干。"

这句话囊括的范围太广了。

"比如?"

梁恪言做了椒盐梭子蟹、盐水斑节虾、蒜蓉生蚝,和柳絮宁指名道姓要的葱油龙虾。起先是一桌的海鲜,梁恪言后来想了想不对劲,又简单做了份番茄炒蛋和青椒土豆丝。

他端着往外走,心中顺便回想自己留学时都在干什么。

"做饭、游泳、玩台球,还试过打拳。"

柳絮宁在他对面坐下,本是好奇的眼睛变得亮晶晶的,再看着餐桌上色香味俱全的热气腾腾的菜,胃叫唤的同时脸上全是对他的崇拜。

她没想过梁恪言会这么多东西。

"我怎么不知道你会打拳啊?"她问。

"因为我不会。"

柳絮宁因这连不起来的前因后果愣了一下，这突然呆滞的样子莫名有几分可爱。

就知道她会是这反应，梁恪言笑得轻佻，剥了虾，蘸过酱油后，放到她碗里。

"所以是试过玩打拳。"他说，"但是我不喜欢打输的滋味。"

也许这算是个很明显的性格缺陷，他狭隘得很，不喜欢输，也输不起，更尝不得失败的滋味。

柳絮宁咬着虾："那后来呢？"

他摇头："所以我选择了放弃，没再碰过。"

柳絮宁抿着筷子，看他姿态懒散地坐着，低头仍在为她剥着虾，偶尔又抬眸看她，为她拧开葡萄汁的盖子，递给她的同时，顺便调侃她擦擦口水。

像是脚踏实地的真实感自他肆意的笑容间蔓延开来。

柳絮宁咬着吸管，冷不丁开口："那你教我打拳吧。"

"我？"他略微惊讶地看了她一眼。

"你那点皮毛教我肯定是够了的。"

梁恪言笑了笑，说行。

柳絮宁又说还有游泳、做菜，等等等等，他会的她都想学。

梁恪言打趣她："挺闲啊你。"

柳絮宁摇摇头："不是，我就是想做你也做过的事。"

她说完之后，发现梁恪言在看她，她有些不好意思地低头去夹菜，刻意地忽略发烫的耳朵。

他们之间，哪里还需要表白，可她真的不常说爱。梁恪言很自信，知道自己是足够聪明的，也拥有极强的理解能力，能从她的一言一行中感知到这个字。但没有哪一刻，比当下还要热烈浓郁，她的脸颊染上红晕，眼神纯粹又真挚，说着我就是想做你也做过的事，远超那些她明晃晃吐露我爱你的时刻。

她有了踏足他领地的想法，脚踩着他曾经留下的印记，载着鲜花和爱意大胆地宣告自己要在这里插旗。

因为她的话，心脏掀起一点波动，像一场台风过境，世界都要因为她的出现而翻天覆地。

高楼外，还是雨雾，有人的心里也落起一阵缠绵淅沥的雨。

梁恪言看着她："好。"

国内时间的除夕夜，梁恪言在和许芳华打视频电话。

此时柳絮宁刚结束工作从书房出来，除夕夜，客户临时改了主意要掐着点发东西，她也只能顺应北京时间，临时打开电脑进行更改。

见梁恪言在客厅，她开书房门的时候，他都没回头，不知道在走什么神。

柳絮宁压低了脚步声，蹑手蹑脚地走过去，凑近了，跳起来挂到他身上，往他脸上亲了一口，声音扬着："你在干吗？"

梁恪言被她这一出搞得猝不及防，愣了一下，正要开口，柳絮宁已经先他一步看见了屏幕里的许芳华。

老人笑着，自然地和她打招呼，祝她新年好，又说好久没见了，在英国玩得开不开心。

柳絮宁却没这么镇定自然，她挂在梁恪言脖子上的两手一松，腿一软，人就要滑下去。梁恪言长臂一伸，从后面搂过她的腰，轻而易举地往上掂了一下，她立时站稳了，心却没稳。

梁恪言也真不是个好东西，把手机往她怀里一推，人就站到了她后面，下巴支在她头上。

"怎么不说话？"

柳絮宁想瞪他，又怕许芳华看到，她胳膊肘小幅度地往后推了下梁恪言，想把他推远，可他又箍得更紧。

柳絮宁的脸涨得有些红，她抿出一个笑，声音柔和又乖巧："奶奶，新年好。"

起初，像是客套又礼貌的一问一答，到后面两人聊得挺投入。

梁恪言听着她越发上扬活泼的声线，低头看着她，不着妆容的白皙脸颊泛着一点红晕，说话时眼睛弯着，像枝头摇摇欲坠的葡萄，在笑语里滋养出清甜的果香。

柳絮宁在这边掐着点，当时间变成零点时，拉着梁恪言入了镜头，一起和许芳华说了句"奶奶新年快乐呀"。老人在对面抱着芒妮，手掌一下一下地抚摸着猫猫的肚子，眉眼都弯了点弧度，眯起的眼尾因着笑意拉出细纹，笑得和蔼。

她说："新年快乐，宁宁、恪言新年快乐，你们好好的，好好在一起玩。"

其实没有什么挫折的，那一路平坦无阻，也许有过坎坷，可当她后知后觉看过去时，那些昔日阻挡在两人之间的障碍早被他清理干净。

可听着许芳华又柔又缓的叮嘱，语气像极了童年夏日午后广播电台娓娓叙述一个趣味十足的童话故事。

他们都多大了呀，可她还像叮嘱小朋友似的，让他们好好玩。

柳絮宁鼻尖突然一酸。

"我会的，奶奶，我要一直跟他一起玩。"

梁恪言在旁边听着，镜头拍不到的地方，捏了一下她的手。

柳絮宁立刻挣脱开，现在在说正事呢，这人烦不烦。

梁恪言皱了眉，又去抓她的手，捏在宽大的掌心里随意把玩着，看她要躲又用了劲，撑开她的指缝，霸道地与她十指相扣。

英国的冬天，下午四五点左右天就开始黑起来。

挂断电话时，天黑得更甚。她看着自然暗下去的手机屏幕，微微出神。

半明半暗之中，她被突然捧住了脸，鼻尖也被他捏住。那时还没回神，眼神是涣散的，她万分不解地问了句"你干吗啊"。

"感觉有个人要哭了，预防一下。"

两双眼睛彼此相望着,一时无言,是柳絮宁最先憋不住,笑出了一声。那些阴云笼罩的情绪也不过一瞬,眼睛发烫其实也不意味着难过和糟糕,人类太复杂,无法武断地判定。

"我可不是因为难过才哭的。"被他捏着鼻子,她说话时都冒着鼻音。

"知道。"梁恪言说,"但我不想让你哭,不管是因为什么。"

到底会不会安慰人啊。

听完他这句话,她更想哭了。

阴差阳错地遇到梁安成,带着私心地进入梁家,起初讨厌极了梁恪言,后来对他动心,和他相爱,恍如漫长的美梦一场。

"嗯,知道啦。"她点了头,主动伸手抱住他,脑袋在他颈上蹭来蹭去。

毛茸茸的触感,痒意从肌肤上传来。梁恪言低头去找她的唇,鼻尖故意压着她的鼻尖,力道缠人缱绻,轻一下重一下。柳絮宁被他勾得烦了,要亲就亲,玩什么花招,就非要逼自己主动说出那句想要。

可惜心里想着的是今天要翻身做主人,却还是被他碰得飘飘然,手控制不住地抓着他的衣领,声音有点颤:"梁恪言……"

"嗯。"他应着声,但照旧没有松开。

"我有东西要给你。"她微微偏头,在他细密的吻里去找自己的力气。

"什么?"

"哎呀,那你先放开我呀。"

"在哪儿?我帮你去拿。"

"卧室。"

话落,她的双脚就腾了空,无处安放,于是只能勾着他的腰。

到了卧室,梁恪言把她放到床上。柳絮宁翻了个身,和被子缠在一起,去打开床头柜。柜子里放着一个丝绒质地的盒子。

卧室还没来得及开灯,她也制止了他,只打开床沿的一盏壁灯。在昏暗的灯光里,梁恪言仍能捕捉到她脸上飞起的红晕,有些不好意思地抿了抿唇,紧张地把丝绒盒打开,可才开了一半,她又像丢炸弹似的一下丢给他。

盒子在空中划出一道高高的抛物线。

梁恪言抬手遮住,一来一回,也是不明白自己女朋友的操作了。

"能打开吗?"他问。

"等会儿,等会儿!"柳絮宁的脑袋往被子里缩了一半,只露出一双眼睛,"现在可以了。"

他被这操作逗笑。

他打开那个盒子,笑容却僵了一瞬。盒子里躺着一枚银戒,没什么多余的装饰,戒面线条并不繁杂,简单的两条镌迹在盘旋一周后绕在一起,像两条相交的璀璨银河。

他声音低下去："你什么时候买的？"

"我早就买好了。"柳絮宁说，"本来是想在项目落地的那一天当礼物送给你的。"

她问："喜欢吗？"

喜不喜欢不都应该吱一声。

见他没什么动静，柳絮宁疑惑了，疑惑之余还有点紧张。

她摸不准他的喜好，也记得他的手上除了那串小叶紫檀的手串和手表就再没有其他的装饰物。她不想主动去询问，因为那就失去了惊喜的原始感觉；可自作主张地挑完后，又害怕对方心中的满意值极低。

柳絮宁费劲地从被子里钻出去，挪了两下，凑到他面前，去观察他的神色。

她歪着脑袋，姿态万分好笑地和他对视上时，借着暖黄色的光线，一清二楚地捕捉到他眼里的笑意。

故意让她紧张的。

柳絮宁忽然气恼起来，往他胸口捶了一拳，不高兴地"喂"了一声。

梁恪言垂着的那只手抱住她，手臂用力，让她贴紧自己："这么不经逗。"

"我以为你不说话是不喜欢呢。"她冷哼，"你不喜欢就完蛋了，浪费我的钱，我几个月白干哎。"

"喜欢啊。"他依然笑着，"你送什么我都喜欢，当然，抛去你送的这一点，戒指本身我也很喜欢。"

她存心刁难："也就是说，如果是别的人送这枚戒指，你也会喜欢？"

这姑娘怎么就这个理解能力呢，康庄大道不走，思绪非要往偏僻狭隘的羊肠小道钻。

他正要开口，柳絮宁又耸耸肩："算了，除我之外不会有人送你的，你只能收下我这枚咯。"

她和他说的时候总是尾音拖长，黏黏糊糊的，像是喜欢一词最明显的证明。

梁恪言掐着她的脸，左右摆弄着："没人喜欢没事，讨你喜欢就好。"

她是没他会说这些不着调的话，任由耳根发烫，拿过那枚戒指，语气有些雀跃："我给你戴上。"

"好。"

冰凉的银戒，和温热的指腹一起缓慢抚过他的手指，最后将他牢牢套住。

何其荣幸，得她赏光。

白日里，他们会去大英博物馆。结束游览之后，顺路去逛他的学校，她与他牵着手走在下过雨后泥泞的小路上。此时她眼神平静，回程路上突然冒出一句"我想继续读书"。梁恪言几乎是未有半点思考，说好啊。

那天下午，他们在格林威治坐缆车看粉色的晚霞，她和他说自己理想中的未来，有学业，有事业，有芒妮还不够，她还要养只萨摩耶，字字句句，畅想丰满。

他轻声问那我呢,她奇怪地说你当然是陪在我身边啊。

后来他们去巴斯泡汤,那几日降温,正好下了雪,细雪翻滚,氛围感十足,但柳絮宁觉得还是没有国内的温泉来得好玩。泡汤的时候,她突然凑过去,没头没尾地问梁恪言,在国内泡汤的时候,你是不是就已经喜欢上了我?

那是梁恪言为数不多逃避她眼神的时候。柳絮宁见他这反应就懂了,她暗自窃喜,原来他这么早就喜欢她了。

从巴斯回来后,他们去了泰晤士游船,就在公寓附近,出行也足够方便。结束之后,柳絮宁突然觉得这没意思,她想去爱丁堡玩。梁恪言仍是说好,她又说想坐火车,于是第二天梁恪言带她从国王十字坐火车去爱丁堡。

从火车站出来的那一刻,眼前大雾弥漫,神秘又浪漫。

柳絮宁几乎是立刻喜欢上了这个地方。他们在这里待了三天,回去的时候是坐飞机回的伦敦,可惜晚点了,柳絮宁没觉得不耐烦,梁恪言在她旁边打电话,她就坐着P图。

上飞机前的五分钟,是个整点,梁恪言正好刷到了她的朋友圈。

他的手臂圈过她的颈部,路也不看,任她带自己在机场里走。

梁恪言知道,柳絮宁的朋友圈很丰富,而从某个节点开始,他出现在那个小小的圈地之内。

——每一条动态、每一张随手拍摄的照片里都有他的痕迹。也许是拿冰激凌的手,也许是衬衫挽起时露出的一截表带,也许是拍购物车时,他支在推车上垂着的手掌,也许是倚靠着他自拍时无意拍到的肩膀。

在某些方面,他们很像,出门时全身心沉浸在旅游的乐趣之中,她不会特意地打卡,也不会招呼他过来拍合照,朋友圈里没有他的正脸,文字也不过简单的四个字:感谢款待。

文字之外,她还配了两个小怪兽的表情。柳絮宁说一个小怪兽是她,说到这里停住,就等着他往下问。他很配合,明知故问那另一个呢?柳絮宁说是我男朋友。

他挑了下眉,说,那就是我了。

她重重一声"喊",反问他:"你哪位啊?"

梁恪言于是顺着她说:"嗯,不是,是我痴心妄想了,我就一地陪。"

她被这回答彻底逗笑,嘴角越翘越高。

那几天,她发朋友圈的频率很高,有四宫格、九宫格,有随手一拍,有专门夸赞爱丁堡的落日飞车太刺激了,也有吐槽某家中餐厅的菜品好难吃。内容纷杂细碎,像书写一个细水长流的故事。

胡盼盼存心问:真好看,你和谁去的呀?

方琳莉在下面回了她一串省略号,又说:胡盼盼同学,这还有什么好问的吗?

这些都是她朋友圈里的人,梁恪言看不见评论也不知道她的回复。

不好奇是假的，但情侣之间也要给予恰当、放松的空间。

他有幼稚的时候，但那也只是一瞬。他愿意将所有都知无不言言无不尽地告诉她，可这并不意味着她也要以同等的东西馈赠给他。

刚退出微信，柳絮宁突然问他那家中餐厅好吃吗，还凶巴巴地补充，不许应和她，要听很真很真的真心话。

因着这个举足轻重的补充，他还真的认真回想了一下，最后给出回答，一般，没有他做得好吃。

柳絮宁得到同意的回答，气势汹汹地打开手机，"啪啪啪"打着字，又狂按删除键。

想也知道是和人因那家中餐厅起了争执，像小朋友一样，是非对错一定要争到底。

过了一会儿，因为要回于天洲的消息，梁恪言打开微信，又习惯性去翻朋友圈，他也就是在这时，看见了梁锐言的评论：那家中餐厅那么好吃，也就你挑，除了你还能有谁觉得难吃。

视线往下移，梁恪言看见柳絮宁的回复，简单的两个字：他呀。

梁恪言莫名想起去泉城时，在酒店前台处，梁锐言和姜媛熟稔的对话，言语之间不动声色地透露着自己与柳絮宁朋友圈百分之百的重叠。

他再次低头注视那两个字，不住地笑。

不是很刻意，似乎只是纯粹的分享，也是单纯的回答，却能让他感受到强烈的参与感。

他喜欢这种感觉，并乐在其中。

柳絮宁是掐着时间精准休的假，所以从英国回来之后没休息两天就恰好赶上了国内的年后开工。

回公司那天，每个人的工位上都放着一个开工红包。这是柳絮宁经历的第一场年后开工，她根本不知道还有开工红包这件事，还觉得好新奇。她拍了张红包的照片发给梁恪言。

收到柳絮宁消息的时候，梁恪言正在公司开会。

去英国前他刻意任性了一回，心中难得摆烂地想着，所有不急的事情都放到回来再做，而真正回来了，那些不急的事情也已经变成了急事。起瑞和吉安的项目堆在一起，梁恪言揉着太阳穴，觉得实在头疼。

Amanda在一边做着会议记录，捕捉到他眉间一闪而过的厌烦，心中想笑。

手机就是这个时候亮起来的，那时会议将近结束，梁恪言打开看了眼，照片里是几张一百元。

她说：开工红包，柳小姐请你吃饭啊。

梁恪言扫了眼大屏幕上的PPT，又低头打字：谢谢柳小姐，需要我做什么吗？

- 353 -

柳絮宁：梁总，请问你知道什么叫"请"吗？柳小姐很大方的，不需要你还。
梁恪言：那谢谢柳小姐。
柳絮宁：怎么谢？
梁恪言被她这回复逗笑：刚刚你不是还说不需要我还？
那边隔了好久都没回，估计自己都没注意到言语之间的破绽。
大概是三分钟之久，她直接发来了一家泰餐店的定位，刚刚的话题一撇而过，权当没发生过。
梁恪言边摇头边笑。
两人当晚就决定去一家泰餐店把开工红包"吃干抹净"。

关于留学柳絮宁在书房盘算了未来两三年的计划，她在这种事上很讲求效率，几乎只是一个夜晚就决定好了接下来的计划。
有了计划，就要为之付出行动。
白天，她按部就班地上班，晚上与周末，她就窝在书房里学习。
每个周五下班时，梁恪言都会带她去吃饭。坐在餐厅里等上菜的工夫，她才惊觉，又是一周过去了。她暂时停止了接稿，也有好些日子没有练舞。她动了动酸软的脖颈，也不知道到时候再跳，骨头会不会都硬了。
柳絮宁在校时成绩优异，履历丰富，她对自己很有信心，所以夏末时节收到来自英国皇家艺术学院的正式录取通知书时，她没有太过惊喜。
只是截了图发给梁恪言，一句多余的话都没有，就静静等待他的夸奖。
梁恪言也没有让她失望，接连不断的夸奖中，十句话有九句都能逗她笑个不停。
柳絮宁：夸得不错，晚上奖励你。
梁恪言：什么奖励？
柳絮宁：晚上你就知道了，现在告诉你就没惊喜了。
梁恪言：谢谢柳小姐赏脸。
那天晚上，他的确拥有了一场盛大的惊喜。

在学校的日子更忙，也更开心。
刚入学，听讲座的频率与英国下雨的频率一般繁杂。如果前一天晚上熬夜做作业，这倒是一段唯一可以给柳絮宁偷懒睡觉的时间。
柳絮宁读的专业，每周要进行三次一对一的导师辅导课。她一开始觉得新奇，也喜欢这样的模式，像是一场灵感与灵感间的猛烈碰撞。到了后面，灵感枯竭，偶尔又会陷入短暂的痛苦。
生活就是个布满荆棘和坎坷的环。
痛苦的根源是进步，痛苦的结尾也是进步。
这道理老土，但对现在的柳絮宁来说已经是足够有用的存在。困了就依靠高浓度的美式，戴着有线耳机，摇滚乐放到中档的音量，睁大眼睛在一张又一张的设计稿中跨过凌晨。

梁恪言来英国时会陪她吃饭，他们一起看电影、看歌剧、参加音乐节，又或是去其他城市与国家玩。

夏时令的假期，他们去了纽约，她戴着宽大到能挡住一半视线的竹织帽，在椰白色的躺椅上录下梁恪言冲浪的片段。他那时浑身湿透了，也不擦干就来抱她，故意把她也搞得湿漉漉的。柳絮宁气得不行，让他滚远点。可沙子好烫脚，没生一会儿气，她又可怜巴巴地让他抱着她走路。

回家的路上要经过时代广场，那一天正巧有团队在拍电视剧，他们被拉着做了五分钟的群演，又得到两个剧组发的熏牛肉三明治。柳絮宁放在梁恪言的外套口袋里，两人对视一眼，谁都没有带伞，誓要在大雨落下前飞奔回57街。

浅粉色的短袖，下摆扎成球一样的结，白色的超短裤，包裹着姣好身形。来美国之前，她漂染了白金色的发，耳垂挂着超大的复古圆圈耳环，在暴雨尚未落下的曼哈顿艳阳下，鲜明、青春，又生动到炫目。

她偶尔回头看他，毫不遮掩地放肆笑着，像盛开在繁盛时节的鲜花。夏风长而暖，挽起她的长发蹭过梁恪言的脖颈，于是他迸发一瞬间的心猿意马。

目的地仅几步之遥，梁恪言突然拉住她的手腕，眼里是"我就要和你在这里接吻"的毋庸质疑。于是他们几乎是神经质一般地在细雨中接了个几乎要将对方掠夺殆尽的吻。

和他在一起，信号偶尔断断续续，频率却能巧妙地纳入同一轨道。

这场雨过后便是彩虹。

幽蓝色的天空是背景，那道绚丽的彩虹横跨整个上东区。

柳絮宁和他站在顶层的落地窗前看彩虹，她被他从后拥住，正要说出一句"这彩虹好漂亮"，指间却是一凉，旋即，有东西稳稳地落定。

柳絮宁抬起手，戒指在她手指晃动间闪现璀璨的光晕。

她低头，止不住地笑，又问他，没名没分的，不方便戴男人给的戒指，她以后的老公要是生气了怎么办。

于是梁恪言给她出主意，那我做你老公，你尽管戴，怎么样我都不生气。

柳絮宁冷哼一声，说了句你倒是好算计。

他没争辩，全盘应下，只说："不算计又怎么能泡到柳飘飘呢。"

次日，假期结束，又要踏上回伦敦的飞机。

梁恪言提早下了楼等她，却久久没等来她，他给她打去一个语音电话。

"柳飘飘，好了吗？"

"等我一下，我发现我有东西忘拿了。"

电话这边，梁恪言已经听到密码锁关了又开的声音。

他问："要等多久？"

可惜,"啪——"的一声,她已经挂了电话。

有时慢吞吞,有时又风风火火。

梁恪言放下手机,哭笑不得,眼里却毫无不耐烦。

身后,旋转门匀速转着,有道熟悉的脚步声急匆匆地朝他而来。

如有所感,梁恪言下意识回头,背后被一层柔软倾覆。柳絮宁抱住他,纤细的手臂勾过他的脖颈。

"哥,我来啦!"

番外 /
　　岁岁年年，在你身边

　　我毕业回国的那一年夏天，天气出奇的炎热。
　　正式毕业之后，我与几个室友进行了一场计划半个月的毕业旅行。在旅行即将结束的倒数第二天，我们又突发奇想准备去冰岛玩一圈。心血来潮的计划在女孩们的夜谈中迅速落地。订好机票之后，我才想起自己好像还有个男朋友，于是给梁恪言发消息，说我要再晚些回来。
　　梁恪言给我发了个省略号。
　　我打去电话，张口便道："梁恪言，你什么意思，干吗要给我发省略号？"
　　他在那边停顿了一下，片刻后失笑："柳飘飘，你好凶。"
　　我一看时间，反应过来我和他之间隔着将近七个小时的时差，算来，他应该快睡觉了。
　　"因为你给我发省略号了。"我强词夺理。
　　"嗯，抱歉。"
　　他总是这样，道歉如疾风闪电，来得如此之快，以至于我会立刻觉得几秒之前的自己是不是脾气有些大。长此以往，我怀疑这是梁恪言故意对我使用的招数，以此来骗取我对他的心疼。
　　我说："那我后天去雷克雅未克哦。"
　　他安静了一会儿，很轻地叹了口气："好。"
　　我的心口突然一颤。
　　"飘飘。"
　　"嗯？"
　　他说："有点想你。"
　　心口颤抖得更厉害了些，旋即有一股电流从跳动着的心脏顺着血液往指尖流淌，我捏了捏有些发麻的耳朵。
　　"那你好好工作，再忙一点，就不会想我了。"
　　他的笑声更明显了："柳絮宁你真的……"似是被我打败，我仿佛都能透过他的语气猜测到他无可奈何地在摇头。
　　"我怎么？"

"特别好。"

我笑着，说"那当然"。

一通只需两三句话就结束的电话又在我们无聊透顶的拉扯之中拉长到半个小时。最后是他实在撑不住，和我说要睡了。我说完"好"，又鬼使神差地冒出一句："我也很想你，很想……"

他沉默片刻，闷声控诉："你人真的很坏。"

嘻嘻，我猜他大概没办法睡着了。

回国的时候，飞机在希思罗机场转机，等我再上飞机时，空姐告诉我有人给我进行了升舱。

都无须猜，就知道是梁恪言。

我给他发消息：人这么好？

他过了几分钟回：对你，我一向以德报怨。

我打字：再接再厉。

他回：行。

飞机落地青城时，手机里发来司机的消息，司机在T2航站楼的停车场等我。看来他今天很忙，没空来接我。

打开车门的瞬间，我看见坐在后座的梁恪言，手上拿着平板，右耳上戴着一只耳机。视线对上的一瞬，他朝我笑了下，放下平板，对我张开双臂。

该怎么形容现在的心情？好像夏夜里的花火，在我心口一瞬点燃。

我脑袋晕乎乎的，腿还立在外面，半个身子已经迫不及待地探进去，用力抱住他。

"我还以为你不来呢。"我说。

"怎么敢，怕你回家收拾我。"

瞧瞧这人毫无逻辑与道理的话！我一拳打在他胸口上。我发誓力道极度温柔，对他来说和挠痒痒有什么区别，他居然装得像被袭击了一样。

"真会装。"我冷哼。

他摸了摸我的脑袋："不装怎么能骗到柳飘飘？"

这句话好熟悉，我却一时想不起来。

算了，我和他说的话实在太多了。不想了。

Daisy从朋友圈得知我回国的消息，问我有没有找好工作，如果还没有确定，又或是对设计还感兴趣，她的大门随时为我打开。

我没有拒绝，毕竟Daisy这个人，无论是做同事还是做上司，又或是朋友，都是一个不错的选择。

许久许久没有上过班，我花了几天的工夫适应环境。但是，遇到难缠的甲方和改了又改最后回归于第一版的设计，我几乎能立刻回想起几年前在格子间里的生活。

我又开始了"快乐"加班的日子。

出办公室门时,整栋大楼依然灯火通明,怎么不算是提早下班呢?

梁恪言真的有点杞人忧天。我觉得他连着几天都在观察我的心情和状态,仿佛一秒钟都不愿意错过。

我用行动向他证明我才不是以前那个加班到深夜就会哭鼻子的人,并拿出我的流水——如今的薪水,我轻易掉不下眼泪。

话虽如此,但半个月之后的某一天,我出了公司大楼,刚要上他的车,就看见了副驾驶座上的一只萨摩耶,如棉花糖一样的毛色,蓬松又柔软,梁恪言甚至给它系上了安全带。

天啊,总觉得时间像个循环往复的圆环,以往发生的象征着"幸福时刻"的种种总会以另一种全新的方式再次降临到我身边。

是我太幸运吗?

我想一定是的。

梁恪言说每当看见我露出某种类似于惊喜的表情时,就是他最开心的时刻。

我说其实你也没有得到什么吧。

他说怎么会,我得到了什么,他就得到了双倍。

唉,他好会讲情话。而我,依然控制不住这颗跃动着的小心脏。

年底的时候,似乎是各大平台冲 KPI 的热门时刻,不少媒体想要采访梁恪言。我偶尔会看到总助拿来给他提前过稿的媒体问题,扫一眼之后又觉得他好辛苦。

他说还好吧,没你逢大促的时候彻夜不归家就为了加班辛苦。

我怒了,他好会戳人痛处:"我在关心你!"

他笑了,抱住我:"我也是。"

口是心非,分明不是。

我想,我早晚有一回让他彻彻底底说不出话。

这个"早晚"来得不算晚。

很不幸,我生日的前一天还在加班,但我丝毫不觉得疲惫与烦躁,反而怀揣一颗缀满期待的心等待着凌晨的到来。

时间在倒计时,我的视线按捺不住地从电脑屏幕上移开,起身走到落地窗前。

对面,是几幢接连的摩天大楼。水晶蓝一般的大楼外投放着几行大字,如水波一般出现。

办公室瞬间沸腾起来,在场所有人的目光都落到我身上。

虽然早有准备,但被灼灼目光注视着,我有些不好意思起来。

"宁宁,这不会是你做的吧?"

"天啊柳絮宁,真的是你?"

"你能干出这么高调的事情?加班加久了,世界疯掉了吧!"

高耸入云象征金钱堆砌的商业大厦外，正投放着几个大字——

　　梁恪言，和我一直在一起吧。

好羞耻好羞耻好羞耻……
原来真的做下这件事之后竟然会这么羞耻。
我满脸通红地回到座位上，人都险些自燃。
天知道投放这玩意儿要多少钱，要走多少路子，幸好有奶奶，也幸好有总助。
胡盼盼也算是提前知道这件事的人，她皱着眉头说："我捋一下哈，就是你用梁恪言的钱投在这座超甲级写字楼外给他自己表白？"
我惭愧地点点头："因为我没有足够的钱……"
胡盼盼："你……你的确没有这么多钱。"

Daisy的惊呼声把我拉回现实："不是，你们两个人真的是吃饱了！"
"怎么了？"我正奇怪着，一抬头，瞠目结舌。
旁边那栋大楼上闪烁着"生日快乐"的字眼。没有我的名字，但是出自谁的手笔，一目了然。
同事费解的感叹层出不穷："你俩这是干吗啊！"
我也愣了。
手机适时响起电话铃声，是始作俑者打来的。
"你干吗啊？"我问。
"我怎么了？"梁恪言问。
"好羞耻啊！"
"所以没有写你的名字。"
是，没有我的名字，所以他在祝所有今天生日的人生日快乐。
他悠悠地问："倒是你，就这样把我的名字放上去了？"
我索性摆烂，不再挣扎："对啊，你有什么意见吗？"
他轻笑："没有。"片刻后，又说，"荣幸之至。"
那晚，我度过了一个特别的生日。

结束之后，我抹掉眼角的泪，习惯性地打开手机，各路好友发来消息，微博弹窗的关键词也让我无法直视。但羞耻之余，我没法控制地偷笑个不停。可能是肩膀颤抖的幅度太大了，也可能是梁恪言真的困到忍无可忍了，他从后面贴近我，手臂搂过我的腰，把我往他怀里推了些。
"在看什么？"他问。
我和好友的聊天记录是世间一级机密，我立刻锁屏。
"没什么。"

他听出了我波动的声线，但是没有追问："那睡了好不好？"温热的呼吸拂在我的耳垂上，真的好痒。他总喜欢这样和我说话，我和他控诉了好几遍，他全盘接受但是屡教不改。

　　"不用激动到失眠，柳飘飘，和我在一起，每天都可以这么开心。"他说，"当然，你也可以每天都这么玩我。"

　　后面半句话意有所指，我习惯性装傻。

　　"光是和你在一起就已经很开心了。"

　　他被我这一军反将到，然后笑了笑，亲在我的脸颊上。

　　"晚安。"

　　"晚安。"

　　祝我不只生日，一直快乐。

　　祝他当下未来，事业有成。

　　岁岁年年，朝朝暮暮，我们一直都要好。

- 全文完 -

后记 /

WPS突然闪退，黑了的笔记本屏幕上映出我这张惊悚的丑脸，心都凉了半截。我再次颤颤巍巍地打开文档，它居然健在！且是最新版本！丧了一整个星期的情绪，在这一刻席卷上铺天盖地的惊喜。

敲下出版番外这几个字，这个故事就算正式结束了。

现在是凌晨四点，上海又下了场暴雨，记得上次写出版番外的时候也是在一个雨夜，难道是雨天很适合码字？

窗外的房子陷入雨雾里，远处的天是蓝调的，所有的色彩都融化在雨里，这种感觉实在是太美妙了。

但我知道，沉浸在文字里的无数个瞬间都是如当下一般"美妙"的瞬间。

《截胡》初版的书名是《如折如磨》，我怀疑是书名的问题，以至于在存稿时隔三岔五就生出写文真是一种折磨，写文好痛苦啊，写完这本就结束了吧……等诸如之类的想法。而敲下"全文完"的那一刻，再回头望望——好吧，其实一点也不难，所谓的折磨也甘之如饴。

人类寄托幸福的方式有千种万种，于我而言，浸泡在文字世界里就是其中一种，且名列前茅。

我想一直幸福。

我想我会写很多很多故事，写很多很多年。

2024年在上海